ANNA STEPHENS

WÄCHTER UND WÖLFE

DIE AUFF
DER DUN

R

Deutsch von Michaela Link

blanvalet

Die Originalausgabe erschien 2019 unter dem Titel »Bloodchild«
bei HarperVoyager, New York.

MIX
Papier aus verantwortungsvollen Quellen
FSC® C083411

Verlagsgruppe Random House FSC® N001967

1. Auflage

Redaktion: Alexander Groß
Umschlaggestaltung und Artwork: Isabelle Hirtz, Inkcraft, unter Verwendung
von Motiven von © Shutterstock.com (Kornela; baoyan)
Karte/Illustrationen: © Copyright © Sophie E. Tallis 2017
JaB · Herstellung: sam
Satz: Uhl + Massopust, Aalen
Druck und Bindung: CPI books GmbH, Leck
Printed in the Czech Republic
ISBN 978-3-7341-6132-2

www.blanvalet.de

Für Mark.
Für alles.
Für immer.

RILLIRIN

Sechster Monat, erstes Jahr der Herrschaft von König Corvus
Fort vier, Forts der Südtruppe, Westebene, an der Grenze zu Krike

Als die Alarmglocke des Forts zu läuten begann, wusste Rillirin, dass sie alle tot waren. Rilporin war gefallen, und die Mirak – und Corvus – waren im Anmarsch. Das Glück hatte sie verlassen, und sie würde ihrem Bruder in die Hände fallen. Es war vorbei, all das Davonlaufen, all das Kämpfen und die Freiheit, die Augenblicke des Glücks. Ihre Hände wanderten zu ihrem Bauch, und sie drückte das Rückgrat durch, schöpfte neuen Mut. Nein. Mochte es ruhig vorüber sein – aber nicht ohne einen Kampf.

Sie riss ihren Speer von seinem Platz an der Tür und rannte aus der Krankenstube, wo sich Gilda die Wunde in ihrer Schulter untersuchen ließ, auf den Exerzierplatz hinaus. Soldaten strömten aus der Kaserne und streiften sich ihre Rüstungen über.

»Was ist los?«, fragte sie.

»Die Späher sind zurück. Eine feindliche Streitmacht – sehr groß – nähert sich uns, aber von Osten, nicht von Norden her.«

»Listraner? Verstärkung?«, murmelte jemand. »Bitte, Tänzerin, bitte, lass es Verstärkung sein.«

»Vielleicht Tresh«, meinte ein anderer Mann und wurde mit einem Zischen zum Schweigen gebracht. Offiziere schrien Befehle an die Truppe, sich zu formieren, und so schlüpfte Rillirin zur Seite, rannte in den Eckwachturm und stieg zur Galerie hinauf, bevor irgendjemand sie aufhalten konnte. Auf der Ostmauer stand Oberst Thatcher, Befehlshaber von Fort vier, und schaute durch sein Fernglas zu der herannahenden Staubwolke. Vier war das Fort, das der unbekannten Bedrohung, die da auf sie zuzukommen schien, am nächsten gelegen war; vier war der Ort, an dem die Schlacht beginnen würde.

Thatcher ließ sich Zeit, und Rillirin war schon kurz davor, einfach loszuschreien, als er das Fernglas sinken ließ. »Rilpori. Die Palasttruppe an der Spitze, als Nachhut etwas, das aussieht wie die Leibgarde. Zivilisten in der Mitte.« Er drehte sich zu einem Hauptmann um. »Sadler, meldet es mit den Flaggen.«

Der Hauptmann gehorchte und ließ in einer komplizierten Abfolge von Bewegungen rote und gelbe Flaggen umherwirbeln. Diese Bewegungsabfolgen wurden sodann auf den Mauern von Fort drei, Fort zwei und des Hauptquartiers wiederholt. Die Glocke begann Entwarnung zu läuten, noch während sich die Nachricht verbreitete. Rillirin beugte sich vor, lehnte die Stirn an die Brustwehr und atmete tief durch, um den wilden Aufruhr in ihrem Inneren zu bändigen und in die richtigen Bahnen zu lenken. Rilpori. Bedeutete das, dass sie gewonnen hatten? Der Gedanke ließ sie so schnell wieder hochfahren, dass sie stolperte. Unten auf dem Exerzierplatz erhoben sich aufgeregte Spekulationen, die die zuständigen rangniederen Offiziere schnell wieder unterdrückten.

Fort eins sandte eine mit allem Nötigen ausgerüstete Patrouille aus, um die herannahenden Truppen zu begrüßen, General Hadir persönlich an ihrer Spitze. Binnen Minuten kam von dort das Kommando, die Tore zu öffnen und die Krankenhäuser und Küchen auf einen Massenansturm vorzubereiten.

Rillirin konnte die Armee jetzt auch sehen – das heißt, was von ihr noch übrig war und sich nun erschöpft heranschleppte. Eine große Zahl von Zivilisten in der Mitte, genau wie Thatcher gesagt hatte, weitere Soldaten hinter ihnen, um sie zu beschützen. Und seitlich neben ihnen streifte, in lockerer, gleitender Formation, eine Gruppe von Menschen in Kleidung aus gekochtem Leder und Kettenpanzern durch das trockene Gras der Westebene. Die Wölfe. Ihr stockte der Atem. Sie waren hier. Dalli und Lim und Isbet und Ash und all die anderen. Sie waren hier.

Sie verfolgte das Herannahen des Zuges, bis sich die Formation aufteilte und einzelne Gruppen ausscherten, um die verschiedenen Forts anzusteuern. Dabei achteten die Soldaten, wachsam bis zuletzt, sorgsam darauf, den Zivilisten Schutz zu bieten. Sobald sich Rillirin sicher war, dass die Wölfe zu Fort vier kommen würden, lief sie wieder auf den Exerzierplatz hinunter. Ihr Herz hämmerte in der Brust, und ihr war schwindlig vor Angst und Aufregung.

Dom.

Ob er wohl ebenfalls hier war, unter seinen Leuten, oder befand er sich vielleicht im Gewahrsam der Truppe wegen seiner … Taten? Es wäre natürlich schlimm, ihn in Ketten zu sehen, aber sobald alle verstanden hatten, was geschehen war, dass all die Dinge, die er getan hatte, nicht wirklich seine Schuld gewesen waren, würde die Sache anders aussehen. Selbst Gilda würde vielleicht eine Weile brauchen, um ihm zu verzeihen, aber am Ende würde sie es tun, alle Wölfe würden das. Sie mussten es einfach.

Ihre Gedanken fanden ein jähes Ende, als sich die Tore öffneten und Menschen hereinströmten. Zivilisten, zu Hunderten, eilten mit freudiger Erleichterung in das fast leere Fort, das einst das fünfte Tausend der Südtruppe beherbergt hatte; Soldaten, die nach Rilporin marschiert waren, um dem König zu helfen, und die jetzt vielleicht, wenn sie Glück gehabt hatten, zurückmarschiert kamen. Stimmengewirr erhob sich, von Soldaten und Flüchtlingen gleichermaßen, als die Wundärzte der Truppe und sämtliche Soldaten mit ein wenig Erfahrung im Heilen auf die Neuankömmlinge zueilten und ein Feldwebel mit einer so durchdringenden Stimme, als könnte sie Stein spalten, sie aufforderte, sich in mehreren Reihen vor einem halben Dutzend hastig herbeigeschaffter Tische und Stühle aufzustellen, um ihre Namen zu nennen und sich ihre Quartiere zuweisen zu lassen.

Rillirin hüpfte vom einen Fuß auf den anderen und versuchte verzweifelt, durch das Gedränge der Wölfe zu spähen, um zu sehen, wer sich der Gruppe angeschlossen hatte. Und dann …

»Dalli! Dalli!«

Die kleine Frau fuhr herum, als Rillirin ihren Namen schrie. Die Augen sprangen ihr beinahe aus den Höhlen. »*Rillirin?* Bei allen verfluchten Göttern, Mädchen, komm her!«

Rillirin rannte am Rand des Gedränges zu ihr hinüber, zwängte sich mit gemurmelten Entschuldigungen zwischen den Neuankömmlingen hindurch und warf sich in Dallis Arme, wo sie in Tränen ausbrach. »Du lebst, du lebst«, schluchzte sie.

»*Du* lebst«, erwiderte Dalli, und in ihrer Stimme lag ein Zittern, wie es Rillirin noch nie zuvor gehört hatte. Sie trat einen Schritt zurück und betrachtete Dallis Gesicht: sonnenverbrannt, sommersprossig, die grünen Augen rot gerändert und so dunkel umschattet, dass es aussah, als hätte ihr jemand gleich zwei blaue Augen verpasst. »Verdammte Scheiße, wie kannst du noch am Leben sein?«, fragte Dalli. »Du bist vom Schiff gefallen.«

»Eine lange und langweilige Geschichte«, antwortete Rillirin, wischte sich die Nase an ihrem Ärmel ab und umklammerte mit der anderen Hand immer noch Dalli, als habe sie Angst, die Wölfin könnte plötzlich wieder verschwinden. »Ich habe es zum Ufer geschafft, Gilda in den Händen der Tänzerin gefunden und …«

»Gilda?«

»Götter, ja, Dalli, Gilda lebt! Sie ist hier, verwundet … aber sie ist auf dem Wege der Genesung. Es geht ihr schon wieder ganz gut. Sie ist auf der Krankenstation. Ich kann dich hinbringen – dich und Lim und Ash und Dom.« Beim letzten Namen wurde ihre Stimme leiser und zugleich höher, sodass das Wort fast wie eine Frage klang und eine Art Flehen.

Dallis Gesicht wurde kalt und düster, wie es Rillirin noch nie gesehen hatte, kälter noch als die Maske, die sie bei der Schlacht aufsetzte. Ein Gesicht, für das es weder Vergebung noch Schwäche gab. Dieses Gesicht wusste nichts vom Licht. »Wir haben keine Ahnung, wo Dom ist. Oder Ash. Sie sind verschwunden, als Rilporin gefallen ist. Und Lim ist tot.«

Jetzt ließ Rillirin die andere Frau doch los. Sie taumelte zurück und schlug die Hände vor den Mund. Ein Brechreiz schnürte ihr die Kehle zu. »Rilporin ist gefallen? Du willst sagen, wir haben verloren?« Ihre Worte waren zu laut und drangen bis zu den nächsten Soldaten der Südtruppe durch. Sie hätten es bald genug selbst zu hören bekommen, aber trotzdem, sie brauchten die offizielle Version, nicht irgendwelchen panischen Tratsch.

Dallis Miene verschloss sich noch weiter. »Ja, wir haben verloren, und ja, Lim ist gestorben, genau wie Tausende andere. Doch das bedeutet nicht, dass alles vorbei ist. Komm, bring mich zu Gilda. Sie sollte vom Schicksal ihrer Söhne erfahren – leiblich, adoptiert oder als Ziehkind aufgenommen –, und zwar von niemand anderem als von mir.« Sie leckte sich ihre rissigen Lippen. »Die Wölfe haben mich zu ihrem Häuptling erwählt.«

Rillirin blinzelte die Tränen weg und brachte ein zittriges Lächeln zustande. »Das freut mich für dich, Dalli, wirklich. Du verdienst es. Ich … zur Krankenstation geht es dort entlang. Du wirst sie schon finden, da bin ich mir sicher.«

»Nein«, sagte Dalli mit Stahl in der Stimme. »Du musst alles hören.«

Ich will aber nicht alles hören. Ich will überhaupt nichts hören! Doch als sich Dalli in die Richtung in Bewegung setzte, in die Rillirin gedeutet hatte, folgte sie ihr, schob sich dann vor die Wölfin und führte sie zu der Priesterin.

Sie war außerstande, sich über das Wiedersehen zu freuen, da sie in Teilen schon wusste, was als Nächstes kommen würde. War Lims Tod irgendwie ebenfalls Doms Schuld gewesen, so wie Gildas Verletzung und wie der Verrat von Rilporin? Sie rieb sich den Bauch, der sich allmählich zu wölben begann und unübersehbar war, wenn sie keine Kleider trug. Als sich Dalli aus ihrer Umarmung gelöst hatte, hatte sich Rillirin sogleich die Bluse zurechtgezupft, um sicherzustellen, dass sie nicht über ihrem Bauch spannte. Sie war sich jetzt schon sicher, dass sie der anderen Frau nichts von dem Baby und davon, wer sein Vater war, erzählen wollte. Nicht jetzt, vielleicht niemals; und wenn das bedeutete, ihre Schwangerschaft verbergen zu müssen, wie lange auch immer die Wölfe in den Forts bleiben würden, dann musste es eben so sein.

Gilda saß steif und trotz ihres Alters und des Tributs, den die Verletzung ihr abverlangt hatte, mit geradem Rücken auf ihrem Stuhl. Ihre Augen waren trocken und ihre Hände fest auf ihrem Schoß gefaltet. Ihre Körperhaltung lud nicht zu herzlicher Berührung ein, sie wollte keine großen Gefühle. »Wie viele?«

Dalli nickte einmal kurz, als wollte sie sagen: *Wenn du es so haben willst, kann ich es dir auch so sagen.* »Zu viele. Lim eingeschlossen.« Ihr versagte die Stimme, und sie räusperte sich. Sie wandte den Blick nicht ab, auch wenn nun ein Ausdruck der Qual über die Züge der alten Priesterin huschte – nur für einen Moment und dann sogleich wieder vorbei, wie ein kurzer Sommerregen. »Er fiel im Kampf gegen die Mirak, als er sein Volk und die Stadt verteidigte. Es … ist Corvus persönlich gewesen, Gilda. Aber es ist schnell gegangen, und das sage ich nicht nur einfach so.«

Gilda hob den Zeigefinger zum Zeichen, dass Dalli fortfahren sollte, und sie sah Rillirin nicht an, obwohl beiden Frauen deren lautes Aufkeuchen bei der Erwähnung ihres Bruders nicht entgangen sein konnte.

Dallis Augen füllten sich mit Tränen, aber ihre Stimme war jetzt ganz gefasst. »Ein Stich in den Hals und dann … Enthauptung. Er hatte das Amulett bei sich, das er zum Gedenken an Sarilla gefertigt hatte. Hat es die ganze Zeit über mit sich getragen. Sie wird ihn im Licht willkommen geheißen haben.«

»Und sein Vater auch«, murmelte Gilda, und Rillirin zuckte zusammen. Gilda hatte so viele Menschen verloren und gab trotzdem nicht klein bei, trug die Last des Schmerzes ohne Klage. Sie nickte knapp, mit dem Gesichtsausdruck von jemandem, der gerade eine Wunde mit dem Messer reinigt. »Wer noch?«

»Dom ist …«

»Dom ist eine Dunkelseele und hat sein Volk und seine Götter verraten. Er hat versucht, mich zu töten, jedoch vergeblich. Wer noch?«

»Er ist Euer Sohn!«, platzte Rillirin heraus, außerstande, länger an sich zu halten. »Ihr mögt ihn alle hassen, ihr mögt glauben, er hätte, was er getan hat, aus freiem Willen getan, aber ich glaube das nicht. Ich weiß, dass er dazu gezwungen wurde. Ich weiß es einfach. Und ich will wissen, wo er ist, auch wenn Ihr es nicht wissen wollt.«

Dalli sprang von ihrem Stuhl, den Blick auf Rillirins Hände gerichtet, die sie schützend über dem Bauch zusammengelegt hatte. Rillirin errötete und ließ sie sinken. »Er hat dir ein Kind angehängt?« Sie wirbelte zu der Priesterin herum. »Du musst etwas unternehmen, Gilda! Crys ist der Fuchsgott – ja, ich weiß, wie sich das anhört, aber es ist wahr –, und Dom hat ihn an Corvus verraten. Er hat ihn auf Befehl der Mirak gefoltert. Ihn aufgeschnitten, ihn geschlagen, ihm vor aller Augen die Fingernägel herausgerissen. Soldaten haben es ihn tun sehen; sie haben ihm dabei zugeschaut! Welchen Gräuel auch immer er da in sie hineingepflanzt hat – man darf dieses Wesen nicht leben lassen. Er hat uns alle an den Rand der Zerstörung gebracht, und es ist mir ganz egal, ob er anschließend die Dunkle Dame getötet hat, ich werde nicht zulassen, dass ein vom Blut verseuchtes Kind in diese Welt kommt und uns ins Verderben stürzt! Beende die Schwangerschaft, oder ich werde es tun.«

Nichts von dem, was sie sagte, wollte einen Sinn ergeben, gar nichts. Dom hatte Crys gefoltert? Folter? Er hatte die Dunkle Dame getötet? Die Frau, die der neue Häuptling der Wölfe war, schrie sie weiterhin an, aber ihr Gesicht, bleich vor Panik und Wut, verschwamm vor Rillirins Augen zu einem Meer summender schwarzer Punkte, ihre Worte gingen unter Wellen von Gebrüll unter.

Rillirin würgte und stolperte, taumelte gegen den Tisch und wich vor Dallis suchenden Händen zurück, ihre Kehle so zugeschnürt, dass sie nicht einmal Atem holen konnte.

Mit zitterndem Finger zeigte sie auf Gilda. »Ihr habt gesagt … Ihr habt gesagt, es sei unschuldig. Das Kind ist unschuldig. Ich will nicht, dass … Haltet euch von mir fern. Alle beide, bleibt weg von mir!« Ihr Kopf war plötzlich allzu leicht, ihre Glieder dagegen waren schwer und versagten ihr den Dienst. Auf Beinen, die stärker zitterten als die eines neugeborenen Rehkitzes, machte sie zwei Schritte zurück und verlor das Bewusstsein.

MAKE

Sechster Monat, erstes Jahr der Herrschaft von König Corvus
Hauptquartier der Südtruppe, Westebene, Grenze zu Krike

General Hadir, Eure Gastfreundschaft ist mit herzlicher Dankbarkeit angenommen«, sagte Make und zuckte angesichts der Förmlichkeit seiner Worte zusammen – eigentlich hatte er den drahtigen alten Soldaten umarmen wollen, bis seine Rippen knackten. Er würde es vielleicht immer noch tun, sobald seine Leute versorgt waren.

»Stets zu Diensten, Fürstgeneral Koridam«, erwiderte Hadir. »Ich gebe freimütig zu, dass ich bei Eurem Erscheinen zunächst geglaubt habe, Ihr wärt der Feind und wir würden nun alle den Tod finden. Ich kann Euch gar nicht sagen, wie erleichtert ich war, als wir eure Uniformen erkennen konnten. Ich werde Euch natürlich mein Quartier zuweisen lassen. Wie viele Eurer Leute begleiten Euch?«

Aus Makes trockener Kehle löste sich ein bellendes Husten, bevor er antwortete. »Häuptling Dalli von den Wölfen und eine Handvoll tapferer Hauptmänner, die wie gewöhnlich in der Kaserne nächtigen werden.«

Hadir blinzelte verwundert. »Das ist alles?«

Wieder hustete Make, und ein wenig verspätet reichte ihm der General nun einen Becher von seinem Schreibtisch. Sein Büro war klein, sauber und ordentlich, ganz ähnlich wie sein Besitzer, und Make kam sich mittendrin wie ein zerlumpter Bettler vor.

»Ja, das ist alles. Mein Vater ist tot, genauso Oberst Yarrow. Oberst Edris ist mit einer kleinen Kompanie nach Osten marschiert, nach Listre, um Tresh davon in Kenntnis zu setzen, dass er jetzt unser König ist, und um eine Armee auszuheben, mit der Tresh seinen Thron und sein Land zurückerobern soll. Auch wenn er nur ein entfernter Verwandter ist und ich nicht glaube, dass er Rilpor jemals besucht hat, ist Tresh zumindest der legitime Thronerbe und der Beste, den wir haben. Der Rest meiner Offiziere und meiner Armee wurde gefangen genommen oder muss als tot gelten.« Das Wasser in dem Becher konnte nicht verhindern, dass seine Stimme bei den letzten Worten heiser wurde.

»Götter«, murmelte Hadir. »Mein herzliches Beileid, Herr. Kennt Ihr die Zahl der Männer und Frauen, die Ihr mitgebracht habt?«

Schreie hallten in Makes Ohren wider. So viele Verluste. »Es sind fast zweitausend Soldaten und Wölfe, die Ruhe und Heilung brauchen, auch wenn die Schwerverletzten zurückgelassen wurden oder unterwegs gestorben sind. Dazu fast viertausend Zivilisten. Ich weiß, dass die Versorgung ein Problem darstellen wird, aber ich wollte sie nicht den Mirak überlassen.«

Hadir nickte nur, eine Falte zwischen den Brauen, während er zweifellos die Menge an Vorräten überschlug, die sie in den Lagerhäusern hatten, und dann die Zahl der Münder, die sie würden füttern müssen, dagegenhielt.

»Wir haben uns auf den Tränen eingeschifft und es so aussehen lassen, als würden wir Listre ansteuern, dann haben wir die Boote weiterfahren lassen und sind umgekehrt, haben den Weg durch den großen Wald genommen. Oberst Dorcas und Major Vaunt führten eine andere, etwas kleinere Gruppe an. Sie wollten sich durch das Königstor schlagen und zu uns stoßen. Sie sind nie aufgetaucht.«

Es folgte ein langes Schweigen, und Make gewann den Eindruck, dass Hadir ihm Zeit geben wollte, sich zu sammeln. Er machte das Beste daraus, schloss die Augen, lehnte sich auf seinem Stuhl zurück und spürte, wie die Anspannung ein wenig aus seinen Schultern wich – zum ersten Mal seit ihrer Flucht. Nein, seit dieses ganze gottverdammte Schlamassel von einem Krieg begonnen hatte.

»Wir werden bei Einbruch der Abenddämmerung eine große Ratssitzung abhalten, General«, sagte er schließlich und konzentrierte sich wieder auf Hadir. »Euer gesamter Stab plus jene von meinen Leuten, die in den letzten Wochen eine größere Verantwortung übernommen haben. Bis dahin gebe ich Euch schon einmal die schnelle, schlimme Kurzfassung. Lasst die ganze Truppe die Neuigkeiten wissen – wir sind weit über das Stadium hinaus, in dem wir noch Geheimnisse vor den Männern hatten, die das Kämpfen zu erledigen haben.«

Hadir nickte, füllte ihre Becher erneut mit Wasser und begann, sich Notizen zu machen.

Make hatte nicht geschlafen. Er hatte nicht einmal die Augen geschlossen, sondern auf den Aufruhr gewartet, der sich erheben würde, sobald der Rest der Südtruppe erfuhr, was in Rilporin geschehen war. Was er hatte geschehen lassen.

Der Aufruhr war ausgeblieben. Natürlich, es hatte Lärm und Enttäuschung gegeben und die Großsprecherei von Männern, die sich damit gebrüstet hatten, was wohl geschehen wäre, wenn sie selbst vor Ort gewesen wären, aber dann hatten Makes überlebende Soldaten diese Männer angesehen, hatten sie einfach nur angesehen, aus Augen, in denen sich das ganze Grauen und das Gemetzel, an dem sie beteiligt gewesen waren, widergespiegelt hatten, und dann war rasch Schluss mit dem Geprahle gewesen. Make war darauf vorbereitet gewesen, Raufereien schlichten zu müssen, doch das hier war viel beängstigender. Und viel wirksamer.

Trotzdem, das schmerzhafte Gefühl des Scheiterns war gegenwärtig, selbst noch jetzt, Tage, nachdem sie Rilporin aufgegeben hatten. Er saß starr und schweigend da, während sich der Ratssaal nach und nach füllte. Die Tatsache, dass Dalli den Platz neben ihm eingenommen und unter dem Tisch verstohlen sein Knie gedrückt hatte, erfüllte ihn mit einer geradezu lächerlichen Dankbarkeit. Er hatte einen Moment gebraucht, um Gilda zu erkennen und – wie hieß sie noch gleich? – Rillirin, Corvus' Schwester, und dann noch einen weiteren Moment, um sich zu fragen, warum die beiden wohl so weit wie nur möglich von Dalli entfernt saßen. Ein Blick auf den verkniffenen Mund seiner Geliebten genügte, dass er beschloss, lieber nicht zu fragen.

»Ich danke euch allen, dass ihr gekommen seid. Für jene von euch, die mit mir hermarschiert sind, hoffe ich, dass ihr hinter den Mauern der Forts der Südtruppe ein wenig Ruhe und Erholung finden werdet. Und ihr Offiziere der Südtruppe, lasst mich offen sprechen: Die Wölfe und die Zivilisten in diesem Rat sind Leute, denen ich vertraue, Leute, die zusammen mit mir die Evakuierung organisiert und angeführt haben. Sie mögen keine hohen Ämter bekleiden, aber sie haben genauso das Recht, hier zu sein, wie ihr. Ich weiß, ihr werdet sie behandeln, wie ihr jeden Offizier behandeln würdet. Hallos, der königliche Leibarzt, ist mit uns gekommen, hat jedoch mein Angebot einer Teilnahme an dieser Ratssitzung abgelehnt, weil er lieber jene behandeln wollte, die noch immer an den Wunden von der Belagerung leiden. Auch wenn er nicht hier anwesend ist, betrachte ich ihn als ein Mitglied meines Stabes. Was die Hohepriesterin Gilda und König Corvus' Schwester Rillirin betrifft, so bin ich froh zu sehen, dass ihr beide noch lebt, und ich kann es kaum erwarten zu hören, wie es euch seit unserer letzten Begegnung ergangen ist.« Gilda wirkte müde und gequält und unternahm auch keinerlei Versuche, es zu verbergen. »Häuptling Lim, Euer Sohn, war ein großer Mann, Hohepriesterin, und er hat sein Volk ehrenvoll und tapfer geführt. Ich trauere mit Euch um diesen Verlust.«

»Vielen Dank, Fürstgeneral, das ist überaus freundlich. Vor allem da wir beide wissen, wie eigensinnig er sein konnte. Aber ich weiß Eure Worte sehr zu schätzen.«

Hadir klopfte mit dem Zeigefinger auf den Tisch. »Fürstgeneral Koridam, es soll so sein, wie Ihr sagt. Diese Leute haben mehr Krieg und Blutvergießen erlebt als viele meiner eigenen Männer. Man wird sie entsprechend behandeln. Und wenn ich Euch vorstellen darf: Das hier sind Oberst Jarl von Fort zwei, Oberst Osric von drei und Oberst Thatcher von vier. Wir hielten es für das Beste, gleich den gesamten Stab in diese Ratssitzung einzubeziehen, damit es keine Verwirrungen gibt.«

Make nickte den drei Männern der Reihe nach zu. »Es ist mir ein Vergnügen, euch alle kennenzulernen. Lasst mich euch als Erstes für eure Gastfreundschaft danken. Wir bringen Scharen von Menschen in diese Forts, für die diese nie vorgesehen waren. Sowohl meine Soldaten als auch die Zivilisten brauchen Zeit, Ruhe und Nahrung, um sich von der Belagerung und der Reise hierher zu erholen. Um nichts zu beschönigen, General – Ihr und Eure Truppe seid während der nächsten paar Wochen alles, was noch zwischen Rilpor und der Katastrophe steht, bis wir Übrigen wieder auf die Beine gekommen sind und eine landesweite Offensive organisiert haben, um der Bedrohung durch die Mirak ein für alle Mal ein Ende zu setzen.«

Hadir nickte kurz und heftig.

Make legte beide Hände auf den Tisch. »Ich will mich ganz klar ausdrücken: Diese Sache ist noch nicht vorüber, noch lange nicht. Wir haben ihnen übel zugesetzt und sie uns, ja. Unser König und unser ehemaliger Oberbefehlshaber der Truppen sind tot, ebenso wie viele, wenn nicht gar die meisten unserer ranghohen Offiziere, aber die andere Seite hat niemand Geringeren als die Dunkle Dame selbst verloren.« *Fragt mich nur nicht, woher ich das weiß oder wer den tödlichen Schlag geführt hat – und warum.*

»Diese Behauptung ist unglaublich, wenn Ihr mir die Bemerkung gestattet, Fürstgeneral«, erwiderte Hadir. »Wir sind alle getreue Anhänger der Götter des Lichtes, aber die Behauptung, einer der Roten Götter sei tot …«

»Dom hat es getan. Der Calestar der Wölfe«, mischte sich Rillirin ein. »Vergebt mir, wenn ich einfach so das Wort ergreife und meine Worte vielleicht unpassend klingen; ich weiß, ich war nicht dabei, aber ich habe mit mehreren der Augenzeugen gesprochen, meine Herren. Dom hat sich von den Mirak gefangen nehmen lassen und … und er hat ihnen gewisse Informationen geliefert, um das Vertrauen von Corvus und der Gesegneten zu gewinnen, und dann gibt es da Gerüchte, nach denen er Rivil in einem Kampf auf Leben und Tod getötet haben soll. Als dann später die Dunkle Dame in Rilporin erschienen ist, hat er auch sie getötet. Nun ja, er hat sie niedergestochen, sodass der Fuchsgott sie töten konnte.«

Aller Augen richteten sich auf Rillirin, und sie errötete unter den musternden Blicken, reckte aber trotzig das Kinn. Es wäre eigentlich nicht an ihr gewesen, diese Geschichte zu erzählen, und sie hatte ihr auch einen Beiklang verliehen, der Make nicht gefallen würde, doch das waren zweifellos die Tatsachen, so wie er sie zu verstehen hatte.

»Nun gut, mag er Rivil getötet haben, und da hat er auch gute Arbeit geleistet, aber warum ist die Dunkle Dame denn überhaupt dort gewesen?«, fragte Dalli aufgebracht und sprang so heftig auf, dass ihr Stuhl umkippte. »Weil dein ach so wertvoller Dom Crys gefoltert hat! Folter, auf Befehl der Mirak. Versuch nicht, ihn zum Helden dieser Geschichte zu machen. Er hat nichts anderes getan, als uns auf Schritt und Tritt zu verraten und dadurch den Tod von Tausenden zu verschulden. Er hat sich dem Blut zugewandt, und jetzt sagst du, wir sollen ihm auch noch dafür danken!«

Rillirin erhob sich ebenfalls und schüttelte Gildas Hand ab, als diese sie festhalten wollte. »Du weißt ja gar nicht, wovon du redest«, begann sie, und Dalli traten die Augen aus den Höhlen.

»Ich weiß nicht, wovon ich rede?«, tobte sie. »Du hast gerade selbst gesagt, dass du gar nicht dabei warst! Nun, ich war dort, und ich habe gesehen, was passiert ist. Du meinst, du kennst Dom, weil du mit ihm geschlafen hast, weil du seinen giftigen Samen in dir trägst? Du weißt nicht das Geringste über ihn, über irgendeinen von uns. Du bist zehn Jahre lang eine Sklavin der Mirak gewesen, dein Bruder ist ihr gottverdammter König – natürlich verzeihst du Dom, dass er selbst ein Mirak geworden ist, es rechtfertigt deine eigene Schwäche, deinen eigenen Verrat! Vielleicht sollten wir lieber nach deinem Glauben fragen, statt dir zu erlauben, hier mit uns in der Ratsversammlung zu sitzen.«

»Genug.« Make ließ beide Fäuste so heftig auf den Tisch krachen, dass die Becher klapperten und Rillirin die Worte wegblieben, die sie gerade hatte herausschreien wollen. »Hinsetzen oder raus hier!« Dalli warf Rillirin einen triumphierenden Blick zu. »Alle beide.«

Dalli starrte Make mit offenem Mund an, und ihr Gesichtsausdruck war vernichtend. Er hielt ihrem Blick stand, bis sie klein beigab. Mit einer Langsamkeit, in der das Versprechen lag, dass die Sache noch nicht erledigt sei, hob sie ihren Stuhl wieder auf und setzte sich hin. Gilda zerrte an Rillirins Arm und zog auch sie auf ihren Platz zurück.

»General, Obersten, vergebt mir«, sprach Make weiter. »Die Wunden von der Belagerung sind bei vielen von uns noch allzu frisch. Aber lasst mich fortfahren – das hier ist schließlich ein Kriegsrat. Wir beschränken uns auf die Tatsachen und auf den Plan für unseren Sieg. Wenn ihr über Treuepflichten streiten wollt, tut es anderswo. Meine eigenen Gefühle Dom Templesons Taten betreffend sind gemischt, aber niemand kann leugnen, dass die Dunkle Dame ohne seine Hilfe nicht vernichtet worden wäre. Wir können den Verrat, den er zuvor begangen hat, nicht ändern, und ich erwarte nicht, dass jene letzte Tat diejenigen unter euch, die an Ort und Stelle waren, dazu veranlasst, ihm zu vergeben; ich selbst habe das jedenfalls sicher nicht getan. Doch er ist jetzt nicht hier, und vermutlich ist er auch nicht mehr von Bedeutung. Bedeutsam aber ist, was wir als Nächstes tun.«

Das Schweigen ringsum war geschwängert von Argwohn und um sich greifender Verlegenheit. Make fand Dallis Bein unter dem Tisch, und sie zog es geflissentlich unter seiner Hand weg.

»Die … Damen haben aber einen durchaus gewichtigen Punkt vorgebracht«, unterstrich Oberst Thatcher. »Könnte mir bitte irgendjemand diese Information über den Fuchsgott erklären und verdeutlichen, wie sie mit Major Tailorson in Verbindung steht?« Rillirin und Dalli starrten einander erneut böse an. »Und vielleicht könnte die Hohepriesterin, als die Autorität in solchen Belangen, uns sagen, was sie selbst von alledem hält?«

»Hauptmann Kennett hier ist vielleicht am besten in der Lage, diese Frage zu beantworten«, antwortete Make und streckte deutend die Hand aus. Kennett errötete unter den allgemeinen Blicken und setzte sich etwas aufrechter. »Berichtet dem Rat, was Ihr wisst, Hauptmann.«

»Ja, Fürstgeneral. Ich habe mit Crys Tailorson gedient, damals vor dem Krieg, als er Hauptmann war, und dann wieder während der Belagerung, als man ihn zum Major befördert hatte. Ein großer Anführer, meine Herren, hoch begabt und mutig. Er hatte das Kommando über die Südmauer inne. Er fand seinen, äh« – Kennett brach ab, leckte sich die Lippen und warf Make, der einen völlig neutralen Gesichtsausdruck aufgesetzt hatte, einen verzweifelten Blick zu –, »seinen *Freund* tot auf, mit einem Speer an eine Tür genagelt. Er verstand das als eine bewusste Provokation von Lord Galtas Morellis, mit dem er in Fehde lag und der heimlich in die Stadt eingedrungen war. Morellis war Prinz Rivils Mitverschwörer.«

»Schleimiger, einäugiger Drecksack«, murmelte Jarl. »Crys Tailorson wäre nicht der erste Soldat, den er provoziert hat.«

»Wie dem auch sei, er hat seinen Freund gefunden, und nun, ich meine, ich war selbst dabei, aber es ist schwer zu erklären. Er hat gebrüllt, er werde tun, was immer nötig sei, um Ash von den Toten zurückzuholen, und er hat schreiend die Tänzerin angerufen, weil sie zugelassen hatte, dass er starb, und dann … nun, sein Schreien hat alles Glas im ganzen Bezirk zerspringen und die Steinplatten unter seinen Füßen bersten lassen. Für einen Moment ist eine Art silbernes Licht aus ihm geströmt, strahlender als die Sonne, und dann war Ash plötzlich nicht mehr tot, und Crys – ich meine, Major Tailorson – war der Fuchsgott.« Kennett brach ab und wischte sich Schweiß von der Oberlippe. Sein Gesicht zeigte den Ausdruck eines Mannes, der glaubt, einen schrecklichen Fehler begangen zu haben, der jedoch entschlossen ist, die Sache bis zum bitteren Ende durchzuziehen. Das Schweigen ringsum war geladen mit Skepsis.

»Ich bin ebenfalls dort gewesen«, kam ihm Dalli zu Hilfe, und Make stieß ein lautloses Schnauben der Erleichterung aus. »Wir dachten, es wäre euch lieber, die Sache zuerst von einem Soldaten zu hören, aber ich bin selbst dabei gewesen, und alles, was der Hauptmann gesagt hat, ist wahr. Ich habe Ash gefunden, und ich erkenne einen Leichnam, wenn ich einen sehe. Er war tot, und dann war er nicht mehr tot, und das hat Crys vollbracht. Er hat auch noch andere Dinge geleistet, danach, während der Belagerung. Er hat fast ganz allein und die ganze Nacht hindurch die Bresche gehalten und Soldaten um sich geschart, die drauf und dran waren aufzugeben, und ihnen neuen Kampfesmut verliehen. Er hat die Dunkle Dame getötet, nachdem Dom sie verletzt hatte.« Ihre Stimme war wieder gefasst, und sie stieß ihren Schenkel gegen den Makes als Geste der Entschuldigung. »Er hat auch gegen Gosfath gekämpft. Crys ist der Fuchsgott, der gekommen ist, um uns zu helfen.«

Osric stieß ein Schnauben aus, das nach Hohn klang. »Und wo ist dieser sogenannte Gott jetzt?«, fragte er.

Das ist leider eine gute Frage.

»Das wissen wir nicht«, gestand Make. »Er ist während des Rückzugs verschwunden.«

»Der Fuchsgott lebt, und er lebt in Crys.« In Gildas Stimme lag all die ruhige Gewissheit einer Frau, die ihr Leben lang unter mächtigen Menschen die maßgebliche Stimme war. »Ich habe das Erwachen des Gottes noch von hier aus gespürt. Er wird zurückkehren, wenn wir ihn brauchen.«

»Wie praktisch«, murmelte Osric halblaut, jedoch nicht leise genug.

»Ihr habt etwas zu sagen?«, blaffte Dalli, deren Temperament wieder mit ihr durchzugehen drohte. »Denn während Ihr hier mit Eurem Schwanz in der Hand dagesessen habt, hat der Rest von uns gekämpft und ist gestorben. Warum geht Ihr nicht einfach …«

»Genug, Häuptling«, unterbrach Make sie, und dass er sie bei ihrem neuen Titel nannte, reichte gerade eben aus, um sie halbwegs zu beruhigen. Götter, er liebte ihr Feuer, aber manchmal könnte er sie erwürgen. »Mein Vater hat den drei Tausendschaften der Südtruppe befohlen hierzubleiben, und diese Entscheidung war die richtige.«

Jarl räusperte sich. »Der Feind wird seine Herrschaft zu festigen versuchen, nicht nur über Rilporin, sondern über das ganze Land, und wie die Dinge liegen, haben wir nicht genug Soldaten, um es aus seiner Gewalt zu befreien. Was sind unsere nächsten Schritte?«

Make warf ihm einen dankbaren Blick zu. »Ihr wisst, dass Oberst Edris nach Listre marschiert ist, um König Tresh für unsere Sache zu gewinnen und eine Armee aufzustellen; wir hoffen und erwarten, dass wir binnen weniger Wochen von ihm hören. Bis dahin müssen wir unsere Spione in die großen Städte einschleusen und Informationen über die Bewegungen und Absichten des Feindes sammeln. Wenn wir ein wenig Glück haben, bringen die Mirak nicht in Erfahrung, dass wir umgekehrt sind, und glauben, wir wären in Listre, aber sendet weiter Späher aus, um die Wege hierher zu überwachen, wie ihr es auch bisher schon getan habt. Wenn unsere Anwesenheit hier tatsächlich unbemerkt bleibt, dann können wir, sobald wir die Nachricht erhalten haben, dass Tresh an der Spitze einer Armee zu uns gezogen kommt, von hier ausschwärmen wie Ameisen, die Bastarde in die Zange nehmen und ihnen ein für alle Mal den Garaus machen.«

»Und wie viele Kämpfer haben die Mirak?«, fragte Oberst Jarl.

»Ich habe da keine konkrete Vorstellung«, antwortete Make. »Gegen Ende der Belagerung haben wir in den Straßen Mann gegen Mann gekämpft. Davor sah es so aus, als hätten sie etwa sechstausend, vielleicht mehr. Jedenfalls sind es mehr als wir.« Er holte tief Luft. »Wir brauchen mehr Soldaten, und auch wenn ich es Edris durchaus zutraue, es zu König Tresh zu schaffen und eine Armee auszuheben, bin ich doch nicht bereit, das Land und seine Bewohner aufs Spiel zu setzen, solange ich keine absolute Gewissheit habe. Daher beabsichtige ich, Gesandte zum Kriegsfürsten von Krike zu schicken und mit ihm ein Hilfsabkommen auszuhandeln. Ich hege die Hoffnung, dass Tresh mir mein eigenmächtiges Handeln verzeihen wird, schließlich ist das Überleben Rilpors nun mal wichtiger als irgendwelche Linien auf einer Karte. Im Ausgang von dieser Überlegung plane ich, den Krikern anzubieten …«

»Verzeiht mir die Unterbrechung, Fürstgeneral«, schaltete sich General Hadir ein, »aber das kommt nicht in Betracht. Fürstgeneral Koridam, ich meine damit Euren Vater, Fürstgeneral Durdil Koridam, hat, als er unsere beiden Tausendschaften als Verstärkungstruppen für Rilporin angefordert hat, mich außerdem gebeten, die Aussichten auf Hilfe aus Krike auszuloten. Der dortige Kriegsfürst war … alles andere als entgegenkommend.«

»Er hat gesagt, er freue sich darauf, dass unsere Streitmächte einander auslöschen, sodass die Kriker ihr Gebiet nach Norden bis nach Rilpor hinein ausdehnen können«, ergänzte Jarl mit ätzender Stimme.

»Wenn sie schon nicht bereit gewesen sind, uns mit Soldaten zu versorgen, als wir, ähm, gewonnen haben, Fürstgeneral, halte ich es für unwahrscheinlich, dass sie das jetzt tun, nachdem wir einen Rückschlag erlitten haben«, fügte Hadir in rechtfertigendem Tonfall hinzu.

Einen Rückschlag erlitten. Zumindest fasst er meine vernichtende Niederlage in taktvolle Worte.

»Das sind nicht die Neuigkeiten, die ich zu hören gehofft hatte, meine Herren. Und es gibt wirklich keine Möglichkeit, dass wir uns noch einmal mit einem Angebot an sie wenden könnten – sagen wir, sie bekommen als Gegenleistung für ihre Hilfe die Hälfte der Westebene?«

»Der Kriegsfürst und seine Hexe, die Mutter Seherin, haben gedroht, sämtliche Gesandten zu töten, die ihnen über den Weg laufen, ganz gleich, ob sie die weiße Flagge tragen oder nicht, Fürstgeneral. Wenn in Krike einmal eine Entscheidung getroffen wird, ist sie auch getroffen.«

»Verdammt«, fluchte Make. »Also warten wir auf Listre und beten, dass König Tresh auch wirklich begierig darauf ist, sein Königreich zu beanspruchen.«

»Bildet die Zivilisten im Kampf aus«, schlug Oberst Thatcher vor. Aller Augen richteten sich auf ihn. »Ich bin ein Mann aus dem einfachen Volk, Herr, in der Truppe aufgestiegen bis zu meinem jetzigen Posten. Habe immer schon davon geträumt, Soldat zu werden. Unsere Zivilisten hier haben eine Belagerung durchgestanden, sie haben Tod und Zerstörung gesehen und waren außerstande, das Unheil zu verhindern. Gebt ihnen jetzt

Waffen in die Hände, lasst sie von einfachen Leuten wie mir ausbilden, und ihr werdet sehen, wie viel Schneid sie haben – wenn sie nicht nur die Möglichkeit haben, sich zur Wehr zu setzen, sondern auch die dazu erforderlichen Fähigkeiten. Wir brauchen dringend Streitkräfte – diese Leute sind womöglich alles, was wir bekommen können. Am besten, wir fangen gleich damit an, mit ihnen zu arbeiten …«

»Und auch mit den Frauen«, warf Dalli ein, bevor irgendjemand sonst das Wort ergreifen konnte. »Ich bin Häuptling meines Volkes, und wir wissen, wie wichtig es ist, Krieger zu rekrutieren, ganz gleich, welchen Geschlechts. Unter diesen Zivilisten werden Frauen sein, die jeden Tag der Belagerung damit verbracht haben, darauf zu warten, vergewaltigt und getötet zu werden, ob von ihren eigenen Leuten oder vom Feind. Denn so ist der Krieg. Sagt ihnen, dass sie sich werden schützen können, und sie werden sich auf diese Möglichkeit stürzen. Ich habe auf der Reise hierher selbst mit Dutzenden von ihnen gesprochen. Gebt ihnen die Chance, Fürstgeneral. Sie werden Euch nicht enttäuschen.«

»Ich bin einverstanden«, antwortete er. »Wir kämpfen hier nicht nur um unser Leben, sondern auch um unsere Art zu leben, für unsere Kinder und deren Kinder. Wir kämpfen für Freiheit und für das Licht. Ich werde niemandem, der an meiner Seite stehen will, Ausbildung und Waffen verweigern.«

»Ihr hattet doch diese Frau, diesen weiblichen Hauptmann, oder?«, murmelte Osric.

»Majorin Carter, ja«, bestätigte Make mit ausdrucksloser Stimme. »Worauf wollt Ihr hinaus?« Indes schien es, dass Osric auf überhaupt nichts Bestimmtes hinauswollte. »Gut. General Hadir, ich will, dass Eure ausgeruhten drei Tausendschaften auf Patrouille gehen. Ich will, dass sie Rilporin ausspähen, um festzustellen, was Corvus im Schilde führt, und ich will, dass sie Eibenhain aufsuchen und Kiefernschleuse und Schindel ebenfalls, sofern die Brücke über den Gil intakt ist. Vielleicht sogar Segelstadt, wenn die Straßen frei von Mirak sind und Ihr Männer habt, die bereit sind, sich in feindliches Territorium zu wagen. Lasst die Zivilisten sehen, dass Ihr lebt und die Hoffnung nicht aufgegeben habt und dass Ihr auch diese Menschen nicht aufgegeben habt. Sagt ihnen, Hilfe sei auf dem Weg, doch macht keine genauen Angaben darüber, woher sie kommt. Tragt ihnen auf, am Leben zu bleiben. Und, um der Liebe zur Tänzerin willen, kauft so viele Vorräte, wie Ihr könnt, sonst werden wir alle verhungern. Aber«, Make hob den Zeigefinger, um seine Worte zu unterstreichen, »niemand – und ich meine, nicht ein einziger Soldat – darf irgendjemandem gegenüber die Anwesenheit von Leuten aus Rilporin hier in diesen Forts verraten. Je länger Corvus glaubt, wir seien in Listre, desto größer ist die Wahrscheinlichkeit, dass er uns in Ruhe lässt, sodass wir unsere nächsten Schritte planen können. Wenn er erfährt, dass wir hier sind … nun, sagen wir einfach, ich für meinen Teil habe genug davon, belagert zu werden.«

»Und wir sind uns auch sicher, dass er glaubt, dass Ihr in Listre seid?«, hakte Jarl nach.

»Nein«, erwiderte Make, »aber wir sollten ihm keinen handfesten Beweis auf dem Silbertablett servieren, nicht wahr? Doch jetzt lasst erst einmal in den Forts die Kunde verbreiten, dass wir Freiwillige zum Aufbau einer Miliz suchen und dass auch Frauen sich melden dürfen. In einer Woche wollen wir damit anfangen, sie militärisch auszubilden. Bis dahin sollen sie sich ausruhen und zu essen bekommen. Und das gilt für uns alle – so lange liegt unsere Sicherheit in Euren Händen.«

»Verstanden«, sagte Hadir. »In Ordnung, zeigen wir Fürstgeneral Koridam, aus welchem Holz die Südtruppe geschnitzt ist.«

CRYS

Siebter Monat, erstes Jahr der Herrschaft von König Corvus
Grüngrat, südliches Krike

Zwei aus ihrer Dreiergruppe erwachten schreiend – wieder einmal.

Als Crys um sich schlagend aus dem Albtraum hochgeschreckt war und sich mit schweißnass an seinem Rücken klebendem Hemd aufgesetzt hatte, schürte Ash schon das Feuer, und der ausgemergelte Calestar kauerte daneben, wiegte sich hin und her. Doms Albträume waren eine Folge seiner Ermordung der Dunklen Dame. Diejenigen von Crys resultierten daraus, dass Dom beinahe ihn getötet hätte.

»Morgen«, krächzte Crys, rieb sich den Schweiß vom Gesicht und griff nach dem Trinkschlauch. Ash hielt seine Hand fest und hauchte einen Kuss auf die Knöchel. Keiner von beiden sah Dom an. Auch wenn der Fuchsgott darauf beharrt hatte, dass Dom sie begleitete, bekam Crys jedes Mal eine Gänsehaut, wenn sich der Wolf ihm näherte.

Das wird vergehen.

Crys gab ein Grunzen von sich und trank. All die Wochen, in denen sie davongerannt waren und sich sowohl vor den Mirak als auch vor ihren eigenen Leuten versteckt hatten, um sich über die Grenze nach Krike durchzuschlagen, hatten seine Stimmung nicht gerade verbessert, aber jetzt waren sie zumindest hier und in Sicherheit. Es sei denn, die Kriker beschlossen, sie umzubringen. *Ein Bogenschütze, ein Gott und ein einarmiger Wahnsinniger wandern nach Krike hinein … der schlechteste Scherz aller Zeiten.*

Sie stocherten in den Überresten der Mahlzeit vom vergangenen Abend herum, schulterten dann ihre Waffen und die Decken, die sie aus dem brennenden Rilporin mitgenommen hatten, und setzten sich in Bewegung. Dom schwieg. Dom schwieg immer, und so gefiel es Crys. Er und Ash hielten stets einige Schritte Abstand zu ihm, nicht willens zu verzeihen – und außerstande zu vergessen –, was er getan hatte.

Nicht alle Entscheidungen sind seine eigenen gewesen. Nicht jeder Verrat geschah aus freien Stücken.

Und du hast nicht alles fühlen müssen, was er mir angetan hat, Füchslein, konterte Crys. *Aber ich habe es gefühlt. Alles. Ich habe ihm in die Augen geschaut und Freude darin gesehen.*

Ich habe in seine Seele geschaut und Verzweiflung darin gesehen, erwiderte der Fuchsgott. Crys redete sich ein, dass ihm das vollkommen gleich war.

»Also, dieser Kriegsfürst«, nahm Ash den Faden des Gesprächs wieder auf, das sie während der letzten paar Tage geführt hatten – vielleicht in Reaktion auf den entrückten Ausdruck, den Crys' Gesicht stets annahm, wenn der Große Gauner zu ihm sprach. »Er herrscht über ganz Krike?«

»Mehr oder weniger. Er ist der militärische und weltliche Arm der Regierung. Dann haben sie noch einen Seher – die Mutter Seherin oder den Vater Seher, je nachdem, wer gewählt wird –, der die Priesterschaft anführt und in jenen Streitigkeiten den Schiedsspruch fällt, welche die Priester vor Ort nicht zu schlichten vermögen. Als ich in der Südtruppe gedient habe, war der Kriegsfürst Brid Fuchstraum, und das Amt des Sehers hatte eine Frau inne.«

»Fuchs?«, hakte Ash nach.

»Kein Verwandter«, antwortete Crys und musste grinsen. Der Themenwechsel wehte auch die letzten Stäubchen von unschönen Erinnerungen und Albträumen fort. »Doch sie sind diesbezüglich ziemlich eigen. Sie haben da irgend so ein Ritual, das die Priesterschaft, glaube ich, einmal im Jahr durchführt, bei dem sie Kinder eines gewissen Alters auf eine Art spirituelle Reise schicken, wo sie sich dann einem … Geschöpf gegenübergestellt finden, mit dem sie eine besondere Übereinstimmung verbindet.«

»Lächerlich«, schnaubte Ash. »Mein Tier wäre natürlich ein majestätischer Wolf mit einem silbernen Fell und einem erhabenen Gesichtsausdruck.«

»Wohl eher ein von Flöhen zerbissener Dachs«, zog Crys ihn auf. »Aber vielleicht werden wir es ja herausfinden, wenn wir diese Seherin kennenlernen.«

»Reiter«, sagte Dom und streckte deutend die Hand aus.

Ashs Finger flogen zu seinem Bogen, und Crys griff nach der Axt, die er aus Rilporin mitgenommen hatte. Nicht gerade seine bevorzugte Waffe, aber sie war alles, was er hatte. Dom umklammerte nur den Stumpf seines Arms – die Hand war von ebendieser Axt abgetrennt worden – und beobachtete, wie die Reiter näher kamen. Der Fuchsgott rumorte, gebot Wachsamkeit, ohne echte Gefahr anzukündigen.

Die kleine Gruppe galoppierte herbei, umzingelte sie und richtete Speere auf ihre Oberkörper. Ashs Hand zuckte erneut Richtung Waffe, aber dann trat Crys vor. »Seid mir gegrüßt, Krieger. Möge der Fuchsgott sein Licht über euch leuchten lassen und die Tänzerin euch mit Überfluss segnen.« Er ließ seine Axt ins Gras fallen und hob beide Hände. Die Hemdsärmel rutschten herunter und ließen die Narben auf seinen Unterarmen sichtbar werden. »Ihr habt sicherlich vom Krieg in Rilpor gehört, vom Einfall der Mirak und ihrer Roten Götter? Wir sind hier, um uns zu erkundigen, ob ihr nicht an unserer Seite – für eure Götter – kämpfen wollt, um die Heiden zurückzuschlagen? Könnten wir vielleicht mit dem Häuptling eures Clans sprechen?«

»Ich bin Cutta Froschtraum«, meldete sich eine Frau zu Wort. »Ich bin die Kriegsherrin von Grüngrat und Clanshäuptling. Wir wissen um eure Probleme, Rilpori, aber es sind nicht unsere Probleme. Wir haben euren Gesandten bereits unsere Antwort erteilt und versprochen, das Blut aller zu vergießen, die nach ihnen kommen.«

»Nun, das ist unangenehm«, murmelte Ash. »Das hier ist kein normaler Gesandter«, rief er, reckte den Zeigefinger und stach Crys damit beinahe ein Auge aus. »Das hier ist der Fuchsgott persönlich, der Große Gauner im Leib eines Sterblichen. Er hat gegen die Dunkle Dame der Mirak gekämpft – und sie getötet! Er hat mich von den Toten zurückgeholt! Er hat Tausende verletzter Soldaten und Zivilisten geheilt! Ihr schuldet ihm eure Gefolgschaft.«

Crys wartete auf Gelächter, gefolgt von ihren Speeren. Beides blieb aus.

»Der Zweiäugige Mann«, flüsterte jemand. »Die alten Geschichten …«

»Ihr wagt da eine kühne Behauptung hinsichtlich Eures Freundes, Wolf«, antwortete die Kriegsherrin. »Ja, wir können Euch ansehen, welchem Clan Ihr entstammt. Eine kühne Behauptung und eine, die euer aller Tod sein wird, falls sie sich als unwahr erweist. Ihr haltet uns für barbarische Wilde und unseren Glauben für kindisch, aber Ihr irrt euch. Wenn Ihr meint, Ihr könntet uns überlisten, wird das der letzte Gedanke sein, den Ihr jemals gehegt habt.«

»Schönen Dank auch, Ash«, murmelte Crys, als die Kriker ihre Pferde wendeten und sie zungenschnalzend in Trab setzten, zurück in die Richtung, aus der sie gekommen waren, die drei Männer in ihrer Mitte.

»Wenn schon, dann können wir auch gleich zur Sache kommen«, erwiderte Ash mit einem gepressten Lächeln. »Du hast schließlich nie behauptet, dass das Ganze ein Spaziergang werden würde. Aber ich würde ganz gern weiterleben, wenn es dir nichts weiter ausmacht.«

»Würden wir wohl alle gern«, murmelte Crys. »Dann komm, Füchslein. Ganz locker.«

Es war nicht gerade eine Privataudienz bei der Kriegsherrin und ihren Priestern, aber dem Fuchsgott schien es nichts auszumachen. Crys stand auf einem grasbewachsenen Platz in der Mitte der Stadt, wo ein einzelner Steinfinger, doppelt so groß wie Crys, aufgerichtet worden war. Etwas an der Form des Felsklotzes, seine schiere Präsenz, wie er da vor dem schwarzen Hintergrund des Himmels aufragte, schien Crys an irgendetwas erinnern zu wollen. Bevor jemand das Wort ergreifen konnte – und es sah so aus, als sei die ganze Stadt herbeigerufen worden, um Zeuge zu sein –, hatte sich Crys bereits unwillkürlich auf den Weg zum Stein gemacht. Während er durch das Gras darauf zustrich, huschten ihm Ziegen und Hühner aus dem Weg. In seinem Inneren grinste es erwartungsvoll aus scharfen Zähnen.

»Das also ist der Ort, wo ihr hingeht, um mit euren Priestern seelenzuträumen«, sagte er mit laut über die Wiese hallender Stimme.

»Er ist es gewesen, ja«, antwortete Cutta Froschtraum, und Crys runzelte die Stirn. »Jetzt geschieht alles Seelenträumen in Sehershöhe, unserer Hauptstadt, und wird von der Mutter Seherin persönlich erledigt.«

»Ihr seelenträumt nicht ohne sie?«, rief Crys verwundert. »Warum nicht?«

»Es wird nicht mehr gemacht«, antwortete die Kriegsherrin. »Und woher wisst Ihr überhaupt etwas über unsere Magie?«

»Weil ich der Zweiäugige Mann bin«, sagte er, und die laut ausgesprochene Behauptung ließ ringsum ein Raunen der Ungläubigkeit und Entrüstung aufsteigen. Niemand schenkte ihm

Glauben, jedenfalls jetzt noch nicht. Aber sie würden es schon noch tun. Das mussten sie.

Und sie werden es auch.

Aus der Nähe konnte man sehen, dass in die Oberfläche des Steins Wirbel und Spiralen und sich schlängelnde Verbindungslinien eingegraben waren, die das Auge verwirrten und den Blick nach oben zogen. Leicht benommen und mit jagendem Herzen legte Crys beide Hände auf die in den Stein geritzten Linien. Die Härchen auf seinen Unterarmen stellten sich auf, als stünde er in der Mitte eines Gewitters mit Blitz und Donner ringsum. Er hatte die Hände auf den Stein gelegt, bevor irgendjemand sein Tun infrage stellen oder ihm hätte vorschreiben können, was er zu tun und zu lassen hatte, und über das laute Rauschen in seinen Ohren hinweg konnte er gerade noch das Murmeln und Sich-Bewegen der Menge hören. Halb fragte er sich, ob er da nicht ein Sakrileg beging, aber dem Stein und seinem Muster war es egal, was er machte, und dem Großen Gauner war es ebenfalls gleich.

Einige der Gravuren sprachen zu ihm, und er zeichnete sie mit den Fingerspitzen nach. Er nahm die winzigen Spuren silbrigen Lichtglanzes wahr, die er in den Rillen hinterließ, während er sich seinen Weg um den Stein herum bahnte und ihn mal hier und mal da berührte. Er verspürte ein Gefühl von Staunen und Heimkehr und Pflicht, fühlte, dass alles so seine Richtigkeit hatte, merkte, wie der Fuchsgott in ihm größer und größer wurde, bis er wahrnahm, wie Fell von innen her über seine Haut strich.

»Zweiäugiger Mann«, rief jemand, doch er schenkte dem keine Beachtung, blendete alles aus bis auf die Gravuren im Stein und den leitenden Instinkt in seinem Inneren.

»Das hier ist unser Zuhause«, flüsterte er. »Das hier sind wir.«

Als er dem Muster innerhalb des Musters bis an sein Ende

gefolgt war, trat Crys zurück. Die Mitte des Steins glühte, die in den Stein gegrabenen Linien strahlten hell wie das Licht der Sterne im Winter. Ein Summen lag in der Luft. Ash war bereits niedergekniet und hatte den Kopf geneigt, und Crys öffnete den Mund, um ihn aufzufordern wieder aufzustehen, den albernen Quatsch sein zu lassen und sie nicht beide lächerlich zu machen. Doch der Fuchsgott gebot ihm Schweigen.

»Zweiäugiger Mann«, rief Cutta. »Unsere Legenden erzählen von Euch. Die Lehren unserer alten Priester sprechen von Eurer Erscheinung und darüber, wie Ihr uns führen werdet.«

»Bis in den Tod und darüber hinaus«, murmelte Crys, doch niemand hörte ihn. »Ich führe euch nicht«, rief er zurück. »Ich trachte nicht danach, das Kommando zu übernehmen, aber die Götter des Lichts brauchen euch. Ich brauche euch. Wenn Rilpor fällt, kommen die Mirak als Nächstes zu euch. Euer Glaube und eure Lebensweise werden verboten. Krike wird im Blut seines eigenen Volkes ertrinken, es sei denn, wir halten die Mirak in Rilpor auf. Es sei denn, ihr helft mir, sie aufzuhalten.«

Die Kriegsherrin machte ein paar Schritte nach vorn und trat in den leeren Raum zwischen ihnen. Der Stein hinter Crys summte noch immer, als schliefen darin eine Million Bienen und würden im Traum mit den Flügeln schlagen. »Ist das Magie? Blutmagie?«, fragte sie leise und lockerte das Messer an ihrem Gürtel.

»Das bin ich«, sagte der Fuchsgott, und sie trat wieder einen Schritt zurück. Ehrfurcht und Angst jagten einander auf ihrem Gesicht. »Es ist das Schicksal von Gilgoras, und es ist die Rolle, die ihr darin spielen dürft.«

»Dürft?«

Der Fuchsgott breitete die Hände aus. »Ich befehle nicht.«

»Ihr habt die Dunkle Dame getötet?«, fragte sie. Auf die Haut vor ihrem linken Ohr war ein winziger Frosch tätowiert.

»Ich habe sie getrunken und sie vernichtet«, bestätigte der

Fuchsgott. »Aber sie sucht nach einem Weg zurück, und ihre Anhänger helfen ihr. Sollten ihre Bemühungen erfolgreich sein, wird sich alles in Blut und Wahnsinn verwandeln. Wenngleich ich die Dunkle Dame noch einmal aufhalten kann, kann ich doch ihre Truppen nicht allein aufhalten.«

»Ihr seid nicht allein, Zweiäugiger Mann«, erwiderte Cutta Froschtraum und kniete vor ihm nieder. »Grüngrat steht hinter Euch, und zusammen werden wir alle Kriker überzeugen, den Kriegsfürsten eingeschlossen.«

Das war einfacher als erwartet, Füchslein.

Aus seinem Inneren stieg eine Wallung von Belustigung auf. *Gewöhn dich nicht daran.*

CORVUS

Siebter Monat, erstes Jahr der Herrschaft von König Corvus
Thronsaal, Palast, Rilporin, Weizenland

Was ihr Rilpori in Sachen Herrschaft und Kontrolle nie so recht verstanden habt: Wenn ihr selbst nicht daran glaubt, dann tun das diejenigen, über die ihr herrscht, auch nicht.«

Corvus musterte den Adligen, der auf dem Marmorboden vor seinem behelfsmäßig zusammengezimmerten Thron kniete. Vom Original war nur mehr ein verkohlter Haufen aus Holz und Blattgold geblieben. »Nehmt zum Beispiel uns und sie.« Er zeigte auf die Leichen der frisch Verstorbenen. »Ich habe alle Macht über Euch, weil ich zweifelsfrei bewiesen habe, dass Ihr sterben werdet, wenn Ihr mir nicht gehorcht. Insofern ist unsere Beziehung klar definiert, und wir können beide damit zufrieden sein – ich als der Besitzer, Ihr als der Sklave. Ach, macht kein so entsetztes Gesicht. Ihr seid schließlich am Leben, nicht wahr, und immer noch im Besitz all Eurer Gliedmaßen, Eurer Zunge, Eurer Augen und Eures Schwanzes, oder? Also müsst Ihr mir dienen, anstatt dass andere Euch dienen. Ihr werdet Euch daran gewöhnen. Und wenn Ihr die Füße auf den Dunklen Pfad setzt, werdet Ihr befreit und könnt Euch eigene Sklaven kaufen. Je eher Ihr das versteht, desto eher kommen wir hier weiter.«

Lord Silais rutschte auf dem Boden hin und her. Er war das unbehagliche Knien auf kaltem Stein offenkundig nicht gewohnt.

Das hier ist die Sorte Mensch, die über dieses Land geherrscht hat? Corvus ließ ein hässliches Lächeln über seine Züge gleiten. *Kein Wunder, dass Rivil so schwach gewesen ist.*

»Euer Majestät, ich bin ein Kind des Lichtes. Ich werde niemals auf dem Dunklen Pfad wandeln – aber das bedeutet nicht, dass ich Euch nicht behilflich sein kann. Euch beraten kann«, fügte er hastig hinzu. »Es gibt viele Dinge, mit denen Ihr es zu tun bekommen werdet, bis Ihr Eure Herrschaft gefestigt habt. Rebellionen, Gesetze, Thronerben, die womöglich danach trachten, Eure Untertanen zur Treulosigkeit zu verführen.«

Corvus sah Valan an, seinen Stellvertreter, und verdrehte die Augen. »Ich weiß von Tresh in seiner kleinen Burg in Listre«, sagte er. »Ihr fangt an, mich zu langweilen, Sklave Silais.« Er grinste, als der Mann erneut zusammenzuckte – es war aber auch wirklich ein gar zu großer Spaß.

Der vormalige Mann von Adel sah ihn mit einem Ausdruck ehrlicher Überraschung an. »Oh nein, Euer Majestät, es gibt noch viele weitere Erben, nicht nur Tresh. Sie sind wie die Ratten, Majestät – tötet eine, und die nächste hebt den Kopf. Es ist wirklich eine Schande, dass ein so großer Teil des Palastes abgebrannt ist. Alle Unterlagen über die gesamte Abstammungslinie der Evendom-Dynastie haben sich in der königlichen Bibliothek befunden.«

Corvus' gute Laune verflog. »Lasst mich raten – Ihr wisst, wer diese Erben sind, und wollt mir einen Tauschhandel vorschlagen: dieses Wissen im Gegenzug für Eure Freiheit?«

Silais' Lächeln war seidenglatt. »Es scheint, dass wir uns gegenseitig behilflich sein können, nicht wahr?«, erwiderte er und richtete sich ein wenig auf, im Gefühl, nun festeren Boden unter den Füßen zu haben.

»Allerdings«, antwortete Corvus und machte eine ruckartige Bewegung mit dem Kopf. Valan trat vom Podest hinunter und streckte die Hand aus, um dem Mann aufzuhelfen. Silais nickte zum Zeichen seines Dankes, und erst, als er aufrecht dastand, bemerkte er, dass Valan hinter ihn geschlüpft war. Er schlang seinen Arm um Silais' Kehle und umfasste fest sein Ohr. Dann legte Valan den Ellbogen an, presste Silais' Kopf gegen seine Brust und zog noch fester an seinem Ohr, um es schließlich mit seinem Messer abzusägen.

Silais schrie wie eine gottverdammte Frau, als die Sache erledigt war, und schlug nutzlos nach Valans einschnürendem Arm. Corvus stand auf, schlenderte von seinem Thron herab und beugte sich vor, um ihm ins Gesicht zu schauen, das immer noch liebevoll an Valans Brust gedrückt war.

»Herrschaft und Kontrolle«, flüsterte er in das blutige Loch, wo bisher Silais' Ohr gewesen war. »Ich habe sie und Ihr nicht. Und Ihr werdet mir die Namen und Aufenthaltsorte von Rastoths Erben nennen, nicht wahr, Lord Ohrlos? Sonst wird Valan Euch zeigen, welch großer Künstler er mit diesem Messer sein kann.«

Silais versuchte zu nicken, und Blasen von Schnodder blubberten aus seiner Nase. »J…ja, Euer Majestät. Ich werde es Euch sagen. Was immer Ihr wollt. Fragt irgendetwas, und ich werde es Euch sagen.«

Corvus tätschelte ihm den Kopf. »Nicht irgendetwas«, stellte er klar und richtete sich mit einem Augenzwinkern in Valans Richtung kerzengerade auf. »Alles.«

Das Problem war natürlich, dass Corvus trotz seiner schönen Worte keine Herrschaft und Kontrolle hatte. Jedenfalls nicht so viel, wie er gern gehabt hätte.

Oh, Rilporin war überaus friedlich, während die Sklaven sich an ihre neue Lebensart gewöhnten, und sämtliche Aufstände wurden mit brutaler Wirksamkeit im Keim erstickt, aber der Rest des Landes war Zunder, der auf eine Flamme wartete. Und dieser verfluchte Make Koridam, General der Westtruppe, lief irgendwo dort draußen herum und schlug Funken um Funken.

Nach Corvus' Einschätzung hielt er sich in Listre auf, aber in den chaotischen Tagen nach dem Fall von Rilporin, als die Mirak und die Soldaten der Osttruppe darum gerungen hatten, den Verlust der Dunklen Dame zu verkraften, hätte der Mann mit Trommeln, Flöten und Flaggen an der Stadt vorbeimarschieren können, und niemand hätte es bemerkt.

Corvus hatte noch nie ein so großes Gebiet kontrollieren müssen, und sein Einfluss – ob vorhanden oder nicht – hatte sich noch nie bis so weit vom Zentrum seiner Macht entfernt erstreckt, außerdem hatte er noch nie seine Arbeit machen müssen, nachdem ihm das Herz aus der Brust gerissen worden war.

Die Abwesenheit der Dunklen Dame war Wahnsinn, der an den Rändern seines Bewusstseins fraß, jede seiner Entscheidungen infrage stellte und ihm zuflüsterte, er solle sich einfach niederlegen und sterben. Jede Nacht, wenn er sich in seine Decke hüllte, war die Versuchung da, vorn an der Spitze seines Dolches. Jeden Morgen verspottete die Trauer seine Feigheit. Corvus überlebte, indem er den Schmerz tief in sich vergrub und dort unten eitern ließ, wie ein Abszess unter einem Zahn, verborgen und stinkend.

Für die gewöhnlichen Mirak und die Soldaten der Osttruppe war es eine andere Sache – sie brauchten nur die Befehle zu befolgen, die ihnen ihre Anführer erteilten. Doch für Corvus, seine überlebenden Kriegshäuptlinge sowie Lanta und General Skerris war es wie der Versuch, einer Lawine zu trotzen, um so das Leben anderer zu retten. Und was sie eigentlich hätte einen sollen, trieb sie voneinander weg.

Zwei Wochen nach Rilporins Eroberung hatten Skerris und die Osttruppe die Hauptstadt verlassen und waren nach Westen und Norden geströmt, um die wichtigen Städte entlang des

Gil und der Tränen zu besetzen und alle Lagerräume, Vorräte, Wertgegenstände und die Getreideernte unter ihre Kontrolle zu bringen. Dieses Vorgehen war in militärischer und wirtschaftlicher Hinsicht geboten, und es hatte Corvus ein gänzlich unvertrautes Gefühl von Einsamkeit beschert. Auch wenn er eine leise Verachtung für den dicken General hegte, war Skerris ein talentierter Befehlshaber und ein getreuer Sohn der Roten Götter, und Corvus brauchte jemanden in Segelstadt, dem er vertrauen konnte. Auf der anderen Seite war Skerris, von dem einohrigen, greinenden Silais einmal abgesehen, der Einzige, der die Abläufe und Mechanismen in Rilpor wirklich verstand. Und Corvus musste so bald wie möglich die Ordnung wiederherstellen. Die Frage war, wie – und welche Art von Ordnung. Die Gesetze und Bräuche von Rilpor oder die der Mirak? Gefängnisse oder Hinrichtungen? Überzeugungsarbeit oder erzwungene Bekehrung?

Es war eine neue Art zu leben, die ein neues Denken erforderte, und Corvus konnte es nicht ausstehen.

Jetzt, da Teile des Palastes wieder bewohnbar waren, hatte er dort Quartier genommen, wie es dem König von Rilpor geziemte und weil er es als geboten empfand. Es gab dort auch eine Reihe von Gemächern für die Gesegnete, wiewohl sie diese nie benutzte. Sie verließ niemals den Tempelbezirk mit dem Schrein, den sie auf den Steinplatten des großen Tempelplatzes hatte errichten lassen, die von den verwischten schwarzen Spritzern des göttlichen Blutes befleckt waren. Der Schauplatz der Erscheinung und der Vernichtung der Dunklen Dame.

Valan lebte im Quartier des Thronerben, sowohl weil sie in der Nähe lagen als auch aus einem anderen Grund: Bis Corvus einen Sohn zeugte, war Valan sein Nachfolger. Kriegshäuptling Fost hatte ebenfalls Gemächer im Palast, genauso die anderen Überlebenden oder neu ernannten Häuptlinge, aber es gab kein gemeinschaftliches Zusammenleben, keine Kameradschaft wie im Langhaus daheim in Adlerhöhe. Der Palast war leer und Rilporin allzu groß. Corvus konnte auch das nicht ausstehen.

Von draußen war der endlose Lärm von Hämmern und über den Boden geschleiften Steinen zu hören, die Rufe der arbeitenden Sklaven und ihrer Mirak-Aufseher – eine Geräuschkulisse, die der in seinem Heimatdorf zugleich ähnelte als auch ganz anders war. *Das ist jetzt dein Zuhause*, ermahnte er sich mit Entschiedenheit. Sie verfügten über Tausende von Sklaven, sowohl aus den Reihen der Soldaten als auch der Zivilisten, auch wenn die Zahl der seit ihrem Sieg Gestorbenen den üblichen Verschleiß bei weitem überstieg, da die Mirak den Roten Göttern ihren menschlichen Reichtum darboten und versuchten, die Leere in ihren Seelen mit dem Blut der Rilpori zu füllen.

In den letzten Wochen hatten sie ganze Viertel der Stadt ausgeschlachtet, um Steine zu sammeln, mit denen sie die Mauern wieder instand setzen konnten, sowie Holz, um die Tore zu reparieren, und auch wenn die Mauern nicht gerade hübsch waren, waren sie doch wieder hoch und standfest. Der heilige Gosfath hatte ihnen, nachdem er tobend durch die Stadt gezogen war, überreichlich zerschlagene Steine hinterlassen, und diese Steine konnten sie nun mithilfe der Bliden der Osttruppe nach jedem herannahenden Feind schleudern. Die versklavten Zimmerleute versuchten, auch die kleinen und größeren Katapulte zu reparieren. Sollte Listre, sollte irgendein Feind kommen, wäre die Stadt nicht unvorbereitet.

Sie hatten die Stadt durchkämmt: Jedes Haus, jede Gasse, jedes Gebäude und jeden Keller hatten die Mirak geplündert und sowohl Menschen als auch Güter mitgenommen. Corvus hatte jedem Mirak zwei Sklaven zugeteilt, was für die niedersten Krieger mehr Wohlstand bedeutete, als sie je genossen hatten, aber es wurde von allen erwartet, dass sie ihre Sklaven dem großen Wiederaufbau der Stadt zur Verfügung stellten. Mit den verbliebenen Sklaven wurden jene belohnt, die am härtesten gekämpft hatten. Corvus selbst hatte nur sechs Sklaven angenommen, drei starke Männer und drei hübsche Frauen, auch wenn ihn die überlebenden Kriegshäuptlinge und die meisten der Krieger bedrängt hatten, doch mehr zu nehmen. Er hatte es abgelehnt – er besaß nun ein ganzes Land, und genügend Reichtümer hatten die Brände überstanden, um auch die habgierigsten Männer in Versuchung zu führen. Und habgierig war Corvus nie gewesen, ganz gleich, was seine Feinde über ihn sagen mochten.

Und so band er, indem er scheinbar weniger nahm, als ihm zustand, seine Männer nur noch fester an sich. Er würde eine solche Treue in den kommenden Monaten brauchen. Rilporin mochte geschlagen sein, aber es war nicht unterjocht, noch lange nicht. In den kommenden Jahren würden mehr Mirak sterben als zuvor in einer ganzen Generation von Überfällen und Plünderzügen. Vielleicht mehr, als sie sich zu verlieren leisten konnten.

Der Marktplatz, der sich einst auf dem Schlachtfeld im ersten Ring befunden hatte, war wieder in Betrieb, auch wenn er jetzt ein Markt der Sieger war und dort der Handel mit menschlichem Fleisch florierte – Männer tauschten Sklaven gegen Waren und Waren gegen Sklaven ein. Die Versperrung der neuen Tore hatte viel dazu beigetragen, die Fluchtversuche unter Kontrolle zu bekommen, und die Stadt dröhnte von den Stimmen der Mirak, düster und unfreundlich und voller Gewalt.

Es kam Corvus fast wie zu Hause vor – ganz anders als der Palast, in dem die Echos widerhallten.

»Es ist an der Zeit, Fost auszuschicken, um unsere Frauen und Kinder herzuholen, Valan. Es dürfte viel dazu beitragen, Ruhe unter die Männer zu bringen, wenn sie ihre Gemahlinnen und ihre Erben wieder bei sich haben, und sobald die Frauen erst einmal überall den Haushalt führen und die Sklaven unter ihrer Kontrolle halten, können wir uns um den Rest des Landes kümmern. Es gibt immer noch viel zu tun. Außerdem ist es gut, häufiger Stimmen von Mirak als von Rilpori zu hören. Die Frauen werden die Stadt zu unserem Zuhause machen und dieses Land zu dem unseren.«

Valan grinste. »Ich gebe zu, dass ich mich darauf freue, Neela und meine Töchter wiederzusehen. Ich bin jetzt schon allzu lange von ihnen getrennt.«

»Wenn wir nur alle so viel Zufriedenheit in den Armen einer einzigen Frau finden könnten«, entgegnete Corvus. Seine Stimmung hellte sich langsam wieder auf. Es wurde ihm nie langweilig, Valan wegen seiner außergewöhnlichen Treue aufzuziehen.

»Es gibt nur eine Neela, Majestät, aber vielleicht findet Ihr ja eine hübsche Rilpori, die an Eurer Seite auf dem Dunklen Pfad wandeln wird. Der Wille der …« Er stockte, und die Worte blieben ihm im Hals stecken.

Corvus schluckte den Stachel des Schmerzes herunter und stellte fest, dass sein Blick unwillkürlich auf die verheilenden Schnitte an seinem linken Arm gefallen war: Wunden, die er sich in den Augenblicken nach ihrer Vernichtung selbst beigebracht hatte, Blut, das gleichwohl nicht zu ihrer Rettung ausgereicht hatte.

»Der Wille der Dame«, sprach er in entschiedenem Tonfall, drückte auf die genähte Wunde und brachte den Göttern das Opfer seines Schmerzes dar. »Sie wird zurückkommen, Valan. Die Gesegnete und der Hohepriester Gull arbeiten unermüdlich daran. Was immer passiert ist, sie ist nach wie vor unsere Dame. Unser Schmerz ruft sie an, die Gesegnete ruft sie an, und sie wird zurückkommen. Sie muss zurückkommen.«

»Ich bete, dass es geschieht.«

Das fröhliche Geplauder von einst war von der neuen Welt und dem Verlust der Dame erstickt worden. Corvus ging rastlos zum Fenster hinüber. Das edle, dünne Glas war zerborsten und fehlte, aber dahinter bot sich ein Ausblick auf emsiges Treiben, auf Wunden, die geheilt wurden. Außerdem war das Wetter hier unten im Flachland warm, und eine sanfte Brise strich über sein Gesicht, ganz anders als die eisigen Winde der Gilgoras-Berge. Alles hier war sanft und weich – die Frauen, das Wetter, der verweichlichte Mut der Rilpori.

Eine Welt, neu errichtet zu Ehren der Roten Götter. Reingewaschen mit Blut. Es würde schwer werden, aber es war sein Opfer an die Götter. Er würde für sie in Gilgoras ein Paradies errichten. Sein Wille – und der Wille der Götter – war klar und deutlich. »Sie wird zurückkehren und auf diese neue Welt herabschauen, die wir ihr geweiht haben, und es wird ihr gefallen. Ganz Rilpor wird ihr huldigen. Und ganz Gilgoras wird unserem Beispiel folgen.«

»Unsere Füße sind auf dem Pfad«, murmelte Valan, und Corvus' Stimmung hob sich. »Majestät, die Ernährungssituation ist nicht so, wie wir es gehofft hatten. Einige der Feuer, die wir bei der Einnahme der Stadt gelegt haben, haben Getreidespeicher niedergebrannt, und noch mehr haben die Verteidiger selbst zerstört oder verzehrt, bevor sie geflohen oder gefangen genommen worden sind.«

Corvus' Stimmung sank wieder. Er spähte zum blauen Himmel hinauf und rang darum, ruhig zu bleiben. »Wir haben schon früher Mangel gelitten, Valan. Ich weiß, wir haben reichen Lohn erwartet, aber Krieg ist etwas anderes als Plünderungen. Es wird eine magere Ernte und einen harten Winter geben, doch wenn Fost mit den Frauen zurückkehrt, werden sie alle Vorräte mitbringen, die sie übrig haben, sowie sämtliches Vieh. Wenn das immer noch nicht genügt, pressen wir den Städten noch mehr ab. Soll der Winter die Sklavenbevölkerung ausmerzen, sodass unser Volk, wenn der Frühling kommt, reichlich Land für alle hat und nur die gerade richtige Zahl von Feldsklaven bleibt, die für uns arbeiten.« Er drehte sich wieder um.

»Aber bis dahin müssen wir uns erst einmal um diese verdammten Evendoms kümmern. Wie viele hat Silais aufgeführt?«

Valan warf einen Blick in die Papiere, die verstreut auf einem kleinen Tisch lagen. »Vierzehn, Majestät. Größtenteils Frauen und Bastarde, aber er hat recht: Die Rilpori werden so verzweifelt sein, dass sie sich um jeden Menschen mit auch nur einem Tropfen königlichen Blutes im Leib scharen werden, in der Hoffnung, dass er sie vielleicht retten kann. Sollen wir sie uns alle gleichzeitig vorknöpfen?«

»Ich weiß nicht, ob wir die nötigen Männer erübrigen können«, gestand Corvus. Dann grinste er. »Bringt die königlichen Frauen zu mir, statt sie gleich zu töten. Vielleicht ist ja eine von ihnen so hübsch, dass sie es mit Eurer appetitlichen Neela aufnehmen kann. Eine Gemahlin von königlichem Geblüt könnte meine Herrschaft in den Augen mancher legitimieren, Listre und Krike eingeschlossen. Wenn es uns die Zeit verschafft, unsere Herrschaft über das Land zu festigen, weitere Krieger aus dem Kreis der bekehrten Rilpori zu rekrutieren und aufflammende Aufstände innerhalb unserer Grenzen zu ersticken, kann ich mich wohl dazu herablassen, eine Prinzessin zu vögeln, ob sie nun eine rechtmäßige Erbin ist oder nicht.«

»Ein edles Opfer«, sagte Valan und kicherte.

Corvus kehrte zu seinem Thron zurück. »Da wir gerade von Prinzessinnen sprechen, gibt es irgendetwas Neues von meiner Schwester? Ihre Schwangerschaft ist jetzt schon ein paar Monate fortgeschritten, nicht wahr? Die Gesegnete ist damit beschäftigt, das Ritual auszusinnen, mit dem wir die Dunkle Dame zurückholen können« – neuer Schmerz stach in seinem Herzen, Zeichen für die abgründige Seelenpein, die wie eine träge Welle tief in ihm wogte –, »aber es wäre besser, Rill rechtzeitig in unserem Besitz zu haben. Mit der geeigneten Anleitung wird sie bis zur Geburt des Gefäßes, das unsere Blutige Mutter aufnehmen soll, begriffen haben, dass unsere Denkart die richtige ist.« *Und wäre da nicht deine Treue zu deiner dürren Neela, hättest du sie haben können, Valan. Dann würde, falls ich keinen Erben zeuge, zumindest noch mein Blut auf dem Thron sitzen, wenn ich einmal nicht mehr bin.*

»Bisher noch nichts, Majestät. Die Osttruppe verfestigt ihre Herrschaft über die wichtigsten Städte und Dörfer und wirbt die einheimischen Wachleute für sich an oder ersetzt sie. Es hat natürlich Aufstände gegeben, allerdings nichts Ernstes. Aber sie haben alle eine Beschreibung Eurer Schwester bekommen.«

»Lasst ihnen sagen, sie sollen weitersuchen und diese königlichen Frauen zu mir kommen lassen«, erwiderte Corvus. »Und dann schickt Fost zu mir. Es ist an der Zeit, Rilpor zu einer echten Heimat für die Roten Götter und alle Mirak zu machen.« Er streckte sich und stieß ein selbstzufriedenes Grunzen aus, als er Valans Gesicht aufleuchten sah. »Es ist an der Zeit, unseren Frauen und Kindern den Reichtum ihres neuen Landes zu zeigen.«

TARA

Siebter Monat, erstes Jahr der Herrschaft von König Corvus
Südkaserne, zweiter Ring, Rilporin, Weizenland

Tomaz? Tomaz, mein Liebster? Antworte mir, Schatz. Sag mir, wo du bist.«

Tara eilte an der Reihe der Betten mit ihren angeketteten, sie anstarrenden Insassen vorbei und hängte ihren Wächter dabei mühelos ab. Ihre gerafften Röcke hielt sie mit schweißnasser Hand fest, während sie Stoßgebete an die Götter sandte, dass keiner der gefangenen Soldaten sie als eine der ihren verriet. Sie kam an Hauptmann Salter vorbei, der mit offenem Mund dastand. Salter hatte ein Jahr lang unter ihr gedient, ohne Tara in dieser Zeit jemals irgendwen »mein Liebster« nennen zu hören. Er blickte zu Boden und wandte den Kopf ab.

Nach allzu vielen Wochen mit gesenktem Blick, harter Arbeit mit verkniffenem Mund und einer aufopfernden Pflichterfüllung, die Make erstaunt hätte, hatte Valan, ihr *Besitzer*, ihr schließlich erlaubt, das Behelfsgefängnis und ihren Mann zu besuchen. Valan selbst stand zusammen mit den anderen Kasernenwächtern am Eingang, die Tür weit geöffnet, um zumindest etwas von dem Gifthauch aus Schweiß, Scheiße und Krankheit von seiner zarten Nase fernzuhalten. Tara schenkte dem Gestank kaum Beachtung, sowohl aus Respekt vor den hier angeketteten Soldaten als auch aus einem noch näherliegenden Grund: Wenn die Sache hier schiefging, würde sie ihre verbliebene Lebensspanne nicht mehr in Jahren, sondern nur mehr in Atemzügen messen können.

Du solltest besser schnell durchschauen, dass das Ganze ein Trick ist, mein guter Tomaz, sonst sind wir beide tot.

»Nicht so schnell, Mädel«, brummte hinter ihr Bern, der Barackenwächter, der sie begleitete, einen warnenden Unterton in der Stimme.

Tara biss die Zähne zusammen und gehorchte. »Verzeiht mir, Verehrter, ich brenne einfach darauf, meinen Geliebten nach so langer Zeit wiederzusehen. Ich habe mir solche Sorgen gemacht, dass …«

»Er ist ein heidnischer Verräter, ein Feind Rilpors und ein Dreckskerl«, knurrte Bern. »Wenn du es in diesem Leben irgendwohin bringen willst, solltest du dir lieber einen richtigen Mann suchen. Vergiss nicht, dass eure sogenannten Ehegesetze jetzt nichts mehr zählen. Dass du seit Mittsommer noch nicht auf sieben verschiedene Arten durchgevögelt worden bist, hast du allein der Tatsache zu verdanken, dass du Stellvertreter Valan gehörst. Allerdings gehe ich jede Wette ein, dass er sich ordentlich ins Zeug gelegt hat, um dir zu zeigen, was ein richtiger Mann so alles draufhat, hab ich recht?«

Tara gab keine Antwort. Stattdessen eilte sie auf die Reihe kleiner Räume im hinteren Teil der Kaserne zu: die Offiziersquartiere, wo, wie die Gerüchte besagten, das gefangen genommene Oberkommando eingekerkert war. Gefangen, nicht tot. Jedenfalls noch nicht.

»Tomaz?«, rief sie noch einmal, und diesmal erschien ein bärtiges Gesicht an dem vergitterten Fenster in einer der schweren Holztüren. »Liebling!«, kreischte sie, rannte zur Tür und drückte das Gesicht gegen die Gitterstäbe. »Ich bin Eure Frau«, zischte sie leise. Major Tomaz Vaunt blinzelte einmal verwirrt, und Tara glaubte, ihr müsse gleich das Herz aus dem Leib springen, doch dann sperrte der Wachposten die Tür auf, und sie zwängte sich an ihm vorbei hinein und fiel Vaunt in die Arme, bedeckte sein Gesicht mit Küssen, drückte seinen keine Reaktion zeigenden Körper an sich.

»Oh mein Liebster, mein Liebster«, stieß sie atemlos hervor, »ich hätte nie geglaubt, dich je wiederzusehen. Oh, mein geliebter Tomaz, mein Gemahl, mein Tomaz.«

Bitte, bitte, du verdammter Idiot. Spiel mit.

Sie spürte in Vaunts starrer Haltung seine Fassungslosigkeit und grub ihm die Finger fest in den Rücken. Er hustete. »Tara?«, sagte er mit heiserer Stimme und drückte sie an sich. »Du da«, fügte er einen Moment später hinzu, während Tara Tränen der Erleichterung herunterschluckte. »Besteht die Möglichkeit, dass du dich für ein Weilchen verpissen könntest? Das hier ist meine Frau.«

Der durch die Tür starrende Mann kicherte und machte ein paar Bemerkungen, aber sie hörten, wie sich der Schlüssel im Schloss drehte. »Eine Stunde«, knurrte Bern. »Und wenn du mit einem Baby im Bauch da rauskommst, musst du trotzdem arbeiten, bis du dein Junges wirfst. Keine Arbeitserleichterungen, keine Extrarationen. Und falls Valan dich schwängern möchte, wirst du den Balg abtreiben und ihm währenddessen dafür danken, verstanden?« Er spuckte sie und Vaunt an, und der dicke Speichelklumpen blieb an einem der Gitterstäbe im Fenster kleben. Dann ließ er sie allein.

Tara wartete noch mehrere Minuten, murmelte Liebkosungen und bedeckte Vaunts Gesicht und Hals mit Küssen. Er taute schnell auf, und schon bald spielte er die Rolle des liebenden Ehemanns mit großer Inbrunst.

Schließlich stieß ihn Tara von sich. »Häng einen Vorhang vors Fenster, mein Liebster«, verlangte sie mit heiserer Stimme, und er schnappte sich eine Decke und hängte sie ungelenk über die Tür. Von draußen hörten sie ein Johlen und erneutes zotiges Gewitzel, das sogar Tara erröten ließ. Sie hätte eigentlich gedacht, als Soldatin schon so ziemlich alle obszönen Sprüche gehört zu haben. Offensichtlich doch nicht. Dieses verdammte Schwein.

Vaunt setzte sich vorsichtig neben sie aufs Bett, nahe genug, um sie wenn nötig in die Arme schließen zu können. »Ihr lebt.«

Tara schnaubte. »Natürlich lebe ich. Wofür haltet Ihr mich denn, für eine verweichlichte Palastsoldatin?«

Vaunts Mundwinkel zuckten amüsiert. »Nein. Auch wenn Ihr jetzt jedenfalls eine verheiratete Soldatin zu sein scheint.«

Sie zuckte die Achseln. »Ich hatte keine Lust, von einem Mirak zum anderen weitergereicht zu werden, und da habe ich mir gedacht, ein Mann mit einem hohen militärischen Rang wäre meine beste Chance. Bisher hat es funktioniert.«

Vaunt schüttelte den Kopf. »Was in drei Teufels Namen macht Ihr hier, Majorin?«, zischte er leise. »Ich meine, hier in Rilporin? Das Letzte, was ich von Euch gehört habe, war, dass wir in der Stadt voneinander abgeschnitten wurden. Niemand wusste, ob Ihr noch lebtet oder nicht. Warum habt Ihr die Stadt nicht verlassen?«

Tara nahm sich einen kurzen Moment Zeit, um sich den Geschmack seines Mundes von den Lippen zu reiben. Ihn ihren Dienstgrad nennen zu hören hatte ihr unvermittelt die Brust zugeschnürt. Eine Erinnerung daran, wer sie wirklich war, nicht diese Existenz hier, dieses Arbeitsvieh, diese Sklavin.

Ich bin Soldatin. Offizierin. Ich bin eine Soldatin der gottverdammten Westtruppe.

»Warum? Attentate, Rebellion, Aufstände. So das Übliche«, antwortete sie, aber Vaunt ließ sich von ihr nicht täuschen.

Sein Gesicht wurde bleich. »Attentate? Corvus?«, riet er, und sie bestätigte seine Ahnung mit einem Blinzeln. Geistesabwesend fuhr er sich mit den Händen durchs Haar. »Das ist eine große Aufgabe, Carter.«

Sie winkte ab. »Immer eins nach dem anderen: Wie viel habt Ihr schon in Erfahrung bringen können?«

Er schien im Begriff, Einwände vorzubringen, dann ließ er seine Schultern herabsacken. »Nicht viel. Ich habe diesen Raum nicht mehr verlassen, seit sie uns am Königstor gefangen genommen haben, auch wenn die Übrigen jeden Tag von Sonnenaufgang bis Sonnenuntergang schuften, um die Mauern und Tore wieder instand zu setzen.«

»In Ordnung, hört zu. Ihr seid hier die einzigen Gefangenen, die noch nicht als Sklaven verkauft worden sind«, berichtete sie. »Ihr hier sowie sämtliche Soldaten in den Nordkasernen, die noch am Leben sind; aber da ich keinen Grund vorbringen kann, dorthin gebracht zu werden, kann ich nicht herausfinden, wer da noch übrig ist. Alle anderen, auch sämtliche Zivilisten, gehören jetzt irgendjemandem. Ihr gehört der Stadt oder vielleicht auch den Mirak als Ganzes. Ich weiß nicht, warum sie Euch noch nicht verkauft haben, aber es kann unmöglich an irgendeiner Form der Rücksichtnahme gelegen haben. Folglich führen sie irgendetwas im Schilde. Ich versuche herauszufinden, was, aber bisher hatte ich kein Glück. Ich werde mich weiter umhören.«

»Und was ist mit Euch?«

Sie tippte auf den schweren Metallring um ihren Hals. »Oh, ich bin etwas Besonderes. Ich war ein Geschenk an Valan, den Stellvertreter des Königs. Daher die Notwendigkeit für mich, verheiratet zu sein, auch wenn er … na ja, in gewisser Weise eine Art Ehre besitzt. Jedenfalls hat er mich bisher noch nicht angerührt.«

»Carter …«

»Ich bin Eure Frau. Gewöhnt Euch daran, mich Tara zu nennen. Und dann sollten wir auch du zueinander sagen. Und macht Euch … mach dir deshalb keine Sorgen.«

Vaunts Miene war grimmig, aber er hakte nicht weiter nach, und sie war froh darüber. »Was sonst noch?«

»Die Osttruppe ist die Tränen und den Gil hinaufgesandt worden, um die Städte und Dörfer dort zu unterwerfen und eine mit Nahrungsmitteln und sonstigen Waren zu zahlende

Abgabe zu erheben, Güter, die hierhergeschickt werden sollen. Das bedeutet also, dass die Stadt hier nur von den Mirak bewacht wird. Das könnte uns einen Vorteil verschaffen.«

»Ihr … du willst einen Aufstand anzetteln?«

»Ich will einen gottverdammten Krieg anzetteln«, knurrte Tara und unterbrach sich dann selbst mit einer Abfolge von Koseworten und einem Kichern, wie es Vaunt, aus seinem Gesichtsausdruck zu schließen, niemals von ihr zu hören erwartet hätte. Das Geräusch von Schritten draußen vor der Zelle verstummte kurz, dann ließ es sich erneut vernehmen. Da draußen waren jetzt mehr als nur ein Wachposten, und sie hielten zweifellos ihre Fäuste und Knüppel bereit. »Ich habe den Befehl, Corvus und auch Lanta umzubringen, und dafür brauche ich eine Ablenkung. Ich werde die Palastsklaven kampfbereit machen, und wenn wir das Ganze zeitgleich mit einem Aufstand unter euch hier über die Bühne bringen, können wir diese Stadt zurückerobern und jeden Angreifer der Mirak umbringen, den wir finden, die beiden eingeschlossen.«

»Verfluchte Hölle noch mal, Cart … Tara. Lanta und Corvus den Garaus machen? Das ist Wahnsinn. Versteh mich nicht falsch, es ist ein guter Plan, aber das Risiko ist gewaltig«, gab Vaunt zu bedenken, dann drückte er ihr den Zeigefinger auf die Lippen und lauschte angestrengt. Tara hielt den Atem an, bis er leicht den Kopf schüttelte und ihr bedeutete weiterzusprechen.

»Ich denke, wir sind über das Stadium hinaus, wo wir uns um Risiken sorgen. Außerdem weiß niemand, dass ich Soldatin bin«, sagte Tara mit mehr Zuversicht in der Stimme, als sie tatsächlich empfand. »Ich bin als Valans Besitz in einer guten Stellung. Es müssen eine Menge organisatorische Probleme gelöst werden, aber es ist machbar. Wenn nicht, wäre ich jetzt nicht hier. Doch es geht nicht allein um meine Befehle. Dieses verdammte Weibsstück von Gesegneter, Lanta, hat offenbar irgendeinen irrsinnigen Plan ersonnen, um die Dunkle Dame von den Toten zurückzuholen, einen Plan, der auch Corvus' Schwester Rillirin mit einbezieht, die irgendwo draußen in Rilpor frei herumläuft. Ja, ich weiß, wie sich das anhört. Der Mond hat der Frau den Kopf verdreht, und sie ist verrückter als ein Frosch in der Bratpfanne, aber sie *glaubt* an das alles, also denke ich, dass es, wenn es darauf ankommt, eigentlich noch wichtiger ist, sie zu töten, als Corvus. Er ist letztendlich nur ein Mann; sie hat die Macht, eine Göttin wiederauferstehen zu lassen.«

Vaunt rieb sich seinen kurzen Bart. »Vielleicht bin ich es ja, der hier wahnsinnig geworden ist«, murmelte er, »denn das ist die verrückteste Geschichte, die ich je gehört habe.«

»Versuch, dich auf deiner Seite des Sklavenhalsbands zu halten«, murmelte Tara, stieß Vaunt auf das Bett zurück, folgte ihm auf sein Lager und legte ihm das rechte Bein über die Hüfte. Von der Tür kam ein unvermitteltes Klappern, und jemand zerrte so heftig am Rahmen, dass die Decke herunterrutschte. Gesichter drängten sich hinter dem Fenster.

Vaunt brüllte einen Fluch und schob Tara hinter sich an die Wand, wie um sie zu schützen. Er spielte seine Rolle so überzeugend, dass sie einen jähen Drang verspürte, hier bei ihm zu bleiben und sich tatsächlich von ihm beschützen zu lassen. *Nur für eine Stunde. Nur für ein kleines Weilchen. Bitte, Götter. Bitte.*

Oberst Dorcas' Stimme erhob sich laut aus dem Zimmer – der Zelle – nebenan, und die Wachposten wichen widerstrebend von der Tür zurück. Vaunt hängte die Decke wieder auf und fädelte sie diesmal zwischen die Gitterstäbe, damit sie nicht verrutschte.

Er kam zum Bett zurück und brachte ein Lächeln zustande. »Gute Ohren«, flüsterte er anerkennend. »Ich hatte keine Ahnung, dass dort jemand war.«

»Man lernt, es zu spüren«, sagte sie, und ein unwillkürlicher Schauder lief ihr über den Rücken.

Das Strahlen in Vaunts Zügen wurde schwächer. »Ist mit dir wirklich alles in Ordnung? Bist du verletzt worden?«

»Ja, es ist alles in Ordnung, und, ja, ich bin verletzt worden. Was hast du denn gedacht, was passieren würde? Dass man mich mit Geschenken überhäuft? Ich bin nur ein *Ding*.« Sie tat seine Sorge und die in ihr hochkochende Verbitterung mit einer knappen Handbewegung ab. »Entschuldige, kümmere dich nicht darum. Nichts, womit ich nicht fertigwerden kann.« Wiederum hakte er nicht nach, und wieder war sie dankbar.

»In Ordnung, ich werde die Leute hier wissen lassen, dass wir jemanden im inneren Zirkel des Feindes haben und dass sie sich zum Kampf bereithalten sollen. Mit ein wenig Glück und wenn die Gnade der Tänzerin mit ihnen ist, werden sie die Nachricht auch den Soldaten in der Nordkaserne zukommen lassen können. Sonst noch etwas?«

»Codewörter«, sagte Tara. »Etwas, anhand dessen man Freunde erkennen kann. Es muss etwas sein, das ...«

Ein dreifaches Klopfen von Metall auf Stein an der Wand aus dem Raum nebenan unterbrach sie, und diesmal war es Vaunt, der auf sie sprang, sie auf die Pritsche presste und mit den Knien ihre Beine auseinanderzwang.

Tara hörte ein gemurmeltes »Entschuldigung« dicht an ihrem Mund, dann war seine Hand auch schon im Halsausschnitt ihres Gewandes und nestelte an ihrem Brustband. Sie versteifte sich und krümmte die Finger zu Krallen, um sie ihm in die Augen zu stoßen, als das Schloss klapperte und die Tür aufschwang, ohne dass jemand auch nur anklopfte.

»Gottverdammt noch mal!«, brüllte Vaunt, sprang von Tara herunter und ließ sie gründlich zerzaust auf der Pritsche zurück. Eine ihrer Brüste lugte aus ihrem Halter, und ihre Röcke waren ihr bis zum Oberschenkel hochgerutscht. Vaunt schritt auf die feixenden Wachen zu und stieß Bern den Zeigefinger gegen die Brust. »Eine Stunde, hast du gesagt. Eine Stunde Ungestörtheit für mich und meine Frau. Mach sofort, dass du aus meinem Quartier verschwindest!«

Tara presste sich an die Wand neben der Pritsche, richtete sich die Kleider und brauchte den Schreck und die Verängstigung auf ihrem Gesicht gar nicht erst vorzutäuschen. Sie streckte flehend die Hand aus. »Tomaz, Liebling, nicht. Sie werden dir noch etwas antun.«

»Hör auf dein kleines Frauchen, Soldat«, knurrte Bern, »oder du bist deinen verdammten Zeigefinger los. Und noch so einiges mehr.« Die flache Seite seines Dolches klatschte zwischen Vaunts Beine, und er ächzte, zuckte zusammen und trat einen zögerlichen Schritt zurück.

»Die Stunde ist vorbei«, fügte Bern hinzu, und Tara ließ sich vom Bett gleiten.

»Scheiße, das ist sie nicht«, blaffte Vaunt, und diesmal steckte der Wachposten sein Messer in die Scheide und schlug Vaunt dann so heftig ins Gesicht, dass er einmal um die eigene Achse wirbelte. Seine Augen verengten sich zu mörderischen Schlitzen, und Tara ging schnell an ihm vorbei.

»Wie Ihr befehlt, Geehrter«, sagte sie hastig und mit gesenktem Blick.

»Ist sie nicht«, beharrte Vaunt, aber Tara drehte sich um und legte ihm beide Hände auf die Wangen.

»Pst, still jetzt, mach sie nicht wütend. Ich komme bald wieder.« Sie küsste ihn, und diesmal war es sogar ein ernst gemeinter Kuss, weil sie etwas Warmes und Weiches haben wollte, an das sie sich erinnern konnte. Etwas Echtes. Es schien, dass Vaunt das Gleiche wollte, denn er legte die Arme um sie, und sein Mund öffnete sich unter ihrem. Seine Zunge huschte, zart wie ein Schmetterlingsflügel, über ihre Zunge.

Und dann schob er sie von sich. »Pass auf dich auf, Tara«, murmelte er. »Tu, was man dir sagt, und dir wird nichts passieren. Ich liebe dich.«

»Ich liebe dich auch. Ich komme dich bald wieder besuchen, großes Ehrenwort.«

Vaunt küsste ihre Fingerknöchel. »Ich bin bereit«, versprach er, und seine Augen sagten ihr, dass sie alle bereit sein würden.

Sie trat zurück, nickte knapp und ging dann zu der offenen Tür und den wartenden Mirak hinüber.

»Wenn du sie anfasst, bringe ich dich um«, hörte sie Vaunt klarstellen, als sie aus dem Raum trat. Es spielte keine Rolle, dass es eine leere Drohung war, seine Worte trösteten sie trotzdem.

Bern ging neben ihr her, der andere Wachposten folgte hinterdrein, und so gingen sie durch die Kaserne, durchschritten die nach Scheiße stinkende, rot befleckte Düsternis von tausend angeketteten, verzweifelnden Männern. Salter bedachte sie mit einem kaum merklichen Nicken, dem sie keine Beachtung schenkte.

»Er hat dich feucht gemacht, nicht wahr?«, fragte Bern, als sie den Ausgang erreichten. Valan stand direkt davor. Tara antwortete nicht. »Ich hab dir eine Frage gestellt, Weibsstück«, grunzte er.

»Ich bin die Frau eines Offiziers«, entgegnete Tara, »und einer Dame stellt man keine solchen Fragen.«

Berns Hand war so groß, dass er sie ihr rund um die Kehle legen konnte, und er stieß sie mit dem Rücken an die Wand neben der Tür. »Du bist eine verdammte Sklavin«, murmelte er. Seine Zähne waren fleckig und kaputt, und stinkender Atem wehte ihr ins Gesicht. »Du bist ein verdammtes Nichts.«

»Ihr habt recht«, keuchte Tara und mühte sich ab, seine Finger von ihrem Hals zu lösen. »Ich bin eine Sklavin. Ich bin die Sklavin von Stellvertreter Valan. Ich gehöre ihm, nicht Euch.« Ihr Sklavenhalsband bohrte sich unter seiner Hand in ihr Fleisch, und sie spürte das Brennen aufplatzender Haut.

»Ich habe gefragt, ob er dich feucht gemacht hat«, brummte Bern. »Und da du mir nicht antwortest, werde ich es wohl selbst herausfinden müssen. Dafür brauche ich keine verfluchte Erlaubnis.«

»Halt«, stieß sie mit erstickter Stimme hervor. »Bitte. Bitte, Verehrter.«

Was er da tut, ist noch nicht einmal das Schlimmste an der Sache, schoss es ihr durch den Kopf, als Bern ihre Röcke hochzerrte und sie sich gegen Arme stemmte, die dicker waren als ihre Oberschenkel. Das Schlimmste war nicht der Umstand, dass sie ihn jetzt nicht töten konnte, ohne zu verraten, dass sie mehr war als eine einfache Sklavin, auch wenn sie seinen Tod förmlich auf der Zunge schmecken konnte, so sehnlich wünschte sie ihn sich.

Nein. Das Schlimmste war, dass sie hinter seiner Schulter gerade noch die Gesichter sowohl von Major Vaunt als auch von Oberst Dorcas in ihren Fenstern ausmachen konnte. Dorcas wandte den Blick ab, konnte einfach nicht zusehen, aber Vaunt brüllte Drohungen und Flüche in ihre Richtung. Tara schloss die Augen.

Du stirbst als Erster, Bern.

Glaub mir, Dreckswichser, du stirbst als Erster.

»Was ist hier los?« Die Stimme war leise und kalt und absolut tödlich. Bern wurde von Tara weggerissen, und man hörte Stoff reißen und Fleisch auf Fleisch klatschen. Tara blickte auf den langen Schlitz in ihrem Rock hinunter. Ihr Oberschenkel war sichtbar geworden, ebenso wie die roten Fingerabdrücke, die Bern auf ihrer Haut hinterlassen hatte. Er selbst saß auf dem Hintern und hielt sich den blutenden Mund.

Sie fiel vor Valan auf die Knie. »Vergebt mir, Verehrter, vergebt mir. Ich wollte wirklich nicht, dass … aber er hat nicht lockergelassen, und ich, ich hatte Angst. Mein Mann ist so wütend, aber …« Sie ließ die Tränen kommen, Tränen von Wochen der Furcht, der Verantwortung und der Trauer. »Ich habe Bern gesagt, dass ich jetzt Euch gehöre.« Sie flüsterte den letzten Satz, warf einen schuldbewussten Blick in Valans Richtung, und dann wagte sie es, Valan in die Augen zu sehen. »Obwohl mein Herz für immer Tomaz gehört. Bitte, bestraft ihn nicht für meinen Fehler, Herr.«

Valan zog sie auf die Beine, und das gar nicht unfreundlich. »Der Fehler lag nicht bei dir. Sondern bei Bern, der nicht begriffen hat, dass ein Sklavenhalsband bedeutet, dass diese Frau *verdammt noch mal einem anderen gehört.*« Den Schluss des Satzes brüllte er Bern ins Gesicht, und sie alle zuckten zusammen.

Bern rappelte sich mühsam hoch. »Ich habe nur sicherstellen wollen, dass dieser verdammte Soldat sie nicht gevögelt hat«, jammerte er. »Ich wollte nicht, dass Ihr am Ende den Bastard eines Rilpori großzieht.«

»Wenn du sie noch einmal anfasst, werde ich dir deinen Schwanz abschneiden, ihn braten und dich zwingen, ihn zu essen, hast du mich verstanden?«

Bern spuckte Blut aus. »Jawohl, Stellvertreter«, antwortete er, sein Tonfall mürrisch und seine Augen trotzig. »Habe verstanden.«

»Raus mit euch.« Bern und der andere Wachposten schlüpften durch den Kaserneneingang, und Valan bedachte die nächsten der angeketteten Männer mit finsteren Blicken. Sie wandten sich ab. Er legte Tara den Daumen unters Kinn und drückte ihren Kopf hoch. »Hat er dir wehgetan?«

Sie schaute ihm ins Gesicht und ließ einen Anflug von Leidenschaftlichkeit durch ihren Blick schimmern. »Ja. Aber das ist nun mal das Los eines Sklaven, nicht wahr? Dass man ihm wehtut.«

Valans Lippen zuckten, als gefiele ihm ihre Antwort. »Bern wird dich nicht noch einmal behelligen, aber sollte er es doch tun, dann sag es mir. Arbeite hart, tu, was man dir aufträgt, und du darfst deinen Mann erneut besuchen.«

»Ja, Verehrter«, antwortete Tara und folgte ihm aus der Kaserne nach draußen, erfüllt von einer lächerlichen Dankbarkeit für sein Eingreifen. Sie fühlte Vaunts Kuss noch immer auf ihrem Mund, aber es war Valan, der sie beschützt hatte.

DIE GESEGNETE

Siebter Monat, erstes Jahr der Herrschaft von König Corvus
Tempel der Roten Götter, Tempelbezirk, erster Ring,
Rilporin, Weizenland

Majestät, wie darf ich Euch dienen?«

Falls Corvus es ihr verübelte, dass er erst durch die Stadt zum Tempel marschieren musste, damit sie ihm »dienen« konnte, so ließ er es sich nicht anmerken.

Sie trottete aus den Schatten des Tempels und sah, wie er sie mit Blicken verschlang, als sie auf ihn zukam – das Gottesblut, das ihre Haut zierte, ihre Male, die ihr von den Göttern verliehene Weisheit, Zeichen der Wahrheit, der Hoffnung, ein Versprechen der Götter. Das Blut der Dunklen Dame, das auf ewig in Wirbeln und magischen Zeichen Lantas Leib befleckte, kribbelnd und wispernd wie der Atem eines Geliebten.

Sie knickste, und er nickte ihr steif zu und lehnte Wein, Wasser und Essen ab. Dann war er also verärgert und wollte gleich zur Sache kommen. Lanta unterdrückte ein Seufzen.

»Wir haben Tausende von Sklaven und nicht genug Nahrung, um sie alle zu versorgen«, begann Corvus, und Lanta blinzelte verwundert. Was kümmerten sie irgendwelche stinkenden Rilpori? »Ihr habt gesagt, wir würden ein Massenopfer darbringen, um die Blutige Mutter zurückzuholen, aber noch immer wurde kein Tag für das Ritual festgesetzt. Dürfte ich den Grund für die Verzögerung erfahren, Gesegnete?«

»Ihr meint, hungrige Sklaven würden darüber entscheiden, wann ein so großes Werk wie dieses hier vollbracht wird?«, fragte sie. »Deshalb kommt Ihr zu mir und stört uns in unseren Gebeten und rituellen Schöpfungen?« Sie blieb in einem Wirbel von Röcken stehen. »Für so etwas habe ich keine Zeit.«

»Hungrige Sklaven sind rebellische Sklaven«, erwiderte Corvus unbeirrt, und der Klang seiner Stimme hielt sie davon ab, sich zum Gehen zu wenden. »Ich habe Fost ausgeschickt, um die Frauen und Kinder aus den Bergen hierher nach Hause zu holen; schon bald wird die Stadt noch mehr Mäuler zu füttern haben. Ihr habt mir aufgetragen, so viele Leben wie möglich für Euren großen Ritus aufzusparen, und ich habe zwei Gefängniskasernen randvoll mit zornigen, hungrigen Soldaten, die kann ich nicht unbegrenzt am Leben erhalten. Wollt Ihr, dass ich unseren Kleinen das Brot wegnehme, um es ihnen zu geben?«

»Ich will, dass Ihr Eure Arbeit als König macht und solche Dinge regelt. Muss ich Euch denn auch noch den Arsch abwischen?« Sie war müde und frustriert – das Ritual, das sie benötigten, existierte noch nicht, und sie und der Hohepriester Gull verfügten über keinerlei überliefertes Wissen, auf das sie sich hätten stützen können –, aber trotzdem hätte sie das jetzt besser nicht sagen sollen. Die Temperatur im Raum sackte in den Keller, gefrostet vom Eis in Corvus' Zügen. Lanta atmete mit bebenden Nasenflügeln durch. »Majestät, vergebt mir meine überstürzten Worte. Ich bin sehr müde. Ich hätte gedacht, mich klar ausgedrückt zu haben – die Sklaven werden für das große Ritual benötigt, das die Dunkle Dame im Körper des Kindes Eurer Schwester zu uns zurückbringt.«

Corvus schlug auf die Armlehne seines Stuhls. »Ihr wollt, dass ich sie am Leben erhalte bis – wann, bis zum Julfest? Noch ein halbes Jahr? Unmöglich!«

»Das hier ist das reichste Land in Gilgoras, Majestät. Wollt Ihr mir etwa sagen, dass Ihr nicht genug Getreide auftreiben könnt, um Sklaven gerade so viel zu essen zu geben, dass sie nicht verhungern? Ich brauche ihre Körper, ihr Blut und ihre Angst, keine wohlgeformten Muskeln und Menschen von gesundem Verstand. Meinetwegen können sie irrsinnig gewordene Skelette sein, solange Ihr sie nur am Leben erhaltet.«

»Wir sind während der Belagerung durch den größten Teil des Weizenlandes getrampelt. Wir haben die Hälfte der Ernte ruiniert.« Auch Corvus war jetzt aufgestanden, und seine Verärgerung schimmerte deutlich durch seine Frustration hindurch.

»Dann ist es eine gute Sache, dass wir nur jene Hälfte der Bevölkerung ernähren müssen, die auf dem Dunklen Pfad wandelt«, blaffte Lanta. »Majestät, bitte. Ich habe keine Zeit, Euch alle Antworten zu liefern. Daheim in Adlerhöhe habt Ihr deutlich gemacht, dass ich mich allein auf die spirituellen Belange beschränken soll, während Ihr Euch um den Rest kümmert, und jetzt kommt Ihr an und erwartet von mir, Brot aus dem Nichts herbeizuzaubern und über genau jene Dinge, von denen Ihr mich ferngehalten habt, die Kontrolle zu übernehmen. Das kann ich nicht. Das werde ich nicht.«

»Wir werden es mit einer Rebellion zu tun bekommen, Gesegnete. Bei diesem Aufstand werden sowohl Sklaven wie auch Mirak sterben.«

Lanta biss stur die Zähne zusammen. »Ihr habt geschworen, dass alles, was Ihr tut, dem Ruhm und der Pracht der Götter dienen soll. Sie brauchen jetzt mehr als das, sie brauchen einen Akt des Glaubens, der so gewaltig ist, dass er uns die Dunkle Dame zurückbringt. Demgegenüber sind alle übrigen Erwägungen nichtig. Was wir versuchen, ist noch nie zuvor getan worden, und ich werde nicht zulassen, dass Ihr es gefährdet. Ich werde es einfach nicht zulassen, also kümmert es mich nicht, wo Ihr das alles herholt, treibt einfach das nötige Essen auf und erhaltet meine Opfer am Leben, bis ich sie brauche.«

Corvus umklammerte den Griff seines Dolches, aber sie ging

nicht davon aus, dass es eine Drohung sein sollte. »Ihr verlangt zu viel.«

»Die Götter verlangen immer zu viel, Majestät«, antwortete sie mit leiser Stimme. »Und wir liefern ihnen immer, was sie verlangen. Wir sind Mirak; das Opfer liegt in unserem Blut.«

Darauf hatte er natürlich keine Antwort, und das hatte sie gewusst. Es verstärkte seine Frustration und fügte dem Band, das König und Gesegnete in ihrem großen Eroberungszug bisher geeint hatte, einen neuen Riss hinzu. Corvus schritt wortlos aus dem Tempel hinaus, und als er fort war, löste sich Gull aus der Dunkelheit und trat zu ihr.

»Macht Ihr Euch Sorgen?«, fragte er.

»Er war der ideale König, um uns zum Sieg zu führen – selbst wenn es ein Sieg wie dieser war, der uns unsere Blutige Mutter gekostet hat. Aber ist er auch der richtige König, um Rilpor im Namen der Götter zu regieren? Ist er der König, der alles Notwendige tun wird, damit sich die Götter erheben können?«

»Ihr zweifelt an seiner Treue?« Gull war überrascht.

»Nie und nimmer«, antwortete Lanta sofort und war ein wenig darüber erstaunt festzustellen, dass dies wirklich die Wahrheit war. »Ich zweifle an seiner … Befähigung. Corvus ist ein Totschläger und ein Anführer von Kämpfern, aber ist er auch ein Herrscher? Kann er für sein Volk sorgen und die Sklaven in Schach halten? Als er König Liris getötet hat, hat er eine geordnete und stabile Welt übernommen. Diese neue Welt errichtet er jetzt aus dem Nichts, und ich glaube nicht, dass er weiß, wie so etwas gemacht wird. Ich glaube nicht, dass er es wirklich will.«

»Er will in den Krieg ziehen.«

Lanta wiegte bedächtig den Kopf hin und her. »Er kennt sich aus mit dem Krieg, aber er weiß auch, wie Unterwerfung geht. Es war ein Geniestreich, die Osttruppe anstelle der Mirak die

Städte und Dörfer besetzen zu lassen – es ist einfacher, seine Freiheit gegenüber Menschen aufzugeben, die sich so anhören und so aussehen wie man selbst. Aber Abgaben, Ernten und Gesetze? Wo sind da der Ruhm und die Aufregung?«

»Wollt Ihr, dass er durch jemand anderen ersetzt wird?«, fragte Gull.

Lanta schürzte nachdenklich die Lippen. »Noch nicht. Wir brauchen Stabilität, zumindest im Augenblick. Corvus versteht, wie wichtig es ist, die Sklaven am Leben zu erhalten. Auch wenn er in diesem Punkt reichlich frustriert ist, wird er nicht aus Kleinlichkeit den großen Ritus riskieren. Aber er braucht Hilfe, jemanden, der ihn lehren kann, was er wissen muss, der Antworten auf die Fragen liefern kann, die er nicht zu stellen weiß.«

»Ich könnte vielleicht bei einem Teil der Regierungsarbeit aushelfen«, erbot sich Gull. »Ich bin ein Jahrzehnt lang hier in Rilporin als Seidenhändler tätig gewesen. Ich verstehe etwas vom Handel, von Angebot und Nachfrage.«

Lanta wandte sich von der Tür ab, durch die Corvus den Tempel verlassen hatte. »Euer Angebot ist großzügig, aber ich brauche Euch hier. Corvus wird Euch ganz in Beschlag nehmen, sobald er einmal zu der Auffassung gelangt ist, dass er derlei Dinge in Eure Hände legen kann. Aber wenn es andere unter den Sklaven gibt, die geeignet wären …«

Gull nickte und ließ sie allein, denn er verstand ihre Stimmungen sehr gut. Lanta streifte durch das Gebäude, das einst der Tempel der Tänzerin gewesen war und das jetzt mit Blut dem heiligen Gosfath und seiner abwesenden Schwestergeliebten geweiht worden war. Nicht tot. Abwesend. Nur so konnte sie sich zwingen, überhaupt an das Geschehene zu denken, trotz des großen Werks, das sie da vorbereiteten, und obwohl sie diesem Ziel all ihre wachen – und so manche ihrer träumenden – Minuten widmete.

Sie kam am Gottesteich vorbei, nun mit dem Blut Dutzender

Opfer geheiligt, sodass das einst klare Wasser trüb und rot gefärbt war. Es stank und war voller geronnener Klumpen. Nicht sehr angenehm, aber auch das letzte Licht musste aus diesem neu geheiligten Ort vertrieben werden. Außerdem diente das Ganze als eine eindrucksvolle Mahnung für jeden Sklaven, der mit dem Gedanken spielen mochte, sich trotzig wider seine Herren zu erheben.

Wie immer führten sie ihre Schritte nach draußen auf den Tempelplatz, zu dem hölzernen, an den Seiten offenen Schutzbereich, der über dem Ort errichtet worden war, wo man ihnen die Dunkle Dame genommen hatte, der Boden darunter immer noch befleckt von ihrem göttlichen Blut, ganz wie Lanta selbst. Da war jemand in dem Schrein, kniete auf dem unbefleckten Stein und starrte wie gebannt auf die schwarzen Tröpfchen direkt vor ihm. Als sie näher kam, schaute er auf und rappelte sich eilig hoch.

»Stellvertreter Valan, verzeiht mir. Ich wollte Euch nicht in Euren Gebeten stören.«

Er verneigte sich und ließ den Blick hungrig über die Blutmale auf ihrer Haut wandern. Er wollte sie berühren, genau wie er auch die Flecken auf dem Stein berühren wollte. Er wagte es nicht. »Ich bin hier derjenige, der um Vergebung flehen sollte. Wenn dieser Ort irgendjemandem gehört, dann seid Ihr das.«

Lanta setzte sich auf eine der Bänke rund um den Schrein und bedeutete ihm, neben ihr Platz zu nehmen. »Er gehört uns allen, Stellvertreter. Ihr seid hier willkommen, wann immer Ihr wünscht, aber wenn Ihr Corvus sucht: Er ist bereits gegangen.«

Valan schwieg eine Weile. »Ich habe nicht nach ihm gesucht«, antwortete er schließlich. »Ich bin hergekommen, um für meine Familie zu beten. Ihre Reise ist lang und womöglich gefährlich, und Ede ist erst drei.« Er blickte ihr kurz in die Augen, und Lanta sah Unentschlossenheit darin aufblitzen. Sie schenkte ihm ein aufmunterndes Lächeln. »Ich mache mir

Sorgen, dass sich meine Töchter gar nicht mehr an mich erinnern«, gestand er hastig. »Was werden sie wohl alles durchgemacht haben, während ich hier gekämpft habe? Welche Prüfungen oder Krankheiten, bei denen ich sie nicht trösten konnte? Sie sind womöglich nicht mal mehr am Leben.«

Lanta war überrascht. Valan sprach selten von seiner Familie, und sie konnte sich nicht einmal an den Namen seiner Frau erinnern. Eine solch aufrichtige Liebe war selten unter Männern der Mirak, derartige Treue noch seltener. »Sie werden das Leben gelebt haben, wie es die Götter für sie verfügt haben«, antwortete sie. »Findet Frieden in dem Wissen, dass sie, falls sie zu leiden hatten, als Beweis ihrer Hingabe gelitten haben.« Dann fügte sie hinzu: »Aber es lässt sich unmöglich sagen, ob sie wirklich gelitten haben.« Sie saßen noch ein Weilchen schweigend da. »Ihr seid ein guter Mann, Valan«, bemerkte Lanta, und er blinzelte überrascht. »Ich hoffe, Corvus weiß, welches Glück er hat, Euch als Stellvertreter zu haben.«

»Die Ehre ist ganz meinerseits«, sagte Valan automatisch. »Mein Leben, um zu dienen.«

»Ja«, bestätigte Lanta und musterte ihn unter dem Eindruck der Idee, die ihr soeben ganz neu und ein wenig schockhaft in den Sinn gekommen war. »Wir alle sind nach Gilgoras geschickt worden, um den Göttern zu dienen und ihren Willen zu erfüllen, was immer das sein mag.« Sie stand auf, und er erhob sich mit ihr. »Ich werde für Eure Familie beten«, versprach sie und machte sich auf den Rückweg in Richtung Tempel, bevor er etwas erwidern konnte.

DOM

Siebter Monat, erstes Jahr der Herrschaft von König Corvus
Grüngrat, südliches Krike

Sie hatten ihnen ein kleines Haus zum Schlafen gegeben, dem Zweiäugigen Mann und seinen getreuen Gefährten. Oder *seinem* getreuen Gefährten, Einzahl. Dom war sich nicht sicher, ob er sich selbst auch dazuzählen konnte. Er war sich nicht sicher, ob Crys und Ash ihm erlauben würden, sich dazuzuzählen, ganz egal, was er selbst darüber dachte.

Bei Sonnenuntergang hatten sich die anderen zum Ratshaus der Stadt begeben, und Dom war allein zurückgeblieben. Er lag auf dem Fußboden, den Kopf auf einen Stapel Decken gebettet, und sah in das Flackern des orangefarbenen Lichts, wie es über die Dachbalken und Spinnweben tanzte. Es war ihm elfmal gelungen, die Bänder seiner Hose auf- und wieder zuzubinden, jedes Mal ein Triumph angesichts der schlimmen Erinnerung, dass er zuvor, in den ersten Tagen nach dem Verlust seiner Hand, Ash darum hatte bitten müssen, ihm zu helfen – einen Mann, den er einst als Bruder betrachtet hatte und der ihn jetzt hasste.

Aber in der Lage zu sein, ohne fremde Hilfe zu pinkeln, und auch selbst kämpfen zu können waren zwei ganz verschiedene Dinge. Es war Dom nicht gelungen, eine Waffe zu ergattern, als sie aus Rilporin geflohen waren, aber er hatte in der Küche ein einigermaßen scharfes Messer gefunden, das die Haut eines

Feindes zu durchdringen versprach, vorausgesetzt, der war so freundlich, für ein Weilchen stillzuhalten.

Er schnaubte und drehte die Klinge unbeholfen in den Fingern. Seine rechte Hand war weit weniger geschickt, als es seine nun fehlende linke gewesen war, und er verlor kurz die Kontrolle über das Messer, sodass der Griff gegen seinen Armstumpf schlug und es ihm wie ein Blitzschlag durch Muskeln und zerfetzte Nerven zuckte. Er heulte vor Schmerz auf, und dann machte er dasselbe gleich noch einmal, weil es sich auf undefinierbare Weise gut anfühlte. Es öffnete einen Brunnen tief in seinem Inneren, von dessen Existenz er gar nichts gewusst hatte – er wollte mitten hineinspringen.

Dom setzte sich aufrecht hin. Mit angehaltenem Atem stach er diesmal mit der Messerspitze in das Narbengewebe. Weitere Blitze, die sich seinen Arm hinauf- und in sein Herz hineinbrannten, bis es in seiner Brust zu hüpfen, Verzückung und Dunkelheit durch seine Adern zu pumpen schien. Ein Blutstropfen bildete sich an der Messerspitze, und Dom starrte mit unverwandter Intensität darauf, ohne auch nur zu blinzeln, fasziniert von dem Feuerlicht, das sich im Miniaturformat in dem dunklen Rot widerspiegelte. Er drückte fester, stach ein klein wenig tiefer, und mehr Blut stieg auf und mit ihm Erleichterung. Ein Ziel. All die Versprechen, die er sich selbst und Crys gegeben hatte – all die Lügen –, lösten sich auf und enthüllten die rote, scharf schneidende Wahrheit.

Die Worte kamen wie von selbst, weil sie es selbst so wollten, Worte der Macht und der Ekstase und der glorreichen Unterwerfung. »Dunkle Dame, schöne Göttin der Furcht und des Todes, nimm dieses, mein Opfer an. Heiliger Gosfath, Herr des Krieges …«

Und da war er, der Gott des Blutes: In der unvermittelten, von Echos erfüllten Dunkelheit der Wegstation zwischen Gilgoras und dem Jenseits ragte er über Dom auf. Dom stockte der

Atem, und eine Mischung aus Sehnsucht und Entsetzen ließ seine Gedanken gefrieren. Wie konnte er hier sein? Wie hatte Gosfath ihn mit solcher Mühelosigkeit zu sich rufen können? Und zu welchem Zweck?

Doch Gosfath schenkte ihm keine Beachtung, saß in den Flammen seines eigenen Brennens, die Handgelenke auf seinen gebeugten Knien, während er zusah, wie sich sein eigener tanzender Schatten über die Wand der Höhle schlängelte. Zungen aus rotem Feuer leckten an seiner roten Haut; er schenkte dem nicht mehr Aufmerksamkeit, als er für Dom erübrigte.

Dom trat verstohlen einen Schritt zurück und dann noch einen, aber wie immer er hierhergekommen sein mochte, der Weg hinaus war ihm versperrt. Er war hier, bis Gosfath es anders bestimmte. Gefangen. Mit zusammengekniffener Blase erhob sich Dom auf die Knie. »Ich bin hier, Herr.« Der Gott reagierte nicht. »Heiliger Gosfath, Roter Vater, was ist dein Wille?«

Jetzt bewegte er sich doch. Der große, gehörnte Kopf hob sich schwerfällig in seine Richtung, und kleine schwarze Augen, in deren Tiefen sich tanzendes Feuer widerspiegelte, blickten Dom ins Gesicht. Dom zweifelte nicht daran, dass Gosfath ihn, sollte er ihn als den Mörder seiner Schwestergeliebten erkennen, zu seinem Vergnügen über Monate oder gar Jahre hinweg ganz langsam umbringen würde.

»Fort.«

Das Wort war so laut und gewaltig, die Bedeutung dahinter so unermesslich, dass Dom Mühe hatte, es zu verarbeiten. All die Gefühle von Verlust und Schmerz, die Dom bis zum Überlaufen füllten, waren nichts; Gosfaths Schmerz würde selbst die Räume zwischen den Sternen in sich ertrinken lassen, sein Zorn war heißer als jene fernen Lichtpunkte, sein Verlust ein Leichentuch, so schwarz und so groß, dass es ganz Gilgoras zu bedecken vermochte.

Gosfath hob beide Hände, die Handflächen nach oben gedreht – ein Ausdruck, der so menschlich war, so verloren und verstört, dass sich Doms Kehle vor geteiltem Kummer zuschnürte. »Fort.«

»Wir werden sie zurückholen«, versprach er schnell und streckte seine Hand nach der von Gosfath aus, berührte seine schwarzen Krallen mit den Fingern. Sie waren rasiermesserscharf, und Dom besiegelte den Schwur mit Blut.

»Fort«, wiederholte Gosfath, als hätte Dom überhaupt nicht gesprochen, und der Schmerz zerriss sein Herz zu Fetzen.

»Was machst du da?«

Ashs Stimme ertönte so plötzlich, und die Rückkehr in den vom Kaminfeuer beschienenen Raum in Grüngrat war so unerwartet, dass Dom aufjaulte und sich das Messer tief durch die Überreste seines Arms bohrte, als er sich hochrappelte. Er schrie erneut auf und ließ die Klinge fallen.

»Götter, du hast mich erschreckt«, sagte er mit zittriger Stimme, drückte den Saum seines Hemdes auf die Wunde und verzog sich hastig hinter den Tisch.

»Ich habe gefragt, was du da machst«, herrschte Ash ihn an und folgte ihm. »Mit wem hast du gesprochen? Du hast Versprechungen gemacht. Welchem Herrn?«

Dom errötete und wich weiter zurück, bis er mit dem Rücken zur Wand stand. »Habe ich nicht, es ist nicht so, wie du glaubst …«, setzte er an, aber Ash streckte einen seiner langen Arme aus und zog ihn so nahe heran, dass Dom gezwungen war, zu ihm aufzublicken.

»Ich hoffe für dich, dass du nicht getan hast, wonach es sich angehört hat«, knurrte er. »Ich bin zurückgekommen, weil Crys mich gebeten hat, dich zu holen. Er will nämlich einen Weg finden, der weiterführt, einen Weg für euch beide, um mit dem leben zu können, was du ihm angetan hast – ja, und auch mit dem, was er dir angetan hat. Obwohl: Wenn er deine Hand nicht abgeschnitten hätte, hätte sie dich umgebracht. Aber er hat mich hierhergeschickt, weil er keine Heilung findet und du auch nicht, und wir brauchen euch beide, wenn wir auch nur die geringste Hoffnung haben wollen, diese Sache zu gewinnen. Und ich hatte angefangen zu glauben, dass es eine Chance für uns gibt, dass heute etwas seinen Anfang nehmen würde, und dann komme ich hier in den Raum und sehe dich, wie du dich selbst verletzt und zu den verdammten Roten Göttern betest.«

Dom konnte ihm nicht in die Augen sehen. Scham und ausgehöhlte Leere des Kummers wirbelten schmerzhaft in ihm durcheinander. Seine Sicht war tränengetrübt, er hielt den Kopf gesenkt und blinzelte wild. *Er, der Gott, hat mich in seine Gegenwart geholt. Er sehnt sich so verzweifelt nach Gesellschaft, dass er nach allem greift, was sich ihm bietet. Selbst nach mir.*

Ash legte die Arme um ihn, eine Hand auf seinen Hinterkopf gedrückt, eine Umarmung, die Dom weder erwartet noch verdient hatte. Er zögerte, jäh aus seinen Gedanken gerissen und in diesen überaus überraschenden Augenblick katapultiert. Zaghaft erwiderte er Ashs Umarmung. Weitere Tränen rannen über seine Wangen, und da war ein ziehender Schmerz tief in seinem Inneren, der niemals vergehen würde.

»Ich bin gebrochen, Ash«, flüsterte er, und das Geständnis war wie eine Läuterung. »Von mir ist nichts mehr übrig. Nichts ist in mir außer Schmerz, Hass und Tod.« Er spannte die Arme an und wollte Ash fest an sich drücken, auch wenn er wusste, dass der Bogenschütze von ihm angewidert sein musste. »Es verlangt mich nach ihr, Ash, nach ihrer Berührung, dem … Entzücken der Qual, die sie mir gebracht hat, auch wenn ich sehr gut weiß, dass das falsch ist. Ich habe keine Ahnung, wie ich ohne sie leben soll. Alles, was die Dunkle Dame mir angetan hat, war grausam, böse, aber … ich liebe sie trotzdem immer noch. Ich werde sie immer lieben.«

Er hörte Ash schlucken, spürte, wie er sich von ihm weglehnte, nur einen Fingerbreit, aber dieser Fingerbreit drohte, zu einem Abgrund zu werden, den sie nicht mehr würden überbrücken können. »Doch du musst ohne sie leben«, flüsterte er. »Denn sie ist fort und kommt nicht wieder zurück, ganz gleich welche verrückten Pläne dieses Weibsstück in ihren blauen Gewändern verfolgt. Wir werden die Mirak aufhalten, Lanta aufhalten und Gosfath dann in den Tod schicken. Er wird seiner Schwester folgen. Und du wirst uns dabei helfen, denn das werden wir tun, dazu sind wir da, das ist unser Wesen.« Er schob ihn auf Armeslänge von sich weg, die Hände auf seine Schultern gelegt. »Und das Gleiche gilt auch für dich, tief in deinem Inneren.«

»Wirklich?«, flüsterte Dom. Der Ausdruck, den er auf Gosfaths Gesicht gesehen hatte, spiegelte sich nun auf seinem eigenen. »Wenn ich an nichts anderes denken kann als an Möglichkeiten, wie ich der Gesegneten zu helfen vermag? Wenn ich in jeder Nacht von Träumen über sie heimgesucht werde, wiewohl doch alles, wonach ich mich an jedem Tag sehne, ein Wiedersehen mit Rillirin ist? Ein Teil von mir würde sogar sie und unser Kind opfern, wenn das die Dunkle Dame zurückholen könnte, und ich kann das nicht ausstehen, ich hasse mich selbst dafür, aber ich kann einfach nicht damit aufhören.«

Abscheu zuckte über Ashs vernarbtes Gesicht, und jetzt ließ er Dom doch los und trat einen entschiedenen Schritt zurück. Auf die andere Seite jenes Abgrunds. »Tatsächlich? Nun ja, wir bekommen nicht immer, was wir wollen, stimmt's? Er berührte die Kerbe an seinem Unterkiefer, eine weitere Narbe, die durch den offenen Halsausschnitt seines Hemdes gerade eben sichtbar war. »Ich bin von Galtas getötet worden; das habe ich nicht gewollt. Crys ist gefoltert worden – von dir; das hat er nicht gewollt. Der Mann, den ich mehr liebe als alle anderen Menschen, ist ein verdammter Gott, und einer, der deinen Prophezeiungen zufolge sterben müsste, um diesen Krieg zu beenden, oder hast du deine eigenen Worte vergessen? ›Das Gotteslicht wird uns führen, in den Tod und darüber hinaus.‹ Glaubst du wirklich, einer von uns würde *das* wollen? Weil Crys weiß, dass das hier ihn umbringen wird, weiß er auch, dass es kein Zurück mehr gibt, und er tut es trotzdem. Weil er versteht.«

»Was versteht?«, flüsterte Dom über den Abgrund hinweg und versuchte, seinen Freund zu erreichen. Vergebens.

»Dass es sich lohnt, sein Leben zu opfern, um Gilgoras zu retten. Dass es sich lohnt, alles in seiner Macht Stehende zu tun, um Unschuldigen die Gräuel des Dunklen Pfades zu ersparen. Dass« – wieder schluckte Ash, diesmal sichtlich angestrengt –, »dass es sich lohnt, wenn ich ihn verliere.« Er räusperte sich und blinzelte heftig. »Du hast sie umgebracht, das einzige Gute, was du in den Monaten deines Wahnsinns getan hast, und du wirst nicht dorthin zurückkehren, ganz gleich, wie sehr du es dir wünschst. Lieber werde ich dich persönlich umbringen, statt dich wieder an das Blut verlieren. Also wirst du uns helfen, dafür zu sorgen, dass sie tot bleibt, und du wirst Buße tun für die Leben, die du genommen und für den Verrat, den du begangen hast, denn andernfalls …« Er brach ab, vielleicht weil er wusste, dass keine Drohung, die er aussprach, je einen Menschen zu ängstigen vermochte, der sich selbst mit Leib und Seele dem Wahnsinn anheimzugeben gewillt war. »Und, glaub mir, du hast keine Ahnung, wie viel Mut es Crys gekostet hat, mich mit der Aussicht auf Vergebung hierherzuschicken. Es ist mit Sicherheit nichts, was ich vorgeschlagen hätte, denn ich habe jede einzelne der Narben gesehen, die du ihm zugefügt hast, und auch jene, die nur in seinem Inneren existieren, von denen er womöglich selbst nicht mal weiß, dass sie da sind.« Ash machte eine Pause, um seine Stimme wieder unter Kontrolle zu bekommen. »Das sind die Narben, mit denen wir fertigwerden müssen, wenn das alles vorüber ist, falls dann noch irgendwer von uns am Leben sein sollte. Das sind die Narben, die den Rest seines Lebens prägen werden; von denen es abhängt, ob er friedlich wird schlafen können, ob wir eine gemeinsame Chance auf Glück haben. Narben, von denen ich will, dass du nie vergisst, dass du sie ihm beigebracht hast. Und trotz alledem versucht er immer noch einen Weg zu finden, dir zu verzeihen.«

Doms Brust wurde von unterdrücktem Schluchzen geschüttelt. »Kann er mir denn vergeben? Kannst du es?«, stieß er mit erstickter Stimme hervor.

Ashs Züge verzerrten sich. »Nein. Vielleicht. Ich weiß es nicht. Aber ich weiß, dass er es ist, für den du beten musst«, fügte er hinzu und stach mit seinem Zeigefinger in die Nacht hinaus. »Bete für Crys und bete für den Fuchsgott. Nicht für sie, niemals wieder für sie. Verstanden?«

»Verstanden.« Dom leckte sich die Lippen, nickte und wandte den Blick ab. »Wirst du es … ihm erzählen?«

»Wirst du es wieder tun?«

Dom schüttelte den Kopf – und meinte es auch so.

»Dann nein. Aber enttäusche ihn nicht noch einmal so sehr.«

Ash hob das Messer auf, mit dem sich Dom verletzt hatte, untersuchte die Klinge und schob es sich dann mit Bedacht in seinen Gürtel. Dom zappelte unruhig und wollte es zurückverlangen, auch wenn er wusste, wie sich das anhören würde. Keine Hand, keine Waffen, keine Möglichkeit, sich selbst oder andere zu verletzen. Verbitterung stieg in ihm auf, vermischte sich mit seinen Gefühlen der Schuld, der Hoffnung, der Trauer.

Ash wischte sich die Hände an seinem Hemd ab, als hätte er etwas Fauliges berührt. »Dann komm«, sagte er mit einer Stimme, so kalt wie die Schneide einer Axt. »Er will dich immer noch sehen.«

CRYS

Siebter Monat, erstes Jahr der Herrschaft von König Corvus
Der Gürtel, Krike

Grüngrat konnte zweihundert Krieger ins Feld führen, und sie alle folgten Crys, als er drei Tage später die Stadt verließ. Er war eigentlich davon ausgegangen, sie hier zurückzulassen und sie auf dem Rückweg Richtung Rilpor aufzulesen, aber sie entschieden stattdessen, ihm zu folgen.

»Und mit folgen meine ich überallhin«, raunte Crys Ash am vierten Tag nach Verlassen von Grüngrat zu, als sie die dichten Kiefernwälder durchquerten, die als »Der Gürtel« bekannt waren. »Ich bin mir ziemlich sicher, dass mich gestern einer beim Scheißen beobachtet hat.«

Ash warf einen Blick nach hinten zu den Krikern, doch Crys verzichtete darauf. Er wusste, was er sehen würde. Cutta Froschtraum folgte zusammen mit Dom eine Handvoll Schritte hinter ihnen. Und dahinter reihten sich die Krieger. Sie verfolgten jede seiner Bewegungen, so wie Hermeline ein Karnickel beobachten, wenn es sich seinen Bau gräbt. Mit unverwandtem Blick.

»Ja, das ist unheimlich«, sagte Ash, als er sich wieder zu Crys umdrehte. »Aber sie werden sich daran gewöhnen. Ich jedenfalls habe mich daran gewöhnt, selbst wenn die gelben Augen die Nacht erhellen, während ich zu schlafen versuche.«

»Du findest das zum Totlachen, nicht?«, fragte Crys und

klopfte mit den Fingern auf den Knauf seines Schwertes; er hatte die Axt, die er mitgebracht hatte, gegen das Schwert eingetauscht, und die neue Klinge war von anständiger Qualität und gut ausbalanciert. Wie anstrengend die Neugier der Kriker hinsichtlich seiner Person auch war, immerhin konnten sie mit etlichen talentierten Schmieden aufwarten. Die Kiefernnadeln unter seinen Füßen federten und verliehen seinen Schritten zusätzlichen Schwung, ihr kräftiger Duft stieg ihm würzig-scharf in die Nase. Er verspürte den Drang, vorauszulaufen und sie alle hinter sich zu lassen – einfach alles hinter sich zu lassen. Prophezeiungen und Legenden und den bevorstehenden Krieg.

Ash presste die Lippen zusammen, konnte aber ein johlendes Gelächter dennoch nicht unterdrücken. »Es ist nicht ihre Schuld«, sagte er, einen Ausdruck von unglaubwürdigem Ernst im Gesicht. »Sie sind noch nie einem echten Gott begegnet. Ich glaube nicht, dass irgendwer von ihnen erwartet hätte, dass du so gut aussehen würdest. Oh ja, ich habe die Frauen – und so einige Männer – beobachtet, wie sie dich eindringlich gemustert haben. Glaub ja nicht, das wäre mir entgangen. Sollte ich eifersüchtig sein?«

»Zum Totlachen«, wiederholte Crys murmelnd und errötete. »Du hast ja keine Ahnung, wie eigenartig das alles ist. Die Hälfte der Zeit denke ich, ich sei einfach nur übergeschnappt und niemand habe es übers Herz gebracht, es mir zu sagen.«

»Crys, mein Liebster, du bist übrigens übergeschnappt. Wir haben es nur nicht übers Herz gebracht, es dir zu sagen.«

»Hör auf damit«, blaffte Crys, und Ash zog die Brauen hoch. »Ich bin nicht der, für den sie mich halten. Ich meine, ich bin es, aber ich bin außerdem eben auch noch ich. Niemand will mich kennenlernen; sie wollen alle nur ihn sehen. Ich selbst bin unsichtbar.«

»Du warst ziemlich sichtbar, als du dich heute Morgen angezogen hast«, neckte Ash. »Ich erinnere mich ganz deutlich. Der männliche Schwung der Schultern, die bleiche Wölbung deines Hinterns …«

»Das hier ist eine ernste Angelegenheit.« Crys schrie es beinahe heraus und krallte sich die Hände ins Haar. »Ich weiß nicht mehr, wer ich bin.«

Wir sind wir, erwiderte der Fuchsgott, als sei die Sache so einfach.

»Du bist du, und du bist Crys, an Ash herzensgebunden.« Ashs Antwort bildete ein so genaues Echo seiner inneren Worte, dass es unheimlich war. Das Lachen schwand aus seinen Zügen. »Du gehörst mir«, fügte er hinzu, »und du bist schon mein gewesen, ehe all das passiert ist. Du wirst auch danach wieder mein sein.«

»Danach werde ich tot sein«, entgegnete Crys, und das Schweigen zwischen ihnen war so tief, dass er fast hineinstürzte. Er griff nach Ashs Hand und wartete darauf, dass sein Geliebter seine Worte bestritt. Doch er tat es nicht, und Crys' Magen krampfte sich zusammen. Wann immer sie das Thema bisher gestreift und dann einen Bogen darum gemacht hatten, hatte Ash eine solche Möglichkeit stets vehement bestritten. Jetzt hatte er seine Meinung geändert, vielleicht wegen dem, was mit dem Fuchsgott und dem Stein in Grüngrat passiert war. Ash glaubte, dass Crys sterben würde, und das bedeutete, dass Crys es zum ersten Mal ebenfalls glaubte, bis tief ins Mark. Nichts konnte ihn retten.

Und das Gotteslicht wird uns alle führen, in den Tod und darüber hinaus. Danke, Dom, du bist immer ein lustiger Knallkopf gewesen – schon bevor du versucht hast, mich umzubringen.

Crys schaute hinter sich, wo der Calestar neben Cutta Froschtraum herging. Das Wissen, das so lange Zeit nichts bedeutet hatte, nur leere, leicht vergessene Worte, wurde nun wahr. Der Fuchsgott rieb sich an ihm, es war Aufmunterung und sanfter

Spott, gute Laune und Liebe. Crys stieß ihn von sich und hatte das Gefühl, als sei er, Crys, ein Eindringling in seinem eigenen Körper.

»Vielleicht wäre nichts von alledem passiert, wenn du mich nicht zurückgeholt hättest«, sagte Ash, und Crys bemerkte den schuldbewussten Ausdruck in seinem Gesicht. »Ich meine, du hast dieses Versprechen gegeben, für den Fall, dass du mich zurückbekommst. Wenn du nicht …«

»Wenn ich es nicht getan hätte, wäre ich bereits tot«, unterbrach ihn Crys, drückte kräftig seine Hand und verspürte seinerseits ein Aufwallen von Schuldgefühlen. Er hatte nie darüber nachgedacht, was Ash empfinden musste. Sie blieben stehen. »Ich hätte mich während der Belagerung töten lassen. In diesen Minuten, als ich wusste, dass du tot warst, Liebster, hat mir nichts mehr etwas bedeutet. Gar nichts. Ich hätte jedes Versprechen gegeben, alles getan, um dich zurückzubekommen. Und … der Fuchsgott ist immer hier bei mir gewesen, das weiß ich jetzt. Er hätte einen Ausweg gefunden, wenn er einen gebraucht hätte, was auch immer geschah. Auf diese Weise habe ich dich. Ich muss ein ganzes Leben in die Zeit hineinzwängen, die uns noch bleibt, wie lange das auch sein mag, und ich beabsichtige, das Beste daraus zu machen. Wenn du es auch willst?«

Ash fuhr sich mit dem Daumen übers Auge, seine verschwitzte andere Hand immer noch fest in Crys' Griff. »Ich will«, sagte er mit heiserer Stimme. »Ich will alles, aber ich werde mich mit dem begnügen, was ich bekommen kann. Mit dir und während der nächsten …« Er brach ab.

Crys schluckte und zwang sich zu einem Lächeln. »Tage. Wochen. Monate. Wie wär's, wenn wir einfach nicht mitzählen?«

»Zahlen werden überbewertet«, bemerkte Ash, und obwohl es nicht witzig war, lachten sie trotzdem.

Die Schlange von Kriegern war hinter ihnen stehen geblieben, statt weiterzugehen, und sie warteten in respektvollem Schweigen. Crys wandte sich an Cutta. »Wir kommen nach und stoßen dann zu euch«, versicherte er.

Sie zögerte einen Moment, nickte schließlich und führte ihre Krieger weiter.

»Was ist los?«, fragte Ash, dann erst sah er das Funkeln in Crys' Augen. »Oh. *Oh.* Nachkommen. Zu euch stoßen. Kapiert.« Sein Lächeln war heiß und feurig. »Nun ja, du kennst den Spruch: Ein Bogen, den man lange biegt, verliert seine Kraft. Ein bisschen Auszeit sollte uns beiden guttun.«

Sie bogen vom Hauptweg ab, und Crys spürte Blicke im Rücken, als sie sich entfernten. Er wusste, dass sie beobachtet wurden. Er drückte Ashs Hand. Sollten sie doch.

»Du musst wirklich aufhören, ›Götter‹ zu sagen, wenn wir es miteinander treiben«, bemerkte Ash später, auf den Ellbogen gestützt, um Kiefernnadeln aus Crys' Haar zu klauben. »Es ist, als würdest du Selbstgespräche führen.«

Bei diesen Worten verspürte Crys ein Aufwallen von Verärgerung, doch er unterdrückte die Regung unbarmherzig. Stattdessen zog er die Brauen hoch. »Ich habe dich nicht über meine gottgleichen Fähigkeiten klagen hören«, gab er zurück.

Ash verzog das Gesicht und schlug lachend auf Crys' nackte Schulter. »Verdammt, du solltest nicht auch noch mit dem Necken anfangen. Darauf fällt mir jetzt keine Erwiderung ein. Solange dir meine normalsterblichen Fähigkeiten genügen …«

»Oh, sie reichen mir völlig aus«, murmelte er, »das kannst du mir glauben.«

Ash strich mit sanften Fingern über die unzähligen silbernen Narben in Crys' Haut, und Crys entspannte sich, genoss die Liebkosungen. »Ich weiß nicht, wann wir wieder Zeit haben werden, so zusammen zu sein«, murmelte er schließlich, auch wenn er wusste, dass er den Augenblick zerstörte, aber er konnte einfach nicht mehr schweigen. »Vor allem sobald wir wieder zurück in Rilpor sind. Nur weil Make uns nicht verhaftet hat, als er es herausbekam, heißt das noch nicht, dass wir sie mit der Nase darauf stoßen müssen.«

»Ich habe keinerlei Absicht, Makes Nase auf irgendetwas zu stoßen«, protestierte Ash, und Crys lächelte. »Aber du hast wohl recht. Hoffen wir einfach, deine Göttlichkeit bedeutet, dass wir gar nicht mehr verhaftet werden.«

»Göttlichkeit? Ist das eine eindrucksvollere Bezeichnung für Männlichk…?«

Ash schlug Crys die Hand vor den Mund. »Schlechtester. Witz. Aller. Zeiten«, mahnte er, während er zugleich darum rang, nicht zu lachen.

Crys küsste die Hand auf seinen Lippen, dann schob er sie beiseite und ersetzte sie durch Ashs Mund.

»Ich sage es nur ungern, aber wir müssen zurück«, bemerkte Ash nach einigen weiteren atemlosen Minuten. »Es sei denn, du möchtest, dass Cuttas Krieger auch das hier ausspionieren.«

Crys gab ein Brummen von sich, entsetzt über den Gedanken, und im gleichen Moment erfolgte der Angriff.

Der Fuchsgott brüllte eine Warnung, und Crys sprang auf und suchte ihre Umgebung ab. Im nächsten Augenblick kam der erste Krieger zwischen den Bäumen hervor auf die Lichtung gestürmt. »Hoch mit dir!«, schrie Crys Ash zu und machte einen Satz zwischen ihn und den Angreifer, nackt und silbrig leuchtend. Der Angreifer, verwundert über seine Nacktheit oder vielleicht auch über Crys' seltsame Male, verfehlte sein Ziel. Crys schlug seinen Speer nach unten, und diesmal zögerte der Krieger nicht, sondern schmetterte ihm das hintere Ende in einem flachen Winkel entgegen, der die Haut seines Bauches nur streifte, während Crys zurücksprang.

Vier weitere Angreifer jagten zwischen den Bäumen hervor, und Ashs Pfeile trafen drei, verfehlten jedoch den vierten, der sich duckte und sich auf den Bogenschützen stürzte. Crys' neues Schwert war irgendwo unter ihren Kleidern, zusammen mit seinem Gürtel, dem Dolch und Ashs übrigen Waffen, und der Speerkämpfer war schnell. Sehr schnell.

Bestimmt konnte er sich doch einfach aufspießen lassen und dann wieder heilen?

Bewegung!, bellte der Fuchsgott. Und Crys setzte sich in Bewegung. Der Speer war zu weit von ihm weg, als dass er ihn zu fassen bekommen könnte, daher lockte er seinen Angreifer tiefer zwischen die Bäume, wo die lange Waffe ein Hindernis für ihn sein musste. Die Speerattacken kamen schnell und heftig, zielten auf seine nackte Brust oder seinen Unterleib, und Crys tastete sich mit seinen nackten Füßen Stück für Stück zurück. Wenn er stolperte, war er tot.

Ein Ächzen, das schnell zu einem Schrei wurde, erscholl von der Lichtung, und Crys' Blut gefror zu Eis. Falls das Ash war ... Der Speerkämpfer spürte seine Abgelenktheit und griff an. Crys wich ruckartig nach rechts aus, und die Speerspitze traf ihn, riss eine heiße, blutige Linie über die Innenseite seines Oberarms. Er schrie auf und brachte den Baum zwischen ihn und den Angreifer, was ihm eine Sekunde Zeit verschaffte, die jedoch verschwendet wäre, würde er sie dazu nutzen, jetzt nach Ash zu schauen und nicht nach einer möglichen Waffe.

Der Speer fuhr um den Baumstamm herum, und Crys sprang in die Höhe. Seine linke Hand schloss sich um einen Ast. Er stemmte seine Füße gegen den Baum und zog sich nach oben, auf den Ast – der zu dünn war, um sein Gewicht tragen zu können –, sprang auf dem Ast nach außen und warf sich von seinem Ende, als er gerade zu brechen begann.

Er landete auf dem Boden, überschlug sich, rappelte sich hoch und stürmte auf die Lichtung. Ash lag auf dem Rücken in Blättern und Dreck und kämpfte.

Schwert. Crys machte einen Satz nach vorn, schnappte sich

die Waffe mitsamt der Scheide und schlug Ashs Angreifer zwischen die Schulterblätter, als spalte er Holz, drehte die Waffe dann um und riss das Schwert heraus, wirbelte herum, um den Speerhieb mit der Scheide abzuwehren, und stieß das Schwert dem Mann dann zwischen die Rippen.

Sein Angreifer ließ die Waffe fallen, um die Hände auf die Wunde zu pressen, und Crys wirbelte erneut herum, sodass ihm fast schwindlig wurde, aber Ash rammte seinem Feind einen Pfeil in den Oberschenkel, suchte und fand die Hauptschlagader, und Menschen verschwenden selten noch einen Gedanken daran, jemanden umzubringen, wenn ihnen das Leben aus dem Bein herauspumpt.

Ash wuchtete sich den Mann vom Leib, stand taumelnd und keuchend auf und wischte sich Blut aus den Augen. Zwei der drei Männer, die er mit Pfeilen niedergestreckt hatte, waren tot, der dritte war verwundet und versuchte davonzukriechen, um sich in Sicherheit zu bringen. Ash ging zu ihm, trat ihm auf den Rücken und stieß ihn in den Dreck.

»Raus mit der Sprache«, knurrte er, während Crys den beiden anderen, die bereits im Sterben lagen, vollends den Garaus machte. Dann hockte er sich neben den Verletzten. Eine Seite seines Kopfes war rasiert und zeigte die stilisierte Tätowierung eines Hasen.

»Scheiße«, hauchte er. »Kriker.«

»Verfluchte Rilpori«, tobte der Mann. »Die Mutter Seherin hat euch verboten, den Boden von Krike zu betreten! Alle Rilpori müssen auf der Stelle getötet werden. Wir werden euch in eurem Krieg nicht helfen!« Ein Pfeil hatte seine Schulter von vorne bis hinten durchbohrt, und er war bleich vor Schreck und Blutverlust.

»Die Mutter Seherin hat diese Erklärung abgegeben, nicht der Kriegsfürst?«, hakte Ash nach. »Wer ist sie, dass sie solche Befehle geben kann?«

»Die Mutter Seherin sieht alles, weiß alles«, knurrte der Kriker, die Hand fest um den Pfeil geschlossen. Er stöhnte. »Der Kriegsfürst verneigt sich vor ihrer Weisheit.«

»Weisheit?«, zischte Crys, während der Fuchsgott unzufrieden grollte. »Das ist keine Weisheit. Hat die Mutter Seherin vergessen, dass sie der Tänzerin und dem Gauner einen Schwur geleistet hat? Also mir?«

»Dir?«, fragte der Kriker ungläubig, aber dann kreischte er auf, als Crys' Augen gelb zu lodern begannen. »Dämon aus Rilpor«, murmelte er. »Bitte. Tu mir nichts an.«

»Ich werde dir nichts antun, Hasentraum«, sagte Crys und berührte die Tätowierung. »Aber in diesem Punkt irrt die Mutter Seherin. Rilpor braucht Hilfe und schickt mich, diese Hilfe zu organisieren. Ich bin kein Dämon, Kriker. Ich bin der Fuchsgott, und du wirst mich zu deinen Leuten führen.«

»Du bist was?«, fragte der Mann und keuchte dann auf, als Ash das hintere Ende des in seiner Schulter steckenden Pfeils abbrach.

»Welche Verschwendung eines guten Schafts«, murmelte er und beugte den Mann nach vorn. Dann drehte und zog er ihm den Pfeil aus der Schulter, kämpfte gegen den Widerstand seines Fleisches an, das den Pfeil nicht hergeben wollte. Der Mann schrie auf, und ein starker Blutstrom quoll pulsierend aus Eintritts- und Austrittswunde. Ash schlug die Hand des Mannes weg und wandte sich an Crys. »Jetzt bist du dran. Tu es.«

Crys legte die Hände über die Wunden und ließ das Licht aufsteigen. Der Schmerz des Mannes wurde zu Entsetzen, wurde zu Ehrfurcht, und als es vorbei war, leuchtete in seinem Gesicht die Inbrunst des Glaubens. Er betrachtete die Stelle, an der der Pfeil in ihm gesteckt hatte, und spannte den Arm an, dann wanderte sein Blick zu der neu verschlossenen Narbe in Crys' eigenem Arm, dort, wo ihn der Speer getroffen hatte.

Ash half dem Kriker auf. »Wenn sie dich fragen, sag ihnen,

der Fuchsgott selbst habe dein Leben erst verschont und dann gerettet. Warte hier.«

Dem Kriker klappte die Kinnlade herunter, und er streckte staunend die Hand aus, strich sanft über die Narben auf Crys' Brust. »Ich sehe Euch, Herr.«

Crys straffte die Schultern. »Und ich sehe dich.«

Sie zogen sich rasch an, und Crys ließ seinen Blick über jene schweifen, die sie getötet hatten, und er fragte sich, ob er vielleicht hätte versuchen sollen, sie zu retten.

Handlungen müssen Folgen haben, sagte der Fuchsgott in ihm.

Ash schnallte sich seinen Gürtel um und zuckte zusammen, als der Rausch des Kampfes langsam von ihm wich und sich die Schmerzen meldeten. »Auch eine Methode, eine Legende zu begründen«, seufzte er. »Aber keine Heilung für mich«, fügte er hinzu, schlang Crys den Arm um die Schultern und drückte ihm einen Kuss auf die Schläfe. »Ich weiß nicht, ob dein silbernes Licht irgendwie begrenzt ist, also nimm es für etwas Wichtigeres als blaue Flecken. Außerdem sollten wir ruhig manchmal Schmerzen leiden. Das hält uns wachsam.«

Crys drückte sein Handgelenk. »Du bist weiser, als du aussiehst, Herzensgebundener«, sagte er. »Einer der Gründe, warum ich dich liebe. Aber lass uns Cutta einholen gehen, bevor noch jemand beschließt, uns umbringen zu wollen.«

»Sobald der hier allen, die bereit sind, ihm zuzuhören, seine Geschichte erzählt hat, werden wir noch mehr Krieger auf unserer Seite haben. Wenn das so weitergeht, werden wir uns nicht einmal mit dem Kriegsfürsten treffen müssen«, meinte Ash, als sie sich auf den Weg machten, und zeigte auf den Kriker, der ihnen jetzt so dicht folgte, dass er Crys fast schon auf die Fersen trat.

Crys runzelte die Stirn. »Nein. Da gibt es etwas, worüber ich mir nicht so recht im Klaren bin, aber ich muss nach Sehershöhe. Irgendetwas stimmt nicht in Krike. All die Geschichten, die ich in der Südtruppe gehört habe, alles, was ich dir vor

Grüngrat über die Kriker und ihre Lebensweise erzählt habe… nun ja, wir haben nicht das Geringste davon gesehen, oder? Nein, irgendetwas geht hier vor sich.« Er zuckte die Achseln. »Außerdem ist es nur gerecht, den Mann kennenzulernen, dem wir seine Krieger rauben, und ihm die Möglichkeit zu geben, sich uns anzuschließen.«

»Meinst du, er wird es tun?«, fragte Ash.

»Ich habe wirklich keine Ahnung.«

Der Name des Krikers war Sati Hasentraum, und als er nach Gürtelstadt rannte und die Neuigkeiten über den Zweiäugigen Mann herausschrie, war Crys erleichtert, dass Cutta und ihre Krieger bereits dort waren. Er hatte kein sonderliches Verlangen, ihnen erst erklären zu müssen, dass er vier aus ihren Reihen getötet hatte, um sie sodann zu bitten, sich mit ihm und Rilpor zu verbünden.

Cuttas Erleichterung darüber, sie wiederzusehen, war förmlich mit Händen zu greifen, und es war klar, dass sie bereits einige Zeit lang versucht hatte, die Stadtältesten von Crys' doppelter Identität zu überzeugen, denn sie kippten bei Satis Verkündigungen nicht einfach vor Lachen um.

»Wo ist der Rest Eurer Jagdgruppe, Hasentraum?«, fragte ein Ältester, und Ash spannte die Muskeln an.

»In unserem Unwissen haben wir den Zweiäugigen Mann und seinen Geliebten angegriffen«, berichtete Sati. »Es war der Wille des Herrn, dass allein ich überlebt habe.«

Ich würde nicht direkt sagen, dass es sein Wille gewesen ist, dachte Crys. *Wahrscheinlich eher Angst.* Er kam jedoch zu dem Schluss, dass es nicht besonders gottgleich wäre, ihnen das zu erzählen.

»Es würde mich sehr freuen, mit euren Priestern und Priesterinnen sprechen zu dürfen«, sagte er stattdessen. Die Ältesten tuschelten miteinander und wechselten verlegene Blicke. »Habt ihr Priester?«

»Die Mutter Seherin gibt die Weisheit der Sehershöhe weiter«, warf Cutta ein, als ihm niemand antwortete. »Das habe ich Euch aber schon gesagt.«

»Ihr wollt sagen, es sind in ganz Krike keine Priester mehr übrig?«, fuhr Crys sie an. »Was habt ihr getan, sie getötet?«

»Natürlich nicht«, protestierte Cutta. »Aber nachdem die Gaben der Mutter Seherin sie überflüssig gemacht haben, hat man ihnen andere Arbeiten zugewiesen.«

»Unsinn«, murmelte Ash. Selbst Dom wirkte geschockt, und Crys konnte sich nicht erinnern, seit sie Rilporin verlassen hatten, je einen anderen Ausdruck auf dem Gesicht des Calestars gesehen zu haben als Selbstmitleid. Er schluckte seine Verbitterung hinunter und gab sich alle Mühe, nicht mehr an ihn zu denken.

»Was ist eine Gemeinschaft ohne Priester?«

»Die Mutter Seherin spricht ihre Worte des Urteils«, warf Sati ein.

»Ich habe nicht von Urteil gesprochen, ich habe von Gemeinschaft gesprochen. Eure Priester und Priesterinnen sind immer noch hier – ihr habt lediglich aufgehört, ihre Weisheit anzuerkennen. Bringt sie zu mir.«

Es schien, als stünde Cutta als Kriegsherrin der Region im Rang selbst über den Ältesten, denn schon bald kam eine alte Frau auf Crys zugehumpelt, die aus einem dunklen, baufälligen Haus am Ortsrand getreten war und sich nun über die tief durchfurchte Straße kämpfte. Eine Geächtete. Crys bedachte die Umstehenden alle mit einem angewiderten Blick und lief der Greisin entgegen. Schon aus einer Entfernung von zehn Schritten konnte er ihren pfeifenden Atem hören. Mit einer sanften Berührung hielt er sie an und beugte sich vor, um ihr in die Augen zu blicken.

»Priesterin des Großen Gauners und der Tänzerin, ich bin der Zweiäugige Mann, und ich sehe Euch als das Gefäß, durch das Weisheit strömt. Verratet mir, wie kann ich Euch beweisen, dass ich es wirklich bin?«

Sie musterte ihn so lange, dass er sich unbehaglich zu fühlen begann, und Zweifel keimte in ihm auf. »Es ist allein an der Mutter Seherin zu sagen, wer Ihr seid und wer Ihr nicht seid«, befand sie schließlich, ihre Stimme dünn wie Papier. »Sie ist diejenige, die alles sieht und alles weiß.«

Crys griff nach ihrer Hand, trocken wie ein Bündel Reisig, und richtete sich auf. »Ich danke Euch, Priesterin, aber niemand hat hier zu verkünden, wer ich bin oder nicht. Ich frage, wie ich es Euch beweisen soll, nicht, ob jemand anders mir erlaubt zu sein, wer ich bin.« Sie zuckte zusammen, und er hob ihre Hand an seine Wange, einem Instinkt folgend, der nicht ganz der seine war, trotz seiner gewählten Worte. »Die Schuld liegt nicht bei Euch, Priesterin. Könnt Ihr mir sagen, was hier passiert ist, warum die Mutter Seherin die Priesterschaft aufgelöst hat?«

»Wie bereits gesagt …«, begann die alte Frau. Ihre Stimme zitterte.

»Und es ist kein anderer als ich hier, um zuzuhören. Ich bin kein Kriker, Priesterin. Ihr könnt mir die Wahrheit sagen.«

Sie saugte mit eingefallenen Wangen an ihren verbliebenen Zähnen und musterte ihn. »Die Mutter Seherin hat … sie hat die Verbindung unseres Volkes mit dem Land und den Göttern zerstört. Alle Gebete müssen durch sie gehen, alle Entscheidungen kommen von ihr. Es gibt hier keine Wahrheit mehr, keine Ehrerbietung. Sie ist der Damm, der uns vom Fluss des Göttlichen trennt.« Ihre magere Brust hob und senkte sich unter ihren Lumpen; der Griff ihrer Hand war fest und angespannt. »Rettet uns, Zweiäugiger Mann. Rettet uns alle.«

Und da war sie, eine weitere Last, die Crys zu tragen hatte. Und doch, wie könnte er Nein sagen? Wenn er tun konnte, um was sie ihn bat, dann musste er es auch tun. »Ich werde zur

Sehershöhe gehen. Ich werde alles in meiner Macht Stehende tun, um die Sache in Ordnung zu bringen, damit Ihr wieder als Priesterin anerkannt werdet und das Land sich an seine Bewohner erinnert und seine Bewohner an das Land.« Er küsste ihre Hand. »Ich sehe Euch, Priesterin. Es ist kein Damm zwischen uns.«

»Ich sehe Euch«, flüsterte sie. »Ich sehe. Er ist der Zweiäugige Mann«, rief die Priesterin mit bebender Stimme. »Er wird uns die Götter zurückgeben. Folgt ihm.«

Ein Sturm aus Gemurmel erhob sich von den versammelten Krikern, und Schimpfworte wurden der alten Frau entgegengeschleudert. Crys hob die Arme zur Abwehr, als einige mit geballten Fäusten vortraten. Wollten sie sie in Stücke reißen, weil sie es gewagt hatte, ihre Stimme zu erheben? War ihr Glaube denn so schwach geworden – oder hatte ihn die Mutter Seherin ganz und gar für sich reklamiert?

Crys ging auf die Menge zu, und sie wich vor ihm zurück. »Kriegsherrin, Ihr werdet die Sicherheit der Priesterin gewährleisten. Ich will, dass sich drei Krieger, die Euer Vertrauen genießen, um sie kümmern, solange wir fort sind. Dieses Verhalten der Priesterschaft gegenüber – ungeachtet aller Verkündigungen der Mutter Seherin – ist nicht hinnehmbar.«

Sie schien unter seinem Zorn förmlich zusammenzuschrumpfen, und der Lärm der Abweichler verklang. Wortlos zeigte sie auf drei Kriker, und sie lösten sich aus der Menge und gingen mit gesenktem Kopf an Crys vorbei, um sich um die Priesterin herum zu positionieren. Einer von ihnen murmelte ihr beruhigende Worte zu.

»Bedeutet euch das Wort einer fernen Frau mehr als der Anstand und Respekt gegenüber den Menschen aus eurer Gemeinschaft? Bedeutet es mehr als die Harmonie mit dem Land, mehr als die Stimmen der Götter? Zeigt ihr so eure treue Gefolgschaft?« Crys war von ihrem Verhalten angewidert und gab sich keine Mühe, es zu verbergen. Es war ihm egal, ob er dadurch womöglich jene gegen sich aufbrachte, die noch in ihrer Entscheidung schwankten, ob sie ihm folgen sollten oder nicht. Angesichts ihrer Unfähigkeit, selbstständig zu denken und sich gegenseitig mit Respekt zu behandeln, war er sich auch gar nicht sicher, ob er sie denn überhaupt hinter sich wissen wollte, wenn es an der Zeit war, es mit den Roten Göttern aufzunehmen.

Ash und Dom stellten sich rechts und links von ihm hin, als er vortrat, und dann schlossen sich Cutta und ihre Krieger ihnen an. Auch Sati schlüpfte in ihre Reihen. Crys wandte nicht den Kopf, um festzustellen, ob sich noch andere ihnen angeschlossen hatten, während sie durch die sich teilende Menge marschierten. Er hatte einen Krieg zu gewinnen, aber zuerst musste er den Berg Sehershöhe aufsuchen und die Fäulnis herausschneiden, die Krike befallen hatte.

Sehershöhe?, bellte der Fuchsgott. *Nein. Meine Höhe.*

RILLIRIN

Siebter Monat, erstes Jahr der Herrschaft von König Corvus
Fort vier, Forts der Südtruppe, Westebene, Grenze von Krike

Rillirin spähte mit zusammengekniffenen Augen in die herannahende Nacht, stach ihren Speer nach der Attrappe, zog ihn zurück, machte einen Schritt und schlug dann mit dem Speerende nach oben. Die Attrappe fiel polternd vom Holz und an ihr vorbei, aber wenn es ein lebender Mensch gewesen wäre, hätte der Schlag ihm das Knie gebrochen, davon war Rillirin überzeugt. Sie wirbelte zu dem imaginären Feind hinter sich herum und machte einen Satz; Dallis Speer parierte den Angriff, dann drückte die kleinere Frau Rillirin ihre Waffe an die Kehle.

Rillirin erstarrte vor Schreck – sie hatte nicht einmal gewusst, dass sich der Häuptling der Wölfe dort befunden hatte –, trat dann zur Seite und schlug Dallis Speer zu Boden.

»Du bist tot«, bemerkte Dalli. »Du darfst in der Schlacht niemals zögern, bloß weil du überrascht bist. Trainiere, bis die Selbstverteidigung genauso instinktiv funktioniert wie das Atmen.« Sie wirbelte ihren Speer um ihren Kopf herum und stieß ihn nach Rillirins Schläfe.

Rillirin taumelte zurück, und ihre Parade war linkisch und schwach.

»Du bist tot«, sagte Dalli noch einmal. »Lass dich nicht von den Worten deines Gegners ablenken.«

Rillirin biss die Zähne zusammen und ging zum Angriff über. Sie täuschte eine Bewegung nach links an und ließ die Speerspitze auf sich zuschnalzen, während das Speerende einen flachen Bogen durch die Luft beschrieb. Dalli schlug den Speer in die Luft und reagierte mit einem Hieb, wobei sie eine Handbreit vor Rillirins Auge innehielt.

»Du bist tot. Wenn du eine Finte machst, musst du auch mit Leib und Seele dabei sein, anderenfalls weiß dein Gegner, was du tust, und geht gar nicht erst darauf ein, um sich für deinen echten Angriff zu wappnen.«

Mit einem lauten Knurren attackierte Rillirin erneut, zielte mitten auf Dallis Brust; die Wölfin wich aus, packte Rillirins Speer, riss sie nach vorn und beendete das Ganze mit einem kurzen Hieb in Richtung von Rillirins Unterleib. Sie wich zurück und ließ den Speer fallen, um ihren Bauch und das Kind darin zu schützen.

»Du bist tot. Du musst verhindern, dass du vor lauter Wut ungeschickt wirst. Wenn du zu viel Schwung in deine Bewegungen legst, gerätst du aus dem Gleichgewicht, und dein Feind wird sich das zunutze machen.«

Rillirin riss das Ende ihres Speers in die Höhe und ließ es in Richtung von Dallis Knie sausen, dann wich sie zurück und versuchte, den Speer wieder in den Griff zu bekommen. Dalli senkte wuchtvoll den Schaft ihres eigenen Speers und ließ Rillirins Speerspitze von den Steinplatten fliegen. Als der Speer in Rillirins schmerzende Hände zurückwippte, sprang Dalli daran vorbei und hielt Rillirin ihr Messer an die Wange.

»Du bist tot. Wenn du deine Waffe zu nahe am Feind verlierst, zieh eine andere. Trete nicht in seine Reichweite, um sie dir zurückzuholen.«

Keuchend wich Rillirin vor dem Messer zurück, hielt dann ihren Speer hoch und löste die Finger beider Hände vom Holz, um zu signalisieren, dass sie nicht vorhatte anzugreifen. Dalli steckte ihr Messer in die Scheide und machte sicherheitshalber trotzdem einen Schritt zur Seite.

Rillirin stemmte den Knauf auf den Boden und stützte einen Teil ihres Körpergewichts darauf. »Das bin ich dann also?«, fragte sie, während ihr Schweiß über den Rücken rann. »Dein Feind?«

Dalli zuckte die Achseln. »Ich weiß nicht. Bist du das?«

Rillirin strich sich mit der freien Hand übers Gesicht. »Vor nicht allzu langer Zeit waren wir Freundinnen, oder zumindest habe ich das geglaubt.«

»Menschen verändern sich. Treueverhältnisse verändern sich. Bei dir ist es ziemlich klar, wem du die Treue hältst.«

»Und Gilda hat ziemlich klargemacht, dass mein Kind unschuldig ist. Selbst wenn du mir nicht glauben willst, ihr solltest du glauben. Nach allem, was Gilda durchgemacht hat, meinst du, sie würde in so einer Sache lügen?«

Dalli spuckte aus. »Nach allem, was sie durchgemacht hat, du sagst es. Zum Beispiel, dass Dom versucht hat, sie zu töten. Dass er Rilporin und jeden in der Stadt verraten hat. Dass er eine Dunkelseele ist.«

»Er hat nichts von alledem aus freien Stücken getan!«

»Woher willst du das wissen?«, brauste Dalli auf. »Du hast ihn seit Monaten nicht mehr gesehen. Du hat nur eine Erinnerung an ihn, die du auf ein Podest gehoben hast, und die versperrt dir jeden Blick dahinter, um die Wahrheit zu erkennen.«

»Die siehst du aber auch nicht. Du hast nichts als Gerüchte und flüchtig während der Schlacht beobachtete Dinge, Informationen, die verzerrt worden oder falsch in Erinnerung geblieben sind.«

Dalli schüttelte angewidert den Kopf. »Götter, du bist so naiv. Willst du uns alle verdammen, dein Kind eingeschlossen, nur weil du glaubst, er könnte gerettet werden?«

Rillirin schmetterte den Knauf ihres Speers gegen den Stein, und das Krachen hallte dumpf über den Exerzierplatz. »Ja! Weil er mich gelehrt hat, dass jeder gerettet werden kann, ich selbst eingeschlossen.« Dalli zuckte zusammen, aber Rillirin hob die Hand. »Nein, du hast schon genug gesagt. Geh jetzt einfach, ja? Ich brauche dein Gift nicht, das du mir da ins Ohr träufeln willst. Dom ist der Einzige von deinen kostbaren Wölfen, der über meinen Akzent und all die Dinge, die ich zu tun gezwungen wurde, hinweggesehen und mich trotz allem geliebt hat. Der verstanden hat, dass nicht alles, was uns zustößt, aus freien Stücken geschieht. Wenn du das nicht einsehen kannst, dann lass mich einfach in Ruhe. Es ist davon die Rede, die Zivilisten an einen sicheren Ort zu bringen – falls es einen solchen Ort überhaupt gibt. Ich bin mir sicher, du weißt mehr darüber, da du Häuptling bist und außerdem die Geliebte eines *ehrenwerten* Mannes. Du hast deutlich gemacht, dass ich keine Kriegerin bin, und ich bin obendrein schwanger, also werde ich mich von dir fernhalten, bis es an der Zeit ist, und dann werde ich mit den anderen Zivilisten von hier fortgehen, dorthin, wo immer Make glaubt, dass ich niemanden mit meinem Hochverrat anstecken kann.«

Sie verzog ihr Gesicht vor Verbitterung. Dann drehte sie den Kopf weg und schritt über den Exerzierplatz davon. Als Dalli ihr etwas nachrief, zaghaft und zu leise, war es leicht, so zu tun, als hätte sie es nicht gehört und als wäre ihre Kehle nicht vor Tränen zugeschnürt. Sie würde wegen Dallis Gemeinheiten nicht weinen. Rillirin stapfte die Treppe des südlichen Wachturms hoch und hinaus auf die Galerie, starrte in die Nacht. Irgendwo dort draußen war Krike, und für einen verrückten, berauschenden Augenblick spielte sie mit dem Gedanken, aus dem Fort zu schlüpfen, die Grenze zu überqueren und sich in einem fremden Land zu verlieren, um nie wieder zurückzukehren.

Da war ein Flattern in ihrem Bauch, eine seltsame Bewegung. Rillirin lehnte ihren Speer an die Wand und legte die Hände auf die kleine Wölbung. *Bist das du da drin, kleiner Krieger? Bist das du? Willst du nach Krike gehen?* Nichts. *Oder willst du lieber in Rilpor bleiben?* Ein weiteres Flattern.

Rillirin stieß ein Schnauben aus. »Na schön«, murmelte sie zu den ersten Sternen hinauf und zugleich an das sich in ihr regende Leben gewandt, »dann ist das entschieden. Ich bleibe in Rilpor. Aber wenn wir bleiben, hoffe ich wirklich, dass wir gewinnen.«

»Oberst Thatcher?« Rillirin beeilte sich, den Offizier einzuholen, der auf dem Weg zur Kantine war. Er blieb stehen und wartete mit einem geistesabwesenden Lächeln auf sie. »Oberst, ich würde mich gern freiwillig melden.«

Er warf einen Seitenblick auf ihren Speer. Der allgemeinen Einstellung der Rilpori zu kämpfenden Frauen zum Trotz hatte ihr Status als eine Art Wölfin Rillirin eine Waffe gesichert, als sie und Gilda es zu den Forts geschafft hatten. »Freiwillig melden wofür?«, fragte er.

»Ganz egal eigentlich«, antwortete sie. »Was immer mich von den Forts wegbringt. Ein Wechsel zu einem der anderen Forts wäre auch in Ordnung.«

Er hatte nun die Tür zur Kantine erreicht und blieb erneut stehen. »Wechsel? Ich weiß, wir leben hier in drangvoller Enge, aber die anderen Forts sind genauso überfüllt.«

»Ich will weg von den Wölfen«, stieß sie hastig hervor. »Ich werde mit den Zivilisten weggehen, also ist es nicht für lange Zeit, aber ich würde gern helfen. Vielleicht könnte ich Patrouille reiten?«

Er winkte sie in die Kantine, dann folgte er ihr, und sie stellten sich in die Schlange der Menschen, die auf ihr Frühstück warteten. »Ihr seid schwanger, nicht wahr?«

»Ja, aber ich kann trotzdem reiten und kämpfen und als Kundschafterin dienen«, erwiderte Rillirin, verärgert darüber, dass offenbar alle sie für unfähig hielten. »Man sieht mir die Schwangerschaft noch kaum an«, fügte sie hinzu.

Thatcher runzelte die Stirn. »Schwangere Frauen bekommen zusätzliche Rationen«, sagte er und deutete auf den Soldaten, der Brot und Haferbrei austeilte. Rillirin stammelte errötend eine Entschuldigung. »Was die freiwillige Tätigkeit betrifft oder einen Umzug in eine andere Kaserne, werde ich sehen, was ich tun kann. Reiten, auf Kundschaft gehen und jagen, sagt Ihr?«

»Nun ja, ein paarmal habe ich das jedenfalls schon getan«, räumte sie ein und nahm die Schale entgegen, die ihr der Soldat hinhielt, dann gab sie einen Löffel Honig hinein. »Ich will mich nützlich machen – ich muss es einfach. Ich kann nicht hier herumsitzen und Däumchen drehen.«

»Ich weiß Eure Begeisterung zu schätzen, aber ich brauche erfahrene Leute für diese Aufgaben – die Sicherheit und Versorgung der Forts ist etwas, was ich keinem Neuling anvertrauen kann. Doch ich kann Euch für eine Ausbildung bei der Miliz einschreiben lassen, und wir könnten Euch vielleicht in einen Trupp stecken, der Verpflegung organisiert. Es gibt ganze Listen von Dingen, die erledigt werden müssen, wenn Euch harte Arbeit nichts ausmacht.«

»Nicht das Geringste«, erwiderte sie. »Ich brauche einfach eine Beschäftigung.«

Er nickte, bereits von einem anderen Soldaten abgelenkt, der mit einem Papierstapel wedelte, und schlüpfte ins Gedränge davon.

Rillirin ließ ihren Blick über die langen Holztische schweifen, an denen dicht an dicht Soldaten und Zivilisten saßen. Eine Gruppe von Wölfen bemerkte sie aus einer Ecke, und Isbet winkte ihr auffordernd zu.

Rillirin ging mit ihrer Schale nach draußen und verzehrte ihre Mahlzeit in den ersten Sonnenstrahlen des frühen Morgens. Zwei Stunden später gesellte sie sich zu den dreihundert

Zivilisten auf dem Exerzierplatz, um zu lernen, wie ein Soldat zu kämpfen. Am Nachmittag ritt sie mit einem Trupp aus, der Brennholz herbeischaffte, und am Abend war sie in Fort drei verlegt worden.

Es war genau das, was sie wollte, daher musste es wohl an der Schwangerschaft liegen, dass sie sich in den Schlaf weinte.

TARA

Siebter Monat, erstes Jahr der Herrschaft von König Corvus
Marktplatz, erster Ring, Rilporin, Weizenland

Tara wusste nicht, was sie von der Einkaufsliste halten sollte, die ihr Valan mitgegeben hatte. Sie wollte nicht darüber nachdenken, was sie über den Mann aussagte, dessen Besitz sie war, der ein Leben der Brutalität und Gewalt lebte und der nur drei Tage zuvor einen seiner anderen Sklaven hatte auspeitschen lassen, weil er einen Teller zerbrochen hatte.

Die allerersten Händler der Rilpori waren eingetroffen, diese Lumpenhunde, die sich nicht im Geringsten darum scherten, welche Art von Waren sie an wen verkauften, wenn es nur Gewinn abwarf. Es waren dieselben Händler, die genauso Opium an die Reichen oder die Verzweifelten verkauften wie gestohlene Güter an die ahnungslosen Armen. Als eine kleine, misstrauische Gruppe waren sie draußen vor den Toren angekommen, und Corvus hatte sie hereingelassen.

Tara musste den Einfallsreichtum der Händler bewundern, auch wenn sie zugleich ihre Habgier verfluchte. Vieh und Getreide, Juwelen und Waffen, Fische und Informationen: Alles stand zum Verkauf. Einige Händler akzeptierten sogar Sklaven als Bezahlung und tauschten sie dann gegen weitere Waren ein, die sie abermals verkauften, eine sich drehende Schleife des Wohlstands, die ihnen mit jedem Kaufabschluss einige zusätzliche Kupferritter eintrug.

Sie starrte mit verlangender Eindringlichkeit auf ihre unbedeckten Hälse. Rilpori ohne Sklavenhalsbänder – wie kam es, dass man ihnen erlaubte, sich frei zu bewegen? Sie blieb an einem Stand mit dünnen Stoffballen stehen, die alle in einem ungleichmäßigen Blau gefärbt waren. Die Qualität war schlecht, aber der Preis hoch, und es war der einzige Stand, der Stoff in der geforderten Farbe verkaufte.

»Wie viel für acht Meter?«, fragte sie.

Der Mann gaffte sie lüstern an, präsentierte braune Zähne in einem pockennarbigen Gesicht. »Für dich, meine Hübsche? Kommt drauf an, was du anzubieten hast. Wenn du ein braves Mädchen bist, gehe ich mit dem Preis ein wenig runter.«

»Ich bin kein braves Mädchen«, entgegnete Tara und fluchte, als der Händler ihr zuzwinkerte und sie nur noch lüsterner ansah. »Nein, ich sage Nein. Wie viel willst du dafür?«

»Nein? Sagst du zu deinem Besitzer auch Nein? Ich wette, das tust du nicht. Wie wär's, wenn ich ihm erzählen würde, du hättest dich mir angeboten – als Gegenleistung für deine Freiheit? Hm, wie wäre das?«

Tara ging um den Stand herum, packte den Mann vorn am Hemd und zerrte ihn so nah zu sich heran, dass ihre Nasen sich fast berührten und sein stinkender Atem sie umhüllte. »Wie wäre es, wenn ich dich mit deinem eigenen beschissenen Leinenstoff erwürgen würde, du verräterischer kleiner Wichsfleck? Ich will acht Meter, und ich will einen guten Preis.«

»Ein Royal pro Meter, ein Royal pro Meter und nicht weniger«, krächzte der Mann.

Tara stieß ihn von sich. »Ich bezahle dir keine acht Silberstücke. Ich würde für diese schlechte Farbqualität keine zwei Silberstücke zahlen.«

Der Händler spuckte sie an. »Die verdammten Mirak können es sich leisten, warum sollte ich nicht davon profitieren, dass ich diesem Abschaum diene?«

Tara hätte ihm einen Grund dafür sagen können, hätte die Tatsache erwähnen können, dass viele Sklaven hier auf dem Markt geschlagen werden würden, dass man sie hungern lassen oder gar hinrichten würde, nur weil es ihnen entweder nicht gelungen war, die gewünschten Waren zu kaufen, oder weil sie sie zu einem hohen Preis gekauft hatten. Doch sie wusste, dass nichts von alledem diesen Mann interessieren würde.

Sie drehte ihm den Rücken zu und schnappte sich die Schneiderschere, um das Leinen abzumessen. Als er versuchte, sie daran zu hindern, stieß sie die Schere nach ihm, und er taumelte quiekend zurück, doch war seine Stimme nicht laut genug, um Aufmerksamkeit auf sich zu ziehen.

Tara schnitt acht Meter ab und warf zwei silberne Royals auf den Tisch. »Und nur damit das klar ist«, knurrte sie ihm ins Gesicht. »Ihr seid alle Abschaum.« Sie ging davon, bevor er antworten konnte, und hatte zwanzig Meter zurückgelegt, bis ihr einfiel, dass sie den Kopf senken und ihre Schritte verlangsamen musste. Und vor allem musste sie das Feuer in ihren Augen löschen.

Ein Sklave, der mit einigen anderen zusammenstand, beobachtete sie. Ein großer Mann, ein Riese, um genau zu sein, mit einem Bart, der ihm bis auf die Brust herabhing. Er hatte eine Maurerkelle in der Hand, und eigentlich war es seine Aufgabe, Mörtel auf die Innenseite der Mauer zu schaufeln, genau an die Stelle, an der man die Bresche hineingeschlagen hatte. Die Stelle, an der Durdil gestorben war. Sie blinzelte und schaute weg, dann schaute sie wieder hin. Der Mann wischte sich übers Gesicht und klopfte sich mit den Fingerspitzen schnell auf das Herz. Tara zögerte einen Moment und ging schließlich weiter. Als sie fast schon an ihm vorbei war, drehte sie sich noch einmal um und nickte ihm kaum merklich zu. Ein Aufseher der Mirak schnauzte ihn an, und der Riese beugte sich wieder über seine Arbeit.

Ein Steinmetz. Das könnte nützlich sein, entweder um die Mauer einzureißen oder um das Mistding vielleicht in die Luft zu sprengen. Irgendwie. Wenn daraus nichts wird, ist er immer noch so groß wie ein Ochse, und wenn er einen Schild hätte, könnte er ein Treppenhaus ewig halten.

Es war nicht viel, aber es war ein Anfang. Tara schaute auf ihre Liste und kaufte die Dinge, die sie finden konnte. Kämme und Haarbänder; vier Tassen und Teller aus edlem Porzellan, die alle das gleiche Blumenmuster am Rand hatten; Wäsche und ein Brustband, Wäsche für Kinder. Die Unterwäsche war das Einzige, was sie zu einem günstigen Preis bekam, da es keine freien Frauen oder Kinder in der Stadt gab, die solche Dinge benötigen mochten. Die Wäsche war sogar so billig, dass Tara das gewaltige Risiko einging, auch für sich selbst frische Wäsche zu kaufen, und dann erstand sie aus einer Laune heraus, die ihre Hinrichtung bedeuten konnte, zwei bemalte Holzpferde.

Die Sklavin, die sie verkaufte, weinte in stiller Hoffnungslosigkeit, als sie sie ihr aushändigte. »Haben sie deinen Kindern gehört?«, flüsterte Tara, als sie bezahlte.

Die Frau nickte, dann sah sie ängstlich über ihre Schulter zu den Wächtern der Mirak, die im Kreis hockten und auf einen Würfel wetteten.

»Es tut mir sehr leid«, murmelte Tara. »Sind sie ins Licht gegangen?«

»Ich weiß es nicht«, stieß die Frau mit erstickter Stimme hervor. »Ich habe sie im Rauch verloren. Ich habe ihre Hände losgelassen, und sie waren fort, von einem Moment auf den anderen. Ich habe sie verloren.« Ihre Stimme wurde lauter, und Tara gab ihr ein Zeichen, leiser zu sprechen, aber es nutzte nichts. Einer der Mirak schaute stirnrunzelnd auf, und Tara tat das Einzige, was sie tun konnte: Sie stopfte das Spielzeug in ihren Korb und ging davon. Sie war noch nicht einmal um die Ecke, als das Geschrei begann.

Als Stellvertreter des Königs bewohnte Valan die weitläufigen Gemächer, die ehedem dem verstorbenen Prinzen Janis gehört hatten. Tara, die von der Belagerung her mit der Anlage des Palastes vertraut war, wusste genau, welche Flure und Abkürzungen aus diesen Räumlichkeiten in die Gemächer des Königs führten. Nützlich, wenn es an der Zeit war, und der kurze Augenblick mit dem Steinmetz heute machte ihr Hoffnung, dass es schon bald so weit sein würde. Die Soldaten auf ihre Seite zu bekommen würde nicht allzu schwer sein, aber es war wichtig, dass sämtliche Sklaven gleichzeitig rebellierten, sie mussten sich alle zusammen in jedem Ring und jedem Bezirk erheben und so viel Chaos stiften, dass niemand es bemerkte, wenn sie durch den Palast schlich und erst Corvus ein Messer ins Herz rammte, um dann Lanta in ihrem eigenen dreckigen, lästerlichen Gotteseich zu ertränken.

Wenn es doch nur gleich jetzt geschehen könnte. Tara neigte nicht dazu, Dinge zu bereuen, aber jetzt bereute sie den Kauf dieser Holzpferde mit seltener Heftigkeit. Um Valan zu betören, hatte es harter Arbeit und großen Glücks bedurft sowie der genau richtigen Mischung aus Trotz, Geschicklichkeit und Unterwerfung, aber das alles könnte ihr jetzt um die Ohren fliegen, wenn er an ihrer Entscheidung etwas auszusetzen hatte.

Tara legte die Einkäufe auf den großen Tisch in Valans Gemächern und begab sich an ihren Platz an der Tür, um auf seine Rückkehr zu warten, wenn sie die Ehre haben würde, ihm seine Waffen und Stiefel abzunehmen und ihm Wein und eine Mahlzeit darzubieten. Sie durfte ihm seine Rüstung abnehmen und dann sein Bad einlassen, ein Luxus, von dem er hier in den warmen Ländern gar nicht genug bekommen konnte.

So eine verdammte Ehre.

Sie durfte ihn auch über sämtliche Regelverstöße anderer Sklaven während seiner Abwesenheit in Kenntnis setzen, ihm mitteilen, was die Küche für ihn vorbereitet hatte und welche

Nachrichten eingetroffen waren, während er dem König seine Aufwartung gemacht hatte. Sie versuchte sich einzureden, dass es das Gleiche war, wie Makes Adjutant zu sein, damals, bevor die Welt zum Teufel gegangen war, aber andererseits hatte Make nie darauf bestanden, dass sie ihm den Rücken schrubbte, während er mit nacktem Arsch in einer Badewanne saß. Schaudernd rief sie sich ins Gedächtnis, dass es eben doch etwas ganz anderes war als die Arbeit eines Adjutanten, weil sie nämlich nie einer gewesen war. Sie war die Frau eines Offiziers, nicht selbst Offizierin.

Ihre Hände begannen zu schwitzen, als sie seine Schritte draußen auf dem Flur vernahm. Die anderen fünf Sklaven waren in einem Raum eingeschlossen, der einst Janis' Arbeitszimmer gewesen sein musste. Sie waren immer eingeschlossen, wenn der Stellvertreter seine Wohnung verließ. Doch Taras Maskerade als Frau von Major Vaunt hatte Valan davon überzeugt, dass sie die Sicherheit ihres Mannes nicht gefährden würde, indem sie zu fliehen versuchte.

»Willkommen zurück, Verehrter«, begrüßte sie ihn, wie sie es jedes Mal tat, eine Heuchelei, die ihm gefiel. Er schob ihr sein Schwert in die Hände, schritt in sein Wohngemach hinein und warf sich auf einen Stuhl. Sie kniete vor ihm nieder, zog ihm die Stiefel aus, stellte sie in die Ecke und reichte ihm dann einen Becher.

»Ich habe alles besorgt, worum Ihr gebeten habt«, berichtete sie und deutete auf den Tisch. Valan gab ein Brummen von sich und ließ den Wein im Mund kreisen, während er durch den Raum schlenderte. Den Stoff hatte sie in einem kunstvollen Schwung arrangiert, der den ausgefransten Rand verbarg, wo sie ihn abgeschnitten hatte. Die vier Tassen und Teller lagen zusammen mit der Unterwäsche mitten auf dem Tisch, und hinter ihnen standen die Holzpferde.

Ein Muskel zuckte in Valans Wange. »Um die da habe ich nicht gebeten«, stellte er klar.

Tara machte einen Knicks. »Nein, Verehrter. Vergebt mir, Verehrter. Die Wäsche war so günstig, dass ich noch mehr als genug Geld übrig hatte. Ich … ich war mir nicht sicher, ob Eure Töchter irgendwelche Spielsachen würden mitbringen können, und da dachte ich, Ihr wollt ihnen vielleicht zeigen, dass Ihr an sie gedacht habt.«

Valans Miene war undeutbar.

»Ich kann versuchen, sie weiterzuverkaufen, Verehrter«, fügte sie hastig hinzu, und ihre Stimme überschlug sich vor Angst, »oder als Anfeuerholz für den Ofen benutzen.«

»Teures Anfeuerholz«, bemerkte Valan und nahm einen weiteren Schluck.

»Vergebt mir«, wiederholte sie. »Ich hätte es nicht tun sollen. Ich werde das Geld irgendwie zurückbekommen, ich schwöre es. Ich habe gedacht …«

»Du hast das gut gemacht. Wo bleibt das Abendessen?«

Tara schluckte alle weiteren Entschuldigungen hinunter, machte erneut einen Knicks, eilte zu dem kleineren Tisch am Fenster, wo Valan gerne aß, und hob die schwere Holzhaube von dem Teller. Kaltes Fleisch, Brot, Käse und Gemüse, und Tara knurrte bei dem Anblick der Magen. Die Holzpferde waren vergessen.

Valan drängte sich an ihr vorbei, setzte sich und bedeutete ihr, ihm Wein nachzuschenken, und Tara stellte sich neben ihn und sah zu, wie er aß und trank, Wein und Speisen genoss, die ihm nicht gehörten, während Tausende von Sklaven Hunger litten.

Wieder knurrte ihr Magen, und ein flüchtiges Lächeln glitt über Valans Züge. Er griff nach einem halb aufgegessenen Brötchen und warf es auf den Boden. Sie starrte auf das Brötchen und dann wieder zurück zu ihm. Schließlich hob sie das Brötchen vom Boden auf, wischte es ab und aß es.

Es vergingen drei Tage, bis sie wieder auf den Markt gehen konnte, aber der Steinmetz war immer noch da. Er hatte sich an der Mauer ein kleines Stückchen weiterbewegt, und auch wenn sie nichts über das Maurerhandwerk wusste, sah es doch nicht so aus, als hätte er große Fortschritte gemacht. Vielleicht war es Vaunt gelungen, die Nachricht auszugeben, dass die Sklaven ihre Arbeiten verlangsamen sollten, und es hatte unter den Zwangsarbeit leistenden Soldaten die Runde gemacht.

Tara ging zweimal im Kreis um den Marktplatz herum und fragte sich, wie sie den Steinmetz am besten ansprechen und was sie sagen sollte, als er das Problem für sie löste. Sie war ein Dutzend Schritte entfernt, als er mit dem Brüllen eines verwundeten Bullen von der Mauer zurückzuckte und scharlachrote Spritzer aus dem Schatten und über die ausrangierten zerbrochenen Steine flogen.

Der Mann ging in die Knie und presste sich die Hände an die Brust, und Tara trat auf ihn zu, geleitet vom Instinkt eines Soldaten, der einem verletzten Kameraden beistehen will. »Zeig her, zeig her«, sagte sie und löste die Finger der Hand, die er über die andere gepresst hielt. Die Schnittwunde quer über seiner Handfläche war nicht tief, aber sie war lang und blutete heftig.

»Merol, Sohn von Merle Steinmetz, der bei der Verteidigung dieser Mauer gestorben ist«, zischte der Mann leise und stieß dann einen weiteren blökenden Schmerzenslaut aus.

»Du da! Was tust du da?«, fragte ein Mirak.

Tara erhob sich, um einen Knicks zu machen. »Vergebt mir, Verehrter. Ich besitze gewisse Kenntnisse in der Heilkunst. Ich wollte nur helfen, damit er weiterarbeiten kann.«

»Eine Heilerin?«, fragte der Mirak mit scharfer Stimme.

»Nein, Verehrter. Es sind nur gewisse Kenntnisse, die ich im Laufe der Jahre aufgeschnappt habe. Ich könnte diese Wunde säubern und nähen. Ganz wie Ihr wünscht, Verehrter.«

Merol blökte erneut. »Ich darf meine Hand nicht verlieren, Herr, bitte. Verzeiht mir die Störung, ich bin sicher, dass ich weiterarbeiten kann, sobald die Blutung gestillt ist.«

Tara war sich da keineswegs so sicher, aber sie hielt den Mund.

»Dann beeilt euch«, blaffte der Mirak. »Dort drüben, wo ihr denen, die wirklich arbeiten, nicht im Weg seid. Und ich werde diesen Vorfall deinem Besitzer melden, Weibsstück. Wie heißt er?«

»Stellvertreter Valan, Verehrter«, sagte Tara, und sowohl Merol als auch dem Mirak blieb für einen Moment die Luft weg. »Komm, guter Mann, setz dich. Du kannst dich glücklich schätzen, dass mein Herr mir aufgetragen hat, unter anderem Nadel und Faden zu besorgen.«

Der Steinmetz setzte sich vorsichtig auf eine zerbrochene Kiste, die unter seinem Gewicht knarrte. »Tara Vaunt, Frau von Major Tomaz Vaunt von der Palastwache, gegenwärtig eingekerkert in der Südkaserne im zweiten Ring«, hauchte sie.

Merol zog rasch seine Hand aus ihrer. »Ich kenne Vaunt vom Hörensagen«, antwortete er leise. »Wusste gar nicht, dass er eine Frau hat.« Tara ging in Alarmstellung. »Aber andererseits ist es eine große Stadt, und ich weiß schließlich nicht alles, nicht wahr? Ich meine, ich verstehe etwas von Mauern und Gebäuden. Ich verstehe etwas von Toren.« Er sah sie mit durchdringendem Blick an. »Ich kenne auch ein paar lauschige Wege von den Häfen in den ersten Ring, sogar im Schlachterbezirk.«

Tara leckte sich die Lippen. »Du weißt eine Menge, Merol. Du bist offensichtlich ein nützlicher Mensch. Aber bist du auch ein treuer Mann?«

»Treu wem gegenüber? Ich muss dem Ruf meines Vaters gerecht werden, und das genügt mir«, antwortete Merol und legte seine Hand zurück in ihre.

Sie löste den Blickkontakt und untersuchte die Wunde. »Tut es weh?«

»Nein«, antwortete Merol. »Ich habe nur eine alte Narbe wieder aufgerissen. Hab es kaum gespürt. Ich habe gesehen, was du neulich gemacht hast, als dieser Standbesitzer dich bedroht hat, und wie du ihm die Stirn geboten hast. Da hab ich gedacht, es könnte sich lohnen, dich kennenzulernen.«

»Dann hast du dir die Hand aus den richtigen Gründen aufgeschnitten, Merol«, erwiderte Tara, während sie die Wunde abtupfte und dann den Faden durch die Nadel schob und sich daranmachte, sie durch das Fleisch zu fädeln. »Es gibt Pläne. Mehr kann ich jetzt nicht sagen, aber ich werde wiederkommen. Wo wohnst du?«

»Ich gehöre diesem widerlichen Arschloch, mit dem du geredet hast, ich und noch ein anderer Kerl. Ich glaube, er hat eigentlich eine Frau gewollt – er ist so enttäuscht darüber, dass er uns immer wieder droht, uns zu verkaufen, weil er weiß, dass wir ihn zerquetschen werden wie einen verdammten Floh, falls er versucht, einen von uns zu ficken, verzeih mir meine Sprache. Aber wir arbeiten hart – und langsam. Wohnen im Tuchbezirk.«

Tara setzte den letzten Stich, biss den Faden ab, betupfte die Wunde noch einmal und wickelte dann eine frische Serviette darum. So viel zum Thema Ersatzwäsche – sie würde sie zerreißen müssen, um zu ersetzen, was sie hier verbraucht hatte. »Horche die anderen großen Männer an den Hämmern aus und warte auf meine Nachricht. Ich melde mich.« Tara stand auf und packte das Nähzeug wieder in ihren Korb. Dann drehte sie sich zu seinem Besitzer um und machte einen weiteren Knicks. »Er muss die Wunde sauber halten, sonst wird er daran sterben.«

Der Mirak saugte an seinen Zähnen und spuckte dann aus, aber er widersprach ihr nicht, sondern bedeutete Merol lediglich mit einer Geste, an die Westmauer zurückzukehren. »Wer nicht arbeitet, bekommt auch nichts zu fressen, Sklave«, knurrte er. »Zurück ans Werk.«

Tara machte sich auf den Rückweg in den Palast und kam unterwegs an einer Gruppe von angeketteten Soldaten vorbei, die Steine in Schubkarren transportierten. Sie schlich nahe an einem von ihnen vorbei, ein Mann, den sie entfernt kannte und der zweifellos in der Südkaserne wohnte. »Steinmetz namens Merol gehört zu uns«, zischte sie im Vorbeigehen. »Sag es Vaunt.«

Sie wartete nicht auf eine Antwort.

MAKE

Siebter Monat, erstes Jahr der Herrschaft von König Corvus
Straße zu den Forts der Südtruppe, Westebene, Grenze zu Krike

Drei unterschiedliche Berichte über Banden der Mirak, jeweils einige Hundert Mann stark, waren von drei verschiedenen Stellen innerhalb eines Zehn-Meilen-Radius um das Hauptquartier der Südtruppe eingetroffen. Ob die Mirak nun wussten, dass sich die Überlebenden der Belagerung hier befanden, oder nicht, sie taten, was sie konnten, um zu verhindern, dass Spähtrupps oder Informationen in die Forts hinein- oder aus ihnen herausgelangten.

Aus einer Woche der Erholung war ein Monat geworden, bis endlich jener Zustand der erhöhten Wachsamkeit und ständigen Kampfbereitschaft von den Soldaten wich, der sie während der Zeit der Belagerung und der Flucht durch Rilpor unaufhörlich begleitet hatte. Erschöpfung steckte ihnen allen tief in den Knochen, und lange Tage hatten sie sich wie Gespenster um die Forts herumbewegt, es sei denn, ein plötzliches Geräusch oder ein ungewohnter Anblick versetzte sie in fiebrige Aktivität. Selbst Make konnte sich nicht erinnern, wann er das letzte Mal so viel geschlafen hatte oder wann es ihm zuletzt so schwergefallen war, seine Gedanken zu konzentrieren. Als hätte ihm die Belagerung den Verstand geraubt.

Aber jetzt hatte er endlich das Gefühl, fast wieder der Alte zu sein, und er war entschlossen, das jedem zu beweisen, indem er zusammen mit Oberst Jarls Hundertschaften durchs Land zog. Der größte der gemeldeten Trupps der Mirak befand sich im Nordosten, zwischen den Forts und Rilporin, während die beiden anderen den Berichten zufolge nördlich und nordwestlich ihrer Position Stellung bezogen hatten – sie deckten also die drei Richtungen ab, aus denen die Südtruppe am ehesten mögliche Verstärkung oder wichtige Informationen erhalten würde. Es schien kein Zufall zu sein, dass die Mirak gerade dort und nicht irgendwo sonst in der Westebene waren.

Hallos hatte Make mit grimmigen Augen unter nicht minder beängstigenden Brauen – weil sie neuerdings mehr grau als schwarz waren – böse angeblickt, aber Make ließ sich von seinem Arzt eine erneute Patrouille und die Aussicht auf eine kleine Rauferei nicht ausreden, auch wenn er den verstreuten Überbleibseln der West- und der Palasttruppe den Befehl erteilt hatte, sich zurückzuhalten. Von den brennenden Feuern, die jeden Einzelnen von ihnen während der Verteidigung Rilporins Außerordentliches hatten leisten lassen, waren nur Gluthäufchen geblieben, und sie brauchten Zeit, um die Flammen wieder neu zu entfachen.

Dalli war ebenfalls mitgekommen, was ihn nicht überraschte. Nach ihrem Streit mit Rillirin und der Verlegung des Mädchens nach Fort drei war sie noch kratzbürstiger gewesen als gewöhnlich, wenn sich auch im Laufe der Tage ihre Empörung weitgehend gelegt hatte, sodass sie jetzt bei den seltenen Gelegenheiten, da sie sich zusammen am selben Ort befanden, fast wie distanzierte Fremde waren.

Doch das waren alles Dinge, die Make aus seinen Gedanken verbannte, während sie inmitten von zweihundert marschierenden Soldaten durch das Tor hinausritten. »Wie steht es um die Vorräte, Oberst?«, fragte er, als sein Pferd plötzlich scheute und mit Dallis Gaul zusammenprallte. Er konnte sich gar nicht mehr daran erinnern, wann er das letzte Mal auf einem Pferd gesessen hatte. Irgendwo daheim im Westen, vermutete er.

»Bleibt es beim gegenwärtigen Konsum, müssen wir in zwei Monaten alle auf halbe Ration setzen, in vier Monaten dann auf Viertelration, und in sechs Monaten müssen wir unsere Pferde und unser Stiefelleder essen. Wenn wir aber jetzt schon auf halbe Ration gehen ...«

»Das dürfte nicht notwendig sein, Jarl, zumindest nicht gleich. Sobald die Zivilisten fort sind, wird die Zahl der hier verbliebenen Menschen fast wieder im Bereich des Normalen sein. Die Vorräte, die die Zivilisten mitnehmen müssen, sind natürlich einzurechnen, aber es wird trotzdem reichen. Es ist uns gelungen, eine ordentliche Menge Getreide aufzukaufen, bevor die Garnisonen der Osttruppe in die Städte gezogen sind.«

»Ich gestehe jedoch, dass es mir widerstrebt, die Zivilisten so weit durch feindliches Territorium ziehen zu lassen, Fürstgeneral«, sagte Jarl. »Selbst wenn die Grenze zum Land der Mirak so menschenleer ist, wie Ihr glaubt, ist es doch ein Zweiwochenmarsch für Soldaten, und für Zivilisten mit alten Leuten und Kindern können es leicht drei werden.«

»Ihr seid nicht der Einzige, der in diesem Punkt Bedenken hat, aber sie können eben einfach nirgendwo sonst hin. Wenn wir ein Abkommen mit Krike aushandeln könnten, Flüchtlinge aufzunehmen, wäre das ideal, aber Ihr sagt ja, das sei unmöglich.«

»Tut mir leid, Fürstgeneral, wenn es möglich wäre, würden wir alle diesen Vorschlag unterstützen. Ich diene jetzt seit sechs Jahren hier, und es ist nie vorgekommen, dass die Kriker ihre Meinung hinsichtlich internationaler Beziehungen geändert haben. Sie haben Nein gesagt – sie meinen Nein.«

»Also werden wir sie stattdessen ausschicken, um zu lernen, Wölfe zu sein«, mischte sich Dalli mit einem schwachen Lächeln ins Gespräch. »Zumindest werden sie unser Land besiedeln. Unser Dorf im Gebirgsvorland ist klein und bietet nicht genug Platz für sie alle, aber es steht leer und ist der einzige Ort ohne eine feindliche Garnison in der Nähe. Sie werden sich dort verschanzen und Häuser bauen müssen – und sollten dem Land möglichst nicht all seine Schätze rauben, solange sie dort sind. Einige von uns würden recht gern wieder nach Hause zurückkehren, wenn das hier alles vorüber ist.«

»Selbst wenn wir diese Mirak-Gruppen aus dem Weg geräumt haben, dürfte die Sache ein Risiko sein«, meinte Make bedrückt, »aber in den Forts befinden sich zweiundvierzig schwangere Frauen, dazu fast sechshundert Kinder unterschiedlichen Alters und außerdem die Alten und jene, die sich nur langsam fortbewegen können. Wir können sie weder ernähren, noch können wir sie beschützen, jedenfalls nicht auf unbegrenzte Dauer.« Er deutete auf das verlassene, scheinbar unschuldig daliegende Land, das sich vor ihnen wellte. »Sie werden herkommen. Früher oder später werden die Mirak kommen, ganz gleich, ob sie jemals erfahren, wie viele von uns genau hier sind. Sie können uns nicht leben lassen.«

Es dämpfte die Stimmung ein wenig, aber es hatte ausgesprochen werden müssen. Sie waren hier unten im Süden nicht sicher. Makes Anwesenheit wie auch die der Flüchtlinge änderte nichts daran – Corvus konnte eine ausgeruhte, noch nicht im Kampf erprobte Armee wie die Südtruppe nicht am Leben lassen. Wenn er die absolute Macht über Rilpor haben wollte, musste sie zermalmt werden.

»Aber wir sollten Oberst Edris nicht vergessen. Er und König Tresh sowie eine Armee aus Listre könnten genau die Ablenkung bewirken, die wir brauchen, um die Zivilisten sicher von hier wegzubringen«, ergänzte er in einem verspäteten Versuch, die Stimmung wieder aufzuhellen.

»Er wird ohne Frage schwierige Entscheidungen treffen müssen, wo er zuerst angreifen will«, pflichtete Jarl ihm bei, »und unbewaffnete Nichtkämpfer dürften dabei die geringste seiner Sorgen sein.«

»Genau.«

Doch wie sich herausstellte, war Jarl unermüdlich wie ein Hund mit einem Knochen. »Sie werden Späher und auch Waffen brauchen, jemanden, der den Weg kennt, Wagen voller Vorräte. Die Zivilisten, meine ich – Tresh hat natürlich Edris und seine eigenen Vorräte. Dann muss entschieden werden, wer vorangeht und wie viele sich gleichzeitig auf den Weg machen. Dass ihr alle zusammen hierhergezogen seid, war eine Leistung, würdig in einem Lied besungen zu werden, Fürstgeneral, aber die Aussichten, dass es Euch auch ein zweites Mal unbemerkt gelingen würde, selbst wenn Ihr es beim ersten Mal geschafft habt…« Jarl verstummte.

»Ihr sagt mir da nichts, was ich nicht schon selbst wüsste«, brummte Make. Er hatte das Thema mit Hadir bereits endlos ausdiskutiert, aber Jarl schien ihm der extrem gründliche Typ zu sein. Es war möglich, dass er auf etwas stoßen würde, was sie noch nicht bemerkt hatten. »Die erste Entscheidung betrifft die Frage, ob wir sie in kleinen oder großen Gruppen ausschicken oder sogar in einer einzigen riesigen – sie einfach alle zusammen von hier fortschaffen. Viele kleinere Gruppen vergrößern das Risiko, dass einige davon gesehen und angegriffen werden. Eine einzige große Gruppe ist langsam und chaotisch und schwer zu kontrollieren. Die genaue Vorgehensweise muss das Hauptthema des ersten Treffens sein, wenn wir wieder zurückkommen, aber wenn wir es nicht zurückschaffen, hat Hadir die Aufgabe, dafür Sorge zu tragen, dass alle viertausend Zivilisten abzüglich jener, die sich der Miliz angeschlossen haben, die Forts verlassen und auf die Straße nach Westen gelangen. Egal um welchen Preis.«

Das trübte die Stimmung noch stärker, und sie ritten eine

Weile schweigend weiter. Sie hatten zehn Reihen weiter hinten Position bezogen, um den Spähern an der Spitze einen klaren, von Pferdeärschen unverstellten Blick zu gewähren.

Wenn sie erfahren, dass wir sie wegschicken, wird das totale Chaos ausbrechen. Sie werden glauben, wir könnten sie nicht beschützen oder dass wir sie loswerden wollen, um unser eigenes Leben zu retten. All die Panik und die gefährliche Ignoranz von Rilporin werden sich wiederholen. Und ich mache ihnen nicht den geringsten Vorwurf daraus. Wenn ich einer von ihnen wäre, würde ich mich auch nicht erneut ins offene Gelände wagen wollen. Niemals wieder.

Er schüttelte sich innerlich ein wenig. *Immer schön ein Problem nach dem anderen, Make. Säubere das Gebiet um die Forts von Mirak-Truppen, damit die Zivilisten unbemerkt von dort wegkommen, und bete dann zur Tänzerin, dass sie den ganzen Weg schaffen werden, bis sie in Sicherheit sind.*

Als die Lagerfeuer entdeckt worden waren, hatte Dalli das Auskundschaften übernommen, und Make war es beinahe gelungen, ob ihres so langen Wegbleibens nicht in Panik zu geraten. Der Himmel war eine wilde Orgie leuchtender Sterne, die wenig dazu beitrug, irgendeinen von ihnen zu verbergen, und irgendwie hatte sie es trotzdem geschafft, nahe genug heranzukommen, um ihre Waffen zu zählen und ihnen in ihren Eintopf zu pinkeln, ohne dass jemand es bemerkt hätte.

Make und Jarl drängten sich eng an Dalli heran, damit der Wind ihre Stimme nicht weitertrug. »Ungefähr dreihundert, vielleicht mehr, wenn wir davon ausgehen, dass es vier pro Feuer sind und vierzig als Wachen«, hauchte sie.

Es waren mehr Männer, als Make hatte, aber weniger, als er befürchtet hatte. »In Ordnung, wir haben die Nacht und das Überraschungsmoment auf unserer Seite, und ihre Nachtsicht dürfte miserabel sein, nachdem sie an den Feuern gestanden haben. Wir teilen uns auf und nähern uns von Norden, Osten und Westen zugleich. Wenn sie irgendwohin fliehen, will ich, dass sie direkt in Richtung Forts laufen, damit unsere Spähtrupps dort in der Nähe sie sich vornehmen können. Sagt weiter, dass sich alle ganz ruhig verhalten sollen. Ich werde ihre Aufmerksamkeit auf mich lenken, indem ich versuche, mich unter sie zu mischen, bevor sie Alarm schlagen, sodass es aussieht, als wären wir überall.«

Jarl zeigte seine Zähne, und Dallis Gesicht verzog sich zu einer grimmigen Maske. Sie verschmolzen mit der Nacht, und die Soldaten folgten ihnen. Make holte tief Luft und spürte, wie sich in ihm Angst und wilde Energie vermischten, dann zog er sein Schwert und rückte vor, bewegte sich langsam und gleichmäßig, damit seine Ausrüstung so wenig Lärm wie möglich machte. In seinem Rücken krochen sechzig Soldaten, lautlos und diszipliniert.

»Wer kommt da?«, ertönte die Stimme eines Mirak aus dem blendenden Licht einer hochgehaltenen Fackel. Ihre Flamme spiegelte sich flackernd auf Makes Panzer und den Rüstungen der Männer hinter ihm.

»Für Rilpor!«, brüllte Make und rannte los. Seine Männer folgten ihm schreiend. Die beiden anderen Flügel blieben zurück und verhielten sich still, sodass alle Aufmerksamkeit allein auf Make gerichtet war. Sie stürmten ins Licht und hinein in die Reihe der Mirak, die sich verwirrt hochrappelten, nach ihren Waffen tasteten, Fragen und Warnrufe brüllten, schon bald gefolgt von Lauten des Schmerzes.

Make wich einem schlecht gezielten Schlag aus und stieß im Weiterrennen sein Schwert nach hinten in die ungeschützte Kniesehne des Mirak. Er ging heulend zu Boden, und Make ließ ihn liegen; sollten sich jene um ihn kümmern, die hinter ihm kamen. Ein Grüppchen Mirak preschte ihm entgegen, und er umklammerte seinen Schild fester, wehrte mit dessen Oberkante einen Axthieb ab und traf den Anführer der Gruppe an der Brust. Er stieß ihn einen Schritt zurück, parierte mit seiner Waffe einen Schwertstreich, umging die Abwehr des Mannes und schlug ihm seine Klinge seitlich in den Hals, ein langer, tiefer Schnitt, der den Kampf für den Mann – und vermutlich auch sein Leben – beendete. Ein anderes Schwert rammte gegen Makes Schulterplatte, und er stöhnte ächzend, trat zurück, wirbelte herum, ließ Schwert und Schild nach vorn peitschen, parierte unten und stach oben, unten, oben, und stieß zu.

Ein weiterer Axthieb traf seinen Schild so heftig, dass es ihm fast das Handgelenk gebrochen hätte. Er schrie auf, trat dem axtschwingenden Mann gegen das Knie und warf ihn von den Beinen. Dann rammte er ihm den Schild ins Gesicht, hörte das Brechen von Knochen und Zähnen. Schreie erfüllten die Nacht.

»Achtung!«, schrie jemand, und er hechtete nach vorn, rollte sich über seinen Schild ab und brachte sich in Sicherheit. Dann sprang er auf und fand sich zwischen zwei Mirak wieder, die sich gerade zu ihm umdrehten. Er stach auf den ersten ein, doch die Schwertspitze glitt an seinem Kettenhemd ab, rutschte nach unten und schlitzte dem Mann den Oberschenkel auf. Er trat ihm in die offene Wunde und wehrte mit dem Rand seines Schildes den Schlag des zweiten Angreifers ab. Holzsplitter flogen ihm ins Gesicht, und die Klinge glitt ab, rutschte quietschend über seinen Brustpanzer.

Er wirbelte zur Seite und zwang den Mann mit seinem Schild zurück, drängte ihn nach hinten, bis er über einen Toten stolperte. Make versetzte ihm einen heftigen Hieb, schlug ihm Helm und Schädel ein. Er atmete tief durch und ließ alle Wut Rilporins in sich aufsteigen, brüllte sie in einem Schrei schierer Gewalt heraus. Ein warnendes Kribbeln rieselte ihm über das Rückgrat, und er wirbelte herum, um seinen Rücken zu schützen, hinter seinen Schild geduckt, sodass der Angriff seines Gegenübers nur ein Streifhieb war, der von seinem metallenen Schildbuckel abglitt, gefolgt von Makes eigenem schräg nach oben geführten Streich, der sich einen Weg unter dem Kettenhemd hinauf in Lende und Bauch des Mirak bahnte. Der

Gestank geöffneter Därme stieg auf und der Schrei eines sterbenden Mannes. Kurz sah Make Dalli wie einen Fisch aus der Dunkelheit schnellen, das vordere Drittel ihres Speers blutrot; sie wirbelte herum und duckte sich, brachte ringsum Tod über die Angreifer.

Er spürte erneut, dass da jemand hinter ihm war, und wirbelte wieder herum, das Schwert bereits zum Hieb erhoben, und da war Jarl und riss seinen Schild hoch, um den Schlag zu parieren. »Ungefähr ein Dutzend sind nach Süden durchgeschlüpft, falls Ihr sie Euch holen wollt, Fürstgeneral«, keuchte er, als er in Makes Zügen das Verlangen nach weiterer Gewalt sah, ein Drang, der sich Bahn brechen musste. Er zeigte auf gut zwanzig Soldaten, die sich hinter ihm versammelt hatten, mit Fackeln und blutverschmierten Gesichtern aufgereiht, bereit, sofort loszustürmen.

Make holte noch einmal tief Luft, und die Kampfeswut wogte kristallklar und singend in seinen Adern. »Erledigt, wer immer hier noch übrig ist«, knurrte er mit vor Blutdurst triefender Stimme. »Ich schnappe mir die Fliehenden.«

DIE GESEGNETE

Siebter Monat, erstes Jahr der Herrschaft von König Corvus
Tempel der Roten Götter, Tempelbezirk, erster Ring, Rilporin, Weizenland

Lanta, die Gesegnete und die Stimme der Götter, kauerte zusammen mit dem Hohepriester Gull in der Dunkelheit des Tempels.

Sie hatten jetzt Ansätze eines Plans, grobe Konturen, die sie durch Rituale, durch Zwiesprache mit den Göttern, durch Intuition und durch Erfindung auszufüllen hatten. Das Gottesblut, das Lanta in sich aufgenommen hatte und das noch immer ihre Haut befleckte, hatte ihr Weisheit und Einblick geschenkt, wie sie es noch nie zuvor erlebt hatte. Sie verstand die Götter, *kannte* sie, auf eine Weise, wie das kein anderer Sterblicher konnte oder jemals gekonnt hatte.

Das Geheimnis lag darin, in Erfahrung zu bringen, wie der Fuchsgott in den sterblichen Crys Tailorson eingedrungen war. Sobald sie das einmal verstanden hatten, würden sie besser wissen, wie sie die Dunkle Dame zurückholen konnten.

Lanta hatte bereits ihr eigenes Fleisch als Wirt angeboten, aber die Verbindung war gescheitert. Sie brauchten eine Art Brennpunkt und Leitstern, etwas, das die Dunkle Dame an jenem fernen Ort, wo sie eingekerkert war, spüren konnte, etwas, das groß genug, strahlend genug war, um sie durch den Schleier zurück nach Gilgoras zu ziehen. Und dann in ihren neuen Körper hinein, in dem sich Sterbliches und Göttliches zu einer lebendigen Gottheit vermischte, die für immer auf Erden unter ihren Kindern wandeln würde. Mit vereinten Kräften gelang es der Gesegneten und Gull, mehr und mehr zu verstehen, was dieser Leitstern sein könnte.

Heiliger Gosfath. Gott des Blutes und Herr des Krieges.

Die nackte Kühnheit, die schiere Ungeheuerlichkeit dessen, was sie da zu vollbringen versuchten, machte ihr Angst, aber die Alternative – eine Welt ohne die Dunkle Dame, die endlose Qual des Verlassenseins – erschreckte sie noch viel mehr. Und Lanta wollte mit einer solchen Angst nichts zu schaffen haben.

Falls sie Gosfath hier im Tempel … festhalten konnten, wenn die Zeit für das Ritual kam, würde die Dunkle Dame ihren Weg zu ihm finden, durch das Medium von Lantas Seele und der Seelen der Opfer hindurch und durch die Verheißung und die flüsternde Stimme des Blutes, das in ihrem Namen vergossen wurde, und von dort aus würden sie die Göttin dann in das Blutkind lenken können – das heilige Gefäß – und ihr auf diese Weise Leben und Welt zurückgeben. Um das zu bewerkstelligen, mussten sie den Gott Gosfath zu ihnen holen können. Sie mussten ihm etwas anbieten. Ihn in Versuchung führen.

Lanta füllte ihre Lunge ganz bewusst mit der fauligen Luft, der Hitze und dem Rauch, schmeckte ihre Angst und hieß sie willkommen, und dann konzentrierte sie sich. Das Messer war scharf, aber nicht so scharf, dass sie nicht gespürt hätte, wie es ihren Arm aufschlitzte. Welchen Sinn hätte es auch, den Schmerz nicht zu spüren?

»Ich schwöre im Namen des heiligen Gosfath, dass ich nicht ruhen werde, bis ich die Dunkle Dame aus dem Tod geholt und ihr zu ihrer glorreichen Rache verholfen habe.«

Sie schnitt sich ein zweites Mal.

»Ich schwöre im Gedenken der Dunklen Dame, dass ich hinter das, was immer vom Schleier übrig ist, dringen und die

Wegstationen und sogar das Jenseits absuchen werde, um sie zu finden.«

Ein weiterer Schnitt. Die Atmosphäre im Tempel war geladen vor Anspannung und grimmig entschiedenem Trotz und schwer vom Gestank von altem und neuem Blut, von Schweiß und Tod.

»Ich schwöre bei meinem Blut und bei meiner Hoffnung, im Tod den Göttern zu begegnen, dass ich in meinen Bemühungen nicht nachlassen werde, bis wir unsere Blutige Mutter haben wiederauferstehen lassen.«

Noch ein weiteres Mal schnitt sie sich, und der Schmerz jagte durch sie hindurch und machte sie stärker, entschlossener. Ein Schwur des Blutes, in Fleisch und Knochen und Willen gegraben, neue Narben auf alten: ein Versprechen an die Götter, an die Dunkle Dame, wo immer sie sich jetzt befand, und ein Versprechen, das Lanta sich selbst gab.

Das ist Glaube. Das ist Entschlossenheit. Das hier ist die Art, wie wir siegen werden.

Lanta reichte Gull die Klinge, und er berührte mit der Messerspitze seine Lippen und leckte Lantas Blut von dem Stahl. Und dann schwor auch er den gleichen Eid, Schnitt für Schnitt, und die Hitze im Tempel wurde immer größer, und der Schlachthausgestank wehte vom Altar und vom Gotteseich her, den sie mit Opferblut gesegnet hatten. Seine von zähen Klumpen überzogene Oberfläche war so dick, dass sie das Echo ihrer Worte und ihres schweren Atmens zurückwarf.

Unter Lantas Händen zischte und qualmte eine Messingschale voller Kohlen, während ihr Blut hineintropfte. In ihrem Kopf nahm der Pfad zur Wegstation Gestalt an. Ihr gegenüber blähten sich Gulls Nasenflügel, als er die Dämpfe einatmete. Lantas gekrümmte Finger drangen durch den Rauch, eine Schweißschicht glänzte auf ihrem Gesicht.

»Heiliger Gosfath, Gott des Blutes, verleihe uns deine große

Kraft in unserem Bemühen, dir und der Welt deine heilige Schwester zurückzugeben. Gewähre uns die Kraft, deinen Willen zu erfüllen. Gott des Blutes, wir ehren dich.«

Die glühenden Kohlen zischten und fingen an, hell zu brennen. Lanta lächelte vorsichtig; der Gott lauschte.

»Gosfath, Gott des Blutes, getrennt von deiner geliebten und liebenden Schwester, wir flehen dich an, jenseits des Schleiers nach der Dunklen Dame zu suchen, die aus deinen liebenden Armen und unseren sehnsüchtigen Seelen gerissen wurde. Wir suchen deine mächtige Hilfe, um uns bei unserem Vorhaben zu unterstützen, sie von jenseits des Todes zurückzuholen. Wirst du zu uns kommen?«

Ein leiser Windhauch zog durch die trockene Hitze des Raums, kitzelte Lantas Haut und lüpfte ihr Haar, schob seine Finger in ihr Gewand, unter ihre Brüste und zwischen ihre Beine. Der Wind transportierte den Hauch von Verderbnis, die Würze von Schwefel.

»Er ist nah«, flüsterte sie, und Gull beugte sich vor, sein Gesicht ein vom Schein der Kohlenpfanne erhellter Totenkopf. Die Hitze war so stark, dass es Lantas gesamte Willenskraft kostete, die Hände dicht an den Kohlen zu halten. Sie inhalierte Rauch und behielt ihn in ihrer Lunge, unterdrückte den Hustenreiz. Tränen brannten in ihren Augen, und dann atmete sie aus.

»Bringt ihn zu uns«, murmelte Gull.

Lanta spannte sich an und öffnete sich für Gosfath, wie sie sich jahrelang der Dunklen Dame geöffnet hatte. Ein Kitzeln, ein zaghaftes Stochern, und dann nichts. Sie strengte sich noch mehr an, aber er wollte nicht kommen. Gull hatte mehr Erfahrung mit dem Gott, aber um ihren Plan in die Tat umzusetzen, reichten Gulls Fähigkeiten alleine nicht aus.

»Der Gott begehrt es nicht«, sagte sie.

»Der Gott begehrt es immer«, sagte Gull. Er legte seine

Hände auf Lantas, und mit einer einzigen wilden Bewegung drückte er sie in die Kohlen.

Rote schreiende Qual strömte durch ihre Hände und ihre Arme hinauf, und Lanta kreischte und kämpfte darum, die Hände freizubekommen. Gull hielt sie fest, und plötzlich war er da, der Gott, leuchtend und dunkel und gewaltig in ihrem Kopf.

Will. Brauche. Will.

Lanta spürte, wie sie über den Pfad gezogen wurde, wie sie vom Tempel wegflog und hinein in die Gegenwart ihres schrecklichen Herrn, Schmerz und Panik mischten sich in ihr, verschmolzen in die ideale Legierung der Hingabe.

Hitze pulsierte um sie herum, Finger aus heißer Luft streichelten ihre nun nackte Haut. Vor ihr ragte ein Schatten unter den Stalaktiten der Wegstation auf, gewaltig und missgestaltet. Doch eigentlich sollte er zu ihnen kommen, nicht sie zu ihm. Hier würde es nicht gehen. Es musste im Tempel sein. Musste es einfach. Gosfaths Brüllen ließ ihre Gedanken jäh aussetzen und steckte ihre Zunge in Brand.

»Wie wir in Zeiten des Schmerzes und der Not zu den Göttern rufen, so nehmen sie, als ihren gerechten Lohn, unser Blut und unseren Atem«, stimmte sie einen Sprechgesang an. Es war keine Zeit, sich darüber den Kopf zu zerbrechen, was hier schiefgegangen war; Lanta befand sich in der Gegenwart des Roten Vaters. »Wie Furcht uns in die Gegenwart der Götter bringt, so heiße ich dich willkommen. Furcht ist dein Ruf; Hingabe ist unsere Antwort.«

Furcht, in der Tat, als sich die Dunkelheit nun teilte, um ihn zu enthüllen, wie er auf einem Thron saß, der aus den Knochen eines Berges geschnitzt war. Vielleicht war es auch ein Berg aus Knochen. Er erhob sich, den Kopf gesenkt, um ihn sich nicht am hohen Gewölbe der Höhle anzuschlagen, und stieg herab, die schwarzen Krallen seiner riesigen Hand kratzten über die

Wand, schürften tiefe Furchen hinein und schlugen Funken, das Geräusch ein unseliges Quietschen, das Lantas Trommelfelle beben ließ. Sie fiel auf die Knie und wandte den Blick ab, während er schrumpfte, immer noch ein Riese, aber nun von einer Größe, die sie verstehen konnte. Zuletzt war er wieder halb so groß wie sie, aber dreimal so schwer, und seine spielenden Muskeln spannten und schlängelten sich wie Aale in Öl.

»Gosfath, Gott des Blutes, mächtigster Herr des Krieges und des Chaos, es ist mir eine Ehre, in deiner Gegenwart zu weilen, und ich ehre dich meinerseits mit …«

»Will«, zischte der Gott des Blutes und zerrte sie hoch, seine Hand um ihren Oberarm gelegt. »Will jetzt.«

»Deine Schwester will dich ebenfalls, Vater«, keuchte Lanta und hob die Hände zum Schutz; ein Schutz, der genauso wirkungsvoll war wie ein Spinnennetz. »Die Dunkle Dame sehnt sich danach, deine Arme um sich zu spüren, Vater, sie sehnt sich nach dir. Wir müssen sie finden, müssen sie zu dir und in diese Welt zurückbringen, das Gleichgewicht wiederherstellen …«

Gosfath beugte sich dicht zu ihr vor. »Allein«, grunzte er und stieß sie zu Boden. »*Will.*«

Lanta schrie auf, als ihr Kopf gegen Stein schlug, und noch einmal, als sich Gosfath auf sie warf, und dann brüllte sie, als erst seine Krallen und dann sein dicker roter Penis sich in sie hineingruben, brüllte in einer Qual, die der Ekstase so nah war, dass sie verstand, dass beides eins war. Brüllte, während der Gott ihr seine Ehre erwies.

Lanta erwachte mit einem Wimmern, das eine Mischung aus Schmerz und Verzückung war, während ihr Bewusstsein in ihren Körper zurückkrachte, dort, wo er selbstvergessen auf dem Tempelboden lag, ihr Kopf auf Gulls Knie gebettet und ihre Röcke um ihre Beine hochgeschoben. Sie stieß ein langgezogenes Stöhnen aus, als sich ihre Schmerzen in einer heftigen Wallung bemerkbar machten, die ihren ganzen Körper vom Hinterkopf bis zu den Knöcheln durchzog.

Sie deutete mit schorfigen Fingern, und vorsichtig, ganz, ganz vorsichtig, öffnete Gull ihr Gewand und schälte es bis zu ihrer Taille hinunter. Zwischen den schwarzen Gottesflecken und bis unter ihr Brustband war ihre Haut von Schnitten sowie Krallen- und Bissverletzungen schraffiert, und in ihrem Innersten pochte ein tiefer Schmerz, der bei jeder Bewegung in wahre Agonie umschlug.

Lanta blickte an sich herab, und der Anblick ihres versehrten Leibes ließ ein träges Lächeln über ihre Züge gleiten. Sie legte sich die Hand zwischen die Beine. »Der Gott hat mich geehrt«, flüsterte sie. Tränen traten ihr in die Augen.

»Dann haben wir den ersten Schritt getan«, erwiderte Gull. »Beim nächsten Mal müsst Ihr ihn hierherziehen, statt Euch zur Wegstation zu begeben. Wir müssen ihn durch den Schleier holen können, wenn die Dunkle Dame zurückkehren soll.«

Lanta richtete sich mühsam auf und versuchte stöhnend, den flammenden Schmerz tief in ihrem Becken zu unterdrücken. Beim nächsten Mal? Selbst für den Fall, dass sie das alles noch einmal zu ertragen vermochte, hieß das noch lange nicht, dass der heilige Gosfath durch den Schleier und in den Tempel kommen würde. Nicht beim nächsten Mal und vielleicht überhaupt niemals. Sie keuchte gegen den Schmerz an und schob ihre Zweifel beiseite. Es würde schon klappen. Er würde verstehen, und er würde ihnen helfen. Er würde ja belohnt werden, zuerst mit Lanta, um seine Gier zu lindern und ihn zu trösten, und dann mit der Wiederkehr seiner Schwestergeliebten.

Es musste klappen.

Gull fuhr zu ihr herum und legte ihr die Hände auf die Schultern. Ehrfurcht leuchtete in seinen Zügen. »Das ist etwas Großartiges, Gesegnete«, sagte er. »Wir haben heute gewaltige

Fortschritte gemacht. Niemand hat jemals zuvor einen Verkehr mit dem Gott gepflegt, der so … tiefgehend war.«

»Große Fortschritte, ja«, erwiderte sie, »aber ich werde Zeit brauchen, um zu heilen, ehe ich ihn wieder rufen kann. Sein Verlangen und seine Einsamkeit waren so gewaltig. Ihr könnt ja sehen, was das mit mir gemacht hat.«

»Und doch läuft uns die Zeit allmählich davon. Vielleicht könnte man einige der Sklavinnen dazu vorbereiten, dem Vater zu Gefallen zu sein, bis die Mirak-Frauen eintreffen«, überlegte Gull laut.

Lantas Magen krampfte sich zusammen, und diesmal nicht vor Schmerz. »Nein«, blaffte sie. »Ich muss diejenige sein. Nur ich allein. Ich bin die Gesegnete, und das hier ist meine Aufgabe, mein heiliger Daseinszweck. Ich werde diese Aufgabe erfüllen. Ich werde den Vater nach Rilporin holen, hierher in diesen Tempel. Er wird kommen, und wir werden ihn zu einem leuchtenden Leitstern machen, der der Dunklen Dame den Weg nach Hause weist.«

Ich habe die Liebe des Vaters erfahren. Möge sie mir Kraft verleihen, bis unsere Blutige Mutter zurückkehren kann.

»Sehen wir zu, dass Ihr ein warmes Bad bekommt und dann die Heilerin aufsucht. Ihr habt großartige Arbeit geleistet.«

»Das ist erst der Anfang«, stotterte Lanta, als Gull ihr beim Aufstehen half. Der Schmerz machte sie kurzatmig. »Für den Rest benötigen wir Rillirin und das Kind. Wir müssen sie in unsere Gewalt bekommen, Gull.«

»Ich werde für Euch ein Wort beim König einlegen, Gesegnete«, antwortete Gull in beschwichtigendem Tonfall. »Ich werde ihn über unsere Fortschritte ins Bild setzen, über die Dringlichkeit der Situation, die Notwendigkeit, seine Schwester zu finden. Ihr solltet Euch zunächst einmal allein auf den Gott konzentrieren, darauf, wie wir ihn ermuntern können, das Jenseits und die Wegstation zu verlassen und seine Anhänger und Anhängerinnen hier zu besuchen. Euch aufzusuchen.«

Sie blieb für einen Moment still stehen, umfasste den stützenden Arm ihres Priesters fester und stieß dann ein gepeinigtes Zischen aus, als sie spürte, wie die Blasen auf ihrer Handfläche aufrissen. »Er hat gesagt, dass er allein sei, Gull«, flüsterte sie, und die Tränen in ihren Augen waren nun Tränen des Kummers. »Es hat mir in der Seele wehgetan.«

»Ihr werdet ihm Trost spenden, Gesegnete, und Euch um die Befriedigung seiner göttlichen Bedürfnisse kümmern, sooft Ihr nur könnt. Wir müssen ihm erklären, was wir alles tun, um seine Schwestergeliebte zu ihm zurückzubringen. Sobald er das erst einmal verstanden hat, ist die Erfüllung seiner Bedürfnisse vielleicht nicht mehr so … beschwerlich.«

Lantas eisblaue Augen wurden eiskalt und abweisend, und sie stieß Gull von sich, um nun ohne seine Hilfe dazustehen. »Keine Aufgabe, die im Dienste der Götter erfüllt wird, ist jemals beschwerlich«, knirschte sie, und Gull senkte in stummer Entschuldigung den Kopf. »Ich werde mich nun ausruhen und schlafen, meine Wunden mit Heilkräutern behandeln. Unser großes Werk beginnt erst jetzt. Alles, was bisher war, ist nichts dagegen.«

CRYS

Siebter Monat, erstes Jahr der Herrschaft von König Corvus
Sehershöhe, Krike

Trotz der Anwesenheit der Kriegsherrin und ihrer Krieger war der Empfang der Rilpori in Sehershöhe, Krikes Hauptstadt, alles andere als freundlich.

Die Krieger der Stadt bemerkten ihr Näherkommen bereits, als sie noch einige Meilen entfernt waren, und als die Gruppe den Rand der großen, kreisförmig angelegten Stadt mit dem Berg in ihrer Mitte erreichte, hatte die Ehrengarde des Kriegsfürsten auf der Hauptstraße Stellung bezogen, und die Tore waren fest verschlossen.

»Hier stimmt etwas nicht«, murmelte Dom an Crys gewandt, während sie festen Schrittes auf die Reihe der Krieger zugingen, die ihnen den Weg versperrten. Er rieb sich behutsam sein rechtes Auge. »Hier stimmt etwas ganz und gar nicht. Sei vorsichtig.« Er zischte vor Schmerz und stolperte, und Ash griff ihm unter den Arm und half ihm einige Schritte weiter, bis er sein Gleichgewicht wiedergefunden hatte.

Es entging Crys nicht, dass Ash ihn, so schnell er konnte, wieder losließ. Dom fiel es ebenfalls auf. »Gibt es da noch etwas, was du mir sagen solltest?«, fragte Crys den Calestar. Dom blinzelte, überrascht und froh darüber, angesprochen zu werden. Dankbar, wenigstens zur Kenntnis genommen zu werden. Ein Gefühl der Scham stieg in Crys' Kehle auf. Im gleichen Moment bemerkte er, wie seine Handflächen feucht wurden – ein animalischer Instinkt, der seinen Grund in der Nähe des Mannes hatte.

»Die Dinge werden nicht das sein, was sie zu sein scheinen. Wahrheit und Lüge winden sich ineinander wie sich paarende Schlangen, und gebrochene und wieder zurückgekehrte Treue ist stärker als Treue, die vergessen und dann wieder erinnert wurde.« Dom blieb stehen, verfiel in Schweigen, sein Hals dehnte sich in die Länge und legte sich zur Seite, leere braune Augen starrten in die Zukunft. Crys und Ash machten sich bereit, ihn aufzufangen, aber nach langen Sekunden kam er wieder zu sich und zu ihnen zurück und war immer noch er selbst.

»Alles in Ordnung?« Crys legte Dom die Hand auf den Rücken. »Brauchst du einen Moment Zeit?«

Dom hustete, räusperte sich, spuckte aus und atmete dann mehrmals tief durch. Schmerz verzerrte seine Züge und ließ ihn sein rechtes Auge fest zusammenkneifen, aber er setzte sich mit einem leichten Humpeln wieder in Bewegung. »Seid auf der Hut. Wir schweben hier in einer größeren Gefahr als an jedem anderen Ort seit unserer Flucht aus Rilporin.«

»Na großartig«, brummte Ash, während sie langsam auf die Reihe der Krieger vor dem versperrten Tor zuschritten.

»Der Berg Sehershöhe befindet sich hier«, erklärte Crys, auch wenn es ziemlich offensichtlich war, da der Berg nicht nur die Stadt überragte, sondern über die gesamte Umgebung hinweg meilenweit sichtbar war. »Hier bin ich geboren worden, wisst ihr. Ich meine, der Fuchsgott.«

Cutta trat vor die Krieger hin. »Cutta Froschtraum, Kriegsherrin des Südens und Vertraute des Kriegsfürsten, mit Informationen über den Krieg in Rilpor und Gottesneuigkeiten für die Mutter Seherin. Der Große Gauner ist in sterblicher Gestalt nach Gilgoras zurückgekehrt.«

Was immer die Krieger erwartet hatten, das war es mit Sicherheit nicht. Stumm öffnete und schloss der Mann, den sie angesprochen hatte, nur einige Male den Mund. Offensichtlich hatte er keinen blassen Schimmer, wie er auf solche Behauptungen reagieren sollte. Schließlich schnippte er mit den Fingern und schickte einen anderen Mann durch einen Nebeneingang zurück in die Stadt. »Ihr wartet erst einmal hier«, brummte er und lockerte den Griff um die Axt in seiner Hand.

»Ganz wie Ihr sagt, verehrter Wachposten. Zweiäugiger Mann, macht es Euch etwas aus zu warten?«, fragte Cutta mit so lauter Stimme, dass die Krieger vor ihnen ihre Worte deutlich verstehen konnten. Sofort erhoben sich erschrockene Ausrufe. Crys gefiel ihre Taktik. Was immer hier geschehen sollte, Cutta hatte ihn sowohl beim Namen genannt als sich auch seiner Befehlsgewalt untergeordnet. Das Gerücht würde in der Stadt die Runde machen, noch ehe irgendjemand auf die Idee kommen konnte, seine Weiterverbreitung zu unterbinden.

Er wedelte mit der Hand. »Wir warten.«

Es dauerte nicht lange. Weitere Mitglieder der Ehrengarde des Kriegsfürsten strömten heraus, um Cutta und ihre Krieger zu umstellen, dann erschien der Kriegsfürst persönlich. Unter seinem blonden Bart und dem geflochtenen Haar glänzte der goldene Reif seines Amtes um seinen dicken Hals.

Eine Frau, bei der es sich um die Mutter Seherin handeln musste, folgte ihm. Sie hatte Tätowierungen rund um die Augen und war über und über mit Perlen, Amuletten und sonstigen Ziergegenständen behängt.

»Rilpori sind in Krike nicht willkommen«, rief der Kriegsfürst und stemmte die Hände neben Axt und Messer in die Hüften. »Und Lügner sind nirgendwo willkommen.«

Die Mutter Seherin schritt an ihm vorbei und zu den Rilpori, die ein Stück vor den anderen stehen geblieben waren. Die Kriker, die Crys gefolgt waren, machten ein paar Schritte zurück und traten von einem Fuß auf den anderen, wie Kinder, die beim Äpfelstehlen erwischt worden waren. Die Mutter Seherin zog einen Kreis um die drei Rilpori, und ein Kribbeln überlief Crys; er erwartete schon ein Messer im Rücken. Auch ohne dass es ihm vom Fuchsgott oder von Doms dumpfem Wissen bestätigt wurde, war ihm klar, dass diese Frau ihnen nicht wohlgesinnt war.

Willst du nicht herauskommen und sie zum Staunen bringen, Füchslein?

Ihn durchzog ein Gefühl von Erheiterung, das aber nicht von einem entsprechenden Wesenswandel begleitet war. Trotzdem hoffte Crys, dass er die Sache nicht allein würde durchziehen müssen.

Die Mutter Seherin blieb vor ihm stehen und sah ihm ins Gesicht. Er zog die Brauen hoch und wartete. Sie tat das Gleiche, aber wenn sie jetzt von ihm Unterwürfigkeit erwartete, würde sie wohl sehr lange hier stehen müssen. »Ihr habt die Priesterschaft von Krike zerstört und die alten Formen der Huldigung verboten«, erklärte er, und sie antwortete mit einem zischenden Ausatmen. »Ihr habt Euch selbst zur einzigen Verbindung zwischen dem Volk und den Göttern gemacht. Das muss eine schwere Last sein.«

»Ich trage sie freudig«, entgegnete sie und warf den Kopf zurück.

Crys deutete auf die Armbänder und Halsketten aus Bronze und Messing, auf die edlen Perlen, die in ihr Haar geflochten waren. »Das sehe ich. Und Ihr glaubt, es sei gerecht, wenn sich Menschen, im Gegenzug für Eure Vermittlung bei den Göttern, selbst zu Bettlern machen?«

Die Mutter Seherin stieß ein schneidendes Lachen aus. »Ihr seid es, über den hier ein Urteil zu fällen ist. Ihr seid es, dessen Wahrheit oder Falschheit aufgedeckt werden muss – mit allen Konsequenzen.«

»Das glaube ich nicht«, widersprach Crys mit leiser Stimme und spürte, wie Ash, der links hinter ihm stand, immer starrer wurde. Sein Geliebter bereitete sich auf einen Kampf vor. »Ich brauche Euer Urteil nicht«, fuhr er fort und hob die Stimme, damit der Kriegsfürst ihn hören konnte. »Ich bin Crys Tailorson, Offizier, Soldat, herzensgebunden an den Wolf Ash. Ich bin der Fuchsgott in sterblicher Gestalt, der Große Gauner. Der Zweiäugige Mann. Es ist Fäulnis in Krike, und auch wenn ich hierhergekommen bin, um Hilfe für Rilpors Kampf gegen die Mächte der Roten Götter zu holen, werde ich nicht von hier fortgehen, ehe ich nicht alles in meiner Macht Stehende getan habe, um die Eintracht in euer Land zurückzubringen, damit die Götter in eure Herzen zurückkehren können.«

Die Mutter Seherin zerriss seine Worte in der Luft. »Die Götter, sagt Ihr? *Die Götter*, nicht ›ich‹. Ihr behauptet, unser Herr zu sein, und dann weigert Ihr Euch, Euren Platz in jenen Herzen einzunehmen, von denen Ihr so liebevoll sprecht.« Sie zeigte mit dem Zeigefinger zwischen seine Augen. »Ich nenne Euch einen Lügner.«

»Ich nenne Euch Tanik Pferdetraum, falsche Mutter Seherin«, erwiderte Crys gelassen, und die ringsum versammelten Menschen durchlief eine Welle der Überraschung.

Tanik schnaubte höhnisch. »Jeder, der mit Euch gereist ist, hätte Euch meinen Namen nennen können. Es gibt keine Geheimnisse unter den Krikern, Crys Tailorson, falscher Prophet. Ich bin Tanik: Na und? Ihr meint, das mache Euch göttlich?«

»Falsch«, sagte Dom, und presste das Wort zwischen klappernd zusammengebissenen Zähnen hervor. »Falsches Spiel.«

»Seht Ihr?«, rief die Frau und deutete auf Dom. »Selbst Euer Begleiter pflichtet mir bei.«

Weder Crys noch Ash achteten auf ihre Worte. »Es geht mit ihm durch«, bemerkte Ash. »Dieses Mal sieht es nach einem ausgewachsenen Anfall aus.« Er beugte sich dicht an ihn heran und legte seine Hände auf Doms Schulter. »Komm, setz dich hin, Dom, ja? Komm schon, setz dich einfach hierher, genau. Komm …«

Doms Arme flogen nach oben und schlugen Ash aus dem Weg, dann wurde er ganz steif und kippte um wie ein Baum. Crys schob sich hinter ihn und hielt ihn an den Schultern fest, aber Dom fing an zu krampfen, bevor Crys ihn auf den Boden legen konnte, und er zappelte sich frei, schlug mit dem Rücken auf den Boden, sodass aller Atem aus seiner Lunge wich, und dann begannen das Zucken und Um-sich-Schlagen, das Sich-Krümmen, das kehlige Stöhnen.

Ein Speer bohrte sich neben seiner Hüfte in den Boden, und Ash wirbelte zu den Kriegern des Kriegsfürsten herum. »Wagt es ja nicht, verdammt!«, brüllte er sie an und drehte sich wieder von ihnen weg, ehe irgendjemand antworten konnte. Dann warf er sich neben Doms Kopf zu Boden und murmelte die altbekannten Sprüche, um ihn zu besänftigen, ihn wissen zu lassen, dass er nicht allein war. »Ruhig, ganz ruhig«, raunte er und malte mit den Daumen Kreise auf Doms Stirn. »Wir sind hier bei dir. Du bist in Sicherheit. In Sicherheit. Wir passen auf dich auf.«

Crys kniete sich neben ihn und musterte Doms verzerrtes Gesicht, während Doms Stiefelabsätze auf die festgetretene Erde trommelten und ihm Schaum vom Mund troff. Er legte dem Calestar die Hand auf den Bauch und drückte. »Sei ganz still«, befahl er, und Dom lockerte sich, fiel von einem Augenblick auf den nächsten in sich zusammen wie ein schlaffer Sack, als hätte ihm jemand den Schädel eingeschlagen. Ein raunender Chor erhob sich von den Umstehenden, die sich alle herandrängten, um einen besseren Blick zu ergattern, aber Crys schenkte ihnen keinerlei Beachtung.

»Sag es mir«, verlangte er.

Dom öffnete die Augen, braun und blutunterlaufen, Schmerz glänzte in ihnen. Er spie rosa Speichel aus. »Lügen leben hier«, knurrte er, genauso an die versammelten Kriker gerichtet wie an Crys. Die Mutter Seherin und selbst der Kriegsfürst beugten sich tief herab, um zu lauschen, während zugleich Krieger bereitstanden für den Fall, dass alles eine List war. »Irgendwer hier täuscht und gibt vor, hüllt sich in Lügen und falsche Prophezeiungen. Jemand hier spielt ein falsches Spiel.«

Argwöhnische Blicke, bei denen sich die Härchen in seinem Nacken aufstellten, richteten sich auf Crys. *Unglückliche Wortwahl, Calestar.*

»Hier ist Täuschung am Werk, und sie erstickt das Göttliche«, fuhr Dom fort. »Jemand lügt, jemand, dem Vertrauen geschenkt wird. Die Götter verschwinden aus Krike, weil die Gläubigen ihre Herzen abwenden. Schwinden dahin wie Wasser aus einem geborstenen Eimer. Wendet eure Herzen wieder den Göttern zu, sonst ist alles verloren. Huldigt ihnen wieder, huldigt, wie eure Vorfahren ihnen gehuldigt haben, sonst seid ihr verloren.«

Crys kniete sich auf die Fersen zurück, während Dom sich geschwächt auf die Seite rollte und sich übergab. Ash riss Cutta einen Schlauch mit Wasser aus der Hand und half ihm, etwas zu trinken. Ungeachtet der brenzligen Situation wich ihnen die Kriegsherrin nicht von der Seite, und Crys war ihr dafür dankbar. Er hatte das ungute Gefühl, dass er sie und ihre Kämpfer noch brauchen würde.

»Kriegsfürst, gibt es irgendeinen Ort, wo wir mit meinem Freund hingehen können, damit er sich ausruhen kann?«, fragte Crys und stand auf. »Er wird nach seiner Offenbarung erschöpft sein und starke Schmerzen haben. Er braucht einen warmen, trockenen Platz zum Schlafen. Ihr könnt uns bewachen lassen, wie immer Ihr es für angemessen haltet, wir werden uns dem nicht widersetzen. Und wenn Ihr uns wegen unserer Anwesenheit hier ins Verhör nehmen wollt, stehe ich Euch gerne zur Verfügung.«

Bei diesen Worten riss Ash den Kopf hoch, und Crys streckte die Hand aus.

»Lügen und Unwahrheiten, Geheimnisse und Angst«, murmelte Dom, den leeren Blick auf irgendein quälendes inneres Bild gerichtet. »Lügen, alles Lügen. Nur die Träume sind hier wahr, und sie vergessen ihre Träume.«

Diesmal war das aufsteigende Raunen aufgebracht und feindselig.

»Seht Ihr?«, rief Tanik. »Dass sie so über uns sprechen, zeigt, dass sie nicht das Geringste über uns und unsere Lebensart wissen. Der Fuchsgott würde niemals irgendjemandem erlauben, mit so wenig Respekt vom Seelenträumen zu sprechen. Der Mond hat sie toll gemacht; es kann nicht anders sein. Dieser hier ist mit dem Zeichen des Gottes in seinen Augen geboren worden, und er nutzt diesen Segen, um jene, die arm im Geiste sind, zu betrügen und zu verderben.«

Ash runzelte bei der Anschuldigung die Stirn und blickte finster. »Verdammt, ich höre mir diesen Unsinn nicht länger an. Crys, hilf mir, ihn auf die Beine zu stellen. Er braucht Ruhe. Mit ein wenig Glück können wir morgen früh von hier weg sein.«

Doms Beine drohten ihm den Dienst zu verweigern, und er hing zwischen ihnen wie nasse Wäsche, als sie auf das Tor zusteuerten. Krieger traten unruhig von einem Bein auf das andere und sahen erst einander an, um dann ihre Blicke auf den Kriegsfürsten, die Mutter Seherin sowie Cutta Froschtraum und ihre zweihundert Mann starke Kriegerschar zu richten.

»Lasst sie durch. Bringt sie in den Quartieren für die Reisenden unter und stellt ein Dutzend Wachposten auf.« Die Stimme des Kriegsfürsten war klar und vernehmlich, und er machte eher einen verwirrten als einen feindseligen Eindruck, als könnte er sich da auf irgendetwas keinen rechten Reim machen.

»Sie sollen einer nach dem anderen verhört werden«, entschied Tanik. »Wir werden den Behauptungen dieses Wahnsinnigen im Angesicht der Götter auf den Grund gehen. Sobald seine Ketzerei offenbar geworden ist, soll er den gebührenden Lohn erhalten.«

Die Ehrengarde hatte die drei Männer umringt, noch ehe Crys eine Antwort finden konnte, und führte sie durch die Tore und hinein in die Stadt. Sie war wie Speichen eines Rades angelegt, und ihre von Gemüsebeeten gesäumten Straßen führten alle geradewegs zum Zentrum – zum Berg Sehershöhe. Im Gehen spürte Crys, dass der Berg eine Art Sog auf ihn ausübte, fühlte, wie sich aus dessen Inneren plötzlich eine gespannte Aufmerksamkeit auf ihn richtete.

Der Berg. Oben auf der Sehershöhe wird es geschehen.

Was?

Alles.

Was Crys nicht gerade beruhigte. Er war sich ziemlich sicher, dass der Fuchsgott, kurz bevor er fast zu Tode gefoltert worden war, schon einmal etwas Ähnliches gesagt hatte.

CORVUS

Achter Monat, erstes Jahr der Herrschaft von König Corvus
Thronsaal, Palast, Rilporin, Weizenland

Die ersten der Frauen aus dem Geschlecht der Evendoms sind eingetroffen«, verkündete Corvus. Er saß lässig auf dem Thron, ein Bein über die Armlehne geworfen. »Sie sind zu dritt.«

»Wie sehen sie aus?«, fragte Valan.

Corvus verzog das Gesicht. »Selbst wenn sie nicht geheult und sich die Haare gerauft hätten und so weiter, waren sie mehr oder weniger hässlich wie Bastarde eines Hundes mit einem Pferdearsch. Ich habe sie mir vom Hals geschafft.« Er musterte Silais, der inzwischen zu der Erkenntnis gelangt war, dass auf dem Boden zu knien im Vergleich zu der Alternative, Körperteile abgeschnitten zu bekommen, das bei weitem geringere Übel war. »Aber von Sklave Silais höre ich, dass einige der anderen im Ruf stehen, recht hübsch zu sein. Ja, er hat sogar sein anderes Ohr darauf verwettet.« Der Mann zuckte zusammen, und Corvus kicherte. »Was die männlichen Erben betrifft, so leben zwei gegenwärtig in Kiefernschleuse. Brüder. Ich möchte die Sache nicht der Osttruppe anvertrauen; erledigt Ihr das für mich, Valan. Silais soll Euch die Namen und ihre Beschreibungen geben.«

»Wie Ihr wünscht, Majestät. Mit Eurer Erlaubnis werde ich im Morgengrauen aufbrechen.« Corvus nickte. »Was Eure Sicherheit während meiner Abwesenheit betrifft, so ist Tett ein guter Mann, verlässlich und treu, und er kann teuflisch gut mit dem Messer umgehen. Er wird einen ordentlichen Leibwächter für Euch abgeben.«

»Stammt vom Krähenfelsen, nicht aus Adlerhöhe?« Valan nickte. »Gut. Es ist immer leichter, einem von den eigenen Leuten zu vertrauen. Gebt ihm heute Abend alle nötigen Anweisungen und schickt ihn zu mir, bevor Ihr aufbrecht. Also, wie ist die Stimmung?«

Valan trommelte mit den Fingern auf sein Knie und schaute für eine Weile aus dem Fenster. »Besorgt, Majestät«, antwortete er schließlich. »Jetzt, wo sich die Situation beruhigt, wo sich unsere Macht festigt, nun … manche der Männer fragen sich, ob unser Sieg denn wirklich ein Sieg war. Unser Feind ist immer noch da draußen, streift durch Listre oder verschanzt sich in den Südforts – wir erwarten diesbezüglich sehr bald genauere Nachrichten. Bis auf Weiteres sind unsere Verbündeten im übrigen Rilpor eher dünn gesät. Die Dunkle Dame ist von uns gegangen …« Er sah, wie Corvus' Nasenflügel bebten, und fuhr hastig fort: »Und auch wenn das Vorhaben der Gesegneten sie zu uns zurückbringen wird, so lässt ihr Plan doch offen, ob sie nicht vielleicht erst einmal nur als ein neugeborenes Kind zurückkommt. Die Männer machen sich Sorgen, dass uns weitere Schlachten bevorstehen und dass unsere Göttin uns in dieser Gestalt womöglich nicht wird beistehen können. Und das Essen …«

Corvus leckte sich die Lippen und rang darum, ruhig zu bleiben. Alles, was Valan gesagt hatte, deckte sich mit den Gedanken, die einander Nacht für Nacht in seinem eigenen Kopf jagten. Nicht dass er das jemals zugeben würde. *Und wenn die Gesegnete nicht so verdammt geheimniskrämerisch wäre, so verdammt halsstarrig, könnten wir die Leute alle beruhigen. Mich eingeschlossen.* Denn die Wahrheit war, dass er keine blasse Ahnung hatte, ob die Dunkle Dame, wenn sie zurückkehrte, das Neugeborene sofort irgendwie in eine erwachsene Frau – eine erwachsene Göttin – verwandeln würde oder nicht. Tief in seinem Herzen argwöhnte er, dass selbst Lanta das nicht wusste.

»Um Listre kümmern wir uns«, erklärte Corvus. »Ich habe der dortigen Regierung brieflich mitgeteilt, dass wir keine Streitigkeiten mit ihrem Land haben – und wahrscheinlich sind sie so dumm, das zu glauben –, und Tresh wird schon bald kein Problem mehr darstellen. Skerris hat Späher an der Grenze postiert, nur für den Fall des Falles. Sobald sie irgendetwas Unerwünschtes bemerken, werden sie uns per Schiff über die Tränen davon Kunde bringen. Und von unseren Freunden in Krike habe ich die Bestätigung erhalten, dass sie auf keinen Fall irgendwelchen rebellierenden Rilpori behilflich sein werden.«

Valan sah ihm fest in die Augen. »Das weiß ich, Majestät, aber die Männer wissen es nicht. Ich glaube, das ist es, was sie beunruhigt. Sie wissen, dass es dort draußen Bedrohungen gibt, und sie wissen nicht, was dagegen unternommen wird. Der Gottesblinde und der sterbliche Fuchsgott sind immer noch verschwunden, genau wie Eure Schwester. Wir … vergebt mir, Majestät, wir treten auf der Stelle. Wir verstärken unsere Mauern und verstecken uns dann dahinter. Und je länger wir warten, desto stärker werden unsere Feinde. In der Westebene zu patrouillieren ist ja schön und gut, aber warum belagern wir nicht die Forts der Südtruppe? Schalten die Bedrohungen an unserer Flanke aus, sodass wir es gleich mit den Listranern aufnehmen können, wenn sie kommen?«

Corvus stand auf, trat ans Fenster und ging dann wieder zurück. »Ihr sagt mir nichts, was ich mir nicht schon selbst habe durch den Kopf gehen lassen«, erklärte er schließlich, und Valans Schultern entspannten sich ein wenig. »Und auch wenn sich unsere Krieger inzwischen wieder erholt haben – wenn wir Rilporin jetzt verlassen, werden wir die Stadt an unsere eigenen verdammten Sklaven verlieren. Macht Euch nichts vor, wenn wir diesen Ort erst einmal verlassen haben, müssen wir darum kämpfen, ihn zurückzubekommen. Wenn wir die Osttruppe zurückziehen, um Rilporin zu sichern, geben wir den Rest des Landes aus der Hand. Ich warte immer noch auf Fost. Unsere Frauen sind gut daran gewöhnt, mit rebellischen Sklaven fertigzuwerden, und wenn sie erst einmal hier sind, um den Haushalt für uns zu führen, unterstützt von einigen Hundert unserer Männer, können wir Rilporin in sicheren Händen zurücklassen.«

Valan lehnte sich zurück und stieß leise den Atem aus. »Diesen Punkt habe ich außer Acht gelassen«, räumte er ein.

Sie wurden von einem Hämmern an der Tür unterbrochen, und sie wurde aufgerissen, noch ehe Corvus die Erlaubnis geben konnte einzutreten. Er sprang auf das Thronpodest und schlug sich das Knie an dem kleinen Tisch vor dem Thron an. »Verdammt! Fost? Götter, wir haben gerade über Euch…« Unter all dem Schweiß und den Bartstoppeln war Fosts Gesicht ganz grau. Er sah aus wie ein Mann, der eine Wunde zu verbergen sucht. »Sagt es mir.«

Fost verneigte sich ruckartig, und sein Blick ging unruhig zwischen Corvus und Valan hin und her. Er blieb ein gutes Stück außerhalb der Reichweite beider Männer stehen, und Corvus fühlte plötzlich ein Gewicht im Magen, schwarz und bleiern. »Wisst Ihr denn nicht… hat mein Bote Euch nicht erreicht?«

»Sagt es mir.«

Fost schluckte schwer. »Tot, Majestät. Sie sind alle tot.«

Valan packte seine Schulter und warf ihn in den Stuhl Corvus gegenüber. Corvus setzte sich nicht; er stützte sich mit den Fingerknöcheln auf dem Tisch auf. »Erklärt mir das.« Seine Stimme war leise, tödlich.

Man hörte es in Fosts Kehle klacken, als er erneut schluckte und dann hastig klarstellte: »Nun ja, nicht alle. Ich bringe Euch hundertsechs Kinder und zweiundsiebzig Frauen, Majestät. Die einzigen Überlebenden aus all unseren Siedlungen entlang des Himmelspfades. Die Übrigen sind Leichen oder in den Stürmen auf den Bergen verschollen. Einige Wochen nach unserer Zerstörung von Wachstadt haben Hunderte von Wölfen den Himmelspfad gestürmt und jede Frau, jedes Kind und jeden Priester abgeschlachtet, die sie finden konnten. Unsere Frauen und Knaben haben hart gekämpft, aber sie konnten der Übermacht nicht standhalten. Die Wölfe haben die Sklaven befreit, die sodann mit dem Vieh geflohen sind, und wir haben die Körper einige Kinder gefunden, die den Angriff überlebt hatten, nur um dann verhungern zu müssen – so hatte es jedenfalls den Anschein. Jene, die ich bei mir habe, waren schlau oder hatten das Glück, übersehen zu werden, und auch wenn einige schwören, sie hätten die Wölfe Kinder rauben sehen ...« Corvus stockte der Atem. Er war selbst ein gestohlenes Kind gewesen, gestohlen von den Mirak und dann in den Schoß der Roten Götter geleitet. Gerettet. »Alle anderen – *alle* – sind tot.«

Jetzt setzte sich Corvus doch hin, und Valan machte das ebenfalls, hockte sich auf die Tischkante, ohne einen Gedanken an die gebührenden Umgangsformen. Corvus' Stellvertreter atmete, als sei er vom einen Ende der Stadt zum anderen gerannt, und öliger Schweiß verdunkelte sein Haar. Seine Hände zitterten.

Sie starrten Fost an, und der Kriegshäuptling schluckte noch ein weiteres Mal. »Vergebt mir, Majestät. Es ist ja nicht so, dass ich ... Es gab nichts, was ich hätte tun können ... Sie waren bereits tot, seit Monaten tot, schon als wir das Katzental erreicht haben, und dann mussten wir noch den ganzen Weg nach Adlerhöhe hinauf.«

»Wer sind die Überlebenden?«, fragte Valan mit heiserer Stimme. »Ist Neela unter ihnen? Meine Töchter?«

Fosts Schultern sackten herab. »Die überlebenden Frauen

sind alles Gemahlinnen von eher unwichtigen Leuten aus Falkenhorst und Katzental. Es hat einen Sturm gegeben, und sie konnten unbemerkt fliehen. Die Kinder stammen aus allen unseren Ortschaften, aber Neela ist von uns gegangen, Stellvertreter, und Eure Töchter ebenfalls. Es tut mir leid.«

Corvus und Fost wandten sich von Valans verzehrender Trauer ab und rutschten auf ihren Stühlen hin und her, als er den Kopf auf den Tisch sacken ließ und die Arme um die Hüften schlang, wie um sich vor einem Schlag zu schützen. Er gab ein ersticktes Heulen von sich, das klang, als würde ein Stein über Corvus' Nerven schürfen.

»Ich habe sofort einen Boten ausgeschickt, als wir das Katzental erreicht hatten, Majestät, ich schwöre es. Wenn ich gewusst hätte, dass er nicht durchkommen würde …« Er blinzelte, dann hustete er. »Wir warten mit allen Überlebenden vorläufig draußen vor der Stadt, Majestät. Ich wollte Euch zuerst informieren, bevor die Männer mitbekommen, wie wenige es sind.«

Fast all unsere Frauen, unsere Kinder. Unsere Zukunft, verloren. Wir haben ihr Volk niedergemetzelt, und sie haben das Gleiche mit unserem gemacht. So sei es. Wenn sie einen verdammten Zermürbungskrieg haben wollen, dann bekommen sie ihn.

Corvus' Gesicht war heiß vor Zorn, aber in seiner Brust lag schwer ein Ball aus Hass, kalt wie Eis und genauso hart. »Fost, habt Ihr eine Liste der Frauen und Kinder, die festhält, wer die Männer der Frauen und die Väter der Kinder sind?« Corvus erkannte seine eigene Stimme kaum wieder, so schroff war sie vor entsetzlicher Wut. Er hatte mehrere Gemahlinnen gehabt und mindestens eine Tochter, sowohl auf dem Krähenfelsen als auch in Adlerhöhe. Fosts Weigerung, sie auch nur zu erwähnen, sagte ihm alles, was er wissen musste. Der Mann nickte und hielt ihm die verlangte Liste hin. Corvus würdigte sie keines Blickes. »Bringt die Männer zu den Frauen, nicht anders herum. Frauen, deren Männer tot sind, werden zunächst einmal neuen Männern zugeteilt – solchen, die es sich aufgrund ihrer Leistungen verdient haben. Ich werde die … Tragödie heute Abend bei einsetzender Dämmerung verkündigen und die Gesegnete bitten, einige Worte über das Geschehene zu sprechen.«

»So soll es geschehen, Majestät.«

»Valan, ich trauere um Euren Verlust. Geht für mich nach Kiefernschleuse und tötet diese Evendom-Brüder. Lasst Euren Zorn an ihnen aus und stellt sicher, dass jeder erfährt, wer Ihr seid und warum die beiden sterben mussten. Ich will, dass jeder weiß, dass die Mitglieder der Königsfamilie tot sind und dass mein Thronanspruch unangefochten ist.«

Er konnte sich nicht einmal sicher sein, ob Valan ihn gehört hatte, aber sein Stellvertreter nickte und verließ ohne ein weiteres Wort den Thronsaal. Corvus bemitleidete jeden, der Valan in die Quere kommen würde. Er goss sich Bier ein, trank, ohne zu schmecken, und schmetterte den Krug dann an die nächste Wand.

Ich werde jeden Einzelnen von ihnen töten, sie auf Spießen braten, ihnen die Gedärme herausreißen und ihnen die Gesichter vom Schädel schälen. Ich werde sie alle töten, als Rache. Dunkle Dame, Gosfath, Gott des Blutes, seid Zeugen meines Schwurs. Von nun an ist das Ganze etwas Persönliches.

TARA

Achter Monat, erstes Jahr der Herrschaft von König Corvus
Gemächer des Erben, Palast, Rilporin, Weizenland

Tara stand reglos am Fenster, und die strahlende Sonne ließ goldene Strähnen in Valans hellbraunem Haar auffunkeln, während er mit dem Rücken zu ihr und zur Nachmittagssonne dasaß, in den erkalteten Kamin starrte und trank. Er trank viel, und es war noch früh am Tag. Tara gefiel das nicht, genauso wenig wie es ihr gefiel, dass eines der beiden Spielzeugpferde auf seinem Schoß lag. Ab und zu drehte er es in den Händen. Einmal war er sich damit über die Wange gefahren.

Sie wagte es nicht, sich zu rühren. Was immer geschehen war, es hatte ihn gefährlich gemacht, und das nicht etwa, weil er ihr Feind war. Er wollte irgendjemandem etwas antun. Er wollte *töten,* und sie war das einzig verfügbare Opfer. Er strömte Gewalt aus, sie stieg von ihm auf wie Rauch.

Er griff nach der Flasche auf dem Tisch und kippte auch noch den letzten Rest Wein in seinen Becher. Eine zweite, bereits leere Flasche stand neben ihm. Es überraschte sie, dass er noch immer bei Besinnung war. Tara tappte lautlos zum Regal und wählte eine dritte Flasche aus, in der Hoffnung, dass er nach einem weiteren Becher wegdämmern würde. Sie drehte den Korken heraus, stellte die Flasche behutsam auf den Tisch und trat zurück. Valan hielt ihre Hand fest und streichelte mit dem Daumen über ihr Handgelenk.

»Hol noch einen Becher und setz dich her. Trink mit mir.«

Oh, Scheiße.

»Ganz wie Ihr wünscht, Verehrter«, sagte Tara. Sie holte sich einen Becher und stellte ihren Stuhl ihm gegenüber hin, abseits vom Kerzenschein, um sein umschattetes Gesicht besser sehen zu können. Dann goss sie sich einen Schluck ein und nippte am Becher.

»Mach ihn voll.«

Sie tat wie geheißen und trank, um das Flattern in ihrem Magen zu beruhigen. Valan trank ebenfalls, den Blick immer noch starr auf den Kamin gerichtet und nicht auf sie. »Neela ist tot.« Die Worte kamen nach dem langen Schweigen so unerwartet, dass Tara zusammenzuckte und Wein auf ihren Rock verschüttete. »Meine Töchter ebenfalls. Alle tot. Getötet. Ermordet. Vor Monaten in Stücke gehackt von den verfluchten Wölfen. Schon vor Monaten, und erst jetzt kann ich um sie trauern.« Er schlug mit seiner freien Hand durch die Luft. »All das hier habe ich für sie getan, um ihnen ein besseres Leben unter dem Segen der Roten Götter zu ermöglichen, ein leichteres Leben hier unten, und mittlerweile werden Katzen und Krähen ihre Leichen gefressen haben. Nichts von alledem werden sie jemals sehen.«

Er legte sich die Hand über die Augen, und sie sah Tränen auf seinen Wangen glitzern.

»Scheiße«, hauchte Tara und leerte ihren Becher. »Valan, es tut mir unendlich leid.« Und das stimmte sogar. Sie holte tief Luft. »Sind es … nur sie?«

Er schüttelte schwerfällig den Kopf. »Alle. Alle bis auf einige Hundert Überlebende. Corvus wird es den Männern bei Einbruch der Dämmerung mitteilen, und dann bricht in dieser Stadt die Hölle los. Vielleicht glaubt er, in der Dunkelheit sei die Gefahr geringer, dass sie Rilpori massakrieren, ich weiß es nicht. Verdammter Idiot. Er war sich so sicher, keinerlei Kämpfer zu Hause zurücklassen zu müssen, um die Dörfer zu verteidigen. Verdammtes arrogantes Arschloch.«

Tara presste die Lippen zusammen. Abenddämmerung. Ihr blieb noch genug Zeit. »Wollt Ihr über sie sprechen?«, fragte sie, nahm den Becher aus seinen keine Reaktion zeigenden Fingern und füllte ihn neu.

»Was?« Er schniefte und rieb sich das Gesicht, dann nahm er den dargebotenen Becher und kippte die Hälfte des Inhalts in sich hinein.

»Über Eure Frau, Neela. Erzählt mir von Ihr und Euren Kindern. Wenn Ihr das wünscht.«

»Warum?«, fragte er und richtete seinen starren Blick auf sie. »Damit du dich an meinem Elend weiden kannst?«

Tara senkte den Blick. »Vergebt mir. Ich habe gedacht, es könnte Euch vielleicht helfen.« Sie stand auf. »Ich werde Euch mit Euren Gedanken allein lassen, Verehrter.«

»Setz dich verdammt noch mal hin«, knurrte er in einem Tonfall, in dem so viel offene Gewalt mitschwang, dass Tara schon wieder auf ihrem Stuhl saß, bevor er zu Ende gesprochen hatte. Das Herz hämmerte ihr gegen die Rippen.

Du hast nur eine einzige Chance, Carter. Vermassle diese Sache nicht. Und bitte, Valan, tu nichts Dummes. Es würde alles ruinieren, wenn ich dich jetzt schon töten muss.

»Neela war nicht von so edler Herkunft wie du«, begann er nach langem Schweigen und überraschte sie erneut. Der Wein wärmte sie wohlig, doch sie konnte es sich nicht leisten, mehr davon zu trinken. »Geboren und aufgewachsen ist sie auf dem Krähenfelsen, so wie ich, aber ihr Vater war ein niederer Krieger und Dieb. Ihre Kindheit hat sie abgehärtet, ihr hinreichend Verschlagenheit und innerliche Stärke gelehrt, um die Heiratsangebote von anderen niederen Kriegern ablehnen zu können. Viele Frauen haben sie dafür gehasst, und der eine oder andere Mann hat versucht, ihr Gewalt anzutun, sie in die Heirat zu zwingen.

Dem ersten hat sie das Gesicht zerschnitten, dem zweiten ein Messer in die Lenden gerammt, und danach haben sie sie in Ruhe gelassen.«

»Das überrascht mich nicht«, sagte Tara mit aufrichtigem Respekt. »Klingt, als sei sie eine beeindruckende Frau gewesen.«

Valan lächelte, traurig und in Erinnerungen schwelgend. »Ja, das war sie. Sie wusste, was sie wollte, was ihr gebührte, und das war ein besseres Leben als das, das die ärmeren Krieger ihr geben konnten. Ich hatte schon Angst, sie an Corvus zu verlieren, weißt du«, erzählte er und sah Tara direkt in die Augen. Mit einer Handbewegung forderte er sie auf zu trinken.

Tara gehorchte; sie wartete, bis sein Blick wieder von ihr wegglitt, dann spuckte sie den Wein in den Becher zurück.

»Aber offenbar wollte sie keinen Rilpori, nicht einmal wenn er bekehrt worden war und es bis zum Kriegshäuptling geschafft hatte. Doch sein Stellvertreter? Damit konnte sie sich zufriedengeben. Mit mir.«

»Vielleicht hatten Eure Götter dabei die Hand im Spiel«, murmelte Tara vorsichtig. Wenn er noch um einiges betrunkener wurde und fortfuhr, über Neela zu sprechen, dann konnte sie sich ziemlich genau denken, was er als Nächstes von ihr wollen würde. »Hört sich so an, als wärt ihr ein gutes Paar gewesen«, fügte sie hinzu. »Vielleicht wollten Euch die Götter ja mit einer Frau belohnen, die Eurer würdig war.«

»Dann haben sie genau das getan«, antwortete er und fuhr sich mit der Hand durchs Haar. »Ich habe sie geliebt, sie aufrichtig geliebt, Tara.« Ihr Name in seinem Mund versetzte ihr einen Stich. »Sie hat mir drei Kinder geschenkt, wenngleich ich sie vor der Geburt des dritten verlassen musste. Ich frage mich, ob es überhaupt geboren wurde oder ob diese Bastarde sie ermordet haben, bevor es seinen ersten Atemzug tun konnte.«

Sie zuckte zusammen.

»Ich habe sie nach drei Monaten zu meiner Lebensgemahlin

gemacht, das, was ihr hier Ehefrau nennt, und ich habe mir nie irgendwelche anderen Geliebten genommen, nicht einmal wenn ich auf einem Feldzug war, ganz gleich, was die anderen von mir gedacht haben.« Er schwieg kurz. »Ihr hätte es hier gut gefallen«, fügte er mit versagender Stimme hinzu. »Auch meinen beiden Mädchen, Kit und Ede. Fünf und drei waren sie. Jetzt sind sie tot.«

Tara holte tief Luft und verschränkte die Finger, damit sie nicht ihren Becher leerte und dann weitertrank bis zum Umfallen. Sie verstand den Schmerz sehr gut, den die Wölfe verspürt hatten, als sie die Toten von Wachstadt gesehen hatten, jeder Einwohner abgeschlachtet oder verbrannt. Es waren auch deren Kinder gewesen, ihre Zukunft. Sie verstand das Verlangen der Wölfe, Vergeltung durch Mord zu suchen. Sie hatte den Menschen, an denen die Wölfe ihre Rache übten, nur niemals Namen oder Gesichter gegeben. Soldaten taten das nicht, wenn sie weiter Soldaten bleiben wollten.

Kit und Ede. Fünf und drei. Alles in allem letztlich so unschuldig wie jedes tote Kind aus Wachstadt.

Götter, all die Dinge, die wir einander im Namen der Gerechtigkeit oder des Glaubens antun. Wann wird das Töten einmal enden?

»Euer Verlust tut mir leid, Valan, aufrichtig leid«, murmelte sie. »Niemand sollte seine eigenen Kinder überleben müssen.« Sie legte ihre Hand auf seine, warm und rau, zog sie aber wieder weg, gerade als er sich anschickte, seine Hand zu wenden, sodass ihre Handfläche auf seiner gelegen hätte.

»Hast du Kinder geboren?«, fragte er, nachdem er einige Sekunden lang auf seine leere Hand gestarrt hatte.

Ihre Augenlider zuckten. »Wir … wir sind noch nicht gesegnet worden«, sagte sie.

»Vielleicht hat dein Mann keinen Samen.«

Tara spürte, wie sie angesichts von Vaunts unschicklicher Bemerkung errötete. »Vielleicht bin es ja ich«, erwiderte sie.

Valan lächelte trunken. »Ich mag dich, Tara Vaunt. Du wirst eines Tages eine gute Gemahlin für mich abgeben. Vielleicht, wenn ich aus Kiefernschleuse zurückkomme. Und sei vorsichtig, wenn ich fort bin – es wird hier nicht sicher sein.«

»Ich … ich bin bereits verheiratet, Verehrter«, gab Tara zu bedenken. Er sorgte sich um ihre Sicherheit?

»Jetzt im Augenblick«, sagte Valan und drohte ihr spielerisch mit dem Finger. »Im Augenblick, ja. Vergiss nicht, wem du gehörst, Sklavin. Wenn ihr euch beide bekehrt, erlaubt man euch vielleicht zusammenzubleiben. Aber wenn nicht …«

Tara stand auf und faltete die Hände, damit sie nicht anfingen zu zittern. »Da wir gerade von meinem Mann sprechen, Verehrter, besteht vielleicht irgendeine Möglichkeit, dass …«

»Geh«, knurrte er. »Geh zu ihm, solange du das verdammt noch mal kannst, bevor auch er tot ist, tot wie meine Neela.« Valan erhob sich taumelnd von seinem Stuhl und schlug ihr hart mit dem Handrücken ins Gesicht. Tara und das Holzpferd fielen beide zu Boden. Tara klingelte es in den Ohren, und sie schmeckte Blut im Mund. »Geh und zieh die Schlinge enger, in der du eines Tages gehängt werden wirst.«

Sie rappelte sich schwankend hoch, stolperte über den Saum ihres Rockes und flüchtete aus dem Raum.

»Liebe ist eine verfluchte Schlinge!«, brüllte er ihr nach. Als sich die Tür hinter ihr schloss, hörte sie von drinnen das Klirren von splitterndem Glas.

Diesmal kannte er die Regeln. Sobald die Zellentür aufschwang und Tara eintrat, riss Vaunt sie in seine Arme und küsste sie, küsste sie fest und verzweifelt, und das nicht um des äußeren Scheins willen, und ihr Mund öffnete sich wie eine Blume dem Licht der Sonne, und seine Zunge war da, heiß und stark, und seine Arme schlossen sich so fest um sie, dass sie kaum noch Luft bekam.

Er roch nach altem Schweiß und Hoffnungslosigkeit, und Valans Worte hallten in ihrem Kopf wider. Tara verbannte sie aus ihren Gedanken.

Präsent waren noch all die Bedrohungen und Versprechen vonseiten Berns – das Arschloch war immer noch für das Gefängnis zuständig, und diesmal war er noch griesgrämiger gewesen als beim letzten Mal –, und im nächsten Moment wurde sie auch schon mit dem Rücken an die Wand neben der Tür gedrückt. Vaunt presste sich mit seinem ganzen Körper an sie, während er blind die Decke in die Gitteröffnung stopfte, ohne seinen Mund auch nur für eine Sekunde von ihrem zu nehmen.

Als das Fenster verhängt war und niemand sie sehen konnte, löste sich Vaunt aus ihrem Kuss, ohne sie jedoch loszulassen. Ihre Brust wogte, und sie rang keuchend nach Luft. Sie kannte den Ausdruck in seinen Augen nur zu gut, wusste auch, dass er von ihr lassen würde, wenn sie ihn darum bat, aber sie tat es nicht. Wieder drückte er seinen Mund auf ihren, diesmal vorsichtig, beinahe züchtig, als befürchtete er, sie könnte ihn beißen.

Es folgte ein Moment der Unentschlossenheit – *das hier ist wirklich keine gute Idee* –, und dann stieß sie ihn vor sich her, weg von der Wand in Richtung Bett, ihre Lippen immer noch auf seinen und ihre Absichten unmissverständlich.

Vaunts Waden schlugen gegen die Pritsche, und er sackte schwer herab, ließ dabei jedoch blitzschnell die Hand vorschießen, um sie mit sich hinunterzuzerren. Sie rollten sich auf die Matratze, die Beine ineinander verflochten, ganz schmatzende Lippen und Keuchen, und Tara spürte seinen Schwanz, heiß und steif, wie er sich in ihren Bauch bohrte.

Sie löste sich gerade so weit, dass sie nach Luft schnappen und den benommenen Ausdruck auf Vaunts Gesicht wahrnehmen konnte, dann rollte er sich herum und warf sich über sie, drückte sie aufs Bett und seinen Kopf an ihren, verzehrte sie in einem weiteren Kuss. Seine Zähne schlugen auf ihre und erwischten sie am Rand ihrer Lippe, rissen die Platzwunde wieder auf. Er leckte ihr den hervorquellenden Blutstropfen vom Mund und zwängte sich zwischen ihre Schenkel, zerrte mit den Händen an ihrem Halsausschnitt. Ihre eigenen Hände rissen sein Hemd aus seinem Taillenbund und zogen es hoch, damit sie ihm die Finger in die Haut graben konnte.

Vaunt schob ihr die Röcke bis zur Taille hinauf und richtete sich dann für einen Moment auf den Knien auf, um an seinem Gürtel zu zerren. Für eine Sekunde sah sie ihm keuchend in die Augen, dann schlug sie seine Hände weg, riss die Schnalle auf und zog an ihrer Unterwäsche, während er seine Hose hinunterschob.

Sie wusste, dass sie beide nur Vergessen suchten, nicht mehr, und dann war er auf ihr, und eine Sekunde später war er in ihr, und sie stöhnten, küssten sich wieder und wieder, keuchten und bewegten sich, ihre Hände auf seinem Hintern und seine Hände in ihrem Brustband, auf ihrem Gesicht, ihrer Kehle, während sich ihre Schenkel um seine Hüften spannten – keiner von beiden hätte jetzt vermocht, die Sache langsam anzugehen –, und es war einfach verdammt herrlich, und er war herrlich, da war die Hitze in ihrem Bauch, die Hitze überall in ihr, die geballten Muskelberge seiner Brust und seiner Schultern unter ihren suchenden Handflächen.

Tara warf den Kopf zurück und krümmte die Finger zu Krallen. Vaunts Mund brannte Küsse auf ihre Kehle, und sie spürte, wie er sich anspannte, spürte, wie sein Herz im gleichen Takt wie ihr eigenes donnerte, und die Hitze wuchs und wuchs und wuchs dann noch weiter, bis alles explodierte und Tara sich unter ihm wölbte, schluchzend den Atem ausstieß, ihre geöffneten Schenkel bebend um ihn gepresst, und einen Herzschlag später stöhnte auch er, als seine eigene Erfüllung aus ihm herausschoss. Er erbebte, und sie hielten einander ganz, ganz eng umschlungen, drückten die Wangen aneinander, zitterten miteinander, während ihr Höhepunkt langsam abklang, die Zuckungen und kleinen Stöße, das rau keuchende, aufgelöste Nach-Luft-Schnappen schwächer wurde.

Nach und nach kamen sie zur Ruhe, bis Tara nur noch benommen dalag, zum ersten Mal seit Wochen erfüllt von einem Gefühl des Friedens, ihr ganzes Sein und Denken nur eine wunderschöne, reingewaschene Leere. Da waren Tränen auf ihrem Gesicht, und sie wusste nicht, wessen Tränen es waren, scherte sich nicht darum. Vaunt machte Anstalten, sich von ihr herabgleiten zu lassen, und sie spannte Arme und Beine an und schüttelte einmal knapp den Kopf, weil sie sein Gewicht noch immer auf sich wollte, weil sie wollte, dass er sie in die Pritsche hineindrückte. Ein bergender Schild, eine Decke.

»Hallo, Majorin«, flüsterte er nach einer Weile, und sie kicherte, öffnete die Augen und sah ihn an. »Ganz ehrlich, ich habe dein Knie in meinen Eiern erwartet, als ich dich geküsst habe. Ich habe einfach nur … als ich dich gesehen habe, konnte ich einfach nichts anderes, als …«

»Ich weiß. Ging mir genauso.« Sie grinste, drückte einen sanften Kuss auf seinen Mund und stieß einen zufriedenen Seufzer aus. »Aber wenn es anders gewesen wäre, nun ja, dann hättest du dieses Knie auch bekommen, und noch so einiges mehr. Aber ich muss sagen, das war jetzt genau das, was mir der Arzt empfohlen hat.«

Vaunt lachte leise. »Möchtest du es noch einmal tun?«, fragte er, und ihre Augen weiteten sich. »Nach einem Weilchen, meine ich. Nicht gleich jetzt. Götter, für wen hältst du mich denn?«

»Für einen Offizier der Palasttruppe Seiner Majestät«, antwortete Tara mit gespieltem Ernst, »und als solchen für den hoch aufragenden Gipfel soldatischer Leistungskraft.«

Er wackelte mit den Hüften. »Lustig, dass gerade du das sagst …«, begann er, und sie küsste ihn, um ihn zum Schweigen zu bringen.

»Wenn das so ein Scherz von wegen Schwert und Scheide ist, gehe ich«, warnte sie.

Vaunt leckte sich die Lippen. »Ihr habt keinen Sinn für Humor, Majorin.«

»Nein«, erwiderte sie mit einem Grinsen, »solche Witze beweisen, dass *du* keinen Sinn für Humor hast. Also, willst du jetzt meine Neuigkeiten hören oder nicht?«

»Nicht«, erklärte er mit Nachdruck und bettete den Kopf auf ihre Brust. »Ich will einfach hier liegen bleiben und so tun, als sei alles in Ordnung.«

Tara fuhr ihm glättend durchs Haar und genoss sein Gewicht, das sie in die klumpige Matratze hineinpresste, und den Schmerz, den das gestillte Verlangen in ihren Hüften zurückgelassen hatte. »Ich auch, aber wir können nicht, und es ist eben überhaupt nichts in Ordnung. Einer ihrer Kriegshäuptlinge ist heute Morgen aus Adlerhöhe zurückgekommen. Eine Gruppe von Wölfen, die nach dem Fall von Wachstadt nicht mit zur Belagerung gezogen ist, hat fast alle ihre Frauen und Kinder getötet. Den Berichten zufolge war es ein blutiges Massaker oben am Himmelspfad. Corvus wird den Mirak heute in der Abenddämmerung berichten, was passiert ist, und dann wird es wahrscheinlich ein zweites Massaker geben – diesmal an Sklaven.«

Vaunt rollte sich von ihr herunter. »Götter, dann haben sie es also wirklich getan. Ich habe Lim, ihren Häuptling, einmal darüber reden hören, aber ich hätte nicht geglaubt, dass sie … nun ja, ich hätte nicht geglaubt, dass sie so grausam sind, schutzlose Unschuldige niederzumetzeln.«

Kit und Ede. Fünf und drei.

Tara zog ihn ein wenig enger an sich. »Warum nicht? Corvus hat den ihren schließlich das Gleiche angetan. Seine Leute haben es jeder Stadt und jedem Dorf angetan, jeder Siedlung, die auf ihrem Weg lag. Die Wölfe waren wütend, und sie hatten jedes Recht dazu.«

Er gab einen unverbindlichen Laut von sich und strich mit der Hand über die anschwellende Prellung auf ihrer Wange. Er fragte nicht nach, woher sie sie hatte, und sie war froh darüber.

Sie schwieg für einen Moment und erklärte dann: »Wir werden genau eine Chance für unseren Aufstand haben. Ich frage mich, ob der beste Moment vielleicht nicht genau jetzt gekommen ist. Wenn die Mirak durchdrehen, werden sich einige Leute gegen sie zur Wehr setzen. Das könnte sich ausweiten und exakt die Gelegenheit sein, die wir brauchen.«

Vaunt schwieg und sah förmlich durch sie hindurch, während er nachdachte. »Ich weiß nicht«, begann er schließlich. »Wie die Dinge liegen, wollen die Mirak Blut sehen. Wenn wir uns wehren, werden sie jegliche Zurückhaltung verlieren. Es wird ein brutales Gemetzel geben, und niemand von uns hat Waffen. Die Zivilisten werden nicht kämpfen, aber sie werden sterben, und zwar so viele von ihnen, dass die Überlebenden nie wieder aufbegehren werden. Doch wenn wir warten, bis die Sache wieder abflaut, und dann auf dem Markt das Gerücht in die Welt setzen, dass sie dafür werden zahlen müssen … im Verein mit dem Zorn über die grundlosen Morde könnte das vielleicht ausreichen.«

»Du sagst also, wir sollen hier untätig sitzen bleiben und Unschuldige sterben lassen, um dadurch andere so wütend zu machen, dass sie sich zur Wehr setzen?«

Vaunt zuckte zusammen. »Ja.«

Tara blies die Wangen auf. »Verdammte Scheiße. Der Gedanke ist mir auf dem Weg hierher ebenfalls durch den Kopf gegangen. Je zorniger sie sind, je mehr Ungerechtigkeiten ihnen zugemutet werden …« Sie brach ab und erschauderte. »Götter, ich fühle mich furchtbar und widerlich, so etwas auch nur auszusprechen. Make würde mich umbringen, würde er mich so reden hören.«

»Wir haben nicht genug Leute auf unserer Seite. Bisher sind

es nur wir und die Steinmetze. Sie würden uns regelrecht abschlachten. Außerdem dient das alles dazu, dir deine Mordanschläge leichter zu machen. Wie stehen die Chancen, dass du heute Nacht nah an Corvus oder Lanta herankommst?«

Sie gab ein Schnauben von sich. »Gleich null.« *Und mit einem betrunkenen Valan muss ich auch noch fertigwerden,* dachte sie, sprach es aber nicht aus. Davon brauchte Vaunt nichts zu wissen.

»Nun denn. Heute Abend werden Menschen sterben, und wir können nichts dagegen tun, selbst wenn wir uns zur Wehr setzen würden. Also halte dich besser im Hintergrund und sieh zu, dass dir nichts passiert, hörst du mich, Frau Gemahlin?«

Taras Mundwinkel zuckte in die Höhe. »Ja, Herr, mein lieber Herr Gemahl, ja«, gab sie zurück, und er überraschte sie mit einem weiteren Kuss. Sie hatte gedacht, jetzt, da die Sache gelaufen war, hatte sich dergleichen für sie beide erledigt, aber seine Lippen waren warm, und seine Zunge war heiß, und sie schlang ihm die Arme um den Hals und klammerte sich an ihn, Treibholz in einer Flut, ein sicherer Hafen im Sturm.

Vaunt glitt wieder zwischen ihre Schenkel, und Tara keuchte auf, spreizte die Beine um ihn, bettete die Stiefel in sein Kreuz. »Pass auf dich auf«, brachte sie heraus, als er den Kuss löste. »Versprich mir das.«

»Mach dir um uns keine Sorgen«, murmelte er und küsste sie aufs Kinn, auf den Mundwinkel. »Wir sind Soldaten, wir sind entbehrlich. So ist es immer gewesen. Das weißt du genauso gut wie ich.«

»Nein«, sagte sie leise, die Hände um sein Gesicht gelegt, sodass er ihr in die Augen sehen musste. »Du bleibst am Leben, hörst du?«

»Du zuerst …«, begann er.

Es klapperte an der Tür, und dann schwang sie auf. »Schluss jetzt ihr zwei«, verkündete Bern, »es sei denn, du möchtest es mir auch noch besorgen.«

Tara schloss die Arme fester um Vaunt, sodass er nicht aus dem Bett springen konnte, um den Mann anzugreifen. »Ja, Verehrter«, sagte sie und bemerkte das angewiderte Zucken um Vaunts Lippen. Sie löste sich aus seiner Umarmung, und er schlängelte sich wieder in seine Hose hinein, während Tara ihre Unterwäsche hochzog und aufstand. Dann strich sie sich das Haar auf der Seite, wo es lang war, hinters Ohr – auf der anderen, die bei der Belagerung verbrannt war, waren die Haare noch zu kurz, um irgendetwas damit anzustellen.

»Ich werde bald wieder bei dir sein«, sagte sie. »Ich liebe dich«, fügte sie um Berns willen hinzu, aber der kleine Satz weckte etwas in ihrer Brust, das sie nicht erwartet hatte und das sie sich auch gar nicht leisten konnte. Bern schnippte mit den Fingern in ihre Richtung, sodass es ihr erspart blieb, weiter darüber nachzudenken. Sie machte, dass sie wegkam.

RILLIRIN

Achter Monat, erstes Jahr der Herrschaft von König Corvus
Fort drei, Forts der Südtruppe, Westebene, Grenze zu Krike

Es war Zeit aufzubrechen, und jetzt, wo der Moment gekommen war, wollte Rillirin nicht gehen. Sie hatte jeden Tag zusammen mit der zivilen Miliz und den Soldaten trainiert und wurde immer besser. Sie konnte kämpfen. Sie wollte kämpfen.

Das zappelnde Leben in ihr rief ihr ins Gedächtnis, dass das nicht gerade die beste Wahl war. Sie war jetzt schon weit im fünften Monat, und die Wölbung ihres Leibes war nun für jedermann offensichtlich. Sie war müde, sie war mürrisch, sie war hungrig. Sie wusste, es war das Beste zu gehen, aber sie wollte es ganz und gar nicht. Konnte die Vorstellung nicht ertragen. Hasste den Gedanken. Jedes Mal, wenn sie versuchte herauszufinden, wer sie war, wer da wirklich unter dem Mirak-Halsband verborgen sein könnte, wurde ihr Leben auf den Kopf gestellt, und sie musste wieder von vorn anfangen.

»Nicht dich«, flüsterte sie energisch, als sie Schuldgefühle in sich aufsteigen fühlte. »Dich hasse ich nicht, kleiner Krieger. Ich weiß nur nicht, wer ich denn eigentlich sein soll. Habe es noch nie so recht gewusst.«

»Schwangerschaft kann eine Frau mit den seltsamsten Gedanken erfüllen«, bemerkte Marta, die die Pritsche neben ihr bezogen hatte. Ihr Jüngster war noch nicht abgestillt, und der Säugling teilte sich die Pritsche mit ihr, während sich die beiden

Älteren auf der Nachbarpritsche zusammenrollten. »Als mein Ältester geboren wurde, habe ich wochen-, ja sogar monatelang fest geglaubt, er würde mir irgendwann aus den Händen rutschen oder ich würde ihn fallen lassen. Habe in der Küche geschlafen, weil ich es nicht riskieren wollte, mit ihm in den Armen die Treppe zur Schlafkammer hinaufzusteigen. Ben hat ihn jedes Mal für mich getragen, wenn wir das Haus verlassen haben. Ich war nur noch ein Wrack.«

Sie deutete auf das kleine Gesicht, das an ihrer Brustwarze hing. »Der hier? Ich habe ihn mir auf den Rücken gebunden und bin Leitern hochgeklettert, um den Mirak und den Flammen zu entkommen. In so einer Situation tut man eben, was man tun muss.« Dann fügte sie hinzu: »Nicht dass auch du irgendetwas von alledem wirst machen müssen. Der Ort, an den sie uns bringen, ist bestimmt sicher.«

Marta war eine der wenigen, für die nicht die halbe Welt zusammengebrochen war, als Make seine Absicht verkündet hatte, bis auf die Miliz sämtliche Zivilisten aus den Forts wegzubringen. Es hatte ein tagelanges Chaos ausgelöst. Einige Städter weigerten sich rundheraus fortzugehen, andere beeilten sich, der Miliz beizutreten, weil sie hofften, es würde sie beschützen.

Auch Rillirin hatte die gleiche Angst in sich aufsteigen gespürt – nach ihren Berechnungen war sie seit ihrer Flucht aus Adlerhöhe nie länger als ein paar Monate am gleichem Ort geblieben. Das Wolfsland – das Ziel der Zivilisten – weckte für sie mehr schlechte Erinnerungen als gute, aber andererseits war das an allen anderen Orten genauso. Eine einzige Liebesnacht in einem Fort der Westtruppe war angesichts all der Gräuel nicht viel auf der Habenseite, doch es war alles, was sie hatte, und sie klammerte sich daran. Sie würden sich öfter lieben, sobald der Krieg einmal vorüber war, sobald Dom wieder er selbst war und das Kind geboren. Ein ganzes Leben der Liebe lag noch vor ihnen.

Die Glocke schlug die Stunde, und Marta und Rillirin sahen einander an: Zeit zu gehen. Socken, Trinkschläuche, sämtliche Wertgegenstände und sonstige Habseligkeiten, die sie hatten mit sich nehmen können, wurden in Decken gewickelt, die sie sich über den Rücken legten. Marta hatte ihr Baby in ihrem Hemd an der Brust festgebunden, damit sie für die beiden anderen Kinder je eine Hand frei hatte, und Rillirin sah sie die Kaserne verlassen, als würden sie zu einem Picknick gehen. Rillirin selbst war voller Angst, und ihr Kind war noch nicht einmal auf der Welt – was musste Marta wohl über ihre Aussichten denken, dem Feind in den Weiten der Westebene davonlaufen zu können? Darüber wollte Rillirin gar nicht erst nachdenken.

»Wir werden schon nicht wegrennen müssen«, versuchte sie sich ein wenig Mut zu machen. »Vierhundert Soldaten und zwanzig Wölfe kommen mit uns. Uns wird nichts geschehen.« Trotzdem umfasste sie ihren Speer fester, als sie Marta in den Morgen hinaus folgte. Gilda wartete schon auf sie, und ihre Anwesenheit gab Rillirin sofort ein beruhigendes Gefühl.

Der Exerzierplatz war dicht gefüllt mit Zivilisten. Einige von ihnen schwiegen verdrossen, andere weinten, etliche schrien selbst jetzt noch durcheinander. Oberst Osric stand auf einem Amboss draußen vor der Schmiede, damit alle ihn sehen konnten. »Bürger von Rilpor«, rief er und bedeutete ihnen zu schweigen. »Ich weiß, ihr habt Angst. Ich weiß, ihr habt gehofft, das hier würde eure Zuflucht sein, bis der Krieg vorüber ist. Das ist nicht der Fall, und ihr kennt die Gründe dafür. Ihr fürchtet euch, und ihr habt auch jedes Recht dazu …« Weiteres Raunen. Rillirin fragte sich, wie sich wohl eine Motivationsrede Osrics vor einer Schlacht anhören würde. »Aber das Wolfsland ist der sicherste Ort für euch. Dort seid ihr sicherer als hier, und genau deshalb geht ihr fort. Ihr habt Reiseproviant bei euch, und ihr habt Soldaten, euch zu bewachen, und Wölfe, euch zu führen. Die Gnade der Tänzerin sei mit euch.«

Er sprang von dem Amboss herunter, und Rillirin wurde bewusst, dass das nun alles gewesen war. Mehr würden sie nicht bekommen. Fürchtet euch. Geht. Betet.

»Nun gut, er wird sicher keinen Preis für die beste öffentliche Ansprache verliehen bekommen«, murmelte Gilda, dann tätschelte sie Marta und Rillirin die Schultern. »Grämt euch nicht. Sie haben die kriegerischen Banden der Mirak draußen auf der Westebene ausgemerzt, und der Fürstgeneral lässt zusätzliche Spähtrupps auf Kundschaft gehen. Die Ebene ist sicher. Aber wenn sie doch kommen, rennt ihr weg und schaut nicht zurück, ja?«

Rillirins Hände flogen zu ihrem Bauch, denn Gildas Worte hatten den Schließmuskel ihrer Blase gelockert. »Wegrennen«, wiederholte sie abwesend. »Natürlich.« Sie zog das Band zurecht, mit dem die Decke mit ihren wenigen Habseligkeiten auf ihrem Rücken festgemacht war. *Wir werden wegrennen, nicht wahr, kleiner Krieger? So weit wegrennen wie nötig, und dann werden wir uns verstecken und danach weitergehen, jeden Tag viele Meilen. Wir werden mehr und mehr in Sicherheit sein, je weiter wir nach Westen kommen, und wir werden niemals zurückschauen.*

Marta stieß ein schnaubendes Lachen aus. »Wollt ihr gemeinsam mit mir und den Kindern gehen?«, fragte sie die beiden Frauen. »Ich würde mich mit einem Wolf und einer Priesterin an meiner Seite wohler fühlen.«

»Das mache ich gerne«, versprach Gilda, »aber das Mädchen sollte seine eigene Entscheidung treffen.«

Rillirin zögerte. Sie wusste, dass die Priesterin ihr mit ihren Worten einen Ausweg offen halten wollte – sie wusste, welche Gedanken Rillirin durch den Kopf wirbelten. »Wir gehen zusammen«, entschied Rillirin schließlich. »Es ist immer eine gute Idee, sich an Gilda zu halten.«

Marta lächelte, von einer Erleichterung erfüllt, die Rillirin nicht teilte. Rillirin sagte sich, dass die Mirak wohl keine

Frauen und Kinder töten würden; sie waren zu wertvoll. Marta und ihren Kindern dürfte also nichts passieren. Anders als Rillirin hatten sie keine Verbindung zu den Mirak. Und sie selbst konnte Marta und Gilda verlassen, wenn es sein musste. Das war schon in Ordnung so.

Marta drückte eine kleine Hand in die Hand von Rillirin. »Ben junior, achte auf deine Manieren und hör auf Tante Rillirin, ja? Wir haben einen weiten Weg vor uns, und du wirst erschöpft sein, aber du musst ein tapferer Junge sein und tun, was man dir sagt. Wir gehen jetzt auf ein neues Abenteuer.«

Ben musterte seine Mutter mit feierlichem Ernst. »Ich mag Abenteuer nicht«, erklärte er. »Werden wir meinen Papa finden?«

Ein Ausdruck der Trauer zog über Martas Gesicht, und ihre Lippen zitterten, aber sie fand keine Worte.

Gilda kniete sich mit steifen Bewegungen neben ihn. »Wir reisen in die Wälder und Berge, aus denen ich komme«, sagte sie. »Berge, die so hoch sind, dass dort das ganze Jahr über Schnee liegt. So hoch, dass die Sonne, wenn sie nicht achtgibt, irgendwann einmal am Gipfel des Berges Gil hängen bleiben und wie ein Eigelb platzen wird, und dann würden wir in einem ganz schönen Schlamassel stecken, nicht wahr? Dieses Abenteuer führt uns weg von den Städten und hinein in die Wildnis. Aber, nein, ich fürchte, dein Papa wird nicht dort sein. Aber wir werden dort sein.«

»Dann bin ich jetzt der einzige Ben?«, fragte der kleine Junge.

»Genau«, bestätigte Gilda. »Du übernimmst jetzt die Aufgabe deines Vaters, dich um deine Mama und deine kleinen Brüder zu kümmern.«

Ben kratzte mit dem Stiefel über die Steinplatten und stieß einen Seufzer aus. »Na gut«, sagte er.

Gilda stand wieder auf, und Rillirin sah zu ihr hin und versuchte, den Kloß in ihrer Kehle herunterzuschlucken. Die alte

Priesterin nickte einmal kurz und nahm dann Bens andere Hand in ihre.

Na gut, kleiner Krieger. Du und ich und Gilda, außerdem Marta und ihre drei. Aber nicht mehr. Wir werden zusammenbleiben und vor der Gefahr weglaufen und es ins Wolfsland schaffen. Wir nehmen sie mit, aber sonst niemanden. Das können wir nicht.

Und im gleichen Moment öffneten sich laut knarrend die Tore des Forts, und ihr langer Marsch begann.

Sie hatten zwei Meilen zurückgelegt und bewegten sich in einem ungeordneten Haufen mit Reihen von dreißig Leuten in der Breite und über hundert in der Länge, von vierhundert Soldaten vorn und an den Seiten begleitet. Zwanzig von Pferden gezogene Wagen mit Proviant, die zu verlieren sich die Truppe kaum leisten konnte, rollten in der Mitte.

Rillirin stockte das Herz, als ein Pferd neben sie galoppiert kam, und dann stockte es gleich erneut, als sie sah, wer darauf ritt: Dalli. Die Anführerin der Wölfe zügelte ihr Pferd und saß ab, dann winkte sie Rillirin zu sich heran. Rillirin übergab Ben seiner Mutter. »Ich hole euch bald wieder ein«, versprach sie und bahnte sich einen Weg zwischen den ungeordnet dahinziehenden Reihen hindurch.

»Hier«, sagte Dalli und hielt Rillirin einen Lederriemen hin, an dem ein Amulett baumelte.

»Was ist das?«, fragte Rillirin, ohne Anstalten zu machen, danach zu greifen.

Dalli fuhr sich mit der Zunge über die Zähne. »Vor Jahren – wahrscheinlich weißt du es schon – sind Dom und ich einmal ein Paar gewesen. Er hat mir das hier geschenkt. Ich habe es nicht etwa behalten, weil ich ihn immer noch lieben würde«, fügte sie hastig hinzu. »Es ist für mich einfach zu einer Art Glücksbringer geworden. Ich habe mir gedacht, ich könnte es vielleicht dir schenken. Du solltest es haben. Das Amulett, das

Glück, was auch immer. Gilda meinte, du hättest gar nichts von Dom, und das … erscheint mir irgendwie nicht richtig.«

Rillirin zögerte immer noch. »Ich habe sein Kind.«

»Wenn du es nicht haben willst, auch gut.« Dalli griff nach dem Sattel.

»Warte. Du hast gesagt, er wäre ein Verräter und ein Mörder. Du hast gesagt, unser Kind würde ein Ungeheuer werden.«

Dalli zuckte zusammen, hielt ihr das Amulett erneut hin, und diesmal nahm es Rillirin.

»Wir wissen beide, dass ich manchmal eine dickköpfige Idiotin sein kann«, antwortete Dalli. »Ich … Als du über Bord gegangen bist, habe ich geglaubt, du wärst tot, und das hat mich traurig gemacht. Gilda, nun ja, sagen wir einfach, die Priesterin und ich hatten eine Auseinandersetzung, und sie hat mir so ein paar Dinge klargemacht.« Sie fuhr sich mit den Fingern durch ihr borstiges Haar und schaute an Rillirin vorbei zu der Priesterin, die stumm und wachsam wartete. »Was immer Dom ist oder nicht ist, du bist meine Freundin. Ich meine, du warst meine Freundin, und ich hoffe, dass du wieder meine Freundin sein wirst. Falls wir beide überleben …«

Rillirin zog sie in die Arme und schnitt ihr das Wort ab. Dalli roch nach Schweiß und Pferd, und sie war klein und hart wie ein Diamant. »Ich hab dich so lieb«, flüsterte sie inbrünstig, und Dalli schloss die Arme um sie.

»Ich hab dich auch lieb. Hüte mein Zuhause, Kriegsgefährtin.« Rillirin warf den Kopf zurück und starrte sie an, und Dalli zwinkerte ihr zu. »Wir werden noch eine Wölfin aus dir machen. Jetzt geh, und möge die Tänzerin mit dir gehen. Wir sehen uns, wenn all das vorüber ist.«

Rillirin zwang sich, sie loszulassen. »Bei der Gnade der Tänzerin. Bring sie alle für mich um.«

Dalli bleckte die Zähne zu einem Wolfsgrinsen. »Du kennst mich doch.«

DOM

Achter Monat, erstes Jahr der Herrschaft von König Corvus
Haus der Visionen, Sehershöhe, Krike

Dom brauchte fast eine ganze Stunde, um die Strecke von dem kleinen, schwer bewachten Haus im Quartier der Reisenden bis zum Haus der Visionen zurückzulegen. Seine Wächter murrten über sein langsames Vorankommen, und als sie es endlich geschafft hatten, stand die Sonne bereits hoch am Himmel. Dabei hatten sie noch Glück – wäre es ihm nicht gelungen, bis zum Morgen durchzuschlafen, hätten sie ihn tragen müssen. Trotzdem war er nassgeschwitzt und wacklig auf den Beinen, als er das Haus der Visionen erreichte.

Es war ein kleines Rundhaus mit einem niedrigen Strohdach, das ein Rauchabzugsloch in der Mitte hatte, und lag am Fuß der Höhe, fast immerzu in Schatten getaucht. Der Anführer der Krieger streckte die Hand aus. »Hinein.«

Dom duckte sich durch die Tür und schlurfte in das düstere Innere. Seine Augen hatten sich noch nicht an das schwache Licht gewöhnt, als die Tür hinter ihm auch schon wieder geschlossen wurde und sich die Dunkelheit weiter vertiefte, nun nur noch durch die tanzenden orangefarbenen Flammen in der kleinen Feuergrube ein wenig erhellt. Jemand saß auf der anderen Seite in der Finsternis.

»Calestar. Der seid Ihr doch – das ist Euer Amt –, nicht wahr?«

Die vielen Dachbalken hingen sehr niedrig, und Dom ließ sich vor der Gestalt auf die Knie sinken. »Mutter Seherin?«

Sie beugte sich vor, sodass die Flammen flackernd über die Tätowierungen um ihre Augen huschten. »Es ist mir eine Freude und eine Ehre, jemanden kennenzulernen, der mit mir die Befähigung teilt, mit den Göttern in Verbindung zu treten. Es gibt vieles, was wir voneinander lernen können.«

»Die Ehre ist ganz auf meiner Seite, Mutter Seherin«, erwiderte Dom und meinte es auch so. »Ich bin noch nie einem anderen Menschen begegnet, der meine Gabe teilt. Ich bin gespannt zu wissen, wie sich die Erfahrung der Gottessicht auf Euch auswirkt und ob Ihr irgendwelche speziellen Rituale habt, die Euch den Schmerz lindern helfen, den die Verbindung mit den Göttern zur Folge hat. Wie Ihr gestern bei mir gesehen habt, kommt sie für mich unerwartet, und der ganze Prozess ist … schwierig.«

Die Mutter Seherin musterte ihn durch den Rauch hindurch. »Also ruft Ihr den Gott nicht herbei?«, erkundigte sie sich. »Ich dachte, Ihr hättet ihn gerufen, um die Aufmerksamkeit von dem Betrüger abzulenken, an dessen Seite Ihr gekommen seid.«

Dom runzelte die Stirn. »Betrüger? Crys ist kein Betrüger, Mutter Seherin. Es ist schwer zu glauben, ich weiß, aber er ist wirklich der Fuchsgott in sterblicher Gestalt. Ich habe ihn Wunder wirken sehen, und ich habe ihn alle möglichen Dinge vollbringen sehen. Die Offenbarungen, die mir von der … von der Tänzerin gesandt werden, bestätigen es. Wenn Ihr einfach nur mit ihm sprechen würdet, statt …«

»Alles zu seiner Zeit«, sagte Tanik in unverbindlichem Tonfall. »Ich habe bei Morgengrauen mit seinem Geliebten gesprochen, mit Euch spreche ich am Mittag. Gut möglich, dass ich mit Crys sprechen werde, wenn die Sonne zur Ruhe geht. Das wird davon abhängen, welches Zeugnis Ihr ablegt, Calestar. Ich muss mich um mein Volk kümmern – ich werde nicht zulassen, dass ein falscher Gott es in einen Krieg hineinzieht. Schließlich habt Ihr es selbst gesagt: Irgendjemand hier lügt. Es könnte sehr gut sein, dass dieser Jemand einer Eurer Gefährten ist.«, Sie wedelte mit den Händen, als wollte sie ihre Worte und zugleich ihr Bedürfnis nach einer Antwort von Dom wegscheuchen. »Aber zuerst lasst uns einander kennenlernen. Eure Gabe, Calestar. Besitzt Ihr sie schon lange?«

Er hatte Durst, und der Rauch setzte sich in seiner Kehle fest. »Ich hatte sie bereits als Junge. Als sich die Gabe bei mir zeigte, hatte es seit einer Generation keinen Calestar mehr gegeben, daher wussten meine Eltern nicht recht, wie sie damit umgehen sollten. Als meine Mutter – meine Adoptivmutter, heißt das, Gilda – begriffen hatte, was ich war, haben meine leiblichen Eltern mich ihr und dem Tempel übergeben, damit ich so nah bei den Göttern wie möglich aufwachsen konnte. Es war eine schwierige Zeit, aber es war die richtige Entscheidung für uns alle. Die Priesterin Gilda liebte mich und zog mich groß und half mir zu verstehen, was ich war.«

»Ihr wurdet von Euren Eltern im Stich gelassen, als Eure Befähigung Gestalt angenommen hat? Kein Wunder, dass Ihr Euch vom Licht losgesagt habt. Oh ja, Calestar, Berichte über Euren Verrat dringen selbst bis nach Krike, weitergetragen auf dem Atem der Götter. Aber es war ja klar, dass Ihr Euch dem Blut überantworten würdet: Ihr habt von Kindesbeinen an gelernt, das Streben nach Macht über alles andere zu stellen, die eigene Familie eingeschlossen.«

Ihre Worte waren wie ein Hammerschlag auf Doms Brust, und er schnappte erschrocken nach Luft. »So war das nicht. Ganz und gar nicht. Meine Eltern haben die richtige Entscheidung getroffen.«

»Für sich selbst, gewiss. Ohne Frage war es für sie entsetzlich, Euch so leiden zu sehen, und einfacher, Euch wegzugeben, damit sie es nicht miterleben mussten, während sie gleichzeitig, da hege ich keinerlei Zweifel, geglaubt haben, sie würden die richtige Entscheidung für Euch treffen.«

Da war auch nicht der Hauch von Herablassung in ihrem Tonfall, aber ihre Worte weckten in ihm einen Verdacht zu neuem Leben, den er zwanzig Jahre zuvor begraben hatte, und Dom schwirrte der Kopf, als ihm das bewusst wurde. *Ihre Macht ist wahrhaftig groß.*

Sie warf ein Bündel Kräuter in die Feuergrube. Die Kräuter flammten für einen Moment hell auf, um dann zu verglimmen. Eine dichte Schwade aus Rauch und Duft stieg empor und zog wabernd durch das Loch in der Decke. Dom hustete.

»Und jetzt kehrt Ihr ins Licht zurück?«, fragte die Mutter Seherin. »Oder doch nur an die Seite dieses Mannes, den Ihr für einen Gott haltet? Nachdem Ihr das Licht um des Blutes willen aufgegeben und der Herrschaft der Dunklen Dame ein Ende gesetzt habt, sucht Ihr jetzt nach einem anderen höheren Ziel, dem Ihr Euch widmen könnt? Seid Ihr süchtig nach der Macht, die es Euch verschafft, wenn Ihr an der Seite solcher Wesen wandelt?«

Dom schwirrte der Kopf nur noch mehr – Zorn, Leugnen, Schuldgefühle, Entzücken und Begreifen, alle zu einem wirren Durcheinander verwoben; sein Selbstgefühl zerkrümelte wie die Kräuter in der Flamme. »Wahrhaftig, Ihr seht viel«, krächzte er. »Aber das ist nicht … das bin ich nicht. In diesem Punkt seht Ihr falsch.«

Tanik lächelte und tat die Bemerkung mit einer knappen Handbewegung ab. »Keine Sorge, ich werde es Euren Gefährten nicht verraten. Euer Geheimnis bleibt unter uns.« Dom warf einen Blick über ihre Schulter hin zu dem Mann, der hinter ihr kniete. »Mein Bruder, Pesh Krähentraum. Macht Euch seinetwegen keine Sorgen.«

»Ihr irrt Euch in mir«, wiederholte Dom. Er hatte solchen Durst.

»Oder vielleicht seid Ihr sogar noch dunkler«, überlegte sie laut, als habe er gar nichts gesagt, und strich sich mit dem Zeigefinger übers Kinn und die Kehle hinab. »Womöglich bedeutet Eure Abhängigkeit das Ende solcher Geschöpfe. Seid Ihr ein Gottestöter, Dom Templeson? Muss Euer Freund Crys Angst vor Euch haben?«

»Nein!«

Vielleicht. Ich weiß es nicht.

Die Mutter Seherin lächelte, als seien Doms unausgesprochene Worte für sie so offenbar wie seine laut ausgesprochene Verneinung. »Wenn Crys wirklich derjenige ist, der zu sein er vorgibt, würde sein Tod vielleicht die Rückkehr der Dunklen Dame ermöglichen. Vielleicht ist das Euer letztes Ziel. Und wenn das nicht der Fall ist, nun ja, was bedeutet schon ein weiterer Tod für Euer Gewissen? Aber es mag sein, dass die Karten es uns verraten.«

In Doms Ohren dröhnte ein langsames, zähes Pochen, als sich ihre Worte Stück für Stück in die Zwischenräume seines Bewusstseins drängten, sich wie Öl in den dunkleren Klüften seines Geistes ablagerten. Bedeutungsvoll. Wartend. Nicht ganz unwillkommen.

Tanik Pferdetraum zog einen Stapel großer, kunstvoll verzierter Karten aus einer kleinen Schachtel, die Pesh ihr reichte. Unten in der Schachtel befanden sich weitere Blätter von Kräutern, dunkel und glänzend, und die ließ Pesh nun ebenfalls ins Feuer fallen. »Lorbeerblätter«, sagte Tanik. »Ganz weit aus dem Süden von Krike. Sie helfen uns zu sehen.«

Der Mann zog sich ein Stück zurück, und Dom beobachtete, wie Tanik die Karten auslegte, mit dem Bild nach oben, eine nach der anderen. Sie waren kunstvoll mit lebendigen Naturszenen bemalt, einige beunruhigend, andere unverständlich.

»Was sind das für Karten?«, fragte Dom, dem von Taniks Andeutungen noch immer das Herz wehtat, sodass er so schnell wie möglich das Thema wechseln wollte. Die qualmenden Blätter verströmten einen wunderbaren Duft, der Dom schnell zu Kopf stieg.

»Sie helfen mir zu verstehen. Auf diese Weise erfahre ich den Willen der Götter, eine ganz andere Methode als Eure, aber nicht weniger machtvoll. Bitte, berührt alle Karten, zu denen Ihr Euch besonders hingezogen fühlt. Denkt nicht darüber nach, legt einfach die Finger darauf und geht dann zur nächsten über.«

Ein unbehagliches Gefühl kroch Dom durch den Magen, als er die Bilder musterte. Sein Blick flog hin und her, hin und her, wieder und wieder.

Das ist ihre Form der Offenbarungen? Wo ist die tiefe Verbindung, der Gottesraum in ihr? Wie funktioniert das hier genau?

Ob ich das wohl lernen kann, eine schmerzfreie Verbindung mit den Göttern? Kann sie mir das beibringen?

Zögernd berührte er in schneller Folge vier Karten und lehnte sich dann schwer atmend zurück. Sowohl Tanik als auch Pesh beugten sich vor, begutachteten die vier Karten und nahmen dann die anderen weg. Sie schauten einander an, und der Knoten in Doms Magen zog sich noch fester zusammen.

»Was? Habe ich etwas falsch gemacht?«, platzte es aus ihm heraus.

Pesh schnaubte leise.

»Sehr viel«, antwortete Tanik mit einem spitzen Lächeln, »aber im Fall der Karten, nein. Es gibt keine falschen Entscheidungen, nur jene, die den inneren Aufruhr oder die Sorgen eines Menschen offenlegen.«

Der Rauch der Lorbeerblätter machte die Luft so dick, dass es ihm vorkam, als würde er Wasser atmen, und alles erhielt schwach goldene Umrisse, wie Flammen.

Wie Feuer.

»Nein«, sagte Dom, »nein, nicht jetzt. Nicht schon wieder.«

Sein Rücken wölbte sich in einem Krampf, und er riss die Arme hoch und spreizte sie, als versuche er zu fliegen. »Helft mir«, nuschelte er. Seine Zunge lag ihm dick im Mund, seine Schädeldecke drückte sich nach oben, und seine Finger tasteten suchend durch die Luft, als würde er gefoltert.

»Interessant«, hörte er Tanik murmeln. »Überaus interessant.«

Dann war alles nur noch Feuer und Verstehen und Schmerz. Schmerz.

»Ah, gut. Ihr seid wieder bei uns.«

Dom stöhnte und zwang sich, die Augen zu öffnen, trotz des stechenden Schmerzes in seiner rechten Gesichtshälfte. Er saß in sich zusammengesunken in der Düsternis des Hauses der Visionen, die Mutter Seherin ihm gegenüber, Pesh hinter ihr. Sie schienen nicht versucht zu haben, ihm zu helfen, und hatten auch nicht nach Crys oder Ash geschickt. Seine Glieder waren schwer vor Erschöpfung, dennoch zwang er sich, sich aufzurichten.

Tanik beugte sich neugierig vor, ihre Augen leuchteten inmitten ihrer Tätowierungen, und ihre schweren braunen, mit Federn und Perlen geschmückten Zöpfe baumelten zu beiden Seiten ihres Gesichts herab. »Was habt Ihr gesehen?«, fragte sie.

»Ich muss jetzt gehen«, krächzte Dom. »Die Offenbarungen erschöpfen mich. Ich brauche Ruhe.«

Tanik tat seinen Wunsch mit einer achtlosen Handbewegung ab. »Ihr könnt Euch hier ausruhen. Berichtet mir einfach, was Ihr gesehen habt.«

Wortlos rutschte Pesh zur Seite, um sich zwischen Dom und die Tür zu setzen. *Ach. So läuft das hier also, ja?*

»Ich habe davor zuerst die Karten ausgewählt«, brachte er mit Mühe heraus. »Berichtet mir von ihnen, dann werde ich Euch berichten, was ich gesehen habe.«

Die Mutter Seherin zögerte einen Moment und neigte dann den Kopf. »Also schön.«

Dom verzog das Gesicht zu einer Grimasse. Er hatte einen bitteren Blutgeschmack im Mund. Die zum Schneiden dicke Luft, schwer vom widerwärtigen Geruch nach Erbrochenem, brannte ihm in der Kehle. Hatten sie denn kein Wasser?

»Seid Ihr auch sicher, dass Ihr es wissen wollt?«, erkundigte sich Tanik, und wieder schoss stechender Schmerz durch Doms Kopf, doch er antwortete nicht, sondern bedeutete ihr nur mit zitternder Hand fortzufahren. Er brauchte so viel Zeit, wie er irgend schinden konnte, um ein wenig Kraft zu gewinnen, bevor er in Richtung Tür losrannte.

»Wir haben über Eure Kindheit gesprochen, darüber, dass Eure Familie Euch im Stich gelassen hat und wie Ihr daraufhin Eure Götter im Stich gelassen habt – und dann auch Eure neu angenommenen Götter. Die Frage war, ob Ihr als Nächstes Crys im Stich lassen oder ihm sogar etwas antun würdet, Crys, den Ihr irrtümlicherweise für unseren heiligen Gauner haltet. Das waren die Gedanken ganz oben in Eurem Bewusstsein, als Ihr diese Karten gewählt habt.« Sie deutete nacheinander darauf: »Das Messer, das Kind, das Göttliche im Manne und die Ernte.«

Die Mutter Seherin machte eine Pause und musterte ihn, als würden ihre Worte eine weitere Reaktion in ihm auslösen. Dom saß ganz still da und atmete gleichmäßig durch den Schmerz hindurch.

»Das war Eure Deutung meiner Situation, ja«, sagte er unter Anstrengung. »Jetzt verratet mir bitte, was Eure Karten sagen.«

»Sie stimmen natürlich damit überein«, antwortete Tanik, als sei das völlig offensichtlich. »Ihr habt eine machtvolle Kombination gewählt, Calestar. Das Messer: sowohl Bedrohung als auch Schutz, Heilen und Töten. Ein zweischneidiges Schwert oder ein zweigesichtiger Mann. Vertrauen und Verrat.«

Dom konzentrierte sich auf den Juckreiz in seinem Armstumpf, die flackernden Bilder von geisterhaften Fingern, die sich nach einem geisterhaften Messer ausstreckten.

»Das Kind: Das könntet Ihr als Knabe sein, verraten von Euren Eltern. Oder es könnte ein Kind von Euch sein; entweder jenes, das vor so langer Zeit zusammen mit Eurer Frau gestorben ist, oder das andere, das noch nicht geboren wurde.« Dom leckte sich die Lippen und fluchte halblaut. Davon konnte sie nichts gewusst haben. Konnte sie einfach nicht. »Wenn man beide Karten zusammennimmt, plant Ihr also, Euer Kind genauso zu verraten, wie Ihr selbst verraten wurdet, vielleicht sogar, es zu töten.«

»Nach dem, was Ihr selbst eingeräumt habt, könnte es aber auch mit meinen tief vergrabenen Gefühlen in Bezug auf meine Eltern zu tun haben«, entgegnete er.

Die Mutter Seherin lächelte und neigte den Kopf. »Das Göttliche im Manne ist sehr interessant, und die Karte bezieht sich offensichtlich auf Eure Ansichten über Euren Freund. Vielleicht aber auch auf den göttlichen Funken, den ein jeder von uns in sich trägt. Scheint Eurer überhaupt noch hell, oder ist Euer Funke inzwischen rot und flüssig geworden? Und die Ernte: Das wären in diesem Zusammenhang die Seelen der Getreuen, unter denen Ihr hier reiche Ernte zu halten hofft.« Sie machte erneut eine Pause und rieb sich die Lippen, während sie den Blick über die Karten tanzen ließ. »Könnte es vielleicht sein, dass sich das Göttliche im Manne auch auf das Kind bezieht?«, murmelte sie, und Dom musste unwillkürlich nach Luft schnappen und husten. Tanik nickte, als habe seine Reaktion ihren Verdacht bestätigt. »Ihr werdet Euer Kind an den Feind verraten. Wenn es geboren wird, wird es etwas Besonderes sein, wird über mächtige Magie verfügen oder einer solchen Magie ausgesetzt sein. Ihm ist ein außerordentliches Schicksal vorherbestimmt, und es wird alle Seelen an sich ziehen. Ihr wisst das, daher spielt Ihr insgeheim mit dem Gedanken, es zu töten und so die Katastrophe zu verhindern.«

Dom hatte keine Worte zum Antworten, konnte nichts anderes hören als das Brüllen in seinen Ohren. Er hatte diesen Gedanken nie gehabt, nicht ein einziges Mal. Er würde es nicht tun. Rillirin und ihr Baby hintergehen? Niemals. *Niemals.* Lieber würde er sterben, als solch grauenvolle Gedanken zu hegen.

Aber Taniks Worte passten zu etwas tief in seinem Inneren, etwas Öligem und Eitrigem, einem durch seinen Kopf spukenden Gedanken, der sich bei ihm fast sofort eingestellt hatte, nachdem er die Dunkle Dame getötet und begriffen hatte, was für ein schrecklicher Fehler es gewesen war und wie nötig es für ihn war, sie wieder zurückzuholen.

»Das ist Schwachsinn«, sagte er, so ruhig er konnte. »Diese Karten sind nur Spielzeug; Ihr könnt sie deuten, wie es Euch gefällt. Es sind nicht die Worte der Götter. Wir stimmen darin überein, dass ich offenbar tief vergrabene Gefühle hinsichtlich meiner leiblichen Eltern habe, und natürlich will ich nicht, dass mein eigenes Kind genauso empfindet, daher werde ich ihm gegenüber das Richtige tun, und die Ernte ist die Hoffnung auf Frieden! Das ist nicht kompliziert. Es sind einfach nur Bilder, die eine Geschichte erzählen.«

Seiner Worte ungeachtet wusste er nicht, was er glauben sollte, und auch nicht, was er beim Auswählen der Karten gedacht hatte. Sie hatte ihm den Gedanken in den Kopf gesät, kein Zweifel, aber hatte er da womöglich fruchtbaren Boden gefunden?

»Wie auch immer, wir haben etwas miteinander vereinbart«, sagte die Mutter Seherin, als hätte sie nicht gerade eben ein Loch in das Innere von Dom gegraben. »Was habt Ihr während Eurer ziemlich theatralisch ausgefallenen Vision gesehen?«

»So ist es also bei Euch?« Dom überging ihre Frage und fegte die Karten mit seinem Armstumpf beiseite. »Das ist die einzige

Art und Weise, wie Ihr in die Zukunft blickt? Ihr sprecht gar nicht direkt mit den Göttern?«

»Die Götter sprechen direkt durch die Karten«, berichtigte Tanik, und ein Hauch von Ungeduld schlich sich in ihre Stimme.

»Und Ihr entscheidet, was Ihr glaubt, dass sie meinen, indem Ihr die Bilder zu einer Geschichte zusammenfügt? Das ist keine Offenbarung; das ist nicht wirklich. Es ist … nur vorgeschoben. Ihr könntet alles Erdenkliche sagen, was zu diesen Bildern passt.« Er holte tief Luft. »Ihr versucht, mich unglaubwürdig zu machen und so zu tun, als sei Crys nicht Euer Gott, aber der Betrüger seid in Wirklichkeit Ihr. Diese Karten sind bedeutungslos. Man kann sie auf tausend verschiedene Weisen deuten – mit ihnen könnt Ihr unmöglich je mit Bestimmtheit wissen, was Euch die Tänzerin sagen will.«

Er hatte erwartet, dass Tanik nun explodieren würde, aber stattdessen saß sie nur in heiterer Gelassenheit vor ihm, die Hände gefaltet, und ihre vielen Perlen und Amulette klapperten leise, als sie den Kopf zur Seite neigte und ihn über ihren Nasenrücken hinweg betrachtete.

»Ihr verschwendet Eure Zeit damit, Spielchen mit mir zu spielen, während Ihr eigentlich auf den Knien liegen und geloben solltet, Euren Göttern zu dienen, Crys zu dienen«, fuhr er fort und rang in der Dunkelheit nach Luft, zwischen den beengenden Wänden dieses verqualmten Hauses der Visionen. »Was wollt Ihr eigentlich von mir? Warum habt Ihr all diese Menschen in die Irre geführt?«

Tanik machte eine Handbewegung, und Pesh schlüpfte an ihr vorbei, um weitere Kräuter in die flache Kohlenpfanne zu werfen. Eine dichte graue Wolke wogte empor und blieb unter den niedrigen Dachbalken hängen. Dom wurde schwindlig. »Ihr werdet Euer Kind den Roten Göttern übergeben.«

»Das werde ich nicht tun«, knurrte Dom, während dunkle Bilder seine Augenwinkel kitzelten. Er blinzelte sie weg.

»Lügen und Falschheit, genau die Dinge, deren Ihr mich bezichtigt«, fuhr Tanik fort und klopfte mit dem Fingernagel auf die Karten, die Dom ausgewählt hatte. Die Tätowierungen um ihre Augen herum schienen ihn in ihren Bann zu ziehen, sodass er nicht wegschauen konnte. »Feuer«, murmelte sie, »leuchtende, lodernde Flammen in Euren Augen. In Eurem Kopf. Botschaften in dem Feuer. Botschaften, in denen es um Euer Kind geht, um Rillirin. Erzählt mir von ihr. Rillirin. Erzählt.«

»Woher kennt Ihr diesen Namen?«, brachte er mühsam heraus, aber wiederum war es zu spät. Doms Kiefer schlugen aufeinander, und er taumelte zur Seite – und stürzte. Hinein in die Flammen. In die Bilder und den Schmerz und die Offenbarung. Er hörte Schreie.

Als es vorüber war, als die Welt wieder zu ihm zurückkehrte und er in seinen Körper, presste sich der Boden in seinen Rücken. Der Schmerz in seinem Kopf war unerträglich, und Tränen rannen ihm an den Wangen hinunter und in sein Haar hinein. Eine vertraute Erschöpfung, stinkend wie ein Leichentuch, lag über seinen Gliedern. Fersen, Ellbogen und Schulterblätter pochten von den bis tief ins Fleisch gehenden Prellungen, die er sich bei seinen Krämpfen zugezogen hatte.

Die Worte waren in seinem Kopf, und seine Kehle war wund, aber er hatte keine Ahnung, ob er ihnen irgendetwas verraten hatte. Oder nicht vielleicht sogar alles. Er zwang sich, die Augen zu öffnen, und da waren Tanik und Pesh und beobachteten ihn schweigend.

»Ihr macht ein ganz schönes Spektakel«, bemerkte Tanik Pferdetraum schließlich, und im gleichen Moment stellte Dom fest, dass sich die Karten auf dem gelben Seidentuch vor ihr verändert hatten. Er ächzte und hielt sich die Hand über sein rechtes Auge, während er versuchte, mit dem linken einen klaren Blick zu bekommen. Es klappte nicht. Er konnte die Bilder nicht erkennen, die sich auf den Karten krümmten und wanden wie lebendige Wesen. Pesh warf weitere Blätter ins Feuer, und Dom begriff plötzlich, was sie da machten, wie sie die Offenbarungen aus ihm herauszwangen. Er hatte nicht einmal geahnt, dass so etwas möglich war; er konnte nicht sagen, woher sie wussten, was sie tun mussten, oder wie er es verhindern konnte. Ein Wimmern entrang sich seiner Kehle, und er versuchte, den Atem anzuhalten, aber sein Körper war so verausgabt, dass es ihn nach Luft verlangte. Dom atmete auch Rauch ein, spürte, wie er in seiner Kehle kribbelte, in seiner Lunge, in seinem Gehirn.

»Bitte, tut das nicht«, brachte er heraus. »Der Fuchsgott wird Euch das niemals verzeihen. Ihr seid seine Priesterin, seine wie auch die der Tänzerin. Bitte, hört auf.«

Die Mutter Seherin kicherte und wedelte den Rauch in seine Richtung. Der Rauch ließ auch sie selbst schwer atmen, aber Dom wusste, dass er nicht für sie bestimmt war. »Ihr könnt es spüren, nicht wahr? Die Verlockung des Blutes? Ihr könnt den Dunklen Pfad wieder unter Euren Füßen sehen, stimmt's, Calestar? Wer dem Blut einmal gedient hat, dient dem Blut immer.«

Dom versuchte rückwärts zu kriechen, doch sein Körper war so schlaff wie ein Sack Fleisch, während es mitten in seinem innersten Kern hell leuchtete: Da waren Erinnerung und Verlust und Liebe und Hingabe. Verehrung. Er versuchte, es wegzustoßen, aber es bedeckte seine Hände und Arme, sein Gesicht und seine Seele und zog ihn in seinen rot-schwarzen Wirbel hinein. Er weinte und kämpfte und bettelte, dann kapitulierte er und gab sich dem Sog hin. Spürte, wie es sich um ihn legte, warm wie Blut, weich wie Blut. Und er weinte noch ein wenig mehr.

»Feuer und Wissen, Calestar. So viel Wissen; genug, dass wir alle es teilen können. Wo befindet sich General Make Koridam, und was sind seine Pläne?«, fragte Tanik, ihre Stimme leise und schmeichelnd. »Ihr könnt ihn sehen, nicht wahr? In den Flammen? Geht zu ihm, findet heraus, was er vorhat. Und sagt es mir.«

Mit knirschenden Zähnen und an den Seiten geballten Fäusten dachte Dom stattdessen an Gildas Gesicht, weise und lachend und voller Kraft. Gilda und das Licht. Er griff nach ihr, aber das Bild zitterte, veränderte sich, verwandelte sich in ein anderes. Eine andere Frau, eine voller Schönheit und Wollust, eine Frau, die verloren war. Er stieß einen erstickten Laut aus.

Das Feuer toste und brüllte.

Lange Zeit verstrich, Zeit, von der Dom nichts wusste, und dann hob jemand grob seinen Kopf und seine Schultern an, stieß ein hartes Kissen unter ihn und ließ ihn ohne jede Behutsamkeit fallen. Das Innere seines Kopfes fühlte sich so an, als habe man seine Schädelhöhle mit Salz und verrosteten Klingen geschrubbt und leergefegt, und um sein Augenlicht war es sogar noch schlimmer bestellt. Blut und Speichel vermischten sich dick und klebrig in seinem Mund, und er konnte es nicht ausspucken. Konnte sich nicht bewegen. Konnte kaum atmen.

Dom hatte jeden Überblick über die Zahl seiner Offenbarungen verloren, über die Fragen und die Antworten, die er gegeben hatte – falls er überhaupt Antworten gegeben hatte. Bei den Göttern, er hatte wahrlich versucht, es nicht zu tun, aber seine Kehle war wund vom Schreien und brannte vor Galle und dem dicken Rauch, der die Visionen wachrief, und es war nicht auszuschließen, dass sie auch von den Antworten rau war, die er ihnen auf ihre unablässigen Fragen hin zugeschrien hatte.

»Geh«, sagte die Mutter Seherin, aber nicht zu ihm, und eine Gestalt verließ das Haus der Visionen. Die Mutter Seherin ragte über ihm auf, und er verspürte einen scharfen Stich unter dem Ohr und dann ein starkes Brennen, das ihm durch die Haut drang und hinein in seinen Kopf und seinen Hals. Durch das Lehmflechtwerk der Wände fiel das sattgoldene Licht eines

Sommernachmittags. Also waren Stunden vergangen. Stunden im Feuer. Brennend.

Von der Stelle des stechenden Schmerzes unter seinem Ohr breitete sich Taubheit über Doms Hals und Zunge aus, nahm seiner Haut, seinem Mund, seiner Nase jedes Gefühl und kroch weiter, auf sein Auge zu.

Geräusche wurden lauter und dann wieder leiser, und sein Gesichtsfeld verdunkelte sich stetig. Die Taubheit drang in seine Brust ein, lief seinen Arm hinunter.

Das Feuer wütete noch ein letztes Mal in ihm, und Dom warf sich ihm entgegen, suchte nicht Wissen, sondern Vergessen. Ein Ende. Das Kissen trug nicht das Geringste dazu bei, die Wucht der Krämpfe zu lindern, aber Dom war so entkräftet, dass sein Körper nur noch zuckte, schwach wie ein ertrinkendes Kätzchen.

Er fand das Feuer – das Ende – und spürte so etwas wie Erleichterung.

Er fiel und fiel.

CRYS

Achter Monat, erstes Jahr der Herrschaft von König Corvus
Sehershöhe, Krike

Verdammt noch mal, was ist da los? Dom?«

Ashs Schrei ließ Crys im Laufschritt aus der Küche herbeieilen. Im Rennen griff er nach dem Schwert, das er sich noch hatte sichern können, bevor ihre Gefangenschaft begonnen hatte.

Die Tür stand offen, und Dom lag davor, die Glieder von sich gestreckt und bewusstlos. »Er hatte einen seiner Anfälle«, erklärte ein Kriker und ging davon.

Ash starrte ihm kurz nach, dann beugte er sich über Dom. Der Calestar hatte die aschgraue Farbe eines erloschenen Feuers, seine Haut war wachsbleich und von altem Schweiß überzogen. »Hilf mir, ihn reinzubringen«, sagte er. Crys griff nach Doms Beinen, und zusammen manövrierten sie ihn auf ein Bett. »Er atmet, aber nur ganz schwach. Leg ihn auf die Seite; ich will nicht, dass er erstickt, falls er sich übergibt. Und hol alle Decken, die wir haben. Und koch etwas Suppe.«

Crys beeilte sich und tat wie geheißen. Er reichte Ash einen Becher, und der versuchte, etwas Flüssigkeit in Doms Mund zu träufeln. Aber Dom schluckte nicht, und sie mussten seinen Kopf drehen, um das Wasser wieder herausfließen zu lassen.

»Er atmet kaum«, murmelte Ash. »Es steht schlimm um ihn, Crys. Wir brauchen einen Heiler.«

»Halt ihn warm; ich hole jemanden.« Crys öffnete die Vordertür, und die Wachen sprangen alarmiert auf und schwenkten ihre Speere. »Unser Freund ist krank. Holt bitte einen Heiler.« Niemand regte sich. »Er könnte sterben.« Immer noch nichts. »Dann lasst die Mutter Seherin zu mir kommen. Dom war bei ihr, als es passiert ist, und ich habe ein paar Fragen an sie. Holt sie her!«

»Die Mutter Seherin hat sich auf den Gipfel der Höhe zurückgezogen«, erklärte einer der Kriker. »Niemand darf sie stören, wenn sie mit den Göttern Zwiesprache hält.«

Crys hatte einen bitteren Geschmack im Mund. »Oh, glaubt mir«, knurrte er, »sie hält keine Zwiesprache mit den Göttern. Wenn sie es täte, würde ich es wissen. Mit wem auch immer sie dort oben redet, sie tut es nicht für euch oder zum Wohle eures Landes. Und jetzt holt sie her.«

Der Krieger, der gesprochen hatte, blies mit gespielter Langeweile die Wangen auf und spuckte dann einen dicken Klecks Speichel ins Gras. »Das könnt Ihr vergessen.«

Crys schlug ihnen die Tür vor der Nase zu und kehrte ins Schlafzimmer zurück. »Sie rühren sich nicht von der Stelle, und sie werden keine Hilfe holen.« Er blickte auf die reglose Gestalt hinab. »Also schön. Mal sehen, was ich tun kann.«

Er kniete sich neben das Bett, legte die Hände auf Doms Stirn und Bauch, schloss die Augen und schickte seine Sinne aus. »Komm schon, komm schon«, murmelte er mit zusammengebissenen Zähnen. »Füchslein, komm schon. Er braucht uns.«

Klettere auf die Höhe.

Crys öffnete die Augen. »Was?«

Klettere auf die Höhe und sorge dafür, dass sie alle es sehen. Träume mit ihnen. Geh jetzt.

Er erhob sich.

»Was machst du da?«, fragte Ash. »Crys, Liebster, ich weiß, was er getan hat, aber … ich glaube, er stirbt.«

Crys zog sich Stiefel und Socken aus. »Ich muss auf die Höhe hinauf. Ich muss … nach Hause, zum Ort meiner Geburt.«

Ash klappte der Mund auf. »Verdammte Scheiße, wovon redest du da? Wir brauchen einen Heiler, kein verdammtes Picknick mit Aussicht.«

»Ich weiß, du kannst das nicht verstehen, aber ich muss mit ihnen träumen. Es ist an der Zeit, ihnen allen zu zeigen, wer ich bin. Die Mutter Seherin ist dort oben, und sie wird nicht herunterkommen. Also werde ich zu ihr gehen.« Er zog sein Hemd aus, schnallte seinen leeren Schwertgürtel ab und behielt nur ein Messer, das er hinten in den Hosenbund steckte. »Such nach Cutta und sag ihr, dass ich auf die Höhe hinaufklettere. Sag ihr, der Fuchsgott werde bei Morgengrauen mit ihnen allen träumen, aber sie müssen über den Listenreichen Weg hinaufsteigen. Du übrigens auch, und bring Dom mit. Wir sehen uns oben auf dem Gipfel. Bring so viele mit, wie du kannst. Sag Cutta, sie soll dir dabei helfen.«

»Bei Morgengrauen?«, wiederholte Ash aufbegehrend. »Beim Gemächt des Gauners, Mann, was hast du vor?«

Crys nahm einen Schluck Wasser und schüttelte dann die Arme aus. »Ich tue, was ich tun muss. Bring sie einfach dort hinauf. Wenn sie mich hochsteigen sehen, werden sie ebenfalls kommen wollen. Hoffe ich jedenfalls.« Er wartete nicht auf eine Antwort, sondern riss einfach die Vordertür wieder auf und ging hindurch. Schritt mit nackter Brust in die helle Sonne hinaus. Er wusste, was für ein Aufsehen seine Narben erregen würden, und er spürte die Hitze in seinen Augen, als sie zu leuchten begannen. »Bringt mich zur Mutter Seherin.«

Die Kriker taumelten zurück, und die Hälfte von ihnen hob ihre Speere, bereit, sie ihm in den Leib zu rammen. »Es ist verboten. Ihr seid nicht gerufen worden, und Ihr seid kein Kriker.«

Crys zuckte die Achseln und setzte sich in Bewegung. Sie huschten ihm aus dem Weg und beeilten sich dann, ihn einzuholen, wagten es aber nicht, ihn anzufassen. »Haltet mich auf oder seid Zeugen des Geschehens.«

Sie würden ihn nicht aufhalten.

Crys bohrte die Zehen in eine Felsspalte und stieß einen Fluch aus, als ein Zehennagel abbrach und ein heißer Schmerz seinen Fuß durchzuckte. Er spuckte sich auf die Handfläche, rieb mit den Fingerspitzen im Speichel und wiederholte das Ganze bei seiner anderen Hand, dann schüttelte er nacheinander beide Arme aus. Allein die Arme einmal unter Schulterhöhe sinken zu lassen war eine herrliche Erleichterung. Er streckte seine schmerzenden Finger aus und drückte Gesicht und Brust gegen den Fels, um nicht das Gleichgewicht zu verlieren.

Die Sonne sank schon vom Himmel, und er hatte gerade erst etwas mehr als die Hälfte seines Aufstiegs hinter sich, aber sein Herzschlag verlangsamte sich jetzt, nachdem er den Quergang um die Felsnase herum hinter sich gebracht hatte. Die Felswand lag bereits in Schatten, was es schwerer machte, die Route zu erkennen, die er sich zuvor zurechtgelegt hatte. *Falls es überhaupt eine Route war. Hier oben sieht alles verdammt noch mal ganz anders aus, als es von unten den Anschein gehabt hat. Zum Ersten viel höher. Und zum Zweiten beschissen viel gefährlicher.*

Er atmete tief durch und riskierte einen Blick nach unten und dann um sich herum, begutachtete die Furchen und Spalten im Fels und versuchte, eine Abfolge zu finden, die er nutzen konnte, um sich höher hinaufzubringen. Auf seiner rechten Seite befand sich, eine Armeslänge entfernt, über ihm ein breiter Felsvorsprung. Er könnte sich dort mit den Händen festklammern und vielleicht sogar die Ellbogen daraufstützen und sich hochhieven. Dann könnte er sich dort hinsetzen und sich erst einmal richtig ausruhen, um daraufhin vom Vorsprung aus weiter nach oben zu steigen. Er spähte empor. Nirgends ein Halt für die Zehen, der ihn hinaufbringen würde. Er würde sich an den Händen hinüberschwingen müssen. Oder das Ganze sein lassen. Wenn er das Sims verfehlte, würde er in die Tiefe stürzen, aber dennoch erschien ihm der Versuch als die beste Möglichkeit. Ansonsten müsste er wieder nach unten klettern und von neuem beginnen, und er wusste, dass er nur diese eine Gelegenheit hatte. Wenn er es jetzt, wo er schon einmal angefangen hatte, nicht zum Gipfel schaffte, würden die Kriker ihn umbringen.

Hunderte hatten sich am Fuß des Berges versammelt und reckten die Hälse, um seine Fortschritte zu verfolgen. Er musste einfach hoffen, dass Ash und Cutta sie dazu ermuntern konnten, bei Sonnenaufgang wiederzukommen, um mit ihm zu träumen. Wenn sie es nicht schafften, nun ja, dann war es gut möglich, dass ihn die Mutter Seherin lebend nicht wieder hinunterlassen würde.

Er schüttelte sich das Blut von den Füßen und keilte seine Zehen tiefer in den Fels. Noch einmal schüttelte er seine Arme aus und lockerte die Finger, dann krallte er seine linke Hand fest in den Fels, schob seinen Hintern zur Seite und begann sich hin und her zu schwingen, wobei er seine rechte Hand nach dem Sims ausstreckte. Er schwang sich dreimal hin und her, und beim vierten Ausschwenken ließ er los, ließ seine Beine durch die Lüfte schnellen und warf sich auf den Felsvorsprung zu.

Er verfehlte ihn.

Crys fiel nicht. Er fiel auf keinen Fall, weil das lächerlich und erschreckend wäre und … *Ach, verdammt, ich falle!*

Tatsächlich stellte sich heraus, dass er, nachdem er erst einmal gegen den Fels geprallt war, eher hinunterrutschte, statt richtig zu fallen, der Stein riss ihm brennend Handflächen, Brust und Fußsohlen auf, als er sich dagegenpresste und verzweifelt nach Halt suchte. Er rutschte etwa vier Meter nach unten, bis sein rechter Fuß gegen einen Felsvorsprung schlug, und das so fest, dass er sich beinahe den Knöchel gebrochen hätte. Der Aufprall bremste seine Geschwindigkeit gerade genug, dass er eine Spalte finden konnte, in die er seine Faust rammte, und dann hing er keuchend im Fels, von der linken Hand und dem rechten Fuß gehalten. Er blutete aus einem Dutzend Schürfwunden, und ein irres Lachen schüttelte seine Brust.

Fluchend und kichernd und trunken vor Furcht und wilder Energie fand er einen kleinen Halt auch für seine rechte Hand. Mit brennenden Schultern begann er wieder hinaufzusteigen, während der Fels über sein ungeschütztes wundes Fleisch scheuerte.

Trotz der Dunkelheit konnte Crys die Felswand deutlich sehen, und die Berührung des über seine Haut streichenden Windes war eine Sprache, die er fast schon verstehen konnte. Der Wind leitete ihn, lockte seine Hände zu den kleinen Vertiefungen im Fels, die sein Gewicht zu tragen versprachen und ihn einige Zentimeter weiterkommen ließen. Es war, als wäre er Teil seiner Umgebung geworden, als würde das Herz des Berges in seiner Brust pochen.

Seine Beine zitterten inzwischen, seine Unterarme und die Muskeln in seinen Händen waren geschwollen und steif vor Erschöpfung, aber über ihm waren jetzt die Sterne statt Stein – ein weiteres halbes Dutzend Griffe nach oben, und er wäre am Ziel.

Schweiß brannte ihm in den Augen und rann ihm die Wange hinunter, um ihm bitter in den Mund zu triefen. Er leckte sich seine trockenen Lippen mit seiner trockenen Zunge, und Durst versengte ihm die Kehle. Leise, verstohlene Laute von oben – Menschen bewegten sich hin und her, unterhielten sich mit gedämpften Stimmen, da war das immer stärker werdende orangefarbene Lodern von Fackeln. Der Gedanke, um Hilfe zu rufen, war verführerisch, aber er war auch ohne Hilfe bis hierher gekommen und brauchte sie jetzt nicht mehr.

Die nächsten paar Griffe und Vertiefungen waren leicht zu

bewältigen. Seine Zehen bohrten sich in die Felsspalten und klammerten sich an winzige Vorsprünge, als wäre er mehr Eichhörnchen als Fuchs, und dann war er plötzlich da. Er kletterte über die Felskante, erreichte ebenen Boden und richtete sich auf, obwohl er zugleich den Drang verspürte, sich an der Oberfläche festzuklammern, nur für den Fall, dass er sich nach all seinen Bemühungen, den Gipfel zu erreichen, nun unerklärlicherweise von dort in die Tiefe stürzen könnte. Sein Bauch bewegte sich auf und ab, als er sich die Lunge mit kühler Luft füllte und das Sternenlicht auf sich herabscheinen ließ.

Ungefähr zwanzig Schritte von ihm entfernt spähte eine Gruppe von Menschen die Wand des Berges hinab. Sie mussten ihn in der Dunkelheit aus den Augen verloren haben. Er wich zurück, weg vom Licht, um einen Steinblock herum und hinein in die Dunkelheit, überließ sie ihrer sinnlosen Suche, während er weiterging, bis seine Füße plötzlich wie mit dem Stein fest verwurzelt schienen.

Hier?

Hier. Setz dich hin und hör zu.

Crys setzte sich im Schneidersitz auf den Boden. Er spürte, wie der Schweiß auf seiner Brust, den Schultern und dem Rücken trocknete, seine Muskeln wieder weicher wurden und sich entspannten. Die Gifte der Anstrengung verloren ihre Wirksamkeit. Er blickte hinaus in die Nacht, hinauf zur Mondsichel und zu den hinter Wolkenschleiern hervorlugenden Sternen, die sich abwechselnd versteckten und dann wieder ihre Gesichter zeigten. Der Wind summte lachend um die Felsen, und Fledermäuse, Eulen und Nachtfalter ritten auf seinem Sog. Crys lauschte dem Wind und dem Stein, dem Mond, den Wolken und den Sternen, dem sanften Wiegenlied der Erde, die tief unter ihm schlummerte.

Die Sehershöhe verband Erde mit Himmel, Körper mit Seele und Menschliches mit Göttlichem. Crys war ein Knoten in dem

Faden, der das Herz der Nacht mit der Seele der Erde verband. Er konnte die Hand ausstrecken und … alles berühren. Er konnte die Heiligkeit dieses Ortes spüren, die wie ein sanftes Kräuseln durch den Berg und durch ihn selbst ging, eine beständige Wellenbewegung, sowohl uralt als auch vertraut und vor Neuheit funkelnd.

Er atmete die Sommernacht ein und versenkte sich in sich selbst, untersuchte tastend die Räume, die der Gott bewohnte, schlängelte sich durch was immer er da fand, bahnte sich einen Weg hinein und außen herum, Efeu, der durch ein Skelett wuchert, Leben mit Erinnerung verbindet.

Und der Gauner wuchs in ihm, um ihm zu begegnen, ein Gefühl, als würde der Finger eines Geliebten durch jeden Teil seines Körpers gleiten, bis Crys bewusst wurde, dass er gleichzeitig lachte und weinte, aber das ganz leise, um das Erlebnis nicht zu zerstören. Er wurde in seinem eigenen Körper willkommen geheißen, und ihm ging auf, dass er nie wirklich der seine gewesen war und dass er es auch jetzt nicht war. Er war ihr gemeinsamer Besitz, ein geteilter und heiliger Ort. Ein Zuhause. Die Verbindung der gespaltenen Seelen, die unter Doms Folter begonnen hatte, wurde nun in Liebe vollendet.

Ein schwach schimmerndes Silbernetz, wie das Filigranmuster einer leuchtenden Spinnwebe, erhob sich von seiner Haut und heilte die Schnitte und Schürfwunden, die er sich bei seiner Kletteraktion zugezogen hatte, und ein unterschwelliges Kribbeln seiner aufs Höchste geschärften Sinne verriet ihm, dass er entdeckt worden war. Er fühlte die Vibrationen sich nähernder Schritte.

Gelenkig erhob sich Crys, ein Lächeln auf dem Gesicht, und stellte sich seinem auf ihn zukommenden Publikum entgegen. Das Licht der Fackeln blendete ihn, aber er erkannte die Mutter Seherin und den Kriegsfürsten inmitten eines ganzen Schwarms von Wächtern.

»Wer glaubt Ihr, dass Ihr seid? Meine Wachen…«, begann Tanik, und besagte Wachen traten vor, die Hände fest um die Speere geklammert.

Crys deutete auf sich. »Ich bin der Zweiäugige Mann. Ich bin der Gauner. Ich bin die Höhe hinaufgeklettert, hin zu meinem Geburtsort, und ich habe hier gesessen und gespürt, wie sich die Welt durch diesen Ort bewegt, und ich habe den Riss gespürt, der durch sie geht, die zerklüfteten Verwerfungen, wo die Menschen ihren Glauben verloren haben, weil sie Euch huldigen statt der Götter. Weil sie das Licht vergessen haben. Ich bin hergekommen, um ihnen ihren Glauben wiederzugeben, und ich bin hergekommen, um euch alle auf den Krieg vorzubereiten.«

»Ihr habt ja keine Ahnung, was Ihr da redet«, setzte die Mutter Seherin an und schlug wegwerfend mit der Hand durch die Luft, sodass ihre Perlen und ihre Schnüre mit Vogelknochen und Tierzähnen klapperten. »Die Magie hier ist stark; wir sind stark. Und Krieg? Ihr wisst nichts über unsere Welt.«

»Es gibt keine Magie«, widersprach Crys. »Es gab früher einen geheiligten Geist, es gab Glauben und die Freude über den geteilten Traum, aber all das habt Ihr mit Euren Lügen zerstört, Euren Lügen über Magie und darüber, dass nur Ihr über sie verfügen könnt. Nicht Magie ist es, was diese Menschen brauchen, es sind die Götter. Götter, von denen Ihr sie abgeschnitten habt, indem Ihr Euch selbst zu einer Sperrmauer gemacht habt. Ihr nehmt ihre Anbetung und Huldigung ganz für Euch in Anspruch, als stünden sie Euch von Rechts wegen zu und nicht in Wirklichkeit den Göttern.«

Die Mutter Seherin verfiel in lautstarken Protest, der die Nacht erbeben ließ, und Crys schnitt ihr mit einer Handbewegung das Wort ab und brachte sie zum Schweigen. Bestürztes Raunen erhob sich ringsum.

»Und ich weiß, dass, wenn Rilpor nicht gerettet wird, die Mirak als Nächstes über euch herfallen. Ich weiß, dass sie euch besiegen, euch versklaven und eure Kinder töten werden. Ich weiß, dass wir, wenn wir jetzt zusammenarbeiten und zusammen kämpfen, verhindern können, dass unser beider Länder unter die Herrschaft der Roten Götter geraten. Ich bitte Euch, Mutter Seherin, Euch von Euren Lügen über Magie und Mysterium loszusagen und diesen Menschen ihren wahren und geziemenden Glauben zurückzugeben. Mit unserer Hilfe wird Krike wieder erstarken, wenn sein Volk und seine Krieger treu in ihrem Glauben sind.«

»Ich bin die Mutter Seherin«, erwiderte die Frau und schlug mit dem Knauf ihres kunstvoll verzierten Stabes auf den Stein, »und ich sehe nichts dergleichen! Keinen bevorstehenden Krieg, und ich sehe auch keinen Gott vor mir. Ihr seid es, der hier lügt.«

Ihre Worte waren in seinen Ohren nicht mehr als die kreischenden Schreie von Elstern. »Lasst Euer Volk beim ersten Licht des Morgens den Listenreichen Weg heraufsteigen, so viele wie möglich, Gläubige und Abtrünnige gleichermaßen. Bis morgen Mittag werde ich ihnen allen sowohl zeigen, wer ich bin, als auch, wer sie sein können.« Er breitete die Arme aus. »Ich werde Euch im Traum sehen.«

Crys saß da und sah hinaus in die Morgendämmerung, sah die langsame Geburt von Farbe über Gilgoras' schlafender Haut, das freudige Aufsteigen von Vögeln in den rosa-, pfirsich- und goldfarbenen Himmel. Die Sonne küsste ihn und den Stein, auf dem er saß, wärmte seine nackte Brust und seinen Rücken, und in seinem Inneren streckte und räkelte sich der Fuchsgott in träger Zufriedenheit, als hätte er vergessen, was nun kommen würde, und würde die Wachen nicht wahrnehmen, die die ganze Nacht über in einem Ring um ihn herumgestanden hatten. Vielleicht genoss er aber auch einfach nur den Frieden, solange er noch währte.

Er währte nicht mehr lange. Ein wachsendes Getöse kündete die Menschenmenge an, die den Listenreichen Weg emporstieg: Entweder hatten Cutta und Ash die Menschen überzeugen können, oder die Mutter Seherin hatte die Verkündigung ausgegeben, ganz wie er sie gebeten hatte, eifrig darauf erpicht, so viele Zeugen seiner Demütigung wie möglich zu versammeln. Wenn Letzteres der Fall war, hatte sie offensichtlich irgendeinen Plan in der Hinterhand, einen, der ihm wohl nicht besonders gefallen würde.

Der Stein erwärmte sich jetzt allmählich unter ihm, und er reckte sich, ließ die Schultern knacken und stand dann auf. Die Menge wurde immer größer, Menschen strömten vom Pfad auf den Gipfel und versammelten sich überall rings um ihn herum. Seine Wachen traten unbehaglich von einem Fuß auf den anderen, die Überzahl, mit der sie da konfrontiert waren, gefiel ihnen offensichtlich ganz und gar nicht. Männer und Frauen rangen um die Plätze mit dem besten Blick, und ein aufgeregtes Stimmengewirr erfüllte die Luft. Doch dann tat sich in ihren Reihen eine Öffnung auf, und der Kriegsfürst und die Mutter Seherin kamen herbeigeschritten. Vier Wachen trugen eine Sänfte, in der Dom lag. Er sah jetzt noch schlimmer aus als am Vortag, als Crys ihn verlassen hatte. Drei weitere Krieger führten einen finster dreinblickenden Ash heran. Seine Miene hellte sich nicht einmal auf, als er Crys bemerkte. Cutta Froschtraum und ihre Krieger waren ebenfalls gekommen; sie nickte ihm angespannt zu und hoffte zweifellos, in ihrem Glauben an ihn nicht enttäuscht zu werden.

Tanik Pferdetraum zwängte sich durch den Ring der Wachen um Crys herum und schickte sie dann mit einer knappen Handbewegung weg. Sie gehorchten widerstrebend. Sie hob die Arme und hielt den Griff des Stabes in ihrer Hand fest umklammert. »Volk von Krike, treue Söhne und Töchter der Götter, ihr seid hier, weil unsere Lebensart an ihren Wurzeln infrage gestellt worden ist. Eine Lüge über unseren Glauben hat sich verbreitet, über das Leben, das wir hier in Krike führen, dem Geburtsort unseres Herrn, des Großen Gauners. Dieser *Mensch*« – Tanik machte eine weit ausholende Gebärde mit ihrem Stab und zeigte hinter sich; Crys beugte sich rasch zur Seite, um nicht getroffen zu werden – »behauptet, der Große Gauner persönlich zu sein. Und so habt ihr euch hier versammelt, um Zeugen zu sein, wie dieser *Mensch*, Crys Tailorson aus Rilpor, zu beweisen versucht, dass er ein Gott ist. Unser Gott! Er trachtet danach, euch von dieser Behauptung zu überzeugen, um euch unter seine Macht zu bringen, um euch in einen Krieg in einem fremden Land zu ziehen. Einen Krieg, an dem uns zu beteiligen wir bereits abgelehnt haben. Er wird euch zu manipulieren versuchen – aber er wird scheitern.«

Was die Art und Weise, wie sie ihn vorstellte, anging, hätte man auch ein besseres Bild von ihm zeichnen können, aber Crys bemerkte, dass die meisten der Zeugen trotzdem einen freudig erregten Eindruck machten, und der Fuchsgott trommelte vor spöttischer Belustigung über die unbeholfenen Versuche der Frau, die Menge in die von ihr gewünschte Richtung zu lenken, erheitert mit den Fingern.

»Die Prüfung des Menschen Crys Tailorson soll in der Traumwelt stattfinden«, rief Tanik. »Ich werde ihn in einen Seelentraum mitnehmen, und dort wird sich seine wahre Natur unwiderlegbar enthüllen.«

Ein hübscher Einfall, diese Wiederholung des Wortes »Mensch«, eine raffinierte Einflussnahme auf die Zuschauer, um den Eindruck zu verstärken, dass er ein Betrüger sei. Aber Taniks Plan gab ihr alle Macht, und das war nicht hinnehmbar.

»Nein.« Der Berg sang unter seinen Füßen. Seine Brust und seine Schenkel summten vor Energie. »Nein. Wir werden alle gehen. Jeder Einzelne von uns hier wird heute zusammen den

Seelentraum träumen. Dann werden wir alle aus erster Hand erfahren, wer und was ich bin. Das wird … eine falsche Deutung der Geschehnisse verhindern.«

Er hörte Ash schnauben.

»Die Reise ist anstrengend«, gab Tanik zu bedenken, und es war ihr anzusehen, dass sie es nur widerstrebend eingestand. »Es kann immer nur einer zur gleichen Zeit geleitet werden.«

Crys nickte. »Von Euch vielleicht«, erklärte er, und auch wenn seine Worte nicht laut waren, schallten sie vernehmlich durch die Stille des Berges. Die Mutter Seherin errötete. »Ich kann uns alle führen. Ich kann jedem Mann, jeder Frau und jedem Kind, die heute gekommen sind, die Zukunft zeigen, die Vergangenheit sowie alles, was dazwischenliegt.«

»Bei den Rilpori gibt es diesen Brauch gar nicht. Habt Ihr denn überhaupt schon einmal seelengeträumt?«, fragte der Kriegsfürst, bevor Tanik Crys' Worte verächtlich zurückweisen konnte. »Nein? Wie wollt Ihr dann eine solche Großtat vollbringen? Ohne jede Ausbildung und ohne alle Erfahrung?«

»Ich bin der Fuchsgott. Ich lebe in Träumen. Setzt Euch.« Er ließ sich im Schneidersitz auf dem Fels nieder, und die frühe Sonne tauchte seine Schultern und sein Haar in goldenen Schein und ließ seine silbernen Narben funkeln. Er wartete schweigend. Er fühlte, wie der Gauner lachte, kleine Bläschen der Heiterkeit platzten prickelnd in ihm. Zögernd sahen die Umstehenden sich an, suchten beieinander Rat und Erlaubnis, doch schließlich folgten all die vielen hundert Menschen, die sich auf dem Gipfel zusammengedrängt hatten, seinem Beispiel, bis einzig die Mutter Seherin noch stand.

»Und?«, wandte sich Crys an sie. »Wünscht Ihr, mit mir zu reisen?«

Sie schaute über die Menschenmenge hinweg, das Gesicht teilnahmslos, dann setzte auch sie sich hin, sodass die Halskette aus Bärenzähnen klapperte, die ihr bis zum Nabel hinunterhing.

»Wir sind jetzt beim Beginn eurer Reise angelangt«, erklärte sie mit tiefer, sonorer Stimme, »und ich werde …«

»Schließt alle die Augen«, fiel ihr Crys ins Wort, »und lauscht meiner Stimme.«

Tanik warf ihm einen vernichtenden Blick zu, aber er erwiderte ihn mit Gleichmut, und einer nach dem anderen schlossen die versammelten Menschen die Augen. Ash machte die seinen als Letzter zu, weil er misstrauisch war.

»Ich bitte euch, alle meinen Weg in den Traum zu nehmen. Den Fuchspfad, durch das Unterholz und über die Felder und hinein in den Wald. Seht jetzt vor euch einen Wald aus Eichen und Kastanien, Birken und Eschen. Vogelgezwitscher unter hellen Ästen, kleine Lichtungen mit Wildblumen und üppigem Gras. Eine zarte Brise streicht durch die Blätter, sprenkelt den Waldboden mit verstreut herabfallenden Sonnenstrahlen, das Gelächter der Tänzerin liegt in der Luft, sorglos wie das Flattern der Schmetterlinge. Lauscht meiner Stimme …«

Der Wald war sonnig und warm und voller Leben. Crys war noch nie zuvor hier gewesen, und doch war es wie zu Hause – ein seelenschweres, tief ins Mark gehendes Zuhause, ein Gefühl von Richtigkeit und Zufriedenheit ausstrahlend. Ein Ort des Friedens.

Er blickte sich voller Ehrfurcht um. Jedes Tier um ihn herum war einer der Männer, eine der Frauen oder eines der Kinder von Krike. Eine hochgewachsene Rotschimmelstute – Tanik Pferdetraum – und ein Fuchs mit weißem Fell – der Kriegsfürst, Brid Fuchstraum – standen ihm am nächsten, während sich eine Vielzahl von Tieren hinter ihnen aufreihte. Eine Woge des Staunens brandete über sie hinweg, als sie einander gewahr wurden, als sie Verwandte und Feinde, Freunde und Geliebte erkannten. Als jeder zum ersten Mal das Seelentier all der anderen sah.

Crys schaute auf seine dunklen Pfoten mit den scharfen schwarzen Krallen hinab, ließ neue Muskeln spielen und spürte, wie hinter ihm sein dicker, buschiger Schwanz über die toten Blätter auf dem Waldboden fegte. Er lachte über Ash, einen erstaunt wirkenden Otter und keineswegs der edle Wolf, den Ash sich vorgestellt hatte, und dann machte Crys Dom aus, und sein Gelächter blieb ihm in der Kehle stecken. Die Form des Calestars flackerte, veränderte sich, krümmte und wand sich, wurde vom Adler zur Natter und wieder zum Adler. Als sei seine Seele zerbrochen und dann zu einer neuen Gestalt geformt worden und wüsste nun nicht mehr, was sie eigentlich sein sollte. Als seien ihre einzelnen Bestandteile von einem blinden Mann wieder zusammengeklatscht worden, der sich herzlich wenig um das Ergebnis kümmerte.

Aber er war nicht Doms wegen hier. Noch nicht.

»Ihr seht mich«, sprach er, und trotz seiner Fuchsschnauze waren seine Worte klar und deutlich. »Ihr seht, was ich bin. Nicht irgendein Fuchs; sondern der Fuchs. Ihr seht, dass meine Augen dieselben geblieben sind: eins blau und eins braun. Ihr wisst, was das bedeutet. Ihr seht euch selbst, in den Gestalten, die eure Seelen annehmen, hier, wohin ich euch gebracht habe. Ihr seht, dass kein Zweifel bestehen kann. Ich bin der Fuchsgott. Ich bin der Gauner.«

»Wir sehen nichts dergleichen«, widersprach Tanik, die Ohren angelegt. »Gut, Ihr seid ein Fuchs. Unser Kriegsfürst ist ein Schneefuchs. Viele unserer Leute sind Füchse. Das ist kein Beweis.«

»Ich habe euch alle mit der gleichen Mühelosigkeit hierhergebracht, mit der ich eine Kerze anzünden würde. Auch all jene, die noch niemals seelengeträumt haben, sind hier bei uns, ohne irgendeinen Gedanken darauf verschwendet zu haben, ohne jede Anstrengung. Ich …«

»Das ist kein Beweis«, wiederholte Tanik. Ihr Schweif zuckte in die Höhe und einer ihrer Vorderhufe wühlte die Erde auf. Funken flogen durch die Luft, als sie den Huf auf den Boden schlug. Feuer in der Traumwelt. Crys schaute Dom an und sah ihn als die Natter, wie er sich entrollte und auf Tanik zuglitt. Ashs Otter stürzte sich auf ihn und hielt ihn fest, aber was er da gesehen hatte, verriet Crys mehr als alles andere, mit wem er es zu tun hatte.

In einer instinktiven Reaktion hatte er die Ohren angelegt. Er zwang sie, sich wieder aufzurichten.

»Ihr bringt uns an einen Ort, der uns tief vertraut ist, von dem wir in unseren Legenden und Geschichten hören, den wir in unseren Ritualen auf-

suchen, und dann sagt Ihr, es sei etwas Großartiges. Das hier ist für uns unser Zuhause; natürlich können wir diesen Ort ganz mühelos aufsuchen.«

Es blieb keine Zeit mehr zum Reden. Tanik das Pferd machte einen Satz und schlug mit Hufen um sich, von denen Funken aus rotem Feuer schlugen, ihre Zähne gebleckt. Crys sprang hoch, drehte sich nach links und biss Tanik im Vorbeijagen in die Lende. Und dann erwachte der Fuchsgott gleißend zum Leben wie eine vom Blitz getroffene Eiche, und Crys wurde aus dem Vordergrund seines Bewusstseins weit nach hinten gedrängt, sodass er genauso nur ein Beobachter war wie all die anderen hier versammelten Seelen.

Der Fuchsgott wechselte die Gestalt und wurde zu einem Pferd, das es mit Tanik aufnehmen konnte, aber mehrere Handbreit größer war. Sie bäumte sich auf und trat um sich. Er scheute zur Seite, und mit einem einzigen heftigen Hufschlag zerschmetterte er ihren Oberschenkel bis zum Knochen. Sie schrie wiehernd auf und kuschte.

Und dann war er wieder ein Fuchs. Fuchsgroß. Und dann ein Adler, der in die Baumkronen aufstieg; ein Habicht; eine Schwalbe; ein Hirsch; ein Igel. Gleißend vor silbernem Licht nahm der Fuchsgott die Gestalt eines jeden der ringsum versammelten Geisttiere an. Neben jedem Tier von einer bestimmten Gestalt erschien er in der gleichen Gestalt, diesmal nicht, um zu dominieren, sondern um zu berühren, Pelz an Pelz, Klaue an Klaue. Zog sie zu sich. Band sie an sich, nicht durch Angst, sondern mit Liebe.

Es dauerte nur Sekunden, bis er wieder seine Fuchsgestalt angenommen hatte und an die Spitze der Gruppe huschte. Leichtfüßig sprang er auf die Lichtung hinaus, und einen Moment später krachten Taniks Hufe auf seine Rippen und seinen Rücken, und ihre Zähne rissen an seinem Hals. Keine Pause, keine Zeit zum Nachdenken, nur Angriff, rotes Blut und Schmerz.

Tief im Inneren schrie Crys auf, wilde Wut mischte sich mit Entsetzen, und er drängte sich vor, lieh dem Fuchsgott seine Kraft, seinen Willen. Und der Fuchsgott wich ein Stück zurück, und Crys sprang hinein in diesen Raum, und jetzt bewegten sie sich als eine Einheit, ein Atemzug, ein Wesen, ein Wille. Dieses Wesen wechselte seine Gestalt schneller, als er denken konnte – mal ein Zaunkönig, um unter einem schlagenden Huf hinwegzuflattern, mal eine Natter, um ein Maul zu attackieren, dann ein Aal, um zwischen gelben Zäh-

nen hindurchzuschlüpfen, und schließlich, mit einem Schrei, laut genug, um alle versammelten Tiere einzuschüchtern, war er wieder Crys, in Menschengestalt – hier, an diesem Ort, wo die Tiere regierten. Kein Jäger oder Fallensteller, niemand, der gekommen war, um das Land zu zähmen und auszuplündern, sondern ein Mensch, der mit den Rhythmen und Jahreszeiten des Lebens in Einklang stand, der nur nahm, was er zum Leben brauchte.

Der Zweiäugige Mann, der einen Fuß in der Wildnis, einen Fuß in der Stadt hatte.

Mit einer weit ausholenden Armbewegung legte er Tanik ein Halfter an, das Seil in seinen Händen leuchtete silbern wie gesponnenes Mondlicht. Sie verstummte, ihre Flanken hoben und senkten sich, ihre Augen rollten, aber sie schwieg.

»Ich bin der Fuchsgott, der Große Gauner, Wandler der Gestalt und Lehrmeister von listenreichen Wegen. Ich bin Crys Tailorson, Soldat, herzensgebunden an Ash Schütze. Ich habe nie darüber gelogen, wer ich bin, was ich bin, nicht seit meiner Erweckung, und ich werde es auch niemals tun. Nehmt ihr mich an?«

Sämtliche auf der Lichtung – dieser sonnenbeschienenen Waldwiese tief im Inneren ihrer eigenen Seelen – versammelten Tiere, die sich für diesen einen vollkommenen Moment mit den Seelen ihrer Verwandten und ihres Gottes zusammengetan hatten, riefen laut ihre Treue hinaus und legten sich nieder, drückten Schnäbel und Mäuler in die weiche Erde.

Alle bis auf eine. Tanik unterwarf sich nicht – würde sich niemals unterwerfen.

Die Sonne stand hoch über ihnen, als Crys blinzelnd die Augen öffnete und sich auf der Sehershöhe wiederfand, seine Beine taub vom langen Sitzen, sein Mund trocken und von einem widerwärtigen Geschmack erfüllt. Seine Erschöpfung drückte auf seine Schultern wie zwei Ambosse, und was immer er im Seelentraum an Kraft verausgabt hatte, konnte ihm nicht einmal der Fuchsgott wieder zurückgeben.

Steif streckte er die Beine aus, ertrug das schmerzhafte Kribbeln, das wie Feuer durch sein eingeschlafenes Bein zog, und ließ seinen Blick über die Gesichter der Versammelten schweifen, während sie einer nach dem anderen in ihren Körper zurückkehrten. Einige weinten, viele lachten und unterhielten sich aufgeregt, und jene, die ein verwandtes Geisttier kennengelernt hatten, gingen aufeinander zu; ein starkes Gefühl von Familie und Gemeinschaft prägte diesen strahlenden Morgen.

Crys stemmte sich hoch, atmete tief durch und grub die Zehen in den Stein unter ihm. Er hörte Ash aufkeuchen und schaute hinüber, sah, dass dem Bogenschützen geschockt der Mund offen stand. Ash klopfte sich betont auf die Schultern, und Crys schaute überrascht erst an sich hinab, dann zu Ash hinüber und schließlich wieder auf seine eigenen Schultern zurück.

Ein rankenartiges Filigranmuster aus roten Linien schlängelte und wand sich zwischen seinen silbernen Narben in kreiselnden Formen über seine Schultern und bis zu seinen Ellbogen hinunter, ein Geflecht aus Silber und Rotgold, ein Muster, das zugleich rundum verständlich und ein verschlungenes Geheimnis war, je nachdem, durch wessen Augen er es betrachtete. Die Muster ringelten sich über seine Schlüsselbeine und seine Brust, und er wusste instinktiv, dass sie zwischen seinen Schulterblättern über seinen Rücken hinunterliefen, eine Mähne aus Rotgelb und Silber. Narbe und Göttlichkeit, unlöslich miteinander verbunden.

Er sah wieder zu Ash, sah, wie sich der Bogenschütze die Lippen leckte und anerkennend nickte, und er spürte, wie ein Grinsen seine Mundwinkel umspielte. *Wir sind immer noch hübsch, was, Füchslein?*

Neue Bläschen der Belustigung perlten in ihm empor. *Hübscher.*

Crys lachte und breitete die Arme weit aus, als sich nun auch Tanik und Brid hochrappelten. »Kinder des Lichtes, Anhänger des Fuchsgottes und Volk von Krike, ich heiße euch willkommen. In den nächsten Tagen und Monaten gibt es viel zu tun. Findet eure Priester, lasst euch von euren Alten die Rituale und die Geschichten neu lehren, erinnert euch an eure Sitten und Gebräuche. Tanik Pferdetraum ist keine Seherin. Sie ist kein Liebling der Götter« – er sah ihr in ihre hasserfüllten Augen – »oder zumindest nicht eurer Götter. Glaubt an euer Land und aneinander, an eure Priester und die Tänzerin und an den Großen Gauner. Seid wieder Kriker, träumt wieder, wie eure Herzen es von euch wollen.«

Die Mutter Seherin machte einen Sprung nach vorn, ihre Hand flog in ihr weites Gewand, und als sie sie wieder hervorzog, hielt sie ein langes schwarzes Messer mit einer gezackten Klinge in der Faust.

»Lügner!«, kreischte sie. »Verräter!« Sie zwängte sich an den zu lange zögernden Wachen vorbei und rammte Crys ihre Klinge bis zum Griff in den Bauch. »Lügner!«, zischte sie abermals, während ringsum die Menge erstarrte, stumm und benommen angesichts der grausamen Wildheit ihrer Gewalt, die zudem völlig unerwartet kam, wo doch alle anderen von einem solchen freudigen Hochgefühl erfüllt waren.

»Gott, nicht Lügner«, antwortete Crys, den plötzlich schlagenden Puls von Blut in seinen Ohren übertönend, während ihm das Blut heiß in den Taillenbund hineinströmte. Der Schmerz war außerordentlich, durchflutete jeden Teil von ihm, hell, schön und quälend. Voll von dunkler Drohung. Rot vor Verheißung. Seine Knie wollten nachgeben, aber er ließ sie starr und steif werden, ehe er stürzen konnte. Er schob Tanik sanft beiseite, dann zog er das Messer aus seinem Bauch und reichte es ihr zurück.

Licht flammte auf, und die Wunde heilte. Das Blut hörte auf zu fließen, und die durchbohrten Organe wuchsen wieder zusammen. Die Frau stolperte verblüfft zurück.

»Nein!«, schrie sie und schlitzte ihn von der Kehle bis zum Nabel auf.

Ihm blieb eine Sekunde Zeit, sich zu fragen, wofür denn eigentlich die Wachen bezahlt wurden, dann durchwogte ihn sengender, ekelerregender Schmerz, und sein Inneres drohte sich nach außen zu wenden. Er biss die Zähne zusammen, um nicht laut aufzuschreien, drückte mit den Händen die Ränder der Wunde zusammen, spannte die Muskeln gegen die wilde Qual an, die verlangte, dass er zusammenbrach. Er brach nicht zusammen.

»Ich spreche die Wahrheit«, keuchte er laut, über Ashs gebrüllte Drohungen hinweg, und da war noch mehr von dem silbernen Licht. Seine Rippen verschwanden wieder, seine klaffenden Eingeweide zogen sich in seinen Bauch zurück. Er heilte. Doch es spielte keine Rolle, dass er wieder unversehrt war; der Schock drohte ihn dennoch auf den Stein stürzen zu lassen, und sein Blut war heiß und klebrig, und es durchtränkte die Wolle seiner Hose und troff über seine Beine bis hinab zu seinen Stiefeln. Die Wunde war verschwunden, aber der Schmerz und die helle, sengende Erinnerung an ihn durchdrangen noch immer seinen zitternden Körper.

»Es tut mir leid, dass ihr hierherkommen und das mit ansehen musstet«, sagte er zur Überraschung aller, einschließlich seiner selbst. »Was man sät, das erntet man.« Er war über und über in Schweiß gebadet, und der Schweiß brannte auch in seinen Augen.

Tanik hob ihr Messer erneut, aber dann riss es ihr der Kriegsfürst aus der Hand, und Crys konnte deutlich das Brechen eines Fingers hören, als er ihr die Waffe entwand. *Das hättest du auch schon ein bisschen früher tun können, weißt du. Es wäre wirklich schön für mich gewesen, nicht die Umrisse meiner eigenen Blase im Sonnenlicht sehen zu müssen.*

Er verbiss sich ein irres Kichern.

Die Mutter Seherin kreischte und fauchte wie eine Katze. Neben ihr gab es ja auch noch ihre engen Gefolgsleute; da waren Taniks Leibwachen und ihr Bruder Pesh, den Crys zwar gerade nirgendwo entdecken konnte, der ihr aber selten von der Seite wich. Doch keiner von ihnen allen regte sich jetzt, es sei denn, um niederzuknien. Wie eine Welle, die gegen ein Ufer schlug, fielen die Menschen von den vordersten Reihen bis hin zu den hintersten auf die Knie, so wie es die Kriker zuvor im Wald getan hatten, diesmal jedoch in ihren sterblichen Hüllen. Ash zögerte einen kurzen Moment, weil er bereit sein wollte, Crys notfalls zu Hilfe zu eilen, aber dann machte auch er eine Kniebeuge.

»Ich bin der Fuchsgott«, verkündete Crys, seine Stimme nur eine Spur kräftiger als seine weichen Knie, aber seine Willenskraft war stärker als beides zusammen. »Ich bitte euch nicht, der Macht zu huldigen, wie Tanik es getan hat. Ich bitte euch auch nicht, mir zu huldigen. Ich bitte euch, selbstständig zu denken, zu hinterfragen – das, was ihr zu wissen glaubt, und auch das, was ich euch zeige. Das Licht wartet auf euch, wendet ihm das Gesicht zu. Besinnt euch wieder auf euch selbst, auf all die Dinge, die ihr zu leisten vermögt.«

»Tötet ihn!«, brüllte Tanik, und Crys spannte die Muskeln an, aber niemand fiel über ihn her. Dann lächelte er, seine Zähne blutverschmiert, während er sich mit aller Willenskraft zwang, nicht umzukippen. Wenn er jetzt fiel, war die Sache vorbei, ganz gleich, was er alles vollbracht und ihnen demonstriert hatte. *Nur noch ein kleines Weilchen, Beine. Lasst uns jetzt nicht im Stich.*

Und dann trat der Kriegsfürst vor. Crys blinzelte benommen, kämpfte gegen sein Schwindelgefühl an und leckte sich die trockenen Lippen. Das hatte er nicht erwartet. »Wollt Ihr mich herausfordern?«, fragte Brid. Crys schüttelte den Kopf. »Trachtet Ihr danach, über mein Volk zu herrschen?«

»Ich trachte danach, es zu führen, sowohl zurück ans Licht

als auch in den Krieg. Ihr seid der Kriegsfürst; ich strebe diese Position nicht an. Aber wenn Ihr beweisen müsst, dass die Worte der Mutter Seherin eine Lüge sind, dann tut das. Ich werde Euch nicht daran hindern.«

Hinter Brid war Ashs Gesicht gerade noch sichtbar, und sein Ausdruck war panisch und voller Besorgnis. Er schüttelte den Kopf, und Crys spürte, wie ihn ein Stück weit der Mut verließ. Keuchend atmete er tief ein, wusste nicht, ob er einen weiteren Angriff würde aushalten können. Es war weniger der Schmerz an sich, der ihm zu schaffen machte. Schlimmer war es, dabei in ihre Gesichter zu sehen. Und sich nicht zur Wehr zu setzen.

»Brid Fuchstraum, Ihr, der Ihr die Fuchsgestalt mit mir teilt, gerade Ihr solltet verstehen. Euer Leben ist immer meines gewesen. Soll meines jetzt das Eure sein?«

Der Kriegsfürst zuckte zusammen. »Wie bitte?«

»Ihr habt nicht einfach vom Fuchs geträumt, damals, als Ihr ein Junge gewesen seid, nicht wahr? Ihr habt von mir geträumt. Von einem Krieger mit einem blauen und einem braunen Auge, der mit einem Fuchs in den Armen auf einem Felsen sitzt. Ihr habt es der Mutter Seherin nie erzählt, die in Eurem Seelentraum immer nur das gesehen hat, was sie selbst sehen wollte. Ihr habt es überhaupt nie jemandem erzählt, solche Angst hattet Ihr davor, dass Ihr etwas falsch gemacht haben könntet. Ihr habt mich gesehen.« Der Fuchsgott legte dem Mann die Hand auf die Brust. »Seht mich auch jetzt.«

Brid taumelte zurück. Dann kniete er nieder. »Ich habe gewusst, dass Ihr es seid«, flüsterte er heiser und legte die Hand auf das Fuchsamulett um seinen Hals. »Ich habe es gewusst, aber ich … ich habe es einfach nicht glauben können. Vergebt mir, was ich habe geschehen lassen.«

»Ich war es, der es geschehen ließ, Kriegsfürst. Und es ist notwendig gewesen.« Der Fuchsgott wandte sich der Menge zu und hob erneut die Arme. »Gibt es hier irgendwen, der meinen

Anspruch anfechten will?« Beredtes Schweigen hallte über den Gipfel der Sehershöhe. »Dann ist es abgemacht. Kriegsfürst, wenn es Euer Wille ist: Schickt Reiter aus, um die Krieger zusammenzurufen. Ganz Gilgoras steht auf Messers Schneide. Ich bitte darum, dass Ihr mir helft, es zu retten und nicht in den Abgrund stürzen zu lassen.«

Der Kriegsfürst richtete sich hoch auf. »Wir kämpfen an Eurer Seite, Herr. Wir sind Eure Kinder.« Er zeigte auf Tanik. »Was Euch betrifft, ist Verbannung eine zu leichte Bestrafung für das Gift, das Ihr über uns gebracht habt.«

Tanik Pferdetraum, falsche Mutter Seherin, kreischte und krümmte die Finger zu Krallen, aber Crys missfiel der Triumph, der immer noch in ihrem Gesicht leuchtete. »Es ist ganz egal, was ihr mir antut«, schrie sie. »Ihr werdet ohnehin alle sterben!«

Der Kriegsfürst machte eine ruckartige Kopfbewegung, und Jubelrufe erhoben sich aus der Menge, als die Krieger, die sie festhielten, sie zum Gipfelrand zerrten und in die Tiefe stießen. Sie schrie nicht.

Es war nicht das Ende, das sich Crys gewünscht hätte, aber es war wahrscheinlich besser als das Ende, das sie verdiente. Und die Sache war erledigt. Crys spürte Ashs Erleichterung; sie strich ihm über die Haut, als wüchsen dort Federn.

Er ließ den Blick über die jubelnde Menge schweifen und setzte sich dann mit äußerst behutsamen Bewegungen hin. Zumindest vorläufig hatte er sie alle für sich gewonnen.

DIE GESEGNETE

Achter Monat, erstes Jahr der Herrschaft von König Corvus
Tempel der Roten Götter, Tempelbezirk, erster Ring, Rilporin, Weizenland

Welche Fortschritte habt Ihr und die Osttruppe bei der Suche nach Eurer Schwester gemacht? Wir brauchen dieses Kind, Majestät, sonst ist alles, was wir erreicht haben, weniger wert als Pisse im Wind.«

»Darüber wollt Ihr ausgerechnet jetzt reden, während Valan fort ist und die Stadt einem Pulverfass gleicht? Schätzungen zufolge sind mehr als ein Viertel der Sklaven in der Stadt tot.«

Lanta strich den Stoff ihres Gewandes über ihren Beinen glatt und ließ sich dabei viel Zeit. »Dann brauchen wir jetzt ebenso viele Münder weniger zu füttern, ein Punkt, über den Ihr Euch, wenn ich mich recht erinnere, Sorgen gemacht habt. Uns ist ein schwerer Schlag versetzt worden, doch wir werden damit fertig, wie wir mit all den anderen Schlägen auch fertiggeworden sind – mit der Charakterstärke und dem wahren Glauben, der uns zu Mirak macht. Die Frauen und Kinder sind tot, Majestät, und ich habe mehrmals am Tag mit unseren Kriegern gebetet, Gull ebenso. Wir haben getan, was wir konnten, um sie zu beruhigen, aber es ist jetzt an der Zeit, sich auf das zu konzentrieren, was wir erreichen können, was wir erreichen müssen, damit diese Menschen nicht umsonst gestorben sind. Jetzt ist nicht der Zeitpunkt zu zaudern.«

»Zaudern? Wir beide können von Glück sagen, dass uns

unsere eigenen Krieger dafür nicht in Stücke gerissen haben! Froh sein, dass wir nur ein Viertel der Sklaven verloren haben. Die Männer sind nicht die Einzigen, die zu zweifeln beginnen, Gesegnete.«

Lanta blieb der Atem in der Kehle stecken, und sie vertuschte es mit einem leisen Räuspern der Verstimmung. »Was bringt es uns, wenn alles für das Ritual bereit, das Blutkind aber für uns verloren ist?« Sie zeigte ihm ihre verbundenen Hände, dann riss sie am Halsausschnitt ihres Kleides, sodass ihre blauen Flecken und Kratzer sichtbar wurden. »Wer von uns arbeitet härter, mein Herr und König?«, fragte sie aufbegehrend. »Wer von uns riskiert hier für die Götter sein Leben? Findet mir Eure Hure von Schwester.«

Ein Muskel zuckte in seiner Wange, aber seine Stimme blieb ruhig. »Ihr geht davon aus, dass der Gottesblinde die Wahrheit gesprochen hat und Rillirin tatsächlich schwanger ist. Ihr setzt all Eure Hoffnung auf die Worte eines Mannes, der sich als falsch erwiesen hat, der zum Verräter geworden ist und die schrecklichsten Verbrechen begangen hat. Und selbst wenn er die Wahrheit gesagt haben sollte – ich habe bereits Männer ausgeschickt, die jede Stadt und jedes Dorf nach ihr durchkämmen. Sie ist einfach nicht aufzufinden.«

Die Haut auf Lantas Gesicht spannte sich vor Empörung. »Ihr meint wohl, ich wüsste nichts von seinem Verrat? Ihr glaubt, es sei irgendwie meiner verdammten Aufmerksamkeit entgangen, was der Gottesblinde getan hat? Ihr redet davon, Städte zu durchkämmen und sie nicht zu finden. Nun, dann befindet sie sich eben offensichtlich nicht in einer Stadt. Was ist mit den Weilern, den abgelegenen Bauernhöfen? Was mit den Ländern der Nomaden und Pferdehirten im Norden, was mit den verlassenen und zerstörten Forts? Suchen Eure Männer auch dort nach ihr? Muss denn ich mir für Euch sämtliche erdenklichen Möglichkeiten aus den Fingern saugen?« Sie schlug frustriert auf die Armlehne ihres Stuhls. »Wenn Ihr nicht so sehr in Eure neue Krone und all die hübschen Sklavinnen und Euren lächerlichen Palast vernarrt wärt, würdet Ihr vielleicht verstehen, was bei Euch eigentlich von vorrangiger Wichtigkeit sein müsste. Ihr glaubt, wir hätten gewonnen. Ich weiß, dass wir immer noch im Krieg sind, und ich zumindest verhalte mich auch entsprechend.«

Corvus blinzelte. Seine Augen waren blau wie der Himmel zur Wintersonnenwende. »Wir alle trauern, Gesegnete«, sagte er mit eisiger Stimme, »und wir alle beten für Euren Erfolg. Der Verlust der Dunklen Dame hat uns alle zu gebrochenen Menschen gemacht, und ich trachte danach, uns körperlich wieder zu stärken, so wie Ihr uns geistig stärken wollt. Und doch hat diese neue Katastrophe uns abermals geschwächt. Vor allem arbeite ich daran, dieses Land vor weiteren Aufständen zu schützen und es auf die Rückkehr unserer Blutigen Mutter vorzubereiten. Alle möglichen unterschiedlichen Angelegenheiten beanspruchen meine Zeit …«

»Meint Ihr, das interessiert mich?« Lanta spuckte die Frage förmlich aus. »Meint Ihr, Verwaltung sei wichtig und das Einziehen von Steuern würde uns groß und mächtig machen? Meint Ihr Rilpor bedeutet auch nur irgendetwas, wenn sie nicht hier ist, um über das Land zu herrschen?«

»Ja, Gesegnete, das meine ich«, erwiderte er. »Rilpor bedeutet eine Menge, denn wenn die Dunkle Dame zurückgeholt wird, wird sie hierher zurückgeholt, an diesen Ort. Oder wollt Ihr, dass wir uns in die Gilgoras-Berge zurückziehen, zu den gefrorenen, von Tieren zerfetzten Leichen unserer Toten? Wäre das ein passenderer Ort für ihren Ruhm?«

Lanta holte tief Luft, um ihm eine scharfe Erwiderung ins Gesicht zu schleudern, aber Corvus kam ihr zuvor.

»Ist es dort wahrscheinlicher, dass Eure Bemühungen von Erfolg gekrönt werden? Denn wenn dem so ist, Gesegnete, werde ich noch heute den Befehl geben, dieses Land zu verlassen, und die Männer werden es gar nicht erwarten können, diesem Befehl Folge zu leisten. Sie werden dorthin zurückrennen, in der vergeblichen Hoffnung, Überlebende zu finden, und wenn ihre Suche dann erfolglos bleibt, werden sie den Verlust nur umso stärker spüren. Ihr glaubt, für mich sei es von vorrangiger Wichtigkeit, über Rilpor zu herrschen; Ihr irrt Euch. Für mich hat der Wille der Götter absoluten Vorrang – und der bestand, so wie Ihr ihn gedeutet habt, in der Unterwerfung von Gilgoras. Das ist der Grund, warum ich mich mit Verwaltung, Steuern und Sklaven beschäftige. Weil das eben *meine* Aufgabe in diesem großen Vorhaben ist.«

Die Muskeln in seinen Schultern und Oberschenkeln waren angespannt, und es kostete ihn offensichtlich seine gesamte Beherrschung, nicht von seinem Stuhl zu springen und sie so anzuschreien, wie er jetzt eine Sklavin angeschrien hätte. Lanta wünschte, dass er es versuchte, konnte die Befriedigung beinahe schmecken, die für sie damit verbunden wäre. Er erwartete, dass sie nachgab, dass sie seine Bemühungen anerkannte und die Widrigkeiten, mit denen er zu kämpfen hatte – stattdessen ging sie zum Angriff über.

»Das ist nicht gut genug. Eure Ausreden langweilen mich. Macht es besser, Corvus, oder habt die Folgen zu tragen.«

Der Muskel in seiner Wange zuckte erneut, das einzige sichtbare Anzeichen der finsteren Gefühle unter seiner Oberfläche. »Ich verstehe Eure Enttäuschung, Gesegnete. Ich teile sie sogar. Wir alle teilen sie.« Er sagte es mit einer Zurückhaltung, die sie nicht erwartet hatte und die ihr nicht gefiel, kein bisschen. Sie wollte einen Streit. Sie wollte … einen Grund zu handeln, zu tun, was getan werden musste. Es kam ihr so vor, als behindere Corvus die Rückkehr der Dunklen Dame, und jede Form von Behinderung würde Lanta nicht hinnehmen.

Wie kann er an meinem Verlangen zweifeln, sie zurückzuholen und zu sehen, wie all die Pläne der Götter in Erfüllung gehen. Wie kann er glauben, seine Hingabe sei größer als ...

»Während wir zuvor die Dunkle Dame um Hilfe bei der Suche nach meiner Schwester hätten anflehen oder unseren Leuten hätten auftragen können, inständiger um ihre göttliche Unterstützung zu beten, sind wir jetzt ganz auf uns selbst angewiesen. Ihr seid schließlich nicht der einzige Mensch, der hier alles gegeben hat. Wir können nur suchen. Und so suchen wir.«

Unter dem blutdurchtränkten Saum ihres langen Gewandes krümmte Lanta die Zehen, das einzige – und nach außen hin ohnehin unsichtbare – Zeichen ihres maßlosen Zorns über die Unverschämtheit des Königs. »Ihr braucht mich nicht an unsere Notlage zu erinnern, genauso wenig wie an die Abwesenheit der Dunklen Dame aus Gilgoras. Ich bin mir dieser Tatsachen vollauf bewusst, *Corvus.*« Sie nannte ihn absichtlich beim Namen und ließ ihn aus ihrem Mund wie eine Beleidigung klingen. »Wenn Ihr andeuten wollt, das Fort-Sein unserer Mutter oder die Ereignisse auf dem Himmelspfad seien meine Schuld, dann rate ich Euch, Eure Worte mit großer Sorgfalt zu wählen. Ohne mich – ohne die Götter – seid Ihr nicht mehr als ein Emporkömmling von einem Kriegsfürsten, der Wahnvorstellungen von Pracht und Größe hegt.«

Corvus stieß sich aus seinem Sitz hoch, und Lanta sprang auf, um sich ihm entgegenzustellen, genoss die Herausforderung, freute sich auf den kommenden Kampf.

»Wenn Ihr den Gottesblinden nicht auf den Fuchsgott losgelassen hättet ...«, begann Corvus.

»Wenn Ihr sie nicht beide hättet entkommen lassen, als sie noch in Reichweite Eurer Krieger waren«, erwiderte sie, und die Worte hallten durch den Tempel. »Wenn Ihr die Stadt und alle darin gesichert hättet. Wenn Ihr nicht wie ein kleiner Junge mit Rivil gezankt hättet. Wenn Ihr Rillirin überhaupt gar nicht erst hättet entkommen lassen, verdammt noch mal. *Wenn, wenn, wenn!*

Ihr beabsichtigt, mir an alledem die Schuld zu geben? Ich bin es gewesen, die Euch eingeschärft hat, dem Gottesblinden nicht zu vertrauen, und Ihr wart es, der in ihm einen Weg zu den Göttern gesehen hat, einen Weg, auf dem Ihr geglaubt habt, mich umgehen zu können. Ihr habt danach gestrebt, gar keine Gesegnete mehr nötig zu haben, und deswegen habt Ihr die Dunkle Dame sterben lassen!«

Ihr Busen wogte, ihr Gesicht war heiß vor berechtigter Entrüstung. Die Wirbel aus Gottesblut auf ihrer Haut kribbelten und spornten sie an.

»Ihr habt den Bogen überspannt«, sagte Corvus mit geballten Fäusten. »Ihr geht zu weit.«

»Und Ihr geht nicht weit genug«, kreischte Lanta und versuchte ihn dazu zu provozieren, sie zu schlagen. Ihr einen Grund zu liefern. »Ihr streitet wegen der Verteilung von Sklaven und Getreidevorräten, Ihr macht Euch Sorgen, wenn es darum geht, längst gebrochene Dorfbewohner zu unterjochen, Ihr verschwendet Zeit darauf, verdammte Mauern wieder aufzurichten, die wir selbst niedergerissen haben. Ihr baut und erhaltet, während Ihr vielmehr den Krieg suchen und ins Feld ziehen solltet. Und dann gebt Ihr mir die Schuld dafür, dass Ihr Rillirin nicht aufspüren könnt. Wenn ich meine Tage und Nächte mit Ritualen zubringe, wenn ich unseren Roten Vater anflehe und beschwöre, mir bei meiner Suche beizustehen, taucht meine Seele tiefer in die Reiche jenseits dieser Welt ein, als Ihr es Euch vorstellen könnt. *Und was macht Ihr eigentlich, Corvus? Was macht Ihr?*« Lanta trat vor und stieß ihm fest gegen die Brust. »Dieses Land hat Euch verweichlicht. Es hat Euch alles Feuer aus dem Leib geraubt. Es hat Euch verführt und Eure Augen von den Göttern weggelenkt, die doch unsere wahre Belohnung sind.«

»Nehmt Eure Hand von mir«, sagte Corvus, so leise und mit so viel Gift in der Stimme, dass selbst Lanta, die Gesegnete und Stimme der Götter, für einen Moment stutzte. Sie ließ die

Hand sinken. »Wird Rillirins Kind noch den entscheidenden Unterschied machen können, wenn wir von unseren eigenen Sklaven abgeschlachtet worden sind? Wird die Rückkehr der Dunklen Dame gebührlich gefeiert werden können, wenn es keine Mirak mehr gibt? Wenn wir tot sind, Lanta, wie sollen wir sie dann zurückholen?«

Dass er sie nun genauso absichtlich beim Namen nannte wie sie zuvor ihn, war für sie wie ein Eimer kaltes Wasser ins Gesicht. *So weit sind wir gekommen. So wenig ist von unserem Bündnis noch übrig geblieben.*

Dann soll es so sein.

»Ich werde dafür sorgen, dass jeder Einzelne von uns stirbt, wenn das Kind sie zurückholt«, sagte sie leise. »Für sie werde ich uns alle töten, mich selbst eingeschlossen, und das mit Freuden. Wenn Ihr ein wahrer Mirak wärt, würdet Ihr das verstehen.«

Er erstarrte. Alles an ihm verwandelte sich in die wachsam angespannte Kampfbereitschaft eines Raubtiers, das eine Beute ausgemacht hat. Schweiß kribbelte auf Lantas Handflächen, und sie hob das Kinn.

»Und so ist es zwischen uns also endlich so weit gekommen«, murmelte er. »Ganz ehrlich, Ihr habt länger gebraucht, als ich erwartet hätte. Ist es mein Glaube, an dem Ihr zweifelt, oder einfach mein Blut, das Ihr hasst? Habt Ihr deshalb Rill immer gehasst – weil sie Liris lieb und teuer gewesen ist, eine fremdländische Bettsklavin, die nicht einmal Ihr ersetzen konntet?«

Lanta musste feststellen, dass sie nicht wusste, was sie darauf antworten sollte.

»Zweifelt Ihr an meinem Glauben?«, fragte er und krempelte den Ärmel hoch, um ihr die Narben von Blutschwüren und Blutgelöbnissen zu zeigen, die gezackten hässlichen Linien, die er in sein Fleisch geschnitten hatte, als die Dunkle Dame verschwunden war. Er zog ein Messer aus seinem Gürtel, so schnell, dass Lanta zusammenzuckte. Sein Lächeln war ohne Wärme, ohne Fröhlichkeit. »Sagt mir, Gesegnete, wie tief ich schneiden soll. Sagt mir, dass es sie zurückbringen wird, wenn ich mich hier und jetzt umbringe, und ich werde mir die Pulsadern geöffnet haben, noch bevor das Echo meiner Worte verhallt ist.«

Er musterte ihr Gesicht, ihre Augen, während sie über seine Worte nachsann. Sie hatte keinerlei Zweifel daran, dass er es tun würde, nicht den leisesten Schatten eines Zweifels. Und trotz allem, was sie fühlte und dachte und wollte, ließ Lanta den Moment verstreichen.

»Zum gegenwärtigen Zeitpunkt würde es unseren Zwecken nicht dienen«, erwiderte sie. »Doch wenn das einmal der Fall ist – wenn der Zeitpunkt gekommen ist –, wäre es mir eine Ehre, Euch persönlich zu opfern.«

»Die Ehre wird ganz auf meiner Seite sein, Gesegnete«, antwortete Corvus, und Lanta wusste, dass die Gefahr vorüber war, zumindest für den Augenblick. Ihr Bündnis blieb bestehen, wenn auch stark strapaziert und unter immensem Druck. Wenn es schließlich ein Ende fand, würde Lanta einen Ersatz benötigen. Einen geeigneten, hingebungsvollen Ersatz.

»Wir werden sie finden, Gesegnete. Das werden wir, einfach weil wir sie finden müssen. Die Osttruppe hat ihre Beschreibung und weiß, dass sie die Städter nach einer Rothaarigen mit Mirak-Akzent befragen müssen. Irgendjemand wird sie kennen, wird bereit sein, sie gegen eine kleine Belohnung zu verraten. Aber angesichts der Nachrichten von unseren Verlusten in den Bergen kann ich keine Mirak nach ihr suchen lassen. Sie würden unbesonnen handeln, und ich könnte nicht garantieren, dass Rill es unversehrt zu uns zurückschaffen würde.«

Lanta war eine Mirak; sie wusste genau, wie ungestüm die Leidenschaften der Mirak waren. »Da bin ich ganz einverstanden, und doch müssen wir schneller handeln. Das ist keine Beleidigung, Majestät. Lasst die Osttruppe jede schwangere Frau befragen, die sie finden. Eure Schwester könnte sich das Haar gefärbt haben, könnte sich alle Mühe gegeben haben, ihren Akzent zu verändern. Aber die Schwangerschaft sollte man ihr inzwischen ansehen können – keine Frau kann das verbergen.«

»Euer Wille, Gesegnete.«

»Nicht mein Wille. Der Wille der Dame.« Sie zwang ein versöhnliches Lächeln auf ihre Lippen. »Vielen Dank, Majestät. Und jetzt muss ich beten. Ich werde bei Einbruch der Dunkelheit zu Euch stoßen, wenn Ihr auf dem Platz sprecht, und ich werde unserem Volk an Unterstützung gewähren, was immer ich zu bieten habe.«

Corvus neigte den Kopf und schritt dann aus dem Tempel, vorbei an dem Gottesteich, der widerwärtig stank und dessen Wasser schwer gegen die Seiten des Beckens schwappte, rot und schaumig und voller Klumpen geronnenen Blutes. Indem sie den Gottesteich wieder der Dunklen Dame und Gosfath, dem Gott des Blutes, geweiht hatte, hatte Lanta viel dazu beigetragen, die Macht der Tänzerin über ihren imposantesten Tempel zu schwächen. Es war ein Hauch von Balsam für Lantas gequälte Seele.

Gull trat aus den Schatten und nahm den Stuhl, auf dem Corvus gesessen hatte, nun für sich in Beschlag.

»Wir sind umringt von getreuen Idioten«, sagte Lanta leise, »die keinerlei Vorstellung von der komplexen Natur der Arbeit haben, die wir hier leisten.«

Gull nickte und strich sich mit seinem langen Zeigefinger über die Wange. »Das stimmt. Aber sie brauchen es auch nicht zu wissen. Sie brauchen nur zu gehorchen und zu glauben und, wenn der Zeitpunkt gekommen ist, ihrem Zorn über die Verluste, die wir erlitten haben, freien Lauf lassen und ihn gegen unsere Feinde zu richten. Wir sind es, die Gilgoras verändern und unsere Blutige Mutter zu uns zurückbringen und sie wieder in ihre Herrschaft einsetzen werden. Und dieser Mann, Corvus, glaubt in der Tat, daran besteht nicht der geringste Zweifel. Auch wenn er sich vorwiegend den weltlichen Dingen widmet, so glaubt Corvus doch felsenfest, als sei er niemals ein Rilpori gewesen. Sein Glaube ist unerschütterlich. Er war eine weise Wahl für das Amt des Königs.«

Die Gesegnete zog die Mundwinkel herab. *Und doch habe nicht ich ihn zum König auserwählt. Doch den nächsten werde ich auserwählen.*

»Er wird uns als König genügen, solange er uns nützlich ist«, antwortete sie knapp. »Und dann werden wir weitersehen.«

MAKE

Achter Monat, erstes Jahr der Herrschaft von König Corvus
Hauptquartier der Südtruppe, Westebene, Grenze zu Krike

Edris war gekommen. Gegen alle Wahrscheinlichkeit und trotz der Möglichkeit, dass es noch weitere Spähtrupps der Mirak auf der Westebene gab, war Edris gekommen.

Der Oberst ritt nicht an der Spitze einer Armee von Listranern, und er kam nicht in Begleitung von Tresh, ihrem neuen König in seiner prachtvoll glänzenden Rüstung. Edris führte auch keine Wagenkolonne von Vorräten mit sich, noch trabte er inmitten eines von ihrem neuen Monarchen ausgesandten Söldnerheeres.

Oberst Edris war allein. Er lenkte sein Pferd durch den Nebeneingang und zügelte es vor den Verwaltungsgebäuden, wo Make zusammen mit Hadir, Dalli, Hallos und den übrigen Führungskräften stand.

Makes Magen krampfte sich zusammen, als er die leere Miene des Obersts sah, die Art Gesichtsausdruck, die man aufsetzt, wenn man im Begriff steht, vor seinen vorgesetzten Offizier zu treten und ihm die denkbar schlimmsten Neuigkeiten zu überbringen.

Edris schnallte eine Krücke los und ließ sich vom Pferd herabgleiten. Aus unbeteiligter Distanz registrierte Make, dass er sich für einen Mann mit nur einem Bein sehr geschickt bewegte. Edris zog einen Sack von seinem Platz neben seinem Sattel, hielt ihn in der gleichen Hand wie seine Krücke, humpelte auf sie zu und salutierte dann. Die Offiziere erwiderten den Gruß, und Make lächelte.

»Oberst, Ihr habt ja keine Ahnung, wie froh ich darüber bin, Euch sicher zurückgekehrt zu sehen.« Er deutete auf den Sack. »Ich hoffe, der da ist voll mit Briefen von Tresh oder Hilfsversprechen oder Ähnlichem? Gold wäre auch nicht verkehrt, am besten genug, um eine Armee auszuheben.« Er wusste, dass es kein Gold war. Edris wäre der Arm abgebrochen, wenn er einen so großen Sack voller Gold getragen hätte. Aber der Mann sah so ausgezehrt aus, dass Make den lächerlichen Drang verspürte, ihn irgendwie aufzumuntern.

Edris leckte sich die Lippen und schwieg, humpelte nur an ihnen vorbei zur Tür. Make öffnete den Mund vor Schreck über seinen Mangel an Manieren, aber er bedeutete allen anderen, ihm zu folgen, und sie drängten sich in Makes Amtsstube und rempelten dann zurückfahrend gegeneinander, um möglichst weit auf Distanz zu dem Gestank zu gehen, den Edris verströmte und der unvergleichlich viel stärker war, als nur den Entbehrungen der Reise geschuldet sein zu können.

»Oberst? Was ist los?«, begehrte Make zu wissen, nachdem Hallos Hadirs neugierigem Adjutanten die Tür vor der Nase zugeschlagen hatte.

Edris klemmte sich die Krücke tiefer in die Achsel, öffnete den Sack und leerte ihn auf dem Tisch aus. Das Ding darin kullerte heraus, rollte ein Stückchen und blieb dann liegen, starrte Make aus verwesenden Augen an.

»Sehet König Tresh«, sagte er und warf den Sack auf den Boden. »Corvus' Männer haben Hochhalm sechzehn Tage nach uns erreicht und jeden dort niedergemetzelt, meine Männer eingeschlossen. Der König ist tot und damit unser Bündnis mit ihm und Listre. Lang lebe König Corvus.« Edris' Tonfall war düster und bitter wie Galle.

Make war, als würden sich seine Därme verflüssigen. »Also wissen sie, dass wir nicht in Listre sind?«, fragte er mit gedämpfter Stimme, bedeutete ihnen allen, Platz zu nehmen, und ließ ihnen trotz der frühen Stunde Wein einschenken.

Edris starrte auf den Kopf, bis Dalli den Sack nahm, ihn damit hochhob und dann behutsam auf Makes Schreibtisch legte, wo er mit seinen … Säften zweifellos Makes Papiere besudelte. So war er immerhin außer Sicht, auch wenn der Geruch noch immer unvermindert im Raum lastete. Hallos' Blick folgte dem Kopf, und Make wusste, dass der Arzt regelrecht darauf brannte, ihn genauer zu untersuchen. Er sollte seine Gelegenheit bekommen.

»Ja, sie wissen, dass wir nicht dort sind«, erklärte Edris, nachdem er einen großen Schluck Wein getrunken hatte. »Allein schon die Tatsache, dass Tresh keine Armee zu Hilfe gekommen ist, als sie Hochhalm angegriffen haben, hat es ihnen verraten. Treshs Leibwachen haben erbittert gekämpft und meine Jungs ebenfalls, aber alle bis auf mich sind dem Schwert zum Opfer gefallen, und dann wurde Tresh selbst enthauptet. Direkt dort im Thronsaal, inmitten der goldenen Tücher und der kostbaren juwelenbesetzten Becher, haben sie ihn mit Tritten auf die Knie geworfen und ihm den Kopf abgehackt. Und auch noch ziemlich hässlich, wirklich schlecht gemacht. Vier Hiebe waren vonnöten, und Tresh war bis zum letzten lebendig.«

Edris' Lachen war freudlos, und er setzte ihm ein Ende, indem er sich die zitternde Hand auf die Lippen presste. »Verzeiht mir. Ich habe einen Schnitt quer über die Brust abbekommen – eigentlich nur ein Kratzer, kaum mehr –, aber um mich herum waren so viele Leichen und so viel Blut, dass sie mich für tot gehalten haben. Und nur deshalb bin ich es nicht, nur deshalb lebe ich noch und bin jetzt hier.«

Er nahm noch einmal einen gierigen Schluck Wein, und Make wollte ihn anschreien, ihm auch noch alles Übrige zu berichten, aber er tat es nicht. Stattdessen dachte er an die Soldaten, die er zusammen mit Edris nach Osten geschickt hatte.

»Er wollte uns Truppen senden. Er wusste bereits, dass er unser König war. Er hatte Männer eingezogen und Truppen aufgestellt, hatte alles aus seiner eigenen Tasche bezahlt, bis er Anspruch auf die königliche Staatskasse würde erheben können. Er hatte die Regierung von Listre um Hilfe gebeten, wollte Hilfsversprechen einholen, Handelsabkommen abschließen und dergleichen. Sobald sich herumgesprochen hatte, dass Tresh tot war, hat sich die Armee aufgelöst, sich unter den Bewohnern von Listre verstreut, als hätte es sie niemals gegeben. Ich habe mich versteckt gehalten, bis die Mirak abgezogen waren, dann bin ich ihnen gefolgt, so unbemerkt wie irgend möglich. Allerdings kann ich nicht mit Sicherheit sagen, ob mir nicht doch jemand gefolgt ist. Möglicherweise habe ich sie direkt zu Euch geführt, Herr.«

Wir waren so nahe dran. Wir waren der Hilfe so nah, standen so kurz davor, ihnen eine genügend große Übermacht entgegenzuwerfen, um unseren Sieg sicherzustellen. So verdammt nah am Sieg.

»Besteht denn auch nur die geringste Hoffnung auf ein Bündnis mit Listre?«, fragte Make, statt Edris' letzte Bemerkung aufzugreifen. Jetzt, da die Zivilisten im sicheren Abstand von den Forts waren, war es nur ein Geduldsspiel, bis es zum nächsten Scharmützel kommen würde. Und indem sie die Kriegerbanden in der Westebene abgeschlachtet hatten, hatten sie bereits reichlich genug getan, um eine Reaktion zu provozieren.

Edris trat unruhig von einem Bein aufs andere. »Ich weiß nicht, Herr. Tresh ist auf ihrem Boden ermordet worden. Sie könnten Wiedergutmachung leisten wollen. Ich hätte in die Hauptstadt von Listre reiten und um Hilfe betteln können – das kann ich immer noch tun, wenn Ihr das wünscht –, aber ich hielt es für wichtiger, Euch sobald wie möglich zu informieren.«

Make nippte wieder an seinem Wein, der ihm allmählich

zu Kopf zu steigen begann, und sah sich am Tisch um. Hadirs Gesicht war starr, Jarls Miene wirkte zu Tode erschöpft, Hallos kritzelte hektisch irgendetwas in sein ärztliches Notizbuch, wahrscheinlich machte er sich Aufzeichnungen über den Geruch von Treshs Kopf, und Dalli … Dalli sah aus, als gebe sie sich alle Mühe, nicht in wildes Gekicher auszubrechen. Gegen seinen Willen zuckten ihm die Mundwinkel in die Höhe. Wenn man mit einem derart gewaltigen Desaster konfrontiert war, das so ziemlich alle Hoffnungen zunichtemachte, die ihnen noch geblieben waren, und als einzige Gewissheit nur die Aussicht auf neue kriegerische Auseinandersetzungen übrig ließ, schien ihm Gelächter eine genauso gute Strategie wie jede andere zu sein.

»Ich nehme nicht an, dass Tresh Kinder hatte, oder doch? Einen unehelichen Sohn oder Halbbruder, auf den wir zurückgreifen könnten?«, fragte Jarl. »Götter, selbst eine Tochter würde gehen.« Das verdarb Dallis gute Laune, und Make zuckte zusammen, aber dann atmete sie nur leise aus und ließ den Moment vorübergehen.

Edris schreckte hoch und löste sich von irgendeinem inneren Bild der erlebten Gräuel. »Nein, keine Nachfahren. Es gibt natürlich über ganz Rilpor verstreute entfernte Verwandte, aber Tresh war in der Thronfolge der Nächste. Vielleicht könnten wir ja einen von diesen entfernteren Verwandten auf den Schild heben.«

»Weiß irgendjemand, wer diese Leute sind?«, fragte Make. »Hallos? Ihr hattet doch bestimmt Zugang zu den Unterlagen im Palast?«

Der Arzt stülpte grübelnd die Lippen vor. »Es gibt da zwei Brüder in Kiefernschleuse, glaube ich, außerdem mehrere Damen auf Landsitzen kreuz und quer in den Weizenlanden, aber ich habe keine Ahnung, wie sie heißen. Und an diesem Punkt des Krieges brauchen die Rilpori mehr als irgendeinen Fremden, von dem sie noch nie gehört haben und der nicht mehr als eine Repräsentationsfigur ist. Sie brauchen jemanden, den sie kennen, jemanden, dem sie vertrauen und der bereits gegen die Mirak gekämpft hat.«

Hallos hielt inne, und Make machte eine ungeduldige Handbewegung. »Ja? Sprecht weiter. Jemand aus den Truppen? Ein Offizier?«

»Etwas in der Art, ja«, bestätigte Hallos, und Hadir und Jarl nickten bereits beifällig. »Als wir von Janis' Tod und Rivils Verrat erfahren haben, haben wir Eurem Vater den Vorschlag unterbreitet, selbst den Thron zu übernehmen. Durdil, möge er im Lichte ruhen, hat abgelehnt und Tresh aus dem Hut gezogen. Es scheint nur gerecht, dass die Verantwortung jetzt an Euch fällt, als Durdils Sohn und Erbe.«

Die Stille ringsum hallte wider wie Donnerklang. Make traten die Augen aus den Höhlen, und seine Ohren wurden so heiß, dass sie beinahe in Flammen aufgingen. Und dann wurde das Schweigen nach und nach gebrochen; der eine zuckte hörbar zusammen, der andere schnappte nach Luft, der Dritte bekam Schluckauf. Dalli begann erst zu kichern und dann zu schnauben, und schließlich brüllte sie vor Lachen und schlug sich sodann, eine Geste der Entschuldigung, die Hand vors Gesicht, während ihr Tränen über die röter werdenden Wangen rannen. Sie schob den Stuhl mit so viel Nachdruck zurück, dass dessen Beine laut über den Steinboden quietschten, und floh eilig aus dem Raum. Noch von draußen waren ihre johlenden Schreie zu hören, eine überreizte, hysterische Fröhlichkeit.

»Ich würde sagen, Dalli spricht für uns alle«, erklärte Make. »Wie Ihr soeben erklärt habt, gibt es immer noch andere Evendoms, und Kiefernschleuse ist für eine hinreichend starke Truppe in gut erreichbarer Entfernung. Wir können …«

»Nach Rastoth dem Wahnsinnigen und Rivil dem Verräter? Vielleicht ist es an der Zeit, uns von den Evendoms zu verabschieden«, bemerkte Hallos. »Neues Blut. Eine neue Linie. Eine ehrenwerte Linie.«

»Wir brauchen eine Galionsfigur«, pflichtete Hadir ihm bei, und Make musste an sich halten, um sich nicht quer über den Tisch zu stürzen und den General an der Kehle zu packen.

»Wir haben den Fuchsgott«, unterstrich er stattdessen, einen Anflug von Panik in der Stimme.

»Niemand weiß, wo der Fuchsgott ist«, entgegnete Hallos wenig hilfreich, wie Make fand, wenngleich der Arzt den unwirschen Blick nicht registrierte, den er nun auf ihn richtete.

»Und es herrscht immer noch reichlich Zweifel an der Glaubwürdigkeit seiner Behauptung«, schob Jarl mit sanfter Stimme ein. »Vor allem unter unseren Soldaten der Südtruppe, von denen viele Major Tailorson noch von früher kennen, als er vor einigen Jahren dort stationiert gewesen ist – verständlicherweise haben sie Mühe, den recht eigensinnigen Offizier, an den sie sich erinnern, mit dem Gott in Einklang zu bringen, den sie seit ihrer Kindheit und Jugend verehrt haben.«

»Ich muss sagen, ich hätte es selbst nicht geglaubt, wenn ich nicht einige der Dinge miterlebt hätte, die er auf der Stadtmauer von Rilporin vollbracht hat«, ergänzte Edris.

Make warf ihm einen bösen Blick zu, den der Oberst überhaupt nicht beachtete.

»Niemand zieht in einen Krieg, ohne seinen Truppen zu versichern, die Götter seien auf ihrer Seite. Wir brauchen mehr als nur das«, erklärte Jarl, und Make hatte den deutlichen Eindruck, zunehmend in die Enge getrieben zu werden. Und Make mochte es gar nicht, in die Enge getrieben zu werden.

»Was uns wieder zu dem Vorschlag von damals zurückbringt, Euren Vater zum König zu machen«, bemerkte Hallos, »und damit auch zu Euch, als seinem Sohn und Erben, Fürstgeneral.«

»Nein«, sagte Make, und seine erstickte Stimme nahm seiner Ablehnung ein wenig die Durchschlagskraft. »Das ist lächerlich. Das mache ich nicht. Ich will das verdammt noch mal nicht werden.«

»Meine Stimme habt Ihr«, betonte Hadir. »Ihr werdet die Stimme eines jeden Offiziers in der Südtruppe bekommen, und die Unterstützung Eurer eigenen Leute habt Ihr ohne Frage schon.«

»Edris ist der einzige Offizier, den ich noch habe«, blaffte Make.

»Und Edris unterstützt diesen Vorschlag«, meldete sich Edris selbst zu Wort.

»Scheißkerle«, murrte Make. Er starrte auf seinen Becher und fragte sich, ob er zu viel Wein getrunken hatte und das Ganze vielleicht nur ein Fiebertraum war. *Ich werde bald auf meiner Pritsche aufwachen, Dalli neben mir, und wir werden einen Krieg planen. Und alles ist wieder normal.*

»Ihr tragt das Schwert des Erben, seit Major Tailorson« – Hallos machte eine Pause, und ein verschlagenes Lächeln umspielte seinen Mund – »seit der Fuchsgott es Euch gegeben hat. Und habt auch schon von diesem Schwert Gebrauch gemacht. Wenn ich es richtig verstanden habe, hat Euer Vater persönlich Euch gebeten, das Schwert zu behalten. Und Ihr entstammt einer langen Linie ehrenhafter Männer und Frauen, seid der Jüngste aus einer Familie von Adel, die generationenlang dem Thron gedient hat.«

»Ich mache das nicht«, blaffte Make erneut, aber von allen versammelten Offizieren ging eine Welle der Zustimmung aus, und Hallos spielte die Rolle des unerbittlichen Arztes, der die Schreie seines Patienten überhört, um ihn zu heilen. Make hätte am liebsten selbst einfach losgebrüllt.

»Ihr würdet Euch weigern, Eure Pflicht an Rilpor zu erfüllen?«, raunzte Hallos. »Euren Soldateneid verraten, für König und Vaterland jedes erdenkliche Opfer zu bringen?«

»Es gibt gar keinen König.« Make schrie es beinahe.

»Genau das meine ich.«

Make biss die Zähne zusammen, aber wie immer er es auch

betrachtete, wie immer er verzweifelt um sich zu schlagen versuchte, die Schlinge zog sich zu. Er rang die Hände und bemerkte undeutlich, dass sie kalt und klebrig waren und zitterten. »Was wollt Ihr von mir? Soll ich in einem Festzug durch Rilpor reiten und mich zum König ausrufen lassen? Meint Ihr, Corvus wird einfach vom Thron herunterhüpfen und mich darauf Platz nehmen lassen und behaupten, er habe ihn nur für mich warm halten wollen?«

»Die Kunde wird sich überall verbreiten, sobald die Leute davon wissen«, betonte Hallos. »Schneller als die Pest. Überlegt nur mal, wie schnell sich die Bevölkerung erheben und Widerstand leisten wird, sobald sie weiß, dass der Held der Westtruppe ihr König ist.«

»Held? *Held?* Ich habe jeden Kampf verloren, den ich in diesem gottverdammten Krieg ausgefochten habe. Man sollte mich vor ein Kriegsgericht stellen, statt mir eine beschissene Krone auf den Kopf zu setzen.« Das Gewicht des Eingeständnisses dröhnte so laut in Makes Ohren, dass er beinahe Hallos nächste Bemerkung nicht mitbekommen hätte.

»Im Blutpasstal habt Ihr gewonnen.«

»Ja, und dann sind wir verdammt noch mal weggerannt, und seither sind wir nur noch von einer Niederlage in die nächste Katastrophe gestolpert«, entgegnete Make, und die Scham darüber lastete wie ein Stein auf seiner Brust.

»Und doch seid Ihr jetzt hier, unsere letzte und beste Hoffnung«, sagte Hallos. Make fragte sich, ob der Kerl wohl den Mund halten würde, wenn er seinen Kopf zu dem von Tresh in den Sack stopfen würde. Wahrscheinlich nicht.

»Wir befinden uns im Krieg, Fürstgeneral«, unterstrich Hadir. »In Zeiten des Krieges müssen schwierige Entscheidungen getroffen werden. Selbst wenn man Euch nur so lange zum Regenten machen würde, bis die Krise vorbei ist …«

»Genau das ist es.« Make griff mit beiden Händen nach diesem Rettungsanker und klammerte sich daran. »Wenn Ihr darauf besteht, mir das hier aufzuzwingen, werde ich so lange als Regent, als Königsvertreter, fungieren, bis die Mirak besiegt sind. Genau so lange und keinen Tag länger. Ich verfüge nicht über das nötige Rüstzeug, um zu herrschen, meine Herren.«

»Es ist wie das Befehligen von Soldaten, Fürstgeneral. Es gibt nur noch ein paar Dinge mehr, die es zu bedenken gilt, das ist alles«, erwiderte Hallos, aber er grinste zugleich, weil er nun seinen Willen bekommen hatte. »Soweit wir wissen, haben sich jene von hoher Geburt hier versammelt, außerdem jene braven Männer, die durch eigenes Geschick und Klugheit in die führenden Reihen aufgestiegen sind und die nun die Letzten der Herrscherklasse von Rilpor repräsentieren. All jene, die sich einverstanden erklären, dass Fürstgeneral Make Koridam zum König von Rilpor gekrönt wird …«

»Regent, *Regent*«, beharrte Make. Die klamme Klebrigkeit hatte sich von seinen Handflächen die Arme hinauf und über seinen Rücken ausgebreitet, und kalter Schweiß brach ihm überall aus, als müsse er sogleich im Nahkampf einem Feind gegenübertreten, von dem er wusste, dass er besser kämpfte als er selbst.

»Sagt Ja«, beendete Hallos seine Ausführungen.

Sie hatten sich einmütig gegen ihn verschworen.

»Scheißkerle«, wiederholte Make verbittert. »Totale Scheißkerle, ihr alle.«

Hallos beugte sich mit einem verschwörerischen Lächeln vor, als nun ringsum am Tisch Jubel ausbrach und die Hoffnung, die sie viel zu lange schmerzlich vermisst hatten, zu neuem Leben erwachte. »Ich kann es gar nicht erwarten zu sehen, was sie von einem Wolfshäuptling als regierender Königin halten werden«, flüsterte er, und Make war plötzlich ganz unwohl zumute, und ihm wich das Blut aus dem Gesicht.

»Oh Götter«, murmelte er. »Dalli wird mich verdammt noch mal umbringen.«

»Nun, Majestät, jetzt, da das geregelt ist, und mit Eurer Erlaubnis, werde ich die Vorbereitungen dazu treffen, Treshs Überreste mit allen Ehren zu bestatten.« Hallos griff nach dem Sack und hatte den Raum schon verlassen, bevor Make eine Antwort einfiel.

Majestät. Er hat mich Majestät genannt. So muss es sich anfühlen, wenn man den Verstand verliert. Konzentrier dich, konzentrier dich auf das, was wirklich ist, was erledigt werden muss. Das ist nur – nur eine Art Trick. Propaganda.

Und atme durch.

Make saß in benommenem Schweigen da und ließ seine Offiziere auf seine Kosten etwas von ihrer aufgestauten Anspannung ablassen, während er selbst kaum zuhörte. Er wog ab, was ihm wohl größere Vorteile einbringen würde – in eine Ecke zu kotzen oder sich sinnlos zu betrinken –, und kam widerstrebend zu dem Schluss, dass er sich keins von beidem leisten konnte. Allein der Krieg zählte jetzt, und nichts weiter. Etwaige dumme politische Winkelzüge sollte er anderen überlassen. Nichts davon konnte ihm etwas anhaben, jedenfalls nicht wirklich.

Königin Dalli, dachte er, und gegen seinen Willen zuckten seine Mundwinkel in die Höhe. *Sie wird mich verdammt noch mal umbringen.*

Doch Dalli hatte ihn verdammt noch mal nicht umgebracht. Sie hatte etwas viel, viel Schlimmeres getan.

»Es reicht nicht, dich zum Regenten zu erklären, statt zum König. Rilpor braucht eine Galionsfigur, jemanden, hinter dem sich alle versammeln können. Du musst den Thron fordern.«

Make warf sich aufs Bett und starrte an die Decke. »Nicht zu glauben, dass du dich auf ihre Seite schlägst. Ich will nicht ihr Scheißkönig sein!«

»Und wir bekommen in diesem Leben nicht immer alles,

was wir wollen, nicht wahr?«, blaffte Dalli und verschränkte die Arme auf diese spezielle, ihr eigene Weise, die ihm verriet, dass er in Schwierigkeiten steckte.

Er richtete sich wieder auf und begegnete ihrem finsteren Blick mit einem eigenen finsteren Blick. »Du wärst also froh, Königin von Rilpor zu sein, was? In prächtigen Gewändern umherzustolzieren und den ganzen Tag von goldenen Tellern zu essen? Das ist die Zukunft, die du willst?«

»Ich werde keine Königin sein, Liebster. Ich werde niemals Königin sein, und nicht nur deshalb, weil wir beide wissen, wie schlecht ich dieses Amt ausfüllen würde.«

»Dann nein«, sagte Make mit energischer Endgültigkeit. »Wenn ich den Thron besteige, verliere ich alles. Ich verliere dich. Ich bekomme den Posten, für den Rivil getötet und den Corvus an sich gerissen hat, aber ich verliere dich. Es überrascht dich vielleicht, doch auf einen solchen Handel werde ich mich nicht einlassen. Ich will kein König sein, aber ich würde es tun – mit dir an meiner Seite. Doch diesen Platz willst du nicht einnehmen, daher werde ich nur regieren, bis ein Ersatz gewählt wird. Dann werde ich in den Westen zurückkehren, die Forts wieder aufbauen, und wir können dann dort leben. Oder ich werde mich ganz aus dem Soldatenleben zurückziehen und wohnen, wo immer du wohnst. Aber ich werde nicht zulassen, dich zu verlieren.«

Dalli raufte sich frustriert die Haare. »Du bist ein verdammter Idiot, Make Koridam! Du kannst für mich nicht den Thron aufgeben, das Land, deine Karriere. Ich bin nichts, nur eine Wölfin, die schlau daherreden kann.«

Er stand auf und ging zu ihr, zog ihr die Hände aus dem Haar und umfasste sie mit seinen Händen. »Doch, das kann ich, und das werde ich«, sagte er leise. »Wenn dieser Krieg, diese … ganze Schweinerei mich irgendetwas gelehrt hat, dann Folgendes: Halte fest, was dir auf dieser Welt am meisten bedeutet, und kämpfe darum, ganz gleich, was du dafür tun musst. Ich werde alles für dich aufgeben, Wolfshäuptling.«

»Bitte mich nicht, das zu tun«, flehte Dalli.

»Ich bitte nicht. Ich sage einfach nur, dass ich ohne dich den Thron nicht annehmen werde.«

»Ja, was bedeutet, dass du mir keine andere Wahl lässt.« Sie zog die Hand weg und boxte ihm gegen die Brust. Er grunzte. »Du treibst mich in die Ecke.«

Make packte sie, hob ihre Füße vom Boden und schritt mit ihr quer durch den Raum. »Nein«, sagte er mit plötzlicher Leidenschaft, »so sieht es aus, wenn ich dich in eine Ecke treibe.«

»Hör auf, das Thema zu wechseln«, protestierte sie schwach, aber er hörte ihr Lächeln, während er Küsse über die Wölbung ihrer Kehle drückte. »Wir müssen darüber reden, Make. Darüber, was das Beste für das Land ist«, beharrte sie.

»Nein, müssen wir eigentlich gar nicht. Du willst nicht Königin sein; ich werde nicht König sein. Gespräch beendet. Außerdem wäre ich ein schrecklicher König. Ich würde herrschen, als sei das ganze Land eine einzige riesige Truppe. Es wäre ein Albtraum. Und ich werde in den nächsten Wochen wahrscheinlich ohnehin sterben, daher ist es ein müßiger Streit. Jetzt hör auf zu zappeln, Frau, und küss mich.«

Sie tat wie geheißen, und die Sache fing gerade an, so richtig interessant zu werden, als sie ihn plötzlich von sich stieß. »Nein, hör auf. Wir *müssen* darüber reden.«

»Um der Götter willen, Dalli«, ächzte Make und rückte die Wölbung in seiner Hose zurecht. »Was gibt es da denn noch zu sagen? Ich habe nicht vermocht, Rilporin zu halten, fast dein ganzes Volk ist bei Wachstadt ausgelöscht worden, ich habe in den Tunneln von Eibenhain die Hälfte meiner Truppen verloren, und erst unlängst habe ich Tausende unbewaffneter Zivilisten von hier weggeschickt, damit sie die gesamte Westebene durchwandern, in der vagen Hoffnung, dass sie nicht sterben werden. Und lass uns nicht vergessen, dass ich im Begriff stehe, eine Offensive anzuordnen, die zum Tod Tausender von Zivilisten und Soldaten führen wird. Denk darüber nach. Wer immer überlebt – vorausgesetzt, es überlebt überhaupt jemand –, wird mich nicht zum König ernennen. Sie werden mich verdammt noch mal wegen Völkermordes an meinen eigenen Leuten hinrichten. Und das verdiene ich dann auch.«

Die Röte in seinen Wangen war jetzt die Röte der Scham. Er setzte sich wieder auf das Bett und stützte den Kopf in die Hände. Er war unendlich erschöpft.

Es folgte eine lange Pause, dann hockte sich Dalli zwischen seine Knie, zog ihm die Hände vom Gesicht und ersetzte sie durch ihre eigenen, schob ihm ihre Finger ins Haar. »Ja, Zivilisten werden sterben«, sagte sie, und er zuckte zusammen. »Aber, Make, Zivilisten sterben immer. Genau wie Soldaten. Es herrscht Krieg. Wachstadt war nicht deine Schuld. Die Tunnel waren nicht deine Schuld. Der Verlust Rilporins war nicht deine Schuld. Kannst du nicht sehen, was du uns gegeben hast? Die Hoffnung, die du uns geschenkt hast? Warum, meinst du, sind wir alle hier, warum, meinst du, folgen wir dir?«

»Weil ich nun mal alles bin, was übrig ist«, murmelte er, und der Gedanke bereitete ihm Übelkeit. Von all den großen Offizieren, von all den Führungspersönlichkeiten, die Rilporin je besessen hatte, war keiner mehr übrig, und am Ende hing nun alles von ihm ab. »Jeder Mensch hat seine Grenzen«, fügte er hinzu. »Um meine ist hiermit erreicht.«

Sie ohrfeigte ihn, und es war alles andere als ein liebevolles Tätscheln. Makes Kopf wurde zur Seite gerissen, und er hatte das deutliche Gefühl, dass sie ihm das Ohr abgerissen hatte. Sein Auge tränte, und er schnappte entrüstet nach Luft. Dalli schüttelte sich ihre brennende Hand.

»Dann stürzt du uns alle in den Untergang«, erklärte sie, und ihre Stimme war eiskalt. »Du beharrst darauf, uns im Stich gelassen zu haben; das hast du nicht. Aber das wirst du, wenn du den Thron ausschlägst. Dann hast du wirklich versagt, Make Koridam, und es könnte durchaus das Ende von Rilpor und des sicheren, frohen Lebens bedeuten, für dessen Erhaltung wir all die Monate gekämpft haben und gestorben sind. Im Moment unterstützen wir deine Entscheidungen, im Wissen, dass wir die Verantwortung für die Leben, die geopfert werden, alle gemeinsam tragen. Und eben deshalb musst du der König sein, weil du über den Tod Unschuldiger reden kannst und wir sowohl an die Notwendigkeit dieses Opfers glauben als auch dir helfen können, die Verantwortung dafür zu tragen. Wir wollen die Schuld mit dir teilen. Und du bist der Grund, warum wir das wollen.«

Sein Mund öffnete sich, um erneut Einwände vorzubringen, doch Dalli legte ihm den Zeigefinger auf die Lippen.

»Diese Offensive ist das größte Risiko, das wir bisher eingegangen sind – es heißt siegen oder sterben. Würden wir nicht an dich glauben, hätten wir ihr nicht zugestimmt. Also, besteig den Thron und hilf uns, noch ein wenig mehr an dich zu glauben.« Eine plötzliche Gefühlswallung ließ ihr Kinn zittern. »Besteig den Thron, und ich werde an deiner Seite stehen«, versprach sie, nahm ihm seine letzte Ausrede und machte dabei den Eindruck, genauso unglücklich über die ganze Situation zu sein wie er selbst – als sei der Thron ein Todesurteil und nicht etwas, wofür andere Menschen kämpften und mordeten.

»Ich habe mich selbst genauso dazu überreden müssen wie dich. Also, wenn es notwendig ist, um dich dazu zu bewegen zu tun, was, wie wir alle wissen, das Beste für Rilpor ist, dann, möge der Große Gauner mich schützen, werde ich deine verdammte Königin sein.«

CRYS

Achter Monat, erstes Jahr der Herrschaft von König Corvus
Quartier der Reisenden, Sehershöhe, Krike

Crys?« Eine behutsame Hand legte sich auf seine Schulter, und er schreckte aus dem Schlaf hoch und fiel fast aus dem Sessel, den er an den Rand des Bettes geschoben hatte. »Crys, ich glaube, er wacht auf.«

Crys rieb sich mit den Knöcheln die Augen und beugte sich vor. In seiner Wirbelsäule knackte es protestierend. Die Menge an heilender Kraft, die er dem Calestar so kurz nach dem Seelenträumen gewaltsam hatte einflößen müssen, und die Wunden, die Taniks Angriffe ihm selbst zugefügt hatten, waren ein Härtetest für die Fülle seine Kräfte gewesen, und zum ersten Mal war ihm deutlich geworden, dass er da über keinen unerschöpflichen Brunnen verfügte. Auch der Fuchsgott – er selbst – hatte seine Grenzen, und sie waren nicht so weit weg, wie er geglaubt hatte. Bei weitem nicht. Füchslein hatte nichts zu dem Thema zu sagen, und auch wenn sie in den letzten Tagen beinahe eins geworden waren, gewann Crys doch zunehmend den Eindruck, dass der Gott ihm etwas vorenthielt.

Es hatte wahrscheinlich etwas mit dem … Ende zu tun, etwas, worüber nachzudenken sich Crys weigerte. Wie er und Ash einander gelobt hatten, nahmen sie jeden Tag, wie er kam, ohne in die Zukunft zu blicken. Doch das Gefühl, dass ihm da in seiner eigenen Haut etwas verheimlicht wurde, war beunruhigend.

Trotz all der Anstrengungen, die Crys unternommen hatte, hatte Dom eine ganze Woche lang geschlafen, ein Schlaf direkt an der Kante zum Abgrund des Todes, über dem das Verhängnis wie ein Turmfalke schwebte. Jeder Atemzug hätte sein letzter sein können. Was immer Dom bei seiner Offenbarung widerfahren war, es hatte ihn beinahe zerbrochen, und genauso hatte es Crys beinahe zerbrochen, sein Leben zu retten.

Aber jetzt hatte sich der Rhythmus von Doms Atmung verändert, und seine Finger zuckten auf der Decke. Sein rechtes Auge öffnete sich, schloss sich, öffnete sich wieder, und dann folgte, langsamer, sein linkes.

Crys und Ash reckten die Hälse, und ein irres Grinsen umspielte ihre Lippen. »Hallo, Dom«, sagte Crys leise. »Ich sehe, du hast beschlossen, wieder bei uns zu sein.« Doms Blick war unbestimmt, und aus den Tiefen seiner Augen stieg Angst auf. »Du hattest vor einiger Zeit eine sehr heftige Offenbarung, als du bei der Mutter Seherin gewesen bist, und dann hast du ein paar Tage lang geschlafen. Mach dir keine Sorgen, du brauchst jetzt noch nicht zu reden versuchen. Streng dich einfach nur an, wieder gesund zu werden.«

Ash schob die Hand unter Doms glattes, schweißnasses Haar und hob seinen Kopf an, um einen Becher an seine Lippen zu drücken. »Trink«, flüsterte er. »Das heißt, nur kleine Schlucke. Nicht zu viel.«

Was immer es zwischen den dreien an Feindseligkeiten gegeben hatte, hatte sich in den letzten Tagen, während Dom im Schatten des Todes geschwebt hatte, gänzlich verloren. Sie hatten ihm nicht direkt verziehen, aber doch das Geschehene akzeptiert.

»Hier«, sagte Ash und tauschte den Becher gegen eine flache Schale ein. »Hühnerbrühe. Sie ist nicht besonders heiß, du brauchst also keine Angst haben, dir die Zunge zu verbrennen. Jetzt, wo du wach bist, können wir dir endlich etwas zu essen einflößen. Wir haben deine Kehle massieren müssen, um dich dazu zu bringen, wenigstens etwas Wasser zu schlucken, deshalb freue ich mich darauf, wenn du jetzt einen Teil der Arbeit selbst übernehmen kannst.« Er grinste, aber Crys hörte die Anspannung in seiner Stimme.

Der Bogenschütze befüllte die Löffelschale halb und tröpfelte Dom den Inhalt in den Mund. Sie sahen ihm zu, wie er schluckte; es ging jedes Mal ein klein wenig besser, aber langsam, so langsam.

»Kannst du uns sagen, wie du dich fühlst?«, fragte Crys, als Dom schließlich fertig war. Es war nicht die Frage, die er hatte stellen wollen, aber doch die, die er stellen musste. Der Rest würde einfach noch ein kleines Weilchen warten müssen.

»Seh…«, murmelte Dom.

Ash verzog nachdenklich das Gesicht. »Sehr müde? Sehr wütend?«, riet er drauflos und strengte sich an, ein Lächeln auf seine Lippen zu zaubern.

»Tan…«

»Tanzen?«, versuchte es Ash. »Tanne? Tante?«

Crys packte Ash am Unterarm. »Seherin? Tanik?«, fragte er. Dom blinzelte zustimmend. »Keine Sorge, sie ist tot. Die Kriker folgen jetzt dem Fuchsgott. Sie wissen, wer ich bin. Wir haben ein Mal an deinem Hals gefunden – sieht ganz so aus, als seist du vergiftet worden, auch wenn wir vielleicht nie erfahren werden, warum sie es getan hat. Es sei denn, du kannst dich daran erinnern.«

Doms rechte Hand fuhr schwach durch die Luft. »Tanik… hat… Offenbarungen… erzwungen.« Die Wörter waren mehr Hauch als Laut, aber sie glitten über Crys' Haut wie eine Schlange und hinterließen ein Frösteln. Doms Atem ging keuchend und stoßweise. »Hab gesehen…«, brachte er heraus und hustete, ein jämmerlicher Laut, der aus seiner geschwächten Brust drang. »Musste es sagen.«

»Du musstest es sagen? Was? Und was hast du gesehen?«

»Alles. Make. Rillirin.«

»Dieses verfluchte Weibsstück«, hauchte Ash. »Nicht dass es jetzt noch ins Gewicht fallen würde. Sie hat bekommen, was sie verdient.«

»Pesh.«

Crys runzelte die Stirn; der Name kam ihm bekannt vor. Dann fluchte er. »Taniks Bruder. Wir haben ihn seit der Sache auf der Sehershöhe nicht mehr gesehen. Nein, Moment, er ist gar nicht dort oben gewesen. Hat Tanik ihm mitgeteilt, was du ihr erzählt hast?«

»Er war dabei. Hat alles mit angehört. Hab ihn fortgehen sehen.«

Crys und Ash musterten einander. Es hatte keinen Sinn, so zu tun, als wüssten sie nicht, wo er hingegangen war. »In Ordnung, Dom, ich weiß, du bist müde, aber es ist sehr wichtig, dass du mir alles erzählst, woran du dich erinnern kannst. Wo genau ist Rillirin jetzt?«

»Er hat einen Vorsprung von einer Woche, Crys. Wir können ihn nicht mehr einholen.« Ashs Hände lagen schwer auf Crys' Schultern, als wollte er ihn festhalten – für den Fall, dass er plötzlich aufsprang und Richtung Grenze losrannte. Er hatte tatsächlich kurz mit dem Gedanken gespielt.

»Wenn Lanta Rillirin und das Kind in die Finger bekommt, ist alles vorbei, ganz gleich, was ich mache, ganz gleich, ob wir den Krieg gewinnen.« Er sprach mit leiser Stimme, auch wenn Dom aussah, als sei er wieder eingeschlafen. »Wenn sie die Dunkle Dame in diesen Säugling hineinversetzt, glaube ich wirklich nicht, dass ich ihn dann töten kann, ganz gleich, wozu er einmal wird. Ich werde kein Baby töten.«

»Natürlich nicht«, pflichtete Ash ihm bei, während sich Crys im gleichen Moment an das Racheversprechen der Wölfe am

Himmelspfad erinnerte. »Aber wir haben Tara in der Stadt, um zu verhindern, dass genau das geschieht. Kann der Fuchsgott nicht zu ihr hingehen und sie bitten, ihren Hintern in Bewegung zu setzen?«

Crys trat von Ashs Händen weg und breitete die Arme aus. »Wenn ich das tun könnte, meinst du, ich hätte es nicht längst getan? Wenn ich diese Art von Einfluss hätte, hätte ich Lanta das Herz in der Brust stillstehen lassen und dasselbe auch mit Corvus gemacht.« Er hielt inne, um seine Fassung wiederzugewinnen, wohl wissend, dass seinen Geliebten anzubrüllen keinem von beiden helfen würde – und Rillirin auch nicht. Oder Gilgoras. »Entschuldige. Falls so etwas möglich ist, weiß ich jedenfalls nicht wie, und Füchslein verrät keine Geheimnisse.«

»Was gäbe ich jetzt nicht für eine verdammte Brieftaube«, murmelte Ash. »Du willst mir also erzählen, dass Rillirin ganz auf sich allein gestellt ist?«

»Im Moment, ja. Deshalb ist es auch an der Zeit, dass wir aufbrechen. Pesh mag eine Woche Vorsprung haben, aber er muss erst bei der Osttruppe oder den Mirak Verbündete finden und sie davon überzeugen, dass er wertvolle Informationen besitzt, und dann muss er sie dazu bringen, entsprechend zu handeln. Das gibt uns ein wenig Zeit. Nicht viel, das gebe ich zu, aber vielleicht doch genug.«

»Bisher sind weniger als zweitausend Krieger aus den Reihen der Kriker hier eingetroffen. Das reicht nicht, um Make zu helfen. Es reicht nicht, um zu gewinnen.« Ash zuckte im Sprechen zusammen. Er wusste, dass Crys das nicht hören wollte.

Crys rieb sich die roten Male an seinem Schlüsselbein und wog alle Möglichkeiten ab, die ihnen blieben. »Es muss sein, Liebster. Wir müssen Richtung Wolfsland aufbrechen. Wenn Rillirin dort ist oder auf dem Weg dorthin, können wir sie beschützen. Wenn wir zu spät kommen und Corvus sie vor uns findet, wird er sich unbesiegbar wähnen, und dieser Glaube könnte genug sein, ihm den Sieg zu sichern. So oder so, Make wird sämtliche Krieger brauchen, die wir ihm bringen können. Je länger wir warten, desto wahrscheinlicher ist unsere Niederlage.«

»Und je eher wir aufbrechen, desto kleiner ist unsere Zahl«, erwiderte Ash. Er seufzte. »Na schön, ich verstehe, worauf du hinauswillst. Ich werde den Kriegsfürsten aufsuchen und ihm mitteilen, dass wir morgen aufbrechen müssen.« Er schaute kurz zu Dom hinunter, drückte Crys einen Kuss auf die Stirn und duckte sich durch die niedrige Tür in die warme Sonne hinaus.

Crys blickte ihm nach, bis ihm ein gedämpftes Schluchzen verriet, dass Dom wieder wach war. Er setzte sich auf den Stuhl und nahm die Hand des Calestars. Dom reagierte mit einem Händedruck, der schwächer war als der Kuss eines Schmetterlings. »Kein Grund zur Sorge«, log Crys. »Wir haben jede Menge Zeit. Wir werden sie finden.«

»Meine Schuld«, hauchte Dom mit einem gequälten Ausdruck in der Stimme. »Meine Schuld. Du solltest mich töten.«

»Was sagst du da?«

»Töte mich. Bitte.«

»Darum hast du mich schon einmal gebeten, und da habe ich dir gesagt: Dein Auftrag ist noch nicht erfüllt«, antwortete der Fuchsgott, während Crys selbst noch über eine Erwiderung nachdachte. »Und das ist er noch immer nicht.«

Wildes Schluchzen erschütterte den Mann auf dem Bett. Mit seinem heftig bebenden Keuchen verausgabte er eine Energie, die er eigentlich gar nicht hatte. »Bitte, töte mich«, flehte er abermals. »Ich schaffe das nicht. Es ist zu viel.«

»Doch, du kannst das«, widersprach der Fuchsgott. »Und du wirst es schaffen. Du wirst gebraucht, nicht nur von mir, sondern auch von Rillirin und deinem Kind. Tu es, schon allein für sie.«

»Ich versuche es ja«, flüsterte Dom. »Aber mir fehlt die Kraft dazu. Zu sterben …«

»Zu sterben wäre einfacher, ja. Und was die Kraft angeht, du wirst sie schon finden, wenn es an der Zeit ist. Dir wird gar keine andere Möglichkeit bleiben.«

Crys legte Dom die Hand auf die Schulter, um dem barschen Tonfall des Großen Gauners die Schärfe zu nehmen, aber der Calestar schüttelte sie ab und drehte den Kopf zur Seite. Leise, um ihn nicht zu stören, schaffte Crys alle Messer aus dem Raum. Und dann begann er zu packen. Auch wenn er an seiner Entscheidung zweifelte – er sah keine andere Möglichkeit.

RILLIRIN

Achter Monat, erstes Jahr der Herrschaft von König Corvus
Westlich des Fuchssees, Westebene

Sie waren seit fast zwei Wochen unterwegs und kamen trotz allem recht gut voran. Die langen Tage und die noch längeren Meilen des Wanderns hatten zur Folge gehabt, dass es immer mehr nörgelnde Erwachsene und jammernde Kinder gab, daher ließen die Soldaten die jüngsten jeden Tag für einige Stunden in den Vorratswagen mitfahren, um den Frieden zu wahren.

Rillirin hatte nicht gewusst, dass ihr Zug sich teilen würde – sie vermutete, dass die Soldaten es niemandem erzählt hatten, weil sie nicht noch mehr Panik hatten verbreiten wollen –, doch als sie die ersten Ausläufer des großen Sumpfes zwischen den südwestlichen Vorhügeln und der Ebene erreichten, war der ganze Trupp in der Mitte geteilt worden, sodass es nun zwei Gruppen von jeweils knapp zweitausend Menschen gab, mit einem Soldaten auf hundert Zivilisten, um sie zu beschützen. Das schienen nicht genug Soldaten, aber bisher hatte es noch keinerlei Anzeichen für eine Nähe des Feindes gegeben.

Rillirin hatte nach der Aufteilung der Gruppe fast den ganzen Nachmittag gebraucht, um festzustellen, dass sie Marta und deren Kinder sowie Gilda verloren hatte. Sorge hatte ihr Herz zusammengekrampft, doch jetzt war es zu spät. Gildas Gruppe war direkt in die Vorberge aufgebrochen, während Rillirins Trupp den leichteren – aber längeren – Weg zwischen dem Sumpf und dem Fuchssee nahm, dessen große Wasserfläche den Zug davor schützte, von der übrigen Westebene her entdeckt zu werden. Sie schickte Gilda und den anderen ein Gebet hinterher und konzentrierte sich aufs Gehen.

Wunde Füße und zu wenig zu essen zu haben waren vertraute Beschwerden für sie, aber der Schmerz in ihrem Rücken sowie das wachsende Unbehagen in ihren Hüften und tief im Hüftbecken waren neu und unerfreulich. Ihr Körper veränderte sich, um dem stetig wachsenden Baby Platz zu verschaffen, und sie hatte zunehmend das Gefühl, langsam auseinandergedrückt zu werden, als würde alles an ihr neue Formen annehmen, die ihrem Kind förderlich waren, sie jedoch in ihrer Gehfähigkeit einschränkten.

Während die Stunden und Tage verstrichen, hatte sie sich angewöhnt, sich mehr und mehr auf ihren Speer zu stützen. Unermüdlich zogen sie weiter, nie wurde ihnen gestattet, ihr Tempo zu drosseln. Die Soldaten schienen überall zu sein, marschierten an ihren Seiten, vorn und hinten, liefen zurück zu den Nachzüglern und trieben sie wieder in die Kolonne hinein, hielten Erwachsene dazu an, sich beim Tragen ihrer kleinen Kinder und ihrer Vorratssäcke abzuwechseln, damit jeder einmal die Gelegenheit bekam, ohne zusätzliche Lasten zu gehen. Die Soldaten legten jeden Tag sicherlich das Anderthalbfache wie die Übrigen zurück, aber sie hörte sie sich niemals beklagen. Sie mussten für die Sicherheit von zweitausend Zivilisten sorgen und konnten es sich nicht leisten, sich aufgrund von Blasen oder Muskelzerrungen zu schonen.

Der Fuchssee war eine glänzende blaue Fläche unter einem Himmel von fast der gleichen Farbe, seine Ufer dicht mit Binsen bewachsen und von Schlammbänken durchzogen, eine weithin reichende Fläche sumpfiges Land, in dem die Schuhe bei jedem Schritt tief einsanken. Das Vorwärtskommen war mühsam und anstrengend, und die Wagen waren schon dreimal stecken geblieben. Die müden Pferde hatten sich vergeblich in ihr Geschirr gestemmt, bis ihnen Dutzende von Händen geholfen hatten, sich zu befreien, und sich ein Chor von gedämpften Jubelrufen erhob.

Am Tag nach der Teilung der Gruppe erreichten sie am Nachmittag einen Fluss mit starker Strömung, der aus den Vorbergen herabgeeilt kam und in den See mündete. Sie waren gezwungen, die Pferde abzuschirren und sie hinüberschwimmen zu lassen. Zwischen den Ufern spannten sie Führungsseile, um den Menschen das Überqueren des Flusses zu erleichtern. Danach zogen sie die Wagen per Hand durchs Wasser.

Hauptmann Sadler war genauso nass und erschöpft wie der Großteil seiner zwei Hundertschaften, nachdem sie den Fluss inzwischen mehrfach überquert hatten, um den Flüchtlingen zu helfen. Zwei Drittel der Menschen hatten es bereits auf die andere Seite geschafft, als die ersten Pfeile aus den Bäumen heranschossen, die das wellige Gelände an den unteren Hängen der Vorberge bedeckten.

Schreie erhoben sich, und jene, die den Fluss bereits überquert hatten, unter ihnen auch Rillirin, liefen verwirrt hin und her und hielten nach der Gefahrenquelle Ausschau. Viele warfen sich wieder in den Fluss, klammerten sich an die Führungsseile und kämpften sich auf die andere Seite zu, aber dann erhoben sich auch vom gegenüberliegenden Ufer Schreie, und weitere Pfeile trafen auf lebendiges Fleisch.

Sadler und seine Soldaten zückten ihre Schwerter, aber die meisten ihrer Bögen waren auf den Wagen, immer noch auf der anderen Seite des Flusses, und die wenigen Soldaten dort wurden bereits niedergemäht. »Zerstreut Euch!«, brüllte Sadler, einer aus der Handvoll Befehle, die die Zivilisten hatten auswendig lernen müssen, und genau der Befehl, den Rillirin eigentlich niemals hatte hören wollen. Ihre Kleider waren schwer von Wasser und scheuerten ihr an der Haut, als sie sich von den Übrigen löste und losrannte, ohne zu denken, einfach nur rannte, den Speer, so fest es ging, in ihrer rutschigen Hand. Hin zum Fuchssee und zu der Gruppe von Weiden und Silberbirken, die sein Ufer an der Stelle säumten, wo es ihr am nächsten war.

Sie konnte einen Blick auf die Uniformen der Angreifer erhaschen – sie hatten blaue Armbänder, die feindliche Osttruppe also – und ignorierte die Rufe und die Schreie, die sich wie ein Sturm hinter ihr erhoben. *Lauf. Lauf einfach. Beschütze das Kind. Lauf, verdammt noch mal.*

Als sie noch einige Hundert Schritt von dem kleinen Wäldchen am Seeufer entfernt war, tauchte ein Soldat der Osttruppe neben ihr auf. Rillirin bremste schlitternd ab und fuhr herum. Im gleichen Moment drehte sich auch der Soldat um. Sie stieß ihm den Fuß gegen das Knie, er taumelte, und sie rammte ihm die Speerspitze in den Bauch. Sie prallte an seinem Kettenhemd ab, aber Rillirin holte schon zum nächsten Hieb aus, ließ den Speer einen pfeifenden Bogen beschreiben und rammte dem Mann das hintere Ende ins Kinn, das zerbarst wie eine Eierschale. Blut hustend sackte er zu Boden. Rillirin drehte sich im Kreis, ließ dabei den Speer um sich herumwirbeln, sodass er ihr Schild und Waffe gleichzeitig war. Sie riss Arm und Brust eines zweiten Soldaten auf und setzte ihre rasende Flucht fort.

Der Atem pfiff ihr in der Kehle, und ihre Beine wurden immer schwerer, je weicher der Untergrund wurde. Bei jedem Schritt sandten ihr Rücken und ihr Becken Signale des Schmerzes in ihren Schädel, aber noch immer rannte sie. Ihre Panik war zu groß, um stehen zu bleiben.

Rillirin konzentrierte sich auf die Bäume, die mit jedem schmerzhaften Schritt näher kamen, sah den See ruhig und strahlend dahinterliegen, sah das Licht der Sonne sich auf seiner gesamten Oberfläche spiegeln, bis es sie blendete, stellte fest, dass sich trotz all ihrer Bemühungen ihre Fußtritte nun spürbar verlangsamten. Und nun schnürte ihr die Angst immer heftiger die Kehle zu, machte es schwerer und schwerer, ihre Lunge mit Luft zu füllen, während die Schreie hinter ihr immer lauter und durchdringender wurden und ihr Rücken sich vor Schmerz verkrampfte, das Kind ihr seine Entrüstung durch Tritte von innen zur Kenntnis brachte, Tritte in die Rippen, in die Lunge, in ihr Herz, sie zum Stehenbleiben aufforderte. Was Rillirins Elend nur noch verschlimmerte.

Wenn ich stehen bleibe, werden sie mich umbringen. Sie werden auch dich umbringen, Kleines. Ich darf nicht stehen bleiben. Ich darf einfach nicht.

Jemand packte sie an ihrem Lederwams und zwang sie stehen zu bleiben, und Rillirin wirbelte auf ihrem linken Fuß herum und rammte dem Mann den Speer entgegen, kaum schnell genug, aber dieses »Kaum« reichte aus. Er krampfte sich um die Speerspitze in seinem Leib zusammen und hauchte mit einem Ächzen den Atem aus. Sie riss ihm den Speer aus dem Bauch und trieb ihn erneut in das Fleisch ihres Widersachers, verfehlte seine Kehle, öffnete aber stattdessen seine Wange, sodass sie Zähne, Zunge und rosiges Zahnfleisch sehen konnte. Er verspritzte Blut, während er schreiend zu Boden stürzte und um sich trat wie ein Kaninchen in einer Falle, und sie rannte wieder weiter. Der eine rasche Blick hinter sich war genug gewesen, um sie wissen zu lassen, dass da noch mehr kamen und dass darüber hinaus noch weitere zu beiden Seiten des Flusses in Kampf und Gemetzel verstrickt waren. Die Bäume waren nun nahe, so verdammt nahe, ihre einzige Zuflucht.

Sie duckte sich unter die Zweige der nächstbesten Weide und hinein in ihre langen gefiederten Finger, die im Wind wisperten und seufzten, die momentan so unpassende Schönheit hell schimmernder, von hinten von der Sonne beschienener Blätter. Taumelnd und keuchend bahnte sich Rillirin ihren Weg zwischen einer Gruppe von Birken hindurch, steuerte das dunkelste Herz des kleinen Wäldchens an. Die Soldaten schrien, inzwischen wutergrimmt, krachten durch die Bäume hinter ihr, knurrten ihre Frustration heraus, während sie sich immer weiter unter die tief hängenden Äste schlängelte. Warum waren sie hinter ihr her? Es gab Tausende andere, die sie sich schnappen konnten. Warum ausgerechnet sie?

Ein Vogelschwarm flog auf, schrille Warnrufe, und Rillirin hockte sich in den Zwischenraum zwischen zwei Baumstämmen, schwindlig und verängstigt, keuchend, ihren Speer zitternd in beiden Fäusten. Sie brauchte nur einige wenige Sekunden, ein paar tiefe Atemzüge.

Irgendjemand musste allgemeines Schweigen angeordnet haben, denn die Stimmen erstarben, und der Wald verfiel in die unnatürliche Stille eines jeden unberührten Ortes in der Wildnis, in den Menschen eindrangen. In dieser Stille waren die verstohlenen Laute von näher kommenden Schritten überdeutlich zu vernehmen. Rillirin versuchte, ihren Atem zu beruhigen, zugleich spürte sie einen Krampf in den Oberschenkeln. Sie glitt unter ihrer Zuflucht hervor und kämpfte sich durch Wurzeln und Unterholz; dichte Farnknäuel verfingen sich in ihrem Haar, und sie wich zusammenzuckend vor einer Gruppe lila blühender Fingerhutpflanzen in einem schattigen Winkel zurück.

Der Boden wurde immer nasser und nachgiebiger, und trotz aller Bemühungen hinterließ Rillirin im Kriechen Spuren – die Abdrücke von Händen, Knien und Zehen, die Schleifspur ihres Speeres hinter ihr. Wenn sie ganz still und starr verharrte, würden sie vielleicht aufgeben. Da waren mehr als genug Zivilisten, die sie gefangen nehmen konnten. Der Gedanke daran, ihr Leben gegen das der anderen einzutauschen, ließ den brennenden Geschmack von Erbrochenem hinten in ihrer Kehle aufsteigen, aber sich zu schämen reichte nicht aus, um jetzt aufzugeben. Sie duckte sich tief und versank ganz allmählich im sumpfigen Untergrund. Sie musste an das Kind in ihrem Bauch denken.

»Rillirin? Du bist Rillirin, nicht wahr?«, rief jemand. Kein Rilpori, kein Mirak. »Mein Name ist Pesh, Rillirin. Ich stamme aus Krike, und ich habe eine Nachricht von Dom. Er hat mich ausgeschickt, damit ich nach dir suche.«

Rillirin hockte sich auf die Fersen und starrte in die Richtung, aus der die Stimme gekommen war. »Dom?« Warum sollte Dom einen Freund zur Osttruppe schicken, um dort von ihr zu erzählen? Es sei denn, dass ...

»Komm jetzt, Mädel, es gibt keinen Ausweg«, rief ein Soldat, diesmal definitiv einer der Rilpori. Definitiv ein Feind. »Corvus persönlich hat den Befehl ausgegeben, die hübsche Rothaarige mit dem Ungeborenen im Bauch zu finden. Du hast den König gefickt, nicht wahr? Nun denn, er wird dir schon nichts antun, wenn du sein Kind im Leib trägst, nicht wahr?«

»Halt die Klappe«, brüllte der Kriker zornig, aber die Worte rieselten ihr wie Eis den Nacken hinunter. Hätte Rillirin irgendeine Erinnerung daran gebraucht, was sie unter den Händen ihrer Feinde erwartete, war das schon mehr als genug. Ungebeten blitzten in ihr Bilder auf: Liris, der sich König genannt und sie vergewaltigt hatte, trunken ihr Fleisch begrapscht; das Kneifen, Klapsen und beiläufige Zuschlagen seines Stellvertreters und der Kriegshäuptlinge; der berechnende Blick der Gesegneten, der den Wert von Rillirins Leben in den Waagschalen ihrer abscheulichen Götter bemaß.

Ich werde zu alledem nicht zurückkehren. Ich werde nicht zulassen, dass du so aufwächst.

Sie duckte sich noch tiefer, aber da war eine kaum merkliche Bewegung ein Stück weit weg in den Bäumen, und Rillirin wusste, dass sie sie bald finden würden. Sie kannten ihren Namen, sie würden sie nicht in Ruhe lassen. Corvus würde diese Männer töten, wenn er herausfand, dass sie sie hatten entkommen lassen.

Es gab kein Entrinnen. Rillirins Atem wurde gleichmäßiger, und eine ruhige Gewissheit setzte sich in ihrem Bauch fest – sie würden sie nicht in die Finger bekommen. Nicht noch einmal. *Es tut mir sehr leid, kleiner Krieger. Ich hätte dich schrecklich gern kennengelernt. Wir sehen uns dann im Licht, nehme ich an, und dann werde ich dir erklären, warum ich es tun musste. Es ist nicht deine Schuld; bitte, das musst du wissen.*

Es würde nicht leicht sein, mit dem Speer, aber es war leichter, als zusehen zu müssen, wie Lanta ihr Kind zu ihrem Spielzeug machte. Und es war das Kind, für das sie es tat – nicht sie selbst. Sie kehrte die Waffe um, klemmte das hintere Ende in ein Knäuel von Wurzeln, rappelte sich hoch und legte die Kehle auf die Spitze der Speerklinge. Sie hielt sie mit der linken Hand fest, die rechte auf die Wölbung ihres Leibes gelegt. »Die Gnade der Tänzerin sei mit dir, mein Kind. Ich liebe dich.« Ihre Stimme war heiser vom Druck des scharfen, glänzenden Stahls.

Ein plötzlicher Windstoß, und die schlaff herabhängenden Finger der Weide teilten sich vor ihr, und da war der See, genau da, nur ein paar Schritte entfernt. *Lauf in den See, versteck dich in den Binsen. Schwimm.* Rillirin sprang los, krachte achtlos durch den Schlamm, während um sie herum Schreie laut wurden. Ächzend zog sie ihre Stiefel, einen nach dem anderen, aus dem Matsch, quälte sich einen verzweifelten Schritt nach dem anderen weiter, bis ihr Fuß bis zum Knöchel im Morast versank.

Spritzend kämpfte sie sich noch einige weitere Schritte vor, verhedderte sich in einem dichten Knäuel von wuchernder Wasserpest und fiel hin. Ihre Hände fingen ihren Sturz ab, ließen aber das Wasser hoch aufspritzen, sodass nun jeder in einem Umkreis von fünfzig Schritt wusste, wo sie war. Rillirin patschte und ruderte weiter, den Speer hatte sie irgendwo im Wasser verloren. Ihr einziger Gedanke war, tiefer ins Wasser zu kommen, um sich dann parallel zum Ufer weiterzukämpfen. Der Schilfgürtel war breit und die Halme hoch, große Binsen erhoben sich stolz über ihren Kopf, und sie bewegte sich halb kriechend, halb paddelnd weiter vorwärts, das Kinn gerade eben über der Wasseroberfläche. Doch hinter sich hörte sie ein Spritzen und weitere Rufe, und sie kämpfte sich weiter, das Wasser war nun gerade eben tief genug, um schwimmen zu können, und sie warf sich nach vorn, ließ ihre hohlen Hände durchs Nass pflügen, auf der Suche nach offenem Wasser und in dem Wunsch, schnell, schnell von hier wegzukommen – als sie jemand am Knöchel packte.

Rillirin schrie und trat um sich. Ihr Kopf ging unter, und sie schluckte Wasser, kam an die Oberfläche und trat wieder zu, schlug wild um sich, spürte, wie sich ihr Stiefel in der Hand des Verfolgers löste, und trat zappelnd noch einmal, bevor er sie wieder packen konnte, diesmal an der Wade. Sie drehte sich auf den Rücken, holte tief Luft und trat mit ihrem freien Fuß, zielte nach seinem Kopf und ließ sich vom Schwung der Bewegung wieder unter die Oberfläche drücken. Sie spürte einen Widerstand, war sich indes nicht sicher, ob sie sein Gesicht oder seine Schulter getroffen hatte. Seine Finger lockerten sich, aber dann waren da noch mehr Hände, zwei, drei, vier, als sich weitere Soldaten ins flache Wasser drängten, und sie tauchte auf und schrie und schrie und schrie, ihr Haar, das Wasser, das schiere Entsetzen hatten sie blind gemacht.

»Lasst mich los«, stieß sie hervor und spuckte Wasser. *»Lasst mich verdammt noch mal los!«*

Die Hände legten sich jetzt um ihre Hüften, packten fest ihr Hemd und ihr Wams, zogen sie heran wie einen verzweifelt kämpfenden Fisch, und sobald sie konnte, trat sie nicht nur, sondern schlug auch mit den Fäusten um sich, aber sie waren zu viert, und sie tauchten sie unter Wasser und hielten sie dort fest, bis sie darum kämpfte, die Arme ihrer Angreifer zu packen und sich zum Atmen über Wasser zu stemmen. Und als sie sie dann hochrissen und sie an nichts anderes denken konnte als daran, gierig nach Luft zu schnappen, waren ihre Handgelenke bereits gefesselt.

Ein seltsam aussehender Mann in Tierfellen und ganz mit Tätowierungen bedeckt stand am Ufer, und sein Gesicht strahlte siegesgewiss. »Na, habe ich es euch nicht gesagt?«, fragte er im Befehlston. »Meine Schwester hat mich vorausgeschickt, um euch dieses Geschenk zu bringen, und hier habt ihr es.«

Der Hauptmann der Soldaten richtete einen angewiderten Blick auf ihn. »Verdammt, du willst doch nicht etwa eine Belohnung? Wir hatten bereits vier verschiedene Berichte, dass da dieser Zug auf dem Weg zu den Vorhügeln war, und hatten längst einen Hinterhalt geplant.«

»Wir haben das Blutkind und seine Mutter gefangen«, erklärte Pesh, als hätte sich der Hauptmann überhaupt nicht zu Wort gemeldet. »Die Dunkle Dame wird nun wiedergeboren werden.« Er sah Rillirin in die Augen. »Und meine Füße sind auf dem Pfad.«

Sie stellten sie im flachen Wasser hin, und Rillirin kämpfte gegen sie an, bis ein Soldat hinter sie trat und sie fest an sich zog, den einen Arm um ihre Brust geschlungen, den anderen über ihren Bauch gelegt, seine Berührung ein widerwärtiger Übergriff.

»Schluss damit, Mädel«, flüsterte er. »Du machst nur dein Kind nervös.«

Wieder schrie Rillirin, laut und voller Hass, bäumte sich gegen die Hände auf, die sie festhielten, legte zappelnd die Beine überkreuz. Nichts davon zeigte irgendeine Wirkung. »Bitte«, keuchte sie. »Bitte, bringt mich nicht zurück. Bitte.« Der Hauptmann trat vor und löste einen Metallring von seinem Gürtel. *»Nein! Nein, nein, nein!«*

Er legte ihr das Halsband um den Nacken und hämmerte den Nagel durch das Schloss. Es war nur ein Symbol – es gab keine Kette –, aber als sich das Gewicht des Rings auf ihre Schlüsselbeine und ihren Nacken legte, brach Rillirin angesichts seiner schrecklichen, herzzerreißenden Vertrautheit in Tränen aus.

Sie geleiteten sie vorsichtig aus dem Wasser, an dem Wäldchen vorbei, in die Sonne und auf festen Boden, wo weitere Soldaten die letzten verängstigten Mitglieder ihrer Gruppe niedermetzelten oder gefangen nahmen. Von einem Trupp, der einst Tausende von Menschen umfasst hatte, waren nur mehr Haufen aus totem Fleisch geblieben. Alte Menschen, Kinder, es spielte keine Rolle. Einige der Soldaten lachten, während sie Jagd auf die Schutzlosen machten. Einige von ihnen waren stumm und grimmig.

Sadler und die Soldaten unter seinem Kommando hatten gut gekämpft, und das bis zum Tod. Haufenweise Leichen von Soldaten der Osttruppe lagen verstreut in aufgelöster Formation herum.

»Holt die Pferde«, rief der Hauptmann. »Ich, der Wilde und diese beiden hier werden sie nach Rilporin bringen.« Er lachte, jungenhaft und voller Freude. »Könnte uns womöglich die ausgesetzte Belohnung einbringen, Jungs!«

Sämtliche Soldaten in Hörweite brachen in lauten Jubel aus.

Als hätte das Halsband Rillirin alle Kraft und all ihren Willen geraubt, folgte sie dem Mann zu den Pferden, den Kopf gesenkt, die gefesselten Hände auf den Bauch gelegt, schützend über die reglose, stille, umhegte Gestalt in ihrem Inneren gebreitet.

TARA

Achter Monat, erstes Jahr der Herrschaft von König Corvus
Nachtküche, Palast, Rilporin, Weizenland

Die Welle der Gewalt, die in der Folge des Bekanntwerdens der Morde am Himmelspfad durch die Stadt gerollt war, hatte mehr als tausend Menschenleben gefordert. Tara und die anderen Sklaven aus dem Besitz von Valan waren, solange er selbst sich in Kiefernschleuse befand, an Freunde von ihm verliehen worden. Freunde, die sie hart hatten arbeiten lassen und ihnen nur wenig zu essen gaben, aber immerhin brachten sie sie nicht um. Was zumindest für Tara galt – von den anderen hatte sie seit Valans Abreise keinen mehr gesehen, allerdings rechnete sie auch nicht damit, dass irgendjemand den Sklaven des Stellvertreters ein Leid antun würde.

Ihr zwischenzeitlicher Besitzer war Kriegshäuptling Fost, der Mann, der im Zuge seiner Reise zum Himmelspfad das Gemetzel entdeckt hatte. Er hatte offenbar zwei Frauen und sieben Kinder verloren, und vielleicht waren es auch die Wochen seiner Reise mit den Überlebenden gewesen, die seinen Zorn und seine Trauer ausgehöhlt und zu etwas Kristallscharfem gemacht hatten, durchaus tödlich, aber nicht für sie. Sie hatte die Wochen von Valans Abwesenheit bisher mit lediglich einigen beiläufigen Klapsen und Tritten überlebt, wenngleich die Gewalt in der Stadt ungebremst anhielt. Jeder Tag brachte neue Tote, und es waren nicht alles nur Sklaven: Auch Mirak-Frauen waren jetzt eine Handelsware, und Männer töteten, um sie zu besitzen. Tara war viel zu sehr damit beschäftigt, Fost zu bedienen und Kontakt zu etwaigen möglichen Rebellen aufzunehmen, um darüber nachdenken zu können, was wohl die Frauen selbst von ihrer Situation hielten.

Mit an die Wand gelehntem Rücken und geschlossenen Augen saß sie auf dem Hocker. Die Hitze der Öfen schlug gegen ihre Haut und überzog ihre Handflächen und ihre Stirn mit einer dünnen Schweißschicht, doch sie kümmerte sich nicht darum. Beachtete auch nicht die ruhige Emsigkeit der Köche und Küchenjungen, genauso wenig wie das schwache, aber unablässige Wimmern eines Säuglings, der auf den Rücken seiner Mutter gebunden war, während sie selbst Teig knetete.

Tara war erschöpft von der Anstrengung, die es bedeutete, Palastsklaven auszuhorchen, ständig darauf achten zu müssen, dass ihre Tarnung nicht aufflog, und nach immer neuen einsichtigen Gründen zu suchen, um auf den Markt gehen zu dürfen, wo sie dann Nachrichten an Merol oder an die Soldaten weitergeben konnte, die sich jetzt damit abplagten, die Häuser im Kaufmannsquartier wiederaufzubauen. Ganz wie sie gehofft hatten, zeigten sich immer mehr Sklaven für die Idee einer Rebellion aufgeschlossen, waren offen für den Plan, sich den Weg freizukämpfen, um sodann aus der Stadt zu fliehen. Sie würden nach und nach ein Netzwerk von Leuten aufbauen, die andere kannten, die es weitersagen würden, sodass niemand – nicht einmal Tara oder Vaunt – genau wusste, wer alles auf ihrer Seite war.

Nicht dass man ihr erlaubt hätte, Vaunt in Valans Abwesenheit zu besuchen, aber ihre Befehle brachten es mit sich, dass sie, ohne sich verdächtig zu machen, einige wenige Worte mit den schuftenden Soldaten wechseln konnte. Daher wusste sie, dass er lebte und es ihm vergleichsweise gut ging – so gut, wie man das unter diesen Umständen eben erwarten durfte. Das Gleiche galt auch für sie.

Tara gähnte und kratzte sich ihr wundes Kinn unter ihrem Sklavenhalsband, und im gleichen Moment wurde ihr die Stille ringsum bewusst. Selbst das Neugeborene hatte zu quengeln aufgehört. Sie öffnete die Augen und blickte sich in der dunklen Küche um. Sie war menschenleer – bis auf die drei Gestalten, die vor ihr standen. An ihrer Spitze der Gefängniswärter Bern. Der, der sich vor so vielen Wochen über sie hergemacht und sie belästigt hatte. Den Valan daraufhin geschlagen hatte und dem er mit Konsequenzen gedroht hatte. Der Mann, der, wie sie inzwischen wusste, beim Massaker am Himmelsweg seine Frau verloren und nun eine neue von Fost verlangt hatte; der hatte seine Bitte gleichwohl abgelehnt.

Tara stand eilig auf, ging zum Tisch, schnappte sich die Flasche, die zu holen der Kriegshäuptling sie ausgeschickt hatte, griff sich dann noch ein Glas und wandte sich zum Gehen. Eine Hand schloss sich über ihrer Schulter.

»Na, na, meine Hübsche«, sagte Bern, »sei nicht so unhöflich. Heute ist unsere freie Nacht.«

Kälte durchflutete Taras Magen. *Wie dumm, dumm, dumm!*

»Vergebt mir, Geehrter«, antwortete sie, dem Fußboden zugewandt, als er sie zu sich herumzerrte. »Kriegshäuptling Fost wartet auf seinen Wein, aber ich bin mir sicher, dass jeder andere hier sich glücklich schätzen würde, Euch eine heiße Mahlzeit zu servieren. Mich entschuldigt bitte.«

Ein zweiter Mann glitt hinter sie und schnitt ihr den Weg zum Ausgang ab. Ihr Herz begann, heftig zu hämmern. Die Chancen standen gut, dass sie alle drei töten oder kampfunfähig machen konnte – am Ingrimm dafür mangelte es ihr wahrlich nicht, und sie hatte obendrein das Überraschungsmoment auf ihrer Seite –, aber damit würde auch ihre Tarnung auffliegen. Andererseits verrieten ihr die Mienen der Männer, was sie von ihr wollten, und sie würde es ihnen nicht geben, scheiß auf die Tarnung.

»Ich muss wirklich gehen, Geehrter«, versuchte sie es noch einmal, versank in einen tiefen Knicks und wich dann rückwärts in Richtung Tür zurück. Wie erwartet schlang ihr der Mann hinter ihr den Arm um die Hüfte und packte ihr rechtes Handgelenk. Sie wehrte sich, testete seine Kraft, hielt dann aber inne, als Bern einen Schritt auf sie zu machte.

»Du bist unhöflich«, wiederholte Bern und strich ihr mit dem Finger über die Wange. »Und du hast trotz dem hier nicht gelernt, wo dein Platz auf der Welt ist.« Er schnippte mit dem Fingernagel gegen ihr Sklavenhalsband. »Besser, du lernst die Lektion jetzt, mit uns, sodass du für Valan gefügig gemacht bist. Eigentlich tun wir dir – und ihm – ja nur einen Gefallen. Halt sie fest, Ram.« Der Mann hinter ihr verstärkte seinen Griff um ihre Hüfte und um ihr Handgelenk, während Bern seine Hose aufzuschnüren begann.

Zum Schein strampelte und wimmerte Tara noch ein bisschen, und als Bern den Mund öffnete, um zu lachen oder zu sprechen, rammte sie ihm das Glas in ihrer linken Hand mit einer solchen Wucht hinein, dass es auf seinen Zähnen zerbarst und ihm Zunge und Lippen aufriss, während sie es ihm tiefer und tiefer zwischen die Kiefer bohrte. Ein kurzer Tritt in seinen Unterleib, für den sie sich auf Rams Umklammerung abstützte, dann hob sie die Hand mit den zersplitterten Überresten des Glases darin und stach blind hinter sich. Ram kreischte auf und ließ sie los, um sich die Hände vors Gesicht zu schlagen, und Tara schob sich um den laut heulenden, bluttriefenden Bern herum, um es mit dem dritten Mann aufzunehmen. Sie wartete, bis er sich auf eine Angriffsrichtung festgelegt hatte, dann schlug sie ihm mit der Weinflasche gegen die Schläfe.

Das schwere Glas hielt dem Aufprall stand, und er ging ohne einen Laut zu Boden. Tara zögerte eine Sekunde. Wenn sie die drei lebend zurückließ, würden sie niemals aufhören, Jagd auf sie zu machen, aber wenn sie sie umbrachte, würde Corvus auf der Suche nach dem Schuldigen im Palast das Unterste zuoberst kehren, und auch wenn sie alle Sklaven waren, hatte Tara keinerlei Zweifel daran, dass einer der Küchenarbeiter sie verraten würde, Rebellion hin, Rebellion her. Sklaverei und treues Zusammenhalten bildeten ein unpassendes Gespann.

Berns Hand schlang sich um ihren Knöchel und brachte sie zu Fall. Sie stürzte schwer zu Boden, schlug sich die Schulterblätter an den Steinplatten auf und einen Moment später auch den Hinterkopf. Diesmal zerbrach die Flasche doch, aber bis sie die Lichter in ihrem Kopf weggeblinzelt hatte, hatte Bern ihr die zerschmetterten Überreste aus der Hand gedreht und zerrte sie von den Scherben weg. Auf sich zu. Unter ihn.

Ihre rechte Hand blutete, und Glassplitter steckten in der Innenfläche. Tara knirschte mit den Zähnen und krümmte die Daumen, hatte es auf seine Augen abgesehen. Er bäumte sich hoch vor ihr auf, schlug ihre Hände weg, und dann versetzte er ihr einen so heftigen Kopfstoß, dass sie davon ganz benommen war.

Blut schoss Tara aus Mund und Nase, schäumte heiß und salzig ihre Kehle hinunter, und sie sammelte einen Mundvoll davon, hustete es Bern druckvoll ins Gesicht und schlug ihm dann mit der unverletzten Hand unters Kinn. Als er zurückfuhr, verlagerte sich sein Schwerpunkt, sodass sie sich unter ihm hervorwinden konnte. Aber nicht weit genug.

Seine Hände suchten tastend, er bekam ihren Halsausschnitt samt Haut zu fassen und schlug sie wieder auf den Boden, dann hob er sie hoch und schmetterte sie erneut hinab und dann noch einmal. Die Wucht des Aufpralls trieb ihr jedes Mal die Luft aus der Lunge. Tara konnte sich nicht mehr rühren, der Schmerz in ihrem Rücken war mörderisch, sie konnte nur noch verschwommen sehen, und auch ihre Gedanken trübten sich.

»Dreckiges. Kleines. Miststück«, nuschelte Bern durch seinen kaputten Mund. Blut spritzte bei jedem Wort, jedem Atemzug.

Er hielt eine Sekunde lang inne, um Glassplitter aus seinem Mund und seiner Zunge zu ziehen, und sie begann sich wieder zu regen, versuchte, ihm erneut zu entschlüpfen.

Ram erschien am Rand ihres Gesichtsfeldes, seine Wange und sein Ohr blutüberströmt, er trat nach ihrem Kopf und verfehlte ihn, ließ seinen Stiefel stattdessen in ihre Schulter krachen. Tara stöhnte auf, und der neue Schmerz gab ihr ein wenig Klarheit zurück. Bern saß rittlings auf ihren Oberschenkeln, und so packte sie sein Wams, riss beide Knie hoch, so fest sie konnte, zerrte ihn nach vorn und verdrehte gleichzeitig ihre Hüften. Er plumpste von ihr herunter, auf Ram zu, der ihm aus dem Weg rutschte.

Tara rappelte sich hoch, stolperte aber über ihren Rock und ging wieder zu Boden. Sie streckte instinktiv die Hände aus, um ihren Sturz abzufangen, und kreischte auf, als die Schnittwunden und Glassplitter in ihrer Hand gegen den Stein schlugen. Vor Schmerz wurde ihr schwindlig, und Lichtblitze schossen bis in ihre Schulter. Unwillkürlich traten ihr Tränen in die Augen, während sie wieder Tritt fasste und sich taumelnd aufrichtete, ihre rechte Hand schützend vor die Brust erhoben.

Ram ging in gebückter Haltung auf sie los, rammte seine Schulter in ihren Bauch, um sie umzuwerfen, und sie schaffte es, ihm mit dem Ellbogen einen Hieb in den Rücken zu versetzen, ehe ihre Füße den Boden unter sich verloren und sie erneut nach hinten geschleudert wurde. Tara zog den Kopf ein, Kinn an Brust gedrückt, ihre Schulterblätter knallten gegen den Stein, und ihre linke Handfläche schlug auf den Boden, um ihren Fall abzubremsen, dann warf sie die Hand nach hinten, packte Rams Kopf im Nacken und drückte ihn an ihren Bauch. Sie presste ihn nach unten und sich selbst nach oben, kreuzte ihre Beine um seinen Hals und um einen seiner Arme, sein Gesicht irgendwo in ihrer Leistengegend in den Falten ihrer Röcke verloren, und dann drückte sie mit aller Kraft ihrer Oberschenkel, während sie mit der Linken das Handgelenk seines Arms verdrehte, der ihr haltsuchend über Bauch und Brust tastete.

»Verdammt, das gibt's nicht…«, blubberte Bern und versuchte, an Rams strampelnden Beinen vorbeizukommen.

Schlaf ein, Arschloch. Schlaf verdammt noch mal ein. Jetzt schlaf schon! Es dauerte nur Sekunden, bis von Rams Strampeln nur noch ein schwaches Zucken geblieben war, aber er war noch nicht ganz bewusstlos, als sich Bern erneut auf sie stürzte. In seiner Hand hielt er ein Messer, länger als Taras Unterarm.

»Lass ihn los«, lispelte er. Tara drückte unvermindert weiter zu, aber Bern stürzte sich brüllend auf sie, und sie hatte keine andere Wahl – sie trat Ram von sich weg, rollte sich ab, krachte in einen Haufen Fässer hinein und wurde dann an ihrem Sklavenhalsband zurückgerissen. Sie schnappte würgend nach Luft.

Bern drückte ihr sein rechtes Knie in den Rücken und presste sie gegen den Stein, bis ihre Rippen knackten und sie keine Luft mehr bekam. Die Spitze seines Messers war sehr, sehr kalt unter ihren Augen. »Miststück«, zischte er noch einmal, und Blut und Speichel tropften in dünnen Fäden von seinem Kinn auf ihre Wange. Tara konnte spüren, wie ihr Herz gegen sein Knie hämmerte, so schwer lastete sein Gewicht auf ihr. Hastig schnappte sie nach Luft, bekam aber kaum etwas in ihre gierige Lunge. Der Schmerz war überall, als sie nun all das Geschehene einholte, und doch war sie selbst jetzt so vollgepumpt mit der wilden Energie des Kampfes, dass sie den Staub in den Ritzen zwischen den Steinplatten und das Glitzern der kleinen Glasscherben sehen konnte, dass sie das *Poch Poch Poch* von Berns Blut über ihrem eigenen Herzen und ihrer japsenden, winselnden Lunge hören konnte.

Das Messer bohrte sich in sie hinein, glitt durch die zarte Haut hinein in Richtung Augapfel, um ihr Auge wie eine Auster herauszulösen, und der einzige Laut, den sie von sich geben konnte, war ein dünnes Miauen wie von einem halb verhungerten Kätzchen. Zu mehr fehlte ihr der Atem.

»Was machst du da?«

Das Messer glitt aus ihrem Gesicht, das Knie löste seinen Druck, und Bern begann zu stottern und zu faseln. Tara füllte ihre Lunge in drei Atemzügen so tief mit Luft, dass ihr ganz schwindlig wurde, und dann befreite sich das Tier in ihrem Inneren aus seinem Halsband, und sie rappelte sich hoch, griff nach dem Messer, das er fallen gelassen hatte, schlang ihm einen Arm um den Hals, um sein Kinn hochzudrücken, und durchtrennte seine Luftröhre und die Hälfte seines Halses.

Valan stand in der Küchentür. »Fost hat mir gesagt, dass ich dich hier finden würde«, erklärte er, und die Bemerkung wirkte angesichts all dessen, was hier passiert war, so unpassend, dass sie ihn nur anstarrte, keuchend, blutend und bereit, ihn ebenfalls umzubringen. Ihn und Ram. Und jeden einzelnen Drecksmirak in ganz Gilgoras. Jedes Ausatmen endete mit einem leisen Knurren, als sie das Messer kampfbereit in die Höhe hielt.

Ram stöhnte und rollte sich auf die Knie. »Stellvertreter? Stellvertreter, diese Sklavin, dieses gottverfluchte Miststück … hat uns angegriffen …«

Valan machte drei lange Schritte in den Raum hinein, zog sein eigenes Messer und stach es ihm tief in die Brust.

Ram fiel nach hinten, und die Überraschung auf seinem Gesicht wirkte geradezu komisch, als er sich die Hände auf die kleine Wunde drückte, die ihn in Kürze töten würde.

Tara trat in die Mitte des Raums, wo sie nicht über die Leichen stolpern würde. Valan folgte ihr. »Warum habt Ihr das getan?«

»Weil sie versucht haben, dir etwas anzutun, und gescheitert sind«, antwortete Valan und drückte ihr Messer herunter – nahm es ihr aber nicht weg –, dann legte er ihr den Zeigefinger unters Kinn und untersuchte die Verletzungen. Seine Augen wurden dunkel, während er von namenlosen Gefühlen übermannt wurde. »Wenn sie nämlich so unfähig waren, im Kampf mit einer Frau zu unterliegen, haben sie nicht verdient zu leben. Und dann haben sie auch noch ohne Erlaubnis meinen Besitz angerührt.«

Tara wusste nicht, was sie erwartet hatte, aber das war es jedenfalls nicht. Sie machte einen weiteren Schritt zurück und entzog sich seinem Griff. »Werdet Ihr mich nun ebenfalls töten?«, fragte sie und hielt das Messer wieder hoch. Nichts von alledem passte zusammen. Er war nach Wochen der Abwesenheit zurückgekehrt und hatte sie dabei ertappt, wie sie Mirak ermordete, und plötzlich schien er sich … um sie zu sorgen.

Valan schob sein Messer in die Scheide. »Nicht sofort«, antwortete er leise, »auch wenn du mir das Ding da geben musst.« Sie leckte sich Blut von den Lippen, ihr eigenes oder auch das von Bern, und reichte ihm das Messer mit dem Griff voraus, schenkte der Stimme in ihr keine Beachtung, die ihr zuschrie, ihn umzubringen.

Valan untersuchte die Klinge und legte sie auf den Tisch. »Du erinnerst mich an sie«, murmelte er und strahlte dabei sowohl Kummer als auch Anerkennung aus. Er breitete die Arme aus, eine deutliche Einladung, und wenn sie weiterleben wollte, blieb Tara nichts anderes übrig. Humpelnd und blutverschmiert trat sie in seine Umarmung und stand stocksteif da, während er sie tröstete.

Valan wirkte nun verändert. Er erfüllte seine Pflicht gegenüber Corvus, schlichtete Streitigkeiten unter den Männern und sorgte dafür, dass die Gewalt, die ihnen in der Natur lag, auf ein Minimum begrenzt blieb. Er machte, wenn nötig, seine Eingaben beim König und sprach vor dem Zubettgehen seine Gebete, aber er hatte sich verändert. Seine harten, scharfen Kanten waren von Trauer abgeschliffen worden, von einer sanfteren, wärmeren Trauer um echte Menschen statt dem spröden, ins Fleisch schneidenden Stachel der Trauer, die mit dem Verlust der Dunklen Dame einherging und die allen Mirak gemeinsam war.

Seine Trauer, seine Geistesabwesenheit gingen Tara unter die Haut. Es machte es für sie schwerer, ihn zu hassen. *Du erinnerst mich an sie.*

Nicht nötig zu fragen, wen er meinte, nicht nötig zu erraten, was er bald genug von ihr erwarten würde. Erwarten oder verlangen. Erzwingen.

Valan übernahm selbst die Verantwortung für den Tod der drei Männer, er habe sie umgebracht, als Akt der Vergeltung dafür, dass er sie bei seiner Ankunft dabei ertappt hatte, wie sie sich in eindeutiger Absicht über seinen Besitz hergemacht hatten, sodass Tara nun noch tiefer in seiner Schuld stand. Der, den sie mit der Flasche geschlagen hatte und dessen Namen sie nicht kannte, war nie wieder aufgewacht. Fost entschuldigte sich dafür, dass der Übergriff in seiner Zuständigkeit geschehen war; Corvus nahm die Todesfälle nicht einmal zur Kenntnis. Sein Stellvertreter fragte nicht, wo Tara zu kämpfen gelernt hatte oder wie es ihr gelungen war zu überleben. Er behandelte ihre Schnittwunden und Prellungen persönlich und ließ sie die nächste Zeit nur leichte Aufgaben erledigen.

Tara hatte größere Angst als je zuvor in ihrem Leben und fühlte sich so ratlos und überfordert, wie sie es nicht einmal gewesen war, als sie alle dabei gewesen waren, in den Tunneln von Eibenhain zu ertrinken. Und zugleich war sie auch ein ganz, ganz winziges bisschen dankbar. Sie wusste, dass das genau die Art und Weise war, wie diese Leute an die Menschen herankommen konnten: Sie nahmen ihnen erst einmal alles, was sie zu dem gemacht hatte, was sie waren, und gaben ihnen dann nach und nach kleine Teile davon zurück, bis der Sklave so dankbar war, dass er sich in seine Gefangenschaft ergab, selbst zum Komplizen seines Herrn wurde. Sie schwor sich, selbst nicht so zu sein, schärfte sich immer wieder ein, dass Valan nach wie vor genauso sehr ihr Feind war wie nur je, und sie gestattete sich gar nicht erst die Frage, ob sie sich da nicht vielleicht selbst belog.

Tara dachte an Vaunt und daran, wie sie es miteinander getrieben hatten, kurz, schön und wild, und ihre Hand wanderte hinab zu ihrem Bauch und zu den Krämpfen, die sie peinigten. *Eine Sorge weniger.*

Sie fragte sich, ob sie sich nicht vielleicht auch in diesem Punkt belog.

CORVUS

Achter Monat, erstes Jahr der Herrschaft von König Corvus
Versammlungsplatz, fünfter Ring, Rilporin, Weizenland

Corvus wich der Klinge aus und parierte sie aufwärts mit dem Rand seines Schildes, während sein eigenes Schwert klirrend von Tetts Schild abprallte und Holzspäne in die Luft stoben. Tett ächzte und wich zurück, während Corvus angriff, sich vorarbeitete, bis Tett irgendwie plötzlich nicht mehr vor ihm und der auf seinem Schild lastende Druck verschwunden war, sodass Corvus vorwärtsstolperte und einen kurzen Moment später den Kuss von kaltem Stahl in seinem Nacken verspürte.

»Mist.« Er schüttelte sich den Schild vom Arm und schleuderte ihn zu Boden. »Zeigt mir, wie das geht.«

Tett demonstrierte ihm, Schritt für Schritt, die erforderliche Beinarbeit, zeigte ihm den Halbmondschritt, der gegenüber dem Gegner den Eindruck erweckte, als wolle man sich zurückziehen, und den Drehpunkt, um Körper und Klinge wieder auf Linie mit dem Gegner zu bringen und dann den tödlichen Streich zu führen.

Sie übten das Ganze, bis es Corvus gelernt hatte, dann nickte er und klopfte Tett auf den Rücken. Auch wenn Vaunt inzwischen von seiner erfolgreichen Jagd in Kiefernschleuse zurückgekehrt war, hatte er Tett bei sich behalten. Ihm gefiel seine ruhige Tüchtigkeit und stete Wachsamkeit – seit den Morden infolge der Nachricht vom Gemetzel am Himmelspfad war die

Stimmung in der Stadt am Überkochen. Die Raufereien zwischen verschiedenen Untergruppierungen der Mirak hatten dazu geführt, dass sich eine düstere, misstrauische Atmosphäre in Rilporin ausgebreitet hatte. Corvus wusste, wie es war, wenn sich ein Sklavenaufstand zusammenbraute, und das galt genauso auch für die übrigen Mirak. Die meisten von ihnen hatten wieder angefangen, ihre Rüstung zu tragen, wenn sie auf die Straße gingen.

Sie standen gerade im Schatten und tranken Brunnenwasser, das so kalt war, dass Corvus davon die Zähne wehtaten, als der Bote den Königsweg heraufgaloppiert kam. Die Hufeisen seines Pferdes schlitterten über die Pflastersteine, als er das Tier ruckartig zum Stehen brachte und aus dem Sattel sprang, salutierte und sich dann unbeholfen verbeugte.

»Euer Majestät? Unteroffizier Hooper, dritte Tausendschaft der Osttruppe, zuletzt stationiert in Kiefernschleuse, mit Neuigkeiten über Bewegungen auf der Westebene sowie Informationen bezüglich des Verbleibs Eurer Schwester, der Prinzessin Rillirin.« Sein langer Wortschwall hatte nun endlich einen Abschluss gefunden, und Hooper errötete und nahm ruckartig wieder Haltung an.

»Was für Bewegungen?«, blaffte Corvus, wischte sich den Schweiß vom Gesicht, und jähe Aufregung durchzuckte ihn. *Bot sich die Gelegenheit für eine Schlacht? Wurde verdammt noch mal Zeit.*

»Mehrere Spähtrupps auf ausgedehnter Patrouille haben etwas bemerkt, was wie Tausende von Zivilisten aussah, die aus Richtung der Forts der Südtruppe kamen und nach Nordwesten marschierten. Major Baron hatte vor, ihnen mit einer großen Truppe einen Hinterhalt zu legen, so viele von ihnen wie möglich gefangen zu nehmen und aus ihnen Informationen herauszuquetschen, um dadurch zu erfahren, wo …«

»Wo sich meine Schwester aufhält?«, unterbrach ihn Corvus.

Hooper warf einen sehnsüchtigen Blick zu dem Eimer auf

dem Brunnenrand, war aber klug genug, nicht zu fragen, ob er vielleicht etwas trinken dürfe. »So die ursprüngliche Absicht, ja, Euer Majestät. Dann, ich stand gerade im Begriff aufzubrechen, um Euch über den Zug der Zivilisten in Kenntnis zu setzen, kam ein Fremder in die Stadt galoppiert, in eigenartiger Kleidung, mit Pelzen, Tierhäuten und dergleichen. Behauptete, Kriker zu sein. Und dass die Prinzessin zusammen mit einer großen Gruppe von Zivilisten in Richtung Wolfsland ziehen würde. Schien mir ein gar zu großer Zufall zu sein – es musste sich um dieselbe Gruppe handeln.«

Corvus spürte, wie ein Teil seiner Aufregung in sich zusammenfiel. »Also habt Ihr nichts wirklich Handfestes von meiner Schwester gehört. Ihr habt sie nicht gesehen – niemand hat sie wirklich in Person gesehen?«

Hooper trat vom einen Fuß auf den anderen. »Nein, das nicht, Majestät, jedenfalls nicht bis zum Zeitpunkt meines Aufbruchs. Der Kriker sagte, sie hätten die Information vom Calestar«, fügte er vorsichtig hinzu, weil er Ärger erwartete. »Dom Templeson, hat er gesagt, sei sein Name. Er befindet sich in Sehershöhe, zusammen mit Major Crys Tailorson, der behauptet, der Fuchsgott zu sein.«

Es folgte ein langes Schweigen. Corvus musste die Neuigkeiten erst einmal verdauen. Er war sich nicht sicher, was wichtiger war: in Erfahrung zu bringen, wo sich Rillirin aufhielt, oder zu wissen, wo sich der Gottesblinde und der Fuchsgott befanden. Die Zivilisten könnte man erst einmal einfach Zivilisten sein lassen – Sklavenfutter, wenn es an der Zeit war, deren Zahlen wieder aufzufüllen, und wäre nicht der Umstand gewesen, dass sich angeblich auch seine Schwester unter ihnen befand, hätte er in der Tat den Befehl gegeben, sie einstweilen in Ruhe zu lassen. Tett stand hinter ihm und wartete geduldig auf Befehle.

»Und Major Baron war wirklich im Begriff, ihnen einen Hinterhalt zu legen?«, fragte Corvus. »Sie werden sich meine

Schwester schnappen, ja? Sie wissen, wie wichtig das ist, ja?« Hooper quittierte jede Frage mit einem Nicken, und Corvus klatschte laut in die Hände. »Dann hätten wir es geschafft. Wir stehen im Begriff, sie in die Finger zu bekommen – und das immer noch rechtzeitig. Die Gesegnete könnte zur Abwechslung mal lächeln.«

Tett wurde bei diesen Worten sichtlich unbehaglich, trat von einem Fuß auf den anderen, sagte aber nichts.

»Wenn diese Zivilisten aus den Südforts jene sind, die mit Koridam auf den Schiffen geflohen sind, dann ist das der Beweis, den wir brauchen, dass er sich nicht in Listre befindet«, überlegte Corvus laut.

»Jawohl, Majestät, was auch Eure Frage beantwortet, warum sie Tresh nicht zu Hilfe gekommen sind, als wir Hochhalm eingenommen haben«, murmelte Tett. »Koridam und seine Soldaten müssen mit den Zivilisten einen Bogen geschlagen haben und dann wieder umgekehrt sein, um zu den Südforts zu flüchten, und seither haben sie sich dort verschanzt.«

Es war fast schon zu viel auf einmal, was er da zu verarbeiten hatte. Corvus überlegte, ob er nach der Gesegneten und nach Valan schicken sollte, entschied sich aber dagegen. Es war eine militärische Angelegenheit, daher brauchte Lanta nicht sofort darüber ins Bild gesetzt zu werden, und wenn Valan offensichtlich keine Lust hatte, ihm so aufzuwarten, wie ein Stellvertreter das zu tun hatte, verdiente er es auch nicht, davon zu erfahren. »He, Hooper, wie ist die Stimmung in Kiefernschleuse und in Eibenhain? Sind die Sklaven fügsam?«

Hooper ließ die Zunge in seiner Mundhöhle kreisen, bevor er antwortete. Seine Stimme war rau vor Durst. »Die Lage hat sich entspannt, Euer Majestät, ja. Es ist jetzt alles sehr ruhig, was auch der Grund ist, warum wir Spähtrupps in die Westebene und sogar ein Stück weit in das Viehland hinein haben aussenden können. Wir …« Er brach ab, als er Corvus' finstere

Miene bemerkte. Er war ein weitschweifiger Schwachkopf, so viel stand jedenfalls fest.

»Gut. Schwing deinen Arsch dorthin zurück und bring mir die Hälfte der Garnisonen aus Eibenhain und Kiefernschleuse. Führ sie zu den Südforts und lass sie die Forts in Schutt und Asche legen. Keine Gefangenen. Keine Überlebenden.«

»Wird sofort erledigt, Euer Majestät.«

»Und so seht Ihr, Gesegnete, dass sich am Ende doch alles zusammenfügt. Rill wird möglicherweise schon innerhalb von wenigen Tagen bei uns sein, und die Gefahr eines Aufstands der Rilpori wird genauso schnell im Keim erstickt werden. Dann können wir all unsere Anstrengungen auf die Rückkehr der Dunklen Dame und die Eroberung von ganz Gilgoras konzentrieren.«

»Und die Sache mit dem Fuchsgott und dem Calestar in Krike?«, hakte Lanta nach.

Corvus' Augenlid zuckte. *Scheiße, war diese Frau denn nie mit irgendetwas zufrieden?*

»Solange die beiden in Krike bleiben, stellen sie keine Bedrohung für uns dar. Wir werden unsere Herrschaft über Rilpor festigen. Mit der Wiederkehr der Dunklen Dame wird die Zahl der Bekehrungen steigen, und jeder Bekehrte stärkt uns für den Fall, dass es zu Feindseligkeiten vonseiten der Kriker kommt. Zu gegebener Zeit werde ich Gesandte nach Krike und Listre schicken und den dortigen Herrschenden Waffenstillstandsangebote unterbreiten, was es uns erlauben wird, unsere Kräfte weiter zu stärken. Wenn der richtige Zeitpunkt gekommen ist und die Reihen unserer Streitkräfte mit neuen, aufopferungsvollen Kriegern gefüllt sind, können wir unseren Eroberungszug von neuem beginnen.«

Und mehr braucht Ihr im Moment nicht zu wissen, Gesegnete. Ihr habt Eure Geheimnisse, und ich werde von nun an meine haben.

»Und wie wollt Ihr es in Erfahrung bringen, wenn sie nicht in Krike bleiben?«, fragte sie.

Corvus zwang sich, sich zu beherrschen, und nur seine geblähten Nasenflügel verrieten seinen Missmut. »Wir werden die Grenze überwachen lassen«, antwortete er. »Sobald die Südforts zerstört sind, brauchen wir keine Vergeltung mehr zu befürchten.« Mit honigsüßer Bosheit fügte er hinzu: »Ihr braucht Euch um derlei Dinge nicht zu sorgen, Gesegnete. Bereitet Euch lieber auf die Ankunft meiner Schwester und auf das Ritual vor. Wo wir schon dabei sind: Wie läuft der Ritus?«

»Plangemäß«, blaffte Lanta kurz angebunden. Sie war im Verbergen ihrer Verärgerung nicht so gut wie er. »Es gibt Unruhen in der Stadt. Sorgt dafür, dass Eure Schwester ihnen bei ihrer Ankunft nicht zum Opfer fällt.«

»Ihr wird kein Leid widerfahren«, versicherte Corvus mit jenem überlegenen Selbstbewusstsein, von dem er wusste, dass es sie ärgerte. Solange die Situation derart explosiv war, war es eigentlich unklug, sich gegenseitig durch Spötteleien zu reizen, aber vermutlich war genau diese gespannte Lage der Grund, warum sie es taten. Gewöhnliche Mirak konnten ihre Verärgerung an ihren Sklaven und aneinander auslassen. Diesen Luxus hatten der König und die Gesegnete nicht.

»Ich muss beten«, zischte Lanta und erhob sich. »Seht zu, dass man Eure Schwester direkt zu mir bringt, sobald sie eintrifft.«

Corvus wartete – wartete und wartete – auf ihren Knicks, dann senkte er den Kopf, um sein Lächeln zu verbergen, als das Zeichen der Ehrerbietung schließlich kam. »Euer Wille, Gesegnete.«

MAKE

Neunter Monat, erstes Jahr der Herrschaft von König Corvus
Südwestliche Vorberge, Westebene, Grenze von Rilpor

Sie waren nach Süden über die Grenze nach Krike gezogen und hatten es riskiert, den Zorn von Nachbarn auf sich zu ziehen, die betont hatten, dass sie ihnen nicht helfen würden, die Eindringlinge zu besiegen. Dann hatten sie einen Gewaltmarsch nach Westen bis in die Vorberge hinein zurückgelegt und waren erst dann wieder auf das Territorium von Rilpor zurückgekehrt, als das hügelige Gelände sie davor schützte, leicht gesehen oder aufgespürt zu werden.

Es war gut, wieder in Bewegung zu sein, selbst wenn ein solcher Gewaltmarsch so ziemlich Makes Vorstellung von der Hölle entsprach. Und nicht nur seiner eigenen Vorstellung, den unwirschen Mienen der Übrigen nach zu urteilen. Trotzdem gab es keine Klagen. Sie waren Soldaten, die eine Aufgabe zu erledigen hatten, und solange sie marschierten, mit welcher Geschwindigkeit auch immer, standen sie zumindest nicht in irgendeiner beschissenen Schlacht.

Sie hatten die Pläne für den Marsch – für ihre ganze riskante Offensive – geheim gehalten, bis die Flüchtlinge in Richtung Wolfsland aufgebrochen waren. Würde irgendeiner von ihnen während der Evakuierungsaktion gefangen genommen, würde er oder sie nur angeben können, dass sich Make und die anderen Soldaten aus Rilporin in den Südforts befanden, ohne aber sagen zu können, wo sie hinwollten. Und jetzt waren sie natürlich nicht mehr in den Forts. Dieselben Vorsichtsmaßnahmen waren auch der Grund, warum sie jetzt einen Bogen um das Dorf der Wölfe machten, wo – so die Götter es wollten – ebendiese Flüchtlinge nun sicher untergebracht sein würden.

Vorreiter unter der Führung von Oberst Edris ritten auf den wenigen Kavallerierössern, die der Armee verblieben waren, und kundschafteten das Gelände rechts und links sowie den Weg vor ihnen aus, während Dallis Wölfe eine zweite Linie der taktischen Absicherung zwischen der Truppe und dem Rest der Welt bildeten. Die Miliz aus Zivilisten nahm das Zentrum ihrer Marschlinie ein, und ihre ungeordneten Linien strafften sich von Tag zu Tag, während sie sich an die militärische Disziplin gewöhnten. Was nicht unbedingt hieß, dass sie in einem Kampf die Linie auch halten würden; trotzdem erwärmte die zusätzliche Zahl an Kampfeswilligen Makes erschöpftes Herz doch ein wenig.

Ein Ruf ließ ihn herumwirbeln: Ein Reiter, der aus der Nachhut herbeigaloppierte, hatte ihn ausgestoßen. »Berührung im Süden«, rief er, und die Offiziere fingen sofort an, Befehle zu brüllen, während die Miliz verängstigt stehen blieb. »Mindestens tausend Soldaten, etwas Kavallerie, die meisten aber zu Fuß. Keine Uniformen, kein Blau. Vielleicht Kriker.«

»Entfernung?«

»Ein paar Meilen, Fürstgeneral. Sie haben unsere Spur aufgenommen und folgen uns.«

»Verdammt«, murmelte Make und erhob dann die Stimme zu einer Lautstärke, wie sie normalerweise dem Schlachtfeld vorbehalten war. »Thatcher, Osric, lasst eure Tausendschaften über der Ebene dort drüben aufmarschieren. Hauptmann Kennett, ich will Bogenschützen auf diesem Hügel dort. Miliz, ihr bildet die Nachhut. Bezieht Stellung zwischen der Front und dem Feldlazarett.« Er holte tief Luft, während sich die Männer in Bewegung setzten. »Hadir, Jarl, ihr kommandiert die Nachhut. Dalli? Wo ist Dalli? Nimm deine Kämpfer und finde für mich heraus, was das für Leute sind.«

Die Hälfte der Wölfe waren als Späher der Truppe vorausgeschickt worden, aber Dalli versammelte jene, die am nächsten waren, und sie eilten durch das Gras davon, bahnten sich einen Weg um die Tausendschaften herum, die sich mit der üblichen, auf dem Exerzierplatz eintrainierten Geschwindigkeit bereits darangemacht hatten, Position zu beziehen, während Hadir Reiter ausschickte, um ihre Vorhut zu verständigen.

Die Luft war zum Schneiden dick vor Anspannung und vom lauten Gemurmel der beunruhigten Miliz geschwängert, und Make fragte sich erneut, wie schnell sich ihre Reihen wohl auflösen würden, sobald es zur Schlacht kam. *Aber nur nicht heute. Krike ist nicht der Feind. Bitte, Krike, sei kein Feind.*

Wie immer vor einer Schlacht dehnten sich die Sekunden zu Stunden, aber Minuten vergingen in Sekundenschnelle. Nach einer Ewigkeit, die allzu bald vorbei war, tauchte Dalli wieder auf. Und sie grinste. »Alles klar!«, rief sie. »Sie sind uns wohlgesinnt. Verbündete.«

Make war ein misstrauischer Bastard, daher hielt er die Truppen in Stellung, bis die ersten anmarschierenden Reihen in Sicht kamen, und weigerte sich, sich Hoffnung zu machen. Definitiv Kriker, und geführt von … Er kniff blinzelnd die Augen zusammen. *Tailorson? Dieser verfluchte Crys Tailorson?*

Der Mann trug die gelbe Unterhändlerflagge, nur um auf der sicheren Seite zu sein, aber er grinste genauso breit wie Dalli. Der Bogenschütze war ebenfalls da, Ash, und zudem ein Mann, der nur der Kriegsfürst sein konnte, aber es war Crys, den Make einfach unaufhörlich anstarren musste.

Er trug Hemd, Wams und Kettenpanzer nach der Art von Krike, aber er hatte etwas animalisch Wildes an sich, das ihn noch nie zuvor an ihm aufgefallen war. Es waren nicht die

Augen, die ausnahmsweise einmal nicht gelb loderten, und auch nicht die seltsamen roten und silbernen Male, die an seinem Hals zu erkennen waren, eine Art Tätowierung vielleicht. Nein, es war etwas… anderes, etwas, worauf Make nicht den Finger legen konnte, wie sehr er sich auch darum bemühte.

Sein sandfarbenes Haar war gewachsen, seit sie sich das letzte Mal begegnet waren, es hing ihm jetzt fast bis ans Kinn herunter, und in einzelne Strähnen waren Perlen eingeflochten. Allerdings war er nach wie vor glatt rasiert, im Gegensatz zu den Krikern, die sich hinter ihm aufreihten. Der Mann hatte noch nie weniger nach einem Offizier ausgesehen und noch nie mehr nach seinem wahren Selbst.

Make zwang sich, den Blick von Crys zu lösen. »Rührt euch«, befahl er, und die Soldaten entspannten sich sogleich sichtlich. Die Kriker taten es ihnen einen Moment später gleich, doch nahmen sie die Hände erst von ihren Waffen, nachdem der Kriegsfürst es ihnen vorgemacht hatte.

Der Kriegsfürst selbst war groß und stämmig, von seinen Schultern hing ein karierter Umhang, und sein langes gelbes Haar war geflochten und mit Federn geschmückt. An seinem Hals glitzerte es golden, und seine Waffen sahen aus, als seien sie schon oft in Gebrauch gewesen, waren aber gut gepflegt.

Make trat vor. »Kriegsfürst von Krike, ich…«

»Ihr solltet das Wort zuerst an unseren Herrn, den Großen Gauner, richten, nicht an mich«, brummte der massige Mann und deutete unterwürfig auf Crys.

Ein Lächeln verzog Crys' Züge, und er trat seinerseits vor. »Nun ja, das ist etwas peinlich, nicht wahr? Wie wäre es, wenn Ihr mich den Anfang machen lasst?« Er ließ sich im feuchten Gras auf ein Knie nieder und neigte den Kopf. »Lang lebe der König.«

Make blinzelte verwundert und hörte das Klappern von Rüstungen, als sein Stab niederkniete, und dann ein noch lauteres

Scheppern hinter sich, als die Truppe und die Wölfe dem Beispiel von Makes Stab folgten. »Lang lebe der König!«, brüllten sie, und der Kriegsfürst gab seiner Armee ein Zeichen zu salutieren.

Es war alles genau das, was Make zu vermeiden versucht hatte, seit er seine Absicht zur Thronübernahme verlautbart hatte. Selbst seine verdammte Dalli kniete, ihr Gesichtsausdruck stolz und ängstlich und ein klein wenig traurig.

»Woher im Namen der Götter wisst Ihr das?«, rief er verblüfft.

Crys machte eine deutende Kopfbewegung, und Make drehte sich um. Die königliche Flagge flatterte über der Armee von Rilpor. »Ich habe mir gedacht, wenn wir schon sterben müssen, könnten wir es geradeso gut auch für den König wie für das Vaterland tun«, erklärte Hadir. »Wir haben die Flagge von den Forts mitgebracht.«

»Ich… Ihr…«, stammelte Make, und Crys stand wieder auf. Die beiden Armeen erhoben sich mit ihm. Er zögerte für einen kurzen Moment, überlegte vielleicht, was das Protokoll für die Begegnung mit einem König vorsah – Make gab ein halblautes Schnauben von sich –, dann trat er vor und streckte die Hand aus. Die Truppe nahm erneut Haltung an. Make umfasste Crys' Hand mit dem Griff des Kriegers und hielt sie fest. »Was jetzt?«, zischte er leise.

Crys riss den Kopf herum. »Jetzt begrüßt Ihr Eure Verbündeten.«

»Aber wie soll ich Euch anreden?«

Crys zuckte die Achseln. »Major Tailorson ist für mich völlig in Ordnung«, erwiderte er augenzwinkernd. »Ich weiß nicht, wie es Euch geht, aber ich habe diese Titel gründlich satt. Crys ist gut. Und Herr, wenn Ihr förmlich sein müsst.«

»Herr?« Makes Stimme war ein Quieken.

»Die Leute können… im Allgemeinen erkennen, wann dieser Titel angemessen ist. Für den Rest der Zeit heißt es einfach Crys oder Major – das heißt, wenn Ihr mich immer noch als Offizier haben wollt«, fügte er mit einer plötzlichen Nervosität hinzu, die beinahe lächerlich wirkte und die Make half, seinen Verstand wiederzufinden.

»Ach, richtig, Ihr seid ja desertiert, nicht wahr?«, fragte er in gleichgültigem Tonfall, und Crys lief leuchtend rot an. Er nahm Rührt-Euch-Stellung an, und der Puls zuckte in seiner Kehle. »Aber Ihr habt auch meine künftige Königin von einer tödlichen Wunde geheilt. Willkommen zurück, Major Tailorson«, fügte er hinzu, und Crys stieß ein erleichtertes Schnauben aus.

Er salutierte, trat zurück und ließ den Kriegsfürsten an seinen Platz treten. Der Kriker schien nicht gerade begeistert von der Behandlung, die seinem Gott hier widerfuhr, und Make fragte sich, als wie zerbrechlich sich dieses Bündnis wohl erweisen würde. *Führt uns zum Sieg, Kriegsfürst, und wenn Ihr danach wieder über ein paar Linien auf einer Landkarte streiten wollt, werde ich Euch gegenüber Entgegenkommen zeigen. Nur nicht gerade jetzt, ja?*

»Kriegsfürst, ich bin Make Koridam, Fürstgeneral der Truppen und – und König von Rilpor. General Hadir von der Südtruppe« – die beiden Männer nickten sich steif zu – »und Dalli Kurzspeer, Häuptling der Wölfe. Wir wissen Eure Hilfe mehr zu schätzen, als ich in Worte fassen kann, vor allem, da sie so unerwartet kommt.«

»Brid Fuchstraum, Kriegsfürst von Krike«, erwiderte der blonde Krieger. Er deutete auf die Frau links von ihm. »Cutta Froschtraum, Kriegsherrin. Wir haben fünfzehnhundert Krieger und gewähren Euch unsere Hilfe, weil der Zweiäugige Mann, unser Großer Gauner, uns darum gebeten hat. Wir kämpfen für ihn, nicht für Euch.«

Nun, das weist mich in meine Schranken, und auch wenn fünfzehnhundert nicht viel ist, sind es doch fünfzehnhundert mehr, als ich heute Morgen hatte.

»Ich verstehe, Kriegsfürst. Trotzdem danke ich Euch. Nicht

nur über Rilpor, sondern über ganz Gilgoras hängt drohend der Schatten der Roten Götter. Gemeinsam, so hoffe ich, können wir das Land wieder ins Licht bringen.«

Der Kriegsfürst stieß ein Grunzen aus. »Schöne Worte. Ich hoffe, Ihr kämpft so gut, wie Ihr sprecht.«

Make schürzte die Lippen. »Besser«, betonte er, und als der Mann nun ein widerstrebendes Lachen von sich gab, wusste Make, dass er die Situation richtig eingeschätzt hatte. »Woher habt Ihr gewusst, dass wir hier zu finden sein würden?«, fuhr er fort. Im gleichen Moment schlüpfte Ash mit einem respektvollen Nicken an ihm vorbei und hinein in die Gruppe der Wölfe.

»Wir haben es gar nicht gewusst«, antwortete Crys. »Wir waren auf der Suche nach Rillirin, aber Dalli sagt, sie sei nicht bei euch.«

Make runzelte die Stirn. »Das stimmt. Sie wurde vor einigen Wochen zusammen mit den geflüchteten Zivilisten ins Wolfsland geschickt. Es geht um ihr Kind, ja?«

Crys nickte. »Der Calestar, Ihr erinnert Euch an Dom?« Er zeigte auf eine Sänfte, die von einem Pferdegespann gezogen wurde. »Ich weiß, Ihr hattet Schwierigkeiten, an seine Offenbarungen zu glauben, aber er hatte jedes Mal recht, Majestät, und, nun ja, im Lichte von allem anderen« – er deutete mit dem Daumen auf sich selbst – »hoffe ich, dass Ihr ihm jetzt glauben könnt. Er hat uns berichtet, dass die Gesegnete plant, die Dunkle Dame im Körper von Rillirins Kind wiederauferstehen zu lassen. Wenn ihr das gelingt, wird es nicht den leisesten Unterschied machen, ob wir den Krieg gewinnen oder nicht.«

Make zögerte. Noch so ein weiteres verfluchtes göttliches Eingreifen. Konnte ein Krieg nicht einfach nur ein normaler Krieg sein?

»Soweit wir wissen, haben sie es ins Wolfsland geschafft«, fuhr er fort, »auch wenn wir selbst nicht dorthin gehen.« Da fiel ihm etwas ein. »Falls mir erlaubt ist, Eurer Armee ein Ziel anzugeben, Kriegsfürst?« Der Kriker nickte. »Wir ziehen nach Segelstadt. Dort ist Skerris von der Osttruppe stationiert, und als die größte Stadt außer Rilporin verfügt sie über die größte Garnison der Osttruppe. Wir werden die Stadt einnehmen, und wir werden uns Skerris schnappen. Wir werden sämtliche Soldaten der Osttruppe in der Stadt gefangen nehmen oder töten und Corvus nicht nur seinen einzigen Verbündeten rauben, der sich auf die Kriegskunst versteht, wir werden ihm auch so viel von dieser Truppe wie irgend möglich rauben.«

Beide Männer nickten. »Die Mirak kämpfen mehr wie wir«, sagte der Kriegsfürst. »Wir hatten im Laufe der Jahre im fernen Westen des Landes unsere Scharmützel mit ihnen und kennen uns damit aus, wie man sie tötet.« Er lächelte unvermittelt und ließ seine großen weißen Zähne sehen. »Und natürlich sind wir gut im Kampf gegen Soldaten. Aber wo wollt Ihr, dass wir dann hinziehen?«

»Ein zweiter Angriff auf dieser Seite des Landes müsste für Verwirrung in Corvus' Verteidigung sorgen und würde seine bereits dürftigen Reserven noch weiter verringern. Könntet Ihr für mich Kiefernschleuse einnehmen?«

Crys nickte. »Ja, Majestät. Aber wir könnten bereits in einer Woche dort sein, während Ihr erheblich länger brauchen werdet, um Segelstadt zu erreichen. Wie können wir das koordinieren?«

»Wir legen ein Datum fest. Sagen wir … Mabon, den Tag der Tagundnachtgleiche im Herbst? Das gibt uns knapp drei Wochen, um dorthin zu gelangen. Ihr dürft euch bis zu diesem Tag nicht sehen lassen. Nutzt die Zeit, um nach Rillirin zu suchen. Wenn sie nicht dort ist …«

»Wenn sie nicht dort ist, ist sie auf dem Weg nach Rilporin, oder sie befindet sich bereits in der Stadt. Aber wir haben eine Spionin – und, wenn nötig, eine Attentäterin – vor Ort, mit dem Befehl, Corvus und Lanta auszuschalten.« Die Art, wie er

Make ansah, jagte diesem einen plötzlichen Schauer über den Rücken. »Majorin Tara Carter von der Westtruppe.«

Make wippte auf den Füßen vor und zurück. »Sie lebt? Wann wurde dieser Befehl gegeben? Von wem?«

»Verzeiht mir, ich hatte keine Möglichkeit, Euch zu informieren. Sie und Ash sind zu mir gekommen, am Tag bevor Rilporin gefallen ist. Der Fuchsgott hat ihr ihre Befehle erteilt.«

Make krümmte die Finger zu Krallen, aber dann wurde ihm klar, dass er nun keinen sterblichen Menschen mehr ansah. Die Härchen auf seinen Unterarmen stellten sich auf, als würde es gleich ein Gewitter geben. Crys' Worte von gerade eben fielen ihm wieder ein. *Die Leute können es im Allgemeinen erkennen.* Make konnte es jetzt sehr gut erkennen.

»Ich brauchte jemanden, der versuchen würde, die beiden zu töten, jemanden, bei dem sie keinen Verdacht schöpfen würden«, erklärte der Fuchsgott. »Einen Krieger, aber keinen Mann, denn einen Mann würden sie niemals nah genug an sich heranlassen. Und auch keinen Wolf; einen Wolf würden sie an seiner Tätowierung erkennen. Tara war die einzige Wahl, die mir blieb. Aber auch sie hatte die Wahl, das verspreche ich Euch, Majestät. Sie hat die Risiken gekannt und ist sie bewusst eingegangen.«

»Natürlich hat sie das getan, verdammt noch mal«, entgegnete Make verbittert. Er hatte die letzten Monate damit verbracht, sie im Geiste möglichst nicht tot oder gefangen zu sehen, denn ihm war nur allzu deutlich bewusst, welches Schicksal eine Frau – noch dazu eine Soldatin – in den Händen des Feindes erwartete. »Natürlich ist sie das Risiko eingegangen, das ist genau ihre Art.«

Make atmete tief durch. Es war eine kühne Unternehmung, und Crys hatte recht – Tara war der einzige Mensch, der das fertigbringen konnte. Und sie war gut, sehr gut. Es gefiel ihm nicht, doch er konnte dagegen nichts einwenden. Und wenn er es doch täte, welchen Sinn hätte es? Die Sache war passiert. Trotzdem war Tara jetzt allein in diesem Nest verkommener Leute. Eine Sklavin. Der bloße Gedanke ließ ihn zusammenzucken.

»Danke, dass Ihr mich darüber in Kenntnis gesetzt habt«, sagte er und war sich darüber im Klaren, dass die steife Förmlichkeit seiner Worte nur ein Beweis seiner Sorge um sie war. »Also gut, an Mabon. Nehmt Kiefernschleuse ein und tötet sämtliche Soldaten dort oder nehmt sie gefangen. Wir wollen sicherstellen, dass die Nachricht die Hauptstadt erst so spät wie möglich erreicht. Händigt den Bewohnern die Waffen der Truppe aus und tragt ihnen auf, die Stadt zu halten, dann treffen wir uns am Westrand des Tiefen Waldes im Viehland. Sobald wir uns dort neu formiert haben, werden wir in die Schlacht ziehen und Corvus zum Handeln zwingen, seine Armee vernichten und nach Rilporin und zu seiner verrückten Priesterin marschieren. Noch sechs Wochen, und alles ist vorüber.«

»Sechs Wochen«, wiederholte Crys, wirkte jedoch nicht erleichtert. Er sah vielmehr ganz so aus, als sei ihm schlecht, als wolle er nicht, dass der Krieg endete. Dann empfahl er sich, und Make blickte ihm stirnrunzelnd nach.

»Die Prophezeiung besagt, dass der Fuchsgott sterben muss, um den Krieg zu beenden«, murmelte der Kriegsfürst. »Ihr habt ihm gerade mitgeteilt, wie lange er noch zu leben hat.«

DIE GESEGNETE

Neunter Monat, erstes Jahr der Herrschaft von König Corvus
Tempel der Roten Götter, Tempelbezirk, erster Ring, Rilporin, Weizenland

Heiliger Gosfath, Roter Vater, ich bin gekommen, um dir zu dienen. Wenn es dein Wille ist, sage mir deine Wünsche und lass mich sie erfüllen. Ich gehöre dir, Herr.«

Der Gott lehnte auf seinem Thron, seine Augen dumpf vor Teilnahmslosigkeit und einer Trauer, als sei die Welt untergegangen. Er machte sich weder die Mühe aufzuschauen, als sie sprach, noch ihr zu antworten, als sie geendet hatte. Die Wände der Wegstation wurden beleuchtet von einem roten Licht, das von überall und nirgendwo herkam, während der hellere goldene Schein von Feuer um Gosfaths Beine züngelte und aus seinen Krallen und seinen Hörnern sprühte.

Wieder hatte sie ihn in den Tempel gerufen, und wieder war stattdessen sie in seine Gegenwart befördert worden. Aber irgendwie war es diesmal anders gewesen. Er war näher gekommen, dessen war sie sich sicher, hatte sich bis direkt an den Rand von Gilgoras bewegt, bereit, einen Fuß ins Land zu setzen, bevor er sich wieder zurückzog. Vielleicht würde er sie das nächste Mal mit seiner Gegenwart im Tempel beehren. Im dazu vorgesehenen Kreis. Ein weiterer Schritt auf dem gewundenen Pfad zur Wiederauferstehung.

Lanta näherte sich dem Thron und der gewaltigen roten Gestalt, die in sich zusammengesackt darauf saß, und ihr Magen flatterte nervös. »Heiliger Gosfath, Gott des Krieges, ich bin zu dir gekommen. Ich, Lanta Costinioff und deine Gesegnete, bin hierhergekommen, um dir Beistand anzubieten. Wir sind verloren ohne dich, Herr, und wir sind doppelt verloren ohne deine Schwestergeliebte.«

Gosfath zuckte zusammen, und sein Kopf schwang langsam herum, bis seine schwarzen Augen Speere waren, die sich in ihr Fleisch bohrten.

»Fort.«

Gosfaths Schmerz glitt über sie hinweg wie ein schwarzer Wind, und Lanta schauderte. Ein Schluchzen entwich dem Gefängnis ihrer Lippen. Ihre eigene Pein war, verglichen mit dem, was er verloren hatte, nur das Blatt eines Baumes, das in einer wilden Strömung auf und ab hüpfte, und sie strich ihm über die Waden und die Knie, schenkte Trost und empfing Trost. Ja, seine Trauer war gewaltig, aber das war Lantas Trauer ebenfalls. Und genauso gewaltig war ihre Entschlossenheit, das Grauen des Verlusts der Dunklen Dame ungeschehen zu machen.

»Wir tun viel, um sie zurückzuholen, Vater. Im Tempel in Rilporin, der dir und ihr geweiht ist, beten und opfern wir und sprechen mit den Göttern. Im Tempel, Vater.«

»Fort.«

Gosfath zog das Bein unter ihrer Hand weg. Seine Berührung entbehren zu müssen war ein unerwarteter Schlag, eine Zurückweisung, die ihr wehtat. *Das hier ist deine Schuld,* gab er damit zu verstehen. *Du hast das getan, du hast mich hier allein zurückgelassen.*

Lanta ließ nicht locker; er musste unbedingt verstehen. »Sie ist fort, Vater, aber nicht für immer, ich schwöre es. Ich arbeite unermüdlich, Tag und Nacht, um sie zu dir und zu uns zurückzubringen, nach ganz Gilgoras. Und wenn sie wieder da ist, werden wir eine solche Rache über die Welt bringen, wie sie sie seit Jahrtausenden nicht erlebt hat. Du wirst Blut und Schreie als deine Belohnung bekommen, mein Gott. Wir brauchen deine mächtige Kraft in Rilpor, im Tempel, wenn wir sie zurückholen wollen. Wir … du musst zu uns kommen, Herr. Es gibt Fleisch, mit dem du deinen Hunger stillen kannst, Fleisch für deine Lust und Fleisch für deinen Schmerz.«

Zaghaft streckte Lanta die Hand aus und berührte ihn wieder. Seine Haut war heiß, eine langsam zunehmende Wärme, wie ein Topf, den man zum Kochen auf den Ofen setzt, aber sie zog die Hand nicht wieder zurück. Falls das ein Test war, würde sie nicht versagen. Wenn ihre Hände das Opfer sein sollten, das Gosfath verlangte, würde sie sie in seinen Feuern verbrennen und frohlocken. Sie holte langsam Atem. »Darf ich dir dienen, Herr? Im Tempel? Wirst du kommen?«

Gosfath beugte sich vor und strich mit dem Zeigefinger über die weiche Haut an ihrem Hals, und die Kralle hinterließ eine leuchtende Linie aus Blut. Sie zuckte mit keiner Wimper, auch wenn sich die Muskeln um ihre Augen herum ob des sengenden Schmerzes verspannten. Dann lehnte er sich zurück. Er leckte sich das Blut von der Kralle und seufzte wie Wind, der durch das Blätterdach des Waldes heult.

»Fort.«

Es gab keine Vorwarnung, keine Möglichkeit, sich irgendwie vorzubereiten. Lanta wurde von der Wegstation in ihren Körper zurückgeschleudert, wurde in ihn hineingedrückt, als würde jemand versuchen, einen Aal in ein Gefäß zu stopfen. Sie ging taumelnd in die Knie, und Gull, von ihrer Rückkehr überrascht, da er erwartet hatte, dass sie sich in den Verzückungen des Verkehrs mit der Gottheit verlieren würde, versäumte es, sie aufzufangen, als sie nun zusammenbrach. Sie lag auf dem Boden, atmete den Geruch von altem Blut und klammem Stein ein, und ihre Gedanken wirbelten wild durch ihren Kopf.

Zurückgewiesen. Er will mich nicht, weder als Dienerin noch als Gefäß. Er ist am Ende, und deswegen sind wir ebenfalls am Ende. Er wird nicht kommen.

Lanta wischte sich mit dem Handrücken über die Wangen. Ihre Handflächen waren unter den Verbänden von frischen Blasen überzogen, Brandwunden auf halb verheilten Brandwunden, ein stetes nagendes Drängen, das sie in den Wahnsinn trieb.

»Was ist passiert?«, fragte Gull. Sein Gesicht war bleich, und der Puls zuckte in seiner Kehle.

»Der Gott begehrte es nicht. Fort, hat er gesagt. Dasselbe Wort, dreimal, auf jede Frage nach der Dunklen Dame und auf alle Beteuerungen, wie sehr wir uns bemühen, sie zurückzuholen. Ich habe ihn hierhergebeten, mehr als einmal. Er hat es nicht zur Kenntnis genommen.« Sie starrte blicklos an Gulls Schulter vorbei, und widerwärtiges Grauen durchströmte sie. »Wenn wir ihn nicht hierherrufen können, fehlt der Dunklen Dame der Leitstern, an dem sie sich orientieren kann. Sie wird nicht wissen, dass wir einen Wirt für sie haben, ein Leben, das sie nehmen und nutzen kann, um sich selbst neu zu formen. Wir könnten versagen.«

Gull leckte sich die Lippen und drückte sie feucht und kalt auf ihre Wange. »Wir werden nicht versagen. Das dürfen wir nicht. Auf keinen Fall. Wenn es nicht Lust und Ergötzung ist, was unser Herr sucht, werde nun ich zu ihm gehen. Ich will Euch nicht zu nahe treten, Gesegnete, aber ich diene dem Gott schon seit Jahren ganz unmittelbar. Wir sind alte Bekannte. Vielleicht kann ich darauf aufbauen.«

Lanta sträubte sich innerlich gegen den Vorschlag, aber sie wusste, dass es eine sinnvolle Idee war. Es ging hier nicht um Stolz, Stellung und Macht, nicht mehr. Sie hatten solche Dinge inzwischen weit, weit hinter sich gelassen – Corvus wäre zweifellos schockiert zu erfahren, wie weit. Gull hatte recht: Gosfath war an seinen Priester gewöhnt, so wie die Dunkle Dame an ihre Gesegnete gewöhnt gewesen war. Es konnte durchaus sein, dass es Gull gelingen würde, ihn dort zu überzeugen, wo sie gescheitert war.

»Geht, mein Freund. Stellt fest, ob Ihr irgendetwas in Erfahrung bringen könnt; stellt fest, ob er mit Euch spricht. Ich muss mich um eine andere Angelegenheit kümmern. Werdet Ihr mich brauchen?«

»Ich danke Euch, Gesegnete, aber, nein.«

»Dann werde ich Euch Eurer Verzückung überlassen.«

Und was mich betrifft, ist es Zeit, die Spielsteine auf dem Brett weiterzubewegen.

Die böse zugerichtete Sklavin zuckte zusammen, als sie die Tür öffnete, um dann einen ruckartigen Knicks zu machen. »Gesegnete.«

»Wo ist dein Besitzer?« Lanta drängte sich an ihr vorbei, ohne auf eine Antwort zu warten, in Räume, durch deren leere Fenster heller Sonnenschein flutete. Die Gemächer waren frisch und sauber und luxuriös ausgestattet, aber sie wusste instinktiv, dass diese Ausstattung noch von dem Rilpori stammte, der einst hier gewohnt hatte. Als Stellvertreter des Königs hatte Valan Mittel und Möglichkeiten, sich mit Wohlstand zu umgeben, doch das hatte er nicht getan. Der Mann war ein guter Sohn der Götter und ein hingebungsvoller Leibwächter.

Valan stand auf, als Lanta in den Raum gerauscht kam, und neigte den Kopf. »Gesegnete. Eine unerwartete Überraschung. Ist alles in Ordnung? Der König ist nicht hier.«

»Ich bin nicht hier, um Corvus zu sprechen«, antwortete Lanta. »Meine Tage sind auch ohne seine Nörgeleien anstrengend genug.«

Wieder neigte Valan den Kopf, wortlos, und deutete auf einen Stuhl. »Tara. Essen und Wein für die Gesegnete.«

Lanta zog eine Braue hoch. »Du hast diesem Geschöpf einen Namen gegeben? Hast du ihm auch die Schnittwunden verpasst?«

Valan hatte so viel Anstand, jetzt unbehaglich dreinzublicken.

»Ich bin mit einer großen Zuteilung an Sklaven gesegnet worden«, antwortete er, als sie Platz genommen hatte. »Sie sind alle neu. Es schien mir vernünftig, sie mit Namen zu nennen, bis sich ihre Talente – oder deren Fehlen – herausgestellt hatten. Tara ist … anders. Für eine Rilpori sehr schlau. Organisiert. Sie führt meinen Haushalt und ahnt meine Bedürfnisse voraus. Wenn sie zum wahren Glauben übertritt, werde ich sie freilassen. Sie wird sich von dem Soldaten trennen, mit dem sie, wie sie beteuert, immer noch verheiratet ist, und sie wird eine prächtige Gemahlin abgeben.«

Die Frau, von der er sprach, trug einen kleinen Tisch zu Lanta hinüber, stellte einen mit dunklem Wein gefüllten Becher darauf, reichte auch Valan einen Becher mit Wein und platzierte dann einen Teller mit Pflaumen, Käse und in Scheiben geschnittenem Schweinefleisch auf dem Tisch. Sie machte einen Knicks und trat neben den Kamin. Jede ihrer Bewegungen war anmutig, trotz ihrer verbundenen Hand und dem langen Bluterguss, der sich aus dem Ausschnitt ihres Gewandes über den Hals nach oben zog.

»Gemahlin? Für Euch?«, fragte Lanta mit einem leisen Anflug von Beunruhigung.

Valan verzog das Gesicht. »Ich trauere um Neela und werde das noch eine ganze Weile tun. Ich bezweifle, dass diese Frau noch zu haben sein wird, wenn ich bereit bin, mir eine neue Gemahlin zu nehmen – jedenfalls nicht, sobald sie erst einmal die Füße auf den Dunklen Pfad gestellt hat.«

»Sie könnte in der Zwischenzeit Euer Bett wärmen«, schlug Lanta vor. »Ihr seid zu lange allein gewesen, Stellvertreter. Eine Bettsklavin würde Eure Sorgen lindern.« Sie gab ihm keine Zeit zu einer Antwort. »Du da, Sklavin. Was immer der Stellvertreter will, ganz gleich was, du gibst es ihm. Wenn er dir die Ehre erweist, dich in sein Bett zu holen, wirst du ihm zu Willen sein und ihn befriedigen, so wie du deinen Gemahl befriedigst, hast du mich verstanden?«

Die Frau nickte ruckartig, und ihr lächerliches Haar – auf einer Seite kurz geschnitten, lang auf der anderen – fiel ihr in die Augen. »Ja, Gesegnete.«

Valans Gesicht verzerrte sich. Da war ein Anflug von Abscheu, ein Anflug von Verlegenheit, als sei ihm diese Idee nicht neu. Als wünsche er sich genau das und sei aber zugleich davon angewidert. Lanta war nicht überrascht – die Frau war in gewisser Weise durchaus hübsch, mit ausgeprägten Gesichtszügen und breiten Schultern, wie geschaffen für harte körperliche Arbeit, aber nicht wie das gehässige kleine Straßenkind, als das sie die tote Neela in Erinnerung hatte. Und außerdem war Valan bekannt für seine seltsame, für einen Mirak gänzlich ungewöhnliche Prüderie, ein Punkt, der unter seinen Kriegerfreunden für große Erheiterung sorgte. Noch etwas, das ihr gut zupasskam.

»Eure Hände, Gesegnete. Habt Ihr Euch verletzt?«, fragte er, ein unbeholfener Themenwechsel, den sie ihm zugestand. Sie hatte schließlich die Information erhalten, die sie brauchte.

»Die Unbilden meiner Berufung. Nichts, worum Ihr Euch Sorgen zu machen braucht«, erwiderte Lanta leichthin, während sie demonstrativ nach ihrem Becher griff und daran nippte. »Jetzt aber zum Zweck meines Besuches bei Euch, Stellvertreter. Ich habe Zweifel, ernste Zweifel, und ich muss sie mit Euch teilen.«

Valan stellte seinen Becher ab und rutschte an die Kante seines Stuhls vor. »Ich stehe Euch zur Verfügung, Gesegnete.«

»Meine Zweifel gelten Corvus«, fuhr sie fort und machte sich gar nicht erst die Mühe, ihm die Nachricht schonend beizubringen. Wie Valan jetzt reagierte, würde alles entscheiden, ihre Unternehmungen in den kommenden Monaten, den kommenden Jahren.

Sein Gesicht wurde völlig reglos, wachsam, aber nicht verärgert. Er faltete die Hände auf dem Schoß und richtete sich kerzengerade auf. »Ich bin der Stellvertreter des Königs, Gesegnete«, begann er, und ein Anflug des Zweifels regte sich in ihr. Vielleicht hatte sie die Situation doch falsch eingeschätzt. »Ich bin ein guter Sohn der Roten Götter. Meine Füße sind auf dem Pfad, und alles, was ich tue, dient ihrer Herrlichkeit. Mein König handelt im besten Interesse der Götter – meines Wissens. Und es sind allein die Götter, denen wir zu guter Letzt Rechenschaft schuldig sind. Ihr Urteil steht selbst über dem von Königen, denn Könige machen Fehler, und Götter tun das nicht.«

Fehler wie den Tod deiner Gemahlin und deiner Kinder, Valan. Fehler, wie es zuzulassen, dass der größere Teil unseres Blutes ausgelöscht wurde, sodass wir es jetzt verwässern müssen, indem wir mit diesen Heiden ins Bett steigen. Ja, Stellvertreter des Königs, ja. Ich kenne dein Herz.

Valan holte tief Luft, und seine Knöchel wurden gelb. »Wie kann ich den Göttern dienen, Gesegnete?«

RILLIRIN

Neunter Monat, erstes Jahr der Herrschaft von König Corvus
Tempel der Roten Götter, Tempelbezirk, erster Ring, Rilporin, Weizenland

Rillirin hatte in ihrem ganzen Leben noch nie etwas so Widerwärtiges gerochen. Schlimmer als im Höhlentempel der Roten Götter in Adlerhöhe, schlimmer als der Gestank von Leichen in der Schlacht oder der Geruch, der von der überquellenden Latrinengrube in den überfüllten Südforts ausgegangen war. Der Hauptmann der Osttruppe, dessen Namen sie sich halsstarrig zu merken weigerte, und Pesh, der Kriker, der sich den Roten Göttern geweiht hatte, marschierten links und rechts von ihr, während sie durch den rauchigen Gestank des Tempels zu dem Ort gingen, der – einstmals – der Gottesteich gewesen war. Dort wartete eine vertraute Gestalt in Blau. Das Licht der Fackel warf strahlendes Feuer in ihr Haar.

Die Gesegnete stand mit verschränkten Armen und nach hinten geworfenem Kopf da, mit der alten herrischen Arroganz, die Rillirin immer gehasst hatte, auch wenn sich ihr Gesichtsausdruck veränderte, sobald sie sie erkannte: Hässlicher Triumph trat an die Stelle der Arroganz. »Endlich!«

Sie blieben alle drei stehen, und Rillirin schnaufte leise. Ihre Beine waren schwer vom schnellen Tempo und dem Gewicht von Halsband und Kette. Außerdem war da noch das Gewicht ihrer Schwangerschaft – das Ungeborene schien in den letzten paar Wochen auf die doppelte Größe angewachsen zu sein.

»Das Gefäß, Gesegnete«, verkündete Pesh, bevor der Soldat das Wort ergreifen konnte. »Der Gottesblinde hat ein letztes Mal seinen Wert für unsere Sache bewiesen.«

»Und wo ist er jetzt?«

»Tot, nehme ich an. Wir haben ihn vergiftet, und in seinem bereits geschwächten Zustand ist er wahrscheinlich gestorben, allerdings bin ich gegangen, bevor es so weit war. Jede Minute zählte, um schnell nach Kiefernschleuse zu gelangen und Soldaten zu finden, die bereit waren, auf das Wort eines ›Wilden‹ hin« – er warf dem Hauptmann einen Blick zu – »einen Hinterhalt zu legen.«

»Dom ist nicht tot«, erklärte Rillirin ruhiger, als sie sich fühlte. »Ihr wisst nichts über ihn, wenn Ihr glaubt, so etwas wie Gift könnte ihm ein Ende setzen …«

»Ich habe verstanden, wie wichtig sie für Euch ist«, unterbrach sie der Soldat, darauf aus, sich seinen Anteil am ruhmreichen Verdienst ihrer Gefangennahme zu sichern. »Wir haben so viele getötet, wie nötig war, und so viele gefangen genommen, wie wir gefahrlos transportieren konnten, Gesegnete. Sobald ich herausbekommen hatte, wer die Gesuchte war, habe ich sie hierhergebracht.«

»Ja«, zischte Rillirin verächtlich, während Pesh im gleichen Moment den Mund öffnete, um dem Soldaten zu widersprechen. »Und jetzt haltet Ihr Euch für einen verdammten Helden, weil es Euch gelungen ist, eine schwangere Frau durch das halbe Land zu zerren und ihrem Kind wer weiß welche Schäden zuzufügen. Ihr seid mir schöne Idioten, alle beide.«

Sie war sich sicher, dass ihr Kind bei bester Gesundheit war, aber Gildas vor all den Monaten ausgesprochene Warnung – dass Lanta es für sich haben wollte – hallte in ihrem Kopf wider, wie sie das jeden Tag seit ihrer Gefangennahme getan hatte und auch bei beiden gescheiterten Fluchtversuchen. Vielleicht würde die Frau sie in Ruhe lassen, wenn sie glaubte, das Kind sei ohne Nutzen für sie. Eine vergebliche, eine närrische Hoffnung, aber es war alles, was sie unter den gegebenen Umständen hatte.

»Sie hat ein loses Mundwerk«, ergänzte der Soldat. »Ich muss ihr jetzt seit vierzehn Tagen zuhören, und, ganz ehrlich, ich bin es reichlich leid.«

»Dann fühlt Euch frei, nun nicht mehr zuzuhören«, erwiderte Lanta. »Lasst uns allein. Alle beide.«

Beiden klappte die Kinnlade herunter, und Rillirin fragte honigsüß: »Oh, habt ihr gedacht, ihr würdet eine Belohnung bekommen? Ein wenig Gold oder eigene Sklaven als Zeichen der Anerkennung? Das ist nicht so ganz die Art und Weise, wie die Mirak Dinge handhaben, nicht wahr, Lanta? Wahrscheinlich solltet ihr zwei eurer toten Göttin sogar danken, dass Lanta euch nicht einfach umgebracht hat.« Sie nickte der Gesegneten zu. »Ich muss übrigens pinkeln.«

Ein Mann löste sich aus den Schatten, und Rillirin erkannte Valan, den Stellvertreter des Königs, unmittelbar bevor er ihr ins Gesicht schlug. »Zeig gebührenden Respekt, wenn du mit der Gesegneten sprichst.« Er wedelte mit den Fingern, und die Männer, die sie den ganzen Weg vom Fuchssee bis hierher begleitet hatten, verließen eilig den Tempel.

Lanta legte Valan die Hand auf den Arm und lenkte ihn behutsam zur Seite, dann trat sie vor, bis ihr flacher Bauch Rillirins runden streifte. »So viel Trotz«, murmelte sie, während ihr Atem Rillirins Gesicht kitzelte. »So viel Feuer.«

Nein, eigentlich nicht so viel, hätte Rillirin ihr am liebsten gesagt. *Ich muss pinkeln, weil ich Angst habe. Aber das werde ich mir Euch gegenüber niemals anmerken lassen, nie wieder.* Sie zwang ein Hohngrinsen auf ihr Gesicht. »So viel Dreck und Siff«, entgegnete sie und deutete mit dem Kopf hinter Lanta. »Badet Ihr darin?«

Das Gesicht der Gesegneten war kalt, aber dann erwärmte ein Lächeln ihre Züge. »Nein. Du aber vielleicht bald, wenn du nicht deine Zunge hütest.« Sie legte beide Hände auf Rillirins Bauch, eine besitzergreifende, beinahe gierige Geste. Valan trat hinter Rillirin und hinderte sie daran zurückzuweichen, als Lantas Finger über sie hinwegwanderten, maßen, taxierten, während sie einen sogar zwischen ihre Oberschenkel schob.

Rillirin entspannte ihren Blasenschließmuskel und lachte, als die andere Frau angewidert zurückzuckte und sich ein unbeabsichtigter Aufschrei aus ihrer Kehle löste. »Ich habe Euch gewarnt«, erklärte sie, während Lanta ihr mit ihrer nassen Hand auf die andere Wange schlug. Sie fühlte sich benommen vor Hunger und Erschöpfung, und Angst untergrub ihre Gedanken, doch sie wusste, wenn sie jetzt klein beigab, wenn sie dem Sklavenhalsband oder den Drohungen nachgab, würde sie sich und ihr Kind niemals mehr freibekommen.

Valans Hände an ihren Oberarmen drückten sie so fest, dass sie blaue Flecken bekommen würde, aber mehr taten sie nicht. Konnten sie nicht, nicht solange sie schwanger war. Einige Ohrfeigen, etwas Gekniffenwerden, aber nicht mehr. Bis zur Geburt des Babys war sie sicher. Mehr oder weniger. Rillirin schwor sich, das Beste aus dieser Zeit zu machen – sie würde einen Weg finden zu entkommen; sie würde irgendwie Verbündete in der Stadt finden, vielleicht unter den Sklaven.

Lanta trocknete die Hand sorgfältig und mit Bedacht an Rillirins Ärmel ab. »Liris hat dein freches Mundwerk niemals etwas ausgemacht, wenn ich mich recht erinnere. Ich dagegen bin weniger nachsichtig.« Sie nickte, und Valan packte eine Faustvoll von Rillirins Haar und riss ihren Kopf zurück. Er legte ihr ein Messer unters Kinn und drückte zu, bis ein Blutstropfen hervorquoll.

»Du trägst den Samen des Gottesblinden in dir? Des *Gottesmörders*?«, knurrte er in ihr nach oben gerichtetes Gesicht. »Du, die Schwester unseres Königs, hast dich so weit erniedrigt, mit dem Wahnsinnigen zu rammeln wie ein *verdammtes Tier*?«

»Jawohl«, zischte Rillirin verächtlich zurück, auch wenn sie zitterte. »Und ich habe es genossen!«

Irgendwo außer Sichtweite klatschte Lanta in die Hände, und ihr dröhnendes Lachen hallte durch den Tempel. »Er hat dir nicht nur ein Kind gemacht, sondern dir auch Widerstandsgeist verliehen«, bemerkte sie. »Ich freue mich darauf, ihn zu brechen. Ein weiteres Mal.«

»Ihr könnt es ja versuchen«, knurrte Rillirin und verdrehte die Augen. »Er wird mich holen kommen, der Calestar, darauf könnt ihr wetten, und wir werden euch alle töten. Am besten, ihr sperrt, wenn ihr schon dabei seid, gleich auch noch Gosfath ein; ihr würdet doch nicht noch einen Gott verlieren wollen, nicht wahr?«

Wieder zerrte Valan an ihrem Haar, und seine Gesichtshaut spannte sich an, bis seine Schädelknochen darunter hervortraten. Der Tod lauerte in diesem Gesicht, und trotz ihrer Überzeugung, dass ihr schon nichts passieren würde, durchlief Rillirin eine neue Anwandlung von Angst.

»Wage es nicht, jenen zu drohen, die über dir stehen, Sklavin, und auch nicht dem Roten Vater«, knurrte Lanta. »Es ist mir ganz egal, ob du Corvus' Schwester bist – ich kann und werde dich auf Arten leiden lassen, die du dir nicht vorstellen kannst, solltest du mich auf die Probe stellen.«

Valans Messer glitt von ihrem Kinn, klirrte über das Metallhalsband und wanderte hinab, um sich gegen ihren Bauch zu pressen. Rillirins erschrecktes Aufkeuchen drang laut vernehmlich durch die stille Luft ringsum, als sich die Messerspitze in ihr Fleisch bohrte. Ihr Gehirn wusste, dass sie so etwas nicht tun würden, aber ihr Körper wusste nichts Derartiges, und sie krümmte sich, um von dem Messer wegzukommen, von einem animalischen Instinkt getrieben.

»Nein, bitte, bitte, Geehrter. Bitte, Lan… Gesegnete. Es tut mir leid, es war nur Gerede.«

»Dann solltest du vielleicht lieber nicht reden, hm, Rill?«, meinte Lanta. »Denn wir verfügen über Möglichkeiten, die dem Kind keinen Schaden zufügen. Das Wasserfass. Das Brandeisen. Ein paar der Männer.«

Tu dein Schlimmstes, Miststück. Nur zu, tu es. Aber die Worte weigerten sich hartnäckig, Rillirins Mund zu verlassen, und duckten sich hinter ihre Zähne. Mit ihren gefesselten Händen stieß sie nach Valans Faust. Sie spürte ein heißes Brennen, als ihr das Messer seitlich in die Hand schnitt.

»Na, na, Valan«, sagte Lanta im sanften Ton des Tadels, »nehmt bitte das Messer weg. Unser Gast muss gesund und unversehrt sein, damit sie ihre Tochter zur Welt bringen kann.«

Er tat wie geheißen, und Rillirin richtete sich auf und ächzte, als Schmerz in ihrem Rücken aufloderte. Sie verlagerte das Gewicht von einem Fuß auf den anderen, und Valans Hand fand erneut ihren Oberarm. Er drückte zu und verpasste ihr eine neue Schicht von Prellungen.

Lanta umfasste Rillirins Gesicht mit der Hand. »Weißt du überhaupt, wer dieses Kind ist, Rill? Kennst du das Schicksal, das dem Mädchen vorherbestimmt ist? Sie wird der ganzen Welt gehören, und sie wird all ihre Tage in Ruhm und Herrlichkeit gehüllt sein. In Herrlichkeit und Blut.«

»Wir sind Kinder des Lichts«, krächzte Rillirin. »Mein Kind wird niemals euch gehören, nie. Und es könnte auch ein Junge sein.«

»Sei jetzt still, Mädchen«, sagte Lanta. Ihre Stimme klang zärtlich und war darum nur noch beängstigender. »Sehen wir zu, dass du etwas zu essen bekommst und dich ein wenig ausruhen kannst.« Sie rümpfte die Nase. »Und ein Bad nimmst. Es gibt viel zu tun, um dich auf die Geburt vorzubereiten. So viel. Valan, diese Sklavin, die Euch dient – holt sie her.«

»Euer Wille, Gesegnete.«

Rillirin hob das Kinn und weigerte sich, seine Worte zu wiederholen. Lantas Lächeln war nachsichtig, als hätte sie es mit den Kapriolen eines altklugen Kindes zu tun. »Valan wird sich jetzt erst einmal um dich kümmern, Rill. Aber wir werden uns bald unterhalten. Du und ich und Gull und der heilige Gosfath. Wir werden über die Wiederauferstehung der Dunklen Dame sprechen – und über deine Rolle dabei.«

Erneut wanderten die Finger der Gesegneten über Rillirins Bauch, und der Schwangeren wurde eiskalt. Sie wusste nicht, was Lanta genau plante, aber sie wusste genug. Sie ließ ihre gefesselten Hände in Richtung Kehle der Frau fahren, und Valan zerrte sie zurück. »Fasst mein Baby nicht an!«, kreischte sie und trat um sich. »Ihr werdet es nicht bekommen, niemals. Wir sind Kinder des Lichts, und nichts, was Ihr tut, wird daran etwas ändern. Nehmt Eure verdammten Hände von uns!«

Lanta entließ die beiden mit einem leisen, grausamen Lächeln, und Valan zerrte Rillirin in Richtung Ausgang.

»Wir sehen uns bald wieder, Rill«, rief ihr die Gesegnete nach, als sie in die frische Luft hinausstürzten.

Tränen schnürten ihr die Kehle zusammen und machten sie kurzatmig, doch sie weigerte sich, sie auch in ihren Augen leuchten zu lassen. »Ich heiße«, knurrte sie, »Rillirin.«

DOM

Neunter Monat, erstes Jahr der Herrschaft von König Corvus
Wächterdorf, Südliches Wolfsland, Grenze zu Rilpor

Späher der Wölfe riefen sie fünf Meilen vom Dorf entfernt an. Keine Zivilisten, sondern echte Wölfe. Sein Volk. Ihre Anwesenheit beunruhigte ihn.

Ash stieß einen glücklichen Schrei aus und eilte los, rief Namen, als er Kriegsgefährten und Freunde erkannte, die er seit Monaten nicht mehr gesehen hatte. Crys ging schon bald in ihrer Mitte unter, und der Kriegsfürst und die Kriegsherrin wurden vorgestellt, während sich vertraute Gesichter verstohlen in Doms Richtung wandten und sich dann wieder wegdrehten. Die Gerüchte hatten also die Runde gemacht.

Dom blieb mit grimmiger Miene auf seinem Pferd sitzen und geleitete die anmarschierenden Kriker ins Dorf. Immerhin hatte er sich inzwischen zumindest so weit erholt, um reiten zu können, sodass zu allem anderen nicht auch noch die Demütigung der Sänfte hinzukam. Sein Zuhause war von Hunderten – ja, Tausenden – von Zivilisten überrannt worden. Laute Stimmen zerstörten den Frieden unter den Bäumen, und Pfade, die kaum mehr gewesen waren als niedergetrampeltes Gras, waren jetzt glitschige Schlammstraßen, breit und rutschig, schlängelten sich um Häuser voller Fremder herum, und weitere Häuser, Anbauten, Hütten, Scheunen und Zelte befanden sich zwischen den auf Dauer errichteten Gebäuden. Die Geräusche von Holzhacken, von Sägen und Hämmern und das Knarren von Seilen und Brettern, die in die gewünschte Position gebracht wurden, hallten unter den Bäumen wider.

Seine Heimat war nicht mehr die seine.

Dom saß in der Nähe der Kriker ab. Die neuen Dorfbewohner beobachteten sie und wagten es nicht, näher zu kommen, während sich die Wölfe – seine Leute – hundert Schritt entfernt auf der Hauptlichtung sammelten, die gleichzeitig als Exerzierplatz und als Festplatz gedient hatte. Dutzende von ihnen. Das mussten die Krieger sein, die, nachdem Wachstadt abgebrannt war, den Himmelspfad genommen hatten, die blutige Straße der Rache. Vielleicht waren auch einige der Verletzten aus Eibenhain darunter, von denen ihm Ash erzählt hatte, die man zurückgelassen hatte, damit sie genesen konnten. Sie waren nach Hause gekommen, während ihm das nicht möglich gewesen war.

»Hallo«, vernahm er eine leise Stimme. »Seid Ihr neu?«

Dom schaute über seine Schulter auf zwei kleine Gestalten, die Hand in Hand dastanden. »Hallo ihr«, antwortete er, auch wenn es ihn Mühe kostete, und er runzelte die Stirn angesichts ihres harten Mirak-Akzents. »Nein, ich bin nicht neu. Nun ja. Ich meine, ich bin hier aufgewachsen, aber ich bin seit einer ganzen Weile nicht mehr hier gewesen. Es hat sich alles verändert.«

Die Augen des kleinen Mädchens waren rund, und die zweite, noch kleinere, wich hinter ihre Schwester zurück, klammerte sich an ihr Kleid und spähte unter ihrem Arm hervor. »Wie heißt Ihr?«

Dom ging in die Hocke und hielt sich mit der anderen Hand seinen Stumpf; es war plötzlich sehr wichtig, dass er ihnen keine Angst machte. »Mein Name ist Dom«, antwortete er leise. »Wie seid Ihr hierhergekommen?«

»Darf ich Euer Pferd streicheln?«, fragte das kleinere Mädchen, und Dom brachte ein Lächeln zustande. Diese Art von Ausweichmanövern in Gesprächen war ihm nur zu vertraut.

»Wir können etwas noch Besseres tun«, antwortete er und stand wieder auf. »Ihr dürft den Hengst beide reiten, wenn ihr wollt. Würde euch das gefallen?«

»Tante Gilda sagt, wir dürfen die Krieger nicht belästigen«, erklärte das größere Mädchen, und Doms Magen krampfte sich vor plötzlicher Anspannung zusammen. *Tante Gilda?*

Er zeigte ihnen den Arm ohne Hand. »Nun ja, wie ihr sehen könnt, bin ich kein Krieger, also belästigt ihr mich auch nicht. Möchtet ihr reiten?« Sie nickten beide, ihre Augen jetzt noch größer. Das kleinere Mädchen schaute sich immer wieder um, als hoffe es halb, jemand würde kommen und sie beide wegholen. »Dann hoch mit euch«, sagte er, griff nach der Größeren, hob sie mit dem rechten Arm in die Höhe und ließ ihre Beine links und rechts vom Sattel herabfallen.

Sie nahm Platz, und er legte ihre Hände auf den Sattelknauf. »Rühr dich nicht«, ermahnte er sie streng. »Lass mich erst deine … Schwester heraufholen. Sie ist doch deine Schwester?« Das Mädchen nickte und saß still da, wagte kaum zu atmen, während Dom die Kleinere vom Boden hob und sie vor ihre Schwester setzte. Auf beiden Gesichtern zeigte sich ein Grinsen.

»Wir sind so hoch oben«, krähte die Jüngere. »Wir können alles sehen.« Dom spürte, wie ein Lächeln seine Mundwinkel umspielte. Er hatte eine vage Erinnerung daran, wie ihn sein leiblicher Vater auf den Rücken ihres alten Zugpferdes gesetzt hatte, wie ängstlich und zugleich freudig erregt er gewesen war.

Das Pferd trat von einem Huf auf den anderen, und beide Mädchen kreischten auf und kicherten dann, während Dom das Tier beruhigte, seinen Armstumpf an die Brust des Pferdes drückte, seine Hand dabei dicht über den Beinen der Kinder, bereit, sie festzuhalten, falls sie zu rutschen begannen.

»Ich bin Kit«, stellte sich das ältere Mädchen plötzlich vor. »Ich bin fünf. Das ist meine Schwester Ede.« Kit zeigte geringschätzig auf das kleinere Mädchen, das sich an der Mähne des Pferdes festkrallte. »Sie ist erst drei.«

Dom verschluckte ein weiteres Lächeln. »Es ist mir eine sehr große Freude, euch kennenzulernen, Kit, die fünf ist, und Ede, die drei ist.«

»Kennt Ihr Tante Gilda?«, fragte Kit.

»In der Tat, ja«, antwortete Dom und gab sich größte Mühe, seinen unbeschwerten Tonfall beizubehalten.

»Gut«, erwiderte sie. »Also werdet Ihr uns auch nicht in Schwierigkeiten bringen?«

»Schwierigkeiten?«, fragte er, und dann spürte er ihn, den finsteren Blick, der regelrecht die Haut seines Rückens versengte. Langsam drehte er den Kopf, und da stand sie, die Arme verschränkt, auf dem Pfad, der zur Lichtung führte.

»Sie ist sehr alt«, meldete sich Ede zu Wort und streckte ihre kleine Hand aus, um nach Doms langem Haar zu greifen, das hinter seinem Kopf geflochten war. Kit zog sie zurück, und sie wippten beide im Sattel, bis er sie festhielt.

»Ja, das ist sie«, brachte er trotz des Engegefühls in seiner Kehle heraus. »Und wenn ihr groß werden wollt und Kinder haben und lernen wollt, wie man kämpft und jagt und webt und kocht und eine sehr, sehr alte Frau wird wie sie, dann tut ihr am besten, was man euch sagt, nicht wahr?«

Dom hob Ede schwungvoll aus dem Sattel auf den Boden, so schnell, dass sie pfeifend nach Luft schnappte und die Arme um seinen Kopf schlang. Dann machte er das Gleiche mit Kit, die sich große Mühe gab, nicht zu kreischen.

Als sie beide auf dem Boden standen, krümmte Dom die Hand zu einer Klaue und schnitt eine wilde Grimasse. Kit zog Ede zurück, und beide Mädchen quiekten vor Lachen. »Denn wenn ihr das nicht tut, wird Tante Gilda euch beide auffressen!«

»Nein!«, kreische Ede, und sie liefen lachend davon und drehten sich dabei viele Male um, halb in Angst, halb in der

Hoffnung, Dom würde hinter ihnen herjagen. Er hätte es schrecklich gern getan, während er ihnen nachsah, bis ihre drallen kleinen Gestalten in einem Haus verschwunden waren. Das frühere Leben bereits eine verblassende Erinnerung, frühere Gräuel ein dahinschwindender Traum. »Kit und Ede, fünf und drei«, murmelte er. »Wie seid ihr hierhergekommen?«

»Wie sich herausgestellt hat, ist Rache für unsere Toten nicht ganz so einfach, wenn es Säuglinge und Kinder sind, denen man sein Messer in den Leib rammen muss«, erklärte Gilda hinter ihm.

Dom strich sich sein Hemd glatt, bevor er sich zu ihr umdrehte. Er sah, wie sie seine fehlende Hand bemerkte und ein ganz leiser Anflug von Traurigkeit über ihre Züge glitt, aber dann war die Regung auch schon wieder verschwunden, und ihre Augen waren hart und streng in ihren Nestern aus Runzeln. Sie war magerer, als er sie je erlebt hatte, hatte dunkle Ringe unter den Augen, und ihr Mund war ein dünner Schlitz in einem Gesicht, das eigentlich zum Lachen geschaffen war.

»Komm mit mir, Junge. Wir beide haben einiges zu bereden.«

Er hatte erwartet, dass ihn Gilda zu Cams altem Haus führte, und wappnete sich gegen die Flut von Erinnerungen, die auf ihn einstürzen würden, sobald er unter jenem Türsturz hindurchtrat, doch stattdessen führte sie ihn zu einem der neu errichteten Gebäude, dort, wo das Dorf einst zu Ende gewesen war. Jetzt aber schienen diese Bauten viel näher am Zentrum zu liegen.

Das Haus war kaum mehr als ein Schuppen. Ein Dach und Wände, eine Wolldecke als Tür, festgetretener Lehm als Fußboden, doch es befand sich ein Bett aus Farnkraut darin, und in einer Ecke stapelten sich einige Töpfe und Schüsseln. Draußen umfasste ein Ring aus Steinen eine Feuerstelle zum Kochen.

Gilda bedeutete ihm einzutreten, und er ging voran. Sein Herz pochte ihm in der Kehle. Als sie die Decke hinter sich zufallen ließ, war der ganze Raum in Dunkelheit und tanzende Schatten getaucht.

Sie machte sich daran, ein paar Kerzen anzuzünden, und währenddessen stand Dom da, den Rücken an die gegenüberliegende Wand gedrückt, und blinzelte in die Schatten, als seien sie lebendig. Sein linkes Bein begann zu zittern und drohte, ihn kurzerhand auf die Erde sacken zu lassen.

Er winkte demonstrativ mit seinem Armstumpf. »Großartig, was ihr aus diesem Dorf gemacht habt.«

»Setz dich, bevor du umfällst, Junge«, blaffte Gilda, ließ sich mit einem Ächzen auf das Farnkraut sinken und rutschte dann herum, bis sie es bequem hatte. »Also? Willst du den ganzen Tag dort stehen bleiben?«

Es gab keine andere Sitzgelegenheit als den Boden. Vorsichtig, als sei sie ein wilder Bär, ging Dom zu ihr hinüber und setzte sich auf das andere Ende des Farnkrauthaufens, fast schon in die Ecke gezwängt. Das Schweigen dehnte sich in die Länge, bis er am liebsten geschrien hätte.

»Das Dorf ist voll«, bemerkte er, als er es nicht mehr ertragen konnte.

Gilda fuhr sich mit der Zunge über die Zähne und seufzte dann, als wollte sie sagen, dass sie wusste, dass er nur Zeit schinden wollte. »Die Wölfe, die den Weg über den Himmelspfad genommen haben, haben nicht alle abgeschlachtet; sie haben die Sklaven befreit und so viele Kinder mitgenommen, wie sie konnten; jene, die jung genug waren, um das Böse zu vergessen, in dem sie aufgewachsen waren, jene, die sich dem Licht zuwenden können. Die Kleinen werden vielleicht als Wölfe großgezogen oder von den ehemaligen Sklaven. So oder so, sie werden leben und im Licht leben. Unsere Dörfer mögen nie mehr das sein, was sie einmal waren, aber das Wolfsland ist immer noch ein Ort freier Menschen, die glücklich unter den Bäumen leben. Und das zählt etwas. Das zählt in diesen Zeiten viel.«

»Rillirin ist nicht hier, stimmt's?«, fragte er, auch wenn er nicht recht wusste, wie sie auf seine Frage reagieren würde. Hatte er überhaupt ein Recht, nach ihr zu fragen?

Aber Gilda schüttelte nur den Kopf. »Nein. Ihre Gruppe hat es nicht von den Südforts bis hierher geschafft, keiner von ihnen, und …«

»Dann hat Lanta sie. Sie wird sich unserer Tochter bedienen, um die Dunkle Dame wiederauferstehen zu lassen.«

Gildas Nasenflügel bebten. »Und wie bekommen wir sie zurück?«

Dom zuckte die Achseln. »Überhaupt nicht. Sie ist ganz auf sich gestellt.«

Bei diesen Worten verwandelte sich Gilda in Stein. Mit stechenden Augen beobachtete sie ihn. Stumm. Geduldig. Ganz Priesterin, ganz Mutter. Verlangte etwas Besseres. Verlangte eine Antwort, die ihm nicht zustand, ein Versprechen, das er nicht geben konnte. Ein Leben, das er nicht retten konnte.

»Was?«, blaffte er, als er es nicht mehr aushielt. »Was willst du von mir hören? Ich weiß nicht, wie wir sie retten können, und das ist die Wahrheit. Wenn ich es wüsste, würde ich es dir sagen. Ich würde hingehen und sie selbst retten, wenn ich wüsste, wie. Aber ich kann es nicht, und sie trägt mein Kind unterm Herzen, und ich kann nichts tun, um ihr zu helfen. Keiner von uns kann irgendetwas tun. Ich wünschte, es wäre anders.«

»Wünschst du dir *tatsächlich*, es gäbe eine Möglichkeit, ihr zu helfen, Dunkelseele?«

Dom schnappte keuchend nach Luft und atmete mit einem erstickten Krächzen sofort wieder aus. Es gab keine Worte, um ihre Andeutung zu widerlegen.

Gilda legte die Fingerspitzen unterm Kinn zusammen. »Wie

wär es verdammt noch mal mit ein wenig Ehrlichkeit, Junge? Du weißt schon, um der alten Zeiten willen.«

Sein Armstumpf pochte vor Zorn und dem Verlangen nach Gewalt. Er schmeckte Blut auf der Zunge – seines, ihres, es spielte keine Rolle. Er wollte zerfleischen und schreien und töten. Er wollte sie dazu *zwingen* zu verstehen.

»Du willst wissen, ob es mir leidtut? Ja, es tut mir leid. Es tut mir leid, dass ich Corvus gesagt habe, wie er in die Stadt eindringen kann, und es tut mir leid, dass ich versucht habe, dich umzubringen, und mir tut überhaupt alles leid, in Ordnung? Ich bin damals nicht recht bei mir gewesen, und wenn ich nicht getan hätte, was ich getan habe, hätte die Gesegnete stattdessen mich getötet. Und dann dich. Wir wären jetzt beide tot.«

Wenn wir das doch nur wären, verdammt noch mal. Wenn ich doch nur tot wäre.

»Die Gesegnete? Sie heißt Lanta. Du solltest sie möglichst beim Namen nennen. An dieser Frau ist nichts Gesegnetes.« Gilda neigte den Kopf zur Seite und musterte ihn mit finsterer Miene. »Und das ist deine Ausrede dafür, dass du versucht hast, mich zu ermorden, deine Ausrede für all die anderen verachtenswerten, verräterischen Taten, die du begangen hast? Dass du nicht bei dir warst?«

Dom wedelte mit seinem linken Arm. »Du hast dich ziemlich gut zu verteidigen gewusst, wenn ich mich recht erinnere. Und wie dem auch sei, wie du siehst, bin ich bitter für meine unzähligen Verbrechen bestraft worden. Ich habe das letzte halbe Jahr mit zwei Männern verbracht, die mich verabscheuen, und vor nicht allzu langer Zeit hat mich die Mutter Seherin vergiftet und mich öfter, als ich mich erinnern kann, zu Offenbarungen gezwungenen, bis mich der Schlag getroffen hat. Der Fuchsgott hat mich gerettet, auch wenn ich ihn angefleht habe, mich zu töten. Ich weiß immer noch nicht genau, was ich ihr gesagt habe, aber ich vermute, es war einfach alles. Also, ja, ich habe zum zweiten Mal Verdammnis über uns alle gebracht. Und auch das tut mir leid, allein, ich kann es nicht ändern, und ich habe es nicht verhindern können.«

Er stieß den Stumpf gegen die Wand und genoss den stechenden Schmerz. »Seit wir uns das letzte Mal gesehen haben, bin ich zum Krüppel geworden, körperlich und auch seelisch, vor Scham, und ich habe die Dunkle Dame getötet und mich damit in diesem und im nächsten Leben selbst vernichtet. Ich kann nirgendwohin gehen, wenn ich sterbe; es gibt niemanden, der mich annimmt, vielleicht mit Ausnahme von Rillirin, und sie ist für mich ebenfalls verloren. Genügt dir das, oder soll ich mich hinknien und betteln?«

Seine Brust hob und senkte sich, während er keuchend nach Luft rang, doch die einzige Veränderung in Gildas Zügen war ein leises Zusammenziehen der Brauen. Seine Empörung wuchs noch weiter, jetzt, wo er seine Taten verteidigen musste. Jetzt, wo seine Worte an ihr abzuprallen schienen, als spräche er nicht einmal dieselbe Sprache.

Alle wissen, was ich durchgemacht habe, aber niemand versteht es wirklich. Niemand bringt es fertig, mir zu verzeihen. Verdammte Götter haben mich verdammt noch mal geistig gebrochen, und noch immer verurteilen sie mich dafür!

Er ließ sich von seiner Entrüstung mitreißen, der Damm seines Zorns barst, und die Flutwelle schwemmte alles mit sich. »Ich werde das Ende dieses Krieges nicht mehr erleben, also brauchst du mich nur noch für ein paar weitere Monate zu ertragen, und dann kannst du einfach weitermachen, du und alle anderen …«

Gilda machte einen Satz nach vorn und schlug Dom so heftig ins Gesicht, dass es ihm in den Ohren klingelte und er nach hinten in die Ecke stürzte. Sein Schädel schlug gegen die Wand. Er lag einige Sekunden reglos da, dann richtete er sich langsam auf, presste den Stumpf an die Wange und schmeckte wieder

Blut. Hasserfüllt starrte er die Frau an, die ihn großgezogen hatte – und die ihn jetzt verfluchte.

»Werde verdammt noch mal erwachsen, Junge«, knurrte die Priesterin, die aufgestanden war und vor Wut bebte – ihr Zorn konnte es mit seinem durchaus aufnehmen. »Du hast dir alle Mühe gegeben, um diese Welt zu vernichten, und du bist gescheitert. Jetzt wirst du genauso hart daran arbeiten, sie zu retten, sonst, bei den Göttern, werde ich dich persönlich umbringen, und zwar auf eine Weise, dass du dir wünschst, es wäre ein Gott – die Götter hätten mehr Gnade mit dir.«

Sie schüttelte das Brennen aus ihrer Hand und rieb sich die Schulter – die, in die er das Messer gerammt hatte.

»Du meinst, du seist der Einzige, der gelitten hat, der Einzige, der jetzt leidet? Du bist der Einzige aus meiner Familie, der noch lebt, und glaub mir, es hat Tage gegeben, an denen ich mir gewünscht habe, es wäre anders, aber so ist es nun mal. Du lebst, während Cam und Lim und Sarilla tot sind. Du lebst, während Könige und Prinzen sterben, während gute Soldaten ihren letzten Atemzug tun, während Offiziere und Krieger und sogar Götter sterben. Und alles, was du mit dem Geschenk des Lebens anzufangen weißt, ist, dich in Selbstmitleid zu suhlen?« Sie schnalzte missbilligend mit der Zunge und schüttelte bedächtig den Kopf. »Du bist in deinem Leben vieles gewesen, Dom Templeson. Jetzt erst habe ich begriffen, dass du auch ein Feigling bist.«

Doms Herz setzte aus, und eine neue Welle der Empörung durchwogte ihn, schnell gefolgt von einem Gefühl der Gekränktheit. Er rappelte sich schwankend hoch. »Ich habe Dinge getan, die …«, setzte er an, und Gilda winkte ab, bedeutete ihm zu schweigen.

»Wir haben alle schreckliche Dinge getan, Calestar«, knurrte sie und klang für eine Sekunde so sehr wie Lim, dass sich Doms Kehle zuschnürte. »Ich bin Zeugin des Untergangs von Wachstadt gewesen. Ich habe dagestanden und mir die Schreie unseres Volkes angehört. Ich habe sie rennen sehen, menschliche Fackeln, die zu den Toren hinausgestürmt sind: meine Leute. Ich habe sie brennend von den Mauern fallen sehen, habe gesehen, wie sie ihre Kinder von der Galerie geworfen haben, im verzweifelten Versuch, sie vor den Flammen zu retten und zugleich in dem Wissen, dass die Mirak sie abschlachten würden, was ihnen jedoch das geringere Übel zu sein schien.« Gilda schwieg für einen Moment. In ihren Augen glitzerten ungeweinte Tränen, die von einem eisernen Willen zurückgehalten wurden. »Und ich habe zugesehen, wie du dich den Mirak und dem Dunklen Pfad verschrieben hast. Ich habe gesehen, wie deine Seele in dir schwarz geworden ist, und jetzt bist du hier an der Seite des Fuchsgottes, und er hat wieder ein wenig Licht in dich hineingegeben, ein winziges Kerzenflackern, aber es liegt ganz an dir, diese Flamme zu nähren, und du willst nicht. Oder doch? Wohl nicht, denn du bist ja ganz und gar davon eingenommen, das Opfer deiner eigenen Geschichte zu sein. Und wenn dieses Licht wieder erlischt, wirst du zweifellos den Menschen um dich herum die Schuld daran geben, es nicht gerettet zu haben, statt selbst die Verantwortung für deine eigene Seele zu übernehmen.«

So hatte sie noch nie zu ihm gesprochen. Niemand hatte je so zu ihm gesprochen. Doms Mund öffnete und schloss sich wie der eines Fisches auf dem Trockenen, aber ihm fiel keine Erwiderung ein. Vielleicht gab es keine Worte, um mit dem Hass einer Mutter fertigzuwerden, mit dem Schmerz des Verlassen- und Verratenwordenseins.

Nein. Nein. Ich bin es, der sie alle im Stich gelassen hat, der das Licht verlassen hat. Ich bin der Verräter. Nicht Gilda. Es ist alles meine Schuld.

Tränen stiegen in ihm auf, und er senkte den Kopf und legte sich die Hand auf die Stirn.

»Jetzt fang doch nicht auch noch mit diesem Mist an«,

blaffte Gilda, trat dicht vor ihn hin und schlug seine Hand weg. Dom fuhr erschrocken zurück. »Um der Götter willen, reiß dich zusammen. Ich kann Selbstmitleid nicht ausstehen. Sei kein Feigling und tu dir nicht selber leid. Nichts von alledem kann etwas daran ändern, was du getan hast. Nichts, was du jetzt tun kannst, wird die Vergangenheit ändern. Aber du kannst versuchen, es wiedergutzumachen. Die Frage ist, ob du es willst.«

Dom konnte den herausfordernden Ausdruck ihrer Augen nicht ertragen, denn die Wahrheit war, dass er nicht wusste, ob er es würde wiedergutmachen können. Er drehte ihr den Rücken zu, weil er ihr anklagendes Gesicht nicht aushielt.

»Ich warte, Junge«, knurrte sie, und jetzt klang sie so, wie sich Cam angehört hatte, wenn Dom etwas besonders Dummes getan hatte – was sehr oft vorgekommen war.

Die Ränder seines Wesens waren ausgefranst, Fäden lösten sich einer nach dem anderen im Wind und drohten, sich ganz aufzutrennen, und es kostete ihn alles, was er hatte, sich zusammenzuhalten, und nun war Gilda mit einer großen Schere gekommen und schnitt und schnitt …

Er wusste, dass Gilda auch das nicht hören wollte. Aber wenn er die Worte sprach, die sie hören wollte, konnte er sich nicht sicher sein, ob es eine Lüge sein würde oder nicht.

Er hielt sich das Bild von Rillirins Gesicht vor das geistige Auge und ließ es nicht los. *Es gibt nur eine Möglichkeit, es herauszufinden.*

»Ich werde … ich werde versuchen zu helfen, die Dinge besser zu machen«, sagte er stockend, den Blick zu Boden gerichtet. »Ich verspreche es, Gilda. Ich werde versuchen, dich nicht zu enttäuschen.«

Seine Hand umklammerte die Schale, die den Stumpf seines anderen Arms bedeckte, und drückte fest zu, bis die von seinem letzten Besuch bei Gosfath herrührenden Schnitte brannten und pochten und er wünschte, er wäre irgendwo anders. Ganz egal, wo. Hitze flackerte über sein Gesicht – für einen kurzen Moment war da ein Hauch Schwefel aus der Wegstation, ein Aufglimmen von rotem Licht, ein Herzschlag der Verführung, des Versprechens, des lockenden Reizes, der moschusduftenden, überwältigenden Verlockung des Blutes. Kurz da und gleich wieder weg, neckte ihn mit dem Wissen, dass er jederzeit wieder zurückgehen konnte. Fragte ihn, bettelte, lud ihn zur Rückkehr ein.

»Was war das?«, herrschte Gilda ihn an. »Wo bist du gerade gewesen?«

»Was? Ich weiß nicht…«, begann er, und dann riss sie die Schale von seinem Arm, mit solcher Wucht, dass sich die Lederriemen dehnten und rissen, und da waren sie, die klaren, geraden Schnitte in seinem zerfetzten Fleisch. Fast verheilt, aber eine bleibende, unauslöschliche Erinnerung, wie die Narben an seinem rechten Handgelenk, Narben eines Blutschwurs, Narben seiner Zähne. Narben, Narben, Narben.

»Du Verräter«, hauchte sie, und ihre Pupillen wurden groß und schwarz.

»Es ist nicht so, wie du denkst«, flehte Dom.

Diesmal ohrfeigte Gilda ihn nicht. Oh nein. Gilda ballte die Faust und versetzte ihm einen so heftigen Hieb, dass er auf den Hintern kippte und in die hübschen Lichter starrte, die ihm vor den Augen tanzten, während Blut aus seiner Nase schoss.

»Mir wird ganz übel von dir«, sagte sie, ihre Stimme tonlos, tot. »All deine Versprechungen, deine Entschuldigungen und Rechtfertigungen. Alles nur Lügen, damit ich nicht so genau hinschaue. Um uns alle hinters Licht zu führen.«

Der Vorhang wurde weggerissen, und Ash kam hereingestürzt, eine Axt in der Hand. »Was ist hier los? Gilda, bist du verletzt?«

»Es tut mir leid«, brüllte Dom vom Boden aus. »Sie haben

mich *zerstört,* die Dunkle Dame und die Tänzerin, beide. Sie haben mich zerkaut und ausgespuckt, und es ist, als sei mein Rückgrat gebrochen, aber alle erwarten von mir, dass ich einfach aufstehe und weiterlebe. Ich kann nicht. Ich liege im Sterben!«

Stille senkte sich über die Hütte, so lähmend und reglos wie die Luft vor einem Sturm und genauso erfüllt von lastendem Verhängnis, von der Verheißung einer Katastrophe. Dom zog die Knie an die Brust, schlang die Arme um sie und ließ das Blut zwischen seinen Schenkeln auf die Erde tropfen. »Ich liege im Sterben«, wiederholte er. »Und ich bin in der Dunkelheit verloren und brauche einfach eine Fackel. Ich brauche jemanden, der mir den Weg zeigt, damit ich zumindest Lebewohl sagen kann.«

Gilda kniete sich steif hin, als sich Crys in den Raum hineinduckte und neben Ash trat. Dom schenkte ihnen beiden keine Beachtung. Er zuckte zusammen, als Gilda plötzlich zwinkerte und all ihre Härte auf einmal wie weggeblasen war. »Das war alles, was ich von dir hören musste, Sohn. Glücklicherweise bin ich ziemlich gut darin, Fackeln für jene zu entzünden, die nicht sehen können.«

Dom wischte sich verwundert die Nase ab. Sie nahm ihn in die Arme, und diesmal ließ sie ihn weinen, im Wissen, dass er es brauchte, jetzt, da er wieder er selbst war – oder zumindest so weit er selbst, wie das überhaupt möglich war. Sie vergoss sogar selbst einige Tränen, und sie hieß ihn schweigen, als er ansetzte, sich noch einmal für alles zu entschuldigen, was er getan hatte, für all die ungeheuerlichen Dinge, für die er verantwortlich war. Stattdessen hielt sie ihn fest, wiegte ihn in den Armen und bemitleidete ihn zärtlich wegen seiner fehlenden Hand.

Die Nachmittagssonne fiel schräg durch die Tür, und die anderen waren gegangen, als sie ihn schließlich von sich schob und ihm ins Gesicht schaute. Dom wich ihrem Blick aus und schielte zur Seite.

»Sieh mich an«, befahl sie mit sanfter Stimme. »Der Prozess der Heilung hat bei dir eingesetzt, doch du hast noch einen weiten Weg vor dir, und der Pfad hinter dir ist dunkel und rutschig und lockt dich zurück. Du hast lediglich diese eine Chance, Sohn. Mach auch nur einen einzigen Schritt zurück, wirf auch nur einen raschen Blick über die Schulter dorthin, wo du gewesen bist, und ich werde dich töten lassen. Du bist alles, was mir geblieben ist, aber ich werde nicht zulassen, dass du Gilgoras noch einmal in Gefahr bringst, und ich werde dich nicht noch ein zweites Mal verlieren. Besser, du bist tot, als dass du dorthin zurückkehrst. Hörst du mich?«

Dom schluckte mühsam. Selbst jetzt und trotz all seiner Worte und Versprechen spürte er die Anziehungskraft dieses Pfades. Aber Gildas gefurchtes Gesicht war ohne Mitleid, und es lag auch nicht der Hauch von Schwäche darin; sie hätte genauso gut aus Buchenholz geschnitzt sein können.

Es gab nur eine einzige Antwort, die er ihr geben konnte. Er nickte. In diesem Moment meinte er es sogar ernst.

CORVUS

Neunter Monat, erstes Jahr der Herrschaft von König Corvus
Tempel der Roten Götter, Tempelbezirk, erster Ring, Rilporin, Weizenland

Er hatte der Gesegneten versichert, dass er seine Schwester zu ihr bringen lassen würde, sobald sie eintraf, aber nun war es Lanta, die ihn zu sich bat. Offenbar war Rillirin in der Stadt eingetroffen, und niemand war auf den Gedanken gekommen, ihn in Kenntnis zu setzen. Er wusste, dass Valan etwas mit der Sache zu tun hatte. Sein Stellvertreter stand in letzter Zeit mit der Gesegneten auf allzu vertrautem Fuß.

Er hatte seine Besorgnis Tett gegenüber erwähnt, der, nachdem er versprochen hatte herauszufinden, durch welches Tor sie gekommen war und welche Mirak zu dieser Zeit dort Dienst gehabt hatten, sofort wieder in sein gewohntes Schweigen verfiel. Es war etwas, was Corvus zu schätzen gelernt hatte. Valans Ansichten waren für gewöhnlich zwar durchaus zutreffend, aber er hatte einfach allzu viele davon, und er merkte es nur selten, wenn Corvus ein wenig Ruhe und Frieden brauchte.

Und wann immer Valan unauffindbar war, weil er sich bei der Gesegneten aufhielt, war stattdessen Tett zur Stelle und wartete darauf, ihm zu dienen, seinen König zu beschützen. Sich sein Vertrauen zu verdienen. Corvus warf ihm einen Blick zu, wie er jetzt zu seiner Rechten dahinschritt, dort, wo der Stellvertreter – der Erbe – für gewöhnlich seinen Platz hatte. Er musste sich in dieser Sache wirklich einmal Gedanken machen.

Tett war ruhig, tüchtig, ein hervorragender Krieger, der den Respekt seiner Männer genoss, und er hatte sich dem Dunklen Pfad mit Leib und Seele verschrieben. Außerdem hatte er auch einen Kopf für Zahlen und war ein geborener Organisator, anders als Valan, der sich lieber auf sein Gespür und seine schnelle Zunge verließ, seinen ungezwungenen Charme, der die Menschen dazu brachte, ihn zu mögen.

Aber jetzt wollte Corvus diese Entscheidung noch nicht treffen. Erst einmal sehen, wie sich Tett während der nächsten paar Monate so machte, bis die Dunkle Dame wieder zurückgebracht war. Es würde reichlich Zeit geben, über die Zukunft zu entscheiden, sobald diese Zukunft erst einmal gesichert war.

Vor dem Tempel hielten Mirak Wache. Sie nahmen ruckartig Haltung an, als er sich an ihnen vorbeidrängte und die Tür aufriss. Seine Stiefelabsätze hallten in dem gewaltigen Gebäude wider. Die Haupthalle des Tempels war verlassen; sie mussten sich in Lantas privaten Gemächern aufhalten. Dort gab es keine Wachen, daher schlug Corvus die Tür auf und schritt hinein.

Lanta fuhr zusammen, und Valan sprang angesichts der Störung aus seinem Stuhl, je einen Dolch in beiden Händen. Tett schob sich an Corvus vorbei und zückte sein Schwert. »Waffen weg«, knurrte er.

»Euer Majestät? Vergebt mir, Ihr habt mich erschreckt«, sagte Valan und schob seine Messer hastig in ihre Scheiden zurück. »Wir waren gerade dabei …«

»Rill?« Corvus hörte gar nicht zu, hatte keine Augen für die Gesegnete und die schwache Röte auf ihren Wangen, als hätte er sie soeben bei etwas Verbotenem ertappt, und er scherte sich auch nicht um Valans verworrene Entschuldigungen. Zu wissen, dass Rillirin hier war, und sie mit eigenen Augen zu sehen waren zwei ganz verschiedene Dinge. Seine Schwester war bei seinem Eintreten nicht aufgestanden, sondern saß ruhig und gefasst in einem gepolsterten Sessel, und ein Glas ruhte auf der Wölbung ihres Bauches. Sie war bereits sehr dick, auch wenn sie noch drei Monate vor sich hatte.

»Bruder«, begrüßte sie ihn. »Ich würde ja aufstehen, aber, weißt du, zu knicksen ist in letzter Zeit etwas schwierig für mich.« Die unbekümmerte Herablassung in ihrer Stimme ließ ihn die Augen zusammenkneifen.

»Halt den Mund«, blaffte Lanta, und aus ihrem Tonfall sprach ein viel größerer Ärger als aus ihren Worten selbst.

Corvus hob die Hand, um ihr Einhalt zu gebieten, trat an Tett vorbei, schnappte sich den Sessel, den zuvor Valan für sich beansprucht hatte, und zog ihn näher an Rillirin heran. Dann setzte er sich, sodass sein Knie das von Rillirin berührte. Er griff nach ihrer freien Hand, während die andere das Glas hielt, ganz von Zärtlichkeit und einer Art Stolz erfüllt. *Du wirst das Instrument der Rückkehr der Dunklen Dame sein. Dein Kind wird in Ruhm gehüllt sein.*

»Du bist hier«, bemerkte er fast staunend. »Endlich kommst du zu mir zurück.«

Rillirin verzog die Lippen und schüttete ihm ihren Wein ins Gesicht. »Ich würde nicht gerade sagen, dass ich aus freien Stücken hier bin«, erklärte sie, während er überrascht keuchte und Lanta sie erneut anschrie, diesmal noch schriller. Sie schenkten der Priesterin beide keinerlei Beachtung. »Deine geliebten Soldaten haben mich entführt und alle Menschen, mit denen ich zusammen gewesen bin, abgeschlachtet, Hunderte und Aberhunderte. Und das offenbar deshalb, weil du zu glauben scheinst, mein Kind sei irgendwie etwas Besonderes. Ihr seid alle wahnsinnig.«

Ihre Selbstsicherheit verblüffte und faszinierte ihn, und er war regelrecht entzückt darüber, wie sehr Rillirins Verhalten Lanta schon nach wenigen Stunden in Rage versetzte. Trotzdem musste er vor der Geburt des Kindes unbedingt ihren Willen brechen. Rillirins Mund wurde zu einer dünnen Linie, und sie presste sich die Hände auf den Bauch. Man hatte ihr ein Kleid angezogen, das ihr viel zu eng war, sodass sich der Stoff über ihrem Bauch spannte und er fasziniert beobachten konnte, wie sich das Baby in ihr bewegte, sich krümmte und wand. Das Kind seiner Schwester. Das Blutkind.

»Wann ist sie hier eingetroffen?«, fragte er Valan, wischte sich mit dem Ärmel die Flüssigkeit von Gesicht und Hals und tat einfach so, als sei Rillirin nicht mehr als ein altkluges Kind.

»Ein Hauptmann der Osttruppe und ein Kriker namens Pesh haben sie kurz vor Mittag hergebracht. Gestern.« Lantas Stimme war kalt und sachlich, aber es lag ein Anflug von Befriedigung darin, den sie nicht ganz zu verbergen vermochte.

Volle anderthalb Tage, bis du auf den Gedanken kommst, mich ins Bild zu setzen? Ich habe deine Spielchen satt, Lanta.

»Und was habt ihr drei so getrieben, seit sie hier angekommen ist? Über alte Zeiten geplaudert?« Sein Sarkasmus trieb Valan die Röte ins Gesicht und ließ die Muskeln um Lantas Mund sich anspannen.

»Sie haben mir meine Kleider geraubt, mich in diesen Sack gezwungen und mich dann in diese Jauchegrube gesteckt, bis der verdammte Gestank mich hat kotzen lassen«, sagte Rillirin. »Ihr glaubt, dass ich ein Kind mit magischen Kräften erwarte, aber niemand kommt auf die Idee, dass es durch den Aufenthalt an diesem Ort Schaden nehmen könnte. Ihr seid alle so verdammt …«

»Sei still«, stieß Lanta zwischen fast geschlossenen Zähnen hervor.

Corvus lehnte sich in seinem Sessel zurück und winkte mit der Hand. Tett füllte ein Glas mit Wein und reichte es ihm; es war ihm nicht entgangen, dass Valan diese grundlegendste Pflicht versäumt hatte. »Vielleicht«, war alles, was er sagte. Es erfüllte sie alle mit Unbehagen. Sie erwarteten mehr, erwarteten Zorn oder ein Verhör oder Drohungen. Aber keine Gelassenheit.

Keiner von ihnen weiß auch nur das Geringste über mich. Nicht einmal Rill.

»Ach ja«, sagte er dann, als sei es ihm gerade eben eingefallen, »ich habe ein Geschenk für dich. Tett?« Er machte eine Handbewegung, und der Krieger trat neben Rillirin. Sie verkrampfte sich, aber er strich ihr nur das Haar zurück, um dann mit einer kleinen Zange die Nadel aus ihrem Halsband zu ziehen, sodass es sich öffnete. Er zog es ihr vom Hals, und jetzt war Rillirin überrascht. Ihre spröde Selbstsicherheit schmolz dahin wie Salz in Blut. Ihre Hand flog an ihren Hals, als könne sie es gar nicht fassen. Lanta starrte zu Corvus hinüber und verströmte eiskalte Entrüstung.

Corvus reichte Tett seinen Becher und zog das neue Halsband aus der Tasche, die ihm Tett hinhielt. Schmal, leicht und schimmernd. Er hatte es sogar verzieren lassen. »Silber, um deinen Rang als Mitglied der königlichen Familie deutlich zu machen«, erklärte er und rutschte bis an die Kante seines Sessels vor. Rillirin erstarrte, und ihr Gesicht war ein einziges wortloses Flehen. Er beugte sich vor, schloss das Halsband um ihre Kehle und schob die schmale Stahlnadel durch das Schließband, dann hielt er die Nadel dort fest, während Tett sie mit der Zange so umbog, dass sie sich nicht mehr entfernen ließ.

Er lehnte sich zurück und begutachtete sie. »Wunderschön. Wie seine Trägerin.« Er zwinkerte ihr zu, aber das Feuer in ihr – jenes wunderbare, aufreizende Feuer – war erloschen. Tief in ihm drin hoffte er, dass unter der Asche eine schwache Glut geblieben war, die lediglich auf frische Nahrung wartete, um neu aufzulodern. Also schürte er die Kohlen. »Füchsin hat dich Liris immer genannt.« Lantas Miene war versteinert, und Valans Blick ging zwischen dem König und der Gesegneten hin und her, als sei er sich nicht sicher, in welche Richtung er losspringen sollte. »Wildkatze.«

Rillirins Finger verkrampften sich bei der Nennung des Namens des toten Königs, jenes Mannes, dem ihr Körper gehört und der ihn missbraucht hatte, aber als sie antwortete, war ihre Stimme gelassen. »Ich bevorzuge jetzt Wölfin. Sie sind meine Kriegergefährten. Ich habe mit ihnen gekämpft, und ich habe an ihrer Seite getötet. Mirak getötet.«

»Und jetzt bist du eine Prinzessin.« Corvus grinste. »Und eine der mächtigsten lebenden Mirak.«

»Ich bin keine Mirak«, erwiderte sie mit seelenruhigem Gift in der Stimme, das ihm Freude machte. »Und mein Kind wird ebenfalls kein Mirak sein. Dom wird mich holen kommen, uns beide. Er wird dich umbringen. Oder vielleicht werde ja auch ich dich umbringen.«

»Du wirst eine Mirak werden«, versprach Corvus, und jetzt waren die Flammen wieder da, züngelten hoch und gierig und ließen ihr Gesicht aufglühen. »Du wirst mit ganzem Herzen den Pfad beschreiten, denn dein Kind wird bereits fest darauf stehen. Und welche Mutter lässt schon ihr Kind im Stich?«

»Ich nicht, und ebenso wenig werde ich …«

»Wenn du deine Zunge nicht im Zaum halten kannst, werde ich sie dir aus dem Kopf brennen lassen«, mischte sich Lanta ein. Ihre Stimme war scharf und zornig. »Wir brauchen deinen Schoß und dein Kind, nicht aber den Rest von dir.«

»Ihr bekommt mein Kind nicht«, wiederholte Rillirin, und das Feuer tobte und prasselte jetzt. Wenn die Worte der Gesegneten sie getroffen hatten, ließ sie es sich jedenfalls nicht anmerken. Corvus hätte am liebsten in die Hände geklatscht. Er wusste, wie viel Mumm eine frühere Sklavin haben musste, um der Gesegneten zu widersprechen. »Dom wird kommen, die Armee wird kommen. Ihr alle werdet sterben. Und wenn nicht? Dann muss ich es eben selbst erledigen.«

»Ihr solltet Euch eigentlich nur für eine gesunde Schwangerschaft ohne Komplikationen interessieren, Prinzessin«, bemerkte Valan mit sanfter Stimme, und es klang ganz so, als meinte er es ehrlich. Es war wie ein Eimer kaltes Wasser, der über ihnen allen ausgegossen wurde. Rillirin zuckte zusammen, und Verwirrung machte sich auf ihren Zügen bemerkbar.

Sie antwortete nicht, hielt nur Corvus ihren Becher hin, um sich nachschenken zu lassen.

»Du wirst ihn mir nicht noch einmal ins Gesicht schütten, oder?«

Rillirin brachte ein Lächeln zustande und antwortete ihm mit einem nichtssagenden Achselzucken, auch wenn Valans ruhige Anteilnahme sie offensichtlich durcheinandergebracht hatte. Corvus füllte ihren Becher und dachte noch einmal über seinen alten Plan nach, sie, zu Ehren der Geschwistervereinigung der Götter, zur Gemahlin zu nehmen und sie dann zu seiner Königin zu machen, so wie es die Könige der Mirak in alten Zeiten gehalten hatten. Sobald das Kind auf der Welt war, würde sie alles tun, um in dessen Nähe zu sein, selbst wenn dieses Kind die wiedergeborene Dunkle Dame war. So sentimental waren Frauen nun mal.

»Habt Ihr alles, was Ihr für den Ritus braucht, Gesegnete?«, erkundigte sich Corvus in einem verspäteten Versuch, die Risse in ihrem Verhältnis zu kitten.

Die Neigung von Lantas Kinn verriet ihm, dass es für derlei in der Tat zu spät war. »Wir fahren in unseren Vorbereitungen fort, das Kind auf den Dunklen Pfad zu bringen. Wir sind bereit. Wir warten nur noch darauf, dass Eure Schwester es gebiert.«

Rillirin rieb sich den Bauch und lächelte zuckersüß. »Warte weiter, Miststück«, sagte sie mit freundlicher Boshaftigkeit. »Ich bin noch Wochen vor meinem Termin. Reichlich Zeit für euch alle, um schreiend den Tod zu finden.«

Corvus klappte der Unterkiefer herunter, aber dann brach er in Gelächter aus, und seine Erheiterung steigerte nur den sengenden Zorn, der von der Gesegneten ausging. Rillirin grinste ihn an, hob ihr Glas, prostete ihm zu und nahm dann einen Schluck. Er erwiderte ihre Geste und registrierte dabei, dass Lantas Knöchel weiß hervortraten. Niemand durfte die Gesegnete auslachen. Absolut niemand.

»Ich bin froh, dass Ihr Eure bisherige Erfolglosigkeit so leicht nehmen könnt«, bemerkte Lanta mit brüchigem Eis in der Stimme, das jedes ihrer Worte überzog. »Was mich betrifft, hatte ich während all der Monate, seit uns unsere Blutige Mutter genommen wurde, nicht viel Grund zu lachen.«

»Oh, Gesegnete, Ihr missversteht das«, schaltete sich Rillirin ein, immer noch lächelnd. »Mein Bruder, der König, lacht nur, weil er anderenfalls weinen würde. Habe ich nicht recht?«

»Vorsicht, Prinzessin«, mahnte Corvus, dessen Heiterkeit dahinschwand. »Du magst meine Schwester sein, aber meine Treue gehört eindeutig den Göttern. Die Gesegnete hat meine volle Unterstützung. Übrigens habe ich ein Dutzend unserer überlebenden Frauen erwählt, damit sie sich von Euch und Gull zu Priesterinnen ausbilden lassen, Gesegnete. Ihr belastet Euch zu sehr, indem Ihr viel zu viel selbst erledigt«, fügte er mit falscher Fürsorglichkeit hinzu. »Ich möchte nicht, dass Ihr Euch über jedes vernünftige Maß verausgabt, wenn es sich irgendwie vermeiden lässt.« *Und ich habe dann eine neue Stimme der Götter als Ersatz, wenn alles vorüber ist.* Er wandte sich zu Rillirin um, bevor Lanta eine scharfe Antwort hervorstoßen konnte. »Und was mögliche Rettung betrifft, Rill, so stellst du dich besser den Fakten: Niemand wird dich holen kommen.«

Rillirin streichelte erneut ihren Bauch, eine intime, tröstende Geste. Ihr Blick war gelassen und zuversichtlich. »Wenn du meinst.«

RILLIRIN

Neunter Monat, erstes Jahr der Herrschaft von König Corvus
Gemächer des Erben, Palast, Rilporin, Weizenland

Wenn sie eine Sklavin gewesen wäre, hätte Rillirin gewusst, wie sie sich benehmen musste. Wäre sie frei gewesen, wäre sie damit ebenfalls zurechtgekommen, so seltsam das in einer Stadt, in der die Mirak herrschten, auch gewesen wäre. Aber das … das war jenseits von allem, was sie je erlebt hatte oder verstehen konnte.

Sie nannten sie »Prinzessin« und »gnädige Herrin«. Sie aß mehr und besser als je zuvor in ihrem Leben und schlief in einem sauberen warmen Bett von der Größe eines Hauses in Gemächern, in denen Platz für hundert Zimmer gewesen wäre – der Flügel der Königin, der an die Gemächer von Corvus angrenzte. Er hatte darauf bestanden, und das alles war viel besser als die erste Nacht ihres Aufenthalts hier, die sie in einem kleinen Raum im Tempel verbracht hatte, wo der Gestank von Hoffnungslosigkeit, Tod und Blut geherrscht hatte, sodass ihr davon ganz schlecht geworden war.

Sie trug Corvus' zeremonielles Sklavenhalsband aus Silber, und auch wenn keine Kette daran hing, konnte sie es doch auch nicht abnehmen. Es war leichter, hatte mehr Spiel als das kalte schwarze Eisen ihres ersten Halsbandes, und es verriet ihr zwei Dinge: Erstens, sie war etwas Besonderes; zweitens, sie war nichts.

Sie verbrachte ihre Tage gezwungenermaßen damit, an den Ritualen für die Roten Götter teilzunehmen, an den schrecklichen Opferungen, mit denen sich die Neubekehrten dem Dunklen Pfad weihten, denn trotz der Vernichtung der Dunklen Dame – oder vielleicht gerade deswegen – kamen jeden Tag Sklaven angelaufen, um, im Gegenzug für das Wiedererlangen der Freiheit, ihre Seelen dem Blut zu überschreiben. Die Müden, die Hungrigen, die Hoffnungslosen. Sie verspürte einen Augenblick des Neids, wenn man ihnen die Halsbänder abnahm, wenn ihnen ein Haus zugeteilt wurde, sie Nahrung und Waffen bekamen – natürlich standen sie immer noch unter Beobachtung, würden noch auf Monate hinaus unter Beobachtung stehen, aber sie waren nun frei. Frei.

Sie verbrachte ihre Abende mit Corvus in seinen Gemächern, lauschte auf Berichte und Befehle, während sie den besten Wein trank und in Honig getunkte Haferplätzchen knabberte. Das Ungeborene strampelte in ihrem Bauch und räkelte sich vor Entzücken über ihren Wohlstand und die Nahrung, all die Nahrung. Sie lernte mehr über den Zustand des Landes und die Pläne ihres Bruders, als sie je zu erfahren erwartet hatte. Als wollte er sie miteinbeziehen. Als vertraute er ihr.

Sie war Mitglied der königlichen Familie. Sie war eine Sklavin. Sie war ein Kind des Lichts. Sie nahm an den Ritualen der Mirak teil. Sie hatte freien Zutritt zu allen Räumen des Palastes. Sie war eine Gefangene.

Wenn sie versuchten, sie auf diese Weise aus dem Gleichgewicht zu bringen, hatten sie Erfolg. Sie wusste von einem Tag auf den nächsten nicht mehr, was sie von ihr wollten – abgesehen von dem Kind und ihrer Bekehrung zur Roten Freude. Beides Dinge, von denen sie schwor, dass sie sie niemals bekommen würden.

Und dann war da Tara. Ausgerechnet Tara, ausgerechnet hier – an diesem Ort, unter diesen Menschen, plötzlich eine so unerwartete, jäh aufflammende Hoffnung zu finden: Majorin Tara Carter, Soldatin, Offizierin und wilde Kämpferin. Jetzt eine von Valans Sklavinnen, so verändert, dass man sie kaum wiedererkannte, all ihr Feuer zu schwacher Glut heruntergebrannt, unter kalter grauer Asche verborgen.

Tara Vaunt, nicht Carter, Ehefrau von Major Tomaz Vaunt. Die beide völlig Fremde für mich sind, schärfte Rillirin sich zum fünften Mal an diesem Tag ein. Es wäre ein unfassbares Debakel, Taras Tarnung auffliegen zu lassen, und genau das wäre ihr im ersten Moment beinahe passiert, als sie sich begegnet waren, aus reiner Überraschung.

Tara stand ihr gegenüber, die Hände vor sich gefaltet, das Gesicht leidenschaftslos, während Valan und Lanta inmitten von Papieren, Kerzen und Weinbechern am Tisch saßen. Rillirin selbst saß auf einem harten Stuhl an der Wand, die vom Kamin am weitesten entfernt war. Trotzdem hatte sich eine dünne Schweißschicht über ihr Gesicht gelegt, und das Baby trat und strampelte, ihre Bewegungslosigkeit machte es unruhig.

Rillirin gab sich alle Mühe, Tara nicht anzusehen, musste aber unwillkürlich doch immer wieder zu ihr hinüberblicken. Jedes Mal, wenn sie in ihre Richtung sah, hatte Tara den Blick auf die beiden am Tisch gerichtet und hielt Ausschau nach selbst den kleinsten Gesten, die ein Bedürfnis andeuten könnten. Rillirin staunte über ihre Tüchtigkeit, darüber, wie gut sie die nächsten Befehle ihrer Herren vorhersehen konnte. Tara war eine viel bessere Sklavin, als Rillirin selbst es je gewesen war, auch wenn sie sich vornahm, ihr nicht dazu zu gratulieren, falls sie hier herauskamen.

»Rill«, blaffte Lanta so abrupt, dass ihr vor Schreck ein Quieken entfuhr. »Serviere Stellvertreter Valan seine Mahlzeit.«

Tara trat einen Schritt vor, aber Rillirin schüttelte den Kopf. »Euer Wille, Gesegnete«, sagte sie leise. Es war ein Teil von Lantas unersättlichem Streben nach Macht; sie wollte beweisen, dass sie mehr zu sagen hatte als die Schwester des Königs, die Mutter des sogenannten Blutkindes. Obwohl Rillirin mutig genug war, die Priesterin herauszufordern, achtete sie doch darauf, es nur zu tun, wenn Corvus zugegen war. Ihr Bruder schien es zu genießen, wenn sie einander in den Haaren lagen, und er gestattete es Lanta nicht, sie zu bestrafen.

Doch heute Abend brüteten er und Tett über der riesigen Karte von Rilpor, die im Konferenzraum an die Wand gemalt war, und da man Rillirin niemals allein ließ, war sie im Schlepptau der Gesegneten zu den Quartieren des Stellvertreters getrottet und dort mit dem gegenwärtigen vertraulich-geheimen Gespräch zwischen Lanta und Valan konfrontiert worden. Ein Gespräch, von dem sie nichts verstehen konnte und zu dem sie nichts beitragen durfte.

Allerdings hatte sich die Nachricht von ihren Essgelüsten im Palast verbreitet, und Tara hatte ihr kurz nach ihrem Eintreffen einen Teller mit honiggesüßten Haferplätzchen gereicht und ihr zudem ein Lächeln geschenkt, das ihr versicherte, dass sie nicht allein war, selbst wenn es sich so anfühlte. Ein Lächeln, bei dem sie beinahe in Tränen ausgebrochen wäre.

»Rill!«, blaffte Lanta erneut, und sie zuckte zusammen und begriff, dass sie ganz in Gedanken verloren dagesessen hatte. Sie errötete, stemmte sich aus ihrem Stuhl hoch und blieb einen Moment stehen, um sich die Hand in ihren schmerzenden Rücken zu drücken, nur für eine Sekunde. Sie machte drei Schritte auf den Tisch zu, und Schmerz zog von ihrem Rücken in ihren Bauch hinein, schwer und beunruhigend. Sie ächzte und beugte sich vor, dann stieß sie ein langgezogenes Stöhnen aus, weil der Schmerz nun noch heftiger wurde. Ihr Bauch war so hart wie Stein. Ihre Beine zitterten, und zu ihrer Überraschung waren es Valans Hände, die plötzlich bei ihr waren, um sie zu stützen.

»Ganz ruhig, Kleine, ganz ruhig«, murmelte er, hielt sie an

den Ellbogen fest und zog mit dem Fuß ihren Stuhl heran. »Einfach durchatmen. So ist es gut, ein und aus. Wunderbar. Der Stuhl ist hinter dir, falls du dich setzen willst.«

Tara stand jetzt auf ihrer anderen Seite, und Rillirin drückte fest ihre Hand, eine Geste, die tröstete, in beide Richtungen. Die Berührung einer Freundin.

Sie stöhnte erneut, als der Schmerz seinen Höhepunkt erreichte. Götter, sie musste pinkeln.

»Wann erwartet Ihr Eure Niederkunft, gnädige Herrin?«, fragte Tara, und Rillirin hätte über den Titel gelacht, hätte sie noch den Atem dazu gehabt. Valans Hand lag auf ihrem Bauch, und das leise Lächeln auf seinem Gesicht war so vertraulich, dass sie den Blick abwenden musste. »Es ist wahrscheinlich nur eine Übungswehe, es sei denn, Euer Termin ist schon bald.«

»Es dauert noch mindestens elf Wochen«, keuchte sie, als der Schmerz allmählich nachließ. Es war nicht das erste Mal, auch wenn die Schmerzen bisher nie so stark gewesen waren. »Es ist vorbei. Alles in Ordnung. Nehmt die Hände weg.«

Valan ließ sie mit einem Hauch von Widerstreben los, und seine Augen waren verdächtig feucht. Er räusperte sich, ging zum Tisch zurück und lehnte sich mit der Hüfte dagegen.

»Soll ich Wasser holen, Geehrter?«, fragte Tara. »Sie sollte eigentlich wirklich keinen Wein trinken.«

»Verlass mich nicht«, flehte Rillirin, und Tara warf einen schnellen Blick in Richtung Valan. »Bitte, Geehrter, bitte, lasst sie hierbleiben«, fügte Rillirin hinzu.

»Ich hole das Wasser«, sagte Valan und überraschte sie damit erneut. Er schritt aus dem Raum.

Lanta murmelte widerwärtige Gebete und strich mit gekrümmten Fingern über Rillirins Bauch. Das Ungeborene trat kräftig, und dann trat es gleich noch einmal.

»Nein«, rief sie. »Nein, hört auf. Ihr tut ihm weh!« Lanta gab ihr eine Ohrfeige, und Rillirin verspürte im gleichen Moment noch einen weiteren Schmerz: Tara umklammerte Rillirins Hand plötzlich so fest, dass sie nach Luft schnappte. Sie erwiderte den Druck, ein verzweifeltes, wortloses Flehen, jetzt ja nichts Dummes zu unternehmen, denn Tara warf einen Blick zu dem Messer, das neben dem Brot auf dem Tisch lag.

Einen Moment später kehrte Valan mit dem Wasser zurück und durchkreuzte sämtliche Mordpläne, die Tara gehegt haben mochte. Rillirin trank, und der Becher in ihrer Hand zitterte, sodass ihr etwas Wasser über das Kinn troff, und dann verhärteten sich ihre Muskeln wieder zu Stein, und sie keuchte auf und stieß Tara den Becher hin, damit sie ihren harten Bauch umklammern konnte. Valan rieb ihr das Kreuz.

»Besser?«, fragte er, als der Schmerz nachließ. Rillirin nickte, doch seine Hand hörte nicht auf, sie zu massieren, streichelte den dumpfen Schmerz mit geduldigen Fingern weg, und auch wenn sie ihn eigentlich hätte bitten müssen, damit aufzuhören, war die Erleichterung doch außerordentlich angenehm.

So muss er sich auch seiner Gemahlin gegenüber verhalten haben, wie war noch gleich ihr Name? Neela? Mir scheint, selbst diese Natter hat ein Herz.

»Du da, Sklavin«, riss Lanta sie aus ihren Gedanken, indem sie das Wort an Tara richtete. »Hast du Kinder?« Tara schüttelte stumm den Kopf. »Du hast gesagt, das hier seien Übungswehen. Woher weißt du das?«

»Ich habe bei Geburten geholfen, Gesegnete, hier in der Stadt. Bei vielen Geburten.« Tara log, und sie beide wussten es. Aber warum?

»Dann darfst du Gull und mir behilflich sein, wenn bei Rill die Wehen einsetzen.«

Was? »Gesegnete, vergebt mir«, setzte Rillirin zum Protest an, »aber bestimmt brauche ich doch eine richtige Hebamme? Was ist, wenn es zu Komplikationen kommt? Was ist, wenn etwas schiefgeht?«

Lanta neigte den Kopf zur Seite und schürzte die Lippen.

»Dann werden wir dich aufschneiden und deine Tochter herausziehen. Dich brauchen wir nicht, Rill. Hast du das immer noch nicht begriffen?«

Rills Herz tat einen einzigen gewaltigen Satz und hämmerte dann so wild, dass ihr binnen Sekunden ganz schwummrig war. »Wer … wer wird das Baby stillen? Es wird Milch brauchen. Ihr braucht mich. Mein Kind braucht mich!«

»In der Nachtküche arbeitet eine Frau mit einem Neugeborenen«, wusste Tara zu berichten, und Rillirin schnappte nach Luft angesichts dieses bodenlosen Verrats. Wie konnte Tara in ihrer Anwesenheit eine Amme erwähnen? Tara sollte sie doch eigentlich retten! »Sie könnte bei der Geburt helfen oder uns zumindest sagen, wer bei ihrer Geburt geholfen hat.«

Also doch kein Verrat, wenn auch zweideutig genug, um womöglich als ein solcher zu erscheinen. Um sich ein klein wenig tiefer in den Kreis des Vertrauens hineinzudrängen. Rillirin ließ ihr Kinn zittern und stieß bewusst Taras stützenden Arm weg.

»Hört auf, mich anzustarren, ihr alle«, blaffte sie. »Ich fühle mich bestens, und es ist noch wochenlang Zeit. Und ihr könnt nicht wissen, ob es ein Mädchen ist. Wie wird sich eure tote Göttin wohl fühlen, wenn ihr versucht, sie in einen Jungen hineinzustopfen, hm?«

Lanta wurde rot vor Entrüstung, aber Valan beruhigte sie. »Sie hat Angst, Gesegnete. Lasst ihr ihre kleinen Siege. Sobald das Kind erst einmal geboren ist, mag sie den Rest ihres Lebens unter Euren Strafen zu leiden haben.« Eine Drohung wie diese hätte mehr Gewicht gehabt, hätte er dabei nicht zugleich Rillirins Rücken massiert und ihr geholfen, sich zu entspannen, aber seine Worte beruhigten Lantas erregtes Gemüt.

»Sie sollte nicht hier sein«, brummte die Gesegnete. »Sie sollte im Tempel bleiben, damit alles zur rechten Zeit vorbereitet werden kann.«

»Corvus wird das nicht zulassen. Solange er sie unter seiner

Kontrolle hat, hat er auch Euch unter seiner Kontrolle«, erwiderte Valan und trat beiseite. Er nahm einen Schluck Wein, um den Becher dann an Lanta weiterzureichen. Rillirin spürte eine leise Überraschung in ihr aufsteigen – die Gesegnete teilte einen Becher mit ihm, so wie Liebende es taten? Was war hier los, und, wichtiger noch, wie konnte Rillirin ihren Vorteil daraus schlagen? »Oder er glaubt es zumindest«, ergänzte Valan.

»Sklavin, geh diese Frau aufsuchen und sichere dir ihre Hilfe. Frag sie, wo und wie sie entbunden hat, wer ihr dabei beigestanden hat, wie viel Milch sie gibt, für den Fall, dass wir eine Amme brauchen«, befahl Lanta. Rillirin biss die Zähne zusammen, aber Tara machte einen Knicks und verließ den Raum.

»Du wirst es schon hinkriegen, Rill, wenn es so weit ist. Atme einfach tief durch, wenn der Schmerz kommt, und alles wird gut.« Valans Stimme und Gesichtsausdruck waren voller Sehnsucht, doch dann verschwand die Regung. Er rieb sich den Nacken und drehte seinen Stuhl so, dass er von ihr wegblickte. Sie beobachtete die beiden, wie sie die Köpfe dicht zusammensteckten und tuschelten. Rillirin war erneut vergessen. War so lange vergessen, bis sie ihr Baby brauchten.

Sie streichelte ihren Bauch. *Ich glaube, du und ich und Tante Tara müssen unsere eigenen Pläne schmieden, kleiner Krieger. Die beiden sind nicht die Einzigen hier, die Geheimnisse hüten können.*

DIE GESEGNETE

Neunter Monat, erstes Jahr der Herrschaft von König Corvus
Tempel der Roten Götter, Tempelbezirk, erster Ring, Rilporin, Weizenland

Ihr habt vermutlich vernommen, wie er seine Liste der Misserfolge um einen neuen Punkt verlängert hat, oder?«, fragte Lanta sofort, als Valan hereinkam. »Ihr habt gehört, wie er mit seiner Unfähigkeit unser Land und all unsere Pläne gefährdet?«

Valan zuckte bei ihren Worten zusammen, nickte dann aber. »Ja, Gesegnete. Dass er seine günstige Gelegenheit bei den Südforts verpasst hat …«

»Seine Gelegenheit verpasst?«, fragte sie ungläubig und brach dann erst einmal ab, um ihm zu bedeuten, an ihrer Seite Platz zu nehmen. »Die Südforts sind verlassen und ohne alle Vorräte aufgefunden worden. Keine eindeutigen Anzeichen, wo die Soldaten hingegangen sind, wir wissen nicht einmal, wie viele es waren. Als hätten sie sich einfach in Luft aufgelöst. In Rilpor läuft ein Feind frei herum, Valan, und wir haben keinerlei Vorstellung von der Stärke seiner Truppen oder davon, wo er als Nächstes zuschlagen wird. Und das alles ist Corvus' Werk.«

»Ich habe ihm geraten, die Südforts anzugreifen, Gesegnete«, erwiderte Valan. »Habe gesagt, dass jetzt die richtige Zeit gekommen sei und dass wir der Bedrohung ein Ende setzen müssten. Er hat sich geweigert.«

»Und mir gegenüber hat er behauptet, dass zu viele Dinge seine Zeit beanspruchen würden und dass ich ihn nicht behelligen soll.« Sie zog die Oberlippe hoch und ließ ihre Zähne blitzen. »Was genau ihn da so beansprucht hat, kann keiner sagen. Zweifellos gehörte die Sicherung des Landes gegen unsere Feinde aber nicht dazu.«

»Gegen Feinde, die jetzt irgendwo frei durchs Land ziehen und uns angreifen können, wann und wo es ihnen beliebt«, pflichtete ihr Valan bei. Die Anspannung im Raum wuchs noch ein klein wenig.

Lanta schnalzte missbilligend mit der Zunge. »Vielleicht ist jetzt die Zeit gekommen«, sagte sie. Sie berührte mit ihrer Wade sein Bein; seine Wimpern warfen Schatten über seine Wangen, als er sie kurz ansah und den Blick dann wieder abwandte. Sein Bein bewegte er nicht.

Valan fuhr sich mit den Händen durchs Haar und dann übers Gesicht. Er war besorgt, unsicher. »Jetzt, wo es so weit ist, würde ich lügen, wenn ich behaupten würde, dass mir der Gedanke an Euren – unseren – Plan keinerlei Unbehagen bereitet. Corvus ist mein Freund.«

Lanta leckte sich die trockenen Lippen. »Und eben deshalb seid Ihr natürlich ein getreuer Sohn der Götter«, erwiderte sie in gelassenem Tonfall und griff nach seiner Hand. Sie zeichnete mit dem Daumen kleine Kreise auf sein Handgelenk und bemerkte die leichte Röte auf seinen Wangen. »Dass Ihr dieses Opfer für die Götter bringen könnt, dass Ihr den Verlust eines Freundes für das übergeordnete Wohl mit Bedauern hinnehmen könnt, zeigt Eure Charakterstärke. Er ist Euer Freund, aber er taugt nicht zum König. Kriegshäuptling, ja, in dieser Funktion war er hervorragend, aber nicht in der jetzigen. Nicht, wo es ums Herrschen geht. Er muss ersetzt werden.«

»Und dieser Ersatzmann wird ein Mirak sein müssen«, sagte Valan.

Lanta blinzelte. »Valan, Ihr seid der Stellvertreter des Königs. Wir wissen beide, was das bedeutet. Außerdem würde ich solche Dinge gar nicht mit Euch erörtern, hätte ich nicht die Absicht, Corvus durch Euch zu ersetzen.«

»Während wiederum ich daran gedacht hatte vorzuschlagen, dass Ihr den Thron übernehmt, Gesegnete«, murmelte er, und Lanta erstarrte.

Die Saat des Gedankens, Lanta zur Königin zu machen, die sie einst unter der Priesterschaft ausgesät hatte, war mit ihren Priestern und Priesterinnen gestorben, zumindest hatte sie das geglaubt. Jetzt schien es plötzlich, als hätte jener Same doch fruchtbaren Boden gefunden.

Er packte ihre Hände. »Als Königin würdet Ihr mit mehr Weisheit über uns herrschen, als Corvus das je vermocht hat. Als Gesegnete geleitet Ihr uns bereits durch diese Welt und führt uns sicher an die Gestade der nächsten. Beides zu tun wäre eine schwere Last, aber ich würde Euch unterstützen, Gesegnete. Ich wäre Euer starker rechter Arm, Euer Henker. Niemand würde sich gegen Euch erheben und es überleben, das schwöre ich.«

»Valan, lieber Valan«, murmelte sie. »Wir brauchen einen König. Ihr seid der Stellvertreter des Königs. Das kommt alles so unerwartet, eine Möglichkeit, die ich nie in Betracht gezogen habe. Aber vielleicht, wenn das Euer Wunsch ist, könnte ich an Eurer Seite stehen und Euch helfen zu herrschen.«

Er blinzelte, schluckte hörbar und schluckte gleich noch einmal. »Es wäre mir eine Ehre«, brachte er mit heiserer Stimme heraus.

Sie legte ihm die Hand auf die Wange. »Ihr seid es, der mir Ehre erweist und, wie immer, auch den Göttern«, hauchte sie und beugte sich vor, um ihn auf die Stirn zu küssen. »Und seid nicht beunruhigt. Ich weiß, Ihr trauert um Neela; ich will von Euch nicht verlangen … Es besteht wirklich nicht die Notwendigkeit, wenn Ihr nicht wollt, dass …«

Schmerz und grollende Entrüstung blitzten in schneller Folge über seine Züge, beide Gefühle mit ein Grund dafür, warum er sich für sie entschieden hatte und nicht für Corvus – Corvus, der die Entscheidung getroffen hatte, die Frauen und Kinder ungeschützt zurückzulassen. Und jetzt waren sie tot. Sein Blick ging kurz zu ihrem Mund und dann wieder weg.

»Ihr habt gut zusammengepasst, wart gute Eltern für die Mädchen …« Sie durchforschte ihr Gedächtnis. »Kit und Eve?«

»Ede.« Seine Hand zuckte in ihrer.

»Ede, ja. Vergebt mir.«

Er biss sich auf die Lippen, und das Licht des Feuers tanzte züngelnd über seine Wangen. So jung. »Ich weiß, dass sie im Jenseits glücklich sind, Gesegnete. Ich weiß, dass sie zufrieden sind und auf mich warten, dass sie, wenn sie von meinen Taten hier wüssten, ungeheuer stolz auf mich wären. Aber …«

»Aber Ihr vermisst sie.« Er nickte heftig, eine Geste ohne Würde. »Und das solltet Ihr auch. Wir sind aus zwei Gründen hier in Gilgoras – um den Göttern zu dienen und um unser Glück zu finden. Ihr habt beides getan. Und während wir gemeinsam zu Ruhm und Ehre der Götter herrschen werden, erwarte ich von Euch nicht, dass Ihr mich, äh, liebt. Ihr habt Neela Euer Herz geschenkt. Ich würde nicht um dasselbe bitten.«

Es war kein reines Getue; Lanta empfand ein ungewöhnliches Gefühl von Ängstlichkeit. Trotz der Gerüchte, die sie und Liris hatten verbreiten lassen, hatte sie niemals das Bett mit dem ehemaligen König geteilt. Auch wenn sie sich schämte, es einzugestehen, hatte Lanta überhaupt nie mit irgendjemandem ein Bett geteilt. Ihr Körper und ihr Geist waren Werkzeuge der Götter, geheiligt und unantastbar. Die einzige Liebe, die sie je kennengelernt hatte, war die Liebe des heiligen Gosfath gewesen, brutal und ohne jede Rücksicht auf ihre eigenen Bedürfnisse. Vielleicht wäre es durchaus besser, wenn Valan sie nicht wollte, obwohl … während sie sein Gesicht betrachtete, stieg eine Wärme in ihrem Bauch auf, die nichts mit Wein zu tun hatte.

Valan riss sich aus seinem Brüten. Er schob seine Hand unter ihre und drehte sie dann, sodass sich ihre Finger ineinander verschränkten. Dann hob er ihre Hand an seine Lippen und drückte einen Kuss auf die Unterseite ihres Handgelenks, und ihr flatterte der Magen. »Glaubt mir, Gesegnete …«, begann er und brach dann ab und setzte neu an. »Lanta. Glaubt mir, Lanta, es wird das Einfachste auf der Welt sein, Euch zu lieben, sobald der Schmerz um Neelas Verlust erst einmal verflogen ist.« Und dann, als habe er ihre Gedanken gelesen, fügte er hinzu: »Auch wenn ich nicht weiß, wie ich es jemals mit der Liebe eines Gottes aufnehmen soll.«

Sie fand ein sanftes Lächeln für ihn, mit so wenig Falschheit oder Arroganz oder Machtbewusstsein, dass es sich in seiner Zartheit ganz seltsam auf ihren Lippen ausnahm. »Macht Euch keine Sorgen um dergleichen«, brachte sie heraus, und eine Art nervöse Vorfreude vibrierte durch sie hindurch. »Wir werden einander kennenlernen. Alles andere wird sich daraus ergeben.«

»Euch … macht das mit Neela nichts aus?«, fragte er.

»Ihr wärt nicht der Mann, den ganz Gilgoras als seinen obersten Herrscher braucht, wenn Euer Herz tot wäre«, versicherte sie ihm. »Trauert, solange Ihr müsst. Ich bin hier, wenn Ihr damit fertig seid, und die Welt wird ebenfalls hier sein.« Sie lehnte sich zurück, löste den körperlichen Kontakt mit großem Bedauern, schloss dieses Thema ab. »Und nun, Stellvertreter, müssen wir leider zur Tagesordnung übergehen. Der … Machtwechsel muss in die Wege geleitet und Corvus aus seinem Amt entfernt werden. Was schlagt Ihr vor?«

Er vollzog den Themenwechsel mit so etwas wie Erleichterung, auch wenn sie nicht erkennen konnte, ob es der Gedanke an Neela oder der an die Königswürde gewesen war, was auf seinem Gemüt gelastet hatte.

»Da ist dieser Kriker, Pesh«, begann er. »Er schleicht trübselig um den Tempel und den Palast herum wie ein Geist und erwartet irgendeine Belohnung, eine Anerkennung für seinen Anteil daran, dass Rillirin hierhergebracht worden ist. Eigentlich hätte seine Schwester inzwischen zu ihm stoßen sollen, doch sie ist nicht aufgetaucht. Er wird zunehmend unruhig. Es dürfte recht leicht sein, ihn dazu zu bewegen, einen entsprechenden Versuch zu unternehmen. Und er ist entbehrlich.«

»Hm, mag sein. Aber er ist eine unbekannte Größe. Wir kennen ihn nicht. Wissen nicht, auf welcher Seite er steht, ob er uns nicht eher verraten wird, als uns behilflich zu sein. Ich kann ihm nicht vertrauen. Doch es stimmt, er ist tatsächlich entbehrlich – kümmert Euch darum.«

»Wie Ihr befehlt. Ich würde nicht empfehlen, einen anderen Mirak ins Vertrauen zu ziehen. Ich kann es natürlich auch selbst erledigen, sei es, dass ich ihn offiziell herausfordere, sei es, dass ich zu einem behutsameren Mittel greife. Gift vielleicht.«

Lanta lehnte beide Vorschläge ab. »Wir müssen sauber zu Werke gehen, und Gift ist unter unserer Würde und nicht hundertprozentig sicher.«

»Dann wählen wir doch eine ungewöhnlichere Alternative, Gesegnete, aber eine, von der ich glaube, dass sie funktionieren wird. Meine Sklavin, Tara. Sie kann Corvus töten.«

»Erklärt mir das«, blaffte Lanta, und alle intime Vertrautheit war plötzlich wie weggeblasen. Sie fuhr auf ihrem Sitz zurück, verschränkte die Arme vor der Brust und streifte die Maske der Gesegneten über wie eine Rüstung – was sie in gewisser Hinsicht ja auch war. »Ich habe gesagt, wir brauchen jemanden, dem wir trauen können.«

Valan nickte. »Ich traue ihr tatsächlich, obwohl sie Rilpori ist. Am Tag meiner Rückkehr aus Kiefernschleuse, nachdem ich dort die Gebrüder Evendom getötet hatte, bin ich zu Fost gegangen, um sie bei ihm abzuholen. Er sagte mir, sie sei in der Küche. Ich hatte ohnehin Hunger, daher bin ich ihr gefolgt. Ich konnte einen Streit hören und habe mich deshalb vorsichtig hineingeschlichen, mich im Schatten gehalten und zugeschaut.

Da waren drei Männer, die versucht haben, sie zu vergewaltigen. Sie hat zwei von ihnen getötet.«

Lanta klappte der Unterkiefer herunter. Sie schloss den Mund sofort wieder und bedeutete ihm fortzufahren.

»Sie ist mehr als nur eine Kämpferin, Gesegnete. Wir alle haben Frauen sich gegen die Zudringlichkeiten Betrunkener wehren sehen – Götter, Neela konnte ein Lied davon singen. In diesem Fall war es jedoch etwas völlig anderes: die Art, wie sie sich bewegte, die Art, wie sie ihre Angreifer einzuschätzen wusste, wie sie zwischen ihnen hin und her huschte und ihnen nicht die Zeit gab, sich neu zu gruppieren, sich auf sie zu stürzen oder sie von hinten zu überwältigen. Selbst als die Männer sie auf dem Boden hatten, konnten sie ihrer nicht Herr werden. Sie ist äußerst begabt – und sie hat ihre Fertigkeiten niemals gegen mich oder gegen irgendjemanden sonst eingesetzt, nicht bis ihr absolut nichts anderes mehr übrig blieb. Als Sklavin kann sie in seine Nähe gelangen, und es wird so aussehen wie ein simpler Rachemord, den er nicht hat kommen sehen – und das wäre es ja auch.«

»Sie ist Eure Sklavin, und Ihr seid zum Stellvertreter ernannt worden«, gab Lanta zu bedenken, allerdings mehr aus Neugier, wie er ihre diesbezüglichen Bedenken aus dem Weg räumen würde, nicht um gegen seinen Plan Einwände zu erheben. Der war von einer schlichten Eleganz, die ihren Namen weit weg von jeglichem Verdacht rücken würde.

Valan breitete die Hände aus. »Ich werde an dem Tag nicht in der Stadt sein«, antwortete er. »Wenn wir bereit sind loszuschlagen, schickt Ihr mich einfach mit irgendeinem Auftrag fort. Dann werde ich Tara an Corvus verleihen und lasse ein Messer in meinem Quartier liegen, bevor sie zu ihm geht. Ich habe den Ausdruck in ihren Augen gesehen, als sie gegen diese Männer gekämpft hat. Da war Wildheit, ja. Aber auch Jubel. Sie ist eine geborene Mörderin, und ich glaube nicht, dass sie sich die Gelegenheit entgehen lassen wird.«

Er hielt inne und wartete auf ihre Reaktion. Lanta blickte ins Feuer und dachte darüber nach. »Doch Ihr könnt nicht garantieren, dass sie das Risiko auf sich nehmen wird«, meinte sie schließlich. »Ihr habt selbst gesagt, sie habe nur gekämpft, weil ihr nichts anderes mehr übrig geblieben ist. Sie hat nicht versucht, Corvus umzubringen, als Ihr das letzte Mal fort wart – warum sollte sie es diesmal tun?«

»Taras Mann ist ein Offizier der Truppe; er wird in der Südkaserne gefangen gehalten, und sie tut alles, um ihn nicht in Gefahr zu bringen. Also müssen wir …«

»Wir müsse sie zu unserer willigen Komplizin machen«, unterbrach ihn Lanta. »Wir sagen ihr, sie müsse den König töten und dass wir ihren Ehemann umbringen würden, wenn sie es nicht tut.«

»Oder wir versprechen ihnen beiden die Freiheit«, schlug Valan vor. »Was immer es wahrscheinlicher macht, dass sie sich einverstanden erklärt. Wir geben ihr ein Motiv, und wir geben ihr eine Gelegenheit, und dann lehnen wir uns entspannt zurück und betrauern die geschehene Tragödie.«

Ein träges Lächeln breitete sich auf Lantas Zügen aus. »Das gefällt mir«, erklärte sie. »Wo befindet sie sich jetzt?«

»Sie ist in der Südkaserne bei ihrem Mann. Ich hatte … vorausgesehen, dass sich unser Gespräch heute Abend in diese Richtung entwickeln könnte. Ich habe mir gedacht, eine vorgezogene Belohnung für sie könnte sie zugänglicher machen. Es wird schließlich das letzte Mal sein, dass sie einander sehen.«

Lanta stieß ein leises, kehliges Lachen aus, tätschelte sein Knie und ließ die Finger für einen Moment auf seinem Bein liegen. *Genauso sentimental wie skrupellos,* dachte sie anerkennend. *Das gefällt mir.*

»In Ordnung, bereitet sie schon einmal darauf vor. Je eher es geschieht, desto besser.«

Valan neigte den Kopf. »Euer Wille, Gesegnete.«

TARA

Neunter Monat, erstes Jahr der Herrschaft von König Corvus
Südkaserne, zweiter Ring, Rilporin, Weizenland

Und er hat den Dritten für dich getötet? Warum?«

»Ich würde nicht sagen, dass er es für mich getan hat. Ich wäre in der Lage gewesen, das selbst zu erledigen, vielen Dank auch«, entgegnete Tara.

Vaunt knurrte. »Du weißt, was ich meine. Er hat sich auf deine Seite gestellt. Er hat zugesehen, wie du einem Mann den Hals aufgeschlitzt hast, und er hat dich nicht bestraft. Hat dich nicht umgebracht. Sklaven sterben schon für viel weniger als das, sie sterben für nichts und wieder nichts. Doch obwohl er jetzt weiß, dass du kämpfen kannst, hat er dich nicht nur am Leben gelassen, sondern dir auch erlaubt hierherzukommen.«

Tara spürte, wie ihr eine schwache Röte in die Wangen stieg. »Er … mag mich, glaube ich. Ich erinnere ihn in gewisser Weise an seine verstorbene Ehefrau. Er ist inzwischen in meiner Nähe vorsichtiger, wird ein wenig nervös, wenn ich Fleisch schneide oder was auch immer, und er beobachtet mich viel mehr als zuvor, aber …« Sie wedelte hilflos mit der Hand. »Es ist schwer zu erklären. Es ist, als würde er mir jetzt, wo ich ihm gezeigt habe, wer ich bin, mehr Vertrauen schenken. Als hätten wir keine Geheimnisse voreinander.«

»Es gefällt mir nicht«, sagte Vaunt, und Verärgerung stieg in Taras Brust auf.

»Hätte ich mich dann also von diesen Kerlen vergewaltigen lassen sollen, um meine Tarnung aufrechtzuerhalten?«, zischte sie, löste sich ruckartig aus seiner Umarmung und rollte sich an die Bettkante, den Rücken ihm zugewandt. Die blauen Flecken verblassten schneller als ihre Erinnerungen, und es hatte eine gewisse Willensanstrengung erfordert, auf seine Berührungen einzugehen. Jetzt bereute sie es, sich die Mühe gemacht zu haben.

Vaunt stützte sich auf den Ellbogen und legte ihr sanft die Hand auf die Schulter. »Auf keinen Fall«, sagte er mit so viel Nachdruck, dass sie sich wieder zu ihm umdrehte. »Bring jeden um, der dich ohne deine Erlaubnis anfasst, und scheiß auf die Folgen. Es ist ja schön und gut, dass dich ein Gott hierhergeschickt hat, aber nicht einmal er würde von dir erwarten, diese Art von Opfer zu bringen. Und ich werde dich verdammt noch mal selbst umbringen, wenn du so etwas mit dir machen lässt.«

»Weil ich deine Ehefrau bin und deine Ehre durch meine Schande befleckt würde?«, bohrte sie nach, und in ihrem Spott schwang ein Unterton mit, der schärfer war als jedes Schwert.

»Weil du eine gottverdammte Soldatin bist und dich schützt, indem du deine Feinde tötest. Und dafür alle Nachteile in Kauf nimmst.«

Tara biss sich auf die Unterlippe, so groß war ihre Erleichterung darüber, dass er doch kein hochmütiger, selbstgefälliger Drecksack war, und zog ihn an sich, barg das Gesicht an seiner Brust. Sie ließ sich von ihm in den Armen halten, und das stete Schlagen seines Herzens unter ihrem Ohr war ein unerwarteter Trost. Seine Haut war salzig auf ihren Lippen, was ihr gefiel, aber seine Rippen drückten sich ihr in die Wangenknochen, was ihr gar nicht gefiel. Die gefangenen Soldaten der Truppe bekamen nur halbe Rationen, trotz der vielen Stunden Bauarbeiten, die sie leisteten, und Vaunt und Oberst Dorcas nebenan erhielten noch weniger zu essen, da es ihnen nicht gestattet war, die Kaserne zu verlassen.

»Es gibt noch mehr Neuigkeiten«, berichtete sie schließlich, und Vaunt entfuhr ein Stöhnen. »Rillirin ist hier.«

»Die Schwester? Scheiße. Was können wir da tun?«

»Sie von hier fortbringen. Was mir Valan erzählt hat – dass sie mithilfe ihres Babys irgendwie die Dunkle Dame zurückholen wollen –, nun ja, ich glaube, das wollen sie wirklich. Ich habe Lanta und Corvus darüber sprechen hören. Crys – der Fuchsgott – wer auch immer, wollte, dass ich Corvus und Lanta den Garaus mache, der Schlange den Kopf abschlage. Jetzt frage ich mich, ob es nicht vielleicht genauso wirkungsvoll wäre, Lanta umzubringen und Rillirin von hier fortzuschaffen. Es könnte die Festigung ihrer Macht über das Land im gleichen Ausmaß behindern. Sie ist schon sehr dick, hat aber noch elf Wochen vor sich, wie sie schätzt. Trotzdem kann sie rennen, wenn sie muss – und das wird sie auch müssen, wenn wir von hier fliehen.«

Vaunt strich nachdenklich mit den Fingern über ihre Schulterblätter, und sie bekam eine Gänsehaut. »Ist es dir möglich, mit ihr allein zu sprechen?«

»Sie ist, soweit ich weiß, die ganze Zeit mit Lanta oder Corvus zusammen, die Nacht ausgenommen. Sie schläft im Flügel der Königin, und wenn sie dort ist, stehen ein halbes Dutzend Mirak Wache. Aber ich kann mir vielleicht Valans neues Vertrauen zunutze machen und Lanta töten, wenn Rillirin bei ihr im Tempel ist.« Tara zwinkerte ihm zu. »Ein Sklavenaufstand wäre dann recht nützlich, nicht? Ein Aufstand, der Corvus' – und Valans – ganze Aufmerksamkeit erfordern und es mir ermöglichen würde, die Priesterin auszuschalten und mir das Mädchen zu schnappen.«

Vaunts Grinsen wurde raubtierartig. »Ja, so ein Zufall, dich das sagen zu hören«, murmelte er und senkte ruckartig den Kopf zu einem Kuss. »Ich glaube fast, da könnte ich dir helfen.«

»Dann sollten wir schleunigst handeln. Je schneller, desto

besser. Je mehr Zeit verstreicht, umso langsamer und erschöpfter wird Rillirin, und die Soldaten der Truppe werden ebenfalls von Tag zu Tag schwächer.«

Vaunts Gesichtsausdruck verhärtete sich. »Ich weiß. Diese verfluchten Mirak schinden sie zu Tode, und es scheint ihnen vollkommen egal zu sein. Aber sie werden kämpfen«, fügte er hinzu, als er Taras Besorgnis bemerkte. »Glaub mir, das werden sie.«

Sie hoffte, dass er recht hatte. Wann immer ihr ein Besuch bei ihm gestattet wurde, musste sie sich zwingen, eine ungerührte Miene aufzusetzen, um nicht wegen des Gestanks der Gefangenen würgen zu müssen und sie dadurch zu demütigen. Sie waren unter erbärmlichen Umständen im Dreck angekettet, wenn sie nicht arbeiteten, und ihr Bewegungsraum war auf die wenigen kleinen Schritte zwischen ihren Betten und ihren gemeinsam genutzten Nachttöpfen beschränkt. Auf Stunden härtester Knochenarbeit folgten Stunden des Hungers, stinkend und von Flöhen geplagt, unterbrochen nur von den Schreien aufgrund der Albträume und dem leisen, schamerfüllten Weinen von Männern, die die Hoffnung schon lange verloren hatten. Leichen wurden dort liegen gelassen, wo sie hingesunken waren, manchmal tagelang.

»Glaubst du, es ist in der Nordkaserne genauso?«, fragte Tara.

»Noch schlimmer. Sie hatten dort eine Fieberepidemie. Dutzende tot, die ganze Kaserne unter Quarantäne. Die Mirak sind deswegen mächtig verärgert, und sie haben auch Angst. Dein freundlicher Steinmetz hat Salter erzählt, dass einige seiner Jungs dorthin geschickt worden seien, um nachzusehen, wie sich die Türen vermauern ließen. Es ist durchaus möglich, dass sie sie einfach einmauern und sterben lassen.«

»Götter«, murmelte Tara, dann richtete sie sich auf und zog die Decke hoch, um ihren nackten Körper zu bedecken. »Diese armen Schweine. Können wir da nicht irgendetwas unternehmen?«

Vaunt kratzte sich den Bart. »Wir können nur beten. Könnte für die Leute dort eine seltsame Art Segen sein. Ich kann mir nicht vorstellen, dass, was immer die Mirak für den Rest von uns geplant haben, sonderlich schön sein wird. Einige Tage Fieber und dann ins Licht überzugehen scheint mir mittlerweile ein einigermaßen anständiges Ende.«

Ein Schauder überlief sie. Sie legte sich wieder hin und drückte sich mit ihrem ganzen Körper an ihn. Er war warm und nach wie vor lebendig, der Ring seiner um sie gelegten Arme eine sichere Zuflucht. Seine Gefühle für sie verkomplizierten die ganze Sache noch. Oder waren es eher ihre Gefühle für ihn?

»Wir brauchen ein Signal«, murmelte sie und lächelte, als seine Hände bedächtig ihren Körper zu erkunden begannen. »Eine Möglichkeit, dich wissen zu lassen, wann ich den Versuch unternehmen werde.«

»Gibt es irgendwelche Sklaven im Palast, die mit uns zusammenarbeiten?«, fragte er geistesabwesend, und sie lächelte wieder und schmiegte sich noch ein wenig enger an ihn.

»Einige wenige, aber es wäre klüger, es im Tempel zu tun. Der liegt näher am Südtor.« Sie holte tief Luft. »Passt du überhaupt auf?«

»Hm-hm, ich achte auf jede Kurve und Rundung. Und ich höre zu, definitiv. Ganz angestrengt.«

»In Ordnung, ich werde dir eine Nachricht zukommen lassen, wenn ich weiß, dass ich in den Tempel gehe. Es könnte bis zu einer Stunde dauern, bis dich die Nachricht erreicht hat, so viel Zeit werde ich also haben, um Lanta zu töten und Rillirin zu verstecken. Sobald euer Aufstand die Stadt in die Knie gezwungen hat, schlüpfen wir davon und verschwinden.«

»Sei vorsichtig«, flüsterte Vaunt ohne jede Vorwarnung. Er legte ihr die Hand auf die Wange. »Versprich es mir.«

Tara verkniff sich die flapsige Bemerkung, die ihr auf der Zunge lag. »Ich verspreche es. Du musst aber auch aufpassen. Stirb mir verdammt noch mal nicht weg, Major.«

»Kein Bestandteil meines Plans, Majorin.«

Sie schlang ihm die Arme um den Hals, und sein Bart kratzte ihr über die Wange. »Ich weiß nicht, wann sie mir wieder einen Besuch bei dir erlauben werden, vermutlich nicht, bevor es so weit ist. Also werden wir uns wohl auf der anderen Seite der Front wiedersehen. Ich werde eine hochschwangere Frau im Schlepptau haben.«

Vaunt zwinkerte ihr zu. »Und ich werde einen Sklavenaufstand im Rücken haben«, erwiderte er.

Sie brachte ein Lächeln zustande. »Angeber«, neckte sie, aber er war schon wieder abgelenkt. Ein langes, leises Knurren der Lust schlüpfte ihr zwischen den Zähnen hervor, während sie sich gleichzeitig sagte, dass sie sich auf ihr großes Ziel konzentrieren musste, denn trotz ihrer gegenseitigen Versprechen erwartete keiner von ihnen wirklich, den anderen je wiederzusehen.

Nur dass diese zielgerichtete Konzentration nicht mehr so einfach war wie zuvor. Sie hatte Crys gesagt, dass sie nicht davon ausgehe, die Sache zu überleben, und sie erwartete es tatsächlich nicht. Dieses Wissen hatte ihr, vor der Sache mit Vaunt, nicht viel ausgemacht, weil sie Soldatin war und sie nur ihre Pflicht erfüllte. Doch jetzt war es anders. Jetzt wollte Tara leben und wollte auch, dass Vaunt lebte.

Sie fasste ihn um die Hüfte und zog ihn auf sich, dann hob sie die Hüften an, nahm ihn in sich auf und gab ihm – gab ihnen beiden – einen Grund, sich ans Leben zu klammern. Weiterzukämpfen.

Es war alles, was sie zu geben hatte, daher gab sie auch alles, mit hemmungsloser Hingabe.

»Tara. Setz dich her. Erzähl mir, wie geht es deinem Ehemann?«

Gefahr kribbelte Taras Rückgrat hinauf. Valan saß neben dem Kamin und bedeutete ihr, auf dem leeren Stuhl ihm gegenüber Platz zu nehmen. Er ließ ihr keine Wahl. Der Stuhl war so positioniert, dass sie mit dem Rücken zur Tür sitzen würde, und ihre Hände wurden schweißnass.

Sie setzte sich. Valan zog eine Braue hoch. »Vergebt mir, Geehrter. Es g…geht ihm gut, vielen Dank. Das heißt, so gut es die Umstände zulassen. Er hat seit Monaten die Sonne nicht gesehen.«

»Und was würdest du tun, um dafür zu sorgen, dass er die Sonne wiedersieht?«, fragte Valan. Er füllte einen Becher mit Bier und reichte ihn ihr mit einem höflichen Lächeln. Sie nahm den Becher reflexartig entgegen, trank aber nicht. Vom Geruch des Hopfens wurde ihr übel.

»Ich verstehe nicht, Geehrter.«

Valan beobachtete sie über den Rand seines Bechers hinweg. »Es ist eine einfache Frage, und du bist eine kluge Frau«, sagte er und wischte sich Schaum von der Oberlippe. »Was würde eine Frau mit deinen einzigartigen Begabungen tun, um für das Überleben ihres lieben Tomaz zu sorgen?«

Sie nippte an ihrem Bier und zwang sich, es hinunterzuschlucken. »Ihr habt mir gesagt, wenn ich nur hart arbeite und meine Befehle befolge, dürfe ich Tomaz besuchen. Ich habe getan, was Ihr verlangt habt, und Ihr habt Wort gehalten, wofür ich dankbar bin. Was mehr könnte ich für Euch tun?«

Valan stellte seinen Becher weg, beugte sich vor und griff nach ihrer Hand. Sie ließ es zu. Er verschränkte seine Finger mit ihren. »Erzähl mir, wie du kämpfen gelernt hast«, forderte er, statt ihr zu antworten.

Tara versuchte nicht, ihre Verwirrung zu verbergen. »Drei ältere Brüder und ein Mann in der Armee«, erwiderte sie und hielt sich so dicht an der Wahrheit wie irgend möglich. »Meine

Mutter wollte, dass ich stark genug bin, auf mich selbst aufzupassen, statt mich auf die Männer verlassen zu müssen – mit allen damit verbundenen Einschränkungen. Tomaz … Tomaz hat gerade das an mir gefallen, und er hat mich nach unserer Hochzeit weiter unterrichtet.«

»Interessant«, sagte Valan nach einem Schweigen, das so lange war, dass sie beinahe laut aufgeschrien hätte. »Könnte sogar die Wahrheit sein.« Er machte eine wegwischende Handbewegung, als sie zu protestieren versuchte. »Ist mir ganz gleich. Das Schicksal deines geliebten Tomaz hängt am Faden deines guten Betragens, und bisher hast du deine Sache sehr gut gemacht. Jetzt brauche ich mehr als nur gutes Betragen, Tara. Vaunts Leben – mehr noch, sein *schmerzfreies* Leben – hängt ganz allein von dir ab. Wenn du mich enttäuschst, wird dein Mann unter Schreien sterben. Verstehst du mich?«

Tara warf einen verstohlenen Blick hinter sich. Die Tür war immer noch verschlossen, der Raum immer noch leer. Sie wischte sich die Handflächen an ihrem Rock ab, als ihr Vaunts Worte wieder in den Sinn kamen: *Bring jeden um, der dich ohne deine Erlaubnis anfasst, und scheiß auf die Folgen.*

Die Frage war natürlich, ob sie diese Erlaubnis vielleicht erteilen konnte, um dadurch ein anderes Leben zu retten. Vaunts Leben. Das Bier schmeckte bitter auf ihrer Zunge. »Ich verstehe.«

»Irgendwann in den nächsten Wochen, wenn ich dir sage, dass die Zeit gekommen ist, und nicht vorher, will ich, dass du den König tötest.«

Alle Glocken der Stadt hätten jetzt läuten können, und es hätte das Brüllen in Taras Ohren nicht zu übertönen vermocht. *Weiß er Bescheid? Will er mich auf die Probe stellen?*

Er war ganz ruhig und ließ sie seine Worte verarbeiten. Tara wischte sich erneut die Handflächen ab und leckte sich kalten Schweiß von der Oberlippe. »Vergebt mir, Geehrter«, sagte sie vorsichtig. »Ich … verstehe nicht.«

»Was davon verstehst du nicht? Dass Corvus von deiner Hand sterben wird oder dass dein Ehemann zu Tode gefoltert wird, wenn du dich weigerst?« Sie schwieg. »Ich habe gesehen, wie du einem Mann mit sichtlichem Genuss die Luftröhre aufgerissen hast. Da denke ich doch, dass du über die Aussicht, das Gleiche mit unserem König zu machen, regelrecht begeistert sein müsstest.«

»Wenn ich Euch gekränkt habe, Geehrter, erlaubt mir bitte, mich zu entschuldigen …«, setzte sie an.

»Halt. Die Sache ist ein ganz einfaches Geschäft und fertig. Corvus' Leben für Vaunts Leben. Wenn dir der Preis zu hoch ist, sag es, und unser Gespräch ist beendet.«

Er reicht mir Corvus auf einem verdammten Silbertablett und garantiert mehr oder weniger, dass ich eine Gelegenheit bekomme, ihn umzubringen, während er gleichzeitig sicherstellt, dass seine eigenen Hände sauber bleiben. Natürlich wird er uns anschließend nicht freilassen, aber das braucht er auch gar nicht, denn Corvus' Tod wird der Funke sein, der diese Stadt in Brand steckt, und wenn das Feuer sich selbst verzehrt hat, werden wir alle frei sein. Dafür, verdammt noch mal, garantiere ich.

Tara neigte den Kopf. »Wie Ihr befehlt, Geehrter.«

MAKE

Mabon, erstes Jahr der Herrschaft von König Corvus
Stadtrand von Segelstadt, an den Tränen, Pferdeland

Es war drei Stunden vor Morgengrauen am Tag der herbstlichen Tagundnachtgleiche, das Datum, das Make mit den Krikern für den Beginn der Offensive vereinbart hatte. Sie waren eine Meile von Segelstadt entfernt und hatten im Laufe der Nacht ihre endgültigen Positionen eingenommen.

Sie waren alle völlig erschöpft, und die Schlacht hatte noch nicht einmal begonnen. Der Gewaltmarsch hatte länger gedauert als erwartet. Sie hatten einen großen Bogen geschlagen, durch die Vorhügel der Gilgoras-Berge und vorbei an den Ruinen der Garnisonen der Westtruppe – ihr trauriger Verfall hatte ihm einen Stich versetzt –, und waren dann über das Viehland nach Segelstadt weitergezogen. Als sie ihr Ziel endlich erreichten, liefen sie Gefahr, Makes selbstgesetzte Terminvorgabe verstreichen zu lassen.

Er klopfte sich mit den Fingerspitzen aufs Herz, anempfahl seine Seele dem Licht und fügte ein unausgesprochenes Bittgebet hinzu, dass seine Verbündeten weit weg auf der anderen Seite von Rilpor, in der wohlhabenden Hafenstadt Kiefernschleuse, jetzt hoffentlich ebenfalls in Bewegung waren und wie eine Flut über die die Stadt besetzt haltenden Soldaten der Osttruppe herfielen.

Unter einem Himmel, der vom Licht der Sterne viel zu hell

war, stürmten sie los, Schatten vor dem Hintergrund der silbernen Umgebung. Ihr Weg führte sie in direkter Linie auf die Stadt zu, und die Wachposten würden sie schon bald entdecken. Make hatte tausend Männer bei sich, die schnell und lautlos durch die Stoppeln des abgeernteten Getreidefelds liefen. In der dritten Reihe von hinten befand sich Hallos. Im Laufe der Belagerung und des Sommers in den Südforts hatte er zu neuer körperlicher Kraft und geistiger Entschlossenheit gefunden. Er hatte beim Gewaltmarsch mitgehalten und trotz seiner vorgerückten Jahre kaum geklagt. Jetzt sah er aus wie ein gealterter Bulle, ganz straffe Muskeln und gewaltige Schultern, kleine schwarze Augen und ein wilder, von grauen Strähnen durchzogener Bart.

Make konnte die anderen Flügel seiner Armee von seiner Position aus nicht sehen, aber damit hatte er auch nicht gerechnet, und er vertraute darauf, dass sie sich seinen Befehlen gemäß aufgestellt hatten. Der bevorstehende Gewaltausbruch, wenn sie das Haupttor stürmten, sollte das Signal für die Übrigen sein, nun bis dreihundert zu zählen und dann ihren eigenen Angriff zu starten.

Make befand sich natürlich in der ersten Reihe, trotz aller Argumente, die dagegensprachen. Er mochte der künftige König sein, er mochte sogar der Oberbefehlshaber der Truppen sein, aber er war zuerst und vor allem Soldat und ein Anführer von Männern. Er wusste, dass Dalli ihre Leute ebenfalls persönlich anführen würde, ob sie nun die zukünftige Königin war oder nicht. Es entsprach nun mal ihrer beider Wesen – ihrer Aufgabe.

Sie waren noch dreihundert Schritt vom Tor entfernt, als ein Wolkenfetzen über sie hinwegglitt und das Gelände verdunkelte, und Make wagte es, Hoffnung zu schöpfen. Sekunden später waren die Wolken weitergezogen, und das Licht der Sterne wirkte im Vergleich zu vorher jetzt noch heller. Schon bald leuchteten Feuer an den Stadtmauern von Segelstadt auf, und dünne, ferne Warnrufe durchdrangen die Nacht. Make und seine Männer beschleunigten noch einmal ihr Tempo, und sie donnerten über die Felder, denn Heimlichkeit hatte jetzt kaum noch einen Sinn. Über das Hämmern von Füßen legte sich das Sirren von kaum sichtbaren Pfeilen. Make riss seinen Schild hoch und preschte weiter vorwärts.

Die ersten Schreie, die ersten zu Boden taumelnden Männer, über die sofort weitere stürzten, und dann, fünfzig Schritt weiter, fielen weitere Männer – aber diesmal nicht wegen der Pfeile. Alarmrufe erhoben sich, und zu beiden Enden der Reihe verschwanden Männer im Untergrund. Beinbrecher: flache Gruben an den Rändern der Freifläche, zur Tarnung mit Lehmflechtwerk und Erde bedeckt, die seine Männer zusammendrängen und sie in einen schmalen Durchgang zwingen sollten, sodass ihre wogende Masse dort unter Dauerbeschuss genommen werden konnte.

Und so kam es auch. Makes Schulter schmerzte vom Gewicht des Schildes, aber er wagte es nicht, ihn zu senken. Die Pfeile flogen unablässig, und die Zahl seiner Männer schwand dahin, während ihr Vorrücken langsamer wurde und sie sich durch den Streifen von sicherem Gelände drängten, den man ihnen bewusst gelassen hatte. Er würde bald genug in ein Schlachtfeld münden.

Make ließ einige der Bogenschützen an den Flanken ihre eigenen Salven abfeuern, was dafür sorgte, dass die Verteidiger für eine Weile die Köpfe einzogen, aber trotzdem waren seine Verluste viel zu groß und kamen viel zu früh.

Sie waren nun weniger als hundert Schritt von der Mauer entfernt, und plötzlich liefen die schwarzen Kleckse dort oben wild durcheinander, verwirrte Rufe hallten durch die Luft und bildeten mit den Misstönen schreiender Zivilisten einen schaurigen Chor. Dunkle Gestalten strömten nach Norden, und Makes Schritte wurden plötzlich leichter. Seine zweite Tausendschaft näherte sich von Norden.

Er beschleunigte das Tempo wieder, und das Torhaus ragte jetzt vor ihnen auf. Ein Trupp von fünfzig Mann steuerte direkt darauf zu und drosch mit Äxten darauf ein, während sich die Übrigen flach gegen die Mauern pressten, außer Sichtweite von oben, es sei denn, die Verteidiger beugten sich über die Mauerzinnen und machten sich dadurch zu Zielscheiben für Makes Bogenschützen. Einige taten es tatsächlich und wurden getroffen, stürzten schreiend in die Tiefe. Die Übrigen hielten die Köpfe gesenkt, und der Pfeilhagel von beiden Seiten wurde schwächer.

Make führte seine eigenen fünfzig Mann zu einem Punkt am Fuß der Mauer, wo die Abstände zwischen den Fackeln größer waren. Die Schutzwehr hatte nur doppelte Mannshöhe, und so war es kein Problem für sie, einander hinaufzuwuchten, selbst in ihren Rüstungen. Unter lautem Geheul unternahm von der südlichen Grasfläche her, die dem Fluss am nächsten war, die dritte Tausendschaft einen wuchtigen Angriff und sorgte für zusätzliche Verwirrung und Ablenkung.

Segelstadt war fast umzingelt und der Fluss jetzt der einzige Weg hinaus. Und für den waren Dalli und ihre Wölfe zuständig.

Make trat in die von den Händen eines seiner Männer gebildete Räuberleiter und stemmte sich hoch. Seine Rüstung zwickte in seine Schultern, als er die Ellbogen über die Mauer warf und nach Halt suchte. Eine Hand griff in den Halsausschnitt seines Brustpanzers und zog, sodass sich die Lederriemen und Schnallen spannten. Er rollte über die Mauer auf den Wehrgang, sprang auf und lief auf die Treppe zu, die zum Tor hinabführte.

Es waren drei Männer auf den Stufen, alles Soldaten der Osttruppe, und versperrten ihm den Weg. Er verlangsamte seine

Schritte gar nicht erst und spannte lediglich die Muskeln an, als er nach dem Ersten trat und ihn in der Brust traf. Das Schwert des Mannes war ihm viel zu nahe, um größeren Schaden anrichten zu können; es knallte ihm lediglich mit der stumpfen Seite an seinen linken Oberschenkel. Es tat trotzdem verdammt weh. Der Mann aus der Ostgarnison taumelte zurück, trat ins Leere, und weg war er – im Fallen riss er auch die beiden Männer hinter sich mit, sodass alle drei mit einem Geräusch, als würde jemand Töpfe ein Treppenhaus hinunterwerfen, die Stufen hinabpolterten.

Make stürmte ihnen hinterher und zog im Rennen sein Schwert. Er sprang über einen Mann hinweg, der offensichtlich bewusstlos war, und über einen zweiten, der sehr tot war, sein Hals in einem unnatürlichen Winkel zur Seite gedreht, dann parierte er das Schwert des Dritten mit seinem eigenen. Dieser Mann war erkennbar geschwächt und blutete, aber er stand auf den Beinen, und er war schnell – wäre noch schneller, wenn ihm nicht so schwindlig gewesen wäre. Make ließ ihm keine Zeit, das Gleichgewicht wiederzufinden, sondern stürzte sich mit einem Trommelwirbel von Schwerthieben auf ihn und zwang ihn zurück. Der Mann holte mit seiner Waffe aus, und Make drehte die Schulter weg, außer Reichweite, und dann packte er mit seinem Panzerhandschuh die Klinge, klammerte sich daran fest und hämmerte mit seinem eigenen Schwert auf seinen Gegner ein, zwang den Mann in die Knie. Schließlich verpasste er ihm eine tiefe Schnittwunde in der Schulter.

Make zog die Waffe wieder heraus und stieß den Mann nach vorn, wodurch er Makes Schwert seinen Nacken preisgab. Make tötete ihn, fuhr herum und erstach den immer noch bewusstlosen Soldaten am Fuß der Treppe. Keine Zeit, um Gnade walten zu lassen, und auch kein Verlangen danach.

Seine Männer hatten inzwischen das Tor mit ihren Äxten fast durchbrochen, aber Make riss alle Riegel auf und hievte die

Torlatte hoch, und die ramponierten Überreste schwangen nach innen auf. Dann presste er sich auf der Innenseite gegen die Mauer, während seine Männer vorbeiströmten, nach rechts und links Richtung Lagerhäuser und Gemeindekeller abbogen – die zentralen Gebäude und Bereiche, die sie einnehmen und dann verteidigen mussten. Jetzt, wo sie es sowohl mit Feinden vor den Toren als auch innerhalb der Tore zu tun hatten, müssten die Soldaten der Osttruppe, wenn sie nicht dumm waren, erkennen, dass ihre Lage hoffnungslos war, und sich ergeben.

Doch Make vermutete, dass die Männer der Osttruppe wohl dumm sein würden – oder dass sie zumindest zu große Angst vor den Roten Göttern hatten, um kampflos zu kapitulieren.

Rauchwolken zogen bereits über Teile der Stadt, und von überallher war der Lärm erbitterter Kämpfe zu vernehmen. Make folgte den letzten Versprengten, um den Torbereich rings um die Hauptstraße, die zum Stadtplatz führte, vom Feind zu säubern. Er hatte seinen Schild am Fuß der Mauer zurückgelassen, und als nun ein Pfeilhagel von den Dächern herabprasselte, konnte er sich nur ducken und wegrennen. Er warf sich mit der Schulter gegen eine Tür und stürzte hindurch, stolperte in eine große Küche mit einem herabgebrannten Feuer und konnte es gerade noch vermeiden, von einer Frau erstochen zu werden, die ein Filetiermesser schwang und sich zwischen ihn und zwei kleine Kinder stellte.

»Bei der Gnade der Tänzerin«, stieß er hervor. »Wir sind hier, um zu helfen. Freunde, Freunde!«

Sie sackte in sich zusammen, und alle Angst und aller Kampfeswille wichen von ihr. Dann zeigte sie mit der Klinge Richtung Decke. »Dort oben sind Männer«, zischte sie leise, und im gleichen Moment entdeckte Make das Sklavenhalsband um ihren Nacken und um die Hälse ihrer Kinder. Eiseskälte durchzog ihn. Er hatte es natürlich gewusst, hatte gewusst, dass genau das das Schicksal seiner Landsleute sein würde, sobald Rilporin gefallen war, aber er hatte es noch nie mit eigenen Augen gesehen. Wollte es auch gar nicht sehen, und ganz bestimmt wollte er keine kleinen Kinder mit solchen Halsbändern sehen.

»Wie viele?«, fragte er und erkannte seine eigene Stimme kaum wieder. Sie hob drei Finger, und er nickte. »Das Tor ist offen«, flüsterte er. »Nimm deine Kleinen und verschwinde. Lauft davon. Sobald wir die Stadt in unserer Gewalt haben, seid ihr in Sicherheit; bis dahin ist das hier kein guter Ort für euch. Wenn dir Soldaten begegnen, die dich nicht im Namen der Tänzerin grüßen …« Er ging zu ihr hinüber, hob die Hand mit dem Messer und legte sie zuerst auf die Innenseite seines Oberschenkels, dann in seine Achsel und schließlich in die Drosselgrube zwischen seinen beiden Schlüsselbeinen. »Dann zielst du auf einen dieser Punkte. Verstanden?«

Ihre Augen wirkten in ihrem blassen Gesicht riesig, und ihre Unterlippe zitterte, aber sie biss fest darauf und nickte, und die Hand, die er hielt, zitterte nun etwas weniger. »Danke.«

»Geht jetzt. Es wird gleich ziemlich laut hier drinnen.«

Er wartete, bis sie durch die Tür geschlüpft waren, dann stieg er die Treppe hinauf, einen lauernden Schritt nach dem anderen. Das obere Stockwerk war in zwei prunkvolle Schlafgemächer aufgeteilt, und er nahm sich kurz die Zeit, um sich zu fragen, ob das Haus wohl einst der Besitz dieser Frau gewesen war, bevor die Osttruppe sich hier niedergelassen und sie zur Sklavin in ihrem eigenen Heim gemacht hatte.

Stimmen drangen aus dem Raum, der ihm am nächsten war, dem Raum, von dem aus man einen Blick auf die Straße haben würde. Make holte lautlos tief Luft, umfasste sein Schwert fester, blinzelte sich den Schweiß aus den Augen und stürmte dann hinein.

Die Tür gab allzu leicht nach, und er stolperte nach drinnen und fiel der Länge nach hin, sodass der Mann, der die Axt schwang, ihn verfehlte, und nicht anders erging es dem Speerstoß des zweiten Mannes im Raum. Ihre Bögen und Köcher lagen auf dem Boden unter dem offenen Fenster, und Make hatte einen Sekundenbruchteil Zeit, um zu begreifen, welch ein Glück er gehabt hatte, dass sie versucht hatten, ihn im Nahkampf zu besiegen, statt ihn einfach mit Pfeilen zu erschießen, als er eingetreten war. Und dann war er wieder auf den Knien und wirbelte herum, um den Axthieb zu parieren. Seine Klinge knallte in den Schaft der Axt. Er verdrehte das Handgelenk und ließ sein Schwert den Schaft hinaufrutschen, sodass sich der Mann nicht schützen konnte, stemmte einen Fuß in den Boden und stach zu. Die Spitze traf gerade so die Kehle des Mannes in der Mitte, doch sie drang nicht tief genug ein, um ihn zu töten. Aber mit Sicherheit reichte es, um ihn in Panik zu versetzen. Der Mann mit der Axt ließ seine Waffe fallen, und mit aus den Höhlen tretenden Augen griff er sich mit beiden Händen an den Hals. Er röchelte, und ein feiner roter Nebel stob durch die Luft. Make hatte seine Luftröhre angeritzt. Das würde erst einmal genügen.

Der Speerkämpfer war gut, daher schob sich Make die Axt in seine freie Hand und gab sich alle Mühe, sich dem Mann bis auf Reichweite anzunähern. Es war fast unmöglich, und sie wussten beide, dass die Sache nur eine Frage der Zeit war. Make wich langsam zurück, während er mit allen Sinnen angestrengt nach etwas suchte, das ihm irgendeinen Vorteil zu verleihen versprach, nach einem passenden Moment, einem Gegenstand, irgendetwas, das helfen würde. Er war nun fast am Fenster angelangt und fast verzweifelt genug, um einfach die Axt zu werfen und dann hinterherzustürmen, als der zweite Soldat erneut röchelte, diesmal lauter und drängender. Make ließ den Blick über die Schulter seines Gegners wandern und seine Augen sich leicht weiten. Der Trick funktionierte – der Speerkämpfer wirbelte zu der eingebildeten Bedrohung hinter sich herum, und Make durchschlug mit der Axt erst eine seiner Kniekehlen und ließ dann, als er stürzte, einen Hieb folgen, der ihm das Genick durchtrennte.

Er stieg über den sterbenden Mann hinweg und tötete den, den er zuvor verletzt hatte. Sie hatte gesagt, es seien drei Männer hier oben, die Frau mit den Kindern, die Sklavenhalsbänder trugen. Make holte tief Luft, wischte sich den Schweiß aus den Augen, trat die nächste Tür auf und duckte sich, für den Fall, dass ihn Pfeile erwarteten.

Was ein wüster Angriffszug durch die Straßen gewesen war, wurde nun schließlich zu der Art von Schlacht, die ihnen allen vertraut war. Auf dem großen Platz von Segelstadt, wo sich sonst die Bürger der Stadt versammelten, standen mindestens fünfhundert Soldaten der Südtruppe beinahe genauso vielen aus der Ostgarnison gegenüber, in grellen Orangetönen von Feuern, Fackeln, brennendem Stroh und brennenden Wagen erleuchtet.

Die Verheißung der Morgendämmerung zog bereits über dem Osten herauf, als sich die zahlenmäßige Überlegenheit allmählich auszuzahlen begann – Make verfügte noch über Hunderte weitere Männer, die sich auf den Straßen zum Stadtplatz reihten, die er heranziehen konnte, wann immer einer der seinen fiel. General Skerris dagegen besaß nur die Mindestzahl an Soldaten, die nötig war, um die Stadt besetzt zu halten, und zusätzlich jene Zivilisten, die gierig oder dumm genug gewesen waren, um sich als Gegenleistung für die damit verbundene Macht – und um ihre Sklavenhalsbänder loszuwerden – zur Roten Freude zu bekehren.

Als sei es von den Göttern so vorherbestimmt gewesen, trafen die beiden Offiziere im allgemeinen Getümmel direkt aufeinander. Make hatte einem toten Soldaten einen Schild abgenommen, und er stieß hinter seinem Schutz ein lautes Knurren aus, als er sah, wie sich Skerris' gewaltige Gestalt durch die Reihe auf ihn zuschob.

»Verräterischer Bastard!«, brüllte Make und schwang sein Schwert. Das erste klirrende Aufeinanderschlagen ihrer Klingen ließ Männer auf beiden Seiten des Kampfes hastig davonhuschen und in Deckung gehen, und um sie beide herum öffnete sich eine freie Fläche, auch wenn die Schlacht zu beiden Seiten weitertobte. Make blendete all die übrigen Kämpfe aus und konzentrierte sich einzig und allein auf Skerris und das direkte Umfeld sowie jedweden feindlichen Soldaten, der so aussah, als wolle er womöglich versuchen, ihm einen Dolch in den Rücken zu rammen. »Los, lass uns tanzen, du Mistkerl.«

Skerris grinste, stopfte so viel von seiner Körperfülle, wie es irgend ging, hinter seinen Schild und griff an. Er ging ihn erst von unten an, dann warf er sein Handgelenk im letzten Moment herum, sodass sein Schwert einen Bogen nach oben beschrieb. Make hatte seinen Schild gerade herabsacken lassen, um seine Beine zu schützen, als sich die Schwertspitze plötzlich über dessen oberen Rand bohrte, um ihn im Gesicht zu treffen. Er wich dem Hieb aus und riss den Schild wieder in die Höhe, um die Klinge nach oben und von sich weg zu schlagen. Für einen kurzen Moment geriet Skerris dadurch für ihn außer Sicht, und der General nutzte den Augenblick, um seinen eigenen Schild nach unten knallen zu lassen, direkt auf Makes Fuß. Das vernehmliche Knacken von Knochen war zu hören, und der Schmerz schoss sein Schienbein empor.

Make brüllte auf und schlug über den oberen Rand von Skerris' Schild. Seine Klinge prallte quietschend am Brustpanzer des Generals ab, schlitterte zur Seite und traf ihn an der Armbeuge. Skerris zischte einen Schmerzenslaut, ließ sich von der Wunde jedoch nicht aufhalten.

Der General der Osttruppe verschanzte sich wieder hinter seinem Schild und bereitete sich auf den nächsten Angriff vor, und Make folgte seinem Beispiel. Er konnte neu aufflammende Kämpfe rechts und links von sich hören, weigerte sich aber, sich von ihnen ablenken zu lassen, und biss die Zähne zusammen, um gegen die heiße, pochende Qual in seinem Stiefel anzukämpfen.

Er nahm die leichte Gewichtsverlagerung wahr, die den kommenden Angriff anzeigte, und im nächsten Moment attackierte ihn Skerris schnell und brutal auf seiner Rechten. Er verteidigte sich, spürte durch den auf seinem Schwert lastenden Druck, dass Skerris versuchte, ihn zur Seite zu drehen, sodass er sich von der Flanke her für den Feind angreifbar machte. Make leistete ihm Widerstand, warf sich dem Angriff entgegen, statt zurückzuweichen, vereitelte Skerris' Schwertattacken, bevor dieser sie zu Ende führen konnte, und zwang den General dadurch zu kurzen Abwehrparaden.

Make war jünger und durchtrainierter als Skerris, und so setzte er ihn mächtig unter Druck. Es hätte nur noch den einen oder anderen Schlagabtausch gebraucht, und Skerris hätte sich entweder ergeben müssen oder Make den tödlichen Streich landen können, doch dann schoss ein Speer an der bulligen Schulter des Mannes von der Osttruppe vorbei und schlug in den oberen Rand von Makes Schild. Splitter bohrten sich in seinen Mund und seine Augen, und der Speer hatte sich tief ins Holz gegraben. Ein junger Leutnant kam an seine Seite gesprungen und bot ihm stattdessen seinen eigenen Schild an. Make warf seinen Schild nach Skerris, schlüpfte mit der Hand in die Riemen des neuen und stieß den Jungen mit einem Schulterrempler aus dem Weg, bevor er aufgespießt werden konnte.

Make rutschte aus, sein gebrochener Fuß nur noch schreiende Pein. Er sackte auf ein Knie. Sah Skerris' Angriff kommen, unaufhaltsam.

Die Welt verlangsamte sich, sein Atem stockte. Er sah den Schweiß auf Skerris' rosigen Wangen, sah, wie sich der Schein des Feuers auf der Klinge seines Schwertes spiegelte, als es auf ihn herabsauste wie ein tödlicher Blitz.

Make stieß seinen Schild über seinem Kopf in die Höhe und stach seinerseits zu.

Skerris' Schwert kam über ihn, und Metall kreischte, und Holz barst, und Make kreischte ebenfalls, stemmte sich dem Hieb entgegen. Das Schwert traf mit voller Wucht. Die Erschütterung des Aufpralls lief durch seinen Schwertarm, als seine Klinge nach oben stach, unter Skerris' Brustpanzer und in sein Gedärm, und dann immer weiter hinein, fast bis zum Heft. Im gleichen Moment ging auch eine Erschütterung durch Makes linken Arm, und da war das widerwärtige Geräusch eines zerbrechenden Schildes, der ihn schutzlos zurückließ.

Und dann Stille, der Augenblick wie ein vollendet gemaltes Bild.

Eine Pause, die ein ganzes Leben zu währen schien, dann kippte Skerris um wie ein verdammter Baum; das Krachen und Klirren seiner überdimensionierten Rüstung und das Aufklatschen von all dem vielen Fleisch auf dem Stein waren genug, um den in der Nähe befindlichen feindlichen Soldaten allen Mut zu rauben und Make zu beweisen, dass er immer noch lebte, zumindest vorerst.

Er rappelte sich hoch, schüttelte sich den zerbrochenen Schild vom Arm und zuckte zusammen, als es dabei in seinem Ellbogen knackte. Soldaten sprangen vor, um ihn zu schützen.

Skerris gurgelte Blut aus dem Mund, und noch mehr Blut quoll in einem stetigen Strom unterhalb seines Brustpanzers hervor. Make spielte mit dem Gedanken, ihn einfach verbluten zu lassen, wusste aber auch, dass nicht einmal ein Verräter so viel Schmerz verdiente. Er setzte ihm die Schwertspitze auf die füllige Kehle.

Skerris bleckte rote Zähne. »Meine Füße sind auf dem …«

Make rammte ihm das Schwert ins Fleisch, schnitt ihm Worte, Luft und Leben ab, dann zog er das Schwert wieder heraus und wischte das Blut von der Klinge. »Legt eure Waffen nieder«, brüllte er mit rauer, brennender Kehle. »Ergebt euch, und wir werden Milde walten lassen. Widersetzt euch, und ihr werdet bis auf den letzten Mann niedergemäht. Ganz, wie ihr wollt.«

Die Sonne ging über einer verwüsteten Stadt auf, die brannte und von Leichen übersät war – und über einer Stadt, die befreit war.

Dutzende von Soldaten der Osttruppe sowie zahlreiche Stadtbewohner, die sich zu den Roten Göttern bekehrt hatten, hatten sich in einer Seilerei verbarrikadiert. Zivilisten, die sich aus ihren Häusern gewagt hatten, während die Schlacht im Stadtzentrum tobte, hatten das Gebäude umstellt und brennende Fackeln auf das Dach geworfen sowie in die Ballen aus trockenem, leicht entzündlichem Hanf, die davor aufgestapelt waren. So hatten sie die darin befindlichen Menschen bei lebendigem Leib verbrannt und jeden zu Tode geprügelt, der versucht hatte, den Flammen zu entkommen.

Aber nicht allein aufseiten der Osttruppe hatte es Verluste gegeben. Skerris hatte überall in der Stadt Schießstände errichten lassen, geheime Durchgänge und Fallen angelegt, die größer und gefährlicher als die Beinbrecher vor der Stadtmauer waren, und in der Dunkelheit und allgemeinen Verwirrung hatten ihm diese Vorrichtungen allzu gute Dienste geleistet. Make wusste noch nicht, wie viele Leute er verloren hatte, aber es waren mehr als erwartet. Mehr, als er sich leisten konnte.

Doch Corvus hat seinen einzigen Truppengeneral verloren. Er hat hier Hunderte von Soldaten verloren, die nun entweder tot sind oder sich ergeben haben, und er hat zudem das Heft des Handelns aus der Hand gegeben. Er hat die Illusion des Sieges, der scheinbaren Unbesiegbarkeit verloren.

Und ich habe endlich einen verdammten Kampf gewonnen.

Make stieß ein erschöpftes Schnauben der Belustigung aus. Er setzte sich auf einen Wassertrog auf dem Platz, müde bis ins Mark. Er versuchte, nicht darüber nachzudenken, wie viele Meilen er jetzt mit einem gebrochenen Fuß würde gehen müssen. Stadtbewohner und Soldaten trieben jene Kämpfer der Osttruppe zusammen, die sich ergeben hatten, und andere zerrten weitere Männer – und einige wenige Frauen – herbei, die sich hatten bekehren lassen und mit der Beaufsichtigung und Bestrafung der Sklaven betraut gewesen waren. Als die Stadt für die Besatzer verloren war, hatten sie ihre Knüppel weggeworfen und sich der Gnade ihrer Ortsgemeinschaft anheimgegeben. Genau wie die Menschen in der Seilerei mussten sie nun erfahren, wie viel eine solche Gnade wert war.

Make wies die Schmiede an, den Menschen schnellstmöglich die Sklavenhalsbänder zu entfernen, aber das schürte den Zorn der Leute noch zusätzlich. Jetzt, wo sie keine Sklaven mehr waren, brannte in ihnen das Verlangen nach Rache. Und Make wusste, dass er ihnen nicht erlauben durfte, diesem Verlangen nachzugeben. Er konnte hier keine weiteren Massaker gebrauchen; er brauchte Männer und Frauen, die wieder Rilpori waren.

Aber das bedeutete, dass es an ihm war, die Gefangenen zu bestrafen, und Make hatte keinen blassen Schimmer, was er mit ihnen anfangen sollte. In der Hitze der Schlacht, ja, da hatte er gewusst, wofür er kämpfte. Als er in der Schlacht vom Blutpasstal das Signal zum Generalangriff gegeben hatte, im Bewusstsein, dass er ein Massaker an den Mirak befahl, hatte er das ebenfalls gewusst, und es war die richtige Entscheidung gewesen. Hier und jetzt, wo es ihn nur nach Essen und Schlaf verlangte und nach einem Mittel gegen die Schmerzen in seinem Fuß, seiner Seite und seinem Ellbogen, ja eigentlich in überhaupt jedem verfluchten Teil seines Körpers, hatte er keine Ahnung, welche Strafe er seinen Landsleuten aus Rilpor zumessen sollte.

»Du solltest dich am besten schon einmal dran gewöhnen«, sagte Dalli, als er ihr seine Notlage eingestand. »Als König wirst du jeden Tag Recht sprechen müssen.« Sie stieß einen Seufzer aus und fuhr mit schmutziger Hand zuerst durch ihr eigenes Haar, dann durch seines und strich es ihm säuberlich aus der Stirn. »So ungeheuer königlich«, murmelte sie, und er brachte ein schwaches Kichern zustande.

Er ließ nach Hadir schicken und traf dann seine Entscheidung. »Haben wir irgendwelche Priester hier?«, rief er. Er würde keine Männer hinrichten lassen, die sich ergeben hatten, selbst wenn sie es verdienten. »Priester der Tänzerin? Und, bitte, auch sämtliche Ältesten der Stadt.«

Schließlich fanden sich ein Priester und zwei Älteste, eine Frau und ein Mann. Make zwang sich, aufzustehen und dem alten Priester seinen Platz zu überlassen: Der Mann sah aus, als sei er noch wackeliger auf den Beinen als Make selbst.

Besser, du kommst gleich direkt zur Sache. Zögern macht die Sache für sie nicht besser.

»Älteste, versammelt eure Leute, klaubt eure Habseligkeiten zusammen – alles, was ihr tragen könnt. Treibt euer Vieh zusammen und erntet an Feldfrüchten, was immer ihr könnt. Und dann macht euch alle so schnell wie möglich auf den Weg zu der verlassenen Stadt am See der Tänzerin.«

Die drei starrten ihn an. »Unmöglich«, stotterte die Frau, während Hadir zustimmend brummte und Make anerkennend zunickte.

»Euch bleibt Zeit bis zum Einbruch der Nacht«, fuhr Make fort. »Es tut mir leid, ich weiß, es ist schwierig, aber wir können nicht die Soldaten erübrigen, die zu eurem Schutz notwendig wären. Die Mirak werden die Stadt zurückerobern und euch erneut versklaven. Sie könnten womöglich jeden Einzelnen von euch hinrichten. Eure einzige Rettung besteht darin, von hier fortzugehen.«

»Das ist unmöglich«, erklärte auch der männliche Älteste. »Wir werden niemals alle rechtzeitig abmarschbereit haben.«

»Die Truppe wird alles in ihrer Macht Stehende tun, um

Euch behilflich zu sein, aber der Befehl wird besser aufgenommen werden, wenn er von euch kommt. Ich danke euch.«

Die beiden Ältesten starrten ihn noch ein Weilchen mit offenen Mündern an, aber mehrere Soldaten führten sie davon und gaben ihnen keine weitere Gelegenheit zu protestieren.

Der Priester betrachtete ihn voller Entsetzen und fürchtete sich zweifellos vor dem, was Make nun von ihm verlangen würde. Make unternahm den Versuch, ihm beruhigend zuzulächeln. Nach der Reaktion des Mannes zu schließen, sah es wahrscheinlich genauso erzwungen aus, wie es ihm selbst vorkam. »Priester, ich möchte, dass Ihr sowohl etwas für mich als auch für diese umnachteten Narren tut, die dazu verlockt worden sind, einen falschen Glauben anzunehmen. Ich möchte, dass Ihr ihre Seelen rettet.«

Der alte Mann schob die Lippen vor und saugte dann an seinen verbliebenen Zähnen. »Das kann ich tun, aber was dann? Werdet Ihr sie für Eure Armee einziehen oder sie freilassen, damit sie auf uns Jagd machen können, wenn wir fliehen?«

»Weder noch. Meine Soldaten werden ihnen Halsbänder und Ketten verpassen, ganz so, wie Ihr sie getragen habt, und Ihr nehmt sie mit zum See der Tänzerin. Sie können die Latrinengruben ausheben und die Wagen und Karren ziehen und dort dann Schwerarbeit leisten, um die Stadt rechtzeitig für den Winter wieder aufzubauen, sollte sich dieser Krieg noch länger hinziehen.«

Hadir belohnte seine Worte mit einem weiteren zustimmenden Brummen, und Make fühlte sich gleich ein klein wenig besser. »Gebt ihnen zu essen und zu trinken und schlagt sie nicht. Behandelt sie besser, als sie Euch behandelt haben, und stellt sicher, dass Eure Leute das genauso halten. Sollte mir etwas anderes zu Ohren kommen …«

Der Priester stand auf und spähte zu Make hinauf, und auch wenn er altersbedingt Triefaugen hatte, so strahlten sie doch Zustimmung aus. »Drohungen dürften nicht notwendig sein,

Euer Majestät, auch wenn ihr Essen vielleicht schlechter sein wird als das von uns Übrigen.«

»Verstanden. Und was jene Männer betrifft, die das Angebot einer Errettung ihrer Seele ablehnen – gebt sie den Wölfen dort drüben in Gewahrsam. Allerdings hoffe ich, dass das nicht viele sein werden.«

Denn das sind diejenigen, die ich werde hinrichten müssen.

»Und wohin geht Ihr jetzt, wenn Ihr nicht hierbleibt, um uns zu beschützen?«, wollte der Alte wissen.

»Wir gehen den Krieg gewinnen«, antwortete Make und entließ ihn dann mit einer Handbewegung. Als sie allein waren, richtete er den Blick auf Dalli und Hadir. Der drahtige General hatte es geschafft, sich in der Schlacht kaum größere Verletzungen als eine verstauchte Schulter zuzuziehen. »Helft allen Leuten, die heute Hilfe brauchen, und seht zu, dass sie alle heute Abend bei Anbruch der Dämmerung aufbrechen, General. Wir werden für die Nacht hierbleiben und dann im Morgengrauen die Stadt verlassen. Ich will sicherstellen, dass keiner der Städter zurückzukehren versucht. Und ehe wir aufbrechen, brennt die Stadt nieder sowie sämtliche Getreidevorräte, die sich noch in den Scheunen befinden. Lasst auch die noch nicht abgeernteten Felder abbrennen. Wir dürfen nichts zurücklassen, was die Mirak gebrauchen könnten, wenn sie hierherkommen.«

Hadir verzog das Gesicht, salutierte jedoch und brach auf, um die Befehle weiterzugeben. Mit steifen Bewegungen ließ sich Make wieder auf den Wassertrog sinken und zuckte zusammen, als sein Fuß schreienden Protest anmeldete. Dalli nahm neben ihm Platz, einen seltsamen Ausdruck auf dem Gesicht.

»Was denn?«

»So sieht also ein König aus«, murmelte sie und versetzte ihm einen Stups. »Ich habe bisher noch nie einen aus der Nähe gesehen.«

CRYS

Mabon, erstes Jahr der Herrschaft von König Corvus
Kiefernschleuse, Nordseite des Flusses Gil, Viehland

Der Regen war so stark, dass er sie alle Schutz im Trockenen suchen ließ, bis auf jene, die Befehl hatten, draußen zu bleiben. Er prasselte durch die Luft herab und donnerte auf die Wasseroberfläche des Gil, verringerte die Sicht bis auf wenige Schritt über den Bug der Boote und Flöße hinaus. Er verbarg Crys und seine Armee aus Krikern vor den Wachposten, die sich in ihren durchweichten Umhängen in den wackligen Wachtürmen zusammenkauerten, die sie entlang des Flusses errichtet hatten.

Kiefernschleusee war eine geteilte Stadt, eine Hälfte auf der Südseite des Gil in der Westebene, die andere Hälfte auf der Nordseite im Viehland. Der Fluss, der direkt durch das Herz der Stadt strömte, ließ sich gut zum Fischen nutzen und bot hervorragende Möglichkeiten für den Handel – und jetzt trug er auf seinen Wassern die Männer und Frauen, die über beide Hälften der Stadt herfallen würden, um Kiefernschleuse von der gepanzerten Faust der Osttruppe zu befreien.

Crys wünschte, es wäre wirklich so, wie unter den Krikern geraunt wurde, und der Regen wäre sein Werk gewesen, aber die Wahrheit war, dass es einfach regnete, wie das im Herbst oft der Fall war – ein glücklicher Umstand, der ihm sehr zugutekam, den er aber in keiner Weise beeinflusst hatte. Er befand sich in dem Boot an der Spitze, einer Fischerbarke, gerammelt voll mit Kriegern, Ash an seiner Seite. Das Boot lag tief im Wasser, wie alle Boote, die sie in den vergangenen hektischen Tagen nach Verlassen des Wolfslandes beschlagnahmt oder neu gebaut hatten.

Er hatte fünfzehnhundert kampferprobte Krieger unter seinem Kommando, die Hälfte auf dem Wasser, der Rest in zwei Gruppen aufgeteilt, die über Land auf die Stadt zumarschierten, die eine von Norden, die andere von Süden her.

Die Tagundnachtgleiche vibrierte ihm durch die Adern, Gilgoras hielt das Gleichgewicht zwischen Tag und Nacht, die beide von genau gleicher Länge waren, so wie Crys zu gleichen Teilen menschlich und göttlich war. Er platzte fast vor Energie, sodass er am liebsten vom Bug gesprungen und an Land geschwommen wäre, um das Ufer hinaufzustürmen, zum nächsten Wachturm zu laufen und hineinzurennen, bewaffnet nur mit einem Messer und dem gerechten Zorn der Nacht, der Geknechteten, des Lichts. Doch das tat er nicht. Er saß still und gefasst da, sein Blick wanderte zwischen den Ufern hin und her, und er wartete auf den ersten Warnschrei, während ihm der Regen auf Kopf und Schultern prasselte und ihn durch Kettenhemd, Wams und Hemd, durch Hose, Socken und Unterwäsche hindurch bis auf die Haut durchnässte, sodass er bei jeder Bewegung ein schmatzendes Geräusch von sich gab.

Irgendwo Richtung Nachhut der Flotte befand sich das Boot mit Dom und Gilda, die mitgekommen war, um sich mit ihren Fertigkeiten als Heilerin nützlich zu machen und um den Stadtbewohnern Trost zu spenden; sie wussten nicht, ob irgendwelche Priester der Götter des Lichts am Leben gelassen worden waren.

Crys konnte den Calestar nicht einfach irgendwo hinter der Truppe zurücklassen, nicht solange er immer noch eine Rolle zu spielen hatte, aber ebenso wenig würde er das Risiko eingehen, ihn an der vordersten Front der Schlacht dabeizuhaben. Dom konnte gehen und laufen und sogar kämpfen, aber langsam und ungeschickt und nur als letztes Mittel. Wenn es so weit kam, würde ihn Gilda verteidigen, nicht umgekehrt.

Die nördliche Hälfte von Kiefernschleuse war die größere, und sie gingen davon aus, dass sich dort auch der Hauptteil der Besatzungstruppen befand, und so gab Crys Anweisung, dass das Boot jenes Ufer ansteuern sollte. Sie bewegten sich nur mit ihren Rudern und mit der Strömung, es gab keine Segel, die knarren und flattern und Blicke auf sich ziehen konnten, aber trotzdem hallte das Geräusch des Wassers, das gegen den Rumpf des Bootes schlug und den Regen übertönte, laut und durchdringend in Crys' Ohren wider.

Der erste Wachturm ragte aus der Nacht, in der Dunkelheit kaum sichtbar, wäre da nicht der zuckende orangerote Klecks oben auf dem Dach gewesen. *Schaut nicht her, schaut nicht her, schaut nicht …*

»Was ist das? Wer kommt da?«

Scheiße.

Ein zweiter Warnschrei ertönte von der anderen Seite des Flusses her, zweifellos war man dort vom ersten alarmiert worden. Nur ein halbes Dutzend Boote befanden sich bisher in Reichweite der Stadt, nicht genug, um das Ufer anzusteuern. Plötzliche Handgemenge auf beiden Wachtürmen, das dumpfe Aufschlagen von etwas Schwerem, das auf Holz knallte, und dann Stille. Crys grinste. Einige der Wölfe, die in ihr Sommerdorf zurückgekehrt waren, nachdem sie von ihren Verletzungen genesen waren, hatten sich nun seiner Armee angeschlossen, und er hatte sie mit der Aufgabe bedacht, die Wachposten auszuschalten. Sie hatten länger gebraucht, um unbemerkt durch die Stadt zu gelangen, als er gehofft hatte, aber mit ein wenig Glück würden sie alle Wachposten ausschalten können, bevor jemand deutlich Alarm schlagen konnte.

»Noch vier weitere Türme«, hauchte ihm Ash ins Ohr. Er hegte offensichtlich ganz ähnliche Gedanken.

»Aber wir werden nur bei den nächsten beiden in ihrem Blickfeld sein; wir legen an, bevor wir allzu nahe an die letzten zwei herankommen. Wenn sie uns schließlich bemerken, dann deshalb, weil wir mit gezückten Schwertern hinter ihnen stehen.« Er bemerkte das Glitzern von Ashs Zähnen; er grinste.

Natürlich erfüllte sich diese Hoffnung nicht. Der erste Warnruf musste von einer Fußpatrouille aufgeschnappt worden sein, denn entlang des Südufers zischten nun Pechfackeln auf, die sich schnell bewegten: Männer, die hin und her rannten. Und dann erhellte sich auch das Nordufer.

»Bogenschützen«, sagte Crys, und die Nachricht wurde leise von Boot zu Boot weitergegeben. Sie waren entdeckt worden, trotzdem gab es keinen Grund, den Feind wissen zu lassen, was sie planten. »Du gibst das Kommando«, fügte er an Ash gewandt hinzu, der mit gespanntem Kriegsbogen an der Reling lehnte. Die Bogensehnen würden in diesem Regen nicht lange halten, aber ein Dutzend Salven würden ihnen wahrscheinlich genug Zeit verschaffen, das Ufer zu erreichen.

»Schießt!«, brüllte Ash, und Pfeilschäfte flogen nach Norden und Süden, im Bogen durch die Nacht und den Fackeln und Wachtürmen entgegen. Ruderpinnen wurden herumgeworfen, und die Schar der Boote begann sich zu teilen, um beide Ufer anzusteuern. Jeder wusste, was er zu tun hatte; die entsprechenden Befehle waren bereits vor Stunden erteilt worden, und jetzt blieb ihnen nichts anderes mehr zu tun, als sich nach diesen Befehlen zu richten.

Und dabei zu vermeiden, selbst gerichtet zu werden.

Witzig, witzig, dachte Crys, aber seine Mundwinkel verzogen sich dennoch zu einem Lächeln. Seine Barkasse kratzte gegen die Kaimauer, und Crys sprang hoch und auf den Kai hinaus, zog an der Bugleine, um das Boot vollends längsseits zu bringen. Der Anker wurde ausgeworfen, und die Kriker sprangen an Land. Sie ließen eine Nachhut zurück, um ihnen den Fluchtweg zu sichern und die Boote zu schützen, und er führte den Rest, eine dunkle Flutwelle, vom Anlegeplatz weg, ließ seine Kämpfer nach rechts und links in die Stadt ausschwärmen.

»Für König Make!«, brüllte Crys. »Für die Tänzerin!«

»Fuchsgott, Fuchsgott, Fuchsgott«, erhob sich der Sprechgesang der Kriker, und ein Gefühl der Befriedigung durchströmte Crys.

Er wirbelte unter dem Speer des ersten Soldaten der Osttruppe herum und machte sich den zähen Schlamm zunutze, um seine Deckung zu unterlaufen, stach nach oben und fühlte, wie ihm heißes Nass über Kinn und Hals spritzte. Der Mann taumelte zurück und schaffte es dabei irgendwie, nicht umzukippen und seinen Speer in der Hand zu behalten; seine Waffe wühlte durch den Schlamm, versuchte Crys zu treffen, doch der parierte. Und er parierte erneut, ließ seinen Fuß nach vorn fahren und traf das Schienbein des Soldaten. Ein so fester Schlag, dass der Mann aufschrie, ausrutschte und zu Boden ging.

Crys rappelte sich auf die Knie hoch. Der Griff seines Schwertes war vom Regen und Schlamm ganz rutschig, und er packte die Waffe mit beiden Händen und rammte sie dem Soldaten in den Oberschenkel, durchtrennte Muskeln und Sehnen. Blut spritzte aus der Wunde, und Crys stand auf, trat den Speer des Mannes weg und raubte ihm mit einem weiteren Tritt das Bewusstsein.

Wachsam wirbelte er herum, aber die anderen waren bereits tot, und die Kriker grinsten ihn und einander an, als sei es das bereits gewesen, als sei ihnen der Sieg gewiss. Crys' Mund schmeckte nach Schlamm; er spuckte aus, winkte den anderen, ihm zu folgen, und rannte los. Sie waren noch lange nicht fertig.

»Gut geschossen«, sagte er, als Ash ihn eingeholt hatte.

Der Bogenschütze blies sich Regentropfen von der Nase. »Du sagst das, als wärst du überrascht«, erwiderte er, klopfte ihm dann auf den Rücken, legte einen Pfeil an die Sehne, spannte leicht den Bogen und zielte. So führte er Crys und seine Schar von Krikern durch die triefend nassen, schwarzen Straßen. Das Schmatzen ihrer Stiefel ging in dem unaufhörlichen Geprassel des Regens und dem Knirschen eines Wasserrades irgendwo in der Dunkelheit vor ihnen unter.

Die Straße, die auf dieser Seite des Gil vom Anlegeplatz wegführte, war breit und kurvig, eine gewundene Strecke, die viel zu viele uneinsichtige Winkel und schattige Gassen entstehen ließ, was Crys gar nicht gefiel. Ashs Pfeil zielte für eine Sekunde in jede Richtung, bevor er seinen Weg fortsetzte, aber so kamen sie nur langsam voran – zu langsam. Sie hatten vereinbart, sich auf dem Viehmarkt mit den über Land kommenden Truppen zu vereinen, doch nun verzögerte sich ihr Eintreffen. Crys tippte Ash auf die Schulter, sodass er stehen blieb. »Ich übernehme die Führung.«

»Auf keinen Fall«, protestierte Ash.

Crys deutete mit zwei ausgestreckten Fingern auf sein eigenes Gesicht. »Ich kann sehr gut sehen. Du könntest mit der gleichen Wahrscheinlichkeit einen Verbündeten erschießen wie einen Soldaten der Osttruppe. Nimm's mir nicht übel.«

Es war die Wahrheit, und Ash war professionell genug, um Crys beizupflichten. Er schlang sich seinen Bogen um die Schulter und zückte stattdessen Handaxt und Messer, bevor er Crys bedeutete weiterzugehen. »Na schön. Aber ich gebe dir Flankenschutz.«

»Etwas anderes kommt für mich auch gar nicht infrage«, erwiderte Crys. Sie bewegten sich auf der sich windenden Straße wie Schatten durch den Regen und lieferten sich schon bald ein Scharmützel mit einer Gruppe von Soldaten der Osttruppe, auf die sie zufällig gestoßen waren. Der Kampf war kurz und erbittert und sehr einseitig. Die feindlichen Soldaten waren größtenteils unbewaffnet und noch völlig verschlafen, sie waren aus ihren Betten gejagt und direkt in ein Unwetter und eine Schlacht geschickt worden. Schließlich mündete die Straße in eine weite, offene Fläche aus zertretenem Gras, und sie hielten an deren Rand an, gingen in Deckung und spähten über den Freiplatz hinaus.

»Die Getreidespeicher befinden sich auf der anderen Seite«, erklärte Crys. »Wir rennen direkt hinüber, ohne anzuhalten.«

Weitere Kriker kamen aus den Straßen geströmt, um sich ihnen anzuschließen, und dann waren sie in Sichtweite der riesigen, hoch aufragenden Scheunen. Fackeln leuchteten am Rand der Grünfläche auf, und Soldaten der Osttruppe stürmten auf sie zu, drei kompakte Reihen hintereinander.

»Zurück!«, brüllte Crys, aber weitere feindliche Soldaten kamen von Norden und dann auch von Osten. Der einzige Ausweg führte nach Westen und zum Fluss – nach Westen und die gewundene, finstere Straße hinunter. Das würde den Vormarsch des Feindes verlangsamen, die Soldaten zwingen, sich aufzuteilen, doch auf Crys' Seite würde es dasselbe sein. Nach Westen oder kämpfen. Wegrennen oder sterben.

»Halt!«, brüllte er, als sich Panik unter den Kriegern auszubreiten drohte, sich Männer in Bewegung setzten und taumelnd ineinander rannten. »Stillgestanden! Bogenschützen, der Osten gehört euch. Nagelt sie fest und haltet sie unter Kontrolle. Ash, du übernimmst das Kommando – sieh zu, dass sie uns nicht in die Flanke fallen. Und jetzt bewegt euch.«

Ash warf ihm einen zweifelnden Blick zu, aber er tat wie geheißen.

»Dreihundert Mann kommen mit mir. Formiert euch, wir greifen von Süden her an. Der Rest von euch kommt von Norden anmarschiert.« Jetzt, wo sie sich dem Feind angenähert hatten, konnte er dessen Truppenstärke abschätzen. »Wir sind in der Überzahl«, bellte er, »also achtet darauf, dass sie sich nicht gegenseitig Verstärkung schicken können. Haltet sie getrennt, greift sie getrennt an, und wenn sie sich ergeben wollen, geht auf ihr Angebot ein. Los jetzt!«

Obwohl sie keine Soldaten waren, formierten sich die Kriker mit schwindelerregender Schnelligkeit und leisteten Crys' Befehlen Folge, als stünden sie schon seit Jahren unter seinem Kommando. Die Bogenschützen lösten sich von den übrigen Kämpfern und formten ihren eigenen kleineren Block zwischen den beiden Kampfreihen. Binnen Sekunden sandten sie durch die Nacht Pfeile in die vorrückenden feindlichen Soldaten hinein, die ihre Schilde hochrissen und ihre Vorwärtsbewegung fortsetzten. Einige wenige reagierten mit eigenen Pfeilen, und weitere kamen aus dem Süden und Norden, aber ihre Pfeile wurden im Gehen und ins Dunkel hinein abgeschossen, und viele verfehlten ihre Ziele bei weitem.

Crys schob sich aus der Linie hinaus und lief dann ihre volle Länge ab, überprüfte den Untergrund, die Geschlossenheit des Schildwalls, die Kampfbereitschaft seiner Krieger. Auf seiner Linken riss eine Bogensehne, und eine Frau fluchte über den erlittenen Verlust, ließ den Bogen fallen und drängte sich stattdessen in die nördliche Kampflinie hinein.

Stehen bleiben. Genau hier.

Crys stoppte seine Vorwärtsbewegung und stellte sich dem voranpreschenden Feind entgegen. Der Ansturm von Süden war der stärkste, mit den meisten Soldaten, und sie donnerten und schlitterten ihnen entgegen. *Sollen wir spielen, Füchslein?*, fragte er, ließ die Schultern kreisen und schüttelte Regentropfen von seinem Schwert.

Er spürte das Lächeln in seinem Inneren. *Oh ja, lass uns spielen.*

Crys drehte den feindlichen Soldaten den Rücken zu und schaute über die Köpfe seiner Kampflinie und der zweiten Linie dahinter hinweg. Der Feind, der sich von Norden her näherte, war weiter entfernt, rückte langsamer vor, bahnte sich vorsichtig einen Weg über die Grasfläche. Vielleicht um den selbst gelegten Fallen auszuweichen.

Wenn du den Vormarsch von Süden her aufhalten kannst, wo du es mit der stärksten Streitkraft zu tun hast, wird auch der Rest zu straucheln beginnen. Dann lass deine Soldaten kehrtmachen und verstärke die Front im Osten und im Norden und reibe auf, was an Feinden noch übrig ist.

Er machte drei weitere Schritte nach vorn und fing an, mit seinem Schwertknauf auf die Innenseite seines Schildes zu schlagen. Die Kriker nahmen den Rhythmus auf und begannen dann im gleichen Takt mit den Füßen zu stampfen. Der Lärm wurde lauter und lauter, und einige der feindlichen Soldaten verlangsamten ihr Tempo, warfen einander verstohlene Blicke zu. Ihre Kriegsrufe blieben ihnen mehr und mehr im Halse stecken, ihr Vorrücken wurde stockender, ihre Linie wölbte sich nach innen, bis …

»Südflanke«, brüllte Crys, »Keilformation. Mir nach!«

Während Crys' Dienstzeit in der Südtruppe hatte er sich so manche Scharmützel mit den Krikern geliefert, die er jetzt zu seinen Verbündeten zählte, und er kannte ihre Kampffähigkeiten genau, doch die Soldaten der Osttruppe schien die Schnelligkeit zu überraschen, mit der die Kriker ihre Formation wechselten. Ein sichtbares Zögern durchlief ihre Reihen, bevor sie ihren Vormarsch fortsetzten.

Crys donnerte durch das Gras auf sie zu, und ihre Linie erstarrte. Schilde schoben sich aneinander, und er zog den Kopf ein, und dann war er mitten unter ihnen, knallte mit seinem Schild und seiner gepanzerten Schulter in drei Männer hinein, schlug mit seinem Schwert um sich, als sei es eine Keule, und stach dann zu. Seine Geschwindigkeit trug ihn bis in die zweite und fast noch in die dritte Reihe, bis ihn das versammelte Gewicht ihrer Körper zum Halten brachte.

»Fuchsgott, Fuchsgott, Fuchsgott!«, erhob sich der Sprechgesang erneut, als der von den Krikern gebildete Keil sie alle vorantrieb. Crys gewann noch ein paar weitere Schritte an Boden und sah, wie der Ruf in den Augen der feindlichen Soldaten die blanke Angst aufflammen ließ. Sie waren in Rilporin gewesen; sie hatten gesehen, was er dort getan hatte, wer er war. Der Mann, der gegen einen Gott gekämpft hatte. Der Mann, der selbst ein Gott war.

Osttruppler wichen entsetzt vor ihm zurück, schlugen hektisch mit ihren Waffen um sich, um ihn von sich fernzuhalten, und eine urtümliche religiöse Furcht lag auf ihren Gesichtern. Crys brach dem Nächststehenden mit seinem Schildbuckel die Knochen, unterlief die Deckung des nächsten mit einem von unten nach oben geführten Schwertstreich, der dem Mann in den Oberschenkel drang, zog die Klinge heraus und versenkte sie in die Rückseite eines Arms, zog sie erneut heraus, führte den nächsten Hieb dann in die andere Richtung und hämmerte dem Mann dort das Heft so tief in den schreienden Mund, dass Crys seine Zähne unter seinen Fingern spüren konnte. Riss das Schwert heraus, während zersplitterte Zähne um ihn herumflogen, und schlug erneut nach dem Soldaten, traf zwischen Schultern und Hals, sodass der Mann in die Knie ging. Versetzte ihm einen Tritt, sodass er flach auf dem Rücken lag, und sprang über ihn hinweg, überließ ihn den Krikern hinter ihm, die ihm im Vorwärtsdrängen den Garaus machten. Er zerteilte die Reihen der Feinde so mühelos wie ein Hund, der Schafe auseinandertreibt.

Er watete weiter, durch Menschen, durch den Regen, den Schlamm und das rutschige Gras, bewegte sich mit einer aus seiner Göttlichkeit rührenden Geschwindigkeit, mit der der Rest der Keilformation nicht mithalten konnte; Seh- und Geruchssinn arbeiteten zusammen, um ihn vor der nächsten Bedrohung zu warnen, sagten ihm, wann er sich ducken musste, wo er hintreten sollte, wie er sich zu bewegen hatte. Crys war voller Leben inmitten des Todes, den er austeilte, voller Leben, wie er es so noch nie zuvor gewesen war. Die Soldaten der Osttruppe starben vor und unter ihm in Scharen, bis sie sich plötzlich, ohne Vorwarnung, ohne dass ein Befehl ergangen wäre, zur Flucht wandten.

»Holt sie euch, sie gehören euch!«, brüllte Crys den Kriegern in seinem Rücken zu und hörte eine Welle der Zustimmung sich erheben wie ein Sturm, und dann rasten sie an ihm vorbei, in ungebrochener Formation, die sich erst auflöste, als sich die Sache zu einem Wettrennen gestaltete, wer wohl die fliehenden Soldaten als Erster würde erreichen können.

Im Osten wurden die Bogenschützen hart bedrängt, auch wenn sie die Reihen derjenigen, die auf ihre Stellung vorrückten, gründlich aussiebten. Er sprang Ash links an die Seite, und im gleichen Moment erwischte der hochgewachsene Bogenschütze mit seiner Handaxt ein Schwert und schlug es weg. Ashs Messer schnitt derweil dem Angreifer ins Handgelenk, und Blut spritzte in die Nacht hinaus.

»Alles in Ordnung?«, fragte Crys in der kurzen Pause, ehe der nächste angestürmt kam.

Ash wischte sich den Schweiß weg und wandte den Blick vom Feind ab, um Crys nach Wunden abzusuchen.

»Bei mir ist alles bestens. Kannst du hier noch ein Weilchen die Stellung halten?«

»Ja, aber nicht zu lange, denkt dran«, mahnte Ash. »Und pass auf dich auf.«

»Du auch.« Crys gab Ash während der nächsten zwei kurzen, aber harten Kämpfe Flankenschutz und schlich sich dann davon, als die Angriffe zwischenzeitlich abflauten. Die Osttruppe war diszipliniert, und die Soldaten waren kampferprobt, doch sie waren in der Unterzahl und voneinander getrennt, nicht in der Lage, eine abgestimmte Offensive durchzuführen. Würde es den Krikern gelingen, die Kampflinie im Norden zu brechen, hätten sie die Schlacht für sich entschieden.

Der Regen ließ ein wenig nach, als sich Crys zur Linie der Schild an Schild mit dem Feind kämpfenden Soldaten gesellte, die zunehmend in Bedrängnis zu geraten schienen. Auf Feindesseite war die Kampfeskraft gleichmäßiger verteilt, und die Soldaten der Osttruppe hatten den Schwung ihrer Vorwärtsbewegung im Rücken. Crys sah eine Frau zu Boden sinken, einen Speer in der Brust, und dann einen Mann, der einen Axthieb ins Gesicht bekam, und er wartete, dass das silberne Licht aus ihm emporstieg und seine göttlichen Kräfte aufzehrte, während er sie heilte. Doch das Licht blieb aus.

Füchslein? Können wir nicht etwas wegen der Verletzten unternehmen? Füchslein?

Sein Schwertarm sank herab, während sich seine Aufmerksamkeit nach innen richtete. Sie waren zusammen wie immer, bewegten sich, atmeten und stürmten vorwärts wie ein einziges Wesen, aber da war eine … Weigerung zu heilen, ein Stein in seiner Brust, der sich nicht wegwälzen ließ, und unter ihm das Reservoir aus Quecksilber, aus erneuertem Leben.

Ein Soldat nutzte seinen Moment der Unaufmerksamkeit und schlug mit voller Wucht zu, so fest, dass ein heftiger Ruck das Schwert in Crys' Hand erschütterte. Erst im letzten Moment bekam er es wieder zu fassen, legte die Finger hastig um das Heft, aber der Mann holte bereits erneut mit seinem Schwert nach ihm aus, und es blieb keine Zeit, den Hieb zu parieren, da Crys die Klinge immer noch nicht fest im Griff hatte. Er stieß seinen Schild nach vorn, um den Streich abzufangen, doch die Bewegung war zu langsam und ließ seine linke Seite, wo niemand war, um ihn zu verteidigen, ohne Schutz. Da war kein Ash an Ort und Stelle, nicht wie sonst – wie eine Erweiterung seiner selbst, sein zweites Paar Arme, Augen und kräftige Beine.

Der Schild war vor seiner Brust und verteidigte ihn weder nach der linken noch nach der rechten Seite, als sich die Klinge in ihn hineinbohrte, ihm unter seinem Schwertarm tief ins Fleisch drang, während ihn die Wucht der durch seinen Kettenpanzer hindurchgehenden Erschütterung einen Schritt zur Seite warf – zur Seite und hinein in die nächste Klinge, die nun genau aus dieser Richtung kam, ein doppelter Aufprall wie ein Herzschlag, *bumm-bumm.*

Ein animalisches Heulen erhob sich, nicht von ihm, sondern von den anderen kommend, und Crys war auf den Knien und konnte nicht atmen, ihm war, als seien seine Rippen mit Pech bestrichen und angezündet worden. Sein Mund öffnete sich, aber die Luft war ihm versperrt, und sein Schwert wog mehr als die ganze Welt, und sein Schild ruhte sich einfach nur aus, der untere Rand im Dreck, die Oberkante an Crys' Wange.

Die Kriker hielten in ihrer Vorwärtsbewegung inne. Die Osttruppe schrie.

Füchslein? Nichts.

Füchslein?

Die Klingen stießen erneut auf ihn ein.

DOM

Mabon, erstes Jahr der Herrschaft von König Corvus
Kiefernschleuse, Nordufer des Gil, Viehland

Weit hinter der Front zurückgelassen wie ein kleiner Junge mit seiner Amme.

Dom stand auf der Kaimauer, sein Schwert in der rechten Hand. Es war unvertraut, alles daran falsch und unbeholfen, und es warf ihn aus dem Gleichgewicht. Trotzdem hatte er darauf bestanden, dass Gilda einen Faustschild an die Überreste seines linken Armes schnallte; wenn er reflexhaft reagierte und mit der Linken zuschlug, bestand so zumindest die Chance, dass er einen Feind damit im Gesicht treffen konnte.

Etwa zwanzig Kriker hatten sich vor ihm über die Anlegestelle verteilt und bewachten die Boote, die ihre einzige Fluchtmöglichkeit waren, sollte sich ein Rückzug nicht mehr vermeiden lassen, und Dom wusste, dass sie und nicht er es sein würden, die die Flotte retteten, falls es hier zum Kampf kam.

Er versuchte ein weiteres Mal, seine Verbitterung herunterzuschlucken, aber es schien, als sei er zu sehr von ihr erfüllt, um noch mehr herunterwürgen zu können, und sie schäumte hoch und legte sich auf seine Zunge wie Säure. Rechts von ihm stand Gilda, im Regen zusammengekauert, die schwieligen Hände um den Schaft des alten Speers gelegt, der ihr seit neuestem als Gehstock diente. Sein oberes Ende, das sie zu einer bequem in der Hand liegenden Rundung geschmirgelt hatte, hatte genau die richtige Höhe für sie, um ihr Kinn darauf zu stützen, und ebendas machte sie jetzt. Für alle Welt musste sie den Anschein einer alten Frau machen, die auf einem sommerlichen Feld eine Herde Ziegen bewachte.

Dom spuckte in den Schlamm zu seinen Füßen und versuchte, den Geschmack der Schmach loszuwerden. Eine Schmach, die ihn wütend machte, und Wut machte ihn selbstbesessen, und das erinnerte ihn nur wieder an all das, was er getan hatte, und wieder erfüllte ihn ein Gefühl der Schmach. Eine kräfteraubende Endlosschleife von Emotionen, und unter alledem lockte und schmeichelte, immer vernehmlicher, der Ruf des Blutes. Wurde stärker. Gebieterisch. Wie immer setzte Dom ein Bild von Rillirins Gesicht zwischen ihn und diesen Ruf, eine Vorstellung von ihrem gemeinsamen Kind und ihrer Zukunft, vom Leben, das sie zusammen führen würden, wenn alles vorbei war. Es war seine Methode, seine Seele zu umhegen, das Licht in ihm zu nähren, dieses schwache Kerzenflackern, das sich so winzig und tapfer gegen die drohende Dunkelheit erhob.

Kerzenflackern.

Ein Aufflammen von Feuer links von ihm, und Dom wandte den Blick ab und presste die Augen fest zusammen, um zu verhindern, dass sich das Feuer in seinem Inneren einnisten konnte. Zu spät. Er sprang auf, riss die Arme auseinander, und die Luft entwich ihm mit einem langgezogenen Stöhnen aus der Lunge, sein Schwert wirbelte im Schlamm davon.

Ein »Nnnnein« entrang sich seiner zugeschnürten Kehle, an seiner geschwollenen Zunge und den zusammengebissenen Zähnen vorbei. »Nnnnein.«

»Dom?« Gilda war an seiner Seite. »Gut, gut, setzen wir dich auf den Boden«, sagte sie, aber er setzte sich weniger hin, als dass er zusammenbrach, und nur noch unscharf nahm er das Aufschlagen seines Steißbeins und dann der Schulterblätter wahr.

Feuer toste in seinem Kopf, kochte in seinen Augen und seinem Gehirn, toste und brüllte, bis er schrie. Er spürte, wie die Krämpfe einsetzten, sein Rücken krümmte sich, sein Bauch streckte sich nach den Wolken aus. Er fühlte Gildas Hände auf sich, voller leidenschaftlicher Besorgnis, voller Liebe, und dann riss ihn die Göttin aus ihren Armen, riss ihn mit sich.

Über allem lag ein goldener Schein, überirdisch und ohne Lichtquelle, als sei Dom ein Docht in der Mitte einer Flamme. Wildblumen, Kiefernharz, fruchtbarer Boden, der metallische Geschmack von Blut und das Ozon von Blitzeinschlägen, all das hing in seiner Nase, während das Geräusch fließenden Wassers, Vogelgezwitscher und ein leiser Wind, der durch Blätter wisperte, in seinen Ohren sangen.

»Calestar«, raunte sie, ihre Stimme leise und liebevoll, und Dom krümmte sich zusammen.

»Lass mich zurückkehren«, keuchte er, von schwarzem Grauen erfüllt. »Bitte, ich habe dir nichts zu sagen. Du hast genug getan, hast mir genug Leid zugefügt. Lass mich zurückkehren.«

Die Augen der Tänzerin waren weise und uralt in ihrem jugendlichen, lachenden Gesicht, und sie raubten ihm all seine Geheimnisse, auf ganz ähnliche Weise, wie es die Dunkle Dame getan hatte. Eine göttliche Schändung, die ihm immer wieder aufs Neue widerfuhr, notzüchtigte den Menschen, der er wirklich war, vergewaltigte, was er war, ohne an die Folgen zu denken oder an seine eigenen Bedürfnisse. Sie nahmen sich, was sie wollten, und ließen ihn ausgehöhlt und leidend zurück. War die eine Gottheit letztendlich denn überhaupt besser als die andere?

»Du bist voller Schmerz, mein Kind. Und du hasst.«

»Ich hasse dich«, zischte Dom mit so viel Gift, wie er aufbringen konnte, während die Liebe der Tänzerin – umfassend, tief und erdrückend – in seine Adern drang und seine Gedanken, seine Gefühle erstickte. Ihn mit Liebe umhüllte. Lähmte.

»Wir sind dem Ende so nahe, Calestar«, sprach sie. »Du musst nur noch ein kleines Weilchen durchhalten.«

»Ich kann erst sterben, wenn du es sagst, verhält es sich jetzt so? Verurteilt zu leben, bis du mich ausgewrungen hast wie einen verdammten Lappen, bis du das letzte bisschen Freude und Verheißung aus meinem Leben gesaugt und von mir nicht mehr als eine leere Hülle zurückgelassen hast? Ist es das, was du willst? Ist es das?« Er drosch mit den Fäusten auf sie ein, und sie umfing ihn nur noch fester, ließ sich von seiner Gegenwehr nicht beirren, bis er sich in ihren Augen verfangen hatte, eine Fliege in einem Netz. »Du reißt mich auseinander. Ihr alle, wieder und wieder, zerfetzt mich in Stücke.« Seine Stimme stockte, und er schluchzte. »Bitte, hör auf damit.«

»Du darfst nicht wieder zur Wegstation gehen, Calestar«, sagte die Tänzerin mit ihrer lieblichen, jung-alten Stimme.

»Das habe ich Gilda bereits versprochen.«

»Und jetzt musst du es mir versprechen«, verlangte sie. »Nur Schmerz erwartet dich dort.«

Dom wehte der Geruch von Ruß entgegen – hier etwas ganz Unerwartetes –, und er rümpfte die Nase. Aus dem Augenwinkel erhaschte er, was vielleicht ein Aschewölkchen gewesen sein könnte, eben noch da und dann verschwunden. Mit zusammengekniffenen Augen konzentrierte er sich wieder auf sie, ließ seinen Zorn aufsteigen, um alles andere vergessen zu machen.

»Du hast mir einmal gesagt, mir sei ein großes Schicksal vorherbestimmt. Du hast mir gesagt, ich würde große Dinge vollbringen, aber da ist nichts Großes an Mord, Verrat und Abfall vom Glauben. Nichts von alledem, was ich getan habe, war groß; nichts davon hat meinem Volk oder jenen geholfen, die im Licht stehen. Ich habe uns an den Rand des Untergangs geführt. Uns alle dem Untergang geweiht. Und kein anderer als du selbst ist es gewesen, der mich diesen Weg hat einschlagen lassen. Du, die mich so tief in das Blut gestoßen hat, dass ich darin ertrinken konnte, und als ich dich dann angefleht habe, mir herauszuhelfen, hast du dich von mir abgewandt.« Er entwand sich ihrer Umarmung und hob seinen zitternden, anklagenden Zeigefinger. »Du hast mich ihr übereignet, und jetzt sagst du mir, ich dürfe nicht mehr zu ihr hingehen? Wo bleibt *mein* freier Wille? Wann darf *ich* einmal entscheiden?«

»Du hast all die Dinge, die du getan hast, nicht wirklich verstanden«, entgegnete die Tänzerin, »und du wirst es in diesem Leben auch nicht mehr verstehen. Was die Sünden betrifft, die du begangen hast, so bleibt dir immer noch Zeit. Du kannst alles ändern, alles wiedergutmachen. Ich habe dir einmal die Dinge gezeigt, die du würdest tun müssen, doch du hast dagegen angekämpft.«

»Da hast du verdammt noch mal recht, ja, das habe ich«, schrie Dom. »Du hast behauptet, du hättest mir alles gezeigt. Doch das hast du nicht, du hast mir nicht einmal auch nur einen Vorgeschmack davon gegeben, was ich würde überleben müssen. Hast mir nicht einmal einen Hauch jenes Grauens vermittelt, in das du mich da hineingezwungen hast.«

Die Tänzerin legte ihre kühlen Hände links und rechts an seinen Schädel und ließ ihn ruhig werden, beendete seine inneren Kämpfe. »Und jetzt werde ich dir auch noch den Rest zeigen«, verkündete sie, und auch wenn Bedauern in ihrer Stimme mitschwang, war da doch keine Entschuldigung. »Und wenn du dagegen ankämpfst, wenn du das hier aufgibst, dann ist wahrhaftig alles verloren. Gosfath und die Dunkle Dame, meine aus der Art geschlagenen Kinder, werden sich erheben, während ihr Bruder und ich für alle Ewigkeit verloren sein werden. Und das willst du nicht, geliebtes Kind, was immer du jetzt denken magst, weder für die Welt noch für dich selbst.«

»Warte. *Warte!*« Dom packte ihre Handgelenke und zog seinen Kopf aus ihrem Griff. Ein Verdacht stieg in ihm auf, so schrecklich, dass er ihn kaum zu äußern vermochte. »Was soll das heißen – deine aus der Art geschlagenen Kinder?«

Kummer ließ die Züge der Tänzerin weich werden, und eine der Ranken in ihrem Haar welkte dahin und vertrocknete. Das Licht in ihrem Gesicht flackerte und wurde schwächer, und ein neuer Hauch von Brandgeruch drang ihm in die Nase.

Die Tänzerin saß inmitten ihrer Blumen und winkte ihm, sich zu ihr zu gesellen. »Vor Jahrtausenden waren die Dunkle Dame und Gosfath sterbliche Wesen. Nicht nur das – sie waren meine Priester, und ich habe sie sehr geliebt. Im Laufe der Zeit begannen sie sich zwischen mich und meine Anhänger zu stellen. Im Laufe der Zeit tranken sie heimlich Glauben und Macht in sich hinein, und dann kamen sie zu mir – so wie du jetzt bei mir bist –, und sie täuschten und beraubten mich. Büschel und Ranken und dann Seile und Drähte und große Fetzen von mir, von meiner Wesensessenz und meiner Liebe, und sie webten sich daraus ungeheuerliche Gestalten, die sie bewohnen konnten, und sie verlangten Opfer, denn nur Blut kann sie nähren und erhalten. Und so sind sie geworden, was sie sind.«

Stille legte sich über sie, während Dom ihre Worte zu verarbeiten suchte, eine Stille, die jetzt nicht mehr von Vogelgezwitscher oder lauen Winden gestört wurde. Es war das Schweigen des Begräbnishügels, das sich herabsenkt, nachdem Gewalt geübt und Blut vergossen wurde.

»Das … das alles ist deine Schuld?«, flüsterte er, und die Tänzerin – Göttin des Lichtes und der Liebe – fuhr bei seinen Worten zusammen. »Du selbst hast das getan, du selbst hast die Welt entzweigebrochen, hast über all die Jahre hinweg unnennbares Leid und den Tod von Millionen verschuldet? Und jetzt erwartest du von uns – von mir –, dass ich das für dich wieder in Ordnung bringe? Wie denn? Und warum sollte ich überhaupt?«

»Weil ich es nicht kann«, antwortete die Tänzerin. »Ich habe den größten Teil meiner mir verbliebenen Wesensessenz zum Weben des Schleiers hingegeben, der sie aus Gilgoras ferngehalten hat. Jetzt ist auch dieser Rest aufgebraucht, und meine Kräfte haben versagt. Der Schleier ist zerrissen, und auch wenn ich es versucht habe, habe ich die Dunkle Dame nicht daran zu hindern vermocht, sich zu nehmen, was sie von dir wollte. Und ohne dich – ohne Männer, Frauen und Kinder, die glauben – werde ich untergehen, und die Dunkle Dame wird sich erheben, und nicht einmal der Gauner kann sie ganz allein besiegen. Die Welt wird sich in ein Chaos aus Blut und Asche verwandeln. Götterdienst und Verzweiflung werden eins werden, für alle Ewigkeit miteinander vermählt.«

»Du selbst hast das getan«, wiederholte er, außerstande, irgendetwas anderes zu begreifen. »Du bist die Ursache für all das. Durch deine Blindheit, dein verzweifeltes Verlangen nach Liebe, nach Anbetung. Wie eine Zecke, die sich an einem Hund gütlich tut, ohne sich darum zu scheren, dass das Tier deinetwegen sterben wird. Du bist keinen Deut besser als diese Priester, die selbst Götter geworden sind. Wenn wir euch nur alle loswerden könnten …«

Der Kummer der Tänzerin wuchs, bis er die ganze Welt ausfüllte und auch Dom ausfüllte und sein Herz im Begriff stand zu bersten, und all seine zornigen Worte flogen wie Bienen aus seinem Mund und waren verschwunden.

»Ich habe die beiden geliebt, so wie ich all meine Kinder liebe und ganz Gilgoras. Ich war blind für ihren Ehrgeiz. Und ich und die ganze Welt haben dafür bezahlt. Aber jetzt brauche ich dich. Als der Schleier seinen Dienst versagt hat, habe ich den letzten Rest meiner Kraft aufgebracht, um meinem Sohn in seiner Schlacht gegen Gosfath zu helfen.«

»Du hast den Blitz geschickt.«

Sie nickte, und jetzt entdeckte er die Quelle des Aschegeruchs: ihre linke Hand war geschwärzt, und winzige Rußflöckchen erhoben sich von ihr, wann immer sie sie bewegte. So wie es auch mit seiner eigenen Hand gewesen war, als sie ganz mit dem Messer verschmolzen war, das er in das Herz der Dunklen Dame gerammt hatte, bevor der Fuchsgott sie dann abgehackt hatte.

»Und jetzt bin ich fast völlig verausgabt«, fuhr die Tänzerin fort, und ihre Trauer galt nicht ihr selbst, sondern der Welt – und Dom. »Ich bange um dich, um meinen Sohn, um ganz Gilgoras. Und deshalb bitte ich dich um Hilfe, Calestar. Ohne dich wird die Welt untergehen. Ich kann kaum mehr etwas tun. Alles hängt jetzt an dir und am Gauner. Und an jenen, die du liebst und die ihrerseits dich lieben. Alle, die im Licht stehen, müssen zusammenkommen und kämpfen. Aber du musst verstehen, wie. Und was dieser Kampf kosten wird. Deshalb komme ich jetzt zu dir, Calestar, weil die endgültige Entscheidung getroffen werden muss. Zuvor, als du dich noch in der Gewalt der Dunklen Dame befunden hast, hättest du nicht einfach nur Nein gesagt: Du hättest ihr meinen Plan verraten. Das konnte ich nicht zulassen, und so musste ich mich von dir und deinen Taten zurückziehen. Dafür – für das Gefühl, ich hätte dich verlassen – entschuldige ich mich. Aber als Gilda dir verziehen hat – als sie dir den Mut gegeben hat, damit anzufangen, dir selbst zu verzeihen –, da wusste ich, dass du bereit warst. Und jetzt sind wir beide hier.«

Sie wirkte auf einmal ganz schüchtern, beinahe als hätte sie Angst vor sich selbst, und Dom wurde von dem plötzlichen Impuls gepackt, ihr Ansinnen abzulehnen. Was würde wohl passieren, wenn er Nein sagte? »Warum ausgerechnet ich?«

Der Kummer der Tänzerin wuchs weiter. »Weil irgendjemand es tun muss.«

Es war keine richtige Antwort, und doch war es die einzige, die sie ihm zu geben vermochte. Hatte sie ihn von Geburt an erwählt oder ihn einfach als den Nächstbesten genommen, als die Ereignisse ihren Lauf zu nehmen begannen? War er etwas Besonderes, oder kam er ihr einfach zupass? Und tat das irgendetwas zur Sache?

»Ich will nur Rillirin«, flüsterte Dom. Hier, in ihrer Gegenwart, fand er zu seinem einfachen, leuchtenden Wesenskern und erkannte, dass ihm nichts wichtiger war als Familie und Frieden. »Mich kümmert keine hohe Bestimmung, keine göttlichen Kriege. Ich habe genug getan, mehr als genug. Ich will einfach zu Rillirin nach Hause gehen und bei der Geburt meines Kindes dabei sein. Ich will mich bei ihr für alles entschuldigen, was passiert ist. Werde ich je eine Gelegenheit dazu bekommen?«

»Ja«, antwortete die Tänzerin, und Dom stockte das Herz in der Brust. »Darf ich?«, hauchte sie, streckte die Arme aus und legte seinen Kopf erneut in ihre Hände.

Dom strich sich mit den Fingern über den Stumpf seines Schwertarms. Selbst hier, in der Gegenwart seiner Göttin, fehlte der Arm. »Du bittest mich, deine Pflichten an deiner statt zu erledigen«, sagte er schließlich. »Du bittest mich zu tun, was du nicht tun kannst.«

»Ja, Calestar, darum bitte ich.«

»Und meine Belohnung besteht darin, dass ich Rillirin wiedersehen werde.«

»Nein, mein Lieber. Du wirst sie so oder so wiedersehen. Dieser Dienst an mir ist nichts, wobei um Lohn geschachert werden kann. Er muss aus freien Stücken erwählt werden.«

Sein Atem bebte in seiner Kehle. »Werde ich es überleben?«

Die Tänzerin beugte sich vor und küsste ihn auf die Stirn. »Das kommt darauf an«, murmelte sie, während Wissen in ihn hineinflutete, eine tobende Sturzflut aus Feuer und Verstehen, aus Schmerz und Risiko, aus Hoffnung und Schmerz, Opfer und Schmerz. »Es kommt darauf an, ob du das am Ende überhaupt willst.«

Dom atmete Luft und Regen und die ersten Vorzeichen des Herbstes ein. Er war eine ausgehöhlte Schale, gefüllt mit Gift, gefüllt mit Wissen, so schrecklich, dass sich vor ihm ein Abgrund auftat, ein verlockender Abgrund des Wahnsinns, über dem er taumelnd schwankte und der ihn freundlich zu empfangen versprach. Es war so leicht hineinzufallen. So leicht, einfach loszulassen. Aber da war auch ein Lichtschein, das Versprechen auf Rillirin und erneuerte Liebe. Erlösung. Es bedeutete ihm so viel mehr, als er gedacht hätte, und er klammerte sich daran fest, während der Schmerz ihn überwältigte.

»Atme, Junge. Ich bin bei dir.« Gilda sprach in jenem Singsangton, den sie ihm gegenüber immer angeschlagen hatte, als er noch ein Junge gewesen war. Das verriet ihm, dass der körperliche Tribut, den er zu zahlen gehabt hatte, genauso schlimm gewesen sein musste wie alles Übrige. Wenn er die Energie dazu gehabt hätte, hätte er jetzt womöglich gelacht. Wenn er die Zeit gehabt hätte, hätte er geschlafen.

»Aufstehen«, krächzte er stattdessen und öffnete die Augen. Da war Schlamm unter seinen Fingern, eine Feuchtigkeit, die seinen Rücken, seinen Hintern, seine Oberschenkel durchtränkte; die Schmerzen machten sich mit ungehöriger Schadenfreude bemerkbar. »Sofort aufstehen.«

»Du musst …«, begann Gilda, aber das Gefühl in seiner Brust wurde zur Gewissheit, und er kämpfte sich auf die Seite, auf den Ellbogen, erbrach sich und hörte gar nicht mehr auf damit.

»Aufstehen«, brachte er noch einmal heraus, und Gilda hievte ihn hoch, bis er stand, drückte ihm ihren Gehstock in die Hand und trat an seine andere Seite, schob ihm die Schulter unter die Achsel, stöhnte gedämpft auf, als sich sein Gewicht auf sie verlagerte. Er taumelte, drehte den Kopf hin und her wie ein Hund, der nach Beute wittert, und machte sich daran, die Straße entlangzutorkeln. Erst jetzt wurde ihm klar, wie schwach seine linke Seite war, Bein und Arm träge und lahm, kaum in der Lage, ihn aufrecht zu halten. Auch dafür blieb jetzt keine Zeit. »Hilf mir.«

»Was hast du gesehen? Wo gehen wir hin?« Gilda machte sich sichtlich Sorgen.

»Crys.« Das Wort kam so vernuschelt hervor, dass sie ihn nicht verstand, und der Schmerz in seinem Kopf war so groß, dass seine Beine ihm erneut den Dienst zu versagen drohten; nur die blanke Angst hielt ihn aufrecht. Um zu Rillirin zurückzugelangen, hatte er einen Auftrag zu erfüllen, und dieses »Zurück zu ihr« war alles, was er wollte: ein Verlangen, klar und rein, eine Liebe, die nicht von der Gier nach Macht und Herrschaft besudelt war.

Gilda bat ihn nicht zu wiederholen, was er gesagt hatte; sie legte sich seinen Arm fester über die Schultern und schlurfte mit ihm die Straße entlang, durch Passagen abgrundtiefer Dunkelheit und schneller, als er es eigentlich bewerkstelligen konnte. Nur Gilda und der Schwung ihrer Bewegung hielten ihn auf den Beinen.

Dom konnte den Lärm der Schlacht nicht hören, zu laut war sein eigener angestrengter Atem, und als sie eine Freifläche erreichten, Marktplatz oder Dorfwiese, auf der gleich zwei erbitterte Gefechte tobten, ließ der unerwartete Anblick sie innehalten. Das Kampfgetümmel zu ihrer Linken fand soeben ein Ende, als sie eintrafen, Soldaten der Osttruppe legten ihre Waffen nieder und hoben kapitulierend die Arme. Doch der andere Kampf, zu ihrer Rechten, tobte weiter, während sich die Reihen der Kriker um einen zentralen Punkt zu scharen versuchten, am linken Flügel aber zugleich zurückzuweichen begannen.

Dom steuerte den Punkt im Gewühl an, wo die Kämpfe am heftigsten waren und von woher sich jetzt ein misstönendes Geschrei – sowohl des Triumphes als auch der Verzweiflung – zu erheben begann. Er holte tief Luft, riss seinen Arm von Gilda los, grub seinen Stab in den Schlamm und rannte los, ein jämmerlicher, humpelnder Spurt. Ein geschundener Kriegsschrei entrang sich seiner Kehle.

»Dom!«, rief Gilda, aber dafür blieb jetzt keine Zeit. Er grub sich mitten ins Gewühl, vorbei an den Krikern an vorderster Schlachtfront und warf sich über die kniende Gestalt. Er warf sie um, warf sich dann selbst rittlings über ihre Knie und ließ den Stab nach rechts und nach links schwingen, unbeholfen und langsam, doch er hatte das Überraschungsmoment auf seiner Seite. Und wieder nach rechts und dann nach links, und das Ganze gleich noch einmal. So saß er auf dem Rücken des Fuchsgottes. Schützte ihn mit seinem verkrüppelten Körper, schützte sein dahinsterbendes Leben. Die Soldaten der Osttruppe wichen verwundert zurück, erholten sich dann aber von ihrem ersten Schreck, sammelten sich und rückten vor. Schwerter und Speere schlugen auf sie ein, mehr scharfe Spitzen, als ein Igel Stacheln hat.

Dom warf sich flach auf den Boden und verspannte die Muskeln gegen die drohende Flut aus Stahl. Sie blieb aus. Das heiße Salz von Blut spritzte über die eine Seite seines Gesichts, über ein Auge, und dann war da das unverkennbare Geräusch von Waffen, die auf Schilde prallten, die sich über ihnen zu einem festen Wall schlossen. Andere starben, damit die beiden am Boden nicht sterben mussten. Ein abgetrennter Arm landete in einer Pfütze.

Hände packten ihn und zerrten ihn von Crys herunter, dann folgten weitere Hände, die Crys packten und auch ihn zurückzerrten: Die Kriker schlossen das Loch in ihrer Kampflinie und hielten die Stellung, auch wenn er ihre Verzweiflung sehen – ja, fast schon riechen – konnte. *Ist der Fuchsgott gefallen? Was ist passiert? Haben wir verloren, ehe wir richtig angefangen haben?*

Ash schoss in einem wütenden Wirbel aus blutigem Stahl an ihnen vorbei. »Er lebt!«, schrie er. Das reichte den Krikern.

Dom lag auf dem Rücken und starrte in die Nacht hinaus, während sich die Frontlinie von ihm entfernte. Der Regen ließ nach, im Osten war stellenweise klarer Himmel zu sehen, über dem Süden hing noch immer eine schwere Wolkendecke. Ein Stern zwinkerte zu ihm herab, während Dom zu ihm hinaufblickte.

»Crys?« Wieder nuschelte er den Namen, der Schmerz war jetzt unerträglich und ließ ein Wimmern aus seiner Brust aufsteigen. Der Rausch des Moments konnte nicht verhindern, dass ihn die giftige Erschöpfung einer Offenbarung übermannte.

»Ich bin hier«, sagte Crys von oben, während die letzten der feindlichen Soldaten starben oder sich ergaben. »Genau wie du, Calestar.« Und da war er, ragte über Dom auf, und Blut strömte ihm übers Gesicht, und seine Augen brannten in einem intensiven Gelb. Er grinste, seine Zähne scharf und weiß. »Dann hast du deine Entscheidung also getroffen«, fügte er hinzu. »Ich muss sagen, ich bin froh darüber. Ich hätte hier wirklich nicht deshalb sterben wollen, weil du einen dunkleren Pfad eingeschlagen hast.«

Der Länge nach auf dem Boden liegend und von Schmerzen geschüttelt, begann Dom zu lachen. »Gauner«, hustete er und wusste, dass Crys ihn verstehen würde, auch wenn es sonst niemand konnte, wusste, dass seine Entscheidung überhaupt keine echte Entscheidung gewesen war, sondern nur eine weitere bewusste Lenkung, diesmal im Bestreben, ihn dazu zu zwingen, sich gänzlich der Sache der Tänzerin zu verschreiben. All ihren Entschuldigungen und traurigen Augen zum Trotz hatte die Tänzerin ihn ein letztes Mal zu ihrem Werkzeug gemacht. »Ich mach das hier doch nicht für dich, du Mistkerl. Ich mache es für Rillirin.«

Crys zwinkerte ihm zu. »Und genau deshalb wirst du jetzt nie wieder zaudern, Calestar. Willkommen daheim.«

DIE GESEGNETE

Zehnter Monat, erstes Jahr der Herrschaft von König Corvus
Saal der königlichen Privataudienzen, Palast, Rilporin, Weizenland

Die Sklavin hatte sich einverstanden erklärt, ganz so wie es Lanta erwartet hatte. Jetzt brauchten sie nur noch die ideale Gelegenheit zu finden, um sowohl Valan für einige Tage aus der Stadt zu entfernen und dadurch jeden Verdacht im Keim zu ersticken als auch sicherzustellen, dass alle Mirak den Machtwechsel als etwas Gutes empfinden würden.

Die Gesegnete rutschte auf ihrem Stuhl herum und unterdrückte ein Stöhnen. Sie hatte zwei Tage zuvor mit dem Gott des Blutes verkehrt und sich davon immer noch nicht ganz erholt, während sie umgekehrt ihr triumphaler Erfolg – er war zu ihr in den Tempel gekommen, statt sie in die Wegstation zu rufen – noch immer mit unverminderter Freude erfüllte. Sie hatte ihn eingeladen, ihn gerufen, und er war darauf eingegangen, auch wenn dieses Mal ihre Vereinigung natürlich nicht nur eine der Seele, sondern auch eine des Fleisches gewesen war. Die Schmerzen waren umso größer. *Die Ehre ist umso größer.*

Da ihnen bis zu Rills Entbindung noch mindestens acht Wochen blieben, würde sie noch drei oder vier weitere Male die Gelegenheit haben, sich mit dem Gott zu vereinen, ihn anzuflehen. Bis dahin würde sich der Gott daran gewöhnt haben, in den Tempel zu kommen, und wenn es dann an der Zeit war, das Ritual zu vollziehen, wäre ihnen seine Gegenwart garantiert, und er konnte der Leitstern sein, den sie brauchten, um die Dunkle Dame zurück nach Gilgoras und in ihren neuen Körper zu rufen.

»Es ist an der Zeit, dass Rill in den Tempel übersiedelt«, betonte Lanta, und die angesprochene Frau riss ihren Kopf in die Höhe.

»Sie hat noch wochenlang Zeit«, bemerkte Corvus, wohl mehr um Lanta zu ärgern, als weil es ihn wirklich kümmerte.

»Ich ziehe nicht in dieses Scheißloch«, begehrte Rillirin auf. »Es ist schon schlimm genug, dass ihr mich zwingt, jeden Tag dorthin zu gehen. Dieser Tempel ist noch widerwärtiger als der in Adlerhöhe. Ich werde dort nicht leben.«

»Du wirst tun, was man dir befiehlt, Sklavin«, entgegnete Lanta, auch wenn sie die bloße Vorstellung, sich wochenlang Rillirins Widerworte anhören zu müssen und nichts dagegen tun zu können, in Wirklichkeit schon jetzt mit Grausen erfüllte. Da stand ihr eine harte Prüfung bevor. »Dein Kind wird eine Göttin; was du selbst willst, ist unerheblich.«

»Mein Kind ist ein unschuldiges Baby und wird sein Leben im Licht verbringen …«, begann Rillirin, so wie immer.

»Genug«, blaffte Corvus. »Ich habe es satt, dass ihr zwei euch zankt wie ein verschrumpeltes altes Ehepaar. Wenn es an der Zeit ist, sie in den Tempel zu holen, bring sie hin und damit basta. Ich habe die Nase voll von der ganzen beschissenen Angelegenheit.«

Und da haben wir es mal wieder. »Die ganze beschissene Angelegenheit«, als sei die Wiederauferstehung unserer Blutigen Mutter eine bloße Pflichtarbeit oder irgendeine Laune, mit der sich einverstanden erklärt zu haben er jetzt bereut.

Valan musterte sie mit undeutbarer Miene. Sie nickte ihm kaum merklich zu: *Bald. Sehr bald.*

»Corvus, Bruder«, hob Rillirin zu sprechen an und versuchte damit Profit aus ihrer Blutsverwandtschaft zu schlagen, so wie sie es die ganze Zeit gehalten hatte, seit sie zu ihnen zurückgebracht worden war. »Du willst doch sicherlich nicht, dass …«

Ein dreimaliges schweres Klopfen an der Tür ließ sie verstummen, und einen Moment später kam Tett herein. Er machte hastig eine angedeutete Verbeugung. »Neuigkeiten aus Kiefernschleuse, Majestät. Vor zehn Tagen hat eine große Truppe von Krikern, angeblich unter der Führung des Fuchsgottes höchstpersönlich, die Stadt eingenommen und die Sklaven befreit. Alle Soldaten der Osttruppe, die dort stationiert waren, wurden bei den Kämpfen getötet oder gefangen genommen. Danach hat man die Stadt evakuiert und bis auf die Grundmauern niedergebrannt, und die Flüchtlinge sind in die Westebene hinein verschwunden. Vielleicht sind sie nach Erlental, vielleicht wollten sie sich auch nur in den Weiten der Wildnis verstreuen oder ins Wolfsland fliehen.«

Lanta gefror das Blut in den Adern. Sie verloren die Kontrolle. *Corvus* verlor die Kontrolle. Wenn sie zuließen, dass Rilpor noch länger unter seiner Herrschaft dahinsiechte, würden sie über gar kein Land mehr verfügen, das sie der Dunklen Dame übereignen konnten, wenn sie zu ihnen zurückkehrte.

»Vor zehn Tagen?«, knurrte Corvus und sprang von seinem Stuhl. »Bei Gosfaths Eiern, warum hat es so lange gedauert, bis uns die Nachricht erreicht hat?«

»Der Soldat, der sie uns überbracht hat, ist während der Schlacht verwundet worden, sodass er nur langsam vorangekommen ist. Und er wusste nicht, ob die Kriker nicht vielleicht nach Eibenhain weitergezogen waren, daher konnte er es nicht riskieren, mit einem Boot an der Stadt vorbeizufahren. Er musste über Land marschieren.«

Corvus fluchte und ging im Raum auf und ab.

»Da ist noch etwas, Majestät«, fügte Tett ungerührt hinzu. »Segelstadt ist ebenfalls gefallen, in derselben Nacht. Eine abgestimmte Offensive während der Herbst-Tagundnachtgleiche, wie es den Anschein hat. Make Koridam und die noch vorhandenen Truppen des ehemaligen Königs sind förmlich aus dem Nichts aufgetaucht und haben die Verteidigungsanlagen der Stadt überrannt. Sie haben es irgendwie geschafft, ganz Rilpor zu durchqueren, ohne dass sie jemand entdeckt und Alarm geschlagen hat. Skerris ist tot, und auch Segelstadt wurde niedergebrannt, und die Bewohner sind geflohen. Ein Spähtrupp aus Dreibuchen hat den Rauch gesehen und ist der Sache nachgegangen, dann haben sie dort Meldung gemacht und wurden gleich hierhergeschickt.«

Corvus fluchte noch etwas mehr, voller Leidenschaft und Einfallsreichtum. Lanta konnte das Knirschen ihrer Zähne hören. Skerris war nicht nur ein Soldat, sondern auch ein Priester der Roten Götter gewesen. In diesen Zeiten war ein Skerris verdammt noch mal nützlicher als dieser verfluchte Corvus.

»Und Koridam hat sich zum König ausgerufen.«

Das ließ, wie ein Donnerschlag, alle Bewegung erstarren, alle Worte jäh verstummen. Stille breitete sich im Raum aus; kein Laut war zu hören, bis auf das Knistern der Holzscheite im Feuer, Corvus' schnaubenden Atem und Rillirins unterdrücktes Gelächter. Der übereinstimmende Ausdruck von Gewalt auf allen ihren Gesichtern, als sie sich zu ihr umwandten, verstärkte ihre Heiterkeit nur noch.

Sie deutete auf Corvus. »Du bist völlig im Arsch«, kicherte sie. »Oh, du bist jetzt so was von im Arsch. Der Fuchsgott ist zurück, und er wird dich holen kommen, und das ganze Land wird sich unter Makes Banner versammeln, wenn die Menschen erfahren, dass er jetzt König ist.« Sie lachte noch mehr und bekam ein rotes Gesicht. »Du bist ja so was von im Arsch.«

Lanta sah Tett und Valan an; keiner der Männer schien die Absicht zu haben, Rillirin zu widersprechen. Corvus fuhr herum, weg von ihr; ganz grau vor Schock und Wut wich er in die Schatten im hintersten Winkel des Raumes zurück. Als er am Tisch vorbeikam, schnappte er sich einen Becher. Der befand sich schon auf halbem Weg zu seinem Mund, als ihn Corvus unvermittelt an die gegenüberliegende Wand schmetterte.

Dunkler Wein spritzte über den Verputz und tropfte wie Blut auf die Steinplatten hinab. Der Becher selbst bestand aus weichem, schwerem Gold und verbog sich beim Aufprall, freilich ohne das befriedigende Geräusch des Zerberstens, das sich Corvus zweifellos gewünscht hatte.

Während er ihnen den Rücken zukehrte, nickte Lanta Valan zu. *Jetzt ist der Augenblick gekommen. Das ist unsere Gelegenheit.*

»Majestät, ich werde bei Morgengrauen nach Segelstadt reiten, um ihre Spur aufzunehmen und zu verhindern, dass sie uns hier angreifen«, ergriff Valan das Wort, als hätten sie das alles genau so einstudiert. »Wenn ich genügend Krieger habe, kann ich sie uns vom Leib halten und Koridam besiegen, kann seinem Griff nach Eurem Thron ein Ende machen, bevor er überhaupt richtig dazu angesetzt hat. Ich würde vorschlagen, Fost nach Kiefernschleuse zu entsenden, um es dort genauso zu halten. Es wäre das Beste, genau zu wissen, womit wir es da zu tun haben. Tett, wie viele Männer hatte Make unter sich?«

»Nein«, ging Corvus dazwischen, und Lanta entging nicht, dass er Tett hilfesuchend ansah. Tett und nicht Valan und sie auch nicht. »Es ist Zeit, dass diese Farce ein Ende findet. Tett, holt mir die Landkarte.« Der Mann zerrte das Gewünschte aus einem Regal, und Corvus deutete auf den Boden vor dem Feuer, wo das beste Licht war. Sie hockten sich zu beiden Seiten der Karte hin, und Valan nahm zu Corvus' Linker Platz. Lanta rutschte an die Kante ihres Stuhls vor und spähte hinab.

»Segelstadt«, sagte Corvus und stach seinen Dolch in das entsprechende Zeichen.

»Kiefernschleuse«, sagte Tett und tat ein Gleiches.

»Sie haben ihre Streitmacht aufgeteilt, aber das ist der Stand von vor zehn Tagen, also können wir uns das nicht zunutze machen. Die Boten sind durch Eibenhain und Dreibuchen gezogen, oder? Diese Städte sind mithin unter unserer Kontrolle geblieben und stehen uns weiterhin zur Verfügung?«

»Ja, Majestät, dort ist alles in Ordnung, oder war es jedenfalls, als die Boten dort vorbeigekommen sind. Die Neuigkeiten haben die Leute nervös gemacht, aber sie stehen fest an unserer Seite.«

»Also, wohin sind die Truppen gezogen?«, grübelte Corvus und tippte sich mit dem Zeigefinger auf die Lippen, während er die Karte begutachtete. »Werden sich die beiden Heeresteile wieder vereinen, oder kommen sie aus zwei unterschiedlichen Richtungen nach Rilporin?«

»Damit würden sie die Garnisonen in Eibenhain und Dreibuchen hinter sich bringen«, gab Valan zu bedenken. »Sie müssen diese Stellungen ausschalten, um sicherzustellen, dass sie nicht zwischen unseren Stadtmauern und einer zweiten Angreifertruppe in die Enge getrieben werden. Die Tatsache, dass sie diese Orte unangetastet gelassen haben, weist darauf hin, dass sie es für notwendig halten, beide Truppenteile erst einmal wieder zusammenzulegen.«

»Richtig«, pflichtete ihm Corvus bei, und Lanta verspürte eine leise Beunruhigung darüber, mit welcher Leichtigkeit sich Valan wieder in den Kreis des Königs hatte zurückziehen lassen. Selbst jetzt noch konnte ihr alles aus den Fingern gleiten. Die Göttin, das Land, die Macht.

Tett zog mit dem Finger eine direkte Linie von Kiefernschleuse nach Segelstadt. Die Linie führte durch den Tiefen Wald, mit dem See Stummes Wasser in seiner Mitte. »Das hier wäre ein naheliegender Sammelpunkt. Sie können ihr Heer im Wald verbergen und diesen zugleich als Nahrungsquelle nutzen. Der See versorgt sie mit Süßwasser. Sie können dort geduldig ausharren und warten, bis wir zu ihnen kommen.«

»Dann solltet Ihr vielleicht genau das nicht tun. Bestimmt werden sie Fallen gelegt haben«, warf Lanta ein. »Ihr könnt nicht wissen, worauf Ihr Euch da womöglich einlasst.«

»Je länger du sie unbehelligt dort draußen lässt, desto größer der Schaden, den sie deinen geliebten Soldaten und deiner Macht über die normalen Menschen aus Rilpor zufügen werden«, ging Rillirin dazwischen, als hätte sie zumindest einen Hauch von Ahnung in Sachen militärischer Strategie. Sie rutschte zur Stuhlkante vor und streckte die Hand aus. »Stutenfeld wäre eine leichte Beute für sie, wenn sie im Tiefen Wald sind. Danach können sie genauso gut gleich nach Dreibuchen weiterziehen und dann …«

»Halt den Mund«, fuhr Corvus sie an. Seine Stimme war kalt, aber er widersprach ihr nicht – weil sie recht hatte. »Sie wissen, dass wir wissen, wo sie sich aufhalten dürften. Und sie wissen, dass wir kommen und sie uns vornehmen werden.«

»Wir könnten von beiden Seiten einen Bogen um sie machen und sie in die Zange nehmen«, schlug Valan vor, und Lanta registrierte nur zu gut, dass er das Wort »wir« verwendete. Ihr Kiefer verspannte sich.

»Wir müssten sie durch den Wald angreifen«, überlegte Corvus. »Aber, nein. Der direkte Vorstoß ist am einfachsten. Wir werden zur taktischen Absicherung Soldaten als Schutzschilde vorausschicken; falls sie uns irgendwelche Hinterhalte gelegt haben, werden uns auf diese Weise nun umgekehrt sie in die Falle gehen. Tett, schickt Nachricht nach Eibenhain, Schindel und Dreibuchen. Wir ziehen die Garnisonen dort ab und lassen nur die Soldaten zurück, die erforderlich sind, um die Bevölkerung unter Kontrolle zu halten. Der Rest soll sich zu Fuß oder per Boot auf den Weg nach Rilporin machen. Ich will sie in spätestens zehn Tagen hier haben, also schickt die Boten sofort los. Ich nehme so viele Mirak wie möglich mit mir, und wir werden zusammen Richtung Tiefer Wald aufbrechen. Eine letzte Schlacht, und die Sache ist erledigt. Tett, Ihr reitet als mein Stellvertreter mit mir.«

Lanta stockte der Atem, und sie sah reflexhaft zu Valan hinüber. Er war bei dieser Ankündigung ganz blass geworden, aber ihrer Ansicht nach war es eher Zornes- als Schockblässe. Gut. Zorn konnte sie gebrauchen.

»Und ich, Majestät?«, fragte er mit steifer Förmlichkeit.

»Ihr bleibt hier. Beschützt die Gesegnete und habt ein Auge auf meine Schwester. Und lasst nicht zu, dass sich die Sklaven in meiner Abwesenheit gegen uns erheben.«

»Wie Ihr befehlt, Majestät.« Rote Flecken tanzten hoch oben auf Valans Wangenknochen, aber seine Stimme war beherrscht. Trotzdem war für sie alle offensichtlich, welche Demütigung die Angelegenheit für ihn darstellte.

»Gesegnete, würdet Ihr oder Gull beim heiligen Gosfath für mich Fürsprache einlegen und feststellen, ob wir vielleicht sonst noch irgendetwas in Erfahrung bringen können?«

Lanta stand auf und zwang sich, nicht zu Valan zu schauen und nicht daran zu denken, dass ihr Plan soeben zu Asche zerfallen war. »Das werde ich. Rill, zu mir – du kannst nicht mehr hierbleiben, wenn der König fort ist, und in den kommenden Tagen wird er viel zu tun und zu planen haben. Er kann dich hier nicht gebrauchen.« Dann wandte sie sich an Valan: *»Stellvertreter«*, sie betonte den Titel mit Nachdruck, »vielleicht sollten wir uns darüber unterhalten, wie wir mit der Sklavenbevölkerung am besten fertigwerden können.«

Tett starrte die beiden wortlos an, Valan zögerte einen Moment und stand dann auf, und Corvus tat so, als bemerke er es gar nicht. Lanta schnippte mit den Fingern, und Rillirin stemmte sich aus ihrem Stuhl: Offenbar hatte sie entschieden, lieber nicht das Risiko einzugehen, Corvus oder Lanta an diesem Abend noch mehr gegen sich aufzubringen. Und so verließen sie gemeinsam den Raum. Der König schaute ihnen nicht einmal nach.

Lanta zeigte auf die Wachen, die draußen vor der Tür strammstanden. »Ihr zwei da, bringt die Prinzessin in ihr Quartier und helft ihr zusammenzupacken, was immer sie braucht. Sie zieht in den Tempel um. Stellvertreter Valan wird mich begleiten.« Sie wartete keine Antwort ab, sondern schritt den Gang hinunter, und ihre langen Röcke umwallten ihre Knöchel wie eine blaue Woge. »Das ist eine Katastrophe«, murmelte sie. »Ich habe keinen zulässigen Grund, Euch aus der Stadt fortzuschicken, doch wir müssen es tun, ehe er aufbricht. Gehen wir Eure Sklavin suchen. Je eher die Sache vorüber ist, desto besser.«

»Gesegnete, vielleicht ist das ein Zeichen der Götter, dass das alles … dass es nicht die richtige Entscheidung ist.« Seine Stimme klang zögerlich, wie es auch angebracht war. »Wir sind immer noch weit weg vom sicheren Sieg.«

Lanta hätte am liebsten laut losgebrüllt. »Ihr glaubt also, ich hätte in diesem Punkt einen Fehler gemacht?«, fragte sie scharf, ihre Stimme ein leises Zischen. »Nein, Valan, die Entscheidungen, die wir zu Ehren der Götter treffen, sind nicht immer leicht, aber sie sind immer richtig, wenn es nur ihr Wille ist. Und ihr Wille zeigt sich erst im Erfolg oder Misserfolg eines Versuchs – wir können nichts anderes tun, als diesen Versuch zu unternehmen.« Sie presste sich beide Hände aufs Herz. »Ich habe dem heiligen Gosfath mitgeteilt, was hier geschieht, habe ihn wissen lassen, was wir meiner Meinung nach tun sollten, um seinen Aufstieg und die Rückkehr seiner Schwestergeliebten zu sichern. Der Gott ist ganz einer Meinung mit mir.«

Was sie sagte, war keine Lüge – an keinem Punkt hatte der Gott des Blutes durchblicken lassen, dass er mit Lantas Plan, den König durch Valan zu ersetzen und fortan an seiner Seite zu herrschen, nicht einverstanden sein könnte. Der Gott des Blutes hatte hinsichtlich ihrer Vorschläge keinerlei Missfallen zu erkennen gegeben, war er doch mit Dingen beschäftigt, die weitaus größer waren als kleinliche Machtkämpfe. Von daher war sein Stillschweigen gleichbedeutend mit Zustimmung. Trotzdem, die Bestätigung straffte Valans Schultern. Der Gott hieß seinen Anspruch auf die Königswürde gut.

Er legte ihr die Hand auf den Arm und bremste sie. »Dann, Gesegnete, vergebt mir, aber selbst mit einer solchen göttlichen

Billigung unseres Tuns können wir jetzt nicht handeln. Die neuen Meldungen beweisen, dass das Land zu instabil für einen Herrscherwechsel ist. Lasst Corvus gehen und gegen Koridam und seine Kriker kämpfen. Soll er Rilpor für uns sichern«, murmelte er, »während Ihr und ich hierbleiben und gemeinsam die Rückkehr der Dunklen Dame bewerkstelligen. Wenn Corvus überlebt, töten wir ihn bei seiner Rückkehr. Wenn nicht …« Er zuckte die Achseln. »Dann wird Tett der König sein, ein Niemand und für die meisten unserer Krieger ein Fremder. Ich bin Corvus' Stellvertreter als Kriegshäuptling gewesen, und ich bin auch sein Stellvertreter als« – sein Gesicht verzerrte sich vor Wut – »*war* sein Stellvertreter als König. Sie werden sich auf meine Seite schlagen, wenn ich Tett nach seiner Rückkehr herausfordere. Aber ob es nun Corvus oder Tett ist, der nach dem Sieg durch Rilporins Tore marschiert, Gesegnete, er wird die Nacht nicht überleben. Sein Sieg über Koridam wird uns das ganze Land zu Füßen legen – und dann wird sein verfrühter Tod *uns* das Land zu Füßen legen.«

»Nun gut«, sagte sie schließlich. »Die Lage verändert sich schneller, als ich gehofft hatte, aber wir können trotzdem noch die Initiative ergreifen und Gilgoras auf den Dunklen Pfad bringen.« Sie hielt für einen Moment inne. »Die Götter wollen Euch als König, Valan, und genau deshalb haben sie dafür gesorgt, dass Ihr hierbleibt, außer Gefahr. Das ist keine Schande für Euch; es ist göttliches Eingreifen. Und ich will Euch … als König«, fügte sie hinzu und schenkte ihm ein Lächeln, das er bis zu seinen Zehenspitzen hinunter spüren musste. »Arrangiert Euch damit oder sterbt, ganz wie es die Götter verfügen. Wir sind Mirak. Wir meistern alle Schwierigkeiten.«

»Corvus ist kein Mirak«, ergänzte Valan, und Zuversicht und Verachtung hielten sich in seiner Stimme die Waage.

»Nein«, bestätigte Lanta. »Er ist keiner.«

TARA

Zehnter Monat, erstes Jahr der Herrschaft von König Corvus
Gemächer des Erben, Palast, Rilporin, Weizenland

Die Nachricht vom Fall von Kiefernschleuse und Segelstadt hatte sich rasend schnell in Rilporin verbreitet und eine Welle von Besorgnis und aufgeregten Spekulationen nach sich gezogen. Die Mirak hatten ein Durchsickern der Kunde, dass sich Make Koridam als Gegenkönig in Stellung brachte, zu verhindern versucht, aber die Neuigkeit war in der Welt und ließ sich nicht mehr aufhalten.

Es war genau das, was sie brauchten – etwas, was Unruhe unter die Sklaven brachte, ihnen Hoffnung machte. Jeder Einzelne von ihnen wusste, dass Make Rilporin zu Hilfe geeilt war, trotz allem, was seine Truppe hatte erleiden müssen, und sie wussten, was er geleistet hatte, wie es ihm gelungen war, Tausende von Flüchtlingen aus der Stadt herauszuschaffen, während er und seine Leute doch selbst gefangen gewesen waren. Er war ein Mann, ein Soldat, ein Befehlshaber, der viele Male gekämpft hatte und viele Male fast gestorben wäre, um ihnen den Sieg zu bringen. Die Enthüllung, dass er nach der Krone gegriffen hatte, hatte sie an den Rand der Rebellion getrieben, und Tara stand im Begriff, sie über diesen Rand hinauszustoßen.

Valan und Lanta waren schließlich nicht die Einzigen, die einen Staatsstreich planen konnten.

Während die Tage verstrichen und sie darauf warteten, dass

die Soldaten aus den verbliebenen Garnisonen der Osttruppe eintrafen, harrte Tara des Befehls, Corvus umzubringen. Er blieb aus. Auch wenn sie ihrerseits das Gespräch demonstrativ immer wieder auf Vaunts Aussichten auf Freiheit und die Versprechen lenkte, die sie im Gegenzug gegeben hatte, ging sie doch nicht so weit, den Stellvertreter wirklich zu bedrängen. Er versicherte ihr, der Plan werde unverändert durchgezogen, sobald Corvus wieder zurück sei, und er meinte es vielleicht sogar ernst, aber Taras eigene Pläne hatten sich inzwischen in neue Richtungen weiterentwickelt, und sie wartete ungeduldig darauf, dass Corvus und seine Armee die Stadt verließen. Sie vertraute ihrem General, ihrem Truppenkommandanten – *meinem König!* –, dass er so mit Corvus verfahren würde, wie er es verdiente.

Und dann brachen die Mirak und die Soldaten der Osttruppe schließlich ins Weizenland auf, um den weit entfernten Tiefen Wald anzusteuern – acht Tage nachdem sie vom doppelten Angriff durch Makes Streitkräfte und seine Verbündeten erfahren hatten. Dem Abmarsch ging eine Welle von Mord und Bestrafung voran – jene Sklaven, die als nicht hinreichend eingeschüchtert erachtet wurden, wurden hingerichtet, und Tara wusste, dass nun etliche der Männer und Frauen, auf die sie sich verlassen hatte, ihr Leben verloren haben mussten. Sie konnte sich jedoch keine Planänderung leisten. Die überwiegende Mehrheit der gefangenen Soldaten in der Nordkaserne war an Fieber gestorben, und Vaunts Leute in der Südkaserne waren vom Nahrungsmangel geschwächt, aber sie waren noch immer weit in der Überzahl: Auf einen der Feinde – verbliebene Mirak plus Neubekehrte – kamen fünf Sklaven. Es war nur die Angst, die einen Aufstand noch immer verhinderte. Die Angst, der Hunger und ihr Mangel an Waffen. Vaunts Aufgabe bestand darin, ihnen Erstere zu nehmen und Nummer drei zu liefern – sie würden den Hunger einfach irgendwie ertragen müssen, bis sie die Stadt fest in der Hand hatten.

Und dann waren Corvus und die anderen fort, und Valan war nicht mit ihnen gegangen. Eine weitere unvorhergesehene Erschwernis. Und nicht nur das: Er hatte sie auch zu seiner inoffiziellen Gehilfin gemacht, die ihn begleitete, wenn er Mauern und Werkstätten inspizierte, Strafen zumaß oder sogar den Tempel und Lanta besuchte. Doch sie konnte es nicht riskieren, es mit Valan, Lanta sowie jedweden Wachen der Priesterin aufzunehmen, solange sie Vaunt oder irgendeinem der Rebellen keine Nachricht zukommen lassen konnte, dass für sie die Zeit gekommen sei, sich gegen ihre Peiniger zu erheben.

Seit Corvus' Aufbruch waren mittlerweile drei Tage vergangen, und die verbliebenen Mirak begannen sich allmählich zu entspannen – der ideale Zeitpunkt, um eine Rebellion vom Zaun zu brechen. Wenn sie die Sache noch länger aufschoben, würden einige der Sklaven die Angelegenheit selbst in die Hand nehmen, und wenn Tara in diesem Moment nicht gleich zur Stelle war, war es unwahrscheinlich, dass sie zu Lanta und Rillirin würde vordringen können, bevor die Stadt von der Außenwelt abgeriegelt wurde.

Und dann kam sie, am vierten Morgen. Taras Gelegenheit. Kurz nach Anbruch der Dämmerung erreichte sie die Nachricht, dass während der Nacht ein Teil der Westmauer eingestürzt war, und ehe die Sonne mehr als einen Fingerbreit über dem Horizont stand, schritten sie schon den Königsweg in Richtung erster Ring hinunter.

»Erklärt mir das«, blaffte Valan die Steinmetze an, die sich um den Haufen aus Schutt und Staub versammelt hatten. Einige hatten bereits damit begonnen, den Stein rund um die Einsturzstelle abzuklopfen und einzelne Steine herauszubrechen, aber als Valan das Wort ergriff, drehten sich alle zu ihm um. Auch Merol war da, und Merol sah sie. Sie bedachte ihn mit einem angedeuteten Nicken.

»Risse in der Mauer«, antwortete einer der Steinmetze. »Zu

tief drinnen, um sie erkennen zu können. Am anderen Ende dort drüben wurde so viel herumgehämmert und verändert, dass es hier oben einen Einsturz verursacht hat.«

Tara hatte den Verdacht, dass er das aus dem Stegreif erfand, einfach etwas daherredete, aber die Mirak bauten nicht viel mit Stein – mit ein wenig Glück würden sie damit durchkommen. Sie wusste zudem, dass sich die Nachricht auch ohne ihr Zutun verbreitete, dass die Rebellen wohl begriffen hatten, dass sie Tara irgendwie hierherbringen mussten, und so hatten sie etwas bewerkstelligen müssen, das groß genug war, um Valans Aufmerksamkeit zu erregen. Es war ein gewaltiges Risiko, aber wenn sie die richtigen Formulierungen zu finden wusste, würde sich die Sache auszahlen.

Der Steinmetz, der gesprochen hatte, drehte sich zur Mauer um und machte Winkbewegungen, und Valan trat vor, auf der Hut, weil die Männer verdammte Riesen waren und noch dazu mit Hämmern bewaffnet, aber sie alle schlurften zur Seite und machten, dass sie ihm aus dem Weg gingen.

Merol kam irgendwie neben Tara zu stehen. »Sieht so aus, als hätte ein Gott Anstoß an unserer Mauer genommen«, brummte er, und seine eigenartige Wortwahl ließ sie die Stirn runzeln. Dann verstand sie.

»Ja, vielleicht eine Botschaft der Götter«, murmelte sie – die Losung, anhand derer sich die Rebellen einander zu erkennen gaben. Er nickte nachdenklich. »Und werdet ihr bis Mittag alles fertig haben, was meinst du?«

»Heute Mittag?«, fragte er verblüfft. Tara nickte und wagte es nicht, ihn oder Valan oder sonst wen anzusehen. »Das ist ein sehr enger Zeitrahmen, um eine Mauer wiederaufzubauen. Dafür braucht es eine Menge Männer.«

»Ich bin zwar kein Steinmetz«, begann Tara, »aber ich denke, es sind genügend da, um die Sache zu bewerkstelligen. Und, nun ja, es muss nun mal gemacht werden, nicht wahr?«

Merol warf ihr einen Seitenblick zu. »Jawohl, es muss gemacht werden. Ich glaube, heute Mittag dürfte kein Problem sein.«

Der Mittag kam und ging, und in der Stadt war es nach wie vor beunruhigend still. Valan saß an seinem Schreibtisch, zusammen mit dem Mann, den sie Sklave Silais nannten, jenem Mann von Adel, den Tara das letzte Mal gesehen hatte, als er versucht hatte, vor der Invasion durch die Mirak aus der Stadt zu fliehen. Die beiden sprachen über die Notwendigkeit, den Flusshandel mit jenen Städten wiederaufzunehmen, die noch immer existierten, nachdem Make seine brutale Politik der verbrannten Erde gegenüber Kiefernschleuse und Segelstadt zur Anwendung gebracht hatte. Silais hatte damals geholfen, ebenjene Menschen in die Stadt einzulassen, mit denen er jetzt kollaborierte. Silais war es gewesen, der die Waagschale zugunsten des Feindes hatte ausschlagen lassen.

Sie hatte ihm eine Stunde lang gegenübergestanden, und sein Blick war mehrere Male über sie hinweggewandert. Trotz seiner niederen Stellung, trotz des metallenen Bandes um seinen Hals führte er sich nach wie vor auf, als hätte er ein königliches Zepter im Arsch. Und er hatte auch keinen blassen Schimmer, wer sie war. Es brachte sie zur Weißglut.

Die Sonne zog weiter, war bereits eine Stunde über ihrem Zenit. Sie mussten Merol gefangen genommen haben. Man hatte ihn zweifellos als Rebellen enttarnt und hingerichtet. Der Aufstand, den sie so verzweifelt benötigte, würde nicht stattfinden.

Jäh wurde die Tür aufgerissen. Silais kreischte los, Valan sprang auf, in seiner Faust glänzte ein Messer, und Tara fuhr zusammen, tastete nach einer Waffe. Ihre Anspannung entlud sich in einer gewaltigen Welle wilder Energie, die sie beinahe taumeln ließ, und die Welt um sie herum schien auf schmerzhafte Weise kristallklar zu werden.

»Stellvertreter! Sklavenaufstand im ersten Ring. Ein Haufen Soldaten, wie es aussieht, sowie einige Steinmetze, aber die Sache breitet sich immer weiter aus.«

»Scheiße«, sagte Valan. »Ich wusste es. Ich wusste, dass etwas passieren würde. Bleibt hier«, knurrte er ganz allgemein in den Raum, und weg war er, schlug die Tür hinter sich zu. Tara hörte, wie sich der Schlüssel im Schloss drehte.

»Den Göttern sei's gedankt, dass wir hier sicher sind«, plapperte Silais, während unter den anderen Sklaven erregtes Tuscheln ausbrach. »Danken wir den Göttern für Stellvertreter Valan und seine Geistesgegenwart. Das gibt ein Gemetzel da draußen auf den Straßen, denkt an meine Worte.«

»Lord Silais«, erhob sie das Wort. Er wandte sich zu ihr um. »Erinnert Ihr Euch denn nicht an mich, Herr? Während der Belagerung, am Eingang des Tunnels, der zum Osttor führt, kurz bevor Ihr die Eindringlinge hineingelassen und uns alle dem Untergang anheimgegeben habt. Euer Freund Lord Lorca hat mich ›Frau‹ genannt. Er hätte mich Majorin nennen müssen.«

Silais starrte sie mit aufgerissenem Mund an und riss ihn dann noch ein Stück weiter auf, als Tara das entwendete Abhäutemesser aus ihrem Ärmel zog. Er hob die Hände vors Gesicht. »Nein, nein, tu das nicht! Wachen, *Wachen*!«

Das Messer stieß in seinen Hals und fuhr wieder hinaus, ein Einschnitt ohne Mühe, der trotzdem tief ging, und ein dicker, scharlachroter Strahl pulste in die Höhe, als die herausgezogene Klinge dem Blut freie Bahn ließ. Tara beugte sich von dem Blut weg und ließ Silais mit einem gedämpften Aufschlagen zu Boden fallen. Sein Mund öffnete und schloss sich wie der eines Fisches, und Tara empfand nicht das Geringste dabei. Es kostete sie Mühe, die Formel zu sprechen: »Die Gnade der Tänzerin sei mit Euch, Lord Silais.«

Sie trat zurück, noch ehe er tot war, zurück an die Tür, um zu lauschen – immer noch alles ruhig. Valan hatte die Wachen mitgenommen, in der Annahme, das Schloss an der Tür würde genügen. Tara warf sich die Kleider vom Leib, während die anderen Sklaven in stummem Entsetzen zuschauten und wahrscheinlich erwarteten, dass sie sich als Nächstes im Blut des Mannes baden würde oder irgendetwas dergleichen. Ihr war gar nicht klar gewesen, wie schwer ihre Röcke waren, bis sie in ein altes Hemd und eine Hose aus Valans Besitz geschlüpft war und den Gürtel geschlossen hatte. Die Freiheit war ein berauschendes Gefühl. Sie knüllte ihr Kleid zusammen, machte es zu einem Bündel, das sie in die Arme nehmen konnte, und wickelte sich dann einen kurzen Schal aus blauem Leinen um den Hals, um ihr Sklavenhalsband zu verdecken. Dazu noch ein bauchlanger Umhang mit einer Kapuze, und die Tarnung war perfekt. Sie war bewaffnet, wenigstens ein bisschen, sie trug eine Hose, und sie hatte ihre Befehle: Sie war wieder Soldatin.

Tara reinigte das Messer an Silais Hemd und kniete sich dann hin und schob die Messerspitze ins Türschloss. Es war eine schmale Klinge, dafür geschaffen, damit an den Beinen unter die Haut von Wild zu dringen, und es war ein großes Schloss. Es dauerte nicht lange, den Schließmechanismus zu lösen.

Sie wandte sich den Sklaven zu, die sich am anderen Ende des Raums zusammenkauerten, so weit wie möglich von ihr entfernt. »Hört mir zu: In der ganzen Stadt wird jeden Moment Gewalt ausbrechen. Ihr könnt euch dem Aufstand anschließen und helfen, die Mirak zu stürzen. Wenn wir zusammen gegen sie kämpfen, können sie uns nicht aufhalten. Wir können die Stadt erobern, können diese verdammten Halsbänder loswerden und den Krieg beenden.« Flehend streckte sie ihre blutige Hand aus. »Kommt mit mir. Kämpft mit mir, kämpft für unseren neuen – unseren rechtmäßigen – König.«

Sie schraken alle gemeinsam zurück, ein Herdeninstinkt, den sie nicht durchbrechen konnte. »D… du kannst das nicht tun«, stotterte einer von ihnen. »Sie werden dich t… töten.«

Tara streifte ihre Kapuze über. »Wir müssen alle sterben. Das ist meine Chance, als freier Mensch zu sterben und nicht aus der Laune eines anderen heraus. Ich lasse die Tür offen – selbst wenn ihr nicht kämpft, versucht wenigstens wegzulaufen. Verschwindet, solange ihr das könnt. Die Gnade der Tänzerin sei mit euch.«

Für mehr blieb ihr keine Zeit. Die rebellierenden Soldaten würden vom ersten Ring aus in den zweiten vordringen, sich Stück für Stück ins Zentrum der Stadt durcharbeiten und dabei jeden Sklaven, dem sie begegneten, dazu ermuntern, sich zur Wehr zu setzen. Sie würden Vaunt und Dorcas aus der Südkaserne befreien, damit die beiden den Aufstand koordinieren konnten. Sie würden alle Mirak, die sie fanden, ohne Gnade und ohne Bedauern niedermetzeln. In der ganzen Stadt würde der gerechte Zorn wüten, und Tara musste eine verrückte Priesterin umbringen und eine hochschwangere Frau retten. Von brummender Energie erfüllt, schob sie sich das Kleid unter den Arm und verließ Valans Quartier.

Überall in der Stadt eilten Leute hin und her, einige im Blau der Mirak, einige mit Sklavenhalsbändern. Schreie und Rufe hallten selbst noch von weit hinter ihr in den Himmel empor, dünn, hoch und fern. Tara schenkte dem allen keinerlei Beachtung, schlüpfte von Haus zu Schatten zu Gebäude und zu Mauer und glitt wie eine Nebelschwade durch die Tore zwischen den verschiedenen Stadtvierteln.

Es war verdächtig, auf den Straßen eine hochgeschlagene Kapuze zu tragen, doch ihr Haar war genauso verdächtig, daher hatte sie keine andere Wahl und hoffte, dass das Blau ihrer Bluse jedermann daran hindern würde, allzu genau hinzuschauen.

Sie befand sich nun im dritten Ring und bewegte sich gleichmäßig weiter, zwar nicht mitten auf der Straße, aber sie schlich auch nicht mehr durch die Häuserschatten, jetzt, da sie vom

Hauptort des Kampfes weit entfernt war. Sie schritt aus, als hätte sie den Befehl, sich irgendwo einzufinden.

Das Tor zum zweiten Ring war unbewacht, aber verschlossen. Tara sah sich um. Gosfaths Wutanfall hatte in diesem Bereich der Stadt eine Menge Schaden angerichtet, und sie brauchte nicht lange, um einen anderen Weg zu finden: Hinter den Ruinen eines ausgebrannten Gebäudes war ein Teil der Mauer eingestürzt.

Im zweiten Ring würde sich jetzt wohl auch Vaunt befinden und zur Tat schreiten, weit weg, einmal um die Stadt herum, im Westen. Vor ihr ertönten vereinzelte Rufe, Männer stimmten ihre Bewegungen miteinander ab, und sie rannte los. Sie brauchte lediglich den zweiten Ring zu durchqueren und das Tor in den ersten zu erreichen, wo sich der Tempelbezirk befand, dann konnte sie sich ganz zwischen den Gebäuden verlieren, bis sie den großen Tempel erreichte. Sie war ihrem Ziel nah, aber wenn man sie aus der Ferne irrtümlich für eine Mirak hielt und ihr befahl, ihnen dabei zu helfen, den Aufstand niederzuschlagen, war sie tot, und jene, die in diesem Moment starben, wären umsonst gestorben.

Sie ging in Deckung, als ein weiterer Ruf erscholl, Sie wusste nicht, ob er ihr galt, und sie wollte auch nicht warten, bis sie es herausgefunden hatte. Sie bog nach rechts in eine schmale Gasse ab und dann gleich in die nächste, rannte die Gasse entlang bis ans andere Ende und wandte sich sofort nach links, sprang durch ein zerbrochenes Fenster und warf sich zu Boden, eng an die Wand gedrückt, sodass man sie von draußen nicht sehen konnte. In der Dunkelheit ließ sich ein Kratzen und Scharren vernehmen, und sie sprang sofort auf und in eine Ecke des Raums, ihr Messer in der Hand, voller Bedauern, dass es kein Schwert war. Dicht zusammengedrängte Gesichter und sich gegenseitig schützende Arme, das Glitzern von Metall an den Hälsen der Menschen.

Tara steckte das Messer wieder weg, zupfte dann an ihrem Schal, um ihnen ihr eigenes Halsband zu zeigen. Sie legte sich den Zeigefinger an die Lippen. »Sobald ich hier weg bin, lauft Richtung Südtor. Dann nichts wie hindurch, und schaut nicht zurück. Die Gnade der Tänzerin sei mit euch.«

Sie wartete noch ein Weilchen und schlüpfte dann wieder durchs Fenster hinaus. Dabei blieb ihr Hemd am zersplitterten Holz hängen und zerriss, zerkratzte das Fleisch darunter. Sie ging ein Stück in die Richtung zurück, aus der sie gekommen war, schlüpfte in die Gasse und blickte sich in alle Richtungen um. Niemand war auf der Straße vor ihr zu sehen, und das Tor zum Tempelbezirk war gleich am anderen Ende. Tara tippte sich mit den Fingerspitzen aufs Herz und lief los, stürmte aus der Gasse und rannte weiter, so schnell sie konnte.

Innerhalb von wenigen Sekunden hatte sie das offene Gelände hinter sich und war auf der anderen Seite des Tores. Sie wandte sich sofort nach links und schlüpfte hinein in den Tempelkomplex, einzig von dem Gedanken gesteuert, mögliche Verfolger abzuschütteln. Wenige Minuten später ragte auch schon der große Tempel vor ihr auf. Seine bleichen Marmorsäulen, ehedem ein leuchtendes Götterzeichen für die Gläubigen, waren jetzt entweiht durch die abscheulichen Riten, die in seinen einst heiligen Hallen vollzogen wurden.

Was immer Vaunt da gerade unternahm, er machte genügend Lärm, um die meisten Mirak in seine Richtung abgezogen zu haben. Fünf allerdings hielten vor den Haupttoren des Tempels Wache, doch Tara würde nicht diesen Weg einschlagen. Sie steuerte vielmehr die Rückseite des Tempels an. Dort gab es einen kleineren Eingang für die Priester, wenn sie aus ihren Quartieren kamen oder den Tempel wieder verließen.

Und da war der Eingang auch schon, und er wurde bewacht, aber nur von einem einzigen Mirak: ein Fehler, allerdings ein für Tara sehr vorteilhafter. Sie warf einen Stein, der die Aufmerksamkeit des Mannes nach rechts lenkte, auf seine Schwertseite, dann sprang sie ihn von links an und riss ihm mit dem Abhäutemesser den Hals auf. Der zweite Stich fuhr ihm in die Brust. Das Messer war höllisch scharf, und ihn aufzuschneiden war mühelos wie das Atemholen. Tara schlug ihm ihre freie Hand auf den Mund, rang ihn zu Boden, stieß ihm das Messer zwei-, drei-, viermal und öfter durch die Rippen, bis er zu schwach war, um noch einen Laut von sich zu geben.

Es hatte keinen Sinn, ihn irgendwohin zu schleppen, wo man ihn nicht sehen konnte – da war überall Blut. Jetzt ging es darum, möglichst schnell zu sein. Tara löste ihm seine Scheide samt Schwert vom Leib und befestigte sie an ihrem eigenen Gürtel. Das Gewicht an ihrer Hüfte zu spüren bedeutete einen fast schon religiösen Trost für sie. Sie zog das Schwert und überprüfte, wie gut es ausbalanciert war: nicht gerade optimal, aber zweckdienlich.

Sie schob das Messer in ihren Ärmel und schlüpfte dann hinein in die Düsternis des Tempels, hinein in den Geruch von Angst und in den überwältigenden Gestank nach altem Blut, der sie würgen ließ. Sie rümpfte die Nase, und Galle stieg in ihr auf, doch sie zwang sie herunter, und immer mehr Speichel lief in ihrem Mund zusammen. Die große Haupthalle des Tempels war dem Götterdienst gewidmet, aber es gab daneben fast ein Dutzend kleinerer Räume für private Rituale und Beratungsgespräche, und Lanta konnte sich in jedem einzelnen dieser Zimmer befinden. Und für Rillirin galt das Gleiche. Tara ließ ihren Blick durch die Haupthalle schweifen; nichts zu sehen. Also ging sie zum ersten der Nebenzimmer hinüber. Sie würde sie alle durchstöbern müssen, eines nach dem anderen, um dieses Miststück zu töten.

Und da war sie, in einem kleinen Andachtsraum. Sie kniete im Gebet versunken da, die verbundenen Hände bittend dem

Bösen entgegengestreckt. Und besser noch: Sie kniete mit dem Rücken zur Tür. Tara schaute in beide Richtungen den Gang hinab, aber die Mirak hielten offenbar nicht viel von Kerzen, und sie konnte fast nichts erkennen. Dennoch, je länger sie wartete, desto größer wurde das Risiko, entdeckt zu werden, daher drückte sie die Tür gerade weit genug auf, um hindurchschlüpfen zu können – und das verdammte Teil knarrte wie ein Schiff im Sturm.

Glücklicherweise war Lanta ganz in ihrem Gebet versunken und hörte es nicht. Tara schlich durch den Raum, ohne sich vom Zittern in ihrer Schwerthand beirren zu lassen. Halb wollte sie, dass Lanta sie hörte und ihr einen Kampf lieferte. Es wäre leichter, sie zu töten, wenn es Selbstverteidigung war. Tara blinzelte sich Schweiß und Zweifel aus den Wimpern. Der Fuchsgott hatte ihr diese Mission anvertraut, hatte ihr diese beiden Mordanschläge aufgetragen. Ganz Rilpor brauchte Lantas Tod. Ganz Gilgoras. Sie machte noch einen Schritt auf sie zu, konzentrierte sich auf den Winkel zwischen Hals und Schulter, hinter dem Schlüsselbein, wo die Klinge eindringen musste, um dicke Adern zu durchtrennen und die Lunge zu öffnen, ihr ins Herz zu schneiden.

»Vergebt mir die Störung, Gesegnete … Wer seid Ihr?«

Tara wirbelte herum und griff an. Ihr Stiefel traf einen Mann in den Leib und schleuderte ihn an die Wand neben der Tür. Sie wartete nicht darauf, dass er aufstand. Lanta konnte ihrem ersten Streich eine verbundene Hand entgegenheben und schrie, als ihr das Schwert einen Finger abschnitt und die offensichtlich bereits vorhandene Wunde wieder öffnete. Sie schlug mit ihrer anderen Hand nach Tara, der Schlag streifte sie an der Wange und hatte keine anderen Folgen, als Tara noch wachsamer zu machen. Sie ging in eine geduckte Kampfhaltung und begann, um die Priesterin zu kreisen. Lanta drehte sich mit ihr, um Tara immer vor sich zu haben, und zog dabei einen Hammer aus ihrem Gürtel. Ihr Gesicht war ganz grau vor Überraschung und Schmerz, sie atmete in kurzen, keuchenden Stößen, und auch wenn Tränen in ihren Augen glitzerten, funkelte dort zugleich wirbelnder Zorn. Tara setzte ihre Kreisbewegung fort, bis sie über die Schulter der Priesterin hinweg den Mann, Gull, sehen konnte.

»Rillirin!«, brüllte Tara mit ihrer lautesten Exerzierplatzstimme, und der Name hallte durch den Tempel. »Ich bin's, Tara. Zieh dir deine Stiefel an; wir verschwinden von hier.«

Lanta schwang ihren Hammer, und er prallte klirrend von Taras Schwert ab. Tara führte einen Nachstoß, dem die Priesterin mit einem Sprung zurück auswich. Gull war jetzt wieder auf den Beinen und hielt sich mit der Hand an der Wand fest, um nicht das Gleichgewicht zu verlieren, die andere Hand auf die Brust gepresst.

»Gesegnete? Gesegnete, wo seid Ihr?«

Ach, Scheiße, soll das ein Scherz sein? Das ist doch nicht etwa Valan?

Sie hatte gehofft, noch die Möglichkeit zu bekommen, es auch mit dem Stellvertreter des Königs aufzunehmen, als Rache für alles, was er sie hatte durchmachen lassen. Insofern war es also von Vorteil, dass beide Zielpersonen Taras nun am selben Ort waren. Der Nachteil daran: Beide Zielpersonen Taras waren nun am selben Ort …

Gull kam auf sie zugestürmt, und sie wich aus, machte einen raschen Schritt zur Seite, ritzte ihm mit ihrem Schwert über den Arm, aber dann krachte der Hammer in Taras linken Ellbogen hinein, und sie schrie auf, als ihr der Schmerz durchs Gelenk schoss und sie und Lanta nun Brust an Brust aneinandergerieten, zu nah für das Schwert. Tara verpasste ihr einen Kopfstoß, sie hörte Knorpel knirschen und rempelte die Priesterin mit der Schulter weg, dann machte sie einen Schritt zurück, um mit ihrem Schwert zuschlagen zu können, doch im gleichen Moment packte Gull ihren Fußknöchel und zog. Sie knallte nach links auf die Seite, und ihr Ellbogen war nur noch gleißender Schmerz, der ihr ins Gehirn schnitt, sodass ihr Gesichtsfeld für eine Sekunde weiß aufleuchtete. Als sie wieder klar sehen konnte, war das Schwert weg, und Lanta stürzte sich auf sie, den Hammer erhoben. Blut strömte ihr aus Mund und Nase.

»Tara?« Rillirin tauchte in der Tür auf.

»Hinter dir!«, schrie Tara, als sich dort ein Schatten bewegte. Rillirin warf sich zur Seite, und ein Mann kam in den Raum gestolpert. Er schlug mit den Armen um sich und versuchte vergeblich, sie zu packen. Ein zu den Roten Göttern übergelaufener Rilpori. Scheiße.

Die Ablenkung kam sie teuer zu stehen. Der Hammer fuhr erneut herab, in ihre Seite, ihre Niere, und sie stöhnte auf, als der Schmerz in ihr aufflammte, tief in ihr Inneres drang und ihr den Atem raubte.

»Valan!«, rief die Gesegnete, den Mund voller Blut. Sie hob den Hammer erneut, und Tara wusste, dass sie damit auf sie einhämmern würde, bis sie tot war. *Verdammte Scheiße!*

Rillirin packte Lantas erhobenen Arm und riss ihn zur Seite. Der Überläufer fiel erneut über Rillirin her und zerrte sie weg, aber sie hatte Tara den Moment verschafft, den sie brauchte. Sie trat Lanta die Füße unterm Leib weg, sodass sie nun alle ein verwickeltes Knäuel auf dem Boden waren, dann riss sie das Häutungsmesser aus ihrem Ärmel und rammte es der Frau in die Brust.

»Valan, helft«, rief Gull, als Tara sich abrollte, aufsprang, ihr Schwert wiederfand, es dem Neubekehrten quer über den Bauch riss und ihm im gleichen Moment mit der linken Hand ein Messer entwand. Die Bewegung hatte einen weiteren sengenden Schmerz in ihrem Arm zufolge. Sie hatte wahrscheinlich einen gebrochenen Ellbogen, aber daran ließ sich im Moment nichts ändern. Sie stieß Rillirin durch die Tür.

Es hatte alles nur Sekunden gedauert – auch wenn diese sich

wie Jahre angefühlt hatten –, aber die näher kommenden Rufe und das Geräusch rennender Schritte bedeuteten Tara, dass ihr die Zeit ausging. Sie drehte sich noch einmal kurz nach Lanta um – die Frau war röchelnd zusammengesackt und Blut durchnässte ihr Kleid –, dann rannte sie los, folgte Rillirins schwerfälliger Gestalt Richtung Hinterausgang.

Da war eine Bewegung in der Haupthalle des Tempels, und Tara packte Rillirin und riss sie zu Boden, schlüpfte mit ihr in den tiefsten Schatten, den sie finden konnte. Sie hockten sich hinter eine Säule und rangen darum, ihren Atem zu beruhigen. Rillirin keuchte schwer, aber doch leise, und ihre Augen waren weit aufgerissen. Schritte und deren Echos dröhnten durch den Tempel, und der Widerhall machte es schwierig zu erkennen, aus welcher Richtung sie genau kamen. Tara hielt den Atem an, spitzte die Ohren und hielt mit angestrengten Augen Ausschau nach den verstohlenen Anzeichen eines Hinterhalts.

Sie konnte jetzt gerade eben noch die Umrisse des Mannes, der Valan sein musste, sehen, drüben, auf der anderen Seite des Gottesteichs, aber damit blieb noch eine unbekannte Anzahl von Wachen irgendwo sonst in der Düsternis übrig. Doch wenn Valan so dumm war, sich zwischen sie und den Ausgang zu stellen, erschien es ihr nachgerade unhöflich, ihn auf dem Weg hinaus nicht umzubringen.

»Gesegnete?«, rief er erneut und versuchte, genauso wie Tara, inmitten der hin und her gehenden Echos Feinde und Verbündete auszumachen. Der jämmerliche Blöklaut, der ihm antwortete, war schwach, aber es war genug. Valan zögerte nicht. Er rannte los, sah im Vorbeilaufen sie und möglicherweise auch Rillirin und deutete mit der Hand in ihre Richtung, dann war er im rückwärtigen Teil des Tempels verschwunden. *Genau, lauf zu ihr hin und sieh zu, wie das Miststück stirbt.*

Drei Mirak kamen auf sie zugestürmt. Tara sprang auf und trat in den von oben geschwungenen Schwerthieb des ersten, der ihr tief in die Schulter gedrungen wäre, und stieß ihm ihr Schwert in den Leib, riss es in seinen Eingeweiden zur Seite und ließ sein Därme herauskullern. Es würde ein paar Minuten brauchen, bis er tot war, aber sterben würde er zweifellos, und solange er damit beschäftigt war, war er nicht gerade in der besten Verfassung, sich ihr in den Weg zu stellen.

Sein Schwertarm fiel schlaff an seiner Seite herab, und er schnappte nach Luft, um ein lautes Geschrei zu erheben, doch Tara rempelte ihn mit der Schulter in den zweiten Angreifer hinein, sprang dann vor dem dritten zur Seite, und war auch schon weg, Rillirin hinterher, die, so schnell sie konnte, Richtung Ausgang raste. Einer der zwei verbliebenen Männer folgte ihnen, der andere schlug einen Bogen um die andere Seite des Gottesteichs herum, versuchte, ihnen den Weg abzuschneiden. Er war schneller als Rillirin und kam bereits wie ein galoppierendes Pferd auf sie zu. Im gleichen Moment überholte Tara die Schwangere und warf sich zu Boden. Ihre Knie schlugen auf dem glatten Marmor auf, und sie rutschte unter seinem einen hohen Bogen durch die Luft beschreibenden Schwert hinweg. Im Vorbeischlittern schnitt sie ihm mit ihrem eigenen Schwert durch das Schienbein und hatte dabei Glück, dass es ihr nicht aus der Hand rutschte. Er heulte auf, als sie sein Bein zerschmetterte.

Rillirin überholte sie erneut, das Gesicht voller verbissener Entschlossenheit, die eine Hand stützend unter die Rundung ihres Bauches gelegt, und dann krallten sich von hinten Finger in Taras Umhang, zogen fest daran. Sie ließ sich durch den Ruck nach hinten umwerfen, brachte beide Beine in die Höhe und trat zu, nach oben und nach hinten, gerade als sich der Mirak über sie beugte. Sie streifte ihn nur mit der Stiefelkante, aber das reichte aus, um seinen Arm zu behindern, als er nach unten stach. Sie ließ ihr Schwert nach oben fahren und traf ihn an der Innenseite des Arms sowie an der Nasenspitze. Fluchend wirbelte er zurück. Sie warf sich herum und stach erneut auf ihn ein, traf ihn tief unten im Bauch, riss ihm den Umhang weg, den er noch immer in der Hand hielt, und weg war sie.

Tara stürmte aus dem Tempeltor, erhaschte noch einen Blick auf rotes Haar, das in einer Gasse verschwand, und raste hinter Rillirin her. Die Schwangere lief in die falsche Richtung, tiefer in die Stadt hinein, war mit den gewundenen Straßen nicht vertraut, die wie dazu geschaffen waren, einen Feind zu verwirren. Tara holte sie ein und übernahm wieder die Führung; im Zickzackkurs bahnten sie sich einen Weg zwischen den Gebäuden zurück auf das Südtor zu, bei jedem lauten Schrei, jedem Geräusch rennender Füße kurz innehaltend. Rauch wogte durch die Luft, und der Kampflärm war nun laut und nah. Sie konnten sich die Verwirrung zunutze machen.

Sie ließ den Blick über die Gebäude und Türen und die Gassen zwischen den Häusern huschen, Rillirin stumm an ihrer Seite. Ein letzter Spurt über den Platz vor dem Tor, und sie wären draußen. Weitere Schreie, weiteres Rennen und das Klirren von Waffen, näher als zuvor.

Tara biss die Zähne zusammen, den Schwertarm um die Taille gedrückt, damit sie sich die Seite halten konnte, wo der Hammer in sie hineingekracht war. Sie würde jetzt schätzungsweise eine Woche lang Blut pinkeln. Falls sie überhaupt so lange lebte.

Ein letzter Blick, die Kampfgeräusche jetzt unbehaglich nah. »Bist du bereit?«, hauchte sie. »Hinaus, über die Brücke, und dann renn verdammt noch mal immer weiter. Lauf.«

Rillirin rannte los, Tara ihr auf den Fersen, Schwert und Messer in der Hand. Und da war auch schon das Tor, stand offen. »Lauf!«, brüllte Tara, und Rillirin gelang es, ihr Tempo noch ein klein wenig zu beschleunigen, und sie waren nur noch wenige Schritte von der Rettung entfernt, als vor ihnen plötzlich Valan in Sicht kam. Rillirin zögerte.

»Renn, verdammt noch mal!«, schrie Tara und überholte sie, um es mit ihm aufzunehmen. Weitere Mirak kamen aus den Schatten gestürmt, aber wenn sie sie nur lange genug ablenken konnte, dass es Rillirin aus der Stadt schaffte …

Valans Gesicht war kalt, mit einem leisen Ausdruck des Betrogenwordenseins sowie einer Menge Wut darin. Ein Mirak näherte sich ihr von links, und sie duckte sich tief, öffnete ihm mit dem Messer den Oberschenkel, richtete sich wieder auf und rannte weiter. Und dann stürzte sie sich auf ihn.

Er erwartete einen Angriff auf seinen Oberkörper, doch sie stach nach unten, suchte seinen Knöchel zu treffen, zwang ihn zurückzuspringen, während er seine Klinge herabfahren ließ, um ihre abzuwehren. Tara ließ sich vom Schwung ihres Angriffs nah an ihn herantragen, bedrängte ihn, sodass er erneut einen Schritt zurück machen musste, und schnitt ihm mit ihrem Dolch ein Stück Fleisch vom Kinn. Valan brüllte vor Schmerz und boxte ihr ins Gesicht, wodurch er sie weit genug zurückschleuderte, dass er sein Schwert von ihrem lösen und zu einem neuen Hieb ansetzen konnte. Tara blinzelte Tränen aus den Augen, kümmerte sich nicht um das Pochen in ihrer Nase und in ihrem Mund, schenkte dem vielen Blut keine Beachtung.

Rillirin schoss an ihr vorbei, und Tara griff erneut an, hinderte Valan daran, sie zu erreichen. Sie kreuzten die Klingen, ein schneller Wirbel aus vier, fünf, sechs Schwerthieben. Immer wieder trat er dabei zur Seite, versuchte, sie in eine Kreisbewegung zu zwingen, und sie ließ sich darauf ein, folgte ihm und bedrängte seinen Schwertarm. Jetzt, wo Lanta tot war, hatte sie nichts mehr zu verlieren. *Da sollte ich auch das Beste draus machen.*

Plötzlich wurden die Kampfgeräusche lauter, den Göttern sei Dank nicht von Rillirins Seite her, sondern von hinten. Die Sklaven, vielleicht sogar Vaunt.

»Schützt die Majorin!«, ertönte ein durchdringender Schrei, und Tara zögerte nur für den Bruchteil einer Sekunde. Valan sah es und zählte eins und eins zusammen. Sein Gesicht wurde rot vor eisigem Zorn, aber dann kamen die versklavten Soldaten der Truppe herangeströmt, drängten sich um Tara, bewaffnet mit gestohlenen Messern, Schwertern, Stäben und den Meißeln der Steinmetze.

Valan löste sich von ihr, machte einen Sprung zurück, sodass er außerhalb ihrer Reichweite war. »Schießt!«, brüllte er, und plötzlich begann es ringsum Pfeile zu regnen.

Tara erhaschte noch einen flüchtigen Blick auf eine Gestalt, die durch das Tor verschwand, dann war sie einer von nur sieben Menschen um sie herum, die noch standen, während der Rest tot war oder sterbend auf den Steinen lag. Bogenschützen beugten sich aus den Fenstern zu beiden Seiten, frische Pfeile an die Sehnen gelegt.

Valan deutete mit seinem Schwert auf Tara. »Leg deine Waffen nieder«, kommandierte er.

Ihr Mund verzog sich in belustigtem Unglauben. »Leck mich.« Sie hob sich das Messer an die Kehle, ließ den Blick über die Leiber um sie herum gleiten und hoffte verzweifelt, unter ihnen nicht auch Vaunts Gesicht zu entdecken. »Die Gnade der Tänzerin sei mit uns«, flüsterte Tara, für die anderen und für sich selbst.

Etwas krachte gegen ihren Hinterkopf.

CRYS

Zehnter Monat, erstes Jahr der Herrschaft von König Corvus
Westliches Weizenland

In Eibenhain befinden sich fast keine Soldaten mehr«, berichtete Ash, sobald er wieder bei Crys in ihrem kleinen Lager aufgetaucht war und sich davon überzeugt hatte, dass seinem Geliebten während seiner Abwesenheit nichts zugestoßen war. Crys machte es nicht das Geringste aus, von ihm bemuttert zu werden, wo er doch ohnehin nur noch einige Wochen zu leben hatte. Wenn er jemand anderen hätte schicken können, um die Stadt auszukundschaften, hätte er das getan, aber Ash war nun mal der beste Fährtensucher und Späher, den sie so weit von Makes Armee entfernt besaßen. Er streckte die Hand aus und verschränkte seine Finger mit denen von Ash.

»Also hat Corvus nach unseren Siegen in Kiefernschleuse und Segelstadt all seine Truppen zusammengezogen«, folgerte Crys. »Genau wie wir gehofft hatten. Das gibt uns die Chance, allem ein Ende zu setzen.«

»Wir könnten Eibenhain einnehmen«, schlug Ash vor und vermied es, auf die dunklen Andeutungen einzugehen, die in Crys' Worten mitschwangen, »die Bewohner befreien und noch etwas mehr Zwietracht säen, mit der Corvus fertigwerden muss.«

»Wir haben den Befehl, die Lage auszukundschaften und dann zurückzukommen«, sagte Crys. »Ich bin geneigt, unserem

König beizupflichten. Ganz gleich, wie schnell oder wie leise wir sind, wir dürften bei dem Versuch einige unserer Leute verlieren, und wir brauchen jeden Kämpfer, den wir haben. Die dort noch verbliebenen Soldaten der Osttruppe und Neubekehrten werden es nicht riskieren, allzu streng mit den Stadtbewohnern umzuspringen – sie wissen, dass sie gewaltig in der Minderzahl sind, und werden die Sklaven sicherlich nicht in eine offene Rebellion treiben wollen, denn das wäre ein Kampf, den sie niemals gewinnen würden. Die Bewohner der Stadt sollten also hinreichend sicher sein, bis wir gesiegt haben.«

Er ließ Ashs Hand los, um nach Südosten zu schauen, wo Rilporin von hier aus unsichtbar hinterm Horizont lag. Würde Corvus kommen, so bedeutete das, dass er noch am Leben war, was wiederum bedeutete, dass Tara vielleicht nicht mehr lebte. Er fragte sich, ob das Füchslein ihm wohl mitteilen würde, wenn sie gestorben war. Und er fragte sich, ob er es denn überhaupt wissen wollte – es waren schließlich seine Worte gewesen, die sie auf diese Mission entsandt hatten. *Aber ich habe auch zuvor schon Soldaten in den sicheren Tod geschickt. Das ist jetzt nichts anderes.*

Trotzdem kam es ihm anders vor. Oder … irgendetwas kam ihm jedenfalls anders vor. Er rieb sich die Magengrube, wo er einen Schmerz verspürte, und lächelte, als Ashs Lippen über seine Schläfe strichen. Sie hatten die Sache nicht eigens besprochen, sie hatten schlicht angefangen, ihre Liebe zueinander in der Öffentlichkeit zu zeigen, und wenn es den Soldaten nicht gefiel, die mit ihnen geritten waren, so verloren sie zumindest kein Wort darüber. Es würde ohnehin bald vorbei sein. Crys würde sich für die kurze Zeit, die ihm noch blieb, nicht verstecken. Crys hatte es satt, sich zu verstecken, hatte es satt, nicht einfach nur der zu sein, der er eben war, Mann und Gott und Herzensgebundener.

»Gut«, wandte er sich an den fünfzig Mann starken Spähtrupp mit seinen geborgten und gestohlenen Pferden. »Wir werden in den nächsten Tagen eine weite Schleife in Richtung Rilporin ziehen und nachsehen, ob wir Bewegungen feststellen oder Vorausspäher aufspüren können. Wir wollen dem König etwas klar Umrissenes an die Hand geben, womit er sich herumplagen kann, denn ich zumindest habe von diesem ganzen beschissenen Nicht-wissen-was-Sache-ist die Nase gründlich voll.«

Seine Kämpfer, eine bunte Mischung aus Krikern, Wölfen und Soldaten, grinsten. Sie brachen das Lager ab und waren schon bald wieder unterwegs, ritten beschwingt dahin, obwohl die Luft frisch und schneidend war – der Herbst breitete seinen Umhang aus Rot- und Goldtönen über das Land, legte sein zartes Filigranmuster aus tief hängendem Nebeldunst im Morgengrauen aus, ließ unvermittelte, eisige Wolkenbrüche herabregnen. Das alles machte Crys unmissverständlich klar, dass der Sommer nun eine ferne Erinnerung war. Der letzte Sommer, den er je erleben würde, und er hatte ihn mit Kämpfen zugebracht. Eine Welle von Zuneigung und guter Laune durchströmte ihn und gemahnte ihn, sich nicht grübelnd zu grämen, sondern die Zeit, die ihm noch blieb, einfach zu leben, und zwar gut zu leben.

Während sie ritten, kratzte er sich nachlässig das rostrote Muster, das sich durch den offenen Halsausschnitt seines Hemdes unter seinem Kettenpanzer emporschlängelte, atmete tief die frische Luft ein und tat sein Bestes, den Schmerz in seinem Bauch möglichst nicht wahrzunehmen. Er hatte vor einigen Tagen angefangen und war wahrscheinlich einfach auf all die Anspannung zurückzuführen, gleichwohl schien er heftiger zu werden, je näher sie Rilporin kamen. Als werde ein Teil von ihm von etwas dort in der Stadt gerufen.

Er sah zu Ash hinüber. Der Schweiß von seinem schnellen Marsch zurück aus Eibenhain klebte ihm trotz der Kälte die Locken an die Stirn. Er spürte Crys' lastenden Blick und zwinkerte ihm zu. Crys lächelte, und der Schmerz ließ ein klein wenig nach, wurde ersetzt durch etwas Wärmeres, etwas Wirkliches.

Er klammerte sich daran fest, den restlichen Tag über und auch den ganzen Tag darauf, während sie immer näher an Rilporin heranritten und der Schmerz, das Gefühl von etwas Kommendem, einer Düsternis, die sich hinter der Sonne verbarg, weiter in ihm wuchs.

»Sie sind im Anmarsch«, berichtete Crys eine Woche später der Gruppe, die sich in Makes Zelt am Rand des Tiefen Waldes versammelt hatte, das ihm als Kommandozentrale diente. »Sie dürften vielleicht noch drei Tage hinter uns sein – wir haben uns alle Mühe gegeben, sie möglichst weit abzuhängen. Wir sind auf die Spitze ihrer Vorhut gestoßen und haben kaum etwas von der Armee sehen können, die dahinter kommt, ehe sie uns vertrieben haben, aber wir schätzen ihre Zahl auf drei- bis viertausend.«

»In Ordnung, wenn es nach viertausend aussieht, gehen wir davon aus, dass es vielmehr achttausend sind, und stellen unsere Planungen entsprechend darauf ein«, erklärte Make, und der Kriegsfürst sowie Dalli und General Hadir nickten zustimmend. Hallos war ebenfalls zugegen, was bedeutete, dass er zur Abwechslung nicht alle Hände voll damit zu tun hatte, die Wundärzte der Truppe sowie die Heiler aus Krike auszubilden. Bei den Göttern, sie würden jeden Einzelnen von ihnen brauchen, wenn die Schlacht erst einmal begonnen hatte, vor allem jetzt, da Crys wusste, dass seine heilenden Fähigkeiten begrenzter waren, als er bisher angenommen hatte.

Er beschloss, Hallos einen Besuch abzustatten, sobald sie ihren Kriegsrat für heute beendet hatten. Der Schmerz war immer noch da, zapfte ihm Energie ab und ließ selbst die Stimme des Fuchsgottes leiser werden. Es war ein langsam wirkendes Gift, und er brauchte ein Gegengift. *Drei Tage bis zur*

Schlacht, Füchslein. Kommt einem im Moment überhaupt nicht lange vor, oder?

Wir sind zusammen.

Ich weiß.

Das Problem war: Das zu wissen war nicht mehr so tröstlich wie noch vor Monaten oder selbst noch vor Wochen. Allein zu sterben war schrecklich, aber es war auch schrecklich zu sterben, wenn es noch so viel gab, wofür man leben wollte.

»Tailorson?«

Crys schoss aus seiner Gedankenverlorenheit hoch und errötete. »Entschuldigung, Herr. Majestät.«

Makes Miene war undeutbar. »Ich habe gefragt, ob sie Kavallerie bei sich hatten.«

»Nur Vorreiter, wie es den Anschein hatte. Wahrscheinlich nicht mehr als hundert.«

»Das sind immer noch genug für einen Angriff zu Pferd«, betonte Hadir, und Make nickte. »Fallgruben und Beinbrecher wie diejenigen, die Skerris vor Segelstadt gelegt hat, wären nützlich, um das Gelände vor unserer Linie auf sie vorzubereiten.«

»Einverstanden. Lasst die Männer das gleich beim ersten Morgenlicht in Angriff nehmen. Bis dahin seid ihr erst einmal entlassen, meine Herren.«

Sie verließen einer nach dem anderen den Raum, und Crys wartete, bis sie allein waren. »Dürfte ich um einen Moment Eurer Zeit bitten, Euer Majestät?«, fragte er. Er sah, wie verärgert ihn Make anblickte, weil er ihn mit seinem Titel angeredet hatte, und verzog die Lippen zu einem leisen Lächeln. »Es geht um Ash. Darum, was mit ihm geschieht, nachdem ich … nun ja, danach.«

Make bedeutete ihm, Platz zu nehmen. »Ich habe mir schon gedacht, dass es irgendwann zu diesem Gespräch zwischen uns kommen würde. Lasst mich an dieser Stelle darauf hinweisen, dass ich nicht davon ausgehe, dass Ihr in dieser Schlacht sterben werdet. Ihr seid einfach ein viel zu guter Soldat, und, offen gesagt, ich kann es mir gar nicht leisten, Euch zu verlieren. Also, tut mir den Gefallen und bleibt am Leben.«

Crys brachte ein freudloses Lachen zustande. »Ich werde mein Bestes tun«, versprach er.

»Davon einmal abgesehen, werde ich Ash einen Platz in meinem Stab anbieten, wenn alles vorüber ist, oder ich werde ihn zu Dallis persönlichem Leibwächter machen, was immer ihm lieber ist. Es wäre schön, die beiden zusammen zu haben, auch wenn sie dann zweifellos unsere Regierungsgeschäfte zum Gespött machen. Eine weitere Möglichkeit, für den Fall, dass Dalli, wenn sie Königin wird, ihr Häuptlingsamt an jemand anderen abgibt: Meine Stimme als ein mehr denn geeigneter Nachfolger wäre ihm jedenfalls sicher. Und natürlich werden die Krone und die Wölfe auf ewig eng miteinander verwoben sein. Dalli wird nichts anderes zulassen, und ich bin nicht so dumm, mich, was diesen Punkt betrifft, ständig mit ihr herumzustreiten.«

Crys wusste nicht, was er antworten sollte. Er hatte Widerspruch erwartet, peinliche Fragen und vielleicht sogar einen Tadel für ihrer beider Benehmen in der Öffentlichkeit. Er hätte nicht erwartet, dass Make ihn so gut verstehen würde. Hatte kein Mitgefühl erwartet. Es war ein unvertrautes Gefühl, nach all den Monaten wachsamer Hingabe, wie sie ihm die Kriker entgegenbrachten – aber eben auch nicht mehr als das. Es lockerte den Kloß der Anspannung in seiner Brust, der dort so lange gesessen hatte, dass er ihn längst vergessen hatte. Bebend atmete er aus.

Make beugte sich vor und gab ihm einen Klaps auf den Arm. »Wie gesagt, ich befehle Euch, nicht zu sterben, Tailorson, aber wenn Ihr mir dann doch den Gehorsam verweigern solltet, verspreche ich Euch, dass er gut versorgt sein wird.«

»Vielen Dank, Majestät«, erwiderte er. »Es bedeutet mir mehr, als Ihr wissen könnt. Auch Eure … Akzeptanz.«

Makes Mundwinkel zuckten, aber seine Miene war nachdenklich. »Sagen wir einfach, Dalli ist eine Tyrannin und hat mir das eine oder andere darüber beigebracht, was es heißt, kein voreingenommenes Arschloch zu sein. Hat mich einige Lektionen gelehrt, die ich – die wir alle – besser schon vor langer Zeit hätte lernen sollen. Und außerdem ist es nun mal nicht einfach, einen Krieger zu lieben, wenn am Horizont eine Schlacht aufzieht«, fügte er hinzu. »Bei allem, was da auf Euren Schultern lastet, würde ich Euch diesen kleinen Trost niemals verwehren. Natürlich müssen dann eben sowohl Ash als auch ich überleben, damit die Sache in die Tat umgesetzt wird.«

»Das werdet ihr, alle beide«, versicherte Crys leichthin, und Make nahm seine Worte mit mehr Glaubensgewissheit auf, als klug war, ganz als sei es eine göttliche Prophezeiung gewesen. Crys ließ ihm seinen Glauben und verzichtete darauf, ihn eines Besseren zu belehren. Er stand auf. »Noch einmal danke, Herr. Wenn Ihr erlaubt?«

Make erhob sich ebenfalls, und Crys salutierte. »Entlassen, Major.«

Crys überließ den König seinen Planungen und machte sich auf die Suche nach Hallos. Der Arzt sprang auf, als Crys das lange, niedrige Zelt betrat, das als Feldhospital dienen würde, sobald die Schlacht begonnen hatte. Der stämmige Mann eilte ihm durch das ganze Zelt entgegen und führte ihn mit ungebührlicher Fröhlichkeit ins Licht der Fackel. »Es ist mir eine Ehre, eine große Ehre«, sagte er. »Wie darf ich helfen?«

»Immer mit der Ruhe, Hallos«, ertönte eine Stimme, und Crys erkannte Gilda im Dämmerlicht. Er verspürte, wie ihn ein geradezu widersinniges Gefühl von Erleichterung durchströmte. »Lasst den Jungen sich erst einmal hinsetzen, bevor Ihr anfangt, an ihm herumzupiksen.«

»Das würde ich nie tun«, protestierte Hallos, aber Crys fand, dass er seinen Worten zum Trotz ein wenig schuldbewusst dreinblickte. Er nahm den angebotenen Stuhl dennoch an, und Gilda zog ihren Hocker näher ins Licht und verdrehte die Augen, als er zu ihr herüberblickte.

Er kam sich, jetzt, wo es so weit war, ein wenig lächerlich vor. Da saß er hier und stand im Begriff, über Bauchschmerzen zu klagen, wenige Tage bevor sie kämpfen und töten würden. Und genau das war natürlich der Moment, in dem der Fuchsgott beschloss, die Sache selbst in die Hand zu nehmen.

»Da ist etwas in mir, das versucht, sich seinen Weg hinauszugraben«, meldete sich der Gott, und Hallos schnappte heftig nach Luft und keuchte auf, als die Veränderung für ihn offensichtlich wurde. Er tastete nach einem Bleistift und seinem Notizbuch, ohne hinzuschauen, leckte das falsche Ende des Bleistifts an und machte Anstalten, auf eine Seite zu kritzeln, die bereits vollgeschrieben war. »Ich glaube, es handelt sich um die Wesensessenz der Dunklen Dame«, fügte der Gott hinzu, und der Bleistift hörte auf, sich zu bewegen. Es folgte eine lange Pause, dann rutschte Gilda ein Stück näher heran.

Ähm, Füchslein? Wann hattest du eigentlich vor, mir davon zu erzählen?

Was denn, hast du gedacht, wir hätten sie bereits ausgeschieden? Gelächter gluckerte durch seine Adern.

Ja. Nun gut, nein. Ach was, ich habe eigentlich nicht sonderlich darüber nachgedacht.

Wir hätten nie wieder von unserem Schwanz Gebrauch gemacht, wenn wir das getan hätten, versicherte der Fuchsgott.

»Faszinierend. Absolut faszinierend«, murmelte Hallos vor sich hin. »Und, sagt mir, was bringt Euch auf den Gedanken, es könne sich um eine solche … Substanz handeln? Und warum versucht sie jetzt, Euren Körper, äh, zu räumen?«

»Weil nun die Zeit fast gekommen ist«, ertönte eine andere Stimme aus der Dunkelheit. Crys' Nackenhaare stellten sich auf. Zwischen den Pritschen, die auf zerstückelte, schreiende Patienten warteten, kam Dom ans Licht gehumpelt.

»Nein«, flüsterte Crys. »Das Blutkind wird erst in frühestens sechs Wochen geboren, wahrscheinlich dauert es sogar noch länger. Bis dahin ist die Schlacht geschlagen und gewonnen. Dann ist alles vorüber.«

»Das Schicksal des Fuchsgottes ist es, die Dunkle Dame zu besiegen. Wie willst du das tun, wenn du in drei Tagen stirbst?«, fragte Dom. Gilda half ihm auf ihren Hocker und stellte sich hinter ihn, bereit, ihn aufzufangen, falls ihn eine Offenbarung überwältigte. Hallos' Kopf drehte sich hin und her wie der einer Eule, die zwei appetitliche Mäuse zugleich ins Visier nimmt und nicht genau weiß, welche sie als erste fressen soll.

»Dann überlebe ich die Schlacht also?«, fragte Crys, und sein Herz tat vor Freude einen Sprung. Sie hatten immer noch Zeit, es blieben immer noch Tage mit Ash, die sie zusammen verbringen konnten, um auch noch den letzten Tropfen Liebe und Leben bis zur Neige auszukosten.

Doms Lachen war verschlagen und nicht direkt aufmunternd, als er sich die Hand auf sein rechtes Auge drückte. »Oder vielleicht will dieses Baby ja auch einfach nicht warten«, sagte er. »Wer weiß?«

TARA

Zehnter Monat, erstes Jahr der Herrschaft von König Corvus
Südkaserne, zweiter Ring, Rilporin, Weizenland

Das Wasser war so kalt, dass es brannte, als es sie im Gesicht traf. Einige Sekunden lang konnte sie nichts als dieses Brennen spüren, während sie langsam wieder zu ihrem Bewusstsein zurückfand. Doch allzu bald donnerte ihr der tückische, schneidende Schmerz wieder durch den Hinterkopf, pochte ihr den Hals hinunter und in die Schultern hinein, sodass sie lang und pfeifend durch die Zähne einatmete. Tara öffnete ein Auge – das andere war zugeschwollen –, und der Raum um sie herum wurde allmählich sichtbar. Die Kaserne. Die Zellen. Aber nicht Vaunts Zelle.

Mit grimmigem, unnachgiebigem Stolz und trotz der Blutflecken auf den Fetzen seiner Uniform nahm Oberst Dorcas Haltung an. Also hatte er erbittert gekämpft, bevor er gefangen genommen worden war. Würde Vaunt den Aufstand aufrechterhalten können, ohne dass sie beide ihm dabei behilflich waren? Natürlich konnte er das. Er konnte es, und er würde es. Sie und Dorcas würden jetzt wohl übel zugerichtet werden, keine Frage, aber …

»Ich brauche diesen Raum. Euch brauche ich nicht.« Valan trat in ihr Blickfeld, zückte ein Messer und rammte es Dorcas in die Kehle. Er verfehlte die dicken Schlagadern, weil der Oberst in einer instinktiven Abwehrbewegung die Hand nach oben gerissen hatte. Aber dann war Valan hinter ihm, legte seine freie Hand auf Dorcas' Stirn und riss seinen Kopf zurück. Die Hand mit dem Messer schlitzte in Muskeln und Luftröhre, bis ein jäher Blutstrahl aus Dorcas' Hals schoss und gegen Wand und Boden spritzte – und Tara ins Gesicht.

Tara gelang es, sich halb aufzurappeln, in der Absicht, Valans eigenen Hals mit den Zähnen aufzureißen, doch dann verdrehten ihr die beiden Männer, die sie festhielten, beide Arme auf dem Rücken und zwangen sie wieder auf die Knie. Sie hielten sie so, dass sie sich nicht mehr rühren konnte, und eine Hand umfasste ihren Hinterkopf und drehte ihn, sodass sie ihren Blick nicht vom sterbenden Dorcas abwenden konnte. Sie sah dem alten Soldaten starr in die Augen und schloss sie nicht, bis alles vorbei war, wobei sie im Stillen Rache gelobte, und dann richtete sie den Blick zu Valans Gesicht empor.

»Lasst uns allein«, befahl er. Da war keine Spur mehr von dem zugleich tüchtigen und umgänglichen Mann, den sie in den letzten Monaten kennengelernt hatte. Seine plötzlich aufschimmernde Verletzlichkeit, wenn er von seiner Frau und seinen Kindern gesprochen hatte, war nun ganz weit weg, unter undurchdringlichem Eis verloren. Er war Valan, der Stellvertreter des Königs, und ihr Tod glänzte in seinen Augen.

Die Männer, die sie festhielten, zerrten ihre Arme noch fester nach hinten, bis ihr ein hoher Schmerzensschrei entfuhr, und dann schlugen sie ihr Gesicht auf den Steinboden, so hart, dass ihr eine Augenbraue aufplatzte und Dorcas' Blut ringsum in die Höhe spritzte. Als sie ihre plötzlich freien Hände nach vorn, unter sich gezogen hatte, waren sie schon dabei, den Leichnam durch die Tür zu schleifen, die sie sodann hinter sich zuschlugen. Sie war durchtränkt von Blut, die ganze Zelle ein stinkender Sumpf aus Exkrementen und Angst.

Langsam und taumelnd stand Tara auf. Sie war noch immer benommen von dem Schlag, der sie bewusstlos gemacht hatte –

vor nicht allzu langer Zeit, wie ihr das aus dem Fenster an der Decke fallende Licht verriet –, und noch nicht einmal der Schmerz und die nun in ihr aufdämmernde Angst vermochten den Nebel in ihrem Kopf zu lichten. »Verehrter?«

Valans Arm krachte gegen ihre Kehle, als er sie gegen die Wand zurückzwang. Er drückte so fest zu, dass ihr die Luft wegblieb, und sein Gesicht war ihrem so nah, dass sie sich hätten küssen können. Sie würgte, ihre eine Hand fummelte an seinem Arm herum, die andere an seinem Gürtel, suchte das Messer und konnte es nicht finden.

Valan versetzte ihr einen Kopfstoß. Lichter flammten hinter ihren Augen auf, Knorpel knackten in ihrer Nase. Noch immer konnte sie nicht atmen, Blut sprudelte über seinen Unterarm, seine schwere, lederne Armschiene schmiegte sich eng unter ihr Kinn.

»Warum?«, fragte er. Tara blinzelte, rang nach Luft, und in ihrem Gesichtsfeld explodierten Sterne. »Warum, du Miststück, sag mir, warum? Du hast gewusst, was geschehen würde, wenn du nicht gehorchst, was mit Vaunt geschehen würde, und doch greifst du, verdammt noch mal, zur Waffe und wendest dich gegen mich. Erhebst dich zusammen mit diesen ganzen Scheißsoldaten gegen mich. *Wie konntest du mich nur verraten?*«

Sie schnappte nach Luft und flehte mit den Augen, und er löste den Druck gerade weit genug, dass sie ein winziges bisschen Luft in die Lunge bekam. »Entschuldigung«, stieß sie mit erstickter Stimme hervor.

Valan brüllte ihr ins Gesicht, drückte den Unterarm noch fester um ihre Kehle, und sie versuchte, nach ihm zu schlagen, bekam eine Handvoll Haar zu fassen und zog daran, bis er ihr die Faust in die Niere rammte – dieselbe, die Lanta mit dem Hammer getroffen hatte –, und wenn sie jetzt hätte schreien können, dann hätte sie es getan. Die gesplitterten Rippenenden knirschten unter jedem Schlag, da waren die Qual und die

Übelkeit und Valans Arm, und allesamt schnürten sie ihr die Kehle zu, bis sie das Bewusstsein zu verlieren begann.

Er ließ sie an der Wand herabsinken, machte einen Schritt zurück und trat ihr in den Bauch, sodass alle Luft aus ihrer Lunge wich. Sie sah, wie sich etwas in ihm Bahn brach, und rollte sich zu einem Ball zusammen, die Hände über dem Kopf und die Zähne zusammengepresst, damit sie sich nicht die Zunge abbiss.

Es war Jahre her, seit sie das letzte Mal so heftig zusammengeschlagen worden war. Es war schlimmer, als sie es in Erinnerung hatte, dauerte auch länger. Es war Valans eigene Erschöpfung, die ihn schließlich einhalten ließ, als Tara kaum mehr bei Bewusstsein war und sie nichts anderes mehr hören konnte als sein Keuchen und ihr eigenes Wimmern. Ihre Rippen standen in hellen Flammen, ihr Gesicht war unförmig angeschwollen, und überall hatte sie Schmerzen, in ihren Händen und Fingern, wo er sie getreten hatte, in ihren Beinen, wo er über sie getrampelt war, in ihrem Rückgrat, in ihrem Hintern und in ihren Schulterblättern.

Er hockte sich hin und nahm sie in den Schwitzkasten, zerrte sie zu der Pritsche und warf sie darauf. Er rief etwas, und die Tür wurde aufgerissen, und drei Mirak drängelten sich herein, drückten sie mit dem Bauch nach unten auf die Matratze und spreizten ihre Beine. Angst und wilde Wut verliehen ihr neue Kräfte, schnitten durch den Nebel in ihrem Schädel, und sie zappelte zwischen ihnen wie ein Fisch an der Leine.

»Nein. Nehmt eure Scheißhände von mir weg! Nein! Nein!«

Sie legten ihr ganzes Gewicht auf sie, während Valan ein Seil durch ihr Halsband schlang und ihre Hände hoch an ihren Nacken zwang und sie hinter ihren Kopf band. Wieder schrie sie auf, als Valan ihren gebrochenen Ellbogen bewegte. Die anderen Mirak ließen sie vorsichtig los, und Tara rollte sich auf die Seite und trat nach ihnen, zwang sie weg. Sie wichen zurück, und

Valan zerrte Tara in eine sitzende Position hoch. Er winkte den Männern, den Raum zu verlassen, und sie sah die Enttäuschung auf ihren Gesichtern.

Sie spuckte ihm Blut entgegen und kämpfte mit den Seilen, die ihre Handgelenke an das Halsband banden, aber sie waren viel zu eng geschnürt, als dass sie sich hätte freizappeln können, selbst wenn sie noch die Kraft dazu besessen hätte. All ihre Schmerzen kamen mit einem Mal wieder zurück, entluden sich wie ein Gewitter über ihr, und ein langgezogenes Wimmern entrang sich ihrer Kehle.

Valan stand über ihr, und all die Gewalttätigkeit in ihm war plötzlich gezügelt, in die Dunkelheit zurückgerissen, als hätte es sie nie gegeben. »Du hättest alles haben können«, sagte er mit sanfter Stimme. »Freiheit, einen guten Mann an deiner Seite und in deinem Bett, Kinder. Macht und Wohlstand. Stattdessen hast du alles weggeworfen und dich auf die Seite der Sklaven gestellt, obwohl du doch um so viel besser bist als sie. Und du hast mich belogen, monatelang hast du gelogen. *Du gehörst mir*, und doch hast du mich zum Narren gemacht.«

Ihre Gehirnerschütterung hatte Taras Bewusstsein getrübt, aber sie wusste, dass sie nicht mehr als ein paar Stunden ohnmächtig gewesen sein konnte. Der Aufstand musste immer noch im Gang sein, und er würde mit jeder Stunde, die Valan hier verbrachte, statt dort draußen die Verteidigung zu organisieren, an Fahrt gewinnen. Je länger sie ihn hier beschäftigt halten konnte, desto besser standen Vaunts Chancen, die Stadt in seine Gewalt zu bringen und Tara aufzuspüren. Sie brauchte nur durchzuhalten, und Tomaz würde sich seinen Weg zu ihr bahnen, und zusammen würden sie dieses Arschloch in Stücke reißen.

Genau darum geht es, Tara. Sag, was immer du sagen musst, aber sorg dafür, dass er weiterredet.

Sie schüttelte den Kopf, ließ blutige Speichelfäden von ihrem Mund auf ihre Brust herabhängen. »Ich gehöre weder Euch noch sonst jemandem, nicht einmal der Tänzerin. Menschen sind kein Besitz – werden es niemals sein. Ich gehöre Euch nicht.« Die von der Überdehnung ihrer Arme herrührenden Zerrungen in ihrem Rippenbereich machten sie kurzatmig, und von den Rändern ihres Gesichtsfelds her drohte die Dunkelheit sie zu übermannen, aber sie machte weiter. »Ihr seid ein guter Mann, Valan. Eure Hingabe an Neela, an Kit und Ede beweist das. Ihr habt sie geliebt, habt Euch um sie gekümmert, habt nichts anderes als ein besseres Leben für sie gewollt, und Ihr habt hart gearbeitet, um ihnen das bieten zu können. Weil Ihr anständig und intelligent seid. Weil Ihr gütig seid.« Erbrochenes kroch ihr kochend über die Kehle, noch dicker als ihre dick aufgetragene Scheinheiligkeit. »Und als sie gestorben sind, habt Ihr um sie getrauert, wie jeder gute Mann das tun würde. Ich habe Euch um sie weinen sehen, Valan. Ich weiß um Eure Trauer. Doch jetzt seid Ihr hier und schlagt mich bewusstlos, droht, meinen Mann zu töten. Das seid nicht Ihr, Valan. Das ist nicht der Mensch, der Ihr wirklich seid. Ich weiß es. Ihr seid zu gut für das hier.«

Valan saugte an einem seiner aufgeplatzten Fingerknöchel und fasste Tara dabei ins Auge. »Erwähne meine Familie noch ein einziges Mal, und ich werde die drei da draußen hier hereinkommen und mit dir machen lassen, was immer sie wollen«, sagte er. Sein Tonfall war so beiläufig, dass sie eine Sekunde brauchte, um seine Worte zu verarbeiten.

Tara brauchte ein verängstigtes Aussehen gar nicht erst vorzutäuschen. »Wie Ihr befehlt, Geehrter«, erwiderte sie.

Valan packte sie an ihrem Hemd und riss sie von der Pritsche hoch. Blinde Wut verzerrte seine Züge erneut, so schnell und unerwartet wie Wetterleuchten im Sommer. »Jetzt willst du die gute Sklavin spielen? Jetzt, nachdem du die Gesegnete angegriffen hast? Nachdem du mit mir die Schwerter gekreuzt und versucht hast, Rill aus der Stadt zu bekommen? *Ich hätte dir alles gegeben!*«

Da waren Tränen in Valans Augen, und das war beängstigender als alles, was zuvor geschehen war. Ein kaltes, entsetzliches Grauen befiel Tara. »Geehrter … Valan … bitte.«

»Du hast alles zerstört«, flüsterte er ihr ins Ohr und drückte seine Wange gegen ihre. Metall glitt über Leder, als er sein Messer aus der Scheide zog. Tara taumelte zurück, aber die Pritsche war im Weg. Sie konnte nirgendwohin.

Sie spürte die Klinge, kalt wie der Tod, unter den Saum ihres Hemdes gleiten. »Es tut mir leid, Geehrter. Es tut mir leid, es tut mir leid, vergebt mir, ich flehe Euch an«, faselte sie, denn ihn am Reden zu halten war ja schön und gut, aber aufgeschlitzt zu werden war etwas ganz anderes. »Ich werde alles für Euch tun.«

Das Messer öffnete einen Schnitt an ihren Rippen entlang, und Tara brüllte auf und warf sich auf die Pritsche zurück, winkelte ein Bein an, um sich irgendwie zu schützen, aber Valan kletterte über sie, wich ihren Tritten aus und drückte die Schneide des Messers über dem Sklavenhalsband gegen ihre Kehle.

»Bitte nicht.«

Die Zellentür wurde aufgerissen. »Wir haben ihn, Stellvertreter. Es ist erledigt, alles vorbei. Wir haben die Anführer, und wir haben all jene getötet, die sich nicht ergeben haben.« Valan wandte den Blick nicht von Tara ab.

»Major Vaunt?«

»Ja, Stellvertreter. Lebend, wie erbeten.«

Valan drückte ihr das Messer fester ins Fleisch, als sie sich reflexhaft bewegte. »Gut.« Er legte die Klinge beiseite und beugte sich vor, und sein Bauch drückte sich gegen ihren. »Du hast mir etwas genommen«, flüsterte er und küsste sie auf den Mund, »und jetzt nehme ich dir etwas.«

Tara lag auf der Pritsche, mit dem Gesicht zur Wand, unter einer mit Flecken überzogenen Decke, die steif vor Blut war. Sie verfolgte den langen, stetigen Fortschritt einer Spinne, die ihr Netz in der Ecke spann, um die Fliegen zu fangen, die in Scharen kamen, um sich am Dreck der Gefängniskaserne gütlich zu tun.

Vollkommen reglos daliegend, beobachtete sie das Tier schon seit Stunden, während es aus dem Nichts heraus Komplexität und Schönheit erschuf. Aus sich selbst heraus. Wenn sie nur ganz still dalag und äußerst angestrengt zuschaute, wurde es beinahe möglich, nicht mehr zu denken – nicht an ihr eigenes Scheitern, nicht daran, was sie Vaunt angetan hatten. Wie er geschrien hatte.

Valan war jetzt ein völlig anderer Mensch; da war nichts an ihm, was Tara wiedererkannt hätte, nichts mehr aus all den Monaten, die sie mit ihm zusammengelebt hatte. All die Grausamkeit und Skrupellosigkeit, für die die Mirak berühmt waren, die ihm zuvor so weitgehend gefehlt zu haben schien – der Stellvertreter hatte mit ihr gelacht und getrunken, hatte sie bei ihrem Namen genannt, als sei sie ein Mensch und kein Ding, hatte sie wie nebenbei nach ihrer Meinung gefragt und ihr vertraut –, all diese Grausamkeit schien nun in ihm zu ihrer reinsten, giftigsten Essenz destilliert und gegen Tomaz gerichtet. Um sie zu bestrafen.

Tara biss sich in die Innenseite ihrer Wange – sehr fest – und konzentrierte sich wieder auf die Spinne. Eine Fliege landete unter ihrem Auge auf ihrer Wange. Ihr Lid zuckte, und die Fliege summte wieder davon. *Flieg nicht weit, kleiner geflügelter Plagegeist. Die Spinne hat Hunger.*

Drei Tage bisher, drei Tage, an denen Valan sie gezwungen hatte zuzuschauen, wie die Mirak Tomaz die Knochen brachen, ihn zu Brei schlugen. Drei Tage, während derer sie ihn nicht einmal verhört hatten, sich gar nicht darum scherten, über welche Informationen er verfügte, egal was Tara ihnen anbot, damit sie aufhörten, ja, selbst wenn sie ihnen sich selbst dafür anbot.

Drei Tage, an denen sie ihr die Hände hinter dem Kopf gefesselt und sie in Vaunts Zelle geführt und ihr nichts getan hatten. Nicht einmal, als sie darum gebeten hatte, Tomaz' Stelle einnehmen zu dürfen, oder gedroht hatte, ihnen allen den Garaus zu machen. Drei Tage, und Tomaz war kaum mehr menschlich. Drei Tage und der Ausdruck des Betrogenwordenseins auf seinem zerstörten Gesicht – die Vorwürfe – hatten ihr Werk verrichtet.

Sie biss erneut zu, die Haut roh und geschwollen, weicher, feuchter Schorf in ihrem Mund, der unmöglich wieder heilen konnte. Die Spinne hatte eine weitere Spirallinie ihres Netzes vollendet, seinen Umfang ein klein wenig vergrößert. Dabei setzte sie ihre zarten haarigen Beinchen ganz behutsam immer nur auf die Längsfäden, nie auf die Querverbindungen dazwischen.

Da waren die unerträglichen Laute, die er von sich gab, während sie ihm wehtaten, während sie sich gewaltsam seiner bemächtigten, seine Drohungen, die zu einem Heulen wurden, das sich wiederum in das Schluchzen eines gebrochenen, traumatisierten Geschöpfes verwandelte, weit, weit weg von dem Mann, den sie kannte. Drei von ihnen hielten ihn fest und drückten ihn höhnisch lachend nach unten, während sich der vierte mit rotem Gesicht über ihn hermachte und befriedigt grunzte, den Blick unverwandt auf Tara gerichtet, die Lippen zu einem Lächeln hochgezogen, das teils Lust, teils Hass ausdrückte.

Tara schlug mit der Hand gegen die Steinwand unter dem Netz, schlug dreimal schnell und fest, verschlimmerte die Prellung, die bereits schwarz wurde und ihre Handballen anschwellen ließ.

Die Spinne erstarrte und zog die Beine zusammen. Das Netz zitterte, und Tara stellte sich vor, dass sie, wären ihre Ohren nur gut genug, es jetzt vibrieren hören würde, ein leises Klingeln wie von Mondlicht auf Wasser. Sie fragte sich, wie es sich wohl für die Spinne anhörte, wenn eine Fliege in ihre Falle flog.

Sie bestraften Tomaz, um Tara daran zu erinnern, wo ihr wahrer Platz war. Um zu unterstreichen, dass sie nur Besitz war. Ein Ding.

Nein. Das ist nicht mein wahrer Platz. Mein Platz ist es, auf ihre Gräber zu pissen, nachdem ich sie dort hineingebracht habe. Sie erinnern mich daran, wer ich wirklich bin. Was ich bin. Und daran, was ich ihnen antun werde.

Sie konnte Tomaz noch immer sehen, konnte noch immer die Echos seiner Schreie hören. Ein weiterer Posten auf ihrer Strichliste, den sie noch abzuhaken hatte, eine weitere Schuld, die es hundertfach zurückzuzahlen galt. Ihre eigenen Verletzungen bedeuteten nichts in der Hitze ihres Zorns, eines Zorns, der alles verzehren würde, was er berührte. Denn Tara war eine verdammte Soldatin, und sie würde ihre Pflicht tun, und diese Pflicht bestand darin, Tomaz zu retten und Valan und jeden der Männer umzubringen, die ihm wehgetan hatten. Sie über lange Stunden hinweg umzubringen, über Tage hinweg, sie für jeden toten Sklaven, jeden vergewaltigten Leib, jedes verlorene Kind umzubringen. Sie alle zu töten, bis selbst sie übersättigt und des Mordens überdrüssig war.

Sie blinzelte. Sie hatte Körnchen in den Augen, nachdem sie so lange die Spinne und ihr durchscheinendes, kurzlebiges Netz angestarrt hatte, ihr im Dreck erbautes Zuhause, ihr privates Stückchen Paradies inmitten von Taras Elend.

Pflicht.

Ihre Wirbelsäule protestierte, als sie sich ganz langsam auf den Rücken rollte, und all die vielen tiefen Verletzungen, innerlich wie äußerlich, wachten alle gleichzeitig auf und buhlten schreiend um ihre Aufmerksamkeit, wie sie das jeden Tag gemacht hatten, seit das alles hier angefangen hatte. Seit sie sie am Leben gelassen hatten. Seit sie sie sehr, sehr zornig gemacht hatten.

Tara sammelte sie alle ein, all die Verletzungen und Erniedrigungen, scharte sie um sich und schlüpfte hinein wie in eine Rüstung, und sie gelobte ihnen Rache.

MAKE

Zehnter Monat, erstes Jahr der Herrschaft von König Corvus
Am Hügel, Rand des Tiefen Waldes, Weizenland

Ja, sie sind da, jede Menge Wachposten, bisher noch keine Befestigungsanlagen«, berichtete Dalli, als sie mit dem Rest des Spähtrupps der Wölfe ins Lager zurückkehrte. Alle Gefühle der Erleichterung, die Make angesichts ihrer sicheren Rückkehr empfunden hatte, waren bei ihren Worten plötzlich wie weggeblasen.

Sie wischte sich Regentropfen vom Gesicht und hüllte sich in die Decke, die Jarl ihr hinhielt. Es hatte jetzt seit drei Tagen durchgeregnet, und sie waren alle bis auf die Knochen durchweicht, kalt und elend. Die Beinbrecher und die Fallgruben, die sie vor dem Hügel in die Erde gegraben hatten, füllten sich mit Wasser, und im Grasland dazwischen versanken ihre Stiefel.

»Sie wissen, dass wir hier sind, aber sie scheinen nicht die Absicht zu haben herzumarschieren, um sich uns entgegenzustellen«, fügte sie hinzu. »Sie sind ungefähr fünf Meilen südlich von hier.«

»Kriegsfürst, Häuptling, ich will eure besten und leisesten Krieger«, sagte Make in die bedrückte Stille seines Kriegsrats hinein. »Jarl, schickt eine Einheit Pioniere mit ihnen, damit sie den Untergrund untersuchen, und dann geht dort rein und sät ein wenig lautloses Chaos. Ich will, dass sie morgen früh neben Leichen aufwachen. Mal sehen, ob wir sie nicht dazu provozieren können, den Hügel anzugreifen, hm?«

»Die Wölfe übernehmen die Bäume auf dem westlichen Hang und den Bereich am Fuß des Hügels, und Ihr, Kriegsfürst, bezieht direkt über ihnen Stellung«, fuhr Hadir fort und zeigte die jeweiligen Positionen auf der primitiven Landkarte, die sie auf die Zeltwand gemalt hatten. »Ihr seid das Bindeglied zwischen den Wölfen und der Truppe, und es ist von zentraler Wichtigkeit, dass Ihr diese Linie haltet, sonst sind sie abgeschnitten. Was die Hügelkuppe betrifft, so übernehmt Ihr, Thatcher, das Zentrum; Jarl geht im Osten in Stellung. Arzt, wir müssen ein Feldlazarett auf der ebenen Fläche im rückwärtigen Hügelbereich einrichten. Wir werden Männer abbeordern, um Euch zu bewachen.«

Der Kriegsfürst begutachtete die Landkarte, während er sich mit den Fingern den Bart kämmte. »Guter Plan«, sagte er. »Und wir halten also diese Positionen Tag und Nacht, bis es zur Schlacht kommt? Die Attentäter, die wir bei Abenddämmerung hineinschicken wollen, könnten sie schließlich auch eine Spur zu sehr provozieren.«

Make nickte ihm anerkennend zu. Er freute sich mehr denn je, nicht nur fünfzehnhundert Krieger auf seiner Seite zu haben, sondern mit Brid Fuchstraum und Cutta Froschtraum auch zwei zusätzliche Befehlshaber, die das Kriegshandwerk außerordentlich gut beherrschten. Er saugte Luft zwischen seinen Zähnen hindurch. »Wie viele sind es?«

»Schwer zu sagen«, antwortete Dalli. »Aufgrund der Wetterbedingungen haben wir sie nicht alle zu sehen bekommen. Aber nach der Größe und Anordnung ihrer Stellungen zu urteilen, stimme ich mit Crys' vormaliger Schätzung überein – ungefähr viertausend.«

»Nun ja, nichts für ungut, aber gehen wir besser davon aus, dass ihr euch beide irrt und ihre Zahl etwa doppelt so groß ist wie unsere, denn wir wissen wohl alle, dass es hier um die Entscheidungsschlacht geht. Wir müssen um jeden Preis gewinnen, daher will ich, dass wir alle Möglichkeiten durchspielen. Wie können wir sie in großer Zahl außer Gefecht setzen? Und genauso: Wie könnten sie versuchen, uns davon abzuhalten, unseren Geländevorteil zu nutzen?«

»Sie werden sich bemühen, beim ersten Angriff unsere Bogenschützen abzuwehren«, ergriff Crys das Wort, als sich sonst niemand zu sprechen anschickte. »Wenn sie den Hügel heraufkommen, werden sie für die meiste Zeit des Aufstiegs unter anhaltendem Pfeilbeschuss stehen, also wird der Hauptteil ihrer Kämpfer die Schilde über dem Kopf halten, während die Soldaten an der Spitze ihre vor der Brust haben, für den Fall, dass wir Pfeile in gerader Linie den Hang hinabfeuern. Die eigenen Bogenschützen werden sie an ihren Flanken positionieren, um zu versuchen, unsere Schützen möglichst wenig zum Zug kommen zu lassen. Sie könnten sogar erst einmal einen zweiten Trupp von Soldaten durch die Bäume losschicken, um uns auf diese Weise dazu zu bewegen, dass wir unsere Bogenschützen verlagern und dadurch eine Lücke in unseren Reihen öffnen, die sie sich zunutze machen können.«

»Dann müssen unsere Bogenschützen von Anfang an beweglich sein. Wenn ihr sie hinter Schutzschilde aus Weidengeflecht steckt, müssen sie entweder an Ort und Stelle bleiben, oder sie riskieren es, auf dem Weg zu einer neuen Stellung erschossen zu werden. Gebt uns einige Schilde der Truppe, hinter denen wir uns verstecken können, dann können wir von überall schießen, wo immer ihr uns braucht«, sagte Ash.

Sie gingen alle Details noch zwei weitere Male durch, brüteten über Plänen und besprachen verschiedene Möglichkeiten. Schließlich entschieden sie sich für eine Abfolge von taktischen Manövern, um mögliche Angriffe zu durchkreuzen. Letztendlich aber sollte es dem jeweiligen Offizier an der Front obliegen, nach Maßgabe des Verlaufs der Schlacht die jeweils gebotenen konkreten Entscheidungen zu treffen. Den Planungsmöglichkeiten ihres Kriegsrats waren enge Grenzen gesetzt.

Die Nacht war tief, und die Kriker und Wölfe, die heimlich über den Feind herfallen sollten, hatten bereits seit einiger Zeit das Lager verlassen, als sich Make endlich daranmachte, die Sitzung zu beenden. Er streckte sich, stöhnte auf, als es in seinem Rücken knackte, und ein ansteckendes Gähnen machte unter den Versammelten die Runde.

»Irgendwelche Schlussgedanken?«, fragte Make.

Ash hüstelte und hob die Hand. »Die, ähm, die andere Sache, General – Euer Majestät? Über die wir gestern gesprochen haben?«

Make blies die Wangen auf, Vorsicht und Instinkt rangen in ihm miteinander, Dalli jedoch, die angesichts seines Zögerns die Brauen zusammengezogen hatte, nickte ihm zu. Ihm fiel wieder ein, was sie zuvor zu ihm gesagt hatte: *Tara würde wollen, dass du es tust, auch wenn du selbst es nicht willst. Du tust es genauso für sie wie für die anderen. Am besten, du machst es vor der Schlacht, für den Fall, dass wir hinterher alle tot sind.*

Seine Mundwinkel verzogen sich bei dem Gedanken amüsiert. Eben von Kopf bis Fuß Romantikerin, die gute Dalli Kurzspeer. Ein Grinsen breitete sich auch auf ihrem Gesicht aus, als sie seine Miene sah. Er räusperte sich und blinzelte seine Müdigkeit weg.

»Meine Herren. Und Damen«, fügte er verspätet hinzu. *Toller Anfang.* »Im Lichte der jüngsten Ereignisse und der Opfer, die in ebendiesem Moment in Rilporin und anderswo gebracht werden, und im Gedenken an jene, die wir verloren haben, Wölfe wie Rilpori, und ihnen allen zu Ehren, habe ich ein Gesetz entworfen – der Wortlaut ist ein wenig ungeschliffen, ich habe keine Ahnung, wie man solche Dinge gebührend verkündet –, ein Gesetz in meiner Eigenschaft sowohl als Fürstgeneral der Truppen wie als zukünftiger König …« Er geriet ins Stocken und brach ab.

Oberst Jarl und General Hadir wechselten einen alarmierten Blick. Der Kriegsfürst zeigte wenig mehr als höfliches Interesse, aber Ash beobachtete ihn gespannt, mit unverwandter Aufmerksamkeit.

»Von Priesterin Gilda als dem einzigen überlebenden Mitglied des Priesterrates bezeugt und gebilligt«, fuhr Make unbeirrt fort, und Ashs sichtlich wachsende Aufregung genügte, um seinen Tonfall aufzulockern, »erkläre ich hiermit, dass es keinerlei gesetzmäßigen Hinderungsgrund dafür gibt, dass sich Frauen den Truppen anschließen und im Kampf dienen, so wie Majorin Carter es getan hat und zweifellos auch in diesem Moment mit Ehre und Tapferkeit tut.« *Und unter völliger Missachtung der Befehle ihrer Vorgesetzten.*

Ashs Gesicht wurde lang, und Crys runzelte die Stirn. Falten der Verwirrung gruben sich in seine Züge. »Was hast du denn?«, fragte er.

»Darüber hinaus«, sagte Make und drehte sich zu Crys und Ash hin um, »ist das altmodische und lächerliche Gesetz, das gleichgeschlechtlichen Paaren die Heirat verbietet, hiermit aufgehoben. Und ich glaube, Major Tailorson, dass Ash Schütze Euch auf dieser Grundlage gerne etwas fragen würde.«

Das Schweigen, das sich über das Zelt senkte, war teils ungläubig, teils entrüstet und auch ein wenig erfreut, aber der Schock und die jäh aufdämmernde Panik auf Crys' Gesicht waren all das wert. Ash nahm seine Hände und kniete nieder, doch die Wirkung seiner Geste wurde durch das patschende Geräusch seiner Knie, als sie in den durchweichten Boden sanken, weitgehend zunichtegemacht. »Crys Tailorson, Herzensgebundener, Liebe meines Lebens. Willst du mich heiraten?«, fragte er, und da war ein Zittern in seiner Stimme, das er gar nicht erst zu verbergen suchte.

Crys öffnete und schloss den Mund einige Male, und Make konnte sich ein Lächeln nicht verkneifen. Dallis kleine, durchnässte Gestalt drückte sich an seine Seite, und er legte ihr den

Arm über ihre von einer Decke eingehüllte Schulter, und dann drückte er ihr einen Kuss auf den Kopf. »Was meinst du? Wir zwei als die Nächsten?«, flüsterte er, als Crys in stummer Zustimmung nickte und Ash aus dem Schlamm hoch- und in eine innige Umarmung hineinzog. Vereinzelte Jubelrufe ringsum.

»Immer noch, nein«, antwortete sie. »Falls ich dich heirate, *König* Make, und das ist ein ganz großes Falls, du manipulativer Schwachkopf, werde ich es jedenfalls erst tun, nachdem wir gewonnen haben. Falls ich dich nicht heirate, nun ja, dann brauche ich wenigstens nicht diesen dummen Hut zu tragen, verstehst du?«

»Das Ding nennt man eine Krone, meine Liebste«, erwiderte Make, und ihre Lippen zuckten, als sie versuchte, ein Lächeln zu unterdrücken. »Und, glaub mir, wir werden heiraten.«

»Ach ja, werden wir das?«, begann sie, und er hob sie in die Luft und küsste sie, aber dann kam Gilda in das Zelt gestürzt und kommandierte alle sehr energisch nach draußen. Dabei grinste sie so breit, dass es ihn wunderte, dass ihr nicht der Kopf herunterfiel.

Gilda stupste ihm in den Arm, und mit einem verlegenen Kichern setzte er Dalli wieder ab. »Vielen Dank, Majestät; es wäre eine Schande, wenn der König von Rilpor die bedeutungsvollste Eheschließung in der Geschichte seines Landes verpassen würde – eine, die unter den Rilpori einen Präzedenzfall schaffen wird, während es unter den Wölfen und Wächtern dergleichen seit Generationen gegeben hat –, und das nur, weil er seine Zunge im Hals des Häuptlings der Wölfe stecken hatte.«

Eine heiße Röte stieg ihm ins Gesicht, aber Dalli scheuchte die Priesterin lachend weg. »Geht, verschwindet, verheiratet die beiden Narren, bevor noch einer von ihnen zur Besinnung kommt«, sagte sie. Die Tatsache allerdings, dass die beiden Männer ihre Hände ganz fest umschlossen hielten, ließ darauf schließen, dass Zur-Besinnung-Kommen nicht gerade zu den Dingen gehörte, die sie im Moment vorrangig beschäftigten.

Make nahm Haltung an, und sein Stab folgte seinem Beispiel mit Mienen, die zwischen beharrlicher Missbilligung und offener Freude schwankten, und sie alle standen schweigend – als Zeugen – dabei, als Ash Schütze, ein Bogenschütze und Wolf, Crys Tailorson heiratete, ein Offizier und ein Gott.

Was immer als Nächstes geschehen würde und wie lange auch immer seine Herrschaft währen mochte, Make wusste, dass er mit seiner Zeit als der König von Rilpor etwas Gutes angestellt hatte – oder jedenfalls mit seiner Zeit als designierter König.

CORVUS

Zehnter Monat, erstes Jahr der Herrschaft von König Corvus
Fünf Meilen vom Tiefen Wald entfernt, Weizenland

Der selbst ernannte Thronprätendent hatte seine Kampflinien mit großer Sorgfalt aufgestellt, in der Erwartung, dass Corvus einfach in sie hineinlaufen und sterben würde wie ein unerfahrener Idiot. Doch den Gefallen würde ihm Corvus nicht tun. Er brachte seine Armee mit fünf langen Meilen Abstand zwischen ihnen und Koridam zum Stehen und ließ sie nun ihre eigenen Stellungen beziehen, postierte Wachleute und sandte Späher aus, um nach feindlichen Bewegungen Ausschau zu halten. Und er wartete.

Koridam wollte eine schnelle Beendigung des Krieges erzwingen; Corvus sollte das wahrscheinlich ebenfalls wollen, aber er hatte bis zur Rückkehr der Dunklen Dame noch genügend Zeit, um für ein Weilchen Katz und Maus zu spielen. Seine Soldaten der Osttruppe hatten Getreide, Vieh und Mehl aus Eibenhain, Schindel und Dreibuchen mitgebracht, und das Weizenland trug seinen Namen nicht zu unrecht. Seine Armee würde nicht hungern müssen.

Corvus verfügte über ungefähr zweitausend Mirak und noch einmal die gleiche Menge an Soldaten der Osttruppe. Keine riesige Armee, aber die Späher schätzten Makes Truppengröße auf etwa die gleiche Zahl, vielleicht sogar weniger. Angesichts der Tatsache, dass es darum ging, über das Schicksal eines Landes zu entscheiden, schienen das nicht gerade viele Kämpfer zu sein, doch keine der beiden Seiten verfügte noch über weitere Streitkräfte, die sie hinzuziehen könnten. Dies war die letzte Runde des großen Spiels, und nun hieß es, alles auf eine Karte zu setzen. Nur dass Corvus wusste, dass er das Siegerblatt in der Hand hielt, ein Geschenk von den Göttern persönlich. Trotzdem war übertriebene Siegesgewissheit unklug, daher seine Entscheidung, die Stellungen des Feindes nicht einfach im Sturm zu erobern.

Der Hügel, auf dem Make thronte wie ein Hahn auf einem Misthaufen, war meilenweit die einzige Anhöhe im Umkreis, und er grenzte an den Rand des Tiefen Waldes – der somit im Bedarfsfall eine schlau gewählte Rückzugsmöglichkeit bot. Ein kleiner Ausläufer des Waldes umgab den Fuß des Hügels auf der Westseite; dort würden zweifellos die Wölfe und einige der Kriker ihre Stellungen haben. Der Rest der Kriker befand sich auf den Hängen zwischen den Bäumen und dem Gipfel, den Makes Soldaten besetzt hielten. Diese Verteilung der Kämpfer war einfach und daher sehr vielversprechend – es sei denn, Corvus gelang es, diese Linien zu durchbrechen und die einzelnen Kampfeinheiten voneinander zu trennen, die Wölfe von den Krikern und die Truppe von allen anderen.

Glücklicherweise hatte er vor, genau das zu tun. Und danach, wenn der Krieg gewonnen und die Dunkle Dame im Körper seiner Nichte zurückgekehrt war? Danach würde sich Corvus darauf konzentrieren, seine Armee aus übergelaufenen Kriegern, Truppensoldaten und Bauern neu aufzubauen, um Rilpor vor Listre und Krike zu schützen. Er würde die Truppe neu formieren, bis er stark genug war, auch diese Länder für die Roten Götter zu erobern, für die Dunkle Dame, die in Fleisch und Blut auf diesem Land wandeln und mit ihm blutsverwandt sein würde, eine Verbindung, die niemand wagen würde, infrage zu stellen. Er und Rill würden gemeinsam herrschen, vereint in der

Liebe zur Dunklen Dame, und sie würden den Lohn all dessen ernten, was die Göttin ihnen versprochen hatte.

Und er würde mehrere Erben zeugen, mit seiner Schwester und anderen. Die Sache mit Valan hatte ihm klargemacht, dass seine Legitimität gesichert werden musste. Tett war ein guter Stellvertreter, aber Corvus wollte, dass auch nach ihm selbst noch sein eigenes Blut auf dem Thron saß. Eine Dynastie, wie es die Evendoms gewesen waren, nur machtvoller. Die Linie des Corvus, königliches Blut und göttliches Blut, eine Linie, die auf ewig Bestand haben sollte.

Nein, Corvus war es mehr als zufrieden, vor der letzten Schlacht so lange zu warten, wie es denn sein musste. Alles würde sich fügen.

Die gute Laune des Königs löste sich in Luft auf, als Baron, der neue General der stark verringerten Osttruppe, herbeigetrottet kam. »Sie haben uns gegenüber den Geländevorteil, Euer Majestät«, hob er hervor, und das nicht zum ersten Mal. »Ich bezweifle, dass sie ihn aufgeben werden.«

»Wenn sie den Geländevorteil haben, warum, verdammt noch mal, soll ich mich dann auf einen Kampf auf ihrem Gelände einlassen?«, knurrte er. »Wir warten.«

»Euer Plan sieht vor, sie hierherzulocken?«

»Mein Plan sieht vor zu warten und, je nachdem, so zu reagieren, wie es der Lauf der Ereignisse erfordert. Wenn sie mich in Zugzwang bringen wollen, müssen sie mehr tun, als auf einem Hügel vor einem Wald zu hocken.« Er schaute zum fernen Grünbraun des Hügels hinüber. »Und wenn sie Späher schicken, bringen wir sie um. Tötet jeden, der auf Reichweite an uns herankommt. Wir wollen nicht, dass sie einen genaueren Blick auf uns werfen können.«

Baron sah aus, als sei er anderer Meinung, behielt diese aber für sich. »Ja, Euer Majestät«, antwortete er stattdessen, salutierte und marschierte davon.

Tett war in der Nähe und damit beschäftigt, den Griff seines Schildes zu reparieren. »Habt Ihr eigentlich überhaupt einen konkreten Plan?«, fragte er, ohne aufzublicken.

Corvus dachte nach; ihm gefiel das Schweigen des Mannes, gefiel, dass er nur dann redete, wenn er etwas Wichtiges zu sagen hatte. Wenn er Corvus jetzt eine Frage stellte, war er entweder aufrichtig neugierig – oder besorgt. Corvus hockte sich neben ihn und hielt für ihn den Schild fest. »Mein Plan besteht darin, die Sache so weit wie möglich in die Länge zu ziehen. Koridam hat mich in dieser Sache zum Handeln gezwungen, indem er die beiden größten Städte außerhalb Rilporins angegriffen und die Soldaten der dortigen Garnisonen getötet hat. Hätte er sich ruhig verhalten, hätten wir warten können, bis die Dunkle Dame zu uns zurückgekehrt ist. Was natürlich genau der Grund ist, warum dieser schlaue Mistkerl eben nicht gewartet hat. Trotzdem muss ich zugeben, dass ich erleichtert bin, aus diesem Scheißpalast herausgekommen zu sein. Ich bin mir ziemlich sicher, dass ich in der Stadt dem Tod näher gewesen bin als jetzt hier draußen.«

»Valan«, sagte Tett.

»Und die Gesegnete.«

Tett stieß ein Grunzen aus und verzurrte das Leder, das um den Schildgriff gewickelt war. »Und Ihr meint, was mich betrifft, ist für Euch die Wahrscheinlichkeit, im Schlaf erstochen zu werden, geringer als in ihrem Fall.«

Corvus fuhr sich mit der Zunge über die Zähne und wartete, bis der andere aufschaute. »Ja.«

Tetts Mundwinkel zuckten nach oben. »Gut, denn ich habe wirklich nicht das geringste Interesse daran, König zu werden. Soweit ich das von mir selbst sagen kann, bin ich nicht Euer Stellvertreter; ich bin Euer Leibwächter. Wenn ich in meiner Pflicht versage und Ihr sterbt, werde ich den Thron nicht besteigen. Ihr solltet besser Fost zum Stellvertreter ernennen. Er ist langsam, aber man kann sich auf ihn verlassen; er hat gar nicht die Fantasie, Euch hinterrücks zu ermorden, und selbst wenn er sie hätte, würdet Ihr mich ja immer noch als Leibwächter behalten, und ich würde dafür sorgen, dass er scheitert.«

»Und Ihr meint, ich würde Euch tatsächlich behalten, ja?«, erwiderte Corvus erheitert und nur ein klein wenig über Tetts Anmaßung verärgert.

Der Mann zuckte die Achseln. »Ja, natürlich, warum nicht? Ihr könnt Euch mich leisten. Und wichtiger noch, Ihr vertraut mir.«

Corvus klopfte ihm auf die Schulter und stand auf. »Ich werde darüber nachdenken«, versicherte er. Entweder Tett sagte die Wahrheit, oder er spielte ein sehr schlaues Spiel. Er war neugierig, was wohl als Nächstes geschehen würde.

Am nächsten Morgen fand man sechsundvierzig Männer tot an ihren Lagerfeuern und auf ihren Posten. Sechsundvierzig, in aller Stille gemeuchelt, ohne dass irgendwer etwas bemerkt hatte. Kein Einziger hatte zur Selbstverteidigung eine Waffe gezogen. Die Zahl der Verluste beunruhigte Corvus weniger als die Art und Weise, wie sie es angestellt hatten. Es konnte nur eine einzige Antwort geben – wie immer.

»Verdammte Wölfe«, erklärte er an Tett und Baron gewandt, und das Wort allein war genug, um ihn nervös zu machen. »Immer die verdammten Wölfe. Baron, lasst Eure Männer Befestigungsanlagen errichten. Ich will vor Anbruch der Abenddämmerung einen Graben und Palisaden hier haben, eine Anlage, die so groß ist, dass sie uns alle schützen kann. Schließlich ist jetzt klar geworden, dass uns die Wachposten ungefähr so viel nutzen wie Skerris' aufgedunsener Leichnam. Tett, schickt auf sämtlichen Pferden, die wir haben, Männer aus. Trupps von jeweils zwanzig. Sie sollen alle Späher und kleinen Spähtrupps ausschalten, die ihnen über den Weg laufen. Lasst auch den

Bach zwischen uns und ihnen vergiften – wir holen unser Wasser ab jetzt aus dem Teich im Osten. Wenn sie mit uns Spielchen spielen wollen, sollen sie ihre Spielchen ruhig haben.«

»Und heute Nacht?«, fragte Baron. »Da üben wir Vergeltung?«

Corvus bleckte die Zähne. »Natürlich üben wir Vergeltung. Ich will, dass unsere besten Pioniere und alle, die darin erfahren sind, dem Feind in den Rücken zu fallen, eine Stunde vor Mitternacht bereit sind. Sie sollen die Fallen, die unsere Gegner vor Koridams Linie in den Boden gegraben haben, zerstören oder wirkungslos machen, und dann sollen sie unter ihren Wachposten für Chaos und Verwüstung sorgen. Ich will, dass weitere Männer zwischen ihnen und uns postiert werden, um alle aufzuhalten, die sich von ihnen auf den Weg zu uns machen. Und das auch morgen Nacht und übermorgen Nacht und in der Nacht danach. Und ich will, dass die Zahl der Wachposten auf der Palisade verdoppelt wird, sobald sie steht, Tag und Nacht.«

»Wie Ihr befehlt, Majestät«, antwortete Tett.

Er verspürte einen starken Drang, selbst über den Feind herzufallen. Nach Monaten der Tatenlosigkeit war da in ihm ein heftiges Verlangen, wieder zu kämpfen und zu töten, das ihn rastlos machte, aber er widerstand der Versuchung. Die Zeit für Draufgängertum war gekommen, sobald sie in die Schlacht gezogen waren und sein Blut vor Wut kochte und es darum ging, zu töten oder getötet zu werden. Wenn er bei irgendeinem idiotischen Spähmanöver ums Leben kam, würden die Mirak die bevorstehende Schlacht verlieren. Und wenn sie die Schlacht verloren, spielte es keine Rolle mehr, ob Lanta Erfolg hatte und die Blutige Mutter zurückholte oder nicht, denn es würde dann keine Gläubigen mehr geben, um ihr zu huldigen. Nein, die Mirak brauchten ihn, seine Vision und seine Gegenwart, brauchten ihn, damit er ihnen den Rücken stärkte und ihnen zeigte, wie man siegt. Er musste ihnen zeigen, wie ein Sieg aussah und wie ein richtiger König aussah.

Tett folgte Corvus an den Rand des Lagers und einmal darum herum, und sie untersuchten die Leichen. Die Meuchelmörder hatten mit Messern gearbeitet, vielleicht waren auch Speere mit im Spiel gewesen. Sein Stellvertreter – *mein Leibwächter* – trug seinen eigenen Schild am Arm und Corvus' Schild auf dem Rücken. Tett kümmerte sich weniger um die Leichen als um die Soldaten und Mirak, die im Umkreis postiert gewesen waren. Er suchte nach Anzeichen von Rebellion, nach Männern mit trotzigem Blick und mürrischer Stimme. Und er ließ seinen Blick hinausschweifen, über die gewellten Stoppelfelder, von denen die Ernte bereits eingebracht war, das Heu für den Winter aufgehäuft, hin zum fernen Wald, dem fernen Feind.

Tett hielt Ausschau nach möglichen Gefahren, woher immer sie auch kommen mochten. Als die Gefahr nun tatsächlich kam, war Corvus kaum überrascht. Und sie hatten es schlau angestellt, das musste er zugeben. Dreißig Schritte von ihm entfernt brach eine Rauferei aus, Mirak und Soldaten gingen aufeinander los, Faustschläge und Beleidigungen flogen hin und her und lenkten alle Blicke auf sich. Alle bis auf den von Tett. Er brüllte eine Warnung, und Corvus wirbelte herum und zog seine Waffe, doch der Soldat hatte bereits Tetts Schwertspitze im Leib und lag im Sterben. Ein zweiter Angreifer folgte, ebenfalls ein Soldat der Truppe, und Tett raste mit dem Schild voran auf ihn zu, warf ihn zu Boden und ließ ihm die Schildkante in die Rippen krachen, brach ihm die Knochen und raubte ihm den Atem. Der Mann keuchte, außerstande zu schreien oder seine Lunge arbeiten zu lassen, und dann reichte Tett Corvus seinen eigenen Schild, und sie standen Rücken an Rücken da und warteten auf weitere Angriffe. Sie blieben aus.

Die Rauferei in der Nähe verwandelte sich in ein Gemetzel, als die Soldaten Schwerter gegen Fäuste tauschten und über die Mirak herfielen. Gehörten sie zu Koridams Leuten, waren Spione, ausgesandt, um Zwietracht zu säen und das Oberkommando auszuschalten, oder waren sie Soldaten aus den Garnisonen der Osttruppe, die von der Herrschaft der Mirak genug hatten?

»Aufhören!«, rief Corvus, während Offiziere der Truppe durch das Lager in ihre Richtung rannten und ihre eigenen Befehle brüllten. »Zurück!«, rief Corvus erneut, und die Mirak versuchten, sich von ihren Angreifern zu lösen, ohne umgebracht zu werden. Andere formten einen Schildwall und bahnten sich einen Weg zwischen den Kämpfern hindurch, bis die beiden Seiten getrennt und gebändigt waren.

»Wessen Plan ist das gewesen?«, fragte Corvus mit scharfer Stimme, das Schwert noch immer in der Hand, der Schild bereit. Er sah zuerst die Soldaten der Osttruppe an, aber dann ließ er den Blick auch über die Mirak wandern. Es hatte einen Anschlag auf sein Leben gegeben – er musste mit allem rechnen. »Sagt es mir jetzt, und ein paar von euch werden am Leben bleiben.«

»Sie haben einfach angefangen, mit Beleidigungen um sich zu werfen, Majestät«, meldete sich einer der Mirak zu Wort. »Haben irgendeinen Scheiß behauptet, über Euch und über die Gesegnete. Gesagt, dass die Dunkle Dame nicht zurückkommen wird, dass ihre Treuschwüre keine Bedeutung mehr haben, weil sie tot ist. Und dann hat dieses kleine, miese Arschloch dort versucht, mir mein verdammtes Ohr abzubeißen.«

Das fragliche Arschloch war ein Soldat der Truppe mit ausgenommen trotzigem Blick. »Es ist wahr, sie ist tot, und nichts von dem, was ich ihr gelobt habe, bedeutet jetzt noch einen feuchten Dreck. Ich sterbe nicht hier draußen für einen verdammten Mirak.«

»Oh doch, das wirst du«, sagte Corvus. »Du wirst nicht nur für mich sterben, du wirst auch die Ehre haben, von meiner eigenen Hand zu sterben. Bringt ihn her.«

Drei Soldaten schleiften ihn vorwärts, und ehe sie auch nur stehen geblieben waren, hatte Corvus dem Mann bereits sein Schwert unter das ramponierte Kettenhemd gestoßen. Er rammte die Waffe weiter hinein, bis die halbe Länge der Klinge in dem Mann steckte und ihm die Spitze fast wieder aus Hals oder Mund herausschaute.

Die anderen Soldaten, die am Kampf beteiligt gewesen waren, plapperten irgendwelche Entschuldigungen und gaben anderen die Schuld, und ähnlich machten es auch einige der Mirak. Corvus wählte die drei aus, die am lautstärksten krakelten – zwei Soldaten, einen Mirak –, und brachte sie um. Die Übrigen hatten die Botschaft inzwischen verstanden und hielten den Mund.

»Der Feind ist dort draußen«, erklärte er, als die drei tot waren, und deutete mit seinem von roten Schlieren überzogenen Schwert. »Kämpft gegen sie, nicht gegeneinander. Wenn hier so etwas noch einmal passiert, werdet ihr es bereuen, bis ihr tot seid, und das wird lange Tage dauern, die sich wie Jahre anfühlen werden. Das verspreche ich euch. Ich will, dass die Toten an jeder Ecke des Lagers an Speeren aufgehängt werden, damit alle sie sehen – und ich will, dass alle wissen, warum ich sie getötet habe. Ihr sollt auch wissen, dass ich eure Gesichter nicht vergessen werde. Gebt mir keinen Anlass, noch einmal an euch zu zweifeln.«

RILLIRIN

Zehnter Monat, erstes Jahr der Herrschaft von König Corvus
Tempel der Roten Götter, Tempelbezirk, erster Ring, Rilporin, Weizenland

Nach allem, was sie erlitten und getan hatte, um Rillirin zu befreien, wäre Tara sicherlich furchtbar enttäuscht gewesen, wenn sie gewusst hätte, dass Rillirins Flucht nur Minuten gedauert hatte. Doch Tara war tot. Sie war bei dem Versuch gestorben, Rillirin zu retten, bei dem Versuch, sie aus der Stadt zu schaffen – jener Stadt, die ihr das Kind rauben und eine Form der Blutmagie an ihm wirken wollte, die ihr Kind zu einem monströsen Ungeheuer machen würde. Und weil Rillirin weder weit noch schnell genug davongelaufen war, würde nun genau das auch passieren. Als Valan sie durch das Südtor zurückschleifte, war sie an Taras Leiche vorbeigekommen, blutüberströmt und leblos unter all den anderen auf dem Platz zusammengesunken.

Rillirin ging in dem kleinen Raum im Tempel auf und ab, in dem sie seither eingesperrt war. Hoch oben in der Nähe des Daches befand sich ein winziges Fenster, eine mit teurem Glas in vielen Farben gefüllte Öffnung – wenn die Sonne hindurchschien, wurden bunte Kleckse auf den Boden geworfen, Himmel und Wald, Rosen und der Sonnenuntergang. Es zeigte ihr das Verstreichen der Zeit an, das Verstreichen der Tage. Sechs waren es bisher. Zehn, seit Corvus ausgezogen war, um gegen Make und die Truppe zu kämpfen, gegen die Wölfe und die Kriker, gegen den Fuchsgott und den Calestar – ihren Calestar, ihren Dom. Ob alles schon passiert, die Schlacht bereits geschlagen war? Wie weit genau war der Tiefe Wald entfernt? Wer würde gewinnen? Wie bald würden sie von dort Nachricht erhalten – und ob sich Valan wohl die Mühe machen würde, es Rillirin mitzuteilen, wenn er etwas wusste?

Und immer, in einer Endlosschleife in ihrem Kopf: Was würden sie jetzt mit ihr machen? Valan konnte das Ritual nicht vollziehen; er hatte keinen blassen Schimmer, wie man da vorgehen sollte. Die Gesegnete und Gull hatten die Sache geheim gehalten, und ob Gull noch lebte, wusste sie nicht. Tara hatte ihn verletzt, aber hatte sie ihn auch umgebracht? Rillirin wusste es nicht, und niemand war bereit, sie in Kenntnis zu setzen. Aber sooft sie sich auch sagte, dass es vorüber war, dass es nichts mehr gab, was sie ihr antun könnten, wusste sie doch, dass sie sich selbst belog. Sie würden auf Rache sinnen, auf die eine oder andere Weise – es lag einfach in ihrer Natur. Sie hatte gewagt wegzulaufen. Und Tara hatte gewagt, gegen sie zu rebellieren. Sie würden das nicht ungestraft hinnehmen. Niemals.

Die Männer, die ihr zu essen brachten und ihren Nachttopf ausleerten, sprachen kein Wort mit ihr. Überhaupt niemand sprach mit ihr. Valan, die Hände blutig vom Töten, hatten Zorn und Trauer verschlossen gemacht. Er hatte sie gehetzt und zur Strecke gebracht wie ein Reh und sie dann in mörderischem Schweigen den ganzen Weg zurückgezerrt. Die einzige Stimme, die Rillirin Gesellschaft leisten konnte, war ihre eigene, daher redete sie laut mit dem Ungeborenen und mit Dom, mit den Göttern und der toten Tara. Sie betete und sang, und sie ging in ihrem Zimmer auf und ab, bis ihr der Rücken schmerzte und ihr davon, dass sie sich alle sechs Schritte umdrehen musste, schwindlig geworden war. Dann legte sie sich auf die Pritsche und erzählte dem in ihr zappelnden Leben Gutenachtgeschichten, an die sie sich noch vage aus einer Zeit erinnern konnte, als sie selbst ein Kind gewesen war, und wo sie Einzelheiten vergessen hatte, erfand sie Dinge neu.

Und sie betrachtete den Regenbogen auf dem Boden, wie er von einer Wand zur anderen wanderte und dann verschwand. Ein weiterer Tag vorbei.

»Nur noch wenige Tage, dann wird Make vor die Mauern dieser Stadt marschiert kommen und ihre Kapitulation verlangen, und Valan wird nichts anderes übrig bleiben, als die Tore zu öffnen und ihn hereinzulassen. Und dein Papa wird bei ihm sein, und er wird uns finden, und bis du so weit bist, zur Welt zu kommen, werden wir bereits sicher daheim im Wolfsland sein, im Winterdorf bei Oma Gilda und Tante Dalli und all den anderen.«

Das Baby trat in beherzter Zustimmung um sich, unter Rillirins Rippen hinein in ihr Herz. Sie zuckte zusammen und krümmte den Rücken, um zu versuchen, den Fuß des Kindes irgendwohin zu verlagern, wo es weniger wehtat. »Was haben deine Füße da oben zu suchen?«, stöhnte sie. »Du brauchst doch noch nicht mit dem Kopf nach unten zu liegen.«

Aber das Baby hatte da andere Vorstellungen, wie es schien, denn Rillirins Schoß verkrampfte sich, eine Welle des Schmerzes lief von ihrem Rücken bis zu ihrem Nabel, heftiger, länger und durchdringender als jede Übungswehe zuvor. Sie ließ die Wehe zu und schärfte sich ein, das Atmen nicht zu vergessen. *Wenn man nur durchatmet, tut es weniger weh,* sagte sie sich, als es nun mehr wehtat, und dann tat es noch mehr weh, und dann erst ebbte der Schmerz ganz, ganz allmählich wieder ab.

»Nun ja, das hat nicht gerade Spaß gemacht«, murmelte sie. Sie stand auf und ging ein paar Schritte, versuchte, den Schmerz tief unten in ihrem Rücken zu lindern, und blieb für einen Moment stehen, um einen Schluck Wasser aus dem Krug auf dem Tisch zu trinken, das die Kälte des Brunnens noch immer bewahrt hatte. »Ich könnte gut bis zum zwölften Mond ohne solche Schmerzen auskommen.«

Aber das vordere Ende des Lichtmusters auf dem Boden hatte sich noch kaum ein Stück weiterbewegt, als sie bereits eine weitere Wehe überkam, genauso lang, genauso intensiv. Als sie vorüber war, keuchte sie heftig, und Schweiß glänzte auf ihrer Oberlippe. »Keine. Gute. Idee«, ächzte sie, massierte sich den Rücken und spürte erneut den Drang, auf und ab zu gehen. Sie trottete im Raum hin und her und weigerte sich entschieden, die Möglichkeit auch nur in Erwägung zu ziehen. Die Wahrscheinlichkeit.

Die Minuten quälten sich dahin, und dann passierte es wieder, quälender Schmerz wuchs im Zentrum ihres Leibes, und Muskeln, von denen sie gar nicht gewusst hatte, dass es sie gab, erwachten krampfend zum Leben, raubten ihr den Atem und zwangen sie, sich zusammenzukrümmen, sodass sie in die Hocke ging, sich mit den Händen auf dem Boden abstützend, um nicht umzukippen, die Beine gespreizt, alles gegen den Schmerz zusammengekrampft.

Atme. Atme!

Sie versuchte zu zählen, bis es aufhörte, aber die Zahlen wollten sich einfach nicht aneinanderreihen.

»Übungswehe, nur eine Übungswehe«, keuchte sie und ließ sich beim Aufstehen Zeit. Vielleicht war es doch keine so gute Idee, auf und ab zu gehen. Sie musste sich einfach nur hinlegen. Rillirin nahm noch einen Schluck Wasser und zog sich auf ihre Pritsche zurück. Sie begann zu singen, ihre Stimme leicht belegt, ein Tremolo der Angst ließ ihre Stimme zittern, machte die Töne unsicher. Sie sah das Licht durch den Raum wandern und zählte die Wehen, bis es sich nicht mehr leugnen ließ: Das Baby kam zu früh. Das Baby kam genau jetzt.

Und das ist in Ordnung, dachte sie plötzlich. Eine Welle ausgelassenen Hochgefühls wogte durch sie hindurch, und sie kämpfte sich wieder auf die Beine. Sie schob den winzigen Tisch im Raum und den einzigen Stuhl als schwachen Schutz gegen die Tür. *Es ist in Ordnung. Du kommst, so schnell du magst, kleiner Krieger. Denn wenn sie deine Geburt verpassen, können sie nichts mehr machen, nicht wahr? Die Gesegnete hat gesagt, es müsse unmittelbar nach der Geburt geschehen, und selbst wenn Gull noch lebt, wird er nicht rechtzeitig bereit sein.*

Rillirin atmete mehrfach tief durch, zog dann das zu stramme, einengende Kleid aus und schlang sich zum Schutz gegen die Kälte stattdessen die Decke um den Leib. Sie rollte ihr Kleid zu einer Art Seil zusammen und stopfte es unter die Tür, um die Geräusche zu dämpfen, die sie zweifellos von sich geben würde, und dann legte sie sich wieder aufs Bett.

»Also schön, komm, Wolfsjunges«, flüsterte sie. »Wenn du schon kommst, komm schnell. Geboren und dem Licht geweiht, bevor sie überhaupt wissen, dass du unterwegs bist. Das wird ihnen ihre Pläne verderben.«

Doch Rillirins Baby kam nicht schnell, allem Auf-und-ab-Gehen und Flehen zum Trotz. Die Abenddämmerung war bereits heraufgezogen, als die Fruchtblase platzte, und der Abend war auch die Zeit, wenn die Wachen mit dem Essen kommen würden. Und sie kamen, schlossen die Tür auf und schoben die Möbelstücke aus dem Weg, die Rillirin davorgestellt hatte, ehe sie sie hätte wegräumen und so tun können, als sei alles in bester Ordnung, als sei da nichts Ungewöhnliches im Gang, als befinde sie sich nicht gerade mitten in einer Wehe, sodass sie ihren Schmerz am liebsten laut hinausgeschrien hätte.

Sie drängelten sich in den Raum und riefen Drohungen, und dann stutzten sie, als sie die durch die Strohmatratze auf den Stein darunter tröpfelnde Flüssigkeit bemerkten und das Stöhnen hörten, das Rillirin nicht unterdrücken konnte, wie sehr sie sich auch bemühte.

»Nimm den verdammten Nachttopf«, rief der eine und deutete auf besagtes Utensil. Doch der andere wusste, was hier los war.

»Hol Valan!«, brüllte er. »Hol sofort Valan her! Das Kind kommt.« Der erste Wachmann rannte davon, als seien Rillirin plötzlich Klauen und ein Schwanz gewachsen. Der zweite trat näher heran, stellte sich vor sie hin und schaute sie an, als sähe er einem Schaf zu, das Schwierigkeiten beim Ablammen hatte.

»Nein, es kommt noch nicht«, versuchte Rillirin, ihm etwas vorzumachen, aber der Mann feixte nur. »Bitte. Bitte, lasst nicht zu, dass sie meinem Kind etwas antun.«

»Halt den Mund.« Er trat von einem Fuß auf den anderen und warf einen suchenden Blick hinter sich, aus dem Raum hinaus. Er schien sich nicht ganz wohl in seiner Haut zu fühlen.

»Bitte. Es ist doch nur ein Baby. Es ist unschuldig. Valan weiß nicht, was er tut.«

»Ich habe gesagt, halt den Mund«, wiederholte er, aber er ging einige Schritte auf die Tür zu. Wartete ungeduldig auf Verstärkung.

Rillirin zwang sich, sich aufzurichten, und die Decke rutschte ihr bis zur Hüfte hinab und ließ ihren Bauch sehen. Sie legte sich die Hand auf die Wölbung. »Bitte, Geehrter«, flüsterte sie. Ihre Lippen zitterten, und sie wischte sich Tränen und Schweiß vom Gesicht. »Lasst mich einfach gehen. Bitte.«

Er schaute zur Tür hinaus und dann wieder zu ihr zurück, und Rillirin wurde leichter ums Herz. Dann waren Stimmen zu hören, seine Miene wurde leer, und er richtete sich kerzengerade auf. Nur Augenblicke später drängte sich Valan an ihm vorbei. »Bist du dir sicher? Es ist noch früh«, sagte er, aber ein Blick auf die Anspannung in ihren Zügen reichte, und er wusste Bescheid. Ein sanftes Lächeln erhellte seine Züge. »Komm, Liebes. Machen wir dich bereit für deine Begegnung mit der Dunklen Dame.«

»Ich gehe mit Euch nirgendwohin«, blaffte Rillirin und legte all ihre verbliebene Kraft in ihre Stimme. »Was immer Ihr meint, mit mir machen zu können, es wird nicht klappen. Es wird einfach nicht klappen, also lasst mich gefälligst in Ruhe.«

Valan hockte sich ihr zu Füßen und legte ihr die Hand aufs Knie; seine Knöchel waren geschwollen und dunkel angelaufen, verschorft. »Ruhig, Mädchen. Es wird alles gut. Ich weiß, du hast Angst, und ich weiß, es tut weh, aber dein Körper weiß, was er tun muss. Vertrau ihm einfach.«

»Ihr wisst, dass es wehtut?«, begehrte Rillirin auf, denn seine Zärtlichkeit brachte sie mehr aus der Fassung, als sie zugeben wollte. »Woher wollt Ihr verdammt noch mal wissen, wie sehr es wehtut?«

Er legte ihr den Arm um den Rücken und hob sie an; sie hatte keine andere Wahl, als aufzustehen. Die Decke rutschte ihr von der Hüfte, sodass sie nur noch ihre durchweichte Unterwäsche, das Brustband und ihren triefenden Schweiß am Leib hatte. »Ich habe Neela geholfen, unsere beiden Töchter zur Welt zu bringen«, antwortete er und strich ihr das strähnige, feuchte Haar aus der Stirn. »Lass mich auch dir helfen. Vertrau mir.«

Sie stützte sich auf ihn und versuchte, es nicht zu tun, aber die Wehen plagten sie nun schon seit Stunden, und sie hatte Angst, und er kannte sich aus, zumindest ein bisschen. *Er ist ein verdammter Mirak. Er ist Valan, der Stellvertreter des Königs. Er hat gar nicht vor, mir zu helfen. Er wird mir mein Kind rauben und es Gull geben, der keinerlei Ahnung hat, was er zu tun hat. Was, wenn es nicht klappt?* Ein kalter Schauer durchfuhr sie. *Was, wenn es doch klappt, auch ohne Lanta?* Sie konnte den Gedanken nicht ertragen, ganz gleich, welche von beiden Möglichkeiten eintreten würde.

»Lasst uns in Ruhe«, brachte sie heraus, doch dann schüttelte sie auch schon die nächste Wehe, und sie krümmte sich unter ihrer Gewalt zusammen.

Valan hielt sie fest, seine Arme stark und warm. Er ließ sie ihre Finger in sein Fleisch bohren, murmelte wortlose Laute des Trostes, zählte zusammen mit ihr ihre Atemzüge, und als es schließlich vorüber war, hätte sie ihn nicht loslassen können, selbst wenn sie es gewollt hätte.

Rillirin atmete durch, zwei tiefe Atemzüge, und sah ihm dann in die Augen. »Bitte, Valan«, flüsterte sie und redete ihn womöglich zum ersten Mal in ihrem Leben beim Namen an. Ihre Stimme war brüchig und gesprungen, wie ein zu Boden gefallener Topf, und ihre Worte genauso nutzlos, aber sie musste es versuchen. »Bitte, nehmt mir mein Baby nicht weg.«

Valan übernahm noch ein wenig mehr von ihrem Gewicht und machte ein paar Schritte Richtung Ausgang. »Ach, Rillirin, Liebes, wir nehmen sie dir nicht weg. Du bist ihre Mutter. Und schon bald wirst du die Mutter unserer Mutter sein und einer der wichtigsten Menschen auf der ganzen Welt. Komm jetzt, bringen wir dich an den richtigen Ort. Du wirst schon sehen, es ist alles zum Besten so.«

Sie schlurften aus dem Raum, der sechs Tage lang ihr Gefängnis gewesen war, und der Gestank des Haupttempels, schwer vom Dunst fauligen Blutes, schlug ihr ins Gesicht. Sie musste würgen, und er blieb stehen und stützte sie, während sie sich erbrach. »Wir werden ein paar Kräuter verbrennen«, versprach er, seine Stimme sanft und beruhigend, daher klammerte sie sich an diese Stimme, klammerte sich an ihn, obwohl sie es doch so viel besser wusste.

Der Haupttempel war düster, aber Mirak huschten mit Kerzen durch die Schatten, zündeten weitere Kerzen sowie Talglichter und in Halterungen steckende Fackeln an, bis der Raum von tanzendem, qualmendem Licht erfüllt war und die Schatten sie bei jedem Atemzug erst ansprangen und dann wieder zurückwichen. Links vom Gottesteich mit seiner träge schwappenden, schmutzstarrenden Flüssigkeit hatte man zwei riesige Kreidekreise auf den Boden gezeichnet, deren Ränder sich berührten. In gleichmäßigen Abständen rings um die Kreise aufgestellte Kerzen warteten darauf, angezündet zu werden, und eine in der Nähe platzierte Kohlenpfanne linderte die in dem großen, offenen Raum herrschende Kälte ein wenig.

Valan führte sie in den einen Kreis, in dem eine Decke aus ungefärbter Wolle ausgebreitet worden war. »Setz dich, Liebes«, forderte er sie auf und half ihr auf den Boden. »So, jetzt entspann dich einfach. Ich bin bald wieder zurück.« Gegen ihren Willen spannten sich Rillirins Finger um seinen Arm. »Hab keine Angst. Ich komme zurück, ich verspreche es. Bleib einfach hier, ja?« Er machte einen vorsichtigen Schritt über die Kreidelinie hinweg, dann gab er einem Mirak ein Zeichen, die um den Kreis aufgestellten Kerzen zu entzünden. »Nicht weggehen«, schärfte er ihr noch ein und verschwand dann in der Düsternis. Das Echo seiner eiligen Schritte hallte von den Wänden wider.

Nicht weggehen? Das wollen wir doch mal sehen.

Rillirin rappelte sich hoch und stieg von der Decke herunter, aber als der letzte Docht flackernd zum Leben erwachte, stellten sich ihr die Härchen auf Armen und Beinen auf, als sei sie direkt in einen Blitzschlag hineingetreten. Ihre Fingerspitzen streiften die Grenzlinie des Kreises, und da war ein Spucken und Zischen von Funken, als würden ihr Messer in die Hand gerammt. Sie kreischte auf und wich zurück, und Sekunden später spielte das alles ohnehin keine Rolle mehr – eine weitere Wehe packte sie, und sie trieb auf dem Meer der Wehen, verloren an ihren brüllenden Rhythmus, ihre gewaltigen Wellen, die auf sie niederbrachen. Als es vorüber war, lag sie auf allen vieren und keuchte, bis auch die letzten Sekunden der Muskelentspannung vorbeigingen.

Schritte. Sie schaute auf, ihr Blick vom Schweiß getrübt, und eine blau gekleidete Gestalt trat vor sie hin. Sie bewegte sich langsam, wie unter Schmerzen. »Also«, sagte die Gesegnete, ihre Stimme ein raues Schnarren, misstönend wie das Geröchel eines Sterbenden. »Die Zeit ist gekommen.«

TARA

Zehnter Monat, erstes Jahr der Herrschaft von König Corvus
Südkaserne, zweiter Ring, Rilporin, Weizenland

Noch bevor sich die Tür ganz geöffnet hatte, war Tara auf den Beinen, stand mit dem Rücken an der gegenüberliegenden Wand. Sie hatte die Fäuste erhoben, die Finger geprellt und steif, zwei davon gebrochen, und ihre plötzliche Bewegung ließ hellen Schmerz durch ihren gesamten Körper hindurchblitzen. Doch nichts sollte sie daran hindern, gegen sie zu kämpfen. Nichts würde sie je am Kämpfen hindern.

Heute war der Tag gekommen, an dem sie Nein sagte.

»Keine Spielchen«, mahnte Valan und winkte seine Männer heran. Zwei Wachen kamen in den Raum gewankt, trugen eine riesige Holzwanne herein. Dampf stieg aus dem Wasser auf, mit dem die Wanne bis zur Hälfte gefüllt war. »Bade.«

Sie rührte sich nicht von der Stelle, ließ die Fäuste nicht sinken. »Was?«

»Bade, oder Tomaz verliert ein Auge, ein Ohr, seine Zunge, seine rechte Hand…«

Tara erstickte fast an ihrer Hilflosigkeit. »Schon gut, schon gut! Ich mache es ja.« Er wollte sie sauber haben. Es ließ eine Welle von Übelkeit in ihr aufsteigen, aber es bedeutete auch, dass Tomaz heute nichts angetan werden würde. Valan und die beiden anderen standen vor der Eingangstür, und wenn sie glaubten, dass Tara jetzt ganz verlegen werden würde, so irrten sie sich sehr. Wegen ihrer gebrochenen Rippen bewegte sie sich nur langsam, als sie sich das blutverkrustete Hemd und die Hose abstreifte, aus ihrem schmutzigen Brustband und der Unterwäsche schlüpfte und ihnen für einen Moment so gegenüberstand, den Kopf hoch erhoben, die Schultern durchgedrückt. *Das bricht mich nicht.*

Ihr könnt mich nicht brechen.

Valan sagte kein Wort und begutachtete schweigend den Schaden, den er ihr mit Fäusten und Füßen zugefügt hatte, sowie die Narben, die das Vermächtnis ihres Lebens als Soldatin waren. Er machte eine ruckartige Kopfbewegung hin zur Wanne, und sie kletterte hinein. Die herrliche Wärme ließ sie für einen Moment die Luft anhalten. Sie lehnte sich mit dem Rücken zu ihnen in die Wanne und spritzte sich sogleich Wasser ins Gesicht, dann tauchte sie unter und fuhr sich mit den Fingern durch ihr ungleichmäßig langes Haar. Sie kam wieder hoch und zuckte zusammen, als sich eine Hand auf ihre nackte Schulter legte.

Valan kniete neben der Wanne. Er tauchte Seife in das Wasser und fuhr damit dann über ihr Haar, massierte ihr mit sanften Händen den Kopf, während sie reglos dasaß und kaum atmete. Hatte er so etwas auch für Neela getan? Sie riss ihm die Seife aus der Hand und rieb sich die Haut ein, trotz all ihrer Prellungen, Schnittwunden und gebrochenen Knochen, so sehr war ihr daran gelegen, seine Berührung zu vermeiden.

Das Wasser war ganz dreckig, als sie fertig waren. Valan reichte ihr ein raues Stück Stoff, und sie rubbelte sich damit trocken. Dann gab er ihr frische Unterwäsche und ein Gewand, ein Kleid von sattem Violett, das an den Handgelenken und zum Saum hin in ein dunkles Blau überging. Es war wirklich schön, und es machte sie nervös. Hier ging es offenbar um mehr als nur um Valans Ansinnen, sie zu seiner Bettsklavin zu machen. Es verhieß etwas … Großes. Aber was immer es war –

Tod, Vergewaltigung oder sonst etwas –, wenn Valan glaubte, sie würde sich dem Kommenden einfach nur unterwürfig fügen, so befand er sich in einem sehr, sehr großen Irrtum.

Die beiden anderen Mirak hielten sie fest, während Valan eine Kette an ihrem Halsband befestigte und ihr die Hände vor den Bauch fesselte. Sie zogen sie aus dem Raum, der so lange die Zelle von Dorcas gewesen war, und hinein in die Hauptkaserne. Sie war zum Bersten gefüllt mit all den Sklaven, die nach ihrem Aufstand noch immer lebten: Da war Merol, der Steinmetz, den man sowohl am Knöchel als auch am Handgelenk angekettet hatte, um ihn zu bändigen; da war Hauptmann Salter von der Westtruppe samt ein paar Hundert Soldaten; da waren zwanzig Sklaven aus der Palastküche und noch weitere aus allen Teilen der Stadt.

Die meisten von ihnen zuckten zusammen, als sie herauskam, und weigerten sich, sie anzublicken, weil sie davon ausgingen, dass man Tara herholte, um sie erneut mit ansehen zu lassen, wie man Tomaz folterte, jene Folter, die sie alle stets hörten und die keiner von ihnen verhindern konnte, Tara selbst eingeschlossen. Schamgefühle nagten in ihr, und sie erstickte sie. Schamgefühle zu wecken war die Waffe dieser Menschen, und sie hatte nicht vor, ihnen den Gefallen zu tun, in Scham und Schande zu versinken.

Tomaz' Zellentür öffnete sich, und sie verkrampfte sich und fuhr zurück, aber diesmal stieß Valan sie nicht weiter. Sie warteten, während weitere Mirak auftauchten und Tomaz mit vereinten Kräften zu ihnen schleppten. Er war kaum bei Bewusstsein und bis auf die Unterwäsche entkleidet, sodass sie jeden Striemen und jede Deformation seines Körpers sehen konnte, wo Knochen zerschmettert und Muskeln zerfetzt worden waren. Ihr entrang sich ein Schluchzen. »Tomaz?«, flüsterte sie.

Als Reaktion hob Tomaz den Kopf und spähte aus einem

seiner geschwollenen Augen zu ihr hoch. Er versuchte zu lächeln, aber sein Kiefer war gebrochen. »Tara«, nuschelte er. Sie machte einen Schritt auf ihn zu, und Valans Hand schnappte nach ihrem Oberarm und hielt sie fest. Er stieß sie in die Arme des nächststehenden Mirak.

»Für das hier bist allein du verantwortlich«, fuhr er sie an. »Weil du mich verraten hast. Weil du ihn verraten hast.« Sein Messer traf Tomaz unter den Rippen, bohrte sich in seine Brusthöhle und durchschnitt Bauch, Leber und Lunge, während er drehte und stieß. Tomaz wurde ganz starr, hustete, versuchte einzuatmen, brachte aber nur ein schauerliches Keuchen zustande.

»Nein!«, schrie Tara und kämpfte sich frei, doch Valan zerrte sie zurück, und Tomaz klatschte auf den Stein und machte keinerlei Anstalten, sich zu retten. Sie kämpfte gegen Valan, schlug mit ihren angeketteten Händen auf ihn ein, und es waren zwei weitere Männer nötig, um sie festzuhalten. »Tomaz, Tomaz, stirb nicht. Verlass mich nicht«, bettelte sie stattdessen. »Bitte, Liebster, bitte, stirb nicht.« Er gab ein Röcheln von sich, und seine Hände bewegten sich schwach auf seiner Brust. »Geehrter Valan, ich flehe Euch an. Ich flehe Euch an, Geehrter, lasst mich zu ihm«, rief Tara und riss den Blick von dem sterbenden Mann los, um Valan anzubetteln. »Danach bekommt Ihr von mir was immer Ihr wollt, aber bitte, bitte, lasst mich zu ihm.«

Seine Augen waren schmal und berechnend, doch da war etwas in ihrem Gesicht, das ihn überzeugte. »Sieh zu, dass du kein Blut auf das Kleid bekommst.« Er ließ sie los, und sie fiel neben Tomaz' Kopf auf die Knie, nahm ihn in die Hände und beugte sich vor, um einen sanften Kuss auf seine Stirn zu drücken. Ihre Tränen funkelten in seinem Haar. »Ruhig, mein Liebster. Entspann dich. Die Gnade der Tänzerin sei mit dir, Tomaz.« Er versuchte zu sprechen, und Blut floss ihm aus dem Mund, schwarz trug es sein Leben davon. Sie wischte es weg. »Es ist alles gut. Halte Ausschau nach dem Licht, Tomaz. Kannst du es sehen? Es ist gleich dort. Geh jetzt, Liebster. Geh und sei frei.«

Seine Lippen bewegten sich, und sie beugte sich ganz dicht zu ihm heran, um die letzten Worte zu hören, die er je sprechen würde. Als sie sich wieder aufsetzte, war er tot. Als sie sich wieder aufsetzte, existierte auch das letzte Hemmnis für Taras Rache nicht mehr.

»Soldaten!«, brüllte jemand vom anderen Ende des Raums. »Soldaten! Stillgestanden!« Überall unter den Gefangenen im Raum erhoben sich Dutzende malträtierter stockdünner Gestalten von ihren Betten und standen auf, starrten geradeaus.

Die Mirak schrien Drohungen und zogen ihre Waffen, aber die Soldaten blinzelten nicht einmal.

»Soldaten, erweist eure Ehrerbietung!« Jeder Soldat hob seine rechte Hand – oder seine linke, wenn die rechte fehlte – und klopfte sich damit dreimal aufs Herz.

»Soldaten, kehrt euch!« Man hörte das Schlurfen von Füßen, und die Soldaten wandten Taras Trauer den Rücken zu wie auch Valan, ihrem Feind. Die Respekterweisung für Vaunt und die Beleidigung der Mirak hielten sich genau die Waage. Langsam und vor Schmerzen ächzend stand auch Merol der Steinmetz auf und drehte ihnen den Rücken zu, und dann taten es auch Dutzende andere Zivilisten dem Beispiel der Soldaten nach. Allerdings bei weitem nicht alle – die meisten waren zu verängstigt, zu sehr traumatisiert –, aber doch einige.

»Siehst du, welche Ehre sie dir erweisen, mein Liebster?«, flüsterte Tara, aber Tomaz konnte nichts sehen. Tomaz würde nie wieder etwas sehen, nicht auf dieser Seite des Lichts. »Warte auf mich«, hauchte sie. »Ich werde bald nachkommen.« Sie küsste ihn auf die Stirn, legte seinen Kopf behutsam auf den Boden und setzte dann einen Fuß vor den anderen, bis sie direkt vor Valan stand.

»Stellvertreter des Königs, Valan vom Krähenfelsen, Feigling und Mörder. Ich werde Euch töten.«

Eine unklare Gefühlsregung glitt über seine Züge und war zu schnell wieder verschwunden, um Eindeutiges ausmachen zu können. »Da haben wir sie ja«, sagte er leise. »Die wahre Tara Vaunt. Ist mir ein Vergnügen, dich kennenzulernen.«

»Ich bin Majorin Tara Carter von der Westtruppe Seiner Majestät, auch wenn es mir eine Ehre gewesen ist, Tomaz in allem außer auf dem Papier eine Ehefrau zu sein. Und jetzt macht, dass Ihr mir aus dem Weg geht.«

»Soldaten, kehrt Euch«, rief Hauptmann Salter noch einmal, und sie bewegten sich wie ein Schwarm Fische, bis sie wieder in den Raum hineinblickten. »Offizier zugegen. Schaut nach vorn … salutiert!«

Sie nickte Salter zu, als sie an ihm vorbeiging, und dann war sie zum ersten Mal seit Tagen draußen, im kalten Wind und grauen Regen. Tara legte den Kopf in den Nacken, atmete die klare Luft ein und schenkte Valan und den anderen Mirak, die sich um sie herumdrängten, keinerlei Beachtung.

Dutzende weitere waren draußen positioniert, und Valan befahl ihnen, die Gefangenen zu holen, die in Reihen von jeweils fünfzig zusammengekettet waren. *Es ist so weit, Tomaz, ich spüre es. Was immer da jetzt passiert, der Würfel fällt zum letzten Mal. Ich werde knöcheltief in ihrem Blut waten, ehe ich mit ihnen fertig bin, ich schwöre es.*

Sie hätten dich niemals umbringen sollen, mein Liebster, nicht wenn sie weiterleben wollen.

Tara war fest entschlossen, das Eis in ihr nicht schmelzen, den darin enthaltenen Schmerz nicht zerlaufen zu lassen, als sie mit langsamen Schritten durch den zweiten Ring gen Osten marschierten. Stattdessen konzentrierte sie sich darauf, wo sie hingingen, und war auf ungerührt dumpfe Weise kein bisschen überrascht, als sie das Tor zum Tempelbezirk im ersten Ring durchquerten und auf den Haupttempel zuschritten, wo sie sich dem trägen Fluss von Mirak und Sklaven anschlossen, die in die gleiche Richtung unterwegs waren.

Ihr Mund war trocken, als Valan an der Kette zog und sie weiterzerrte. Sie sollte also geopfert werden. Sie bog und streckte die Finger. Sie war schnell, trotz ihrer Wunden und allem, was sie ihr angetan hatten, und stand auf der Seite der Gerechten. Sie würde ihm das Messer aus der Hand reißen und es ihm in die Kehle rammen, ehe er es überhaupt merkte. Es war völlig egal, was danach geschah, aber sie würde Valans Tod auf der Zunge schmecken, bevor sie sie töteten.

Ein kehliges Wimmern erhob sich vor ihnen, und Valan beschleunigte seine Schritte. Sie erreichten die Mitte des Tempels, hell erleuchtet von Flammen und Kräuterbüscheln, die in Kohlenpfannen brannten. Das Licht war hell genug, dass sie Rillirin sehen konnte, die sich in einem mit Kreide auf den Boden gezeichneten Kreis vor Schmerzen krümmte.

»Rillirin? Wann haben sie dich …« Sie brach ab, als sie die Frau erkannte, die in der Nähe stand und sich mit ihrem ganzen Gewicht auf einen Stab stützte, leichenblass unter den schwarzen Wirbeln aus Blut. Lanta.

Das Eis brach und verdampfte blitzartig in einem Strom aus glühend heißer Wut. Wut auf Valan, auf Lanta, auf sich selbst. »*Nein.* Ihr habt gesagt, sie sei tot«, knurrte Tara und drehte sich zu Valan um.

Valan erwiderte ihren Blick. »Nein. *Du* hast gesagt, sie sei tot, ich habe dich nur in dem Glauben gelassen. Wie gesagt, du hättest alles haben können, was ich dir geben kann, einen Platz in unserer Welt, einen Platz an meiner Seite. Stattdessen hast du mich verraten. Deine eigenen Handlungen haben dich hierhergebracht.«

Er schloss ihr die Kette und die Handschellen auf, und Tara rammte ihm ein Knie in den Schritt und griff zugleich nach dem

Messer in seinem Gürtel. Sie bekam die Klinge zu fassen, zog sie heraus und stach nach seiner Kehle, als er sich vor Schmerz zusammenkrümmte. Doch Valan hatte im selben Moment, als sie ihm das Knie in den Leib stieß, die Kette geschwungen, sodass ihr das schwere Eisen gegen den Kopf krachte und sie ihr Ziel verfehlte – das Messer traf ihn, als sei es der Angelhaken und er der Fisch, schlitzte ihm den Mundwinkel auf und spreizte seinen Mund zu einem breiten, blutigen Lächeln.

Drei Männer rangen sie nieder und zwangen sie in den zweiten Kreis, neben Rillirins, und ein vierter stellte hastig eine brennende Kerze an ihren Platz am Rand des Kreises, sodass er nun einen abgeschlossenen Feuerring bildete, Feuer, das über Taras Haut tanzte. Sie schmeckte plötzlich Metall im Mund und verspürte ein heftiges Hämmern in den Schläfen, das aber ebenso schnell wieder verschwand, wie es gekommen war.

Sie sprang vor und wollte sich erneut auf Valan stürzen, aber als sie die Grenzlinie des Kreises erreichte, stob plötzlich ein dichter Funkenregen auf, und Blitze schossen ihr durch die Knochen. Mit einem Kreischen fiel sie zurück. Sie warf sich erneut gegen das Hindernis, und wieder war da der Schock aus Licht und Schmerz, der sie stoppte. Sie untersuchte die Ränder des sie umgebenden Kreises, knurrend und lauernd wie ein gefangenes Tier, doch es schien keinen Weg hinaus zu geben. Die meisten Mirak achteten überhaupt nicht auf sie – sie vertrauten auf die unsichtbare Bannlinie.

»Ich habe geglaubt, du wärst tot!«, rief Rillirin und setzte sich auf ihrer Decke auf. In ihren Zügen flammte eine derart strahlende Hoffnung, dass Tara fast schon den Blick abwenden musste.

»Mir scheint, ich bin hier nicht der einzige Geist«, erwiderte sie und bemühte sich – vergeblich – um Zuversicht. »Kopf hoch, noch ist es nicht vorüber.« Falls Valan und Lanta sie hörten, ließen sie es sich nicht anmerken, aber Rillirins Miene hellte sich auf. Das arme Mädchen glaubte offensichtlich, Tara sei hier, um ihr zu helfen.

»Seid Ihr Euch auch sicher, Valan?«, fragte Lanta. »Sobald Ihr die Schwelle überschritten habt, könnt Ihr erst wieder heraus, wenn der Ritus abgeschlossen ist. Die Kreise sind auf die Götter selbst eingestimmt, aber die Blitze zu durchschreiten ist schmerzhaft.«

»Ich verstehe, Gesegnete«, lispelte Valan, die eine Hand aufs Gesicht gepresst. »Wir haben hier keine Hebamme, aber ich war bei meinen beiden Töchtern bei der Geburt dabei. Ich weiß, was zu tun ist.« Sie nickte, und Valan kniff mit den Fingern die Ränder der Wunde an seinem Mund zusammen, holte tief Luft und trat dann über die Kreidelinie in Rillirins Kreis hinein. Blitze zuckten hoch, so wie sie auch um Taras Kreis herum aufgeflammt waren. Rillirin schrie auf, aber dann war Valan an ihrer Seite, und die Wunde in seinem Gesicht hatte sich durch die Hitze der Flammen geschlossen. Er zitterte unkontrolliert, doch er war auf der anderen Seite. Es war also möglich – für Menschen, aber offenbar nicht für Götter.

Interessant.

»Bringt mir dieses Kind«, sagte Lanta heiser. »Ich werde den heiligen Gosfath herholen. Ich werde die Dunkle Dame zurückbringen, und der Sieg über Gilgoras und über diese sogenannten Götter des Lichts wird unser sein.«

Gut, Carter, jetzt komm schon. Du wirst dich doch nicht von solchen Kleinigkeiten wie einem Blutritual und einem fast undurchdringlichen Kreis aufhalten lassen, oder? Mach dich an die Arbeit.

Die übrigen Gefangenen kamen in langen Reihen in den Tempel geschlurft. Sie waren alle durch eine Kette verbunden, die durch die Schlaufen an jedem ihrer Halsbänder gezogen war, und wurden von mit Speeren bewaffneten Mirak hereingetrieben. Beide Kettenenden waren an je einem Stahlstift befestigt, der in den Boden getrieben wurde: Die Gefangenen konnten sich entlang der Kettenlinie, aber nicht davon weg bewegen.

Das Ganze war schlecht durchdacht, und es waren zu wenige Wachen da. Tara konnte sofort erkennen, auf welche Weise sie die Flucht bewerkstelligen könnten, aber die Gefangenen, die sich ihr am nächsten befanden, waren Zivilisten, und sie wusste keine Möglichkeit, wie sie ihnen mitteilen sollte, was sie zu tun hatten.

Das Halsband des ersten Gefangenen wurde von der Kette gelöst und der Mann nach vorn geführt, wo ihn Gull über den Altar beugte. Lanta sang ein Gebet, während sie ihm ein Messer in die Kehle rammte und das Blut in eine breite Bronzeschale fließen ließ. Sofort griff ein Mirak danach und leerte die Schale in den Gottesteich. Schnell und ohne viel Aufhebens. Mehr Gemetzel als Ritual, deswegen jedoch nicht weniger widerlich.

Gull stieß den Mann vom Altar und gab den Mirak ein Zeichen, den nächsten kommen zu lassen, aber die Gefangenen waren in Aufruhr geraten, wichen hastig hin zum anderen Ende der Kette zurück, und die an der Spitze Befindlichen kämpften miteinander und zerrten an ihren Halsbändern.

Der nächste Gefangene, eine Frau, wurde gewaltsam aus der Reihe gezerrt. Die hinter ihr wurden geschlagen, bis sie in die Knie gingen. So sollten sie benommen und fügsam warten, bis die Reihe auch an ihnen war. Die Frau schrie, schon bevor sie den Altar erreichte, wand sich im Griff des sie festhaltenden Mirak und bettelte und bettelte. Sie starb.

Tara musterte die Gesichter der Gefangenen – zwischen den einzelnen Soldaten befanden sich jeweils Zivilisten. Wer immer sie angekettet hatte, hatte versucht, die Soldaten voneinander getrennt zu halten, damit sie keine Gegenwehr organisieren konnten. Salter war auch dabei, und er zog die Gefangenen an ihren Ketten um sich und redete hastig auf sie ein, deutete auf die Kette und die Stahlstifte, die sie festhielten.

Ja, Salter, ja. Macht das, macht es verdammt noch mal – befreit euch und metzelt sie alle nieder. Komm schon, komm schon!

Ein Wachposten sah, was Salter da vorhatte, und schmetterte ihm seinen Speer ins Gesicht. Dann versetzte er ihm einen Tritt, sodass der Hauptmann auf den Rücken fiel. Das Halsband schnitt ihm in den Hals und auch denen, die sich ihm am nächsten befanden, riss sie alle zu Boden. Während alle dadurch abgelenkt waren, wurde dem Nächsten das Halsband abgenommen, der Mann wurde nach vorn gezerrt, getötet und dann ausgeblutet zur Seite geworfen. Lantas leierndes Gebet hatte noch immer kein Ende gefunden. Im anderen Kreis war Rillirin aufgestanden, Valan stützte sie und massierte ihr den Rücken. Ihr rotes Haar war dunkel vor Schweiß, und ihr Gesicht glänzte feucht.

»Der Muttermund hat sich noch kaum geöffnet«, rief er Lanta zu. »Könnte noch Stunden dauern.«

Die Gesegnete hob die Hand zum Zeichen, dass sie verstanden hatte, und ließ das nächste Opfer herbeiholen. Es waren ja noch jede Menge da.

Sechsundachtzig waren gestorben, und der Gotteseich war dickflüssig vor Blut. Tara hatte in den vorangegangenen Stunden noch einmal jeden Zentimeter des Kreises überprüft und nichts anderes erreicht, als von ihren wiederholten Versuchen, den Bannkreis der Blitze zu durchbrechen, höllische Kopfschmerzen und taube Fingerspitzen zu bekommen. Sie hatte keine Schwachstelle in dem unsichtbaren Hindernis gefunden – es schien, dass sich Valan einfach mit bloßer Muskelkraft hindurchgedrängt hatte.

Sie würde das Gleiche tun müssen und würde es jetzt tun müssen, denn bei Rillirin hatten inzwischen die Presswehen eingesetzt.

Tara warf Salter einen grimmigen Blick zu; er antwortete mit einem kaum wahrnehmbaren Kopfschütteln. Sie waren noch immer nicht bereit. Erneut schritt sie den Kreis ab, bis plötzlich irgendetwas ihren Fuß streifte. Sie blinzelte, rieb sich behutsam die geschwollenen Augen und blinzelte wieder, aber der Nebel war immer noch da. Säulen aus rotem Nebel flossen ineinander, wirbelten herum, und Funken violetten Lichts schossen zischend durch sie hindurch. Und ebendiese Nebelsäulen hatten sie soeben berührt.

»Er kommt!«, rief Lanta jubilierend, ihre Stimme heiser und kehlig vor Verlangen, und Gull stieß einen undeutlichen Freudenlaut aus. »Heiliger Gosfath, Herr des Krieges, erhöre unsere Gebete. Er kommt, um seine Schwestergeliebte nach Hause zu rufen.« Sie entfernte sich schwankend vom Altar, eine randvoll mit Blut gefüllte Messingschale in den Händen, und trat an Taras Kreis heran.

»Kannst du ihn spüren?«, fragte sie. »Seine Gegenwart wird immer stärker. Er ist von Blut gerufen worden und antwortet auf diesen Ruf. Er kommt, um sich seine Belohnung zu holen.« Sie schleuderte ihr das Blut in einem hohen Bogen aus Scharlachrot entgegen, und es spritzte Tara ins Gesicht, ins Haar und über die Brust, heiß und klebrig haftete es an ihr. Sie keuchte auf und taumelte zurück, wischte sich das Blut aus den Augen, spuckte, würgte. Die roten Säulen wirbelten nun schneller, dichter, plumpe, suchende Schnauzen, die durch die Luft auf sie zukamen. Tara sprang von ihnen weg und wedelte Blut von ihren Händen.

»Heiliger Gosfath, Herr des Krieges«, kreischte Lanta, ließ die Schale fallen und hob die Arme, »komm nach Gilgoras, in diesen heiligen Tempel, der deinem Ruhm und deiner Ehre geweiht ist. Komm um deiner Schwestergeliebten willen. Komm und hol dir deinen Lohn.« Ihre linke Hand sank herab, und sie deutete auf Tara. »Komm und iss, Roter Vater!«

»Verdammte Scheiße«, hauchte Tara, als sich nun eins zum

anderen fügte: warum Valan sie nach ihrem Angriff vorhin in Ruhe gelassen hatte, das Bad, das wunderbare Kleid. »Ihr beliebt wohl zu scherzen …«

Eine der roten Schlangen berührte ihren Knöchel, sie war ölig, kalt und heiß zugleich. Fremdartig und widerwärtig und irgendwie *interessiert.* Tara sprang zurück, und drei weitere Schlangen kamen auf sie zugekrochen, während in der Mitte des Kreises langsam eine Gestalt Form anzunehmen begann, doppelt so groß wie sie.

»Man kann schon den Kopf sehen!«, brüllte Valan, und Rillirin schrie, während sie presste, und dann hatte der Soldat am anderen Ende der Reihe die Kette vom Stahlstift losbekommen.

»Lauft, lauft, lauft!«, schrie Salter, und die Gefangenen machten kehrt und stürmten zusammen davon, hatten die dünne Kette bereits durch ihre Halsbänder und aus ihnen heraus gerissen, als die Mirak endlich begriffen, was da passierte.

Für Tara war es zu spät. Ihr Kreis füllte sich schnell, die Gestalt in dem roten Nebel verfestigte sich weiter, und plötzlich fegte ein heißer Wind, der nach Schwefel stank, von überall und nirgends durch den Tempel und ließ ihre Augen brennen. Die Tentakel, Schlangen, Ranken oder was immer die Dinger waren, schoben sich über den Boden und fanden Taras Fuß. Ein Dutzend weitere peitschten vor und hängten sich an sie, Rauch und der Gestank von Verbranntem stiegen empor, als sie ihr den Stiefel versengten.

Sie jaulte auf und trat sich frei, wich weiteren Ranken aus, die aus dem Stein drangen oder einfach aus der Luft heraus feste Gestalt annahmen, wirbelte zum Rand ihres Bannkreises, und da war er, Gull – er wich vor den heranstürmenden Gefangenen zurück, und die Mirak versuchten, sich ihnen entgegenzustellen. Gull hielt seinen Hammer und sein Messer hoch erhoben.

Du willst etwas zu essen, Gosfath? Kannst du haben.

Laut aufheulend stieß Tara den Arm durch die Barriere – violettes Licht briet ihr die Knochen – und bekam einen Finger in sein Halsband. Sie ist nicht undurchdringlich, es tut nur höllisch weh.

Er war ein Mörder, war der Hohepriester, doch er war kein Kämpfer. Tara zerrte ihn in den Kreis hinein, orientierungslos und laut aufbrüllend, als das Feuer durch ihn hindurchbrannte. Sie wirbelte Gull herum und ließ die Faust in seinen Bauch krachen. Er klappte über ihrem Arm zusammen wie billiges Blech. Sie riss ihm das Messer aus der Hand und rammte es ihm ins Rückgrat. Es knirschte über einen Wirbel und sank ihm dann tief ins Kreuz. Seine Beine versagten ihm den Dienst. Sie ließ ihn fallen, riss den Hammer aus seiner schlaffen Hand und wich in Richtung von Rillirins Kreis zurück.

Ich kann es schaffen. Ich kann es immer noch schaffen.

Sie hatten versucht, sie zu brechen. Vielleicht war es ihnen sogar gelungen, aber das bedeutete nur, dass sie ihr alle Weichheit genommen hatten, ihre Barmherzigkeit, sie in eine blanke Waffe verwandelt hatten. Und es war an der Zeit. Hier war sie und erfüllte, was der Fuchsgott ihr zu tun aufgetragen hatte. Hier kamen Taras Vergeltung und Gerechtigkeit für Vaunt. Es war ein verdammter Krieg.

Tomaz' letzte Worte an sie, röchelnd zwischen Blut hervorgestoßen, als er gestorben war: »Ich liebe dich. Töte sie alle.« Tara hatte geschworen, dass sie genau das tun würde, und Tara hielt, was sie versprach.

Die Gestalt in dem roten Nebel war jetzt deutlich zu sehen, ganz Muskeln und gekrümmte Hörner und hasserfüllte, begehrende Augen. Hände, größer als Taras Kopf, hoben Gull in die Luft, und die letzten Rauchtentakel schlangen sich um den Priester und begannen zu drücken, zu tasten, in ihn einzudringen, saugten Blut und Leben aus ihm heraus, während er zerriss und zerbrach, auf eine Weise, wie sich eigentlich kein Körper je bewegen sollte. Und mit jeder verstreichenden Sekunde wurde Gosfath gegenwärtiger.

Als von Gull nur noch eine leere, verschrumpelte Hülle übrig geblieben war, zogen sich die letzten Tentakel in den Körper des Gottes zurück, und Gosfath stieß ein triumphierendes Brüllen aus. Er sah Tara, und das Blut, das ihren ganzen Körper überzog, war wie ein anziehendes Leuchtfeuer, eine unwiderstehliche Verlockung. Er kam in ihre Richtung, watete durch den aufsteigenden schwarzen Rauch auf sie zu, während die Gefangenen hinter ihm den Mirak die Waffen aus den Händen rangen und sie gegen ihre Besitzer richteten und Valan Lanta zuschrie, sie solle in den Kreis kommen und das Kind entgegennehmen, das gerade geboren wurde.

Und das war der Moment, auf den sie gewartet hatte. Valan und Lanta zusammen im Kreis, ganz mit Rillirin beschäftigt. Warteten nur darauf, getötet zu werden. Tara rannte zum Berührungspunkt der beiden Kreise, die Arme schützend vors Gesicht geschlagen und drängte sich gewaltsam hindurch. Da war noch mehr violettes Licht in ihr und außerhalb. Ihr kochte das Blut in den Adern, und ihre Augen, ihr Gesicht, die ganze Welt standen in Flammen. Und dann war sie außerhalb von Gosfaths Reichweite. Aber ihre Ziele, ihre Opfer waren in *ihrer* Reichweite.

RILLIRIN

Zehnter Monat, erstes Jahr der Herrschaft von König Corvus
Tempel der Roten Götter, Tempelbezirk, erster Ring, Rilporin, Weizenland

Der Drang zu pressen war unwiderstehlich, eine Macht, die Rillirin nicht leugnen konnte und die sie fest in ihrem Griff hatte. Bewegung, ein Drücken nach unten, in ihrer Mitte ein brennendes Feuer, im innersten Zentrum ihres Wesens, und sie schrie, kehlig wie ein Tier, als der Kopf des Kindes sichtbar wurde.

Sie machte eine Pause, keuchte. Schweiß, Rauch und Blut brannten ihr in den Augen. Valan kniete zwischen ihren Oberschenkeln, während im Tempel die Hölle losbrach. Die Gefangenen waren frei, Gull war offenbar tot, und im nächsten Kreis war ein Gott bei Tara, und Rillirin konnte nicht hinschauen, sonst würde ihr Herz aufhören zu schlagen.

Der Drang zu pressen wurde wieder stärker und verlangte ihr auch das letzte bisschen Kraft ab, und Rillirin konnte nichts anderes tun, als dem uralten Befehl Folge zu leisten. Sie biss die Zähne zusammen, warf den Kopf in den Nacken, und während sich ein neues kreischendes Brüllen ihrer Kehle entrang, presste und presste sie, bis etwas zwischen ihren Schenkeln hindurch und hinein in Valans wartende Hände glitt.

Sie fiel keuchend auf den Rücken, aber nur für die Spanne weniger Herzschläge, dann kämpfte sie sich auf den Ellbogen hoch und streckte die Hand aus. »Gebt … gebt es mir.«

Valan hielt die winzige Gestalt umfasst und weinte. »Ein

Mädchen«, murmelte er. »Oh, sie ist vollkommen. Oh, Liebes, sieh nur, was du vollbracht hast.«

»Zu mir … bitte«, bat Rillirin, aber schon drängte sich Lanta mit einem Kreischen, das Rillirins Geburtsschrei ganz ähnlich war, in den Kreis hinein. Sie ließ sich neben Valan auf die Knie fallen, nach dem Passieren der Barriere bebte sie vor Schmerz. Ihre Hände zitterten, als sie die Nabelschnur abband und sie dann mit einem Messer durchschnitt. Sie hob das Kind aus Valans Händen.

»Nein«, krächzte Rillirin, doch sie hatte nicht einmal mehr die Kraft zu schreien. »Nein«, versuchte sie es noch einmal, stützte sich auf den Ellbogen, stemmte die Beine hoch und mühte sich in eine sitzende Position. Valan half Lanta aufzustehen, und die Gesegnete humpelte zum Schnittpunkt mit dem anderen Kreis, außer Reichweite von Rillirins hinterhergestreckten Fingern. Schon jetzt bebten Rillirins Muskeln vor Anstrengung, aber sie rappelte sich auf Hände und Knie hoch und schleppte sich vorwärts.

Valan hielt sie fest, zog sie an seine Brust und drückte sie so zärtlich an sich, wie er das zuvor mit ihrer Tochter getan hatte. »Das hast du sehr gut gemacht«, flüsterte er und drückte ihr Küsse auf das Haar und die Schläfe. »Das hast du wirklich sehr gut gemacht, Liebes. Ich bin so stolz auf dich.«

»Dunkle Dame, schöne Göttin des Todes und der Furcht, nimm jetzt all deine große Kraft zusammen und lass deinen Brudergeliebten dein Führer sein. Komm zu uns, komm in diesen Kreis, den wir für dich vorbereitet haben, komm und fordere das Fleisch für dich, das das deine sein wird.« Lantas Stimme zitterte vor Leidenschaft und Erschöpfung, als sie das Neugeborene mit bebenden Armen vor sich hinhielt. Der schwarze Nebel wirbelte noch schneller, doch dann flammte der Zirkel abermals violett auf, und Tara kam hindurchgeschossen, schlitterte über den Stein und durch Rillirins Blut.

Lanta duckte sich und presste das Baby an ihre Brust, während der von der Magie des Schutzkreises verursachte Schmerz Tara laut aufschreien ließ. Valan ließ Rillirin los und versuchte reflexhaft, Tara zu fassen zu bekommen. Sie rollte über den Boden, kam zum Stillstand und stürzte sich dann auf ihn. Die beiden krachten auf den Stein, wodurch auch das Ritual selbst krachend zum Stillstand kam.

»Herr, Roter Vater, deine Belohnung ist hier. Aber … gib mir nur noch einen Moment«, brabbelte die Gesegnete. »Valan, schaff sie wieder zurück.«

Gosfath hockte da und musterte sie, dann deutete er auf den Säugling und gestikulierte mit Krallen, die so lang waren wie Rillirins Hände. »Will haben.«

»Nein, Herr, dies ist das Gefäß, das deine Schwestergeliebte beherbergen wird. Dies ist das Fleisch, das zur Dunklen Dame wird. Dieses eine Kind ist nicht für dich. *Valan, schaff sie sofort wieder in den verdammten Kreis.*«

Tara versetzte Valan einen Kopfstoß und schlug ihm die Handkante in die Kehle, brüllte Flüche, und Rillirin hatte sich erhoben, stand schwankend und nackt da bis auf ihr Brustband und das Blut und all die anderen Flüssigkeiten, die Schlieren über ihre Oberschenkel zogen. Als die Gesegnete mit offenem Mund auf den Ruin all ihrer Pläne starrte, riss ihr Rillirin gewaltsam die Finger weg und ließ das Baby, noch immer glitschig vor Blut, aus Lantas Armen in ihre gleiten.

»Nein!«, kreischte Lanta, umklammerte Rillirin und das Kind fest mit den Armen und warf sich in einem verzweifelten Aufbäumen mit ihnen zurück. Gemeinsam taumelten sie in den Kreis der Götter hinein.

Die Welt dröhnte vor Licht und Lärm und Dunkelheit und Stille, ein jäher Ansturm auf ihre Sinne, so allumfassend, dass Rillirin oben und unten, Leben und Tod nicht mehr unterscheiden konnte. Jeder Knochen und Muskel ihres Körpers vibrierte vor Blitzen und Schmerz, und der Schrei des Babys kam plötzlich und durchdringend und ließ Rillirins Herz beinahe stehen bleiben. Und dann waren sie im Kreis, und Gosfath war da, direkt neben ihr, und auch Lanta und Gulls zerfetzter Leichnam.

Rillirin lag auf der Seite, ihre wimmernde Tochter an die Brust gepresst, die Knie hochgezogen, um sie zu beschützen, und ein dünner, suchender schwarzer Faden wand sich ihnen entgegen. Sie fuhr zurück, rutschte auf den Knien und mit einer Hand hastig zur Seite und bemerkte zu spät, dass sie sich näher an das Zentrum des Kreises heranbewegte statt an seinen Rand.

»Dunkle Dame, schöne Göttin des Todes und der Furcht, gewahre jetzt deinen neuen Wirt, sowohl von königlichem Blut als auch von Blut, das ein Gott berührt hat. Komm in die Welt, zu uns, deinen getreuen Kindern, zum heiligen Gosfath, dem Herrn des Krieges. Komm in dein neues Fleisch, dein neues Leben. Komm, um Rache zu üben, Dunkle Dame, komm um des Blutes willen!«

Lanta bekam Rillirin am Knöchel zu fassen, wälzte sich über ihr Bein, und in ihrem Gesicht leuchtete widerwärtige Verzückung. Der schwarze Rauch kringelte sich schneller, tastete sich blind immer näher heran, und Rillirin trat Lantas Hände weg und schaffte es aufzustehen. Ihr Schoß verkrampfte sich nun wieder, da die Nachgeburt sich zu lösen begann. Sie sackte zusammen und knirschte mit den Zähnen, weil der Schmerz sie zerriss. Im gleichen Moment schlug die schwarze Substanz zu, schneller als ein niederstoßender Turmfalke, und bohrte sich in die kleine, flatternde Brust ihres Kindes.

Rillirin konnte nicht denken. Sie packte einfach nur den schwarzen Tentakel, kreischte auf, als der Schmerz ihren Arm hinaufschoss, und riss ihn heraus.

»Ja, Mutter, ja«, rief Lanta. »Da ist er, dein Wirt. Dein Fleisch. Nimm es und kehre zu uns zurück. Heiliger Gosfath, deine Belohnung ist hier, genau hier.« Lanta streckte deutend eine Hand aus, die andere zur Verteidigung erhoben. »Jetzt, Valan!«

»Will haben.«

Gosfaths Knurren wurde zu einem Brüllen, und dolchscharfe Krallen durchschnitten die Luft und näherten sich Rillirin. Sein Zeigefinger streifte ihren verschwitzten Zopf, schnitt ihn ohne Mühe ab und schlug ihr über die Wange und den Nasenrücken. Rillirin spürte es kaum, aber dann strömte ihr Blut übers Gesicht.

Sie duckte sich, als Gosfath einen Riesenschritt durch den Kreis machte und seine andere Hand in ihre Richtung bewegte. Lanta näherte sich von der gegenüberliegenden Seite, grau, eine Hand an die Brust gepresst, allein ihr Glaube hielt sie aufrecht. Schwarzer Rauch wallte um ihre Füße, umhüllte sie.

»Kopf runter!«, brüllte eine Stimme, und Rillirin rollte sich zusammen, als sich Arme um sie schlossen und sie erneut über die Grenzlinie zerrten. Noch mehr wirbelnde, zischende violette Blitze, die ihr die Haut versengten und das Wimmern des Babys wieder zu schrillem Geschrei anschwellen ließen; da waren das unverwechselbare Schmoren von brennendem Fleisch und ein höllischer Schmerz in ihrem Gesicht und ihren Händen, als sie wie eine Wunde ausgebrannt wurden, und dann fielen sie beide in Taras Arme zurück.

Sie landeten unsanft, sodass Tara ein gequältes Stöhnen entfuhr, bevor sie sie unzeremoniell wegstieß, sich hochrappelte und sich zwischen Rillirin mit dem Kind und Valan schob. Die winzige Brust des Säuglings war unversehrt, da war kein Blut außer dem Geburtsblut zu sehen, auch wenn jetzt ein schwarzes Mal mit ungleichmäßig verschwimmenden Rändern die Haut der Kleinen verfärbte. Und ihre Augen waren nicht vom Blau eines Neugeborenen. Sie waren so schwarz wie die Dunkle Dame selbst, schwarz und durchdringend und direkt auf Rillirin gerichtet, unerschütterlich, konzentriert.

Oh Götter, oh Tänzerin und Großer Gauner, bitte, bitte, nein. Bitte.

Valan krallte den Zeigefinger in Rillirins silbernes Halsband, aber dann hatte sich Tara auch schon auf ihn gestürzt. Sie presste ihm den Arm fest um die Kehle und zerrte ihn zurück zur magischen Sperrlinie. Sie drehte das Gesicht zur Seite, als sie Valans Kopf in die Blitze hineinstieß und ihn dort festhielt, ihren Arm ebenfalls im Feuer, aber Valan schrie und schrie und schrie; die Haut auf seinem Gesicht verfärbte sich schwarz, kochte, riss auf, ließ darunter rotes Fleisch zum Vorschein kommen, und der Bannkreis begann zu flackern, während seine Füße um sich traten und trommelten und die wilden Bewegungen seiner Arme schwächer wurden und er Stück für Stück die Magie aufhob, die sie festzuhalten versuchte. Der Geruch von brennendem Haar und siedendem Fleisch erhob sich, und dann schossen violett geränderte Flammen von seinem Gesicht und seinem Kopf in die Höhe, und Tara ließ ihn fallen, taumelte zurück und drückte sich ihren von Blasen übersäten Arm an die Brust.

»Setz dich verdammt noch mal in Bewegung«, krächzte sie an Rillirin gewandt. Der Kreis zischte und flackerte, die Barriere aus Blitzen brach in sich zusammen, sodass sie die Kreislinie überschreiten konnten, ohne dem Baby wehzutun. Tara warf einen kurzen Blick auf Valans letzte Zuckungen. »Für Tomaz.«

»Blutige Mutter, ich bin deine getreue Dienerin!«, brüllte Lanta, als Tara ihre unversehrte Hand unter Rillirins Achsel schob und sie hochstemmte. Die Gesegnete stolperte am Rand des Kreises um Gosfath entlang, die Hände an die Brust gepresst. Sie richtete den Blick nach unten und streckte den Fuß mit Bedacht durch die Kreidelinie und verwischte sie. Ihre Umrisse wurden von violettem Feuer umhüllt, und sie kreischte auf.

»All das habe ich für dich getan«, stieß sie hervor als sie zurückprallte, »all das, dein Brudergeliebter gebunden hier als ein

Licht, um dich zu leiten. Ich habe ihn hinter dem Schleier hervorgerissen, damit du deinen Weg zu uns findest. Nimm mich. Ich bin deine willige Dienerin, werde der Körper sein, den du brauchst, Dunkle Dame. Ich werde alles sein, was du brauchst.«

»Tara, warte. Sieh dir das an.« Der schwarze Rauch verfestigte sich erneut zu Tentakeln, die in die Brust der Gesegneten schlugen, in ihren Bauch und in ihre Schenkel, in sie hinein- und wieder hinausfuhren wie Nadelstiche durch ihren Leib, ihren Kiefer, ihr Ohr und ihr linkes Auge, bis sie gefangen war. Dann wurde sie angehoben und weit geworfen, hing in der Luft und klatschte schreiend zu Boden, die Gliedmaßen von sich gestreckt. Gosfath taumelte zurück.

»Ja, ja, meine Herrin. *Nimm mich!*«, kreischte Lanta, ihre Worte ganz verzerrt von dem Ding in ihrem Mund und ihrem Gesicht, aber sie hörten es an ihrer Stimme, die Ekstase der Qual, der Erfüllung all ihrer Pläne: Die Dunkle Dame kehrte zurück.

Tara schnappte sich das Messer aus Valans Gürtel und stellte sich zwischen Rillirin und die Götter. »Setz dich in Bewegung«, wiederholte sie flüsternd, aber Rillirin blieb reglos. Konnte sich nicht regen, war von dem Spektakel genauso gefangen genommen wie Lanta.

»Nein.« Die Stimme war leise und weiblich und gierig, so fürchterlich gierig. Und zugleich so verführerisch, dass Rillirin einen Schritt auf den schwarzen Wirbel zutrat, um sowohl sich selbst als auch das Baby dieser Stimme, die von nirgendwoher kam, zu übereignen. Ihre innere Stimme kreischte ihr zu, dass sie stehen bleiben solle, aber ihr Körper gehorchte nicht. Tara folgte ihr; alle Überlebenden folgten ihr.

Eine weitere Ranke schlang sich um Gosfaths Finger und seine Hand, wickelte sich in einer liebevollen Umarmung sanft seinen Arm hinauf, als lade sie ihn ein mitzukommen, während sich die übrigen um Lanta wanden, sie bis zum Rand füllten, während sie schrie, nun nicht mehr vor Verzückung, sondern voller Angst, voller Schmerz, in Todesqualen. Ein stiller Moment der Reglosigkeit, und die kräftigen schwarzen Spiralen spannten sich an, verstärkten ihren Griff, zogen sich zusammen, und dann rissen sie Lanta einfach entzwei.

Fleisch- und Knochenstückchen und spritzendes Blut kamen aus dem Kreis geschossen, besudelten Tara, Rillirin und die überlebenden Gefangenen.

Tara wischte sich Überreste der Gesegneten vom Gesicht und fing an zu lachen, ein pfeifendes, makabres Lachen, aber trotzdem ein Lachen. »Das sollte jetzt reichen«, brachte sie heraus. »Ich betrachte meinen Auftrag als erfüllt. Es ist vorbei. Jetzt gibt es niemanden mehr, den sie ...«

Die Stimme ertönte von neuem. »Alle haben mich im Stich gelassen. Alle hatten sie ihre Gestalt, wo ich keine hatte. Jetzt werde ich eine neue annehmen und sie nach meinem Willen formen. Also, Bruder, diene mir noch ein letztes Mal.«

Die Tentakel, die sich um Gosfath schlangen, wurden fester und rammten sich dann in ihn hinein, und immer mehr krochen aus den Steinen oder verfestigten sich aus der Luft heraus. Sie wickelten sich um ihn und zogen sich zusammen, zerbrachen und formten sich neu, und Gosfath brüllte, riss an dem schwarzen Zeug, aber es verfing sich um seine Krallen, seine Hände und Arme, erstickte ihn, bis er nur noch das rote Zentrum eines schwarzen Wirbelwindes war.

»Was ist denn das jetzt für eine Scheiße?«, hauchte Tara und brach den Bann, der Rillirin gelähmt hatte. »Los schon, beweg dich, verdammt noch mal.« Rillirin gehorchte und hielt den Atem an, als sie die Kreidelinie überquerte, die jetzt nur noch ein schwaches Flackern von Energie verströmte. Sie steuerte den zusammengedrängten Haufen aus noch lebenden Soldaten und jenen Zivilisten an, die nicht gleich geflohen waren.

Sie schafften es bis halb zum Tempelausgang, als Rillirin erneut stehen blieb, kaum imstande, das zerbrechliche Gewicht ihrer Tochter zu tragen, geschweige denn, sich selbst auf den Füßen zu halten. »Ich kann nicht mehr«, stöhnte sie. Erschöpfung drückte sie nieder, der lockende Sirenengesang des Schlafes hallte ihr in den Ohren wider.

Tara warf einen Blick zurück auf den Wahnsinn hinter ihnen und fasste Rillirin am Kinn. »Natürlich kannst du, verdammt noch mal, und weißt du auch, warum? Weil das, was du dort drinnen gemacht hast, eines der mutigsten Dinge war, die ich je erlebt habe, und ich habe eine ganze Menge erlebt. Und weil die Kleine dich braucht, weil sie dich als genau diese mutige Frau braucht, jeden Tag, bis sie alt genug ist, um für sich selbst zu sorgen. Also, geh weiter.«

»In Ordnung«, erwiderte Rillirin mit zitternder Stimme und nicht minder zitternden Beinen. Auch sie schaute, als sie die Tempeltore erreichten, über Taras Schulter hinweg zurück, während Tara sie weiter vor sich her scheuchte, ihr Gesicht unter all den blauen Flecken zu einer eingefrorenen Grimasse erstarrt. Der Kreis war nun ein wild wirbelndes Chaos aus roten Gliedmaßen, schwarzem Rauch und dichten violetten Funken, aus Lichtsäulen, so grell, dass sich alles scharf davor abhob, sowie aus Schatten, schwärzer als Pech, schwärzer als die Augen ihrer Tochter. Das Ding durchquerte die Grenzlinie des Kreises ungefähr an der Stelle, an der Lanta die Kreide verwischt hatte. Es war draußen. Der Gottesteich wogte empor, seine Oberfläche zerriss und teilte sich, schaumiges Wasser schwappte über den Tempelboden und trieb eine Welle Opferblut vor sich her.

Sie zwängten sich durch die Tür und schlugen sie zu, ließen das Schlachthaus auf der anderen Seite hinter sich zurück, schauten blinzelnd ins Licht des frühen Morgens. »Südtor«, sagte Tara mit einer Stimme, die keinen Widerspruch duldete, »und zwar so schnell, wie wir das irgend können. Salter, Ihr übernehmt die Führung.«

»Formiert euch!«, brüllte ein Mann zur Antwort. »Südtor, im Laufschritt.«

Aber sie hatten es noch nicht einmal bis zur untersten Treppenstufe geschafft, als plötzlich der Boden erbebte und sich unter ihren Füßen auftat und die Tempeltüren aufflogen. Tara rannte zurück und warf sich krachend dagegen, aber nach dem Ausdruck auf ihrem Gesicht zu schließen, war es nichts Gutes, was sie da im Inneren gesehen hatte.

»Südtor, Salter. Das ist ein verdammter Befehl. Lauft.«

Der Spalt im Untergrund wurde direkt vor ihnen immer breiter und breiter, als wolle sich da irgendetwas Rillirins und ihrer Tochter bemächtigen, als sei es noch nicht fertig mit ihnen. Überall um sie herum stürzten Gebäude ein wie Strohhütten im Sturm.

Salter sah Tara an, und sie wechselten ein paar kurze Worte, die Rillirin nicht verstand. Er warf ihr das Schwert zu, das er einem toten Mirak abgenommen hatte, und wirbelte über die unter ihm zerbrechenden Stufen davon. Tara nickte. »Bringt sie zu Make, bringt sie zum König!«, brüllte sie. »Folgt Corvus' Spur: Los!«

Einige der Soldaten sprangen über den sich öffnenden Abgrund, und Rillirin wollte schon protestieren, doch Salter schlang ihr den Arm um die Hüfte und sprang mit ihr und dem Kind über den Spalt im Stein. Die auf der anderen Seite wartenden Soldaten packten sie und zerrten sie auf sicheren Untergrund. Ohne auch nur einen Moment innezuhalten, formierten sich die Soldaten und setzten sich in Bewegung, Rillirin in ihrer Mitte. Sie warf einen Blick zurück.

Tara stemmte sich mit ihrem ganzen Gewicht gegen die Tempeltüren. »Geh, und möge die Tänzerin mit dir gehen«, schrie sie und scheuchte sie alle mit einer Winkbewegung ihrer Hand davon.

»Tara? *Tara, nein!*«, rief Rillirin, doch ihre Stimme war so heiser, dass sie das Rumoren der Erde, den Lärm von splitterndem Holz und herabfallenden Steinen nicht übertönen konnte. »Komm mit uns!«

Salter zerrte sich sein schmutziges Hemd vom Leib und zog es Rillirin über den Kopf. Sie bekam ihren freien Arm durch die Öffnung und ließ den linken unter dem Hemd, zum Schutz vor der Kälte an ihren Leib geschmiegt, ihre Tochter an ihrer Brust, winzig und warm, ein kleines Nichts an Leben. Nun spürte sie den Wind nicht mehr ganz so stark. »Kommt, junge Frau«, sagte Salter, und er zitterte schon jetzt. »Wir müssen Kleider, Waffen und etwas zu essen auftreiben, dann werden wir Euch sicher von hier wegbringen.« Er legte den Arm um sie und zog sie mit sich. »Major Carter wird einen anderen Weg finden, daran habe ich keinen Zweifel. Wir werden sie bald wiedersehen. Kommt schon.«

Rillirin, benommen vor Müdigkeit und übergroßer Angst, hätte eigentlich gedacht, nicht das geringste bisschen an Gefühlen mehr übrig zu haben. Aber als sie vom Tempel wegtaumelten, weg von Tara, die nun mit wahnsinnigen, blutrünstigen Ungeheuern gefangen war, ganz allein, nur von Mirak und Toten umgeben, stellte sie fest, dass sie doch noch Tränen zu vergießen hatte.

DIE GESEGNETE

Der Moment des Erwachens
Jenseits

Lanta richtete sich auf. Da war ein kurzer Moment der Verwirrung, die Erinnerung an bohrende Qual, vermischt mit unaussprechlicher Herrlichkeit, als sie vor ihren beiden Göttern, in ihrer direkten Gegenwart, gestanden hatte, und dann … war sie hier.

Das Gras war grau und von klebrigen roten Tröpfchen besprenkelt. Der Himmel war scharlachfarben, so rot wie die durch geschlossene Lider wahrgenommene Sonne. Das stetige Dahinsterben des Lichts. Wo immer Lanta hinblickte, sah sie Menschen. Seelen. All die getreuen Kinder des Blutes, die im Laufe der Jahrhunderte vor ihr gestorben waren und die jetzt das Jenseits bevölkerten.

Der Tod hätte zu diesem Zeitpunkt eigentlich noch nicht Lantas Schicksal sein sollen, und doch war sie hier. Der Wille der Dame. Sie klopfte sich ab, stand auf und warf ihr langes blondes Haar zurück. Wenn eine Gesegnete zu den Göttern gerufen wurde, wurde sie stets von der Dunklen Dame persönlich begrüßt. Lanta würde mit den anderen Gesegneten und Hohepriestern am Tisch der Dunklen Dame sitzen und sich für alle Ewigkeit in der Gegenwart ihrer Blutigen Mutter sonnen.

Aber die Dunkle Dame war nicht da. Ebenso wenig der heilige Gosfath. Lanta selbst hatte sie beide beschworen, sie in den

Tempel von Rilporin kommen lassen und dann dort gefangen gesetzt. Lanta war allein, bis sie entkamen – falls sie denn entkamen. Sie selbst hatte den Kreis noch verwischt, vor ihrem … Tod. Würde das ausreichen? Unbehagen kroch ihr über die Haut. Es gab jetzt im Tempel niemanden mehr, um das Ritual zu vollenden. Hatte die Dunkle Dame von dem Säugling Besitz ergriffen? Kehrte sie in ebendiesem Moment in die Welt der Lebenden zurück, eine Gottheit, in sterbliches Fleisch gekleidet? Lanta strengte all ihre Sinne an und versuchte, die Welt der Lebenden wieder in den Blick zu bekommen, um den Augenblick des Triumphs ihrer Göttin mit anzusehen – denn wie könnte es auch etwas anderes als ein Triumph sein? –, doch nichts passierte. Sie war hier, und die Götter waren dort, und zwischen ihnen war eine Kluft, wie sie sie noch nie zuvor verspürt hatte.

Die Horde von Seelen war näher an sie herangerückt. Lanta konnte erkennen, dass sie sich aus verschiedenen Gruppierungen zusammensetzte; es gab kleine, aber bedeutungsvolle Zwischenräume zwischen der einen Gruppe und der nächsten. Auch im Jenseits existierten Bündnisse und Treuepflichten, genau wie in Gilgoras.

»Ich bin die Gesegnete Lanta Costinioff«, verkündete sie mit lauter Stimme und reckte das Kinn. »Ich bin verantwortlich für die Wiederauferstehung der Dunklen Dame. In ebendiesem Moment kleidet sie auf der anderen Seite des Schleiers ihr göttliches Wesen in menschliche Haut, um zu uns zurückzukehren, um uns zu leiten, wie sie es auch zuvor schon getan hat. Ich habe …«

»Halt den Mund, Miststück.« Die Stimme war laut und sorgte für einen Schwall hässlichen Gelächters. »Hast sie wiederauferstehen lassen? Das heißt, sie ist gestorben, während du für das ganze Geschehen verantwortlich warst, ja? Meinst du, wir wüssten das nicht und hätten ihren Verlust hier nicht gespürt, wo sie immer in Glanz und Glorie unter uns gewandelt ist?«

»Das kann man so nicht …«, begann Lanta, aber dann brach eine Gestalt durch das Gedränge, trat mit wenigen Schritten durch das blutverschmierte Gras und versetzte Lanta einen Fausthieb mitten ins Gesicht. Sie kippte rückwärts um, zu geschockt, um zu schreien, und als sie die Augen wieder öffnete, war der Mann bereits damit beschäftigt, an ihrem Kleid und ihrer Unterwäsche zu zerren.

»Was machst du da?«, brüllte sie. »Ich bin die Gesegnete. Ich bin Lanta Costinioff, Stimme der Götter!«

»Du bist eine frische Fotze, sonst gar nichts«, grunzte der Mann. »Und im Jenseits bekommen wir all die Dinge, die man uns versprochen hat. Töten und rennen und ficken und sterben, ohne zu sterben. Auf ewig.«

»Nein«, rief sie und schlug strampelnd um sich. »Nein, du verstehst nicht. Ich bin die Gesegnete, die Gesegnete. Niemand darf mich anfassen. Halt!«

Der Mann hörte nicht auf ihre Beteuerungen, und jetzt kamen auch andere näher: Männer, Frauen, hohläugige Kinder, die zu viel gesehen und noch mehr getan hatten. Denn das hier war das Jenseits, und was sie hier taten, das machten sie ewig.

Lanta schrie erneut auf, als sie spürte, wie sich Zähne in ihren Knöchel bohrten, ihr ein Haarbüschel vom Kopf gerissen wurde, und sie das Reißgeräusch hörte, als der Mann ihr die Unterwäsche vom Leib zerrte. *Schon seltsam, dass ich im Jenseits immer noch Unterwäsche habe,* dachte sie hysterisch, bis alle Gedanken im Schmerz untergingen. Zentimeter für Zentimeter, Glied für blutiges Glied, Stunde für Stunde rissen sie sie in Stücke. Und sie spürte alles.

Lanta starb.

Lanta richtete sich auf. Da war ein kurzer Moment der Verwirrung, die Erinnerung an bohrende Qual, vermischt mit unaussprechlicher Herrlichkeit, als sie vor ihren beiden Göttern, in ihrer direkten Gegenwart, gestanden hatte, und dann … war sie hier. Sie rappelte sich hoch und wich vor der heranrückenden Horde von Seelen zurück.

»Ich bin Lanta Costinioff, Gesegnete der Dunklen Dame und Gosfaths, Gott des Blutes«, rief sie und hob die Hände zum Schutz vor sich. Zu ihrer Rechten richtete sich eine weitere Gestalt im Gras auf und rannte sofort los. Weg von ihr. Dutzende machten sich an die Verfolgung, und dann sah sie es, überall auf den endlosen, blutigen Feldern. Tod und Wiedergeburt in den Tod. Verfolgung. Sterben. Morden und rammeln und totes Fleisch fressen, Kannibalen und Ungeheuer und Sadisten, jeder Einzelne.

»Hört zu. Hört mir einfach zu. Ich bin …«

»Frisches Fleisch«, rief eine Frau, unter deren rissigen gelben Fingernägeln Fleischfetzen klebten. Ihre Kehle und ihre Brust waren feucht von geronnenem Blut. Es könnte gut Lantas eigenes Blut sein, vom letzten Mal.

Lanta drehte ihren Schwestern und Brüdern im Blut den Rücken zu, raffte ihre Röcke und rannte los. In der Ferne ragte der Hügel aller Gesegneten auf, wo die Priesterschaft lebte. Vor ihr tobte eine Schlacht zwischen Hunderten von Kindern, bewaffnet mit Stöcken und Knochen, mit Zähnen, Fingernägeln und Fäusten.

Lanta rannte schneller. Ein Heulen erhob sich hinter ihr, und die Horde stürmte ihr nach.

Bis in alle Ewigkeit.

CORVUS

Zehnter Monat, erstes Jahr der Herrschaft von König Corvus
Fünf Meilen vom Tiefen Wald entfernt, Weizenland

Der Augenblick war alles gewesen, wofür er in den vergangenen Monaten gebetet hatte – eine Rückkehr in die Umarmung der Dunklen Dame –, und doch war nichts so, wie er es sich erwartet hatte. Zum Ersten war es allzu früh geschehen, viel früher, als es Corvus sich ausgerechnet hatte, und wenn dieser verfluchte Koridam nicht gewesen wäre, wäre er vor Ort gewesen, um selbst Zeuge des Geschehens zu werden, um mitzuerleben, wie Rillirin ein Leben gebar, dazu bestimmt, göttlich zu sein. Aber dass er nicht dort gewesen war, war vorherbestimmt, ebenso wie alle Handlungen eines den Göttern geweihten Lebens. Der Wille der Dame.

Das Empfinden ihrer Wiederkehr war im Laufe der Nacht immer intensiver geworden, eine heraufziehende Pracht, die die Herzen und Gemüter der Gläubigen beseelte, sodass sie hinter ihrem schützenden Graben und dem von der Osttruppe aufgeworfenen Wall kaum geschlafen hatten. Und auch der Feind wusste, was da geschah, denn in dieser Nacht griffen sie nicht an, wie sie es doch in jeder Nacht zuvor getan hatten. Weder beschossen sie einzelne Wachposten, noch beschädigten sie mit ihren Sabotageaktionen die Palisade, noch schlichen sie sich mordend ins Lager.

Und dann die Morgendämmerung, der triumphale Höhepunkt und das In-Erfüllung-Gehen der Pläne der Gesegneten. Die Herrlichkeit ihrer Blutigen Mutter erfüllte jedes Herz und jede Seele mit Bewunderung, mit Ehrfurcht, Andacht und Vollendung.

Und dann der Fall und Niedergang. Zurückweisung und Panik, Wut und Besessenheit und hinter ihnen, im Südosten, ein Sturm, der sich schwarz und unheilvoll zusammenzog, geschwängert von Wahnsinn.

Die Anwesenheit der Dunklen Dame, ihre reine und leitende Gegenwart, war gedämpft, verschwommen, wie eine Farbe mit einer anderen Essenz vermischt, dem eifersüchtigen, furchtsamen und zornigen – so zornigen! – Wesen des heiligen Gosfath, bis sie keinen der beiden Götter mehr deutlich spüren konnten, sondern nur einen wild wogenden Mahlstrom der Raserei, der Rache und der Wollust. Sie wurden weder in der Verherrlichung der Götter erhoben noch in deren heiliger Zielsetzung bestärkt. Stattdessen wurden sie geprügelt und geknüppelt mit göttlichem Zorn, göttlicher Pein.

Unter dem klaren Himmel Rilpors kniete die Armee der Gläubigen in konzentrischen Kreisen um eine kleine Gruppe von Männern in ihrer Mitte: Corvus, Fost und Tett, die überlebenden oder neu ernannten Kriegshäuptlinge, General Baron von der Osttruppe und seine ergebensten Offiziere, sie alle gesalbte Kriegspriester, wie Corvus selbst einer war, und sie alle waren mit ihrem Glauben, ihrer Disziplin bei ihm, während er sich bemühte herauszufinden, warum die Götter so wütend waren und warum sie … verschmolzen.

Er konzentrierte seinen Atem und sein Denken auf die Götter, versuchte tastend die Verwirrung der Eindrücke und Gefühle zu verstehen, die auf sie einstürmten, bemühte sich, durch das alles zu den Göttern selbst hindurchzublicken, hier in Gilgoras. Hier in Rilpor. *Vielleicht braucht sie einfach ihre Zeit, um sich in die neuen Verhältnisse einzufinden, um die Begrenzungen und Befähigungen ihrer neuen Gestalt zu verstehen. Einen Tag oder so, nicht mehr, da sie doch die Gesegnete bei sich hat, sie zu leiten.*

Ein Eindringling machte sich in seinem Bewusstsein breit, hüllte Corvus in eine heiße, klebrige Woge wirrer Gefühle. Männer schrien bestürzt und angewidert auf, voller Angst, als eine glitschige und ölige Nässe durch ihre Köpfe wirbelte, so wie sie auch in seinen eigenen Schädel eindrang, ein tropfender Zorn, gepaart mit Verlangen und von Irrsinn getränkt, der sich suchend durch ihre Gedanken schlich, an ihnen zupfte, sie auseinanderriss. Ein Teil von ihm wusste, zu wem das alles gehörte, aber er wollte und konnte den Namen nicht wahrhaben, den sein Bewusstsein da beisteuerte. Es war nicht sie. Das hier war nicht die Göttin.

Corvus ballte die Fäuste, als das Ding ihn berührte, als es durch seinen Kopf stöberte, mit einer hungrigen Gier, die seine Berührung nur umso abscheulicher machte. Es wollte ihn nicht, es scherte sich nicht um ihn – es brauchte etwas von ihm, aber weder Corvus noch es selbst wussten, was.

Corvus stöhnte und schlug wild um sich, um das Netz aus Wahnsinn wegzustoßen, das an ihm haftete und sich nicht vertreiben ließ, das er mit jedem Luftholen tiefer in sich einatmete.

Schreie der Bestürzung und des Abscheus schallten durch das Lager, während sich der Wurm in Corvus' Kopf immer schneller und heftiger wand, sich an Corvus' Erinnerungen mästete, bis er ganz aufgebläht war, an Teilen von ihm, die er aus ihm herausfraß und verschluckte. Das Ding wurde nun zornig, als es das, was immer es in Corvus' Innerem suchte, nicht finden konnte, zornig und verzweifelter, sein Herumstöbern rücksichtslos, Schaden stiftend. Ein Mann draußen im dritten Kreis brach zusammen, bekam unvermittelt heftiges Nasenbluten; scharlachrot strömte es ihm übers Gesicht, während er hustete und würgte.

Corvus hatte einen ganz vagen, flüchtigen Eindruck von … von etwas. Etwas, das unmöglich seine geliebten Götter sein konnten, etwas, das eigentlich gar nicht am Leben sein konnte.

Irgendeine verschiedene Eindrücke verschmelzende Ausgeburt seiner Erinnerung vielleicht, aber er glaubte seiner eigenen Lüge nicht. Unzählige Arme und schreiende Münder, falsch ausgerichtete Augen, die im Wahnsinn aus den Höhlen traten, das Rückgrat nach hierhin und dorthin verdreht und … Bündel aus roten und schwarzen Tentakeln, die über dem Kopf des Dings peitschten, aus dem weinenden, gebrochenen Fleisch seines Rückens hervortraten.

»Ihr seid mit einem Ungeheuer in Verbindung getreten!«, schrie jemand, und Corvus konnte nicht sehen, wer es war. »Was habt ihr getan? *Was habt ihr bloß getan?*«

Corvus warf sich nach vorn, auf die Hände gestützt, und übergab sich, versuchte, das Bild aus seinem Kopf zu vertreiben, während überall um ihn herum die Kämpfer seiner Armee das Gleiche taten, das Ding, das durch ihre Gedanken wirbelte, mit hektischem Nachdruck von sich wiesen. Gefühle von Bosheit, Wollust und Rachsucht sowie ein Drang zu töten explodierten förmlich in ihm, so lastend intensiv, dass er es fast schon schmecken konnte, zähflüssig wie Schleim.

Es lag nicht in der Natur des heiligen Gosfath, sich mit den Belangen der Sterblichen zu beschäftigen: Er labte sich, wenn ihm Blut und Fleisch dargeboten wurden; als Herr des Krieges verlieh er seinen Armeen Stärke, aber er beehrte Gilgoras nicht eben oft mit seiner Gegenwart. Doch während der Wurm sich immer schneller wand, sah ihn Corvus eben dort, in Gilgoras. Er war eng mit der Dunklen Dame verschlungen, wand sich um sie und durch sie hindurch, schlängelte sich in ihrem Inneren. Beide waren sie hier in Gilgoras, und beide waren sie zugleich in Corvus' Innerem. Seine Götter. Die einzigen Götter, so innig miteinander verbunden wie niemals zuvor.

Und sie waren zornig.

Corvus wischte sich einen Speichelfaden vom Kinn und hob die Arme gen Himmel. Er wusste genau, was jetzt zu tun war, wusste, dass der Sieg nur darin liegen konnte, sich dem Wahnsinn hinzugeben, dass es ein Anerkennen der Leere bedeuten würde, diesen Wahnsinn von sich zu weisen. Sie war zurückgekommen, und er würde ihr dienen und sie verehren. Nichts sonst spielte eine Rolle, als ihren göttlichen Willen zu erfüllen.

»Dunkle Dame, schöne Göttin des Todes und der Furcht, du bist zu uns zurückgekehrt. Ich spüre dich im Wind und in mir, und ich frohlocke, denn wir haben die Herrlichkeit deiner Berührung vermisst.«

Jener Teil von ihm, der in seinem Hinterkopf abseits stand, frohlockte nicht; er duckte sich, die Hände über den Kopf gelegt, und betete darum, dass das Ungeheuer wieder verschwand. Corvus ignorierte diese innere Stimme genauso, wie er auch Fosts abgrundtiefes Entsetzen ignorierte. Wenn die Götter zornig waren, würde Corvus sie eben beschwichtigen. So war der Lauf der Dinge. Es spielte keine Rolle, wie die Götter jetzt aussahen: Sie waren noch immer seine Götter. Das sagte er sich im Geiste wieder und wieder, bis er selbst davon überzeugt war – gab sich zumindest alle Mühe, es zu sein.

»Heiliger Gosfath, Gott des Blutes, des Krieges und der Verstümmelung, du bist wiedervereint mit deiner Schwestergeliebten, ganz und heil geworden durch ihre Rückkehr. Ich spüre dich im Wind und in mir, und ich frohlocke, denn wir haben die Macht deiner göttlichen Kampfeslust vermisst.«

Gegen alle Wahrscheinlichkeit, sämtlichen Hindernissen und allen Momenten der Unentschlossenheit und der Kleingläubigkeit zum Trotz, hatte die Gesegnete es geschafft. Sie hatte ihnen die Dunkle Dame zurückgebracht. Sie hatte sie mit Gosfath wiedervereint, verbunden für alle Ewigkeit als ein einziges allmächtiges Wesen, durch nichts aufzuhalten. Corvus erbrach sich noch einmal, außerstande, es zu verhindern. Er spuckte aus, um seinen Mund zu säubern, und zwang sich, aufzustehen und sich seiner Armee zu stellen.

»Verbunden für die Ewigkeit«, rief er. »Die Götter sind zurückgekehrt, nach Gilgoras, zueinander und zu uns. Heiliger Gosfath, Dunkle Dame, wir sind eure Kinder, wir erfüllen euren Willen, befriedigen euer Verlangen. Für euch ziehen wir in den Krieg. Für euch werden wir unsere Feinde vernichten und euch zu eurem Frohlocken ihr Blut und Fleisch als Opfer darbieten.«

Er gab den anderen ein Zeichen, und der antwortende Chor war unsicher, lau. Aber er war da. »Unsere Füße sind auf dem Pfad!«

Corvus schüttelte die Fäuste gen Himmel. »Unsere Füße sind auf dem Pfad. Auf dem Pfad in den Krieg!«, schrie er, und diesmal sprangen sie hoch und antworteten ihm mit zustimmendem Gebrüll, griffen seine Worte auf, und der Sprechgesang schwoll zu einem Donnergrollen an. Sie tranken das Grauen in sich hinein wie süßes Gift.

Er wartete nicht auf sie, sondern steuerte die Öffnung in der Palisade an, hinter der sich die Stoppelfelder ausdehnten, die sich bis zu Make Koridam und seiner bunt zusammengewürfelten Armee erstreckten. Seine Götter waren zurück, und ihr Zorn erfüllte sein Herz und seinen Kopf. Der Wahnsinn der Schlacht war ein Wahnsinn, den er verstehen konnte, und er hieß ihn mit einer Art von Erleichterung willkommen.

Der Blutrausch durchschüttelte ihn, sein eigener wie auch jener der Götter, und er schwoll an wie eine Flutwelle, um jeden Zweifel mit sich zu reißen, jedes Bild in Corvus' Kopf zu ertränken. Er flutete über sie alle hinweg, das Bedürfnis, für die Götter zu töten, der Drang, den Makel des Lichts wegzuwischen aus diesem Land, und seine Armee zögerte nicht, wogte über den Graben und den Wall, Wahnsinn und Wut befeuerten ihre Schritte, trieben sie zur letzten Konfrontation.

Die Götter verlangten nach Blut, und Corvus würde es ihnen mit Freuden geben.

TARA

Zehnter Monat, erstes Jahr der Herrschaft von König Corvus
Tempelbezirk, erster Ring, Rilporin, Weizenland

Die Türen erbebten noch einmal unter der Wucht des Ansturms, und Tara stemmte die Füße dagegen und spannte alle Muskeln an. Die Qual in ihrem verbrannten und gebrochenen Arm zerrte an ihr, der Schmerz grell und durchdringend wie das Licht der Sonne im Winter und genauso grausam.

Sie schaffte es, einen raschen Blick über die Schulter zu werfen, und Rillirin, Salter und alle Übrigen waren verschwunden. Erleichterung überkam sie und war sofort wieder weg, als die Türen erneut in ihren Angeln bebten. Ein suchender schwarzer Faden schob sich unter der Tür hindurch und schlang sich um Taras Knöchel. Sie schrie auf, als sich sein Griff rasch festigte und ihre Wade zusammenquetschte. Sie machte einen Schritt von der Tür weg und trat hektisch um sich. Sie schlug mit Valans Messer auf den Tentakel ein und durchtrennte den zähen Muskel zur Hälfte. Er löste sich in Rauch auf und wurde unter die Tür zurückgesaugt, dann zerbarst das Holz, und weitere Tentakel tasteten sich hindurch, während der Rest des … Dings weiterhin in der Düsternis des Tempels verborgen blieb.

Tara brach zusammen und kroch rückwärts davon. Ihre linke Hand fand das Schwert, das Salter liegen gelassen hatte, aber was nutzten ihr schon ein Messer und ein Schwert? Ein Zischen und Summen erhob sich, wie von Bienen oder von entweichendem Dampf, aber tausendmal lauter als beides, und ein fauliger Wind blies aus dem Tempel, kräuselte das blutige Wasser, das die Treppen hinuntertropfte. Schwefel und Verwesung. In ihrem Kopf begann es zu hämmern.

Dünne Schreie erhoben sich, hoch und fern, als nun weitere Gebäude einstürzten und Rilporin erneut unter der Laune eines wahnsinnigen Gottes in Schutt und Asche sank. Es waren die Schreie von Sklaven, von Rilpori. Schreie ihres eigenen Volkes. Tara schnitt sich mit dem Messer den Rock oberhalb ihres Knies ab, dann nahm sie die Klinge in die linke Hand, griff mit der rechten nach dem Schwert und stand auf. Niemand sollte mehr in ihrem Zuständigkeitsbereich sterben, nicht, wenn sie es irgendwie verhindern konnte. Wenn sie die Einzige war, die sich zwischen dieses Ding und die Übrigen stellte, dann sollte es eben so sein.

»In Ordnung, Soldatin, mach dich bereit«, spornte sie sich an. »Es ist an der Zeit, einen wahnsinnigen Gott zu töten.«

Ihre Waffen in Händen kletterte sie über das zersplitterte Holz und hinein in die stinkende Düsternis des Tempels, um es mit diesem … Ding aufzunehmen. Es war ein rätselhaftes, ekelerregendes, schreckliches Wesen, teils Gosfath, teils Dunkle Dame und ganz Albtraum. Der Gott des Blutes war nicht mehr, aber ebenso wenig war die Dunkle Dame wiederauferstanden. Wo zwei Götter gewesen waren, zwei Wesensessenzen, rot und schwarz, war jetzt einer. Ein Ding, monströs und deformiert, ein gebogenes Horn, drei Arme, zweieinhalb Beine.

Zwei Gesichter, nebeneinander, auf einem einzigen, riesigen, verformten Schädel ineinander verschweißt, der Mund des Blutgottes dauerhaft zu einem Knurren oder einem Schrei geöffnet, der Mund der Dunklen Dame wie mit Farbe darübergeschmiert, ihre schwarzen Augen rot gerändert, mit Wahnsinn überhaucht.

Was immer die Göttin da versucht hatte, es war schiefgegangen. Wenn sie gehofft hatte, von Gosfaths Essenz Gebrauch machen zu können, von seiner Gestalt oder überhaupt seinem Leben, um sich dadurch einen neuen Körper zu schaffen, so war ihr lediglich gelungen, ihr Sein und Wesen mit dem seinen zu verschmelzen.

Wie bei Crys. Zwei Seelen in einem Körper. Nur eben verdammt noch mal ganz und gar anders als bei Crys, denn Crys ist hübsch, und das hier allein reicht schon, um sicherzustellen, dass ich nie wieder ruhig werde schlafen können.

Und das Ding wuchs, seine Köpfe – sein Kopf? – näherten sich bereits den Dachbalken, während es seinen Hass und Zorn herausbrüllte, herausstöhnte, herausschrie. Es sah sie nicht kommen, viel zu versunken war es in seine Schlacht mit sich selbst, und Tara wurde klar, dass der Angriff dieses Dings auf die Türen wahrscheinlich nicht einmal Absicht gewesen war. Tara schlüpfte durch die Schatten und Pfützen, und das Spritzen ihrer Stiefel ging völlig unter im Lärm, den das Ding machte.

Es hatte noch immer schwarze Tentakel, die aus seinem Rückgrat ragten und die hin und her peitschten, als suchten sie Halt, und ein roter Arm, einer von Gosfaths noch unversehrten Armen, grapschte wild nach sich selbst, zerrte an schwarzer Masse, wollte das Auge der Schwarzen Dame neben seinem eigenen auskratzen. Ihr Arm schlug den anderen weg, und die Ungeheuerlichkeit wirbelte herum, aus dem Gleichgewicht, taumelnd.

»Hör zu, Fuchsgott, das hier ist deine Idee gewesen, im Prinzip jedenfalls, wenn du mir also ein wenig Kraft borgen könntest, wäre ich dir sehr verbunden. Oder, weißt du« – Tara klopfte sich mit den Fingerspitzen aufs Herz –, »wach einfach über mich, das wäre toll.«

Götter, schoss es ihr durch den Kopf, als das Ding ihrer gewahr wurde und laut aufbrüllte, *selbst für meine Verhältnisse ist diese Aktion reichlich dumm. Make wird mich umbringen.*

Ich hoffe wirklich inständig, dass er die Gelegenheit dazu bekommt.

Sie brach in irres Gelächter aus, als sie Schwert und Messer hob und sämtliche Energie beschwor, die ihr noch geblieben war. Der göttliche Gräuel, welcher der Natur und allen bekannten Gesetzen spottete, kam, taumelnd und heulend, auf sie zu. »Fuchsgott ... hörst du mich?«, stammelte Tara. »Nur ein klein wenig Hilfe?«

Es kam keine Antwort, daher schüttelte sie einige Male ihre Handgelenke, um sie zu lockern, umklammerte beide Waffen fester und stellte sich dem Ding entgegen. Es war abgelenkt, die Gosfath-Hälfte immer noch bestrebt, die andere Hälfte von sich abzuschälen, und Tara nutzte das zu ihrem Vorteil, schlüpfte unter einem rudernden Arm hindurch und rammte dem Ding ihr Schwert in den Unterleib. Das Schwert rutschte von dem kompakten, steinharten roten Fleisch ab und glitt zur Seite, dann stach sie es in die bleiche Haut der Dunklen Dame. Es kostete Tara kaum mehr Anstrengung, als wenn sie es mit einem Sterblichen zu tun gehabt hätte, und ihr Schnitt öffnete einen breiten roten Mund, aus dem schwarze Flüssigkeit quoll.

Zwei blökende Schreie, einer des Triumphs, einer der Wut, und eine muskulöse Ranke, dunkel wie Ebenholz und so dick wie Taras Schenkel, legte sich ihr um den Bauch, und es fühlte sich an, als würde sie zermalmen, was von ihren Rippen noch übrig geblieben war. Der Boden kam ihr entgegen, krachte in ihren Rücken, und Tara hätte aufgeschrien, hätte der Schmerz in ihrer Brust nicht alle Gedanken ausgelöscht und ihr auch noch den letzten Rest Luft aus der Lunge getrieben. Sie konzentrierte sich darauf, nicht ohnmächtig zu werden, rang um Atem, kämpfte gegen ihren Körper an, damit sie gegen das Ungeheuer kämpfen konnte.

»Wo ... wo willst du hin?«, krächzte sie, als das Ding wenige Momente später an ihr vorbeihumpelte. Sie schwang ihre linke Hand und rammte ihm das Messer in den Knöchel. Das

Ungeheuer schaute zu Tara zurück wie auf ein Insekt, und derselbe Fuß, in den sie gerade ihr Messer versenkt hatte, hob sich und krachte dann mit entsetzlicher Wucht auf ihren Unterarm. Tara hörte ein mehrfaches Knacken, und das verbrannte Fleisch löste sich vom Knochen, schleifte in Fetzen über den Stein hinter ihr her, als sie sich zur Seite rollte und sich um die frischen Schmerzen herum krümmte.

Das Gott-Ding beachtete sie nicht mehr weiter. Es wuchs immer noch – oder zumindest war es die Schwärze, die Göttin, die wuchs und die rote Haut Gosfaths in sich aufnahm –, bis sich der Kopf unter die Dachbalken schob und Arme und Tentakel gleichermaßen durch das Dach drangen und die leuchtenden Strahlen der Herbstsonne hindurchließen sowie einen frischen, kalten Luftzug, um den lastenden Gestank und auch ein wenig von der Benommenheit in Taras Kopf wegzufegen.

Schluchzend rollte sie sich auf die Knie und drückte ihren gebrochenen Arm an ihre gebrochene Brust; die Fingernägel färbten sich blau, und da war eine Schwere in ihr, ein Sickern und Schwappen, weil ihre Lunge sich mit Blut füllte. *In Ordnung, Fuchsgott – Crys –, das ist jetzt echt kein Scherz mehr. Ich brauche wirklich dringend deine Hilfe, sonst macht dieses Ding Jagd auf Rillirin und nimmt ihr das Baby weg. Ich bitte dich, ja?*

Sie wartete nicht ab, ob er antworten würde, sondern stellte einen Fuß auf den Boden, legte ihre unversehrte Hand auf ihr Knie und stieß sich taumelnd hoch. Das Schwert hatte sie irgendwo verloren, daher humpelte sie mit dem Messer vorwärts. »Wir sind noch nicht fertig miteinander«, keuchte sie. Kleine Punkte wirbelten träge durch ihr Gesichtsfeld, wie Ruß im Sommerwind. Es herrschte ein eigenartiges Licht, alles leuchtete schwach an den Rändern. Sie musste dieses Ding aufhalten. Musste es von Rillirin fernhalten. Es aufhalten …

»He«, rief sie, dann hustete sie, hustete Blut auf die verdreckten Steinplatten, auf ihre Brust und die Überreste ihres Kleides. Tara fuhr sich mit dem Rücken der Hand, in der sie das Messer hielt, über den Mund. »He!«, brüllte sie noch einmal, ein wenig lauter als zuvor. »Ich habe gesagt, wir sind noch nicht fertig miteinander.«

Der Kopf der Götter war durch das Dach verschwunden, als das Ding immer weiter und weiter gewachsen war. Der Doppelgott konnte sie nicht sehen. *Lass deinen Feind niemals aus den Augen. Es sei denn, du bist zu groß, um ihn noch sehen zu können.*

Ein irres Kichern raubte ihr nur noch mehr die Luft. Tara schlurfte weiter, bis sie zwischen den missgestalteten Beinen des Geschöpfes stand, die dick wie Baumstämme waren. Eines seiner Knie bog sich in die falsche Richtung, wenn es sich bewegte, sodass es beim Gehen mit dem Bein ruderte und humpelte. Vielleicht hielt das Ding ja Ausschau nach Rillirin. Sie blickte hinauf, sah das verwobene Muster der Adern in dem bleichen Fleisch und kniff die Augen zusammen. Ihr war schwindlig, und bei jedem Atemzug gluckerte es in ihrer Brust. Ihr blieb nicht mehr viel Zeit.

Oberschenkelschlagader. Das müsste hinhauen.

Tara nahm ihre letzten Kräfte zusammen, machte einen Satz in die Höhe und stach zu. Die Klinge bohrte sich tief ins Fleisch und riss es nach unten hin auf, bis Taras Gewicht die Klinge wieder herausdrückte.

Das Ungeheuer stieß ein tiefes Brüllen und einen hohen Schrei aus, Zwillingslaute, so durchdringend, dass Taras Trommelfelle platzten. Das Ding kippte nach hinten und schlug durch das Dach, ein wildes Chaos von Armen und peitschenden Tentakeln und Reißzähnen und Krallen, nahm Dachbalken, Schieferplatten und Eisenbeschläge mit sich; alles regnete herab, um auf die Steinplatten zu klatschen und zu zerbersten, während Tara selbst durch den gewaltigen Leib des Dings geschützt war. Geschützt, aber zugleich wieder sichtbar.

Ein weiterer Schwall Blut, diesmal leuchtend helles Arterienblut, schoss aus ihrem Mund und troff an ihrer Brust hinunter, als sich etwas in ihrem Inneren bewegte, sie aufriss, und dann hoben rote Hände mit schwarzen Fingerspitzen sie empor, schneller, als ein Vogel fliegt, hoch durch das Dach, hinein in die Lüfte und hinauf zu seinem Gesicht. Seinen Gesichtern.

Tara schoss in den Himmel empor, die Stadt und die Felder dahinter leuchteten unter einer warmen Sonne. Goldene Strahlen spiegelten sich auf Glas und winkten ihr in bunten Farben zu, wählten die Gold- und Rottöne in den Bäumen und die satte, braune Erde.

Ein Schwarm Stare sauste vorbei, ihre eigenartigen, gleichsam Schleifen schlagenden Rufe forderten sie auf, mit ihnen zu fliegen. »Ach, das ist hübsch, nicht wahr, Tomaz?«, versuchte Tara durch das Blut in ihrer Kehle herauszubringen.

Das Ding, das sie festhielt, brüllte, aber sie drehte den Kopf der Sonne entgegen, als der Friede des Fuchsgottes ihr Herz umhüllte und es festhielt.

Sie war nicht allein.

»So hübsch.«

Die Hände schlossen sich um sie und drehten und rissen sie auseinander.

CRYS

Zehnter Monat, erstes Jahr der Herrschaft von König Corvus
Am Hügel, Rand des Tiefen Waldes, Weizenland

Es war, als stecke ein Angelhaken in Crys' Eingeweiden und jemand zerre an der Leine und versuche, ihn herauszureißen, sodass Crys ins Taumeln geriet und ihm unwillkürlich ein Schrei entfuhr, während er stolpernd auf die Knie sackte.

Dom war in seiner Nähe, und er kippte in genau demselben Moment um und begann krampfhaft zu zucken. Die Sehnen an seinem Hals traten hervor, er schnappte mit den Zähnen wie ein toller Hund, zappelte ohne jede Kontrolle mit den Armen und Beinen. Und es hörte einfach nicht auf.

Minuten verstrichen, bis sich Crys gegen den Schmerz aufzubäumen vermochte, und Dom schlug noch immer um sich, nur zunehmend schwächer, während sein Körper alle Reserven aufbrauchte, die ihm verblieben waren. Seine Lippen und seine Zunge waren zerbissen und aufgerissen. Sobald das ganze Chaos losgegangen war, hatte sich der größte Teil des Oberkommandos an Ort und Stelle versammelt, und alle sahen in unbehaglichem, abergläubischem Schweigen zu, wie Hallos, auf die Gefahr hin, einen Finger zu verlieren, vorsichtig Opiumpulver auf Doms Zahnfleisch auftrug. Ob es nun daran lag oder an der schieren Erschöpfung – jedenfalls verlangsamten und verminderten sich Doms Krämpfe schließlich zu leichten Zuckungen, bis er in einen so tiefen Schlaf fiel, dass er aussah wie tot.

Es hätte auch tatsächlich der Tod sein können, wäre da nicht der flatternde, ungleichmäßige Puls an seiner Kehle gewesen, eine winzige Bewegung, die sie alle wie die Habichte beobachteten, während sie bangend darauf warteten, dass der Puls erst auszusetzen begann und dann ganz aufhörte.

Gilda setzte sich auf den Fersen ins Gras und strich Crys mit zitternder Hand über die Stirn. »Was im Namen der Tänzerin war das?«, fragte sie.

»Es ist geschehen«, antwortete Crys, kniete sich neben sie, schlang sich beide Arme um die Brust und atmete tief durch, suchte die Übelkeit zu lindern, die ihn in Wellen immer wieder überkam. »Sie ist zurück, und sie ist hungrig.«

»Hungrig?«

»Sie hat versucht, jenen Teil ihres Wesens wieder herauszureißen, den ich geschluckt habe. Doch sie konnte nicht herankommen, jedenfalls jetzt noch nicht, daher vermute ich, dass sie wieder in Dom hineingeschlüpft ist, so wie sie es schon früher immer wieder gemacht hat.«

»Ihr *vermutet* das?«, fragte Gilda erzürnt. »Ihr seid ein Gott, Crys, Ihr könnt es besser, als bloß zu vermuten.«

Crys stieß seufzend den Atem aus, legte die Hand auf Doms heißes Gesicht und spürte einen Schatten in ihm und einen Funken von Licht. Der um mehr Helligkeit kämpfte. Ein fremdartiges Empfinden zuckte durch sein Bewusstsein, und er fuhr hastig vor seiner schmierigen Boshaftigkeit zurück. Er hatte das Gefühl, als müsse er das Innere seines Schädels gründlich auswaschen, so beschmutzt schien es ihm allein schon von dieser flüchtigen Berührung. Er hatte keine Ahnung, wie Dom das aushalten konnte. *Falls das überhaupt Dom war …*

»Ich weiß es nicht«, sagte er und rieb sich die Hand an seinem Hosenbein. »Irgendetwas stimmt nicht«, fügte er widerstrebend hinzu. »Sie ist definitiv zurück, was bedeutet, dass das Ritual mit Rillirins Baby vollzogen worden ist, aber es stimmt irgendwie alles nicht. Irgendetwas ist schiefgegangen. Ihr müsst wohl Dom fragen; ich kann nicht auf die Weise sehen, wie er es kann.«

»Und Rillirin? Was ist mit ihrem Kind, ist es am Leben? Ist es … sie?« Gildas Stimme war ganz Priesterin, aber das Beben in ihren Händen verriet ihre Sorge.

»Noch einmal, ich weiß es nicht. Es tut mir leid. Ich habe … Wahnsinn gespürt und Hass, Triumph und dann Schmerz. Alles wild durcheinandergeworfen.« Ash half ihm aufzustehen. Gerüchte raschelten durch die Reihen der Armee wie aufkommender Wind. »Aber wenn der Calestar und ich es haben fühlen können, könnt Ihr sicher sein, dass die Mirak es auch gespürt haben, und das mit weniger … Schmerzen. Sie müssen jetzt wissen, dass die Dunkle Dame zurückgekehrt ist, und sie dürften wohl viel besser als ich verstehen, was da passiert ist. Wie dem auch sei, ich gehe jede Wette ein, dass sie in ebendiesem Moment unterwegs zu uns sind. Und die Dunkle Dame auch.«

Make erstarrte für einen kurzen Moment, den Mund geöffnet, wie um Befehle zu erteilen. »Was?«, fragte er stattdessen. »Rilporin ist über hundert Meilen von hier entfernt.«

»Sie ist eine Göttin, Majestät. Ich glaube nicht, dass Entfernungen für sie dasselbe sind wie für uns. Wenn sie hier sein will, dann kann sie wohl einfach in unserer Mitte erscheinen, da bin ich mir ziemlich sicher – und warum sollte sie auch nicht hier sein wollen, wo doch so viel konzentrierter Glaube hier versammelt ist; Glaube der Mirak und der Soldaten der Osttruppe, den ihre Gegenwart genauso bestärken wird, wie sie selbst aus diesem Glauben Kraft ziehen kann.«

Make packte ihn am Arm. »Und Ihr seid bereit dafür?«, fragte er aufbegehrend. Dann fiel ihm wieder ein, mit wem er da sprach, und er ließ ihn los.

»Ich glaube nicht, dass wir eine große Wahl haben, oder?«,

erwiderte Crys ohne Groll, während die Erschöpfung ihr Gift über ihm ausgoss. »Ja, ich bin bereit. Seht Ihr nur zu, dass dieser Haufen für Corvus bereit ist.«

Make wirbelte davon und machte sich sofort daran, den ihm nacheilenden Meldegängern mit leiser, aber energischer Stimme Befehle zu erteilen. Die Armee begann sich zu rühren, sich zu verteilen, wieder Formation anzunehmen. Sich vorzubereiten.

Crys legte den Kopf schräg, als seine Wahrnehmung über Meilen hinweg davongerissen wurde, Antwort auf ein Flehen, nicht um Gnade, sondern eher um Kontakt. Wiedererkennen. »Tara?« Er beugte sich vor, stützte die Hände auf die Knie und sammelte alle Konzentration. *Tara? Tara, kannst du mich hören? Ich bin es, Crys. Ich bin hier. Ich bin bei dir. Du bist nicht allein.*

Das kleine Körnchen Mut in ihr war kristallklar, diamanthart und winzig. So winzig unter all ihren Verletzungen. Sie hatte Angst.

Füchslein. Komm. Tu etwas, irgendetwas.

Was zum Beispiel? Ich kann Tara nicht retten.

Crys' Knie sackten erneut ins Gras, der Aufschlag ein Empfinden ganz weit weg, seine Wahrnehmung nach innen und nach außen zugleich gerichtet, über die vielen Meilen hinweg bis nach Rilporin.

Verdammt, komm schon, knurrte er in seinem Kopf. *Bring ihr wenigstens Frieden.*

Er spürte ein Zögern, ein Protestieren – dass Tausende gestorben waren und Tausende weitere sterben würden; sollte er, der Große Gauner, denn jetzt um sie alle trauern? –, und Crys spannte die Muskeln an, bis sein ganzer Körper ein einziges brüllendes Gebot war, ein unantastbarer Befehl, der Vergeltung versprach und dem nicht einmal ein Gott Widerstand leisten konnte. Ein Stück des Fuchsgottes löste sich und schoss im Bogen über den Himmel.

Taras Angst wuchs, bis sie sogar größer war als ihre ungeheuerlichen Schmerzen, und Crys hätte nur eine solche Angst oder nur ein solcher Schmerz allein schon völlig zerstört. *Ich bin hier, meine Freundin. Ich bin hier.* Hände legten sich auf seine Schultern. *Make ist auch hier und Ash. Wir sind bei dir.*

Crys griff nach oben und umfasste die Hände der beiden, und mit einem Seufzen und einem Wirbeln zog er sie alle drei hinein in den Seelentraum, in dem Entfernungen nichts bedeuteten, und da war Tara in der Gestalt einer großen Katze, ganz gedrungener Schwanz und buschige Ohren und runde goldene Augen. Ihr steingrau-wolkenweißes Fell war zerzaust und blutverschmiert, und sie lag auf der Seite. Ihre Rippen hoben und senkten sich hektisch. Die Augen waren von Qual umflort, aber beim Herannahen des Fuchsgottes, ein Huschen von rotem Pelz, leuchteten sie auf. Er legte sich neben sie und schmiegte den Kopf unter ihr Kinn. Dann leckte er ihr Kehle und Gesicht, und ihre Atmung verlangsamte sich, geriet ins Stocken.

»Friede, Tara«, flüsterte Crys. Sie atmete aus und erwiderte seine Geste, sein Geschenk, berührte ihn mit dem Ausdruck einer Vergebung, die er nicht erwartet hatte und die er auch nicht verdiente. Ein breites Katzenlächeln, als ihr verlöschender Blick zu Make wanderte, und sie unternahm eine letzte Anstrengung aufzustehen.

»Bleibt, wo Ihr seid, das ist ein Befehl. Macht ausnahmsweise einmal das, was man Euch sagt.« Sie sackte mit einem erneuten Katzengrinsen zurück, das zu einer Grimasse wurde, während das Licht ihre Seele langsam verdämmerte.

Make trat vor, seine Stimme laut und sanft zugleich, und sie war das Letzte, was sie hören würde, bevor das Licht sie empfing. »Bei der Gnade der Tänzerin, Majorin. Ihr habt Eure Pflicht ehrenvoll versehen; Ihr dürft zurücktreten.«

»Was ist bloß mit ihr passiert?«, begehrte Make zu wissen, als sie in der Welt zurück waren, schwer erschüttert von dem, was er an jenem Ort gesehen hatte. »Wie ist sie gestorben? *Ist* sie denn wirklich tot?« Seine Stimme war rau und heiser, aber seine Worte waren kompromisslos und sein Gesichtsausdruck unerbittlich, auch wenn Tränen in seinen Augen schimmerten. Die Faust, die er in den Halsausschnitt von Crys' Hemd gekrallt hatte, zitterte kein bisschen.

»Sie ist tot, Herr. Aber sie hat Euch gesehen und Euch gehört, hat gewusst, dass sie geliebt wird. Sie ist in dem Wissen, dass sie nicht allein ist, ins Licht gegangen.«

Ein Muskel zuckte unter Makes Auge. »Und sie ist jetzt im Licht? Seid Ihr Euch sicher?«

»Ganz sicher, Herr. Sie hat Frieden gefunden.«

Makes Blick hätte Stahl durchschneiden können, aber dann ließ er Crys' Kragen los und rieb sich den Mund. »Danke. Auch dafür, dass Ihr es mir ermöglicht habt, ihr Lebewohl zu sagen.« Er räusperte sich und starrte für einen langen Atemzug schweigend ins Leere, dann berührte ihn Dalli an der Wange, und er zuckte zusammen und kam zurück in die Welt. Er ging hinüber zu Hadir und seinen übrigen ranghohen Offizieren, der Kriegsfürst und die Kriegsherrin folgten ihm, und er schob den Schmerz von sich, bis er dafür Zeit haben würde. Wurde wieder Make, der Soldat. Der Offizier. Der König. Crys sollte sich jetzt eigentlich ebenfalls zu ihnen gesellen, aber sie hatten den Plan bereits vor Tagen geschmiedet – er konnte ein paar Minuten darauf verschwenden, einfach nur … zu sein.

Der Schmerz in Crys' Magen war immer noch da, und Dom lag noch immer bewusstlos zu ihren Füßen, und der Feind rückte an, und Tara war tot, und irgendetwas, etwas Unbeschreibliches, war in Rilporin geschehen.

Crys konzentrierte sich darauf, seine Atmung zu kontrollieren, sein rasendes Herz langsamer schlagen zu lassen und sich heimlich den Schweiß von den Handflächen zu wischen, aber Ash sah alles, und natürlich verstand er es. Er legte Crys die

Hand in den Nacken und drückte seine Stirn auf die seines Geliebten. Es war jetzt sehr nahe herangerückt, das Ende dieser verrückten, wunderbaren, vollendeten Liebe; das Ende war nah und wirklich, es war nicht mehr jenes Ereignis einer fernen Zukunft, dessen Kommen und Möglichkeit völlig zu ignorieren sie sich solche Mühe gegeben hatten.

Ash war ihm während der vergangenen Woche keinen Moment von der Seite gewichen, und er würde auch in der bevorstehenden Schlacht neben ihm kämpfen. Wie ein zweiter Schatten, bewaffnet mit Stahl. Ashs Gegenwart war ebenso ein Geschenk wie eine Last – die stete Erinnerung daran, dass Crys' Leben fast zu Ende war, dass nun bald der Schlussstrich unter die Summe seiner Tage gezogen würde und dass diese Summe nicht reichte, lange nicht groß genug war. Diese Liebe, dieses Leben, es reichte auch nicht annähernd. Crys war noch nicht fertig mit dem Leben, war noch nicht fertig mit dem Lieben, mit Ash, mit überhaupt allem. Er schluckte hörbar und atmete den Duft seines Mannes ein.

Ich wette, Tara ist auch noch nicht mit dem Leben fertig gewesen, nicht wahr, Füchslein? Du hast sie trotzdem geholt.

Da war ein untypisches, fast verärgertes Schweigen in ihm, so lastend, dass er den Gedanken zu bereuen begann. *Sie hat mehr getan, um diesen Krieg zu gewinnen, als sie weiß. Eines Tages, im Licht, werden wir ihr sagen können, wie viel genau es war.*

»Ein großes, flauschiges Kätzchen also? Eigentlich irgendwie schade, dass ich das nicht schon früher gewusst habe«, murmelte Ash in Crys' inneren Dialog hinein. »Ich hätte ihr ein riesiges Wollknäuel zum Spielen gegeben.«

Crys gab ein hustendes Lachen von sich. »Sie hätte dich umgebracht.«

»Ja, aber das wäre es wert gewesen.«

»Sehen wir zu, dass wir ihn ins Feldlazarett schaffen«, ertönte Hallos' Stimme.

Crys öffnete die Augen, machte aber keinerlei Anstalten, sich aus Ashs Umarmung zu befreien. Sie sahen zu, wie zwei Soldaten Dom hochhoben und den Hügel hinuntertrugen. Gilda und der Arzt folgten ihnen. *Was weißt du wohl? Hast du meinen Tod schon gesehen, Calestar, Geliebter der Götter? Hast du gesehen, wie es mit mir zu Ende gehen wird? Hast du Taras Ende gesehen?*

Crys trat vor. »Ich komme mit Euch«, rief er Hallos hinterher. »Wir haben vermutlich nicht viel Zeit, aber lasst mich sehen, was ich tun kann.«

Gilda drehte sich zu ihm um. »Danke.« Sie eilten gemeinsam den Hang hinunter Richtung Lazarett.

»Berittene Aufklärer nähern sich mit großer Geschwindigkeit!«, brüllte jemand hinter ihnen.

»In Position gehen!«, donnerte Make, und die Offiziere seines Stabes eilten zu ihren Einheiten. Die Kriker und die Wölfe strömten bergab, und die Bogenschützen – mit der Ausnahme von Ash – beeilten sich, ihre Plätze an den Flanken einzunehmen. »Tailorson?«

»Ich bin gleich wieder da, Herr, versprochen.«

Make warf ihm einen finsteren Blick zu, scheuchte ihn dann aber mit einer Handbewegung weg, und die kleine Gruppe rannte los. Dom wippte und hüpfte in den Armen der Soldaten auf und ab.

»Und los geht's«, hauchte Crys. »Bleib in meiner Nähe.«

»Immer«, versprach Ash. »Auf ewig.«

RILLIRIN

Zehnter Monat, erstes Jahr der Herrschaft von König Corvus
Südtor, erster Ring, Rilporin, Weizenland

Im Kaufmannsviertel hatte sich ein altes Kleid für Rillirin gefunden, außerdem Stiefel, die ein wenig zu groß waren, und ein Schal, aus dem sie eine Schlinge für ihr Baby machen konnte.

Mein Baby, mein kleines Mädchen. Hallo, Macha, meine kleine Kriegerin. Scheint, als hätten wir es doch noch geschafft.

Salter und die überlebenden Gefangenen hatten auf der Suche nach Nahrung, Kleidern und Waffen Häuser und Keller geplündert, wobei es sich als fast unmöglich herausgestellt hatte, Waffen aufzutreiben. Ein paar Holzäxte, eine Handvoll Küchenmesser, ein unbespannter Bogen.

Glücklicherweise waren ihnen bisher nur wenige Mirak über den Weg gelaufen, mit denen sie kurzen Prozess gemacht hatten.

»Bei allen Göttern, was ist das?« Die Panik in der Stimme und der ausgestreckte Finger ließen Rillirin in einer schwankenden Kreisbewegung herumfahren und in die Richtung zurückblicken, aus der sie gekommen waren. Es fiel ihr nicht leicht, an der Gruppe ausgemergelter und verzweifelter Soldaten vorbei über den Schutt und die noch stehenden Gebäude nach hinten zu spähen, durch den wallenden Rauch und die Staubwolken, aber da war … Etwas erhob sich über dem Tempelbezirk. Eine unförmige Kontur aus Rot und Schwarz und peitschenden Tentakeln.

»Weiter«, forderte Rillirin, als sich die Soldaten zusammendrängten und Richtung Tempel zurückschauten. »Los, weiter«, wiederholte sie ein wenig lauter. Salter hielt ihr einen Schlauch zum Trinken hin; gewässerter Wein, schwer von Honig. Es war wie ein Getränk der Götter und gab ihr etwas von ihrer Energie zurück. Sie watschelte weiter, Salters Hand unter ihrem Ellbogen. Die übrigen Männer wuselten um sie herum, nahmen erneut Formation ein. Sie war so müde.

»Es kommt«, rief Salter und hielt sie fest, sodass sie abrupt stehen blieb. »Zurück in die Häuser, schnell. Auf der Straße oder draußen vor der Stadt sind wir leichte Ziele. Geht in Deckung!«

Soldaten verteilten sich in alle Richtungen, Zivilisten folgten ihnen, und Salter zerrte Rillirin zum nächststehenden Gebäude. Sie fielen regelrecht hinein und traten die Tür hinter sich zu. Sie fanden sich in einer kleinen Küche wieder. Auf dem Tisch stand ein Krug, und über dem Feuer blubberte noch immer ein Topf.

Salter legte den Zeigefinger an die Lippen und bedeutete ihr, unter den Tisch zu kriechen, dann reichte er ihr den Krug, um im nächsten Moment neben dem kleinen Fenster links von der Tür Position zu beziehen. Milch. Sie trank, stieß die Zunge durch die dicke Sahneschicht, um an die Flüssigkeit darunter zu gelangen. Erneut, wie zuvor der Wein, linderte es ein wenig von ihrer Erschöpfung, auch wenn es jetzt wohl mehr die Angst war, die ihr durch die Adern strömte, und damit verbunden der Drang zu rennen, zu kämpfen, sich vor ihr Junges zu stellen und jeden, der es ihr wegnehmen wollte, drohend anzuknurren.

Es herrschte völlige Stille. Vorsichtig schlüpfte Rillirin unter dem Tisch hervor, wickelte ein Tuch um den Griff des Topfes und hob ihn vom Feuer. Dann zog sie sich mitsamt dem Topf und einem Löffel wieder unter den Tisch zurück. *Ich sollte zu große Angst haben, um zu essen,* dachte sie, während sie sich heißen

Eintopf in den Mund schaufelte, *aber, Götter, ich habe solchen Hunger. Ich könnte ein ganzes Pferd essen.*

Bei diesem Gedanken fiel ihr noch etwas anderes ein, und Rillirin ließ den Löffel in den Topf fallen, und zittrig vor Angst und der Besorgnis, womöglich etwas falsch zu machen, zog sie ihren Kragen und ihr Brustband herunter und leitete Machas Mund zu ihrer Brustwarze.

Das Baby wusste, was es zu tun hatte, und nachdem der erste schneidende Schmerz abgeklungen war, genossen sie beide ihre jeweilige Mahlzeit. Rillirin hielt alle paar Sekunden im Essen inne, um über das Gefühl dieser winzigen Lippen an ihrer Brust zu staunen, die so überraschend fest saugen konnten.

Laute der Zerstörung und das Brüllen von Göttern setzten ihrer beiderseitigen Zufriedenheit ein Ende. »Nichts zu machen«, murmelte Salter. »Wir müssen weg von hier.« Er trat an die Tür, warf einen Blick zurück, und angesichts der Szenerie, die sich ihm bot, klappte ihm der Unterkiefer herunter; doch genauso schnell hatte er sich von dem Anblick wieder gelöst. »Hoch mit Euch.«

»Wir sollten Vorräte mitnehmen.«

»Wenn wir hierbleiben, sind wir binnen Minuten tot. Los, verschwinden wir.«

Rillirin zog die Schlinge so zurecht, dass sie Macha weiter stillen konnte, und stemmte sich dann hoch.

Sie drückten sich draußen flach an die Hauswand, und Salter stieß drei leise Pfiffe aus. Überall in der Straße tauchten die geflohenen Gefangenen aus ihren Verstecken auf. Es folgte eine Reihe von Gesten, die Rillirin nicht verstand, und schon waren die Soldaten wieder in Bewegung, einige vor ihnen, andere hinter ihnen, während sich die Zivilisten um Rillirin scharten.

Rillirin versuchte, die neu in ihr aufsteigende Angst hinunterzuschlucken, als sie und die anderen Richtung Südtor durch die Stadt schlichen, bis sie aus Rilporin heraus waren. Sie gingen um den eingestürzten und nur schlecht wieder instand gesetzten Turm der ersten Bastion herum, und dann waren sie im Freien, im Weizenland, einen Marsch von hundert Meilen vor sich, um den Tiefen Wald mit Make und Dom zu erreichen. Die große Entfernung drohte ihre Entschlossenheit ins Wanken zu bringen, aber die Soldaten waren bereits in Bewegung, sicherten ihren Weg nach den Seiten und nach hinten, und sie befand sich, von etwa zwanzig Zivilisten umringt, in ihrer Mitte. Sie waren auf der Flucht. Frei.

Die Straße von der Stadt ins Weizenland würde Abzweigungen nehmen und Umwege machen, zu guter Letzt jedoch würde sie sie zu Dom führen, und Dom war ihr Zuhause, er war ihr Leitstern, und sie konnte nicht mehr tun, als einen Kurs einzuschlagen, der sie zu ihm bringen würde, und wenn das bedeutete, hundert Meilen in zu großen Stiefeln zu gehen, dann würde sie das tun. Sie und Macha, auf dem Weg nach Hause. Und wenn sie alle wieder zusammen waren, würde sie mit dem Herumwandern aufhören, sie würde sich einfach fest niederlassen, mit ihm und ihrem gemeinsamen Kind sowie mit all jenen, die von den Menschen, die sie liebte, noch übrig sein mochten. Sie würde einfach irgendwo stehen bleiben, ein Haus bauen, ein Zuhause, und dann in Frieden leben.

Sie erzählte Salter von ihren diesbezüglichen Gedanken, und er pflichtete ihr bei. Das klinge nach einem guten Plan, meinte er und dass sie, um Dom zu finden, am besten nach Make suchen sollten, denn er war ihr Fürstgeneral, ihr Oberbefehlshaber und ihr König. Wenn es immer noch Kämpfe auszufechten galt – Salter und die Übrigen waren Soldaten, und sie wollten an diesen Kämpfen teilhaben.

»Aber wir müssen auf Tara warten«, fügte Rillirin in einem erschöpften, monotonen Tonfall hinzu.

»Majorin Carter hat uns sehr konkrete Befehle erteilt«, erwiderte er mit angestrengter Stimme, »und ich für meinen

Teil habe viel zu große Angst vor ihr, um ihnen nicht Folge zu leisten.«

Eine benommene Müdigkeit überwältigte Rillirin, als würde eine riesige Welle über ihr zusammenschlagen, und sie geriet ins Stolpern. Salter legte ihr den Arm um die Hüfte, und dann trat ein riesiger Mann an sie heran, ein Zivilist, so groß, dass er fast wie zwei Männer wirkte. Er hob sie in seine Arme und setzte sich mit ihr in Bewegung. »Ich heiße Merol«, stellte er sich vor, »und ich finde, Ihr könntet ein wenig Ruhe gut gebrauchen.«

Sie versuchte, ihm zu erklären, dass er stehen bleiben solle, dass sie auf Tara warten müssten. Stattdessen schlief sie ein, ihre Tochter warm und voller Leben an sich geschmiegt.

DOM

Zehnter Monat, erstes Jahr der Herrschaft von König Corvus
Am Hügel, Rand des Tiefen Waldes, Weizenland

Hass Wollen Töten Wollust Verlangen Hass Wollen Hass Schmerz Angst Töten Angst Wollen Allein Verlangen Betrogen Schmerz Hass Töten …

Es war eine endlose Flut, ein Ansturm nicht auf Doms Sinne, sondern auf den innersten Kern seines Wesens, darauf, wer er war, was er war. Ein Eindreschen auf seine Seele, seinen Geist, ein wahnsinniges plapperndes Durcheinander von Stimmen, das seinen gesunden Verstand auffraß, seine Vernunft.

Und er konnte die Göttin sehen. Sie beide. *Es.*

Die Opferung des Blutkindes war gescheitert oder vereitelt worden, und die Dunkle Dame hatte in ihrem wilden Begehren und ihrer Entschlossenheit, nach Gilgoras zurückzukehren, den nächstbesten Leib genommen, den sie finden konnte, und ihn zu dem ihren gemacht. Gosfaths Leib. Aber Gosfath war keine schwache und frisch in die Welt gekommene Seele wie Doms Tochter; er gab sein Leben für niemanden hin, nicht einmal für die Schwestergeliebte, die er so sehr vermisst hatte. Und so hatten sie gemeinsam ein neues Ding geformt, aus ungezügeltem Zorn, miteinander verschmolzenem Wahnsinn. Die … Blutdame.

Und diese Dame – oder sie beide – hatte Dom wiedergefunden, den Gottesraum in ihm, den Ort ihrer früheren Herrlichkeit. Er rief durch den Schleier nach ihr, zog sie an. Würde sie diesen Raum noch einmal für sich beanspruchen und über Dom herrschen können, könnte sie ihn zwingen, den Fuchsgott zu töten und so den Rest ihrer Wesensessenz freizusetzen. Damit könnte sie Gosfath für immer vertreiben und die volle Kontrolle übernehmen, wieder sie selbst werden, statt diese abscheuliche, watschelnde Missgeburt zu sein, die die Verschmelzung mit dem Gott aus ihr gemacht hatte.

Neu geschaffen, könnte sie die Summe und der Gipfel von Doms Herrlichkeit wie auch von Doms Verworfenheit sein.

Die Vorstellung, dass ihre Qual die Schuld des Blutgottes war, rührte nicht aus Dom selbst her, genauso wenig der ihn überkommende Drang, sich von dem Arzt loszureißen, den Fuchsgott zu suchen und ihn totzubeißen. Er erkannte diese drängenden Regungen als das, was sie waren, und zum allerersten Mal hatte er die Kraft zu widerstehen. Es waren nicht die Worte und die Liebe der Tänzerin, die ihm diese Kraft gaben, auch nicht der Glaube des Gauners an ihn oder das Wissen, dass Rillirin und ihre Tochter immer noch lebten und der einzige sichere Hafen in den Stürmen von Doms Welt waren. Es war auch nicht der Auftrag, den er noch zu Ende bringen musste, der ihn stark machte.

Nein. Diesmal war es ganz einfach: Die neu geformte, neu benannte Blutdame stieß ihn auf eine Weise ab, die über bloßes Grauen hinausging. Er konnte sich in diesem Ding nicht so verlieren, wie er es zuvor vermocht hatte, als die Göttin noch sie selbst gewesen war. Und sie wusste es. Ihre Wollust drehte Dom den Magen um, seine Erinnerung an sich selbst in ihren Armen bildete einen schrecklichen Kontrast zu dem, was sie jetzt war.

Er unternahm keinerlei Anstrengungen, seinen Ekel zu verbergen, und schwelgte regelrecht in dem Schmerz, den sie ihm zur Strafe schickte. *Mein letzter Kampf.* Irgendwie erschien es ihm nur zu gerecht.

Auch Gosfaths wollüstige Begierden waren in ihm drin, genauso wie die der Dame, und sie waren stärker, als Dom sie je verspürt hatte, seine ausschweifende Liebe der Grausamkeit manifestierte sich in den schlaglichtartigen Bildern von Rillirin, die er Dom sehen ließ, Bilder von ihrem Leiden während der Qualen der Entbindung an einem Ort, der dazu vorgesehen war, ihr die Tochter zu entreißen, noch ehe sie auch nur den ersten Atemzug getan hatte. Bilder von Taras Folter und ihrem Schicksal, ihr verstümmelter Körper nun in den eingestürzten Ruinen des großen Tempels verloren, mit Tonnen von Stein zwischen sich und dem Licht der Sonne, dem Leben, der Hoffnung. Allein. Bilder von Doms eigenen Händen, in denen er Zange und Messer hielt, Meißel und Hammer, um den Fuchsgott aus Crys' bebendem Fleisch zu schneiden.

Dom nahm seinen Körper zwar wahr, aber nur als etwas Fernes, Abwesendes, das schwer und teilnahmslos auf der Pritsche im Zelt lag, als sei er völlig losgelöst von der Schlacht, die Dom in seinem Inneren ausfocht. Einer Schlacht, der er sich förmlich entgegenwarf, um der Dame jeden Verrat, den sie begangen hatte, entgegenzuschleudern; und je mehr sie ihn verwundete, desto heller leuchtete das Licht, von dem er einst geglaubt hatte, es sei für immer erloschen. Und in diesem Licht sah er Rillirins Gesicht und die schattenhaften Umrisse ihres kleinen Mädchens.

Ich wandle mit dem Fuchsgott, und du wirst ihn nicht bekommen, gelobte er. *Deine Pläne sind vereitelt worden, du bist vernichtet, deine eigenen Anhänger haben dich in eine Existenz der Qual und Erniedrigung zurückgeholt. Und wir werden dich wieder töten und wieder und wieder, bis du nicht mehr zurückkommen kannst. Hier gibt es für dich nichts zu holen. Gib das Licht zurück, das du geraubt und für deine Zwecke missbraucht hast. Gib auf. Gib auf.*

Wer bist du, dass du dir herausnimmst, das Wort an mich zu richten?, fragte die Blutdame, und Dom spürte, wie sie versuchte, die Impulse und wilden Gefühle, die wie Gift durch sie hindurchtobten, unter Kontrolle zu bringen. *Ich bin deine Göttin. Du gehörst mir, und ich werde dich leiden lassen …*

Ich leide bereits, obwohl ich nicht mehr dir gehöre. Tu, was du willst, antwortete Dom mit diebischer, irrsinniger Freude. *Brich mich, verdrehe mich, foltere mich, tu, was immer dir das Böse in dir zu tun aufträgt. Deine Selbstsucht hat dich in ein Monstrum verwandelt, und das bist gar nicht mehr du, mit dem ich hier rede. Es sind du und Gosfath, miteinander verschmolzen und wahnsinnig geworden. Ein Gräuel. Mach also mit mir, was immer du willst, mach aus mir einen Gräuel, wie du einer bist, wenn es deine Angst und deinen Schmerz zu lindern verspricht. Das kannst du tun. Aber eins kannst du nicht tun: Du kannst mich nicht zerstören oder mir das Licht wegnehmen, das in mir brennt. Ich trotze dir.*

Der Gottesraum war ganz wund und blutig, und Dom spürte an den Rändern seines Bewusstseins, wie eine langsame, schleichende Lähmung durch seinen linken Arm und sein Bein kroch und die eine Seite seines Gesichts betäubte, ein dunkles, totes Gewicht, das an ihm zog.

Trotzdem, die Verwirrung und Panik auf dem grauenvollen geteilten Gesicht der Blutdame war all das fast schon wert. Sie zog sich ein Stück aus ihm zurück, trat beiseite, als wolle sie ihn von außen beobachten. Dom machte sich auf ihren Spott und die Rückkehr des Schmerzes gefasst; doch beides blieb aus.

Meine Kinder beten mich an und lieben mich, probierte sie es jetzt auf andere Weise, und ein Anflug von Heiterkeit überkam ihn, als er ihre Unsicherheit bemerkte.

Deine Kinder beten dich an und fürchten dich, korrigierte er. *Was mich betrifft, so hasse ich dich einfach nur. Ich bete dich nicht an; ich liebe dich nicht, und ich will dich auch nicht. Ich trotze dir, und ich werde helfen, dich zu töten.*

Sie krachte wieder in sein Inneres zurück, sodass er sich aufbäumte und mit zuckenden Gliedern um sich schlug.

Du wirst den Fuchsgott töten!

Das werde ich nicht!

»Das werde ich nicht!« Dom öffnete die Augen. Alles um ihn

herum war verschwommen, und das Echo seines vernuschelten Schreis hallte ihm in den Ohren wider. Gesichter blickten auf ihn herab, und er kannte sie, auch wenn er ihnen keine Namen zuordnen konnte. Reflexhaft wich er zurück, lachte, hatte aber keine Ahnung, warum, versuchte, seinen linken Arm zu heben, und konnte es nicht.

»Dich töten«, murmelte er. Eine alte Frau beugte sich über ihn, und Sorge stand in die Runzeln auf ihrem Gesicht geschrieben. Er kannte ihren Namen nicht. Er schlief ein.

Als er erwachte, leuchtete das Licht so strahlend und heiß in ihm, dass es war, als hätte er die Sonne verschluckt.

Dom ließ den Kopf zur Seite gleiten und stellte fest, dass Crys auf der Pritsche daneben lag, die Hand an seine Seite gepresst. Der Fuchsgott war bleich, und Schweißperlen glänzten stolz auf seinem Gesicht. Als er sah, dass Dom wach war, sackte er bebend zusammen und ließ das silberne Licht wieder in sich zurückfließen, langsam wie Sternenlicht.

»Du Mistkerl«, keuchte Crys und strich sich mit zitternder Hand über die Stirn. »Mach es mir beim nächsten Mal bitte leichter, ja? Verlier einfach ein Bein oder irgend so was. Bei den Göttern.«

»Du hättest dir die Kraft sparen sollen«, krächzte Dom. Er war auf dem linken Auge blind, sein linker Arm und sein linkes Bein schienen kaum mehr vorhanden, kaum mehr lebendig.

Crys lächelte, sein Gesicht hager und abgespannt. »Sollte ich wissen, warum?«

»Schlacht«, antwortete Dom.

Hallos war auf seiner anderen Seite, die Finger gegen den Puls seines Handgelenks gepresst, die Lippen inmitten seines struppigen Bartes nach vorn geschoben. »Bemerkenswert. Eine deutliche Verbesserung; ich danke Euch vielmals.«

Crys brummte etwas zur Bestätigung, und seine Lider drohten ihm vor Müdigkeit zuzufallen. »Ich habe es für das Beste gehalten, mal zu schauen, was ich noch für dich tun kann, bevor der Kampf losbricht.« Die Farbe kehrte in sein Gesicht zurück, während Dom ihn musterte und die Ohren anstrengte, um ihn über seinen unregelmäßigen, immer wieder aussetzenden Herzschlag hinweg verstehen zu können.

»Weil mein Auftrag noch nicht erfüllt ist«, sagte er und schleuderte dem Fuchsgott seine eigenen Worte von einst entgegen. Crys zuckte zusammen, antwortete jedoch nicht. »Aber du hast recht.«

»Die Roten Götter?«, fragte Ash, der im Zelt auf und ab ging wie ein gefangenes Tier. »Sag uns, was hier vor sich geht, Dom, bitte.«

»Die Roten Götter … irgendetwas ist schiefgegangen, als die Gesegnete ihr großes Ritual vollzogen hat, um die Dunkle Dame wiederauferstehen zu lassen. Es gibt jetzt nur noch einen einzigen Gott – Gosfath und die Dunkle Dame sind irgendwie miteinander verschmolzen und zu einem einzigen Wesen geworden, wenn auch nicht freiwillig, wie es aussieht. Wasser, bitte.«

Crys setzte sich auf und wischte sich mit dem Ärmel übers Gesicht. Gilda reichte ihm einen Trinkschlauch, und sie tranken beide. »Ich habe gespürt, dass etwas nicht stimmt, aber ich habe nicht herausfinden können, worum es sich handelt«, berichtete er. »Ich beneide dich nicht darum, dass du es verstehst.«

Dom fand sich auch selbst nicht zu beneiden. »Ich nenne die Dame, sie beide, die Blutdame«, erklärte er, und die Fackeln schienen bei der Erwähnung des Namens verlöschen zu wollen. »Sie ist mächtig, ja, sehr mächtig, aber auch wahnsinnig. Ihre beiden Wesen haben sich vermengt, doch sie liegen miteinander im Krieg, um sich wieder zu trennen. Zwei Geister, die jeweils die Kontrolle und die Vorherrschaft für sich wollen …« Ein Schaudern überlief ihn. »Es gibt keinen anderen Körper, den die Dunkle Dame bewohnen könnte, aber sie wird nach einem suchen.«

»Und sie braucht, was in mir ist, um ihr Ziel zu erreichen«, führte Crys den Gedanken weiter, die Arme um den Leib geschlungen. Ash stellte sein Auf-und-ab-Gehen ein und trat hinter Crys, um ihm die Hände auf die Schultern zu legen. »Irgendeine Ahnung, wie lange es dauern wird, bis die beiden Götter hier sind?«

Dom schüttelte leicht den Kopf.

»Rillirin und das Baby?«, erkundigte sich Gilda. »Was ist mit ihnen passiert, wenn die Dunkle Dame nicht … in das Kind hineingelangt ist?« Ihr Gesicht war ganz verhärmt vor Sorge.

»Rillirin und unsere Tochter leben«, antwortete Dom. Gildas Miene hellte sich auf, Ashs ebenfalls. Selbst Crys schien sich darüber zu freuen.

»Ach, ich kann es gar nicht erwarten, die Kleine kennenzulernen.« Ash rieb sich die Hände. »Ihre Onkel Crys und Ash werden ihr sämtliche schlechten Angewohnheiten beibringen, die sie kennen.«

Crys achtete darauf, sein Gesicht ausdruckslos zu halten; er wusste mittlerweile, was kommen würde, aber, wie auch Dom, unternahm er nichts, um seinen Mann aus seinen Illusionen zu reißen. Besser, ihm seine Träume zu lassen, besser, ihn in dem Glauben in die Schlacht ziehen zu lassen, dass sie anschließend nach Hause zurückkehren würden. Dass es ein Zuhause geben würde, zu dem sie zurückkehren konnten.

»Und dieses Ding, diese … Blutdame, hat sie immer noch Macht über die Mirak und die Osttruppe?«, wollte Crys wissen.

Dom rieb sich sein linkes Auge, aber ganz gleich, wie oft er blinzelte, da war nichts als Schwärze. Er sagte es den anderen nicht. Wenn es selbst dem Fuchsgott nicht gelungen war, ihn von seiner Blindheit zu heilen, überstieg es jedermanns Fähigkeiten. Sein Magen knurrte, aber bei dem Gedanken an Essen wurde ihm übel.

»Dom?«

Er konzentrierte sich wieder auf seine Umgebung. »Entschuldigung. Und, ja, vielleicht hat sie sogar noch mehr Macht als zuvor. Gosfath hat nie sonderlich dazu geneigt, sich in Gilgoras einzumischen, doch jetzt bleibt ihm nichts anderes mehr übrig. Außerdem wird er nach jedem erdenklichen Vorteil suchen, um sich zu befreien. Die Verschmelzung beider Götter hat ihren Einfluss verdoppelt, auch wenn dieser Einfluss aufgrund ihres Machtkampfes nun ständigen Schwankungen unterworfen ist. Aber wenn sich jenes Bewusstsein auf jemanden konzentriert, ist es demjenigen nahezu unmöglich, Widerstand zu leisten – und die Mirak werden das gar nicht wollen.«

Er verstand den Blick, den Gilda und Ash wechselten: Wie lange würde Dom selbst das aushalten? Wollte er es überhaupt aushalten? In seinem Kopf begann es zu hämmern, und Crys' Blick flog zu ihm herüber, als habe er etwas gespürt. Gespürt, dass sich da etwas näherte.

Gilda stellte Crys eine Frage, und Crys antwortete, dass sie zurückmüssten, aber Dom schmerzte der Kopf, und es fiel ihm schwer, wach zu bleiben. Er schloss die Augen.

Blutdame. Passend, nicht wahr?, fragte er die Göttin, die beiden Götter, als sie auf ihn herabstießen. Sie schrien ihren Zorn über seine Missachtung heraus, und sie begannen, an ihm zu zerren und zu reißen. Dom lag reglos da, ganz auf seine Atmung konzentriert. Er würde diesmal versuchen, still und leise zu bleiben, damit der Fuchsgott oder Hallos nicht noch mehr Zeit auf ihn vergeudeten. Auf noch mehr Heilung.

Auf noch mehr Leben.

CRYS

Zehnter Monat, erstes Jahr der Herrschaft von König Corvus
Am Hügel, Rand des Tiefen Waldes, Weizenland

Crys und Ash befanden sich zusammen mit Oberst Thatcher in der Mitte der Kampflinie, während sich die Mirak mühsam durch Schlamm und rutschiges Gras den Hügel hinauf in ihre Richtung arbeiteten, Jarl auf ihrer linken Seite, wo er die herannahende Osttruppe erwartete.

Zu Anfang waren die Angreifer zu weit weg gewesen, um den Bogenschützen ein gutes Ziel zu bieten, aber jetzt verdunkelte ein dichter Pfeilregen die bereits schwere Luft und summte bergab auf den heranrückenden Feind zu, der sich hinter seinen eng geschlossenen Schildwall kauerte. Die Mirak beteten laut, ein misstönender Chor von gebrüllten Beschwörungen und Drohungen, Flüchen und Kraftausdrücken, der sich aus geifernden Mündern Bahn brach, während die Götter sie vorwärtstrieben, immer schneller und schneller. Pfeile prallten von ihren Schilden ab, und schon bald waren sie für die Bogenschützen ohnehin zu nahe herangerückt. Oberst Thatcher ließ sie an die Seiten zurückweichen.

Crys spürte das pulsende Blut überall um sich herum, Herzen, die mit seinem verschwistert waren, die sich wie ein einziges Wesen bewegten, ein Schwarm Fische oder Vögel, eine Armee der getreuen Gläubigen mit ihrem Gott in ihrer Mitte. Auf seinen Befehl hin schlossen sie nun ihre eigenen Schilde zu einem festen Wall, stemmten die Füße fest auf den Boden und warteten darauf, dass die Mirak in sie hineinkrachten und versuchten, sie auf den Gipfel hinaufzutreiben, wo sie keinen Geländevorteil mehr haben würden, da der Boden dort eben war.

Die Mirak stürmten noch schneller heran, hielten aber die Formation. Göttlicher Wahnsinn funkte wie Stahl auf Feuerstein von Mann zu Mann, weckte ansteckenden Schlachtenrausch, eine Flut, die höher und höher stieg, bis sie nur noch rannten, angriffen, schrien. Und in ihre Verteidigungslinie knallten.

Die Mirak ließen Schildkanten auf Füße und in Gesichter donnern, Speere und Schwerter stachen durch den Wall und über ihn hinweg, bohrten sich ins Fleisch von Rilpori.

»Keilformation!«, rief ein hochgewachsener Krieger in der vordersten Reihe, und die Mirak formten sich fließend zu der neuen Anordnung, als hätten sie es tausendmal geübt. Die Spitze jagte auf Crys zu, und er bleckte die Zähne. Er ging leicht in die Hocke, um sich für den Angriff zu wappnen, die Schulter gegen die Rückseite seine Schildes gestemmt, und er spürte, wie Ash an seiner Seite den eigenen Schild gegen seinen presste.

Der vorderste Krieger krachte in ihn hinein, schob Crys' Schild mit seinem Schwert in die Höhe und versuchte dann, mit der Klinge außen herum zu fahren und Crys einen Hieb zu versetzen. Crys schlug das Schwert mit seinem eigenen nach oben, dann schnitt er nach unten in den Arm des Kriegers. Doch der Schwung der Keilformation wogte in ihn hinein, und er rutschte im Gras aus, und nun hieß es, entweder zurückzuweichen oder zu fallen. Er ließ die Keilspitze an sich vorbei.

Crys brüllte laut, der Fuchsgott brandete in ihm auf und schrie seine Blutgier heraus, seine Schlachtenfreude, und Crys spannte die Beine an und drängte sich in ihre Reihen, stemmte sich gegen sie, während die Männer rechts und links es ihm nachtaten.

Ein anderer Mirak brüllte einen Befehl an die Flanken, sich in eigene Keile zu formieren, und jetzt hatten sie es also mit einem dreigeteilten Angriff zu tun, der sich in die Front der Rilpori hineinfraß.

»Zusammenziehen!«, überschrie Crys den Lärm, hörte, wie der Befehl ringsum wiederholt wurde, und dann drängten sie vorwärts und bergab, nahmen den Keilen ihre Spitzen, schoben den Feind Schritt für Schritt zurück, zwangen ihn den Hang hinunter. Doch ihr Vormarsch verlief quälend langsam; Männer rutschten auf beiden Seiten in Regen und Blut aus, stolperten über die Gefallenen, sodass sich sowohl in ihrer Linie als auch in den Keilen des Feindes Lücken auftaten, durch die ein wagemutiger Kämpfer seine Klinge stoßen konnte.

Der Tag wurde dunkler, nicht heller, auch wenn es noch nicht einmal Mittag war. Der Regen prasselte immer dichter herab, bis es unmöglich wurde, auch nur bis zum Fuß des Hügels zu sehen oder zur westlichen Flanke hinüber, wo die Kriker waren, während sich die Wölfe in einem verschwommenen Klecks aus Bäumen weit unten am Hang befanden.

Sie machten einen neuen Schritt nach vorn und töteten die Männer vor ihnen. Schritt, töten. Schritt, töten. Der Fuchsgott brüllte herausfordernd. Ein neuer Schritt. Und töten.

Die Rilpori hielten mit Mühe die Stellung; immer wieder wurden in ihre Frontlinie von zahlreichen Keilen Löcher gebohrt, Keile, die sie zerstörten, nur damit sie ein Stück weiter neu gebildet wurden, wie Zähne, die sich in Fleisch beißen und Brocken herausreißen. Ihre Front hatte sich in einen ungeordneten, blutigen Haufen verwandelt.

Den Mirak war es schließlich doch gelungen, sie auf den flachen Boden auf der Hügelkuppe zu zwingen, und dort verfestigten sich die Kampflinien weitgehend, während die Kämpfenden in den irrsinnigen Strudeln des Krieges vor und zurück wirbelten, ein Kampf, in dem Pech und jedes Missgeschick so tödlich sein konnten wie Speere oder Klingen.

Die Bodenkrume war hier nur dünn, sodass sich nicht viel Schlamm hatte bilden können, aber das buschige Gras war so rutschig wie Eis, und wann immer eine Gruppe von Soldaten zu Boden ging, preschten die Mirak vor und versuchten, sie den Hang auf der Rückseite des Hügels hinabzutreiben. Gelänge es den Mirak, sie in die Flucht zu schlagen, wäre nicht einmal der Fuchsgott in der Lage, sie aufzuhalten.

Crys bewegte sich von einer drohenden Niederlage zur nächsten, versammelte die Soldaten um sich, tötete die erbittertsten Mirak oder half, sie zu töten, verstärkte die Linie, wo immer sie zurückzuweichen drohte, ermunterte die erschöpften, durchweichten, schlammüberzogenen, in Blut getränkten Soldaten.

Ash wich nicht von seiner linken Seite, keine Sekunde, seine Handaxt zuckte umher wie ein silberner Fisch, selbst in der ringsum herrschenden Düsternis, sie war von Blut und Knochensplittern verkrustet, und der sperrige, für die Soldaten der Truppe angefertigte Schild flog an seinem Arm durch die Lüfte, als wiege er rein gar nichts.

Sie wirbelten aus der Frontlinie zurück, als ein weiterer Keil der Mirak in sich zusammenbrach, und bewegten sich drei Reihen zurück, um Luft zu schnappen. Die Soldaten klopften ihnen dankend auf Schultern und Rücken oder berührten Crys ehrfürchtig am Arm.

Der Ruf des Fuchsgottes, den er mit Make vereinbart hatte – eine abfallende Linie aus drei Trompetentönen, die zweimal wiederholt wurde –, wehte durch den Regen und riss Crys herum wie ein Pferd, das gegen die Kandare ankämpft. »Irgendjemand braucht mich.« Er warf einen raschen Blick die Reihe entlang; die Männer hier hielten sich gut, waren diszipliniert und gefasst. Jarl und Thatcher hatten den Feind ein Stück zurückgeworfen, zumindest einstweilig. Wieder ertönte das Trompetensignal. »Komm, gehen wir.«

Sie riefen den Männern Ermunterungen zu, versicherten ihnen, dass sie ihre Sache großartig machten, den Feind in die Flucht schlugen, und versprachen, bald wieder zurück zu sein, und dann liefen sie über die Hügelkuppe in Richtung Befehlsstand.

»Hör mal, wenn ich in die Schlacht mit der Blutdame gerufen werde, musst du hingehen, wo immer die Kämpfe am heftigsten toben, und den Truppen zu Hilfe kommen. Sie könnten den Mut verlieren, wenn ich das Schlachtfeld verlasse.« Das Anmaßende seiner Worte ließ ihn zusammenzucken, aber es musste einfach gesagt werden.

»Unfug«, stieß Ash gekränkt hervor. »Ich gehe dorthin, wohin auch du gehst. Das ist unsere Abmachung.«

»Diesmal nicht, Liebster …«

»Du brauchst jemanden, der dir Rückendeckung gibt. Mich.« Ashs Stimme war unnachgiebig, während er sich alle Mühe gab, nicht auszurutschen. Die beiden eilten schneller vorwärts, als es in dem rutschigen Gras eigentlich klug war.

»Das hier übersteigt deine Kräfte, Ash. Bitte entschuldige, aber ich kann es leider nicht anders ausdrücken. Wenn du dich dort an meine Seite stellst, bist du als Erster von uns beiden tot. Und die Truppe braucht dich.«

»Du brauchst mich, und um mich werden sie sich nicht scharen«, wandte Ash ein, und ein Unterton von Panik schlich sich in seine Stimme. Er packte Crys und zwang ihn, stehen zu bleiben. »Sie werden für mich nicht härter kämpfen; sie werden für mich die Reihe nicht so verstärken oder in eine Bresche springen, wie sie es für dich tun. Ich bin dann hier ohne Nutzen. Ohne dich bin ich nutzlos.«

Crys brachte ein von Herzen kommendes Lächeln für ihn zustande, ungeachtet seiner Furcht vor dem, was da kommen würde. »Ohne mich bist du nutzlos? Du hast achtunddreißig Jahre ohne mich überlebt, du Blödmann.«

Ash aber lächelte nicht. »Das war, bevor du mein Mann geworden bist. Ob es dir gefällt oder nicht, es ist jetzt anders. Zusammen leben, zusammen sterben.« Er streckte die Hand aus und wischte Crys Schlamm, Blut oder Regen von der Stirn.

»Nein«, sagte Crys so heftig, dass Ash beinahe einen Schritt zurückgewichen wäre. »Nein, wir sterben nicht zusammen, du bleibst am Leben. *Das* ist unsere Abmachung. Du bleibst am Leben, und weil ich weiß, dass du am Leben bleibst, finde ich die Kraft zu tun, was getan werden muss.«

Ash machte Anstalten, Einwände zu erheben, und Crys sprang auf ihn zu und schnitt ihm mit einem Kuss das Wort ab, ein Kuss, der voll panischer Sehnsucht und erstickter Angst war. »Lebe, Ash. Mein Ehemann. Mein Herzensgebundener. Bitte, bleibe am Leben.« Er umfasste Ashs Kopf mit beiden Händen. Braune Locken klebten unter seinem Helm an Ashs Stirn, und Wasser tropfte ihm übers Gesicht. »Du musst leben«, fügte er inständig hinzu. »Du musst mir den Mut geben zu tun, was ich tun muss, sonst sind wir alle verloren. Jeder Mann, jede Frau und jedes Kind in Rilpor, in ganz Gilgoras. Mein Dahinscheiden für ihr Leben. Nur ein einziger Mensch. Nur ein Mensch, Ash, statt der ganzen Menschheit. Das ist ein Preis, den wir uns leisten können.«

»Ach ja?«, erwiderte Ash. »Von meinem Standpunkt aus erscheint es alles andere als billig.«

»Dann stell dich doch hier hin«, versuchte sich Crys an einem Scherz, aber der traf auf taube Ohren, und Ash erstickte ein Schluchzen und zog ihn in eine Umarmung, die so fest war, dass Crys kaum noch Luft bekam.

»Du sagst mir, ich müsse leben, aber du sagst mir auch, ich

müsse die Frontlinie aufrecht halten, bis die Schlacht gewonnen ist. Ich bin mir nicht sicher, ob beides zugleich möglich ist.«

Crys leckte sich die Lippen. Da war Ashs Kuss in seinem Mund und auch kalter Regen. »Du bist geboren worden, um das hier zu vollbringen, Liebster. Halte die Stellung. Und mein Herz ist in deiner Brust, vergiss das nie. Wenn du am Leben bleibst, lebt mein Herz ebenfalls.«

»Und wenn du stirbst, stirbt mein Herz mit dir«, entgegnete Ash, und es raubte Crys den Atem. »Jetzt komm schon, gehen wir herausfinden, wer dich braucht, denn ich weiche dir nicht von der Seite.« Crys wusste, dass Ash nicht mit sich reden lassen würde, aber er wusste auch, dass Ash dorthin, wo er hinging, nicht mitkommen konnte. Es war noch etwas Zeit vor dem letzten Lebewohl, so viel wusste er. Auch wenn sie um ihr Leben kämpften, würde er das Beste daraus machen.

»Jetzt sag mir doch noch mal, warum ich dich überhaupt geheiratet habe?«, beschwerte er sich mit einem Kopfschütteln.

»Atemberaubend gutes Aussehen und einfach unglaublich im Bett«, erwiderte Ash.

Crys lachte und umarmte ihn erneut. »Verdammt. Dagegen kann ich nicht mal etwas einwenden. Komm.« Ihre Neckereien machten es für ihn leichter, dem Schmerz in seinem Bauch keine Beachtung zu schenken oder auch dem auf ihm lastenden wachsenden Druck in der Luft – als sei seine Haut zu straff, würde sich von allen Seiten gegen ihn pressen, ihn regelrecht schrumpfen lassen. Es war die sich langsam erhebende Gegenwart eines anderen Gottes, anderer Götter. Die Blutdame war im Anmarsch.

Der Gauner wand sich unbehaglich in ihm und verstärkte Crys' Gefühl, der wirklichen Welt abhandengekommen zu sein.

»Wurde aber auch Zeit«, brummte Make, als sie auf seinem Befehlsstand eintrafen, dem höchsten Punkt des Hügels. Die königliche Flagge hing durchweicht von einer Stange über ihm.

»Die Wölfe stehen stark unter Druck und rufen nach Verstärkung. Die Mirak versuchen, uns durch die Bäume in die Flanke zu fallen, und ich kann die Reserve noch nicht so früh ins Feld führen. Kommt ihnen zu Hilfe.«

Ein weiterer Kurier tauchte auf. Er war völlig durchnässt und wirkte verstört. »Das Feldlazarett wird angegriffen, Herr. Es sind Hunderte!«

»Scheiße, da geht sie dahin, meine Reserve«, sagte Make mit ruhigem Nachdruck. »Ihr zwei, macht euch auf den Weg. Wir kümmern uns um das Lazarett.«

»Verstanden.« Sie setzten sich rasch wieder in Bewegung. Das Feldlazarett war von ihrer Position aus nicht einsehbar, daher spähten sie zur Frontlinie hinüber, als sie bergab und auf den Wald zu schlitterten. Die Front war an manchen Stellen ein wenig durcheinandergeraten, wurde in einer gewundenen Schlangenlinie hier zurückgedrängt, während sie dort weiter vorrückte. Während sie die Linie der Kriker von hinten passierten, sahen sie, dass sie im Begriff war, sich auf dem steil abfallenden Hang mehr und mehr in ein wildes Handgemenge aufzulösen. Es gab Kämpfe Mann gegen Mann und kleinere Gruppen, die gemeinsam agierten, während sich immer mehr Öffnungen in den Reihen auftaten. Diese Kämpfer könnten ebenfalls ein wenig Hilfe gebrauchen, aber wenn die Wölfe abgeschnitten wurden, würde es ein Massaker geben.

Wölfe, Kriker, die Verwundeten. Alle brauchen uns, Füchslein.

Wir tun, was wir können.

Mist! Im Lazarett befindet sich ja auch Dom.

Wir tun, was wir können.

Fluchend stürzte sich Crys in die Bäume hinein, Ash an seiner Seite.

MAKE

Zehnter Monat, erstes Jahr der Herrschaft von König Corvus
Am Hügel, Rand des Tiefen Waldes, Weizenland

Die Linie hielt. Auch wenn sich die Formation der Kriker in einer ständigen Bewegung befand, ließen sie niemanden durch. Make beobachtete Oberst Osric und die fünfhundert Mann starke Reserve, wie sie bergab strömten, hin zum Feldlazarett hinter ihren Stellungen. Im peitschenden Regen waren sie bald außer Sicht.

Und, verdammt noch mal, alle waren außer Sicht – die Wölfe in den Bäumen, das Ende der Linie der Kriker im Westen und dasjenige von Jarls Männern im Osten. Thatcher in der Mitte, der die beiden Reihen zusammenhielt, war alles, was Make wirklich sehen konnte. Sollten die Kriker vom Wald abgeschnitten werden, wären nicht nur die Wölfe verloren und Makes Flanke mit ihnen, sondern auch der Fuchsgott. Und Dalli.

»Es wäre typisch Dalli, würde sie sterben, damit sie nicht Königin werden muss«, murmelte er vor sich hin, »also verlasse ich mich auf Euch, Gauner. Sorgt dafür, dass sie am Leben bleibt.« Er kehrte zum Befehlsstand zurück, um den die Miliz aus Zivilisten herumwuselte wie eine Herde panischer Schafe. Er rechnete sie nicht zu seinen Streitkräften, jedenfalls nicht, bis ihm nichts anderes mehr übrig blieb. Und wenn er sie dann doch einsetzen musste, würden sie kaum von Nutzen sein.

Zweihundert Wölfe und fünfzehnhundert Kriker standen

auf seiner Rechten den Mirak gegenüber, Thatchers fünfhundert Männer der dritten Tausendschaft kämpften in der Mitte sowohl gegen Mirak als auch gegen Soldaten der Osttruppe, und Jarls erste und zweite Tausendschaft an der linken Flanke hatte es ebenfalls mit Soldaten der Osttruppe zu tun. Und nun waren ihm weitere Osttruppler in den Rücken gefallen und metzelten die Verwundeten im Feldlazarett nieder – oder versuchten es zumindest.

Hallos' bärtiges Gesicht erschien vor seinem geistigen Auge, dann folgten die Gesichter von Gilda und Dom. Und wieder das von Dalli. Immer wieder Dalli, auch wenn er wusste, dass er nicht mehr tun konnte als das, was er bereits getan hatte. Hadir und Oberst Edris gingen mit ihm im Befehlsstand auf und ab. Der drahtige General brannte darauf, sich ins Getümmel zu stürzen, und Edris mit seiner Krücke stand ihm in nichts nach. Zwei waschechte Offiziere. Vielleicht könnte er ja einfach einen kleinen Spaziergang hinunter zum Wald machen, ein wenig mit anpacken …

Das Signal zur Ablösung ertönte, und die Kämpfer in der vordersten Frontlinie traten zurück, ließen die Männer aus der zweiten Reihe an ihre Stelle treten. Eine unvermittelt im Frontverlauf entstandene Ausbuchtung fiel Make ins Auge – Thatchers fünfhundert hatten die Verbindung mit den Krikern verloren, und Mirak strömten durch die Öffnung und fielen ihm in die Flanke. Er bellte einen Befehl, und der Herold ließ das Signal der Kriker erschallen, rief sie zurück in die Kampflinie. Nichts geschah.

Verdammte Scheiße.

Make hob seinen Schild in die Höhe und rannte los. »Karree bilden!«, brüllte er. »Drittes Tausend, ein *Karree bilden.*«

Thatcher hatte die gleiche Idee gehabt, und die Linie zog sich zusammen und verdichtete sich, während Make durch das rutschige Gras auf sie zuschlitterte. Auf diese Weise öffnete sich die Bresche zwar noch weiter, aber es bedeutete, dass sie dem Feind keine offene Flanke zeigten. Hinter ihm erhob sich ein Schrei, und dann kam Edris vorbeigaloppiert, das Schwert gezückt. Er preschte in die erstbeste Gruppe von Mirak und hackte seine Klinge in Arme und Gesichter, sein Pferd biss und schlug mit den Hufen um sich, wirbelte auf den Sprunggelenken herum und warf Mirak zu Boden. Der Kavallerieangriff eines einzigen, einbeinigen Mannes.

Es reichte gerade eben aus, das Voranfluten der Mirak zum Erliegen zu bringen, und dann begann sich Thatchers Karree wieder zu strecken, zwei Kampflinien im rechten Winkel zueinander, und die Kriker stürzten sich von hinten in die Mirak hinein. Sie gerieten ins Stocken, liefen wild durcheinander, kämpften jetzt an zwei Fronten zugleich. Make verlangsamte sein Tempo, wilde Kampfenergie vibrierte ihm durch die Adern, aber die Kriker gingen in Stellung und verschlossen die Bresche. Ein Pferd wieherte gellend; Edris war zu Boden gegangen. Soldaten rannten los, um ihm zu Hilfe zu kommen, aber da war ein einziges Chaos aus blitzenden Klingen und um sich tretenden Pferden, und keiner von ihnen kam lebend wieder aus dem Getümmel heraus.

»Hierüber wird einst ein Lied gesungen werden, Edris, und wenn ich es selbst schreiben muss«, versprach Make seinem gefallenen Oberst und klopfte sich aufs Herz. »Die Gnade der Tänzerin sei mit Euch.« Er wartete noch eine Weile, aber die Linie festigte sich und trieb die Mirak langsam zurück. Verletzte strömten an ihm vorbei in Richtung Feldlazarett, und das erinnerte ihn an den dort stattfindenden Angriff, sodass er ihnen folgte, um einen Blick den Nordhang des Hügels hinabzuwerfen.

Was er sah, passte nicht recht zusammen. Trotz des herabhämmernden Regensturms standen dort Zelte und auch Wagen in Flammen, und dicker Rauch wälzte sich schwarz gen Himmel. Zwischen dem brennenden Lazarett und seinem Standort war … er kniff die Augen zusammen. Da war ein Gefecht im Gange. Die Reserve hatte die Soldaten der Osttruppe in die Flucht geschlagen.

Sie kamen direkt den Hügel heraufgestürmt, fielen Make in den Rücken.

»Verflucht. Sie haben die Front gewechselt.« Er rannte zum Befehlsstand hinüber, zum Herold und zu Hadir. Er ließ seinen Blick über die tobende Schlacht gleiten. Er konnte jetzt keine Truppen von Thatcher abziehen, der war zu sehr in Bedrängnis. Jarl hatte nicht viele Männer zu entbehren, doch er könnte zumindest einige erübrigen. Make lief zurück zum Nordhang, zusammen mit Hadir, der aus dem Fluchen nicht herauskam. Eine Gruppe der Osttruppler kämpfte ein Stellungsgefecht, um Osrics Reserve am Fuß des Hügels festzuhalten, während sich die Übrigen mühsam den Hang hinaufkämpften, in der Hoffnung, Makes Befehlsstand einzunehmen – und sich dabei auch Make selbst zu schnappen –, um dann in die nichts ahnenden rückwärtigen Reihen hineinzudonnern.

Seine drei vordersten Reihen waren vollauf beschäftigt, und der Trompeter hatte das Signal zur Ablösung bereits dreimal gegeben. Jeder in der Truppe hatte inzwischen schon an vorderster Front gekämpft, und die hinteren Soldaten, die sich nun direkt vor Make befanden, waren diejenigen, die als Letzte aus der Kampflinie genommen worden waren. Wenn er sie jetzt kehrtmachen lassen musste, um sich einem neuen Feind entgegenzustellen …

Make schlug sich mit der Faust auf den Oberschenkel. »Hadir, lass die Miliz auf der nördlichen Hügelkuppe Stellung beziehen. Allein ihr Erscheinen könnte schon ausreichen, um die Osttruppe zu demoralisieren. Wenn das nicht der Fall ist, sollen sie vorrücken. Ich will, dass sie sich mit großer Geschwindigkeit auf sie stürzen, habt Ihr verstanden? Nehmt fünfzig Mann von der Nachhut hier mit Euch und lasst sie einen Keil formen; die Miliz wird vermutlich nicht von ganz allein einen Angriff unternehmen, aber sie dürfte sich einem Angriff anschließen. Und, bei den Göttern, es ist einfach notwendig, dass sie angreifen«, fügte er hinzu, als Hadir salutierte und Richtung hintere Heeresreihen davonstürmte.

Der General wühlte sich bis zur Mitte durch, wo die am ehesten ausgeruhten Männer darauf warteten, wieder eingewechselt zu werden, und begann Befehle zu erteilen. Die am hinteren Ende stehenden Soldaten starrten mit finsteren Mienen und schon ziemlich erschöpft zu Make hinauf. Sie wussten oder ahnten zumindest, was jetzt kommen musste. Der Herold gab das Signal, dass neue Befehle sie erwarteten, und einige Männer von ganz hinten machten sich daran, den Hang hinaufzutraben, um herauszufinden, was verdammt noch mal jetzt schon wieder los war.

Make warf einen weiteren Blick den Nordhang hinunter. Die Reserve tat ihr Bestes, fand aber keinen Weg durch die Reihen des Feindes hindurch, und die Soldaten der Osttruppe näherten sich rasch. Die fünfhundert Mann starke Miliz schlurfte vorwärts, auf all ihren Gesichtern ein unbehaglicher Ausdruck, in dem sich Trotz und blanke Panik mischten. Mit gelben Knöcheln umklammerten sie ihre Waffen, während sie sich den eisigen Regen aus den Augen blinzelten und ihn verzweifelt ansahen. *Bitte, schickt uns nicht in den Kampf. Bitte.*

Hadir traf mit seinen fünfzig Mann ein, und Make setzte sie an die Spitze der Miliz. »Nehmt ihnen die Stoßkraft. Haltet sie so gut wie möglich auf. Ich werde euch Verstärkung schicken, wenn ich kann.«

Die fünfzig nickten grimmig; die Miliz blieb zögerlich. »Ich werde sie anführen«, erklärte sich Hadir bereit.

Make setzte an, um ihm gegenteilige Befehle zu geben, brach dann aber ab. Er hatte es ja selbst gesagt – wenn sie hier nicht gewannen, würden sie überhaupt nicht gewinnen. Sieg oder Tod; wenn Hadir kämpfen wollte, so würde ihn Make nicht davon abhalten. *Schließlich brauche ich jeden Soldaten, den ich bekommen kann.*

»Einverstanden, General, das ehrt Euch«, erklärte er.

Hadirs Lächeln war raubtierhaft. »Ihr seid der Geehrte, Euer Majestät. Aber wartet nicht zu lange, bis Ihr die Verstärkung kommen lasst.«

Make blies die Wangen auf. »Ich werde tun, was ich kann. Tut Ihr das Gleiche.«

Hadir salutierte, zog sein Schwert und trat an die Spitze der fünfzig. »Angriff!« Er rannte los, und die fünfzig stürmten brüllend hinter ihm her, und dann folgte die Miliz, von der allgemeinen Raserei angesteckt. Make gingen allmählich die Offiziere aus. Das größere Problem war allerdings, dass ihm auch die Möglichkeiten ausgingen.

Es geht jetzt um alles, rief er sich ins Gedächtnis. *Siegen oder sterben.*

Make sah ihnen noch eine Weile nach. Wie erhofft nahmen sie der Osttruppe den Schwung ihrer Vorwärtsbewegung, aber sie waren in der Minderzahl, und die Kämpfer der Miliz fielen in Scharen, waren entweder sofort tot, oder sie versuchten zu kapitulieren und wurden niedergemetzelt. Es hieß sterben oder wegrennen, und so eilten sie über den vom Regen rutschigen Hang und warfen ihre Waffen fort, suchten einfach nur einen Weg an den Soldaten der Osttruppe vorbei und hinunter auf das freie Feld.

»Befehle, Herr?«, fragte Hauptmann Kennett, als er aus dem rückwärtigen Teil von Jarls Stellung den Hügel heraufgeschnauft kam. Er blickte in die gleiche Richtung wie Make. »Oh, Scheiße.«

»Große Scheiße, ja. So können sie ihre Stellung nicht halten – wie viel Männer könnt Ihr mir zur Verfügung stellen?«

»Das dritte Tausend unter Oberst Thatcher wird anhaltend

schwer bedrängt, Herr. Wir können Euch wahrscheinlich ein paar Hundert Mann geben, wenn es sein muss, aber …«

Make fiel ihm ins Wort. »Nein, Hauptmann. Wenn das Zentrum die Stellung nicht hält, sind wir wahrhaftig verloren. Wir müssen die Leute von Jarls Truppe abziehen.«

Kennett war vor Erschöpfung und Blutverlust ganz grau im Gesicht, aber er hielt sich immer noch wacker. »Wir haben die Linie verkürzt, sodass wir vier Reihen haben statt drei. Die ersten beiden Reihen bildet die zweite Tausendschaft, die hinteren beiden die erste und gönnt sich gerade eine kleine Verschnaufpause.«

»Gebt mir die Hälfte der ersten Tausendschaft«, verlangte Make. »Wir dürften einige Minuten brauchen, uns vorzubereiten und dort hinunterzugelangen, um uns ins Gefecht zu mischen; da haben sie also jede Menge Zeit, um wieder zu Atem zu kommen. Dieser Abschnitt der Osttruppe kämpft ununterbrochen, und sie werden erschöpft sein, nachdem sie den Hügel in einem so hohen Tempo hinaufgestürmt sind, daher sollte die erste Tausendschaft ihnen überlegen sein. Außerdem haben wir den Geländevorteil, weil wir von oben kommen und sie von unten.«

»Und die Kriker?«, fragte Kennett, offensichtlich in der Hoffnung, dass Make stattdessen auf sie zurückgreifen könnte.

»Die Kriker sind vollauf mit dem Feind beschäftigt und sichern Thatchers Linie. Ich habe einen Herold auf dieser Seite des Hügels, um etwaige Fortschritte weiterzugeben, aber wir sollten in absehbarer Zeit nicht mit Verstärkung von dort rechnen.«

»Der Fuchsgott?«, schlug Kennett vor.

»Eilt den Wölfen zu Hilfe, um zu verhindern, dass wir auch von einer dritten Seite her umzingelt werden. Ich fürchte, es liegt jetzt an uns. In Ordnung? Die Gnade der Tänzerin sei mit Euch.«

Der Herold ließ das Signal zum Rückruf der ersten Tausendschaft erschallen, gefolgt von dem für ein halbes Tausend, und Hunderte erschöpfter Soldaten wandten sich um, sahen zum Befehlsstand mit Make und Kennett hinauf. Dann schulterten sie ihre Schilde und machten sich daran heraufzusteigen. Wenn Jarl das Signal gehört hatte – wenn denn Jarl überhaupt noch am Leben war –, dann würde er jetzt wissen, dass er über keine Verstärkungstruppen mehr verfügte und seine Strategie entsprechend anpassen musste.

Wenn er aber tot war … »Kennett, geht zurück zu Euren Männern und kämpft weiter«, sagte Make. »Ich werde diesen Haufen hier anführen.«

DOM

Zehnter Monat, erstes Jahr der Herrschaft von König Corvus
Feldlazarett, am Hügel, Rand des Tiefen Waldes, Weizenland

Rufe und Schreie ertönten vor den Lazarettzelten. Man hörte das Klirren von Waffen und das dumpfe Schlagen von Metall, das auf Fleisch traf, und von Fleisch, das auf Schlamm traf, und dazu kamen das plötzliche Aufflammen von Feuer und der Gestank von Pech.

Dom lag reglos da und lauschte, kämpfte gegen die greifende, reißende, vergewaltigende Umklammerung der Blutdame, aber die Geräusche kamen näher. Er wusste nicht, wo Hallos und Gilda waren. Die Attacken auf sein Denken und seine Seele setzten kurz aus, und stattdessen war da ein kühles Aufflackern von Licht, nur ein kurzes Blitzen, nur ein Augenblick, und im Inneren dieses Lichts war wie ein Same die Anweisung an ihn aufgegangen, sich in Bewegung zu setzen. Dass es an der Zeit sei.

Er hatte gehofft, die in ihm tobende innere Schlacht würde seine letzte sein, aber dem war offenbar nicht so. Er konnte die Anweisungen einfach ignorieren und hier liegen bleiben, darauf warten, von den Leuten da draußen – wer auch immer sie waren – abgeschlachtet zu werden oder in den Flammen zu verbrennen oder einem Herzinfarkt zu erliegen, ausgelöst durch das wilde Toben der Blutdame. Er hatte eigentlich nur beschissene Wahlmöglichkeiten. Geh und stirb. Bleib und stirb.

Das Licht in seinem Inneren wurde schwächer, und ganz instinktiv streckte er sich nach ihm aus, stemmte sich von der Pritsche und auf ein linkes Bein, das ihn nicht tragen würde. Dazu ein linker Arm, der nutzlos an ihm herabbaumelte, und ein linkes Auge, das nicht sehen konnte. Gilda hatte ihren Gehstock in der Nähe stehen lassen, und er entschuldigte sich im Stillen bei ihr, als er ihn nun einfach nahm, um sich, darauf gestützt, schlurfend in den hinteren Teil des Zeltes zu schleppen und dann durch die Zelttür hinaus. Heute würde er nicht in den Flammen verbrennen. Dom wählte das Licht.

Draußen wurde es immer dunkler, der Regen heftiger, kälter. Bei jedem bebenden Ausatmen bildeten sich in der Luft weiße Wölkchen. Die Wolle seiner Hose, das Wams und das Hemd darunter tränkten sich mit Regen, bis ihm seine Kleidung kalt an der Haut klebte. Als wollten selbst die Elemente, dass er aufgab.

Doms Lippen verzogen sich zu einem schiefen, grimmigen Grinsen. »Da müsst ihr euch schon mehr Mühe geben«, nuschelte er und erkannte seine eigene Stimme kaum wieder. Wie zur Antwort grollte der Donner, und Doms Heiterkeit schwand dahin. Ein Bild tauchte vor ihm auf, ein Bild seiner Hand, verschmolzen mit einem Messer, das er in die Brust der Dunklen Dame hineingestoßen hatte – das Bild schoss ihm durch den Kopf wie der Blitz, der seine Hand mit dem Messer hatte verschmelzen lassen. Er sah mit zusammengekniffenen Augen zu den Wolken hinauf. »Behaltet eure Blitze, bitte. Es wäre viel zu peinlich, ohne beide Hände zu sterben – und es würde es zudem viel schwerer machen, mit diesem Stock umzugehen.«

Er wusste, dass er Selbstgespräche führte, und er spürte vage das Sich-Auflösen von Teilen seines Bewusstseins, während die Gegenwart der Blutdame immer mächtiger wurde, sie wie ein Krebsgeschwür in seinem Gottesraum wuchs. Sie kam näher, und ihr Drängen in ihm wurde heftiger, es wurde immer schwerer, ihm zu widerstehen. Doch er schleppte sich schlurfend weiter weg vom Lazarett und hinaus auf die weite Freifläche des Weizenlandes, folgte dem Ruf des Lichtes, dem Ruf des Blutes.

Schon bald würde sie die Welt ausfüllen, das Schlachtfeld, würde ihre Anhänger wahnsinnig vor Gewalt werden lassen und ihre Feinde mit Grauen erfüllen. Er war wie jemand, der versuchte, sich mit Lehmmauern vor einer Flutwelle zu schützen.

»Nein. Ich werde dich aufhalten. Ja, das werde ich.«

Jemand rief seinen Namen, aber er konnte nicht erkennen, aus welcher Richtung der Ruf gekommen war, und außerdem lief ihm die Zeit davon. Ihnen allen lief die Zeit davon. Selbst der Tänzerin. Ihre letzten Kräfte erfüllten die Luft und stählten Herzen und Willen ihrer Getreuen, auch wenn sie selbst es gar nicht wussten. Aber sie wurde immer schwächer, und wenn sie dahinstarb, bevor die Blutdame besiegt war, würde sie niemals zurückkommen.

»Und dann haben wir keine Götter mehr. Ich bin mir nicht sicher, ob das gut oder schlecht wäre.«

»Es wäre nicht gut«, sagte Rillirin, die neben ihm herging. Dom sah sie nicht an. Sie war nicht wirklich da. Die Blutdame hatte sie hergeschickt, und zweifellos wäre sie blutüberströmt, seine süße Rillirin, der Leib zerfetzt und aufgerissen, und er brauchte das nicht zu sehen, nicht jetzt noch sonst je. Eine weitere Faser seines Wesens schälte sich von ihm, flatterte im Wind und löste sich, verschwand.

»Wir werden die Götter immer brauchen«, fügte sie hinzu. Er blieb stehen, atmete keuchend Luft und Regen ein. Kalt, so kalt. »Und dir bleibt immer noch Zeit, Calestar, zu wählen, wem du dienen willst. Die Tänzerin wird dich in den Tod führen. Die Dunkle Dame wird dich, sobald sie wieder ihre richtige Gestalt hat, zu ihrem Gemahl erhöhen und dir Unsterblichkeit verleihen.«

»Ein neuer Gosfath? Nein danke. Hörner stehen mir nicht.«

Rillirin legte die Hand auf seinen Arm, den er kaum spüren konnte, und hieß ihn stehen bleiben. Ihm blieb keine andere Wahl, als sie anzusehen. Der Regen berührte sie nicht, und sie war rein, frisch und schön. Da war kein Kind, kein gerundeter Leib, der das Leben beherbergte, das sie zusammen gezeugt hatten. In ihren Augen glitzerten Habgier und Wollust, und da war mehr Leben, als er jemals in den grauen Tiefen ihrer Augen hatte aufleuchten sehen.

»Sie kann auch diese Gestalt annehmen, wenn dir das gefallen würde«, ergänzte Rillirin und ließ die Hand an seinem Arm hinaufwandern, um seine Wange zu umfassen. Dann beugte sie sich vor und öffnete die Lippen, doch Dom fuhr zurück und ging auf Abstand zu ihr.

»Nein. Verschwinde. Du bist nicht sie. Rillirin hat nie so ausgesehen. Und auf jeden Fall hat sie nie so geredet. Hau ab.«

Er setzte sich wieder in Bewegung, ein langsames Humpeln, ohne darauf zu warten, ob die Erscheinung seiner Empfehlung Folge geleistet hatte. »Du wirst verlieren«, rief das Rillirin-Ding ihm nach. Er blickte nicht zurück. Er musste weg von der Schlacht, musste die Blutdame zu sich hin ziehen, weg von den anderen, und ihm lief die Zeit davon.

»Bruder.«

»Bruder«, bestätigte Dom und biss sich dann auf die Zunge. Ein schneidender Schmerz durchzog ihn, als hätte er einen Schlag in die Brust erhalten. Er hatte Lim seit jenem Tag bei den Forts der Westtruppe nicht mehr gesehen, seit jener Nacht, in der er Rillirin geliebt und dann verlassen hatte. Lim war tot.

Lim war ganz der Alte: kräftig und unwirsch, an den Schläfen silbern, das Gesicht drückte Stärke und allzu viel Selbstbeobachtung aus. Aber auch seine Augen – so dunkel wie Doms eigene, auch wenn sie nicht das gleiche Blut teilten – konnten die in ihren Tiefen lauernde Gier und Arroganz nicht verbergen. Die Seele lebt in den Augen, und diese Augen gehörten nicht Lim.

»Du wirst verlieren. Die Schlacht, den Krieg. Deine Seele. Du weißt, wem sie gehört, und die Göttin wird sie immer noch nehmen, wenn du sie ihr jetzt übereignest. Nicht wie die Tänzerin. Die wird dich einfach wegwerfen wie verdorbenes Essen, das nicht einmal mehr für die Schweine taugt.«

»Ich mache das hier nicht für die Tänzerin«, erklärte Dom.

»Warum dann?«, fragte Lim mit so viel aufrichtiger Verwirrung in der Stimme, dass die Ähnlichkeit mit dem Bruder, den er einst gekannt hatte, Dom zusammenzucken ließ. Seine Kehle schnürte sich zu. Seine Hand rutschte vom Stock ab, und er stolperte, sein Bein zitterte, als er sich gerade noch fangen konnte. Lim lachte ihn aus, und alle Ähnlichkeit war dahin.

»Weil ich endlich herausgefunden habe, worum es bei alledem geht«, antwortete er und taumelte weiter.

»Und worum geht es bei alledem?«, fragte Lim mit spöttischer Belustigung.

»Es geht alles darum, wo man sich entscheidet, sein Zuhause zu haben. Mein Zuhause sind Rillirin und unsere Tochter, und ich werde sie vielleicht nie wiedersehen, aber ich kann dafür sorgen, dass sie überleben. Ich kann ihnen die Welt geben und dafür sorgen, dass es eine gute ist. Ich entscheide mich für Rillirin, wähle sie und nicht die Götter, obwohl sie alle mich erwählt zu haben scheinen.« Er schnaubte verächtlich. »Wer hätte je gedacht, dass ich so beliebt bin? Nein, jetzt will ich einfach nur noch dem allen ein Ende setzen, und wenn das bedeutet, auch den Göttern – ihnen allen – ein Ende zu setzen, dann werde ich genau das tun. Für Rillirin.«

»Das Jenseits …«, begann Lim.

»Nein.«

Lim sprang nach vorn und stellte sich ihm in den Weg; Doms mühsame Wanderschaft kam ein weiteres Mal zum Stillstand. »Aber du musst nicht sterben. Die Dunkle Dame braucht einen Gemahl.« Lim grinste lüstern. »All diese Freuden und Wonnen, von denen du bisher nur die Oberfläche geküsst hast, können dein sein. *Sie* kann dein sein. Für alle Ewigkeit. Die Dunkle Dame vergibt dir, Calestar, und sie wird dich in ihre Umarmung schließen und dich höher erheben denn je. Gesund und unversehrt und in ihren Armen.«

Dom konnte es jetzt sehen, die Bilder überlagerten Lims Gesicht und den grauen Tag. Die Dunkle Dame, wie sie in der Haut eines sterblichen Menschen an seiner Seite ging, während sie gemeinsam über das Land herrschten, weise und gerecht, und dafür verehrt und angebetet wurden. Sie würden Seite an Seite auf goldenen Thronen im Herzen eines geeinigten Gilgoras sitzen, und es würde Frieden herrschen. Glückliche Kinder des Blutes. Zufriedene Sklaven.

Ein bitterer Geschmack durchzog Doms Mund, er räusperte sich und spuckte aus. »Nein«, wiederholte er.

Lims Züge verhärteten sich. »Dir gehen langsam die Aussichten auf Rettung aus«, warnte er. »Niemand weist die Dunkle Dame zurück.«

Dom zuckte die Achseln. »Dann soll sie doch selbst kommen, wenn sie mich will.« Er beugte sich vor, bis sein Gesicht direkt vor dem von Lim war. »In ihrer ganzen abscheulichen Entstelltheit.« Mit einem Schnauben ging er um Lim herum und ließ ihn dort stehen. Die Kampfgeräusche wurden leiser. Er blickte nicht zurück.

»Wenn du die gesamte Liste der Toten oder meiner geliebten Menschen durchgehen willst, wird das ganz schön Zeit beanspruchen«, sagte er, während er sich weiter vorankämpfte. »Du könntest aber auch einfach herkommen und selbst mit mir reden. Ich bin deiner Spielchen müde und habe kein Interesse an deinen Versprechungen. Also, komm einfach und lass uns die Sache hinter uns bringen.«

Die Wolken verdunkelten sich weiter, und grollender Donner übertönte das Prasseln des Regens.

Pass lieber auf, was du dir wünschst, dachte Dom ein wenig unsicher. Er lachte, der Laut ein irrsinniges Gackern, während das Drängen in ihm wieder stärker wurde, über die Sturmwolken hinauswuchs, heftiger war als der Wind, der das Bild seiner geliebten Rillirin weit mit sich fortwehte. Und er hob seinen linken Arm an den Mund und biss hinein.

CRYS

Zehnter Monat, erstes Jahr der Herrschaft von König Corvus
Am Hügel, Rand des Tiefen Waldes, Weizenland

Es lag Elektrizität in der Luft, eine drückende Schwere, die heftiger auf seine Schläfen einhämmerte als der Regen auf seinen Kopf und seinen Kettenpanzer.

Der kleine Wald war von Kampflärm erfüllt, die Wildtiere waren geflohen oder hatten sich in ihren Erdlöchern und zwischen Wurzeln versteckt, bis der Wahnsinn an ihnen vorbeigezogen sein würde. Im Gewirr von Buchen, Eschen und Birken schien es keine klare Frontlinie zu geben. Es waren einfach verstreute Nester des Kampfes, kleine Gruppen von Wölfen und Krikern, die sich Scharen von Mirak entgegenstellten.

Sie waren katastrophal in der Unterzahl. Crys zog sein Schwert; Ash hatte seine Axt bereits in der Hand, und nun lehnte er seinen Schild an einen Baum, um sein langes Messer zu zücken. Der Soldat in Crys sehnte sich nach Schild und Helm; der Fuchsgott jaulte seine Erheiterung heraus und stieß ihn ins Getümmel, wilde Freude sprudelte in ihm empor, als er sich mit all seiner Kraft, all seiner Schläue und Geistesgegenwart dem Feind entgegenstellte.

Er schlitterte unter einem wilden Hieb hinweg, nachdem ein Mirak ihn aus dem Augenwinkel entdeckt hatte und mit seinem Speer nach ihm schlug. Crys unterlief seine Deckung, stieß dem Mann sein Schwert in den Bauch, noch während dieser mit seinem Speer zu einer weitere Attacke ausholte. Es war pures Glück gewesen, gegen die längere Waffe den Sieg davonzutragen und den Mann zu töten.

Er wand den Speer aus den Händen des Sterbenden und steckte sein Schwert in die Scheide, dann wirbelte er herum, vor sich die Rücken der rund fünfzig Feinde, die einem gemischten Verband aus Krikern und Wölfen gegenüberstanden. Ash war an seiner Seite und stach alle Mirak nieder, die in die Reichweite seines Speers vordrangen. Die beiden bewegten sich mit einem einzigen Geist, einem Atem. Tödlich. Wunderschön.

Die fallenden Blätter und der fallende Regen dämpften die Geräusche der Schlacht, als sie weiterkämpften, kurze, erbitterte Gefechte zwischen den Bäumen, vereinzelte Schreie, die zwischen den Stämmen widerhallten, unmöglich festzustellen, aus welcher Richtung sie kamen.

Ein Vorwärtskommen war ebenfalls unmöglich. Nirgendwo gab es eine Freifläche, die groß genug gewesen wäre, um Widerstand zu leisten, und überall sprangen Feinde aus der Deckung und zwangen ihn, immer wieder die Richtung zu ändern, bis er nicht mehr wusste, wohin er sich bewegte. Die Bäume begannen alle gleich auszusehen, und in jedem lauerte Gefahr. Platzangst machte sich in ihm breit, machte ihm fast genauso sehr zu schaffen wie seine Erschöpfung.

Schließlich blieben sie im Windschatten von zwei großen Bäumen stehen und beobachteten die schnell hin und her gehenden Bewegungen in der Düsternis. Ash keuchte heftig und schob seine Waffen in die Scheiden, um seine tauben Finger lockern zu können. »Götter, wie lange kämpfen wir schon hier unten?«, stieß er hervor.

Crys zuckte die Achseln, bis auf die Knochen ermattet. »Es muss inzwischen Mittag oder noch später sein«, vermutete er. »Unter diesen Wolken ist das schwer zu erkennen.«

»Meinst du, wir haben hier genug ausrichten können, um wieder eine Chance zu haben?«

»Ja«, antwortete Crys, obwohl er in Wirklichkeit keinen blassen Schimmer hatte. Er konnte den Gedanken daran nicht ertragen, wie viele weitere Wölfe hier womöglich tot im Wald lagen und wie wenige von Ashs Leuten wohl am Leben geblieben waren. Ash brauchte eine Familie … danach.

Plötzlich erhob sich rechts von ihnen heftiges Waffengeklirr, so laut, dass es auf ein größeres Gefecht schließen ließ. »Komm weiter. Wir müssen immer noch Dalli finden. Ich werde nicht zulassen, dass wir noch eine von Makes Frauen verlieren.« Sie grinsten sich traurig an – wenn Tara das nur hätte hören können, Crys hätte alles darum gegeben.

Sie fochten ununterbrochen, und die Mirak hatten die Oberhand, da waren nur noch etwa zwanzig Wölfe, die zurückwichen und sich duckten, zur Seite und hinter Bäume sprangen, letzten verzweifelten Widerstand leisteten. War das alles, was noch übrig war? Zwanzig Wölfe von einem einst stolzen Volk von Tausenden? Es war weniger eine Schlacht als eine Abfolge kleiner, blutiger Handgemenge, während beide Seiten durch den Schlamm rutschten, über Baumwurzeln stolperten und mit den Fingernägeln an den Rändern des Todes kratzten.

Crys attackierte die größte Traube von Mirak, warf sich gegen vier Männer, die gegen zwei Wölfe kämpften, die mit dem Rücken zu einem umgestürzten Baum standen und keine Fluchtmöglichkeiten mehr hatten. Eine der beiden war Dalli, ihr Speer flatterte schneller durch die Luft als ein Eisvogel, aber sie wurde hart bedrängt, und der Schatten des Todes lag über ihren Zügen, während sie abwechselnd zustach und auswich.

Crys sprang mit einem wilden Brüllen an ihre Seite, und ein Schwertkämpfer stellte sich ihm in den Weg, stieß voller Wucht zu und zielte nach unten auf sein Schienbein. Crys machte einen Schritt zurück, aus der Angriffslinie, und schwang seinen Speer.

Dieser kam ruckartig zum Stillstand, blieb in den Wurzeln zu seinen Füßen stecken. Dalli sprang vor Crys, als er darum kämpfte, den Speer wieder freizubekommen, und das Schwert schlitzte sie auf, von der Hüfte bis hoch zum Brustbein.

Ash heulte auf, und Crys zog sein Schwert, stach zu und verfehlte, dann parierte er den nächsten Angriff und schlug nach unten, traf den Oberschenkel des Mannes. Der Mirak kippte nach hinten um, Blut spritzte auf. Ein anderer sprang an seine Stelle und stieß Crys zurück, sodass er mit seinem ganzen Gewicht auf Dallis Bein trat; er verdrehte sich den Knöchel und stürzte neben ihre reglose Gestalt.

Die Klinge traf Crys, riss ihm Haar und die oberste Hautschicht weg, schuf einen Graben oben in seinem Schädel, aus dem hochrotes, heißes Blut spritzte und sich mit dem kalten Regen vermischte, sodass sich sein Blickfeld rosa färbte. Er stieß nach oben zu, der Mirak wehrte den Hieb ab und ließ seinen eigenen Schwertstreich folgen, den Crys erneut parierte. Ash brüllte etwas, und plötzlich ragte seine Handaxt aus den Rippen des Mannes, er verlor das Gleichgewicht, und Crys stieß abermals zu, traf ihn in den Mund und bohrte ihm die Schwertspitze ins Gehirn.

Ash riss seine Axt heraus und stellte sich dem nächsten Feind entgegen, während Crys zu Dalli herumwirbelte, ohne dem Chaos ringsum irgendeine Beachtung zu schenken. Eine Kopfverletzung entstellte ihr Gesicht, ließ es wie ein Ding aus einem Albtraum aussehen, ganz von Rot überzogen, grüne Augen, die sich mit jeder verstreichenden Sekunde verdunkelten. So viel Blut.

Zu viel Blut.

Ihre Lippen waren blau. »Fuchsgott«, brachte sie heraus. »Oder muss man inzwischen ›Crys Schütze‹ sagen? Jetzt, wo du verheiratet bist und so weiter.«

»Für dich und in diesem Augenblick Fuchsgott«, antwortete Crys. »Und dafür kannst du verdammt noch mal dankbar sein.« Er zog ihre Hand weg, und das Blut pulste ungehindert heraus, schneller und dunkler, als es irgendein Recht hatte. Dalli schrie auf. »Halte durch«, drängte er. »Dalli, du schönes kleines Miststück, halt einfach durch.«

Er presste die Hand in die klaffende Wunde in ihrem Fleisch, so tief, dass er beinahe den Widerstand der seidigen Glätte ihrer Leber spüren konnte. Das silberne Licht strahlte auf, hell und immer heller, bis die Bäume und Ash und die Toten alle hell davon umrahmt wurden und Crys die Augen zusammenkneifen musste. Das Fleisch hatte gerade erst angefangen, wieder zusammenzuwachsen, als das Licht auch schon wieder verdämmerte.

»Nein«, flüsterte er. »Nein, *nein*! Füchslein?« Da war nichts, und Dalli war bewusstlos, blutete immer noch. Er drückte erneut auf die Wunde.

Es ist an der Zeit.

Crys hatte einen Weg finden wollen, um zu verhindern, dass ihm Ash in die letzte Schlacht folgte, aber diesen hier hatte er sich wahrlich nicht gewünscht. Nicht Dalli. Aber wenn Ash es nicht tat, würde sie sterben.

»Ash, Liebster, du musst sie ins Lazarett bringen. Ich kann nichts mehr für sie tun.« Ash wich zu Crys zurück, damit er einen raschen Blick auf Dalli werfen konnte, um sein Augenmerk dann wieder auf die Bäume zu richten. Crys stemmte sich am nächsten Baum in die Höhe. »Es ist an der Zeit«, wiederholte er die Worte des Fuchsgottes.

Wir müssen uns hier und jetzt Lebewohl sagen, hätte er gerne hinzugefügt, aber er wagte es nicht. Wenn er das sagte, würde Ash Einwände erheben, und das Innerste von Crys, das so gern am Leben bleiben wollte, würde rebellieren, und er würde in seinen ausgezehrten Gliedern niemals die Kraft finden wegzugehen.

»Und was ist mit den Kämpfern hier? Sie haben nach dir gerufen, Crys. Sie brauchen dich.«

»Der Wald ist verloren«, erwiderte er. »Schaff deine Leute den Hügel hinauf und bring Dalli zu Hallos.«

Sie waren allein, bis auf die bewusstlose Dalli und den Tod. Zwischen den Bäumen wurde immer noch gekämpft, außer Sichtweite, aber nicht außer Hörweite. Sie hatten nicht viel Zeit. Ash stellte seine Axt mit dem Kopf voran auf den Boden und lehnte den Stiel an sein Bein, damit er die Waffe sofort wieder hochreißen konnte. »Das war es jetzt also?«, fragte er. Seine Stimme zitterte, drohte zu versagen.

Crys schluckte mühsam. »Das war's.« Er konnte die Worte förmlich auf Ashs Zungenspitze tanzen sehen: *Geh nicht, verlass mich nicht. Lass mich für dich kämpfen. Liebe mich.*

Liebe mich.

»Ich liebe dich«, sagte Crys. »Ich werde dich immer lieben. In dieser Welt, im Licht, für immer. Sag mir, dass du das weißt.«

»Ich weiß es«, flüsterte Ash, und seine Stimme war heiser wie das Krächzen eines sterbenden Raben. »Darf ich sagen, dass ich nicht will, dass du gehst?« Crys trat einen Schritt vor und stieß mit ihm zusammen, ihre Umarmung mehr das Sich-aneinander-Klammern ertrinkender Männer als eine Liebeserklärung. »Darf ich sagen, dass ich den Fuchsgott hasse?«, hauchte er.

Crys schnaubte, und es war fast schon ein Schluchzen. »Das tun wir im Moment beide«, flüsterte er, »auch wenn wir beide lügen. Dieser Gauner ist ein charismatischer Mistkerl. Scheint, er kann Leute dazu bringen, alle möglichen Dinge entgegen ihrer besseren Einsicht zu tun.« Er drückte Ash einen heißen Kuss aufs Ohr und löste sich ein Stück von ihm. »Vergiss mich nicht«, bat er.

»Niemals«, beteuerte Ash protestierend.

»Nein, Ash. Du sollst *mich* nicht vergessen. Mich, Crys Tailorson, Soldat, Offizier, Spieler. Deinen Mann. Vergiss *mich* nicht.«

»Das werde ich nicht«, versicherte Ash. »Könnte ich gar

nicht.« Sein Lächeln war grausig, sein Mund ein schmerzverzerrter Schlitz in seinem Gesicht. »Dann geh und rette die Welt, du Mistkerl. Du wunderschöner, dummer, heldenhafter Mistkerl. Nur zu, sorg dafür, dass wir deinem mageren Arsch ewig dankbar sein werden. Schick dieses Drecksstück zurück ins Jenseits und verschließ das Tor hinter ihr.«

»Genau das ist mein Plan«, antwortete Crys und machte einen Schritt zurück, brach ihre Umarmung ab, brach ihrer beider Herzen.

Sie starrten einander an, keiner von beiden bereit, den ersten Schritt zu tun, und dann tat Dalli einen röchelnden Atemzug, und sie sahen beide zu ihr hinab, durchtrennten ihre letzte Verbindung. Ash steckte seine Axt in den Gürtel und hockte sich hin, um Dalli in die Arme zu nehmen, und als er mit ihr wieder aufgestanden war, hatte Crys bereits fünf Schritte von ihm weg gemacht, genug, um die nicht zu greifende Verbindung zu lösen, die sie zueinander hinzog, wie es einen Magneten nach Norden zieht. Es war eine Kluft zwischen ihnen, die er nie wieder überqueren würde. Sie umfasste die ganze weite Welt, und doch war er hier, genau hier. Nah genug, um ihn zu schmecken, und so fern wie die Sonne.

»Die Gnade der Tänzerin sei mit dir«, brachte er mit erstickter Stimme heraus.

Ash rang keuchend um Atem, seine Finger hoben sich weiß von Dallis Schulter und Bein ab, während er sie fest an sich presste. »Die Gnade der Tänzerin sei mit dir«, sagte auch er.

Crys riss das Kinn hoch. »Geh«, sagte er. »Lass mich dir nachblicken.«

Die Lippen fest zusammengepresst, damit ihm nicht noch irgendwelche letzten Worte herausrutschten, ein letzter Protest, ging Ash drei Schritte rückwärts, machte dann auf dem Absatz kehrt und verschwand zwischen den Bäumen. Den Kopf gesenkt, die Schultern hochgezogen.

Crys stieß einen erstickten Seufzer aus. Die Fäuste an den Seiten geballt, schluckte er den Schrei hinunter, der in ihm aufstieg. Dann holte er so tief Atem, dass seine Rippen knackten, und, ohne wieder auszuatmen, wandte er sich Richtung Osten, aus dem Wald hinaus.

Sein Schwert ließ er zurück. Er ließ alles zurück. Er zog in seine letzte Schlacht und streifte im Gehen seine Rüstung ab.

CORVUS

Zehnter Monat, erstes Jahr der Herrschaft von König Corvus
Am Hügel, Rand des Tiefen Waldes, Weizenland

Die beiden Tausendschaften der Osttruppe, die sich der Südtruppe entgegenstellten, gerieten ins Straucheln, schlitterten einen blutigen Meter nach dem anderen den Hang hinab. Wo ihre Reihen auf Corvus' Truppe trafen, öffneten sich zunehmend Lücken.

»Verdammte Scheiße!«, brüllte Corvus. Er war dreimal ganz vorne an der Front gewesen, aber nun befand er sich hinter den Reihen, ein Dutzend Schritte bergab von der durcheinanderwogenden Masse, und versuchte sich ein Bild vom Geschehen zu machen. Wenn die Osttruppe jetzt klein beigab, war es aus und vorbei. Er musste sie stabilisieren, dafür sorgen, dass sie wieder im Rhythmus mit den Mirak kämpften.

»Dunkle Dame, heiliger Gosfath, kommt zu uns«, betete er. »Leitet unsere Hände und macht unsere Herzen stark im Angesicht eurer Pracht und Herrlichkeit.« Tett war an seiner Seite, während Fost sich um das andere Ende ihrer Stellung kümmerte, auf dem bewaldeten Hang gegen die Kriker und Wölfe kämpfte. Sie machten dort gute Fortschritte, und die Linie der Mirak arbeitete sich den Hügel hinauf – sie mussten den Wald eingenommen haben.

»Tett, besorg mir hundert Mann. Wir müssen die Osttruppe verstärken, da diese Drecksäcke nicht einmal tun können, wofür sie bezahlt werden, ohne alles zu vermasseln.« Er wartete nicht auf eine Antwort, sondern begann einfach, quer über den Hang zu gehen. Seine Stiefel schmatzten bei jedem Schritt und drohten, ihn ausrutschen zu lassen. Die Temperatur sank immer weiter, und der Regen ging mehr und mehr in Hagel über, der ihm von Helm und Kettenpanzer sprang und ihn so fest ins Gesicht traf, dass seine Haut brannte. »Der Wille der Dame«, keuchte er.

Der Hagel verschlechterte die Sicht noch weiter, bis es so war, als sei Corvus völlig von dem Töten und Sterben überall um ihn herum abgeschnitten, als treibe er in einem Ozean, der sich selbst zu verschlucken versuchte. Das dichte Gestöber von Hagel und Regen war voller Bewegung, als der Wind nun böig auffrischte und die Unbilden des Wetters zu seltsamen Formen durcheinanderwirbelte, die schon beinahe erkennbare Gestalt anzunehmen schienen, ehe sie wieder in sich zusammensanken.

Vor ihm befanden sich die Soldaten der Osttruppe, die sich hinter der Front ausruhten. In trostlosen, schweigenden Reihen standen sie da und zitterten im eiskalten Wind. Leinenstoff flatterte in der Luft, während sie kleinere Wunden verbanden. Er stürmte durch die vorderen Reihen der Männer hindurch und eilte den Hang hinauf. »Bei mir sammeln«, donnerte er. *»Bei mir sammeln.«* Er fühlte mehr, wie sie sich ihm anschlossen, als dass er es sah. Ob es nun daran lag, dass er ihr König war, oder daran, dass die Götter sie antrieben, sie schulterten jedenfalls ihre Schilde und stapften, ohne Fragen zu stellen, hinter ihm her den schlammigen und tückischen Hügelhang hinauf.

Vor ihnen kam ein Soldat den Hang heruntergerast, den Mund verkniffen und die Augen verstört, im Begriff, seine Waffen beiseitezuwerfen und die Flucht zu ergreifen. Verwirrt und schuldbewusst blieb er stehen, als Corvus an ihm vorbeipreschte und Tett im Vorübergehen sein Schwert vorschnellen ließ und den Mann halb enthauptete. Sollten jene, die ihnen folgten, und jene vor ihnen, die sich umdrehten, um zu sehen, wer da gerannt kam, ruhig wissen, was mit Deserteuren passierte.

»Die Stellung halten!«, brüllte Corvus der dunklen Masse kämpfender Männer vor sich zu. Er stürmte in die hinten Stehenden hinein, das Schwert in der Scheide und den Schild quer vor sich. Er stampfte mit den Stiefeln auf, rutschte aus und stampfte erneut auf. Dann schob er die Schulter zwischen die Männer und zwängte sich einfach hinein. Die zwei Männer am Hang über ihm fühlten seinen Widerstand, begriffen, dass da jemand war, dass Verstärkung gekommen war, und stemmten sich mit neuer Hoffnung dem sie hart bedrängenden Feind über ihnen entgegen.

Links und rechts krachte die Osttruppe in die rückwärtigen Reihen ihres eigenen Heeres und zwang die Soldaten vorwärts. Zwang sie hier und da direkt in die feindlichen Speere und Schwerter, doch überall entlang der Kampflinie vernahm er Rufe der Ermunterung und Warnschreie, alles, was half, die beiden Reihen vordringen zu lassen.

Die Linie straffte sich. Sie hielten die Stellung, begannen, wieder vorzudrängen.

»Lasst mich hinein«, brüllte Corvus die Soldaten vor ihm an. Er ließ seinen Schild ein Stück sinken und zog sein Schwert aus der Scheide, dann sprang er rasch in die Öffnung, wo sie für ihn Platz gemacht hatten, bevor der ihnen gegenüberstehende Soldat der Südtruppe sich den Vorteil hätte zunutze machen können. Er ging breitbeinig in Stellung, ließ seinen Schild gegen die Schilde der Feinde krachen und nahm all seine Kraft zusammen. Corvus war kein Soldat, war nicht wie sie im Kampf ausgebildet, aber er verstand die Notwendigkeit, in der Linie zu bleiben und unbeirrt die Stellung zu halten.

Ihnen im peitschenden Hagel gegenüber befanden sich die Soldaten der Südtruppe, nur zwei Kampfreihen. »Haltet die Stellung!«, rief er, als sie sich rutschend und schlitternd vorwärtsschoben. »Die Schilde zusammen!« Die Schilde zu beiden Seiten drängten sich fester an seinen. Sie konnten nicht warten;

es musste nur einer von ihnen auf dem tückischen Hangboden ausrutschen, und sie würden alle zu Boden gehen. »Vorrücken!«

Der Soldat hinter ihm rammte seinen Schild in Corvus' Rücken, zwang ihn einen taumelnden Schritt nach vorn und entlockte ihm einen Schmerzensschrei. Er hatte keinen Plattenpanzer wie die Soldaten der Truppe, und der Schildbuckel drückte gegen sein Rückgrat, aber es gab jetzt keine Möglichkeit auszuweichen, keinen Weg hinaus aus diesem Druck. Er biss die Zähne zusammen, ließ seinen Schmerz ein Opfer an die Götter sein und drängte vorwärts.

Der Speer des Mannes hinter ihm fand seinen Weg an Corvus' Ohr vorbei und hinauf in das Gesicht vor ihm, riss dem Mann die Haut auf. Corvus' Schwert folgte dem Speer, stach tiefer, riss den Mann von den Füßen und ließ ihn in den Soldaten hinter ihm kippen, der unter dem gegen seinen Schild klatschenden Gewicht ins Taumeln geriet. Dann schüttelte er den Körper des Sterbenden von seinem Schild und versuchte, über ihn hinwegzusteigen, doch Corvus erwischte ihn seitlich am Hals. Er kippte mit einem erstickten Würgen zur Seite, und der dritte Soldat sprang nicht in die Bresche.

Corvus jedoch tat es und merkte dann erst, dass er einen Fehler gemacht hatte. Er war zu drei Seiten von Feinden umgeben, die sich enger an ihn drückten als Liebespaare. Sein Schild schützte ihn nach vorne, aber seine Flanken waren offen. Eine Hand packte seinen Kettenpanzer und zerrte ihn so schnell zurück, dass er fast gestürzt wäre, aber die Aktion rettete ihm das Leben. Es war natürlich Tett. Sein Leibwächter versicherte sich nur kurz, dass er nicht tödlich verletzt war, um dann sein Schwert sogleich dem nächsten Mann in der Reihe entgegenzustoßen und ihn dadurch so weit abzulenken, dass der Soldat zu seiner Rechten ihm den Garaus machen konnte.

Gemeinsam stocherten sie in dem Loch in der Frontlinie herum und vergrößerten es Mann für Mann, während die Soldaten der Südtruppe aus der Reihe dahinter über die Leichen hinwegzuklettern versuchten und starben. Corvus machte nun immer nur dann einen Schritt nach vorn, wenn auch die Männer zu seinen beiden Seiten es taten, trat auf Leichen, suchte tastend nach einem sicheren Tritt, schlug eine Speerspitze weg, die nach ihm stach, knallte sie mit so viel Wucht nach oben, dass der Mann hinter Corvus nach vorn sprang und dem Feind seinen eigenen Speer in die ungeschützte Achsel stieß. Und wieder einer am Boden.

Aber das Ende von Corvus' Linie krümmte sich dennoch immer stärker, all seinen Bemühungen zum Trotz, wurde langsam wieder den Hang hinuntergedrückt, und die Linie der Schilde, ihre Kampfkraft, die Formation geriet in Auflösung.

»Haltet die Linie!«, schrie er nach links, doch es sah nicht gut aus. Wenn das noch länger so weiterging, würde der Feind an ihnen vorbeiströmen können, um sie dann von der Flanke her aufzurollen wie einen verdammten Teppich. Und der Tross und die Lazarettzelte des Gegners brannten – er schmeckte den Rauch im Wind –, wo zum Teufel waren also die Soldaten der Osttruppe, die er ausgeschickt hatte, um beides in Brand zu stecken? Sie sollten eigentlich den südlichen Hang hinauf vorrücken, um sich diese Drecksäcke von hinten her vorzunehmen.

»Bei mir sammeln!«, schrie ein Major in seiner Nähe, ohne auf Befehle zu warten. »Drei Schritte zurück, auf mein Kommando. Marsch!«

Die Südtruppe brüllte ihren Sieg heraus, als die Linie von Corvus' Leuten nun bergab schlurfte und sich alle Mühe gab, die linke Flanke wieder an den Rest der Reihe anzuschließen. Sie drängten hinüber, kletterten über ihre Toten, brachten die Linie in Unordnung, bevor sie sich auf ihrem neuen Untergrund gefestigt hatte, und wieder entstand eine Ausbuchtung in ihrer Linie, als etwa ein halbes Dutzend von Corvus' Soldaten auf einer vereisten oder schlammigen Stelle ausrutschten und hinfielen. Sie wurden an Ort und Stelle niedergemetzelt, und die Soldaten der Südtruppe drängten in die Bresche, schoben sich hinter ihren Schilden vor. Sie waren nun am Zug, drohten Corvus' Linie zu durchbrechen, sie entzweizureißen.

Der Rest der Osttruppe kam einfach nicht. Wenn Corvus selbst einst im Jenseits eintraf, um in Glanz und Glorie seinen Platz an der Seite der Götter einzunehmen, in vielen, vielen Jahren und nach unzähligen Eroberungen, wenn er längst zur Legende geworden war, würde er dafür sorgen, dass jene, die ihn heute im Stich gelassen hatten, jeden Tag erneut wegen ihrer Unfähigkeit in Stücke gerissen wurden.

Corvus' Mund verzog sich zu einem breiten Lächeln, als er den nächsten Soldaten tötete, der es wagte, sich ihm in den Weg zu stellen. Tett kämpfte auf seiner linken Seite, immer noch am Leben, auch wenn ihm ein Ohr fehlte und ein Teil seiner Wange. Bei jedem röchelnden Atemzug stob um ihn ein Nebel aus Blut in die Höhe, aber er tötete und wich aus und rettete Corvus ein ums andere Mal das Leben.

Ganz tief in ihm drin wusste er, dass sie dabei waren, die Schlacht zu verlieren, aber es war ein fernes Wissen, begraben unter etwas anderem, etwas Größerem und Unmittelbarem, etwas, das *direkt hier* war, das ihn bis zum Überfließen mit Mordlust und wilder Raserei und einem gerechten, jubilierenden Irrsinn erfüllte – die Götter waren gekommen.

Die Götter waren gekommen, und nichts, was die Kämpfer jetzt taten, würde irgendetwas an ihrem folgenschweren Erscheinen ändern können. Corvus schrie seine tobende Euphorie heraus, als sich die Herzen aller um ihn herum, aller im Umkreis des Hügels, erhoben und sie alle, jeder einzelne getreue Sohn der roten Götter, von rücksichtsloser Zielstrebigkeit erfüllt wurden.

Töten. Sie alle töten.

Alles töten.

DOM

Zehnter Monat, erstes Jahr der Herrschaft von König Corvus
Rand des Tiefen Waldes, Weizenland

Es überraschte ihn nicht, als Crys neben ihm auftauchte. Oder eigentlich nicht Crys – der Fuchsgott. Er hatte seine Rüstung, seine Stiefel und sogar sein Hemd abgestreift, und der schneidende Wind und die harten kleinen Hagelkristalle, die ihnen wie Kieselsteine ins Gesicht knallten, schienen ihm nichts auszumachen. Dom rechnete fest damit, dass es bald zu schneien anfangen würde.

»Bist du bereit für das, was jetzt kommt?«, fragte er den Fuchsgott, als die Gegenwart der Blutdame nun immer näher und dunkler und achtunggebietender über ihnen hing. Es war, als würde sie sich jede Sekunde durch die Wolken drängen und sie zerquetschen. »Jetzt, wo sich die beiden, nach denen die Roten Götter am meisten trachten, hier versammelt haben, um ihnen zu trotzen?«

Das Lächeln des Fuchsgottes war wild und raubtierhaft, seine Zähne übermäßig scharf. »Wir sind bereit. Du auch?« Er streckte die Hand aus, ohne hinzuschauen, legte sie Dom auf den Arm und zog den Arm von Doms Mund weg.

Dom konnte sein eigenes Blut schmecken und wusste, dass es falsch war, was er getan hatte; er stützte sich auf die Kraft des Fuchsgottes, um zu verhindern, dass er sich noch ein weiteres Mal biss.

»Du bist es, in dem sie steckt«, fügte der Fuchsgott hinzu. »Du bist es, der sieht, was sie dich sehen lassen will.«

Dom stolperte einen Schritt zurück und presste sich seinen Stumpf an die Brust. Woher wusste er das? War das hier etwa eine weitere Offenbarung, die ihn ablenken sollte, während sich der echte Fuchsgott ganz allein der Blutdame entgegenstellte? Wie sollte er das unterscheiden können?

Der Fuchsgott breitete weit die Arme aus. »Ich würde dich auffordern, mich zu erstechen, doch wir wissen beide, dass das nichts beweisen kann«, sagte er. Er schnippte mit den Fingern, und silbernes Licht schlug einen Bogen hinüber zu den Bisswunden in Doms Armstumpf. Sie schlossen sich vor seinen Augen. »Also schön, Calestar, jetzt, wo das geklärt ist, wie schaut dein Plan aus?«

Dom blinzelte verwundert und strich sich mit dem kalten Fleisch seines verkürzten Arms über die Bartstoppeln auf seiner Wange. Der Arm pochte, ein dumpfer, beharrlicher Schmerz. Vielleicht lag es an der Kälte, vielleicht an etwas anderem. Es spielte vermutlich keine Rolle. »Wie? Ich habe keinen Plan. Du bist der Fuchsgott. Was sieht dein Plan vor?«

Der Gauner rieb sich über die roten und silbernen Muster auf seiner Brust und seinen Oberarmen und wirkte völlig unbekümmert. »Ich darf keine Einzelheiten meines Schicksals kennen, hast du das vergessen? Ich könnte ja sonst einfach schreiend davonrennen. Ich bin davon ausgegangen, dass du einen Plan haben würdest, der vorsieht, dass ich die Blutdame töte und dabei ums Leben komme.«

Weil ich schon einmal versucht habe, dich zu töten? Dom sprach es nicht laut aus, aber der vielsagende Blick des Fuchsgottes ließ ihn wissen, dass er Doms Gedankengang nachvollzogen hatte. »Dann können wir uns auch gleich vom freien Rilpor verabschieden«, meinte er stattdessen, »denn ich habe keinen blassen Schimmer.«

»Wirklich? Mist.« Der Fuchsgott grinste. »Dann müssen wir

wohl ein bisschen improvisieren, wenn es so weit ist, meinst du nicht auch? Es wäre nicht das erste Mal, und sie wird sowieso bald hier sein. Kann jetzt jede Minute so weit sein.«

Eine unerwartete Nervosität ließ Doms Magen flattern – unerwartet, weil es der nervöse Kitzel der freudigen Erwartung war, die aufgeregte Bangigkeit vor der Wiederbegegnung mit einer alten Geliebten. Er tat sein Bestes, um die Anwandlung zu unterdrücken.

Denk daran, wie sie jetzt aussieht, was sie jetzt ist. Das, was sie eigentlich schon immer gewesen ist, und du bist nur zu blind gewesen, es zu sehen.

Erinnere dich an Rillirin. An zu Hause.

Der Wind flaute ab, auch wenn es weiterhin immer kälter wurde, während die Sonne über den Himmel wanderte, ein fernes, orangefarbenes Leuchten hinter dichten Schneewolken. Der Winter kam früh und erbarmungslos, und ein Gott ritt auf seinen Flügeln. Während der Sturm nachließ und die Hagelkörner immer größer und flauschiger wurden, in die ersten Schneeschauer übergingen, wurde hinter ihnen das dröhnende Schlagen von Metall auf Holz, von Metall auf Metall und von Metall auf Fleisch immer lauter; ein Geräusch, das sich wirbelnd über sie herabsenkte, so wie es schon bald auch die Aaskrähen machen würden. Ein neuer Schauer überlief Dom.

»Siehst du irgendetwas Ungewöhnliches?«, fragte der Fuchsgott.

Dom starrte über die weiß werdenden Felder hinaus und blickte sich im Kreis um, begutachtete den Boden und den Himmel und hielt Ausschau nach jenem ungreifbaren Etwas, das das Herannahen der Blutdame ankündigen könnte. Dort. Er kniff die Augen zusammen. »Ich … ich glaube, wir befinden uns auf der falschen Seite des Hügels.«

Ein Brummen stieg tief aus der Kehle des Fuchsgottes auf. »Und doch bist du diesen Weg gegangen, und ich bin dir gefolgt. Du hast versucht, mich hinzuhalten, nicht wahr?«

»Ich? Nein, Herr. Ich bin in diese Richtung gegangen, weil …« Er stockte und dachte nach. »Ich weiß nicht, warum ich in diese Richtung gegangen bin.«

»Weil sie es so von dir wollte. Ich nehme an, sie wollte freien Zugang zu ihren Anhängern haben, ohne unsere Einmischung.« Er neigte den Kopf zur Seite, und Dom hörte die Veränderung in den Geräuschen der Schlacht, der Lärm war nun schriller und durchdringender. Laute der Angst und des Zorns. Die letzten verzweifelten Augenblicke Tausender Krieger. »Sie ist bereits hier. Komm mit.«

Der Fuchsgott rannte direkt auf den kleinen Wald zu, der sich um den Fuß und die eine Seite des Hügels schmiegte. Dom stolperte hinter ihm her, so schnell er konnte und doch nicht schnell genug. Aber der Fuchsgott brauchte ihn, daran bestand kein Zweifel, also humpelte er weiter, zog seinen linken Fuß nach und schlurfte auf seinem rechten.

Der Fuchsgott kehrte an seine Seite zurück. »Ich weiß, das hier ist würdelos, aber ich trage dich jetzt«, verkündete er. Dom sackten die Mundwinkel herunter, aber er widersprach nicht und wurde über die Schultern des Fuchsgottes gehievt wie ein Sack Getreide. Der Stock fiel ihm aus der Hand.

»Scheiße«, ächzte er, als sie losrannten und sein Brustbein auf der Schulter des Gauners auf und ab hüpfte, sodass ihm mit jedem Schritt ein Stück weit der Atem geraubt wurde, bis ihm vor Schmerzen schwindlig wurde.

Als sie die Bäume durchquerten, wurden sie langsamer und bahnten sich ihren Weg durch Wurzeln, Buschwerk und all die vielen Toten hindurch, die die Wege verstopften, und dann waren sie draußen auf der freien Ebene, und er hörte den Fuchsgott etwas murmeln, und zugleich verlangsamte er seinen Schritt, um dann wieder schneller zu werden. Was immer sich da vor ihnen befand, es hatte ihn stutzen lassen. Kalter Schweiß ließ Doms Haut prickeln, und er schaute nicht hin.

Der Fuchsgott stellte ihn ab, lehnte ihn mit dem Rücken an irgendetwas und hielt seinen Kopf mit beiden Händen umfasst, um ihn daran zu hindern, sich umzudrehen. »Bist du bereit? Weißt du denn, was *du* tun musst, auch wenn du nicht weißt, was mir zu tun bestimmt ist?«

Dom leckte sich die Lippen und wischte sich die Hand an der Hose ab. »Ja, Herr. Nun ja, ich glaube, es zu wissen.«

»Erinnere dich an das Licht«, sagte der Gauner. »Sieh die beiden als das, was sie wirklich sind, nicht als das, was sie dir zeigt. Die Göttin wird dich nicht retten. Sie liebt dich nicht.«

»Das tut die Tänzerin auch nicht«, entgegnete Dom, bevor er sich die Bemerkung verkneifen konnte.

Kümmernis verdunkelte die zweifarbigen Augen des Fuchsgottes. »Du weißt, dass das nicht stimmt«, sagte er leise. »Aber für wen immer du kämpfst, bleib möglichst dicht dran.« Er ließ ihn los und machte einen Schritt zur Seite. Dom musste seinen ganzen Mut zusammennehmen und ihn fest in der Brust bewahren, ehe er sich in seinen nassen Stiefeln schlurfend umdrehen und hinschauen konnte.

Die Dunkle Dame. Die schöne, vollkommene, verlockende Dunkle Dame. Ihr Lächeln war voller Inbrunst, als sie ihn heranwinkte, und seine Füße hatten sich bereits in Bewegung gesetzt, als der Fuchsgott seine Ermahnung wiederholte, genau hinzuschauen, sich zu erinnern. Zu sehen.

Aber er konnte nicht. Es war sie, seine große Liebe, seine vollkommene Göttin, die Antwort auf all seine Gebete. Liebe und Verlangen regten sich in ihm, als sie seine Sinne streichelte und in den Gottesraum glitt, so seidenweich wie ihre Zunge in seinen Mund.

Mein Calestar, wie sehr ich dich doch vermisst habe. Sie lachte, und der Laut war misstönend und falsch. Wahnsinnig. Dom blinzelte heftig, rieb sich das Gesicht, und dann biss er sich brutal in den Daumen, diesmal nicht, weil sie ihn dazu veranlasste, sondern um sich auf den Schmerz konzentrieren zu können. *Du bist zu mir zurückgekommen. Trotz allem. Du bist wieder mein.*

Wollen.

Das war nicht sie, was da sprach, dieses letzte Wort war tiefer, leiser, die Forderung eines hungrigen Kindes. *Gosfath.* Dom stolperte in den gefrorenen Schlamm und schüttelte den Kopf wie ein Hund. »Was?«, krächzte er, und dann sah er sie. Sah sie beide. *Es.*

Ihm klappte der Unterkiefer herunter, als er das volle Ausmaß des Grauens gewahrte. Die Dunkle Dame war verschwunden, Teil von etwas geworden, das viel weniger war als menschlich, viel mehr als göttlich. Eine verstümmelte Missgeburt aus zusammengepressten, zerhackten, zerstörten Körperteilen, schiefen Augen und schreienden Mündern mit zu vielen Zähnen. Da waren zu viele Gliedmaßen, zu viel schlaff herabhängende, hin und her schwingende Haut. Es war zu viel von allem, was sich da so hoch aufbäumte, wie es Rilporins Türme einst getan hatten.

Grauen, das Fleisch geworden war. Fleisch, das göttlich geworden war. Und Göttlichkeit, die wahnsinnig geworden war.

Das ist genau das, was sie unserer Tochter angetan hätte, wurde ihm klar, und es genügte, um ihre Macht über ihn zu brechen. Sie befand sich immer noch im Gottesraum, scharrte wild herum wie eine kranke Ratte, aber er konnte sie nun mit eigenen Augen sehen, nicht die Illusion, die sie ihm vorgegaukelt hatte. Er wünschte, er könnte es nicht.

Der Fuchsgott war an seiner Seite, immer noch mit jenem Ausdruck der Kümmernis im Gesicht. »Schwester. Bruder«, sagte er mit ausgestreckten Händen. »Es ist noch nicht zu spät.«

Die Blutdame hob ihre rot besprenkelte Hand, drei ihrer Finger liefen in schwarze Krallen aus, mit denen sie auf ihn zeigte. »Du. Du hast meine Wesensessenz, meinen Funken. Gib ihn mir zurück, oder ich werde jeden hier töten. Werde die ganze Welt töten.«

»Nein, das wirst du nicht«, entgegnete der Fuchsgott und trat mit der Gelassenheit eines Mannes, der auf der Straße einer Freundin begegnete, auf die Blutdame zu. »Das kannst du nicht. Du hast nicht die Macht dazu. Dich an deinen Bruder zu klammern, dein Wesen mit seinem zu verschmelzen, hat dich das meiste von dem gekostet, was du noch hast. Du musst nur ein einziges Mal in deiner Konzentration nachlassen, und er wird die Oberhand gewinnen und dich verdrängen.«

Dom folgte ihm mit einigen Schritten Abstand. Sein Herz hämmerte so schnell wie das eines Eichhörnchens, und sein Mund war trocken vor Angst, nicht vor Wollust. Er führte sich Rillirins Gesicht vor Augen, stellte es als eine Schutzwand zwischen ihn und die Blutdame. Windzerzaustes, rostrotes Haar und graue Augen, die ein Gesicht weicher machten, das nur selten an Lachen dachte, dann aber jedes Mal von innen erhellt wurde. Sie lebte noch, ihre gemeinsame Tochter ebenfalls, und er fragte sich, welchen Namen sie ihr wohl gegeben hatte und wem von ihnen beiden sie mehr ähnelte.

Gedanken, um ihm Frieden zu bringen. Gedanken, um eine Mauer zwischen ihm und dem Götterwesen zu errichten.

Der Fuchsgott schritt der Blutdame immer noch entgegen, die Arme ausgebreitet, als wollte er ihr ganzes Grauen umarmen. Angst wälzte sich durch Doms Gedärme, und er wusste, dass er das nicht geschehen lassen durfte. Noch nicht. Sie durften einander noch nicht berühren, denn trotz ihres Wahnsinns und ihres verdrehten Leibes, der sich nur langsam und stockend bewegte, war sie immer noch zu stark für ihn. *Irgendjemand muss sie schwächer machen. Oh, schau her, dazu bin ja ich da.*

»Meine Liebste«, rief er, und der Fuchsgott riss den Kopf herum, um ihn anzustarren, und Ungläubigkeit und Argwohn wetteiferten in seinen Zügen miteinander. »Was hat sie nur mit dir gemacht, meine Liebste? Wie hat die Gesegnete es geschafft, diese Sache so schrecklich zu verhunzen? Sie hatte das Kind, sie hatte alles, was sie gebraucht hat. Was ist passiert?«

»Calestar«, warnte der Fuchsgott, aber Dom schenkte ihm keine Beachtung und trat näher heran. Oben auf dem Hügel, wo Männer und Frauen kämpften und starben, schien das Klirren der Waffen plötzlich leiser geworden zu sein, als würde Dom durch einen Tunnel gehen und alle Geräusche hinter sich lassen.

Der Krieg war immer etwas Größeres gewesen, als es die Männer und Frauen auf beiden Seiten zu verstehen vermochten. Er wurde schon seit tausend Jahren ausgefochten, nicht von Wölfen oder Mirak oder Westsoldaten an der Grenze, sondern in den Köpfen und in den Herzen, im Glauben und im Blut und in den Räumen zwischen den Sternen und jenseits des Schleiers. Jetzt war er schließlich nach Gilgoras gekommen, und es war hier, auf dem Boden von Rilpor, wo über ihrer aller Schicksal entschieden würde. Durch Dom, das Halbblut, den Calestar, der zur Hälfte dem Licht gehörte, den sterbenden Krüppel, der sie alle verraten hatte, Freunde und Feinde und Götter gleichermaßen.

Aber nicht dich, meine Liebste. Die Blutdame warf sich bei seinem Gedanken stolz in die Brust. *Nicht dich, Rillirin. Obwohl es dir so vorgekommen sein muss, habe ich dich nie verraten.*

Das Ungeheuer brüllte seinen Zorn heraus und krachte mit nur noch stärkerer Wucht in den Gottesraum hinein, versuchte, ihn dazu zu zwingen, seine Worte zu widerrufen und um Vergebung zu betteln. Dom schwankte wie ein Baum im Sturm, aber er würde jetzt nicht aufhören. Konnte nicht aufhören. Er mochte nicht der heldenhafte, sich selbst aufopfernde Krieger sein, den Gilgoras brauchte, aber offenbar war er alles, was die Tänzerin hatte, denn sie hatte ihn bereits vor vielen Jahren und Meilen und Toden diesen Pfad einschlagen lassen und ihm eine nach der anderen sämtliche Wahlmöglichkeiten genommen, bis ihn auch alle Biegungen und Windungen der Straße nicht mehr von diesem Moment weggeführt hatten, sondern genau darauf zu.

»Und ich habe nicht einmal mehr die Energie, dich zu hassen«, murmelte er, an die Tänzerin und an sich selbst gewandt. »Bringen wir es einfach hinter uns.«

Er rieb sich über seinem in ungleichmäßigem Rhythmus schlagenden und immer wieder aussetzenden Herzen die Brust, während die Blutdame weiterhin in ihm herumwühlte, nach seiner Wahrheit suchte. Er musste die Dame nur irgendwie erreichen, bevor sie diese Wahrheit erfuhr.

Rillirin.

»Meine Liebste«, sagte er. Er war jetzt nah genug, um nicht mehr laut rufen zu müssen. Ihr Gestank umhüllte ihn – Schwefel und Moder, Sex und Furcht. »Was können wir tun? Wie kann ich dir helfen?«

Das dichte Schneetreiben konnte jetzt, da er ihr so nahe war, die wahren Ausmaße ihrer Scheußlichkeit nicht mehr verbergen. Sie versuchte ein höhnisches Grinsen zuwege zu bringen, aber ihre Züge waren unaufhörlich zu einem Ausdruck des gequälten Zorns verzerrt, und nur eine ihrer Wangen zuckte empor.

»Helfen? Ich … wir … brauchen deine Hilfe nicht.« Sie bedachte den Fuchsgott mit einem Raubtierblick. »Wir haben unsere Pläne.« Sie lachte, der Laut so verrückt, wie Doms eigenes Lachen es über all die Monate hinweg gewesen sein musste, eine Feile, die über seine Nervenenden wetzte.

Noch ein paar Schritte, und er wäre in der Lage, sie zu berühren … *es* zu berühren. Und je näher er kam, desto stärker wurde der wirbelnde Wahnsinn, den sie verströmte wie Parfüm, wie Fäulnis. Weitere Teile seines Wesens wickelten sich ab, wurden von den Stürmen ihres Irrsinns weggezerrt, aus ihm heraus und fort von ihm. Er konnte sie spüren, Stränge seines Seins, seiner Identität, im Wind aus ihm herausgerissen.

Er lachte, ein irres, schrilles Gackern, ihrem sehr ähnlich, und machte einen weiteren Schritt vor und in ihre Arme hinein. »Meine Liebste«, flüsterte er über die zischenden, rülpsenden Schreie und Rufe hinweg, die sie aus dem Jenseits herüber umheulten. »Mein süßer Liebling, du bist zurückgekehrt. Zu mir und zu uns allen.«

»Ich erinnere mich an dich«, erhob sie die Stimme, und was er in ihrem verwüsteten Gesicht für Zuneigung gehalten hatte, verzerrte sich zu wildem Zorn. »Ich erinnere mich daran, was du getan hast. Deinetwegen bin ich so. Deinetwegen leidet mein Bruder. Und leide ich. Deinetwegen« – sie beugte sich so dicht an ihn heran, dass eines ihrer Augen direkt vor seinen Augen war – »wird die ganze Welt leiden. Und du wirst dabei zusehen.«

Da gab es etwas, was Dom jetzt eigentlich tun sollte, aber es war fast schon ruhig hier, fast schon friedlich, im Auge eines Sturms, der auf alle um sie herum mit Wahnsinn und Zorn und hartem weißem Schnee einpeitschte. Da war ein kleiner Fleck ihres Gesichts, der immer noch ihr gehörte, bleich wie Mondlicht, weich wie Butter. Er legte die Hand darauf und stellte sich auf die Zehen, um jenen Winkel ihres Mundes zu küssen, wo er vollendet schön war, ehe er sich zu einem Spottbild von Gosfaths Hohngrinsen verzerren würde.

Nichts zählte außer diesem kleinen Fleckchen von ihr, Vision und Erinnerung an alles, was er verloren hatte, alles, was er wieder zurückbekommen konnte. »Ich kann dich heil machen«, hauchte er. »Und dann kannst du mich zu dem Deinigen machen.«

Die Blutdame fuhr zurück und kreischte ihre Qual heraus, als ihre verdrehte, verschmolzene Gestalt aufbegehrte. Jene ihrer Teile, die Gosfath waren, krümmten und wanden sich, zerrten an ihr, rissen große feuchte Münder ins Fleisch des Doppelwesens, während er versuchte, sich loszureißen, sich von ihr zu befreien. Erneut kreischte sie auf, und schwarzes und rotes Licht blitzte um ihren geteilten Leib herum, als sie mehr von sich selbst in ihren Brudergeliebten hineintrieb und ihre Wesensessenz tief im Inneren verankerte. Aber ehe sie damit fertig wurde, gelang es Gosfath, ihr den Kopf zu entwinden, den in die Länge gezogenen Schädel entzweizureißen und ihre Gesichter gewaltsam voneinander zu lösen.

»Halt ein, meine Liebste«, erhob sich Doms Stimme über das Geschrei hinweg – so schrill, dass ihm die Ohren bluteten, und tief in seinem Inneren blutete es ebenfalls –, aber das Ding vor ihm verstümmelte sich noch weiter, ein Teil verzweifelt darauf bedacht, sich vom anderen zu trennen, während der andere panisch die Kontrolle zu behalten versuchte. Es schrumpfte zusammen und verlor viel von seiner eindrucksvollen Größe zugunsten der Heilung der Risse in seinem Fleisch. Das Ding hatte jetzt drei vollständige Beine, eins davon verkehrt herum, an seiner Rückseite. Die Köpfe gestalteten sich neu, die Augen ordneten sich neu an, und die Knochen formten sich unter zusammenwachsendem Fleisch, und Dom kämpfte verzweifelt darum, von dem Ding wegzukommen, aber schwarze, an den Spitzen verhornte Tentakel hielten ihn fest und hoben ihn an, sodass er in der Luft baumelte.

Die Dunkle Dame, Kopf, Rumpf und ein Arm, wunderschön, vollkommen und unwiderstehlich, begutachtete ihn und das Schlachtfeld von oben, von einem sich unter ihr windenden Monstrum aus. Gosfath zerrte unaufhörlich weiter an ihr, und neue schwarze Tentakel brachen aus ihrem Rückgrat und durchstachen ihn, zerrten ihn näher heran. Dom sah die Tentakel pulsieren, als sie Gosfaths Kraft tranken. Der Gott kreischte und kämpfte gegen sie an; sie beachtete ihn gar nicht.

»Ich weiß, was ich getan habe, ich weiß, dass es für dich nicht den geringsten Grund gibt, mir zu vertrauen, aber ich kann die Sache in Ordnung bringen!«, schrie Dom. Er hörte den Fuchsgott hinter sich etwas rufen, doch er achtete nicht darauf. Er streckte die Hand aus und schaffte es gerade so, ihr die Hand auf die Brust zu legen. »Es war hier, nicht wahr, meine Liebste? Hier habe ich dich erdolcht.« Der Mund der Dunklen Dame dehnte sich so weit, dass sie ihm die Kehle herausreißen könnte, und sie zerrte ihn nahe genug zu sich heran, um es auch wirklich zu tun. Dom packte ihr vollkommenes Gesicht mit der Hand, schlang seinen Stumpf um ihren Hinterkopf und küsste sie.

Der Fuchsgott … schrie.

Gosfath … kämpfte.

Dom …starb.

Ekstase und Hingabe erfüllten ihn und drohten seine Entschlossenheit mit sich zu reißen. Er stöhnte, weil sich alles so richtig anfühlte, die Wollust und die wonnige Befriedigung, die durch seine Glieder strömten, und dann war da Rillirins Gesicht, ernst und traurig trat es vor sein geistiges Auge und bewirkte, was der Befehl keines Gottes je hätte bewirken können: Es gab ihn sich selbst zurück.

Mit einer einzigen grausam wilden Bewegung riss Dom den Gottesraum in seinem Kopf auf und gab der Dunklen Dame alles, was er war. *Alles.* Eine Sturzflut von Gefühlen, von Schuld und Angst und Abscheu, von unzähligen schlimmen Verletzungen und kleinen Demütigungen, von herzzerreißenden Verlusten und noch mehr Schuld und Scham und Schande, Scham, Scham, Scham, alles wogte durch ihn hindurch und in sie hinein, ein unablässiger Ansturm, den sie nicht erwartet hatte und von dem sie auch nicht wusste, wie sie ihm widerstehen sollte. Sie hatte alles gewollt, und genau das gab er ihr nun.

Und von der anderen Seite kam jetzt auch die Tänzerin, sie beide waren nun in ihm, rangen um den Besitz des Gottesraums, kämpften miteinander, schlugen ihre Krallen hinein, rissen ihn und sich gegenseitig auseinander, und dann ließ die Tänzerin ihr Licht durch ihn hindurch und hinein in die Dunkle Dame strömen. Licht, um zu verbrennen, Licht, um zu versengen, um Blasen zu treiben und zu durchdringen. Licht, um zu töten.

Die Dunkle Dame riss sich los, vor Qual kreischend, und einer der Tentakel verfestigte sich zu einem Arm, einer Hand und dann zu einem langen, spitz zulaufenden Finger, und sie bohrte ihn durch Doms rechtes Auge hindurch. Das Letzte, was er sah, bevor ihn Blindheit und Schmerz überkamen, war Licht, unaufhaltsam, das sich aus seinem Mund und seiner Haut ergoss und sie in dessen schrecklicher Reinheit badete.

»Jetzt!«, brüllte er in die Schwärze seines Inneren hinein. Er sah nun Rillirin wieder. *»Jetzt!«*

Der Fuchsgott ging zum Angriff über.

CRYS

Zehnter Monat, erstes Jahr der Herrschaft von König Corvus
Rand des Tiefen Waldes, Weizenland

Dom, nein!«, schrie er, aber dann stürzte Dom in den Schnee, und der Fuchsgott war in Bewegung, stürmte über den vereisten Untergrund auf das Monstrum zu, das immer noch doppelt so groß war wie er. Gosfath war nach wie vor damit beschäftigt, sich von seiner Schwester loszureißen, und die Dunkle Dame blökte laut und schlug sich Krallen ins Gesicht – das Licht, das so unmöglich hell aus Doms Mund und Augen gestrahlt hatte, hatte sie verbrannt und mit neuem Wahnsinn erfüllt.

Crys stürzte sich auf die Blutdame. Silbernes Licht schoss aus seiner Haut und brachte sie ins Taumeln, verstärkte die Zerstörung ihres Gesichts. Sein Licht war nicht so stark wie *das* Licht, aber es reichte aus, um die bereits vorhandenen Wunden zu verschlimmern. Sein linker Fuß landete auf einem ihrer Knie, und er kletterte an ihr hinauf wie ein Eichhörnchen.

Die Blutdame versuchte seine Kehle zu packen, suchte nach dem Rest ihrer Wesensessenz. Dieser Rest würde ausreichen, sie zu stärken, Gosfath aus seinem eigenen Körper zu vertreiben und ihre Verletzungen zu heilen. Crys geriet unter ihrem um sich schlagenden Arm ins Taumeln, bekam irgendwie mit beiden Händen Gosfaths Hals zu fassen, hievte sich dann unter das Kinn des Gottes, stemmte sein Knie gegen dessen kastenförmige Brust und drehte, wollte ihm den Hals umdrehen.

Nichts.

Er drehte noch einmal, fester, und Gosfaths Kopf ruckelte herum, es knirschte im Nacken. Dann wirbelte der Kopf so schnell zurück, dass er Crys aus den Händen glitt und der schnappende Mund des Gottes ein kleines Stück seiner durch die Luft rudernden Hand erwischte und ihm den kleinen Finger abbiss. Crys schrie vor Schmerz, und sein Licht loderte heller auf, verschloss die Wunde und versengte Gosfath, ließ ihn jetzt seinerseits aufkreischen. Er strampelte sich frei, riss sich von der dunklen Dame los, rotes und bleiches Fleisch trennten sich, während fleischige Sehnen und Ranken von Rauch versuchten, sie wieder zusammenzuzerren. Genau die Gelegenheit, die Crys brauchte.

Er stieß beide Hände tief in die offene Körperhöhlung, und neues silbernes Licht flammte auf und schlug in rohes Fleisch hinein.

Die Laute, die die Götter von sich gaben, waren der pure Wahnsinn. Crys war umhüllt vom Gestank eines Massengrabes. Eine rote Hand griff unter sein Kinn, Daumen und Zeigefinger bohrten sich zu beiden Seiten in seinen Kiefer und drückten so fest zu, dass er den Mund öffnen musste. Sein Licht wurde schwächer, und das Fleisch schlug um seine Handgelenke herum wieder zusammen, fing seine Hände im Inneren. Erneut schrumpfte das Doppelding, ersetzte das verbrannte Fleisch aus der eigenen Leibesfülle, und verbrauchte die eigenen Essenzen, aber jetzt war auch Crys gefangen, und er brüllte auf und kämpfte gegen die Gottesmasse an, die versuchte, ihn als Ganzes in ihr Inneres zu ziehen.

Eine weitere Hand, diesmal schlank und feminin, schmal wie die eines Mädchens, stopfte ihre Finger in seinen schreienden Mund, an seinen Zähnen vorbei, drückte die Zunge herunter und schob sich suchend Richtung Rachen vor. Er zuckte würgend zurück, aber die Hand drängte erbarmungslos tiefer.

»Wo ist sie? Gib sie mir. *Gib mir meine Wesensessenz.*«

Ein zerrendes, reißendes Knacken und Knirschen in seinem Kiefer, und ihre Hand schob sich bis über die Fingerknöchel hinein, und Crys konnte nicht mehr atmen, in einer sich windenden, sich wandelnden Gestalt mittlerweile bis zu den Ellbogen gefangen und zugleich die Hand der Dunklen Dame in seiner Kehle.

Seine Beine traten um sich, ohne irgendeinen Eindruck zu machen; Crys zog und zerrte, spürte, wie das Fleisch nachgab und ihn dann wieder tiefer hineinzog, er stemmte seine Füße gegen die Brust des Doppelwesens, zerrte noch fester, und seine Schultern knackten.

Beiß zu.

Wenn er hätte atmen können, hätte er geschrien, als er seine Kiefer zwang, sich zu schließen. Seine Zähne bohrten sich in die Hand der Dunklen Dame, und er presste sie zusammen, schüttelte den Kopf wie ein Hund mit einer Ratte zwischen den Zähnen. Die Finger in seiner Kehle hielten inne, und dann … verschmolzen sie zu einem dicken Muskelschlauch, der mit einem Schlürfgeräusch aus seiner Kehle glitt.

Crys schnappte nach Luft und versetzte ihr einen Kopfstoß, rammte Gosfath sein Knie ins Gesicht, fuhr nach vorn und biss ihm ins Ohr. Im Inneren des Doppelwesens ballten sich seine Hände zu Fäusten und klammerten und drückten und zerrten, bis das Ding mit einem vereinten Schrei des Hasses aufriss und ihn freigab. Crys prallte zu Boden und rollte herum, sein klappernder Unterkiefer hing schlaff herab. Silbernes Licht brannte um seinen Kopf herum, und er spürte, wie sich die Muskeln und Knochen in seinem Gesicht neu formierten, wie sie knacksend dorthin zurückschnappten, wo sie hingehörten. Er brüllte vor Schmerz, doch der war gleich wieder vorbei.

Crys stand auf, und seine Beine spannten sich an, wollten, dass er wegrannte. Er trat sogar ein paar Schritte weg von dem tobenden, blutdürstenden Gottesscheißding, das erneut über ihn herfallen wollte. Ash würde ihm keine Vorwürfe machen – er wollte, dass er wegrannte. Auch Crys wollte, dass er verdammt noch mal von hier wegkam. Der Fuchsgott … konnte nicht weg. Das Schicksal der Welt ruhte auf seinen Schultern, ob er nun wollte oder nicht.

Und er wollte nicht. *Ganz sicher nicht.* Aber das bedeutete trotzdem noch lange nicht, dass er wegrennen konnte. Der Fuchsgott war hierhergekommen, um zu sterben, und Crys musste es zulassen. Denn irgendwie würde ihrer beider Tod die Welt retten. Er hoffte nur, dass es das wert sein würde.

Das Leben ist es immer wert, dafür zu sterben.

Crys spuckte in den Schnee, säuberte Mund und Kehle von metallischem Speichel. Er atmete tief durch, was eine erstaunliche Klarheit über die Welt brachte. Zugleich durchströmte ihn energiegeladener Kampfgeist und stärkte den Mut, der ihm doch eigentlich nur noch schwinden wollte. Der Fuchsgott erhob sich in ihm, und als ein schwarzer Tentakel hervorschnellte und sich um sein Handgelenk wickelte, war es der Fuchsgott, der lächelte. »Willkommen, Schwester. Willkommen, Bruder. Wie kann ich helfen?«

»Gib mir meine Wesensessenz zurück«, forderte die Dunkle Dame, während Gosfath seine Krallen nach ihr schlug und schwarze Tentakel hinter ihrer beider Köpfe peitschten und sich krümmten, eine Krone aus Wahnsinn.

Er verzog das Gesicht. »Das würde dich nicht heilen. Nichts vermag das. Es ist Zeit loszulassen.«

Das Gesicht der Dunklen Dame verzerrte sich, und sie verfiel in ein irres Lachen, auch wenn die Worte Gosfath zu beruhigen schienen, der das Geschehen mit so etwas wie Hoffnung verfolgte. Der Fuchsgott hielt ihm die Hand hin, und er schlug ein.

»Du bist nicht so schlau, wie du denkst, kleiner Gott«, sagte sie. »Du siehst nicht so weit wie ich. Aber du wirst mir trotzdem helfen.«

»Ja«, antwortete der Fuchsgott und nickte, »das kann ich tun. Es ist noch nicht zu spät, für euch beide nicht. Schwört dem Pfad ab, auf dem ihr so lange gewandelt seid, gebt die Göttlichkeit zurück, die ihr unserer Mutter geraubt habt, und seid wieder im Licht willkommen.«

Ihr Arm und ihr vollkommenes Gesicht waren von Doms Blut verschmiert. Der Fuchsgott legte ihr die Hand auf die Wange. »Du hast viel Böses getan, Schwester. So viel. Hast ein ganzes Land in die Irre geführt und so lange in Blut gebadet, dass du vergessen hast, wie es ist, sauber zu sein. Mit einem reinen Herzen geliebt zu werden. Dieser Körper, von dem du sagst, ich hätte mich in ihm versteckt, das Herz und die Seele dieses Mannes, sie sind rein. Ihre Liebe ist rein, sie ist nicht blind gegenüber all ihren Folgen, sondern sie nimmt sie an. Kehr ins Licht zurück, und auch du kannst diese Liebe erfahren.«

Wieder stieß die Dunkle Dame ihr wahnsinniges Gegacker aus, und ein dickes Seil schwarzer Muskeln peitschte herab und schlug Gosfaths Hand aus seinem Griff. Der Gott des Blutes knurrte, ein leises, drohendes Grollen, und aller Friede, alle Ruhe in ihm waren wie weggeblasen. Ein weiteres Mal begann er, an ihr zu reißen, suchte Trennung. Selbstständigkeit. Freiheit. Sie rammte mehr von sich in ihn hinein, bis sie beide kreischten und sich krümmten. Der Tentakel, der den Fuchsgott umklammerte, schrumpfte, je stärker sie ihre Essenz dazu verausgabte, ihren Bruder unter Kontrolle zu bringen.

»Ich habe ja gesagt, dass du mir helfen würdest, du mickriger kleiner Gott«, stöhnte sie. »Du, nicht deine Mutter, die Blumenhure. Aber wenn ich mit dir fertig bin, ist die Tänzerin als Nächstes dran.«

Crys bäumte sich in ihrem geteilten Bewusstsein auf und brüllte eine Warnung, aber der Fuchsgott ließ den Kopf zurückfallen, ließ kommen, wovon er wusste, dass es jetzt kommen würde.

Ein Dutzend weiterer schwarzer Tentakel peitschten aus der Brust der Blutdame und spießten ihn auf, durch Bauch und Rippen, durch Lende und Schulter, und sie sanken tief in sterbliches Fleisch und unsterblichen Geist. Saugten. Tranken.

Töteten.

Sie fand ihre Wesensessenz, die er in Rilporin in sich aufgenommen hatte, um sie dadurch zu zerschmettern, nichts von ihr übrig zu lassen als einen im Nichts verlorenen schwachen Willenshauch – und sie verschlang sie. Und dann fand sie auch seine eigene Essenz, das wunderschöne silbrige Schimmern, das ihren verdrehten, verzogenen Körper, ihre verdrehte, verzogene Seele zu ihr zurückspiegelte, sodass sie sich unwillkürlich so sehen musste, wie die anderen sie sahen.

Sie schrie, genauso wie der Fuchsgott schrie, ihre Scham seinem Kummer ebenbürtig, und sie rammte einen letzten dicken Tentakel in seinen Mund und seine Kehle hinab, saugte den Atem aus seiner Lunge, seine pure Lebenskraft.

Als der Fuchsgott mit großen, gierigen Zügen aus ihm herausgesaugt wurde, glitt Crys zurück in die Räume, die zuvor der Gott eingenommen hatte. Es war wie die Heimkehr in ein leeres Haus, das von einem geliebten Menschen verlassen worden war, eine leere Hülle, ein Spukhaus. Und mit seiner Rückkehr kam das Begreifen, dass er gepfählt worden war, dass er an Seilen aus an den Spitzen verhornten Muskeln in der Luft hing, die ihn an einem Dutzend unterschiedlichen Stellen durchbohrten. Aussaugten. Austranken.

Er konnte nicht atmen, ein Lungenflügel kollabierte, als sie die Luft aus ihm herauspresste wie ein monströser Blasebalg aus Fleisch. Er blutete nicht einmal, da sie auch sein Blut trank, aber schlimmer als alles, was mit seinem Körper geschah, war der sich Schritt für Schritt vollziehende Verlust des Fuchsgottes. Der größere, bessere Teil seiner Seele löste sich von ihm, und es war, als würde man ihm, so langsam, dass er dabei zusehen konnte, ein Körperglied abreißen.

Und er konnte seinen Kummer über den Verlust nicht herausschreien. Sie hatte ihm sogar die Stimme geraubt.

Silberne und schwarze Linien zogen sich über ihre Züge und ersetzten das Rot, schufen sie neu, in Formen aus Zinn und Schatten, während sie sich aus der Hülle Gosfaths herausschälte wie ein sich sträubender Krebs. Vier Arme, vier Beine, zwei Wirbelsäulen, danach bestrebt, sich voneinander zu lösen.

Schreckliche Eile verzerrte Gosfaths Gesicht, und er zog und zerrte, spaltete ihre Zweiheit, riss sie auseinander, und der Schmerz, den es ihm bereitete, ließ ihn aufbrüllen, aber er zog trotzdem, verzweifelt bemüht, diesen Parasiten loszubekommen, der seine Schwester war.

Der Körper der Dunklen Dame war zerstört worden, aber das spielte keine Rolle mehr. Sie bediente sich des silbernen Gotteslichts, das der Große Gauner war, verzog und verformte den Gott zu einem glänzenden Silbernetz, zu einer Frauengestalt, in die der schwarze Rauch und die fleischigen Stränge ihrer Wesensessenz hineinquollen.

Gosfath drängte sie hinaus, und sie ließ ihn gewähren, ganz genauso begierig, sich von ihm zu trennen und wieder ganz sie selbst zu sein. Crys spürte sie durch die Nabelschnüre hindurch, die sie tief in seinen Körper gesenkt hatte. Die silberne Gestalt war nicht stark genug, würde sie nicht lange aufrechterhalten können, aber doch lange genug, wie sie brauchte, um den nächsten, den kühnsten Teil ihres Plans zu vollziehen.

So müde.

Verdämmernd.

Drei der Tentakel, die ihn aufgespießt hatten, lösten sich mit einem klatschenden Geräusch, und Crys fiel ein bisschen tiefer, seine nackten Zehen streiften das Gras, und das ruckartige

Herabfallen zerriss erneut etwas in ihm, und sein Schmerz war so groß, dass es keine Wörter dafür gab. Die Röhre löste sich aus seinem Hals, und es gelang ihm, keuchend einzuatmen, vielleicht sein letztes Atemholen überhaupt.

Da war kein Fuchsgott mehr in ihm, keine Dunkle Dame mehr, und sie ließ ihn, nun von ihrem Bruder losgelöst, einfach fallen, ohne einen weiteren Gedanken zu verschwenden, eine zerbrochene Puppe, zugunsten eines neuen Spielzeugs weggeworfen.

Gosfath war wieder ganz er selbst, aber er war kein glücklicher Gott. Er brüllte in den Himmel hinauf und versetzte die Wolken in Aufruhr, wirbelte sie durcheinander, als wollte er Rahm zu Butter schlagen, bis der Donner rumorte und sich Blitze in die Erde bohrten, Schnee explosionsartig in Dampf aufgehen ließen und Vögel mitten im Flug töteten.

Die Dunkle Dame war schwarzer Rauch innerhalb einer silbernen Gestalt, ihr Gesicht, ihre Arme und ihr Rumpf von Haut bekleidet. Mit ihren goldenen Augen sah sie Crys an – ihr Ausdruck so selbstgefällig, dass er ihr unter anderen Umständen mitten in diese Augen hineingeschlagen hätte, auf dass sie sich schlossen –, und dann konzentrierte sie sich auf Gosfath. »Bruder«, schnurrte sie.

Der Gott des Blutes brüllte. »Töten!«, bellte er und schüttelte die Fäuste nach ihr. Er rammte sie in den Boden, und die Erschütterung war so groß, dass es noch Soldaten und Mirak in einer Entfernung von mehreren Hundert Schritt oben auf dem Hügel von den Füßen riss. Crys wurde vom Boden in die Höhe geschleudert und kam dann unsanft wieder auf.

»Dich töten.«

Die Dunkle Dame nickte nur einmal knapp, nicht vor Enttäuschung, sondern von absoluter Gleichgültigkeit erfüllt. Gosfath, der Gott des Blutes, seit einem Jahrtausend ihr Bruder, ihr Geliebter und ihr Gefährte, war nur noch ein bloßes Insekt. »So sei es.«

In seiner dreisten Selbstgewissheit war Gosfath wahrscheinlich der Einzige, der es nicht erwartet hatte. Weitere Tentakel aus Rauch und Muskeln, hohle, unaufhaltsame Saugrohre, sprossen aus der silbergewirkten Brust der Dunklen Dame und krachten in ihn hinein. Jeder neue Tentakel verbrauchte ein wenig mehr von ihrer Kraft, aber die Lebensenergie, die sie dadurch in sich aufnahm, machte das mehr als wett.

Crys lag im Schnee, färbte ihn rot mit dem wenigen Blut, das er noch im Leib hatte, und sah zu, wie die Dunkle Dame ihren Brudergeliebten verzehrte, um die Erschaffung ihres neuen Körpers zu vollenden.

Der Gott des Blutes brüllte und kämpfte, schlug mit seinen Krallen nach den Tentakeln aus Fleisch und Rauch, aber die nun an die Dunkle Dame gebundene Kraft des Fuchsgottes war für Gosfath zu mächtig, und er löste sich allmählich auf, während sie sich gleichzeitig verfestigte, seine Wesensessenz mit ihrer und mit der des Fuchsgottes verwob, ein schwarz-rot-silbernes Netz der Göttlichkeit: Hass und Wahnsinn und Wut und Silber, schimmernde Liebe und Heiterkeit, die hier keinen Platz hatten und sie nur noch mehr in Rage versetzten.

Sie brauchte den Fuchsgott, aber sie konnte nicht ertragen, was er war; seine Freude und seine Vergebung verbrannten sie, im gleichen Moment da er sie in Macht kleidete. Ein endloser, kreischender Schmerz, von dem sie sich niemals ganz würde befreien können. Er zauberte ein winziges Lächeln auf Crys' blutleere Lippen.

Gosfath fiel auf die Knie, sein Brüllen jetzt ein Wimmern, die Brutalität in seinem Gesicht überlagert von Verständnislosigkeit, von einem plötzlichen, alles verzehrenden Bewusstsein des Verrats. »Schwester«, rief er, eine schuppige rote Hand ausgestreckt.

Ihre einzige Reaktion war ein geringschätziges, zutiefst verächtliches Verziehen ihrer vollkommenen Lippen, dann zerbarst er, zersprang in eine Million Splitter aus rotem Licht, die aufblinkten und dahinschwanden wie von einem Feuer emporgewirbelte Funken.

Fort.

Die Dunkle Dame streckte und drehte sich in ihrer neuen Gestalt, machte sich mit deren Grenzen, deren Fähigkeiten vertraut. Sie war eine Kreuzung, eine ungute, brodelnde Mischung aus drei Göttern, drei Kräften, doch sie zwang den beiden anderen ihren Willen auf. Irgendwann würde sie sie zerquetschen und nichts von ihnen übrig lassen als ein Raunen in ihrem Hinterkopf.

Crys gab ein pfeifendes Lachen von sich, fand neuen Atem, Luft, die sich in seine gequälte Lunge drängte. Und dann holte er noch einmal Luft. Nicht ganz tot. Noch nicht.

Sie hockte sich neben ihn. »Du amüsierst dich? Vielleicht sollte ich dich behalten, eine lebendige Verkörperung der Qual, eine ewige Mahnung an all jene, über die ich herrschen werde, die ihnen ihr Schicksal vor Augen führt, sollten sie je etwas anderes tun, als mich anzubeten und zu lieben.«

Crys tat ihre Worte mit einem Augenzwinkern ab. »Du bist eine Närrin«, krächzte er mit einem Lächeln, von dem er wusste, dass es nichts Heiteres hatte. Noch immer dehnte und streckte sich sein Mund, tief in seinem Inneren, streckte sich nach dem Fuchsgott aus. Und er war da, ganz schwach, dort in dem silbernen Netz, das die Dunkle Dame geraubt hatte. Crys strich mit dem Finger darüber, und die Verbindung verfestigte sich – zum letzten Mal. Sein Lächeln wurde echt. »Närrin«, wiederholte er. »Denn wir sind der Große Gauner, und zu täuschen liegt in unserer Natur.«

Gelächter erhob sich aus seinem Innern und um ihn herum, und das silberne Licht, das der göttliche Funke des Fuchsgottes war, Mondlicht auf einem Spinnfaden, begann zu verdämmern.

Der Fuchsgott, Herr der Schläue, einst und immerwährend Sohn der Tänzerin, spielte ihr seinen letzten und größten Streich: Er starb.

Die Dunkle Dame erhob sich torkelnd, als sie spürte, wie er sich aufzulösen begann. »Nein!«, kreischte sie. »Nicht noch einmal. Ich werde es nicht zulassen. *Das darf nicht sein.*«

»Und das Gotteslicht wird uns alle führen, in den Tod und darüber hinaus«, hauchte Crys und spürte seinen stockenden Herzschlag in den Ohren. »Folge ihm, Dame. Folge ihm ins Licht und zu der Tänzerin und flehe sie um Vergebung an. Stirb, wie er stirbt. Wie Gosfath gestorben ist. Finde ein wenig Frieden.«

»Nein!«, schrie sie erneut, aber das silberne Netz kräuselte sich, kräuselte sich immer stärker, und dann zerriss es, ließ Lichtsplitter über die Felder, den Hügel und die Krieger sprühen; freudig und lachend jagten sie einander, und dann waren sie fort.

Geschwächt und mit nichts mehr, was sie zusammenhielt, ohne weitere Kraft, die sie sich rauben konnte, schlug die Dunkle Dame um sich, während ihre Gestalt sich zunehmend wellte und verformte. Sie griff nach ihren Anhängern und saugte Hunderten von ihnen die Sterblichkeit aus, Tausenden, aber es war nicht genug. Sie war eine Göttin – rein menschliches Leben konnte sie nicht am Leben erhalten, nicht in ihrer göttlichen Ungeheuerlichkeit.

Sie brüllte und jammerte und blökte, und Crys lag da und sah sie an und stellte fest, dass er traurig war, aber jetzt gab es keinen Weg zurück mehr, nichts, was das Unaufhaltsame stoppen konnte. Risse taten sich in ihrem Gesicht auf, in ihrer Gestalt, Risse, die sich über einer absoluten Abwesenheit von einfach allem öffneten, bis sie in diese Abwesenheit hineinstürzte.

Am Ende von sich selbst aufgezehrt.

»Davon gibt es keine Rückkehr mehr«, krächzte Crys. »Wir haben es geschafft.«

Ein Windstoß fegte über die Felder, ein Nachklingen von Bosheit wisperte übers Land, und dann war auch das verschwunden. Stattdessen setzte, sauber und rein und stumm, der Schneefall wieder ein, und durch den weißen Vorhang kam eine Gestalt auf ihn zugelaufen, lockiges Haar an die Stirn geklebt. Crys' Atmung stockte, setzte aus, begann wieder.

Ash schlitterte die letzten Schritte auf den Knien und konnte sich gerade noch rechtzeitig stoppen, um nicht mit Crys zusammenzuprallen. Seine Hände glitten unter Crys' Schultern, und er hob ihn an die Brust, und Crys keuchte auf, als die Einzelteile seines zerschmetterten Leibes gegeneinanderknirschten. »Crys? Crys, ich bin es, Ash. Wir haben gewonnen, Liebster. Wir haben gewonnen.«

»Ich weiß«, hauchte er. »… lieb dich.«

»Ich liebe dich. Ich liebe dich, Crys. Halt einfach durch, Hallos ist schon unterwegs, und …«

»Pst …«, brachte er heraus. »Halt mich.«

Er hörte Ashs Herz brechen und wünschte, er hätte ihm den Kummer ersparen können, hätte ihn retten können, so wie Ash Crys gerettet und ihm die Welt gezeigt hatte, aber das konnte er nicht. Ash zog ihn fester an sich, schlang sich einen von Crys' Armen um die Hüfte und drückte die Lippen auf seine Schläfe, seine Stirn. »Dann ruh dich aus«, flüsterte er. »Ruh dich einfach aus, ruhe, mein Liebster. Ich bin hier.«

Danke, Füchslein. Die Zeit, Lebewohl zu sagen, war alles, was ich wirklich wollte.

Der Schnee fiel, lautlos und friedlich. Crys Tailorson, Major in der Truppe Seiner Majestät und Ehemann von Ash Schütze, fiel mit ihm.

MAKE

Zehnter Monat, erstes Jahr der Herrschaft von König Corvus
Am Hügel, Rand des tiefen Waldes, Weizenland

Zum zweiten Mal in seiner Laufbahn bevölkerten Götter Makes Schlachtfeld. Es gefiel ihm noch weniger als beim ersten Mal.

Wie zuvor in Rilporin hatte das Eintreffen der Götter die Mirak und die Soldaten der Osttruppe in einen Zustand wahnsinniger, rücksichtsloser Blutgier versetzt, die von Makes Armee nur noch Fetzen übrig zu lassen drohte. Sie wurden bis zum Gipfel des Hügels zurückgetrieben, und sobald sich der Feind auf dem gleichen ebenen Gelände befand, beschleunigte sich das Tempo der Schlacht, und nicht einmal das Geheule und unirdische Brüllen, das sich von den Feldern unter ihnen erhob, vermochte sie abzuschrecken. Auf allen Gesichtern leuchtete Wahnsinn und glänzte von jedem unter verzerrten Lippen zum Vorschein kommenden gebleckten Zahn.

Die Wölfe hatten den Wald verlassen, und die Kriker waren den Hügel hinaufgetrieben worden, beide zu sehr in der Unterzahl, um ihre Stellungen noch länger halten zu können. Sie hatten sich mit der Truppe zusammengetan, und jetzt wurden die erschöpften Überlebenden von drei Seiten hart bedrängt und hatten praktisch keine Möglichkeit mehr, irgendwohin zurückzuweichen. Er befahl ihnen, ein Karree zu formen, und sie stellten sich Rücken an Rücken, bereit, so bis zum letzten Mann zu kämpfen.

Die Kriker fochten mit letzter, nachlassender Kraft, kurz davor, die Waffen zu strecken, und die Wölfe – es waren erbärmlich wenige von ihnen übrig geblieben – gingen zusammen mit ihnen unter dem unerbittlichen Ansturm allmählich in die Knie, als sich eine Explosion aus rotem, schwarzem und silbernem Licht aus dem freien Land unter ihnen erhob und plötzlich jeder der Heiden, ob Mirak oder Osttruppler, zögerte. Und wenn nur für einen Atemzug, ein Zwinkern lang. Das reichte schon.

»Generalangriff!«, schrie Make. *»Generalangriff!«*

Er wartete nicht erst ab, ob irgendjemand ihm folgte. Die feindlichen Kräfte waren für einen Moment ins Stocken geraten, sie hatten ihre zielgerichtete Konzentration verloren, ihren eigenen Schwung gebremst. Make hatte nicht vor, sie wieder in Fahrt kommen zu lassen. Überall entlang der Frontlinie erkannten Männer und Frauen, Soldaten, Wölfe und Kriker und einige ganz wenige Kämpfer aus der zivilen Miliz die gleiche Chance wie er. Die Soldaten rund um Make hatten verstanden, sie keilten ihre Schilde aneinander, duckten sich hinter sie und rückten vor. Weitere formierten sich hinter ihnen und fielen in den gleichen Takt, zwangen die vordere Reihe vorwärts, ob sie das nun wollte oder nicht. Sie knallten in die Soldaten der Osttruppe, die diesen Teil der Frontlinie hielten, und drängten vor, drängten, drängten und drängten noch einmal, und die Osttruppler machten einen Schritt zurück. Und dann noch einen. Eine wellende Bewegung ging durch ihre Linie, und dann zerriss sie wie eine Bogensehne, und Make war durch sie hindurch und auf offenem Gelände.

»Schwenkt!«, schrie er, und genau wie sie es auf dem Exerzierplatz geübt hatten, teilten sich die Männer in zwei Hälften auf und umzingelten die beiden Gruppen der Osttruppler. »Stellung halten!« Seine Soldaten hielten ihre Waffen unverwandt auf den Feind gerichtet, die Schilde gegeneinandergekeilt, in perfekter Disziplin. »Es ist aus«, rief er in das Gewühl hinüber. »Ihr habt verloren. Legt eure Waffen nieder und bleibt am Leben.«

Die Soldaten der Osttruppe, die ihnen am nächsten waren, traten von einem Fuß auf den anderen und wechselten Blicke; dieses Friedensangebot in einem Krieg, den sie niemals hatten führen wollen, reichte vielen vollauf aus. Einer ihrer Majore begann seine Truppen dazu anzuhalten, die Ungläubigen zu zermalmen, schrie, dass sie sonst das Missfallen der Roten Götter auf sich ziehen würden. Seine Worte schüchterten einige ein, und Make gab seiner bereits in Kampfstellung befindlichen Formation das Signal, sich für den Angriff bereitzumachen.

»Den Soldaten der Osttruppe, die wir an Mabon besiegt haben, wurde eine Rückkehr ins Licht angeboten«, rief er und legte die Hände trichterförmig um den Mund. »Wir haben Priester, die euch wieder der Tänzerin zuführen werden, wenn ihr jetzt kapituliert. Es ist vorbei. Eure Götter sind tot!« Er wusste nicht, ob sie wirklich tot waren, hatte keine Ahnung, was dort unten auf der Ebene geschah, wo es plötzlich still geworden war, aber einen Versuch war es wert. Alles war einen Versuch wert, was das hier zu beenden versprach.

»Lügen! Eure Seelen sind verloren«, schrie der Offizier zur Antwort, und sein Gesicht rötete sich, als er spürte, wie die Stimmung unter seinen Männern umschlug. »Die Roten Götter können gar nicht besiegt werden, sie sind …«

Ein Soldat drehte sich zu ihm um und schlug ihm mit seinem Schild ins Gesicht; er sank ohnmächtig zu Boden, und der Soldat rammte ihm die Schildkante durch die Luftröhre. »Schluss mit dieser Scheiße!«, brüllte er und warf seine Waffen nieder.

Überall in den beiden geschwächten, in Unordnung geratenen Karrees der Osttruppe entstand Unruhe, und es kam zu einem Handgemenge, als Offiziere und jene Soldaten, die offenbar getreue Gläubige waren, unvermittelt von ihren eigenen Männern niedergemetzelt wurden, während die Übrigen Schilde, Speere und Schwerter fallen ließen und die Hände in die Höhe hoben. Der Ausdruck auf ihren Gesichtern reichte von benommener Erschöpfung bis hin zu erleichtertem, frohem Unglauben. Der Mann, der Make am nächsten stand, grinste, als habe er eine Kupfermünze verloren und dafür einen König gefunden.

Rechts von Make wurde der Lärm der Schlacht zwischen den Mirak und dem Rest seiner Truppe lauter, und der leise Anflug von Erleichterung, den er verspürt hatte, war sofort wieder wie weggeblasen. Während er damit beschäftigt gewesen war, die Soldaten der Osttruppe zur Kapitulation zu bewegen, hatten sich die Mirak das vom Eis rutschige Gelände zunutze gemacht, um die Schlacht zu wenden und seine übrige Armee gegen das steilste Hangstück des Hügels zurückzutreiben. Würden sie versuchen, über jenen Hang hinunter den Rückzug anzutreten, würde es ein Massaker geben, was auch genau der Plan der Mirak war. Ihre Reihen begannen sich zu einer Hufeisenformation zu ordnen, die sich sodann wie die Hörner eines Stiers um die Flanken von Makes Truppe krümmte, um sie von drei Seiten anzugreifen. Der Hang war die Schmiede, die Mirak waren der Hammer.

Make hielt nach einem Offizier Ausschau. »Ihr, Kennett! Die zweite Tausendschaft geleitet die Soldaten der Osttruppe zum Tross hinunter. Entwaffnet sie und legt sie in Ketten. Sorgt für eine ausreichende Bewachung und schwingt Eure Ärsche dann im Laufschritt wieder hier herauf.« Für den nächsten Befehl legte er die Hände erneut trichterförmig um den Mund. »Jeder, der Widerstand leistet, stirbt. Sofortige Hinrichtung, keine Aussicht auf Begnadigung. Gebt den Übrigen Wasser und lasst ihnen die medizinische Versorgung zukommen, die sie brauchen.«

Kennett salutierte und brüllte der zweiten Tausendschaft zu, die Überbleibsel der Osttruppe den Hügel hinunterzuschaffen. Es gab einige Handgemenge mit jenen, die entweder nichts mehr zu verlieren hatten oder die Makes Worte nicht erreicht hatten, aber sie wurden mit entschiedener Brutalität niedergestreckt. Make wartete gerade lange genug ab, um sicherzustellen, dass sie sich in Bewegung gesetzt hatten, dann drehte er sich wieder zu den wartenden Soldaten um. Sie wussten, was nun kam.

»Die erste Tausendschaft zu mir. Wir sind noch nicht fertig.« Der Schweiß gefror auf Makes Gesicht, und die frostige Luft ließ die Feuchtigkeit unter seinem Wams an seinem Rücken und seiner Brust zu Eis werden. Er schauderte einmal heftig und schaute dann nach links und rechts zu seinen Soldaten; sie nickten, die Gesichter finster entschlossen im bitterkalten Schnee. »Zangenangriff!«, brüllte er, und seine Männer formierten sich mit einer angesichts des schwierigen Geländes, der Wetterbedingungen und des schon stundenlang tobenden Kampfes wahrlich beeindruckenden Geschwindigkeit. »Vorrücken!« Die beiden Spitzen der Formation stürmten über den tückischen Hang und attackierten den Feind im Rücken und an den Flanken. Als seine eigenen Leute ihn kommen sahen, verstärkten sie ihre Linie, so gut sie konnten, und drängten ihm dann entgegen. Von allen Seiten begannen sie nun, die Mirak zu einem blutigen Brei zu zerquetschen.

CORVUS

Zehnter Monat, erstes Jahr der Herrschaft von König Corvus
Am Hügel, Rand des Tiefen Waldes, Weizenland

Gosfath war tot, und die Blutgier war mit ihm gestorben. Die Dunkle Dame war tot, und Corvus' Herz war mit ihr gestorben.

Corvus trieb seine Männer zum Kampf an, und sie taten wie geheißen, denn was blieb ihnen auch anderes übrig, und der Feind zermalmte sie und würde keine Gnade walten lassen. Mit dem Kämpfen aufzuhören bedeutete zu sterben. Das kam Corvus ganz gelegen – alles, was sie mit dem Töten fortfahren ließ, kam ihm gelegen –, und er versuchte, gar nicht erst daran zu denken, wohin die Götter wohl gegangen waren und warum. Das hier war ihre Huldigung, dieses Vergießen von Blut – es geschah im Namen der Götter.

Corvus' Linie war ins Wanken geraten, wurde aufgerieben und zerbröselte wie ein Blatt im Feuer. Seine eigenen Männer drängten ihn dichter an den Feind vor ihm heran, während sie sich abmühten, der neuen Bedrohung zu entkommen, und Corvus schnappte keuchend nach Luft und schrie dann auf, als er in die Klinge seines Feindes gestoßen wurde. Sein Feind war ein Wolf, und seine Miene machte klar, dass er ganz genau wusste, wer Corvus war, als er hastig nach einem guten Halt für seine Füße suchte, um sein Schwert durch Corvus' Kettenpanzer zu rammen – den Kettenpanzer des rechtmäßigen Königs – und hinein in Fleisch, das den wahren Göttern geweiht war.

Tett holte mit seinem Schwert nach dem Wolf aus, und Corvus rammte seinen Unterarm gegen die flache Seite der Klinge seines Feindes und schob sie beiseite. Er fing den nächsten Hieb ab und schlug mit seinem Schwert über den Schild des Angreifers und ließ es in schrägem Winkel herabsausen, sodass es die Drosselgrube zwischen seinen Schlüsselbeinen durchdrang und ihm tief in die Brust sank.

Röchelnd ging der Wolf zu Boden, und Corvus warf sich zurück, um seine Wunde in Augenschein zu nehmen. Ein paar Glieder seines Kettenhemdes waren geborsten, und das Schwert war einige Fingerbreit tief hindurchgedrungen. Corvus blutete, aber durch die Schnittwunde quollen keine Därme hervor; er würde lang genug leben, um sich diesen Hügel und seine Krone zu sichern. Er konnte immer noch siegen. Er *würde* immer noch siegen.

Aber um ihn herum wurden seine Mirak langsamer, blieben stehen, tief mitgenommen von dem schweren Verlust, der ihnen erneut die Herzen zerriss. Makes Soldaten drängten weiter von allen Seiten heran, quetschten sie immer dichter zusammen, bis sie sich kaum mehr bewegen konnten.

»Kämpft. Kämpft, ihr Dreckskerle, kämpft!«, schrie Corvus. Der Wahnsinn, der in ihm gewachsen war, war noch immer da, göttergeboren und zugleich menschengemacht, und als das Loch in seinem Herzen, das angesichts der Rückkehr der Göttin so ungeheuer kurz mit solcher Ekstase gefüllt gewesen war, sich nun wieder in einen heulenden Abgrund verwandelte, warf er sich dem Feind entgegen. Nicht einmal Tett folgte ihm dieses Mal. Es spielte keine Rolle.

Er fauchte seine Frustration heraus und sprang vor, um einem Soldaten sein Schwert durchs Gesicht zu ziehen, seine Schwertstreiche wild und unvorhersehbar. So schrie und brüllte der König der Mirak, schleuderte seinen Feinden Beleidigungen und Metall entgegen, bis sie ihn umzingelt hatten, zwischen ihren

Schilden gefangen. Doch noch immer fletschte er knurrend die Zähne und versprach ihnen blutige Rache.

»Sie ist schon einmal zurückgekommen; sie wird wieder zurückkommen. Und diesmal wird sie euch alle auffressen, die Seelen zuerst, und euch zu ihren wandelnden Leichen machen. Und ich werde ihr helfen. Ich werde helfen! Denn *ich bin euer verdammter König.*« Seine Stimme hallte über das ruhig und schweigend daliegende Schlachtfeld. Der Schnee dämpfte seine Worte. »Kniet vor mir nieder!«, brüllte er, und seine Stimme war nun heiser. Er bewegte sich ruckartig zu dem Ring aus Soldaten. »Kniet nieder!«

»Nein.« Die Stimme schien leise, aber sie hallte vernehmlich über den ganzen Hügel. »Erhebt euch für euren König.«

Make Koridam, vorgeblicher Thronanwärter, in Wirklichkeit nichts als ein verdammter Soldat und Emporkömmling ohne Glauben, ohne Vision, kam durch die sich schnell teilende Armee geschritten, bis er am Rand des Kreises stand, in dem Corvus wütete. Seine Rüstung war blutverspritzt, sein Gesicht mit Blut besudelt, als hätte er seinen langjährigen Irrtum endlich eingesehen und sich den wahren – den Roten – Göttern verschrieben.

»Ergebt Ihr Euch?«, fragte Koridam herrisch.

»Leckt mich.«

Der Rilpori zog die Brauen zusammen, wenngleich für einen Moment ein leises Lächeln seine Lippen umspielte. »Ich hatte inständig gehofft, dass Ihr das sagen würdet. Macht uns Platz.«

»Majestät …«

»Macht uns Platz.«

Corvus lachte über die Ironie des Ganzen – wenn sie genau das schon ganz am Anfang getan hätten, wären nicht Tausende gestorben. *Und doch war jeder einzelne Blutstropfen heilig. Notwendig.*

»Ihr wollt es wirklich?«, fragte er. »Ihr wollt es verdammt

noch mal versuchen? Dann kommt her. Ich werde Euer verfluchtes Herz essen, ehe ich mit Euch fertig bin.«

Er setzte sich wirbelnd in Bewegung, noch ehe Koridam den Kreis richtig betreten hatte, hieb nach oben und dann nach unten, schlug mit dem Schild nach Makes Gesicht, doch der wich aus. Er streckte das Bein aus, um ihm auf den Fuß zu treten, ein Trick, den er in Rilporin gelernt hatte, doch wieder verfehlte er ihn. Der Soldat wirbelte wie Wasser um seine Angriffe herum, ließ sich nicht aus seiner Deckung locken. Corvus schlug Koridam seinen Schwertknauf ins Gesicht, und der stöhnte auf, als ihm die Nase blutspritzend zur Seite gequetscht wurde. Er machte einen Schritt zurück.

Der Ring aus Soldaten verfolgte das Geschehen stumm und aufmerksam, jeder Blick auf die Kämpfer gerichtet, und Corvus hätte seinen Männern gerne gesagt, dass sie jetzt angreifen sollten, während der Feind abgelenkt war, aber er hatte dafür nicht den Atem übrig. Er hieb in einer schräg von oben geführten Linie auf seinen Feind ein, mit der Absicht, Koridam von der einen Schulter bis zum anderen Knie aufzuschlitzen, doch Koridam wich dem Hieb aus, schlug Corvus' Arm mit seinem Schild zur Seite, und dann schoss ihm sengender Schmerz durch die Achsel, und das Schwert seines Feindes grub sich tief in seine Brust.

Corvus heulte auf, als Make die Klinge wieder herausriss, er sank auf ein Knie, bekam keine Luft mehr. Make trat ihm das Schwert aus der Hand. Noch immer kam ihm keiner seiner Männer zu Hilfe, nicht einmal Tett, der ihm doch so oft versprochen hatte, ihn zu beschützen.

»Ergebt Euch«, forderte ihn Make Koridam auf. »Es ist vorbei.«

»Leckt mich«, wiederholte Corvus mit zusammengebissenen Zähnen. »Meine Füße sind auf dem Pfad, und meine Götter sind mit Gilgoras noch nicht fertig. Ich werde vom Jenseits aus zuschauen, wie alles, was Ihr liebt, in Schutt und Asche gelegt wird.« Er presste den Arm auf die Wunde, seine Brust schnürte sich von dem durchdringenden Schmerz darin zusammen.

»Schwört den Roten Göttern ab – Euren toten Göttern –, und Ihr könnt weiterleben«, erklärte Koridam, und Corvus nahm seine letzten Kräfte zusammen, um dem Mann ins Gesicht zu lachen.

»Die Gnade der Tänzerin sei mit Euch, Euer Majestät«, sagte Koridam, und er schien es sogar ernst zu meinen. Das Schwert, rot von Corvus' Blut, durchschnitt die von Schnee erfüllte Luft, und dann schnitt es durch ihn hindurch.

Corvus, König der …

RILLIRIN

Elfter Monat, erstes Jahr der Herrschaft von König Corvus
Feldlazarett, Fuß des Hügels, am Rand des Tiefen Waldes, Weizenland

Sie kamen Tage zu spät. Es war vorbei, nicht nur die Schlacht, sondern der Krieg, und zurück blieben unzählige Tote, unaussprechliches Grauen und Verluste, die jede Vorstellungskraft überstiegen.

In einem stillen Winkel des Zeltes, wo jene lagen, von denen man nicht erwartete, dass sie überleben würden, saß sie auf der Kante einer Pritsche. Gilda war bei ihr, grau von Sorge.

Macha lag auf der Brust ihres Vaters, unter seinem Hemd, gegen seinen bemitleidenswerten linken Arm gekuschelt, dem die Hand fehlte. Sie lag friedlich da und kannte ihn auf die uralte, weise Art der Neugeborenen überall auf der Welt. Sie betrachteten sie für eine Weile und suchten Doms Gesicht nach irgendeiner Reaktion ab. Sein Kopf war verbunden, und das Leinen zog sich bis über sein rechtes Auge hinunter.

Niemand hatte Machas schwarze Augen erwähnt oder das dünne Haar auf ihrem Kopf, das rot brannte wie Feuer. Wie Gosfath. Lanta hatte sie das Blutkind genannt, aber Rillirin hatte sie dem Schicksal entzogen, das Lanta für sie vorgesehen hatte, und jetzt würde sie sie zusammen mit Dom und Gilda und all den Übrigen im Licht erziehen, und es würde in dieser winzigen Gestalt keinen Raum für Böses geben. Rillirin hatte es bei ihrer eigenen Seele geschworen, und sie hatte vor, dafür zu sorgen, dass es auch genau so geschah. Trotzdem würde es nicht schaden, die Sache zu überprüfen.

»Könnt Ihr sie Euch bitte mal ansehen, Gilda? Das Ritual, die Dunkle Dame … Ihr müsst sie untersuchen. Bitte.« Gilda nickte, und Rillirin beugte sich vor, um Macha aus Doms Umarmung zu lösen. Eine leise Regung glitt über seine Züge, und er spannte fester den Arm an, ein ganz klein wenig. Gilda japste erstaunt nach Luft, und Rillirin fuhr zurück, als sich die Hand der alten Frau auf ihre Schulter legte.

»Er hat sich kein einziges Mal bewegt, seit wir ihn gefunden haben. Er weiß, dass sie hier ist, weiß, dass ihr beide hier seid. Rede mit ihm, Mädchen. Hol ihn zu uns zurück.«

Rillirin schluckte hörbar und zwängte sich neben ihn auf die Pritsche, legte den Kopf auf seine Schulter und die Hand auf die Überreste seines Armes, mit dem er ihr Kind umfasst hielt.

»Zu Hause«, flüsterte sie ihm ins Ohr. »Du und ich und Macha. Deine Tochter. Zu Hause ist dort, wo wir zusammen sind. Hier.«

Die Andeutung einer Falte furchte seine Stirn, und seine Atmung veränderte sich. Rillirin drückte einen zarten Kuss auf die Bartstoppeln seiner Wange, und Macha zappelte und stieß eine Abfolge zufriedener Plapperlaute aus, als wüsste auch sie, dass sie zu Hause waren.

»Komm, Liebster, öffne die Augen. Öffne die Augen und sieh deine Tochter an. Sie hat dich vermisst. Ich habe dich vermisst.«

»Wir alle haben dich vermisst«, fügte Gilda hinzu.

»Gilda muss sich Macha ansehen, um sicherzustellen, dass auch alles mit ihr in Ordnung ist. Du musst sie jetzt loslassen, nur für eine kleine Weile. Tust du mir den Gefallen?« Sie zwinkerte Gilda zu, und die Priesterin zog das Baby aus Doms Armbeuge. Sein Arm bewegte sich wieder, suchte, und sein Atem ging jetzt schnell und panisch.

»Ruhig, Liebster, ruhig. Sie ist bei Gilda«, flüsterte Rillirin. »Es ist alles gut. Öffne nur die Augen. Sieh sie an. Sieh mich an.«

Doms Mundwinkel verzogen sich nach unten, und seine Lippen wurden schmal. Mir rasselnder Brust atmete er ein, und dann öffnete er sein Auge, blinzelte, und dann blinzelte er erneut. Rillirin drückte ihn ganz sanft, und ihr Blick flog zwischen Gilda und Macha und Dom hin und her; sie versuchte, alle gleichzeitig zu sehen.

»Oh«, hauchte Gilda, und Rillirin wurde ganz schwindlig davon. »Ich verstehe, ja. Das Geburtsmal.«

»Sie ist nicht damit geboren worden«, erklärte Rillirin. »Die Dunkle Dame hat sie berührt.« Dom zuckte zusammen, schrak zurück, als seien Rillirins Worte pures Gift. »Ich weiß nicht, was es bewirkt haben mag. Ob sie … normal ist.«

Gilda hielt den Säugling nah an ihr Gesicht und drückte die Nase auf das große schwarze Mal auf Machas winziger Brust. Sie atmete ein und brummte, dann drückte sie der Kleinen eine Reihe schmatzender Küsse auf den Bauch.

»Ich bin kein Arzt Ihrer Majestät«, erklärte sie und legte Macha in Doms Arm zurück – er atmete so heftig ein, dass er hustete –, »aber das hier ist ein vollkommenes Baby. Zehn Finger, zehn Zehen, zwei Arme, zwei Beine. Wunderschön. Gesund.«

»Aber das Mal. Ihre Augen«, wandte Rillirin ein. Dom senkte den Kopf, um seiner Tochter mit dem Kinn über den Kopf zu streichen.

»Kein Grund zur Sorge, das kann ich dir versprechen; gleichwohl werde ich sie im nächsten Teich baden, sobald wir die Kleine der Tänzerin geweiht haben«, erklärte Gilda. »Danach, nun … liebe sie, erziehe sie im Licht. Das ist alles, was wir tun können.«

Sie hätte genauso gut über Dom sprechen können wie über

Macha. Rillirin hatte den Eindruck, zum ersten Mal wirklich zu verstehen, was Gilda und Cam durchgemacht hatten, nachdem sie ihn adoptiert hatten, den neuen Calestar, und er dann zu alledem geworden war und all diese Dinge getan hatte. Sie hatten nie aufgehört, ihn zu lieben und zu versuchen, ihn zum Guten zu beeinflussen. Sie hatten nie aufgehört, ihn beschützen zu wollen – vor anderen und vor sich selbst.

Rillirin holte tief Luft. »Das ist also Mutterschaft«, hauchte sie mit gepresster Stimme. »Und da habe ich gedacht, die schlaflosen Nächte seien schon schlimm genug gewesen.«

Gilda gab ein ersticktes Lachen von sich. »Ach, Mädchen«, murmelte sie, »die sind noch das Harmloseste.«

»Rillirin.«

Rillirin zuckte zusammen und umklammerte unwillkürlich Doms Arm, als sie seine Stimme hörte. »Dom! Ja, ja, Liebster, ich bin es, ich bin hier. Macha ist auch hier. Oh Götter, Dom, kannst du mich sehen? Mich hören?«

»Hören«, flüsterte er. »Blind. Aber nicht gottesblind, nicht mehr. Gottgeblendet.« Er keuchte pfeifend, und Rillirin begriff, dass es ein Lachen war. Gewaltige Erleichterung durchlief sie, und sie lachte ebenfalls und bedeckte sein Kinn, seine Wange und seine Stirn mit bebenden Küssen.

»Macht nichts, macht nichts«, beteuerte sie. »Komm, lass mich dir helfen.« Sanft umfasste sie den Arm, der Macha hielt, und schob ihn hinauf, sodass die flaumige Wange des Babys an Doms Wange ruhte. »Atme sie ein«, flüsterte Rillirin. »Du brauchst sie nicht zu sehen; sie ist vollkommen.«

Tränen durchnässten Machas dünnes rotes Haar, als er den Duft seiner Tochter einsog. Rillirin legte seine rechte Hand auf den Kopf des Säuglings, und er streichelte ihn mit unendlicher Vorsicht und Staunen, streichelte ihre Stirn und strich mit den Fingern hinab zum Ohr, zur Schulter, zu einem Arm. Winzige Finger umfassten seine, und ihm stockte der Atem.

Dann runzelte er die Stirn. »Sie stinkt«, bemerkte er, und Rillirin kicherte.

»Oh Götter, ja, das tut sie. Ich muss ihre Windeln wechseln, entschuldige, Liebster.«

Dom lächelte, seine Wange an die seiner Tochter geschmiegt. »Es macht mir nichts aus.« Aber Macha begann sich nun heftiger zu winden und tat wimmernd ihre Unzufriedenheit kund. »Gilda, würde es dir etwas ausmachen?«, fragte er, als die Kleine zu weinen anfing, nachdem er ihr noch einen letzten, endlosen Augenblick lang die Lippen ins Haar gedrückt hatte. »Und ich liebe dich übrigens. Und mir tut das alles leid.«

»Ruhig, dummer Junge«, erwiderte Gilda gepresst. »Immer die falsche Entschuldigung zum falschen Zeitpunkt.« Sie nahm ihm Macha aus dem Arm, stand auf und sah Dom lange an. Rillirin begriff nicht.

»Ich bin gleich wieder da«, sagte sie.

»Pass auf sie auf«, erwiderte Dom. »Mutter.«

Gilda unterdrückte ein Schluchzen, nickte knapp, tätschelte Doms Fuß und duckte sich dann aus dem Zelt hinaus.

»Also dann«, murmelte Dom, legte seinen Arm fester um Rillirin und atmete ihren Duft ein wie zuvor den ihrer gemeinsamen Tochter. »Kommen wir jetzt zu der Offenbarung, die ich da gehabt habe. Es wird Zeit, dass du sie erfüllst.«

»Welche Offenbarung, Liebster?«, fragte sie und kuschelte sich enger an ihn. Ihr war ganz egal, was er sagte, solange er nur sprach.

»Rillirin Fischer, Herold des Endes. Du wirst Tod zu Liebe bringen. Und Liebe zu Tod.«

Ein kalter Schauer überlief sie von ihrer Kopfhaut bis zu den Fußsohlen. Sie hatte es vergessen. Sie hatte gehofft, jetzt, nach alledem, wäre auch das vorbeigegangen. Er hob den Stumpf seines Arms und roch daran, atmete den warmen Babyduft ein, den Macha auf seiner Haut hinterlassen hatte.

Er gab Rillirin einen ganz sanften Schubs. »Setz dich hin.«

Sie gehorchte zitternd und verdrehte die Hüfte, damit sie ihn ansehen konnte, die eine Hand auf seine Schulter, die andere auf seine Rippen gelegt. »Was willst du mir da sagen?«

»Götter, ich wünschte, ich könnte dich noch einmal sehen«, sagte Dom. Seine Stimme war von unendlichem Kummer gedämpft. »Liebst du mich noch, Rillirin?«

»Wie bitte? Natürlich. Ich liebe dich so sehr, *so sehr.*«

»Dann töte mich.«

Das Licht im Zelt schien sich zusammenzuziehen, die Schatten sprangen auf, drängten näher heran. Da war keine Luft im Zelt, nichts, womit sie ihre strapazierte Lunge füllen konnte. »Was?« Rillirin erkannte ihre eigene Stimme nicht mehr. »Das kann ich nicht.«

Dom lächelte, so zärtlich und so voller Liebe, dass sie dieses Lächeln nicht mit seinen Worten in Einklang zu bringen vermochte. »Ich sterbe, Rillirin. Nichts kann das verhindern, aber du kannst mir den Schmerz nehmen. Wenn du es tust, erfüllst du die letzte Prophezeiung, und alles ist vorbei. Du bringst Tod zu Liebe – bringst ihn mir. Und du bringst Liebe zu Tod – zu Macha, einst das Blutkind und dazu vorgesehen, der Tod selbst zu sein, doch du hast sie gerettet und geliebt ungeachtet dessen, was zu werden ihr bestimmt gewesen ist.«

Er zitterte, ob vor Schmerz oder Angst oder einfach vor Müdigkeit, sie wusste es nicht. Er lächelte wie ein Totenkopf und rang mühsam nach Atem, und der Schlag seines Herzens stockte unter Rillirins Händen. »Tu es jetzt, meine Liebste. Und dann sorg dafür, dass unsere Tochter erfährt, wer ich war und was ich getan habe. Erzähl ihr alles, das Gute wie das Schlechte. Sie verdient, es zu wissen. Jeder verdient es.«

»Ich kann nicht.« Sie hätte ihn am liebsten geschlagen, wollte ihm die Hände auf den Mund pressen und seinen Worten Einhalt gebieten.

»Doch, du kannst.« Er streckte die Hand nach ihr aus, ließ sie in der Luft nach ihr suchen, bis sie seine Hand in ihre legte und sie sich an die Wange drückte. »Du musst es tun.« Er machte eine Pause, um Atem zu schöpfen und gegen den Schmerz anzukämpfen, und sie begriff, dass er diesen Schmerz über Jahre hinweg mit sich getragen hatte und dass er jetzt größer und größer wurde, Welle um Welle über ihn schlug, um ihn zu ertränken. Es war mehr Schmerz, als sie jemals kennenlernen würde. »Ich bin gebrochen und zerstört, in so mannigfacher Hinsicht, dass keinerlei Aussicht besteht, mich je wieder heil werden zu lassen. Es gibt nur eines, was du für mich tun kannst. Lass mich gehen.«

»Ich kann nicht.« Das gleiche Sich-Verweigern, nun aber leiser geworden, das flehentliche Bitten eines Kindes, die Nacht nicht kommen zu lassen, als könnte sie die Sonne zurückbeschwören, wenn sie nur stark genug daran glaubte, es nur stark genug wollte.

»Bitte.«

Ihr Herz stand in Flammen, ihre Augen brannten heiß, und sie konnte nicht weinen. Sie war wie betäubt. »Aber du bist doch zu Hause«, flüsterte sie. »Du bist *mein* Zuhause, das einzige, das ich je wirklich hatte. Das einzige, das ich will.«

»Macha ist dein Zuhause«, widersprach Dom. »Und Gilda und Ash und Dalli und sogar Make. Sie alle sind dein Zuhause. Tu mir den Gefallen, meine Liebste. Lass mich meinen Frieden mit der Tänzerin schließen, nach all der Zeit und all unseren erbitterten Auseinandersetzungen und bösen Worten. Lass mich schlafen. So wie ich Gilda kenne, hat sie dir sicher ein Messer dagelassen.«

Und so war es auch. Rillirin nahm es in die Hand, der Griff lag glatt in ihren Fingern, ein irgendwie obszönes Gefühl. Und doch war es richtig so. »Ich werde dich immer lieben«, murmelte sie. »So leicht wirst du mich nicht los. Warte im Licht auf mich.«

»Auf ewig«, flüsterte Dom.

Rillirin biss sich fest auf die Unterlippe, bis der Schmerz sicherstellte, dass ihre Hand nicht zitterte, dann drückte sie Dom einen einsamen, wehen Kuss auf die Stirn und hörte, wie er ihren Duft ein letztes Mal einatmete. Die Dinge, die er getan hatte, die Menschen, die er getötet und verletzt hatte, sein vielfacher Verrat … nichts davon zählte jetzt mehr. Ihr Mut drohte sie zu verlassen, und sie wusste es.

Er hob seinen bemitleidenswerten verstümmelten Arm, und sie drückte das Gesicht dagegen. »Dich vor den Mirak zu retten war das Beste, was ich je getan habe. Am Ende ist es das alles wert gewesen. Mit dir zusammen zu sein. Dich zu lieben.«

»Das Beste, was du je getan hast, Dom Templeson, war, Macha mit mir zu zeugen, unser vollkommenes, wunderschönes Baby«, widersprach sie ihm, und das Lächeln, das nun sein Gesicht erhellte, würde sie für den Rest ihres Lebens wärmen. »Geh in Gnade, mein Herz«, flüsterte Rillirin und schickte ihn heim.

MAKE

Zehnter Monat, erstes Jahr der Herrschaft von König Make
Hügel der Freiheit, Rand des Tiefen Waldes, Weizenland

Make stand unter derselben königlichen Flagge, die im vergangenen Jahr an ebendiesem Tag seinen Befehlsstand angezeigt hatte. Darum herum waren Banner aufgestellt, die für die Soldaten der Truppe standen, die hier gekämpft hatten und gestorben waren: für Süd-, West- und Palasttruppe. Dazu eine hoch aufragende schwarze Flagge, von der sich ein stilisierter Wolfskopf in Silber abhob, um der vielen Toten und der wenigen überlebenden Wölfe zu gedenken, die im Krieg alles gegeben hatten. Und die Standarte des Kriegsfürsten von Krike.

In der Ebene unterhalb des Hügels flatterten stolz zwei weitere Fahnen und hoben sich von den weiten Flächen der Leere ab – die des Großen Gauners, ein Fuchs mit verschiedenfarbigen Augen, und die des Calestars, die einen Wolf unter einer Sonne und einem Mond zeigte, eigens für die Gedenkfeier in Auftrag gegeben.

Alle, die gekämpft und Widerstand geleistet hatten, alle, die noch lebten und reisen konnten, waren gekommen, um Zeugnis abzulegen und ihren Respekt zu erweisen. Make blickte schweigend über die Versammelten hinaus, Dalli mit ihrer kleinen Tochter in den Armen an seiner Seite. Die Geister der Toten scharten sich auf dem Hügel.

Make nahm Dalli seine Tochter ab und schaute in die grünen Augen in ihrem winzigen Gesicht. »Jede Menge Leute hier, mein Schatz«, flüsterte er. »Nur nicht so viele, wie es hätten sein sollen. Mir fallen da einige ein, die heute eigentlich mit uns feiern sollten, dir nicht auch?« Er küsste die pummelige Faust, die versuchte, seine Nase zu packen.

Dalli trat an ihn heran. »Sie warten, Liebster.«

Die versammelte Menschenmenge stand stumm und ernst da, Soldaten im Ruhestand, die steif und kerzengerade aufgerichtet in Uniformen ausharrten, die sie seit einem Jahr nicht mehr getragen hatten. Gilda, Hallos, Mark Salter, der jetzt die Abzeichen eines Majors trug. Oberst Thatcher, jetzt Oberbefehlshaber der Truppe, und sein Ehemann, der beförderte Major Kennett. Brid Fuchstraum und Cutta Froschtraum, die gemeinsam mit den Wölfen den Wald und den Hang gehalten und dabei drei Viertel ihrer Krieger verloren hatten – bei der Verteidigung eines fremden Landes. Dallis Wölfe, nur knapp über einhundert, alles, was von einem ganzen Volk übrig geblieben war. Selbst Rillirin und die kleine Macha mit ihrem blutroten Haar und den so ungeheuer tiefschwarzen Augen standen stumm und ernst da.

Unter ihnen auch Hunderte von Zivilisten aus Rilporin, dem Wolfsland, aus Segelstadt, Kiefernschleuse und den Südforts. Soldaten, Krieger, alles Überlebende.

Die Toten waren Schatten zwischen ihnen, die nahe heranschwebten, sobald ihre Namen geflüstert wurden, und es schien, als fehle nur ein einziger lebender Mensch: Ash.

Wohin er gegangen war, wusste niemand. Auch was aus Crys' sterblichen Überresten geworden war, konnte niemand sagen. Ash und Crys waren einfach im Schneesturm verschwunden, um nie mehr zurückzukehren. Einige glaubten, dass Crys immer noch lebte und dass sie zusammen über die hohen Pässe der Gilgoras-Berge streiften, um über Rilpor und die ganze Welt zu wachen, bereit, herabzusteigen und das Land erneut zu verteidigen, wann immer Gefahr drohen sollte. Andere meinten, sie seien mit einem Boot nach Listre gefahren oder vielleicht den ganzen Weg die andere Seite hinunter, bis hinaus auf den großen, endlosen Ozean, den Gilda einst einmal gesehen hatte, um dann zu neuen Ländern und neuen Göttern zu segeln, wo niemand sie kannte und sie frei sein konnten.

Niemand glaubte, dass Crys wirklich tot war.

Nicht einmal Make konnte es ganz glauben.

»Wir haben uns heute hier versammelt, um die Gefallenen zu ehren.« Seine Stimme erhob sich laut über das Gemurmel der Menge und den tosenden Wind. »Wir sind hier, um ihres Opfers und auch eures Opfers zu gedenken. Heute vor einem Jahr haben wir das Böse besiegt. Heute vor einem Jahr haben sich zwei Männer kühn zwei Göttern entgegengestellt und triumphiert.« Make machte eine Pause und drückte seiner Tochter einen Kuss auf die Stirn, bevor er seinen Blick über sie alle wandern ließ. »Sie waren Helden. So wie jeder und jede Einzelne von euch ein Held ist. Lasst eure Taten nicht gegenüber den größeren Geschichten in den Hintergrund treten. Vergesst niemals, dass euer Heldentum genauso viel zu unserem Sieg an jenem Tag beigetragen hat wie das ihre. Als niemand auf unseren Hilferuf antworten wollte, ist uns Krike zur Unterstützung geeilt. Als die Mirak die Evendoms ausgerottet haben, hat die Truppe nicht gezaudert – genauso wenig wie ihr. Ich wollte niemals König sein«, fügte er hinzu, und eine Welle des Lachens ging durch die versammelten Männer und Frauen. »Ich habe dieses Land nie führen wollen. Aber nie in meinem Leben bin ich stolzer gewesen als an jenem Tag, an dem ihr mich – durch euer Vorbild – hier auf dem Hügel der Freiheit zum Sieg geführt habt.« Er brach ab, suchte seiner Gefühle Herr zu werden, und Dalli nahm ihm das Baby ab und reichte ihm einen silbernen Kelch. »Auf Durdil Koridam und Tara Carter.« Er rief laut die Namen und goss bei jedem einige Tropfen Wein ins Gras.

Er hielt Dalli den Kelch hin, und sie nahm ihn entgegen. »Ash Schütze«, rief sie und verschüttete Wein. »Und Dom Templeson.«

Einer nach dem anderen traten sie vor und riefen die Namen jener, die sie geliebt und verloren hatten, Waffenkameraden, Freunde, Familie. Der Boden füllte sich mit Wein, rot wie Blut, befleckte Stiefel und Rocksäume. Make selbst befüllte den Kelch für sie neu, wieder und wieder und wieder, während der Tag seinen Lauf nahm. Er lauschte ihren Stimmen, lauschte auf die Namen, die sie riefen. Dieses Jahr schneite es nicht, und der Wind trug noch keinen Winter in seinen Klauen, und doch fröstelte Make bis auf die Knochen allein angesichts der gewaltigen Menge all derer, die sie hier verloren hatten.

Make spähte zum Nächsten empor, der da herantrat, ein Riese von Mann, der ihm irgendwie bekannt vorkam. »Mein Name ist Merol, Sohn von Merle Steinmetz. Er …«

Make schüttelte ihm die Hand. »Ich erinnere mich gut an Merle. Dein Vater war ein großartiger Mensch, Merol. Ich bin mir ziemlich sicher, dass er mir das Leben gerettet hat. Und ich habe dich in der Stadt gesehen, als du uns beim Wiederaufbau geholfen hast. Danke, dass du gekommen bist.«

In den Tiefen seines Bartes zitterte Merols Unterlippe. »Er wollte mich nicht kämpfen lassen, Euer Majestät«, berichtete er. »Ich wollte ja, aber er war dagegen …«

Make kramte in seinem Gedächtnis, suchte nach all den Geschichten, die nach Ende des Krieges die Runde gemacht hatten. »Du hast Rillirin getragen, nicht wahr? Hast sie aus der Stadt weggetragen? Rillirin und ihre Tochter?«

Der Steinmetz nickte, und Make gab ihm einen Klaps auf den Arm und zuckte dann zusammen: Es war, wie auf Marmor zu schlagen.

Merol trat verlegen von einem Fuß auf den anderen. »War nichts wirklich Besonderes, Euer Majestät. Ist ja nicht so, als hätte ich sie den ganzen Weg getragen. Nur ein Weilchen, wisst Ihr. Es schien mir einfach … das Richtige.«

»Nun, was meinst du denn, was mit ihr passiert wäre, wenn du zusammen mit deinem Vater gekämpft hättest und gestorben wärst, hm? Nein, Merol, die Götter haben dein Leben gerettet, um ihr zu helfen. Was du da getan hast, mag nicht so heldenhaft erscheinen wie einige andere Taten, von denen hier heute erzählt wird, aber frag Rillirin, was sie davon hält. Sie ist heute auch hier. Sprich mit ihr.« Er bemerkte zwei kleine Gesichter, die hinter Merols massigen Beinen hervorspähten. »Und wer sind diese kleinen Prinzessinnen?«, fragte er mit einem Lächeln im Gesicht.

Merol schob die beiden nach vorn, und seine gewaltigen Hände waren dabei so sanft, dass sie auch die Flügel eines Schmetterlings hätten umfassen können. »Meine Töchter. Hab sie nach Kriegsende adoptiert. Sie sind … aus dem Westen, wenn Ihr wisst, was ich meine.«

»Sie sind jetzt Rilpori, Merol«, unterstrich Make mit entschiedener Stimme. »Jetzt und für immer.«

»Darf ich dein Schwert sehen?«, fragte die Kleinere und streckte die Hand nach der Scheide aus.

Ihre Schwester riss sie zurück. »Ede«, rügte sie. »Du musst erst einen Knicks machen.« Sie stolperte in einen kleinen eigenen Knicks hinein, und Makes Mundwinkel zuckten nach oben. »Hallo, Euer Majestät. Ich bin Kit. Ich bin jetzt sechs.«

Make machte eine kleine Verbeugung vor beiden. »Hallo, Kit und Ede«, murmelte er. »Ihr wisst, dass euer Vater ein großer Mann ist, nicht wahr?« Sie kicherten und nickten. »Seid schön brav und lieb zu ihm, ja? Versprecht es mir.«

Merol fuhr sich mit den Fingern durch den Bart und errötete. »Danke, Euer Majestät, obwohl ich so meine Zweifel habe, dass selbst Ihr diesen beiden etwas befehlen könnt.« Er ließ sich den Kelch reichen. »Merle Steinmetz«, sagte er. »Tara Vaunt.«

Make runzelte die Stirn. »Tara Vaunt?« Seine Augen weiteten sich. »Komm nach der Zeremonie zu mir. Mir scheint, du kennst da eine Geschichte, die ich noch nicht gehört habe.«

Merol verneigte sich linkisch und schlurfte davon.

Make schaute ihm nach, bis ihm Hallos den Blick verstellte. Er sah seinem König tief in die Augen. »Letztes Jahr um diese Zeit habt Ihr Eurem Vater alle Ehre gemacht«, ergriff er das Wort. »Und Ihr macht ihm auch heute wieder alle Ehre.«

Make hüstelte und trat von einem Fuß auf den anderen. »Vielen Dank, Arzt«, murmelte er.

»König Rastoth«, sagte Hallos und vergoss Wein. »Durdil Koridam.« Er reichte ihm den Kelch zurück, und Make blinzelte gegen das Brennen in seinen Augen an. Hallos beugte sich dicht zu ihm vor. »Und ich hätte gern im Protokoll Ihrer Majestät festgehalten, dass ich immer noch humple. Wenn Eure Frau das nächste Mal in den Wehen liegt, solltet Ihr Euch jemand anderen suchen, der das Kind zur Welt bringt.«

Make presste die Lippen zusammen, konnte aber nicht verhindern, dass ihm ein sehr unkönigliches schnaubendes Lachen entfuhr. »Ist pflichtschuldigst vermerkt, Hallos.«

Die Dämmerung begann sich bereits über den Spätnachmittag zu legen, als die letzte Person erschien, um ihre Opfergabe darzubringen. Die langen grauen Gewänder einer Priesternovizin standen ihr gut, und Make drückte ihr die Schulter und winkte dem Hemdenmatz auf ihrer Hüfte kurz zu. Rillirins Hand zitterte so heftig, dass ihr der Wein aus dem Kelch schwappte, und das kleine Mädchen schlang ihr die Arme um den Hals, um sie zu trösten.

»Lasst Euch Zeit«, sagte Make leise. »Wir haben keine Eile.«

Rillirin atmete nach Luft ringend ein. »Tara Carter, dafür, dass sie mir das Leben gerettet hat«, sagte sie und vergoss Wein, und ein Muskel zuckte in Makes Kiefer. »Und Dom Templeson, dafür, dass er mir gezeigt hat, wie ich dieses Leben leben muss.«

EPILOG

RILLIRIN
Zehnter Monat, erstes Jahr der Herrschaft von König Make
Wächterdorf, Nördliches Wolfsland, Grenze zu Rilpor

Sag Hallo zu Onkel Ash, kleine Kriegerin.«

»'allo, Onkel«, grüßte Macha, während sie durch die Haustür des Bogenschützen trippelte. Sie quiekte, als er sie hochnahm und herumwirbelte und dabei immer wieder den Kopf vorschnellen ließ, um ihr Küsse auf die rosigen Wangen zu drücken.

Gilda folgte ihr ins Innere des Hauses. Beim Gehen stützte sie sich auf ihren Gehstock, der eigentlich ein Speer war. Rillirin schloss hinter ihr die Tür und sah Ash und Macha zu, die Arme vor der Brust verschränkt, die Finger um das glatt polierte Amulett gelegt, das um ihren Hals hing. Es hatte einst Dom gehört. Sie lächelte über das kreischende Gelächter, das Macha von sich gab, während Ash das kleine Mädchen zu den Dachbalken hinaufwarf und dann wieder auffing. »Wenn du so weitermachst, wird ihr noch schlecht.«

»Und dann bekommst du sie von mir zurück, damit du die Sauerei wegmachen kannst«, meinte Ash zustimmend. Gilda schnaubte, und Rillirin heuchelte Entrüstung.

»Verschlafner Mann«, sagte Macha und deutete zur Tür.

Rillirin entging nicht, dass sich Ashs Gesicht kurz zu einer schmerzlichen Grimasse verzog, und sie zuckte zusammen. »Du hättest zu der Gedenkzeremonie kommen sollen«, sagte sie leise.

Ash runzelte die Stirn. »Und ihn allein lassen? Nein.«

»Heute nicht, Macha«, sagte sie und streckte die Hand aus.

»Ist schon gut.« Ash ließ das kleine Mädchen herunter. »Er würde sich über einen Besuch freuen, und ich nehme an, du hast eine Menge neuer Wörter gelernt, seit du das letzte Mal hier gewesen bist.« Er ließ sich auf ein Knie nieder und strich ihre Locken zurück. Sie waren rot wie der Sonnenuntergang. »Komm, geh den verschlafenen Mann besuchen. Gib ihm einen Kuss von mir.«

Sie warteten, bis sie mit einem Winken durch die Tür getrabt war. Ash reichte jedem einen Becher mit Bier, auch wenn es gerade erst Mittag war. Gilda leerte ihren in einem Zug und hielt ihm den Becher mit einem Grinsen wieder hin, um sich nachschenken zu lassen, was Ash ein widerstrebendes Lächeln entlockte. Sie hatte ihn schon immer unter den Tisch trinken können. Er hielt den Blick auf die Tür zur Schlafkammer gerichtet und ließ sein Bier in seinem Becher kreisen. Sein Gesichtsausdruck war nachdenklich. »Zumindest hat sie keine Angst vor ihm.«

»Wie könnte sie auch Angst vor ihrem Onkel Crys haben?«, protestierte Rillirin, aber Gilda schüttelte nur knapp den Kopf und biss sich auf die Zunge. Priesterinnen waren stets auf der Suche nach der Wahrheit, wie schlimm sie auch sein mochte, und sie wusste, was Ash meinte: Auch wenn er ihn, geduldig und tropfenweise, in winzigsten Portionen mit Wasser und Suppe sowie zu Brei zermanschtem Gemüse fütterte, war Crys nur ein kaum atmendes Skelett, in Haut wie Pergament gekleidet. Er und der ganze Raum rochen nach Krankheit und Scheiße, ganz gleich, wie oft Ash ihn badete. Jetzt, wo der Schnee gekommen war, konnte Ash nicht einmal mehr die Fensterläden öffnen, um frische Luft hereinzulassen.

»'allo, verschlafner Mann!«, hörten sie Macha mit fröhlicher Stimme sagen. Um Ashs Lippen zuckte ein leises Lächeln.

»Die Kleine hat wirklich vor rein gar nichts Angst«, bemerkte

Rillirin mit einem Anflug von Verdrießlichkeit in der Stimme. »Ich habe sie heute Morgen dabei ertappt, wie sie bei mir auf dem Tisch gestanden hat. Ich habe nicht die leiseste Ahnung, wie sie dort hinaufgekommen ist, aber sie wollte gerade herunterspringen.« Ihre Besorgnis wetteiferte mit ihrem Stolz, und die Waagschalen waren ausgeglichen. Macha war noch viel zu jung für die meisten der Dinge, die sie wusste und tat, und es konnte für ihre frühe Entwicklung eigentlich nur eine einzige Erklärung geben, aber trotzdem vermochten nicht einmal Gildas kluge alte Augen einen Schatten auf der Seele ihrer Enkeltochter zu entdecken.

»Sie hat das Draufgängertum ihres Vaters geerbt«, pflichtete Gilda Rillirin bei und zwinkerte ihr zu. »Wie geht es dir, Ash?«

»Ich weiß, warum ihr hier seid«, antwortete er, warf sich auf einen Stuhl und kippte die Hälfte seines Biers herunter. »Ganz ehrlich, ich bin froh, dass ihr zu der Gedenkfeier auf dem Hügel der Freiheit gegangen seid – ihr habt es verdient, dort zu sein –, aber ihr braucht mich nicht gleich wieder zu bemuttern, sobald ihr zurückgekommen seid. Es ist nicht so, als hätte sich irgendetwas verändert.«

Gilda zog ihre grauen Augenbrauen hoch. »Ich bemuttere dich verdammt noch mal seit Jahren, Junge. Hätte nicht viel Sinn, ausgerechnet jetzt damit aufzuhören. Außerdem hat Dalli ihr Kleines bekommen. Hab mir gedacht, du würdest es vielleicht wissen wollen.«

Ash richtete sich kerzengerade auf. »Ach ja? Alles in Ordnung?«

Gilda grinste. »Sie hat Hallos an irgendeinem Punkt damit gedroht, ihm einen Speer in den Hintern zu schieben, wenn ich richtig informiert bin, aber ja, sie ist wohlauf. Gesund wie ein Pferd, das Baby ebenfalls. Ein Mädchen.« Sie sah Rillirin an.

»Tara.«

Ashs Gesicht wirkte mit einem Mal ganz zerknittert. »Guter

Name«, erklärte er mit belegter Stimme. »Sie – unsere Tara – hat mir einmal gesagt, dass sie König von Rilpor wäre, wenn sie einen Schwanz hätte.«

Rillirin schluckte. »Nun, ihre Namensvetterin wird Königin sein, und allem Anschein nach ist sie rundum ein Mädchen.«

»Das hätte sie ganz wunderbar gefunden«, sagte Ash, und sie verfielen in Schweigen.

Rillirin kippte ihr Bier hinunter, unterdrückte ein Rülpsen und schenkte sich und Ash nach.

»Sie wissen nichts über uns, nicht wahr?«, fragte er. »Ihr habt es niemandem verraten?«

»Nein«, antwortete Gilda. »Aber warum …«

»'allo, verschlafner Mann!«, sagte Macha wieder, und da lag Freude in ihrer Stimme. Ash zuckte erneut zusammen. Die Linien in seinem Gesicht hatten sich inzwischen zu Falten vertieft; in seinem gelockten Haar ließen sich die ersten silbrigen Strähnen entdecken. Seine Hand fuhr zu seinen beiden Narben, eine an seinem Kinn, eine in seiner Brust. Er errötete, als er sah, dass Rillirin die Geste bemerkte.

Weil du nicht ins Licht gehen und Crys zurückholen kannst, so wie er dich zurückgeholt hat. Weil er nicht im Licht ist. Er ist irgendwo anders. Zwischen dieser Welt und der nächsten gefangen. Und keiner von uns kann ihn finden, nicht einmal Gilda.

Und daher kannst du es nicht ertragen, wenn die Menschen wissen, wo du dich befindest. Weil du glaubst, ihn im Stich gelassen zu haben.

Macha erschien in der Tür. »Verschlafner Mann«, sagte sie und streckte deutend die Hand aus.

»Ja, Onkel Crys ist der verschlafene Mann«, bestätigte Ash.

Rillirin sah, wie viel Anstrengung ihn die Worte kosteten. Sie wollte irgendeine Art von Trost vorbringen, aber dann sagte Macha noch etwas.

»Verschlafner Mann wach!« Sie erstarrten alle drei, doch das kleine Mädchen kicherte und hüpfte auf und ab. Ihre Locken wogten in einer Art Ring um ihren Kopf, wie ein verrückter Lichtkranz. »Wach«, wiederholte sie, und da ließ sich ein Geräusch aus dem Nebenzimmer vernehmen, ein winziges, leises Geräusch. Ein Murmeln vielleicht oder das Rascheln von Decken auf einer Gestalt, die sich niemals bewegte.

Ganz, ganz langsam erhob sich Ash von seinem Stuhl. Gilda machte eine Handbewegung in Richtung Macha, und das kleine Mädchen lief auf sie zu und streckte die Arme aus, um hochgehoben zu werden. Gilda schwang sie sich auf die Hüfte und sah Rillirin in die Augen; ein Blick, der ihr gebot, an Ort und Stelle zu verharren.

Sie sahen Ash hinterher, wie er Schritt für Schritt zur Tür der Schlafkammer schlich. Die Haltung seines langen, dünnen Körpers drückte Anspannung und enttäuschte Hoffnung aus. Rillirin hörte es in seiner Kehle knacken, als er schluckte, dann trat er durch die Tür. »Crys?« Seine Stimme war von einer unerträglichen Sanftheit.

Rillirin nahm ihre Tochter in die Arme, hielt sie fest und atmete ihren Duft ein. Die schwarzen Augen des kleinen Mädchens waren voller Ernst. »Wach«, flüsterte sie. »Onkel froh?«

Rillirin drückte einen Kuss in ihr flammend rotes Haar. »Oh ja, Kleine. Onkel Ash ist sehr, sehr froh.« Sie sah Gilda an. »Aber wie kann das sein?«

»Und das Gotteslicht wird uns alle führen, in den Tod und darüber hinaus«, flüsterte die alte Priesterin. »Und was ist da anderes jenseits des Todes als das Versprechen auf neues Leben?«

Aus dem anderen Raum drang leises Weinen, voller Glück.

Gilda geleitete sie hinaus in eine Welt von schwarzen Bäumen und weißem Schnee. »Lasst uns unseren Dank entbieten«, sagte sie.

»Froh«, wiederholte Macha, und ihr hohes Gelächter hallte glockenhell über die Lichtung.

DANKSAGUNG

Ich wusste beim Schreiben wirklich nicht, ob ich das Ende dieser Trilogie noch erleben würde, in dieser Hinsicht ging es mir nicht anders als vielen meiner Figuren. Und jetzt, wo dieses Ende erreicht ist, weiß ich nicht recht, was ich sagen soll. Diese Trilogie ist über fünfzehn Jahre hinweg ein sehr großer Teil meines Lebens gewesen, und nun, da sie abgeschlossen ist, komme ich mir ein wenig verloren vor.

Ich bedanke mich herzlich bei allen, die mir und meinen Figuren bis hierher die Stange gehalten haben. Danke, danke, danke. Ihr werdet wahrscheinlich nie erfahren, wie viel mir das bedeutet. Ich hoffe, ich habe euch allen die Herzen gebrochen und jeden wenigstens einmal zum Weinen gebracht.

Ich danke meinem Literaturagenten Harry Illingworth von der DHH Literary Agency und allen anderen, die dort und bei Goldsboro Books arbeiten – tausend Dank für eure Unterstützung und eure Beratung. Kaum zu glauben, wie viel wir in vier kurzen Jahren zusammen zustande gebracht haben, aber ohne euch hätte ich es niemals geschafft. Ihr seid die Besten. Auf unsere zukünftige Zusammenarbeit!

Ich danke meiner großartigen Lektorin Natasha Bardon und allen vom HarperVoyager-Team – Jane, Vicky, Jack, Jaime (großartige Öffentlichkeitsarbeit), Richenda (eine Lektorin der

Extraklasse) sowie Dom Forbes und Mike Topping (tolle Covergestaltung). Ich weiß wirklich gar nicht, wo ich anfangen soll, euch zu danken. Ihr habt für mich einen Traum wahrgemacht, und ich bin euch auf ewig dankbar dafür, dass ihr meine kleinen Büchlein zu den wunderbaren, prächtigen Monstern gemacht habt, die sie jetzt sind.

Ich danke auch Cameron McClure von Donald Maass und allen bei Louisa Pritchard Associates und bei der Marsh Agency, die sich um die Auslandslizenzen gekümmert haben, und zudem den folgenden Verlagen im Ausland: Skyhorse in den USA, Bragelonne in Frankreich, Blanvalet in Deutschland, Luitingh-Sijthoff in den Niederlanden, Dobrovsky Publishing in der Tschechischen Republik und Papierowy Ksiezyc/Caput Mundi Books in Polen.

Ich bedanke mich bei meinem Mann Mark; selbst mir gehen die Worte aus, um meine Dankbarkeit für deine Liebe und Unterstützung auszudrücken. Du bist unbedingt die bessere Hälfte von mir, und nichts von alledem wäre ohne deinen Glauben an mich und ohne deine Bereitschaft, auch meine bizarreren Angewohnheiten zu tolerieren, möglich gewesen. Ich liebe dich.

Sehr danke ich auch meiner ganzen Familie und allen Freunden, die mich unterstützt und angespornt haben und die so froh und stolz auf das gewesen sind, was ich geleistet habe. Ich weiß, dass ich manchmal ein regelrechter Albtraum sein kann, aber ich schätze und liebe euch alle!

Ich danke auch den Fantasy Five – Mike, Kareem, Laura, JP und Sadir –, ich liebe euch. Danke für die Unterstützung und all den Spaß, den wir zusammen gehabt haben. Von wegen nullachtfünfzehn!

Ich danke »82«, wie stets hat dein Gegenlesen und dein Militärwissen dieses Buch besser gemacht, als es ohne dich gewesen wäre. Jetzt schreib bitte dein eigenes Buch fertig, denn ich muss unbedingt wissen, was als Nächstes passiert.

Ich danke auch all meinen Warrior Queens, dafür, dass ihr wie immer hinter mir gestanden habt. Auf weiteren gemeinsamen Unfug, und möget ihr alle im Überfluss mit Geschichten gesegnet sein, die ihr erzählen könnt.

Und ich danke den Lehrern und Schülern aus dem HEMA Club in Birmingham – dafür, dass ihr versucht habt, mir das Kämpfen mit dem italienischen Langschwert beizubringen, und für die vielen, vielen Schwerthiebe, die ich dabei abbekommen habe. Obwohl ihr euch alle Mühe gegeben habt, ist aus mir keine Tara geworden, aber umgebracht zu werden macht mir einen Riesenspaß.

Und erneut danke ich meinen Lesern, denn es geht alles nur um euch: Lest viel und voller Begeisterung. Ich habe noch mehr Geschichten auf Lager, und ich hoffe, ihr werdet mich durch sie hindurch begleiten. Danke.